中国外国文学学会
第十六届双年会论文集

蒋承勇　何庆机 主编

浙江工商大学 出版社
ZHEJIANG GONGSHANG UNIVERSITY PRESS
·杭州·

图书在版编目(CIP)数据

中国外国文学学会第十六届双年会论文集 / 蒋承勇，何庆机主编. — 杭州：浙江工商大学出版社，2023.10
ISBN 978-7-5178-5775-4

Ⅰ. ①中… Ⅱ. ①蒋… ②何… Ⅲ. ①世界文学－文学评论－文集 Ⅳ. ①I106－53

中国国家版本馆 CIP 数据核字(2023)第 194374 号

中国外国文学学会第十六届双年会论文集
ZHONGGUO WAIGUO WENXUE XUEHUI DI-SHILIU JIE SHUANG NIANHUI LUNWEN JI

蒋承勇　　何庆机　主编

策划编辑	任晓燕
责任编辑	唐　红
责任校对	林莉燕
封面设计	胡　晨
责任印制	包建辉
出版发行	浙江工商大学出版社

（杭州市教工路 198 号　邮政编码 310012）
（E-mail：zjgsupress@163.com）
（网址：http://www.zjgsupress.com）
电话：0571 - 88904980，88831806（传真）

排　版	杭州朝曦图文设计有限公司
印　刷	杭州宏雅印刷有限公司
开　本	710mm×1000mm　1/16
印　张	31
字　数	476 千
版 印 次	2023 年 10 月第 1 版　2023 年 10 月第 1 次印刷
书　号	ISBN 978-7-5178-5775-4
定　价	128.00 元

代　序

背负"数代学人的幽灵"前行

——中国外国文学学会第十六届双年会暨"新时代外国文学研究"学术研讨会综述

张　锦

春风送暖，万物复苏。2021年4月23—26日，来自中国社会科学院、北京大学、清华大学、复旦大学、中国人民大学、南京大学、华东师范大学等国内四十多所科研院所和高等学校从事外国文学研究与教学工作的教师和学者相聚在美丽的钱塘江边，围绕在新时代外国文学研究中应持的中国立场与建构具有中国特色的学科体系、学术体系和话语体系等问题举行了一场盛况空前、别开生面的研讨会。会议由中国外国文学学会主办，浙江工商大学外国语学院、浙江省社会科学界联合会、《浙江社会科学》杂志社、北京大学出版社、外语教学与研究出版社联合协办，这也是中国外国文学学会举办的第十六届双年会。

在4月24日大会开幕式上，浙江工商大学党委副书记钱天国首先代表东道主发表了热情洋溢的欢迎词，并系统介绍了学校自建立以来各个学科的发展历史，尤其是外国文学一级学科近年来所取得的突出成绩；中国外国文学学会会长、中国社会科学院学部委员陈众议全面回溯了西方诗学漫长的发展历史以及文学观念的跨时代嬗变，指出在当前的消费文化、网络文学等新的通俗文化形式不断冲击既有的文学观念之际，重写文学史与重构文学理论的工作应当呼应发展新文学批评理论的需要，服务于三大体系的建设；中国社会科学院外文所党委副书记崔唯航从当前外国文学研究中存在的问题出发，强调了中国的外国文学研究工作应当立足中国大地、解决中国的现实问题，而不应蜕变为"外国文学研究在中国"这样一种简单重复西方立场的研究;因此,中国的外国文学研究不应只是知识的追求,更重要的是我们应当具有深厚的家国情怀。

在接下来的大会主旨发言中,浙江工商大学教授、浙江省社会科学界联合会名誉主席蒋承勇从中华人民共和国成立后学界对西方文学历史中先后涌现的浪漫主义、现实主义、自然主义、唯美主义、象征主义、颓废主义等文学思潮的实际研究状况出发,郑重提出了重返 19 世纪文学的可能性与必要性。他主张采用跨文化、跨学科的方法对 19 世纪的诸多复杂文学现象展开多角度的分析和透视,这项工作既能弥补 1949 年以来我们在 19 世纪西方文学思潮研究方面的不足,又能将 19 世纪文学作为重要的理论和实践资源,进一步消除历史与现实之间的断裂。南京大学王守仁借用罗兰·巴特、杰姆逊等西方文学理论家们的论述重申了文学创作与生活现实之间的关系,提倡一种越界的现实主义文学转向,一方面要将现实主义文学思潮看作文学史上的一种重要思潮,另一方面又要赋予其一种服务于我们认识世界、社会和人生之目的的工具意义与价值关怀。浙江大学聂珍钊重新思考了 20 世纪末起在西方文学界流行的有关作者之死和文学之死的主张,指出当今文学理论面临的危机在于后者不能有效地解释新出现的文学现象,其原因是我们手中掌握的文学基础理论体系的架构基本上以西方话语为中心,其话语权掌握在西方的理论家和学者手中,因此文学基础理论的重构之路重在通过跨学科的方法与科技人文的结合来实现我国文学基础理论架构的创新。杭州师范大学殷企平详细比较了英国作家福斯特的小说节奏论与我国美学家朱光潜先生的境界说,继而以《淑女画像》《德伯家的苔丝》《米德尔马契》等作品的主人公为例,阐释了节奏的同质重复与异质重复两种现象之间的变奏关系,最后他修订了福斯特和米勒等人提出的节奏理论,将对作品节奏的研究放置在"境界"之上,主张赋予前者以某种形而上的意义。上海交通大学彭青龙考察了澳大利亚自其建政七十多年来所采取的"白澳政策"对澳大利亚文学批评史所造成的重大影响,认为中澳关系在当前所面临的困境显然是澳大利亚政府一贯自觉接受英美文化的影响与奉行英美政治价值的结果。清华大学曹莉在百年西学东渐与五四新文化运动、20 世纪 80 年代文化热和 90 年代人文精神大讨论等历史语境中讨论了当前新文科、新外文建设的可能性;她还以清华大学在民国时期采用的《外国语文系学程一览》为例,描述了外国文学学科在旧学与新论之间的传承关系,同时以英文学科在剑桥大学的兴起过程及其在建构英国民族性中所发挥的重要作用作为补充,主张语言文学研究应当承载建设民族国家的文化与历史使命。

南京师范大学汪介之对当前文学批评实践中表现出的人本主义思想的淡化、科学主义的泛滥等现象进行了批判,指出从亚里士多德到卢卡奇等人的批评实践拥有丰富的个性和深切的人文关怀,强调文学批评应当与历史研究相结合。厦门大学陆建德在重新思考萨义德东方主义理论的基础上,提醒我们要警惕政治学、外交关系词汇在平移到文学批评领域时发生的内涵变化。上海交通大学刘建军认为中国的外国文学学科在 20 世纪 50 年代形成的现代话语体系与知识结构在今天面临着非常严峻的现实和挑战,因此新文科建设不应当仅仅考虑学科体系的设计,还要对旧的话语体系和知识体系进行积极变革。武汉大学罗国祥追溯了现代法语的起源及其对英语、俄语的影响,同时将语言问题放置在从弗朗索瓦一世、路易十四到戴高乐以来法国与他国的交往史中,阐明现代民族语言及其世界位置与政治、经济、军事和文化的关系。南京大学杨金才指出,随着边缘文学、通俗文学的经典化以及人类史等新的批评概念的出现和经济全球化对文学造成的深远影响,一种跨越不同国家和文学而展开的对人本身的反思成为历史的必然。浙江大学吴笛分析了俄国诗人和小说家卡拉姆津作品中的感伤主义伦理思想,指出只有符合国家和社会利益的选择才能超越个人所面临的伦理困境。华中师范大学苏晖参照《情感转向:社会的理论化》一书,以斯宾诺莎和德勒兹对情感的论述为例,指出情感概念是一个人采取行动所依赖的动力,并详细梳理了西方人文科学的情感转向过程,指出情感研究与资本主义社会政治经济发展带来的时代创伤有关。

在 4 月 25 日的大会主旨发言中,中国社会科学院梁展从思想史角度描述了欧洲自启蒙运动以来宗教共同体的衰落以及建立世俗意义上的各种人类命运共同体的努力与它们所面临的困境。他指出马克斯·韦伯并不像之前的理论家那样将共同体视为一种自然事实,而是认为正是在人类争夺有限资源的历史过程中,诸多主客观因素结合形成了家庭、社会和国家等多种类型的共同体。韦伯有关经济共同体的理论借与近代私有制和政治经济学发生的深刻关联超越了共同体理论原有的纯粹想象和精神维度。中国社会科学院徐德林从文化研究的立场梳理了"远读"这一术语的翻译及其内涵,在指出"细读"是一种神学化操作的同时,结合关于弗朗哥·莫莱蒂的论辩,强调"远读"能够从文学研究溢出到数字人文研究,将自然科学、社会科学与文学研究进行有效的关联。武汉大学涂险峰详细考察了加拿大作家乔·沃顿《色萨利》三部曲中的"理想国"哲学实验,对小说所描绘的正义城与柏拉图的理想国进行了一一对比,指出作品在奇幻文体与乌托邦想象的哲思空间中勾勒了人类的意志。中国社会科学院陈雷分析了莎士比亚剧作围绕有用性思想展开的探讨,指出大城市在莎士比亚时期的兴起将城市—社会从一个物理现实变成一个现实—心理实体,它并不仅仅是人员的简单聚合,还标志着一种新的共同体组织方式的产生。上海师范大学朱振武讨论了非洲英语文学的学理认知和编史理路,认为撰写非洲英语文学史的新标准既需要研读西方学者既有成果,又要充分发挥中国学者的能动性和自觉性。首都师范大学林精华梳理了俄罗斯帝国话语的诞生过程,阐释了作为帝国话语的文学批评在后苏联文学批评中遭遇困境的原因,即它未能有效帮助俄罗斯联邦的国民重建国家认同,最终导致俄国在国际上的话语权日益减弱。

中国社会科学院钟志清以希伯来语主流文学建构的坍塌与重建、阿拉伯语作家的身份和俄国移民作家创作等问题为切入点,梳理了以色列新世纪文学创作的多语种属性和跨文化特征,阐释了以色列的现代民族国家身份与世界公民身份构造二者之间的关系。上海交通大学尚必武对比了作为历史事件的"柏林隧道窃听案"与麦克尤恩的小说《无辜者》的创作,考察小说如何使知识和历史叙述巧妙地融进整个文本、如何选择以个人的视角建构出一套关于历史事件的叙述,从而在个人秘密和国家机密的双重视角中重访冷战史。浙江大学王永以曼德尔施塔姆的诗歌研究为例,演示了数据统计在外国文学研究中的运用,并提醒我们数据统计分析的结论只是继续研究的前提,文学文本需要在此基础上进行更深入的阐释。浙江工商大学何庆机详细考察了《普林斯顿诗歌与诗学百科全书》四个版本的变化,指出在全球化和数字化语境之下,对世界诗歌与诗学的重新审视与梳理需要面对世界诗歌与诗学研究的多样性和世界性等新的趋势。天津师范大学郝岚以2020年全球疫情事件中几个博物馆的展览为分析对象,以拉夫乔伊的"单元观念"为方法,在将语文学作为单元观念的基础上,强调其他跨界的单元观念如性别、族裔、流散等的重要性，进而主张在新技术与新媒介时代反思传统的语文学观念，以期语文学在当下世界文学研究中重获其认识论价值。

这次会议的小组发言共有十组，老、中、青三代学者共同参与了讨论。第一组论题涵盖的地理范围穿越了半个地球，普遍涉及了种族、他者、自我、身体、历史与土地等内容，将包括植物学、生物学在内的跨学科研究与对特定的哲学观念与历史经验的讨论有机地结合了起来。第二组的讨论涉及了语言学、人类学与文学的关系，以及文学与政治、经济、伦理及科技的关系等问题。第三组的讨论对象主要是外国文学理论与跨文化传播，其议题涉及公共领域、文学场、文化挪用、情感地理学以及海洋诗学等。第四组学者就语文学、园林叙事、旅行书写、拉美文学研究范式以及中国文学批评话语体系的建设等问题进行了深入的反思。第五组的讨论内容涵盖了战争文学与战争定义、符号学、种族和阶级反思、全球史与文学研究的关联、地方历史与世界历史的联系、植物学家对木材与全球史的勾勒、18世纪欧洲的情感观念、现代世界体系中的东方和西方等问题。第六组以俄罗斯文学为主，论题遍及俄罗斯当代的新现代主义与新现实主义写作、异化书写、纪实转向、空间研究、音乐戏剧小说电影等跨学科研究等。第七组学者讨论了世界文学史与跨学科视野中俄罗斯文学及其历史的书写与研究，以及达姆罗什、安徒生及区块链与文学研究之关系等问题。第八组讨论的关键词分别是中国、疾病、瘟疫、焦虑、审丑、主体、身体、地理、种族和女性等。第九组的讨论在国别文学与文学体裁的交叉中进行，与会的研究生们表现出了优秀的文本细读能力。第十组聚焦于西方现当代作家和作品，学者们分别采用了人类世、地方意识、国族叙述和身份认同等理论概念对具体文本进行了细致的分析。

大会闭幕式由中国外国文学学会副会长、上海外国语大学郑体武主持。在与本届双年会同时举行的会员代表大会上经过投票表决当选的新一届中国外国文学学会会长、中国社会科学院外文所所长程巍在大会闭幕词中指出，在关注国家的文化和战略利益、尊重学术研究基本规律的前提下，优良学术研究传统的最终形成取决于我们能否背负"数代学人的幽灵"继续前行。程巍指出，近代中国长期以来所处的半殖民地状态使得我们在政治上对帝国主义保持了足够的警惕，但对帝国主义的文化霸权却不够敏感，甚至还会不自觉地将西方文化体系作为我们自身启蒙的条件，而未意识到帝国主义不仅仅是我们看得见的坚船利炮，还是一种看不见却无处不在的文化权势。我们现如今之所以会在文化自信和身份认同等方面碰到种种障碍，与近代以来中国学者对西方历史的书写方式相关。近代欧洲人将自己描述为内圈，将西方以外的其他民族描述为外圈，创造出处在内圈的是创造者、处在外圈的是模仿者的等级秩序，进而将中国贬斥和边缘化为他者，这套话语随着启蒙运动、地理人种学、印刷和电子传媒等形式传递到整个世界。我国的外国文学教学和研究是现代文学革新的基础，外文系将殖民主义的世界模式带到其他学科，它的成败对中国现代意识的形成起着至关重要的作用。如何正确面对这样的历史与现实，重塑我们民族的未来，外国文学研究者们大有可为，也任重而道远。

目　录

外国文学的比较研究与比较视野

外国诗歌与戏剧研究

外国小说研究与其他

外国文学研究方法与问题

话语之弧:中西资源探赜之一

陈众议①

内容提要:真假、善恶、美丑,始终是衡量文艺价值的主要坐标。是以,中外文艺界在认识论、价值论和审美向度上进行了上千年,乃至数千年的论争。然而,立场和方法使然,真假、善恶的界定尚且没有明确的定义,美丑就更不必说了。其中既有时代社会的原因,也有民族、群体、个人的取法,很难一概而论;但同时这又不能否定相对的客观美、普遍美,譬如母爱,又譬如爱情,乃至自然山水之美。如此,问题的复杂性可想而知。反过来,这种复杂性促使美学不断发展。联系到"三大体系"建设,如何找到既有内核又有外延的公约数和同心圆,便是文学原理的话语之弧必须面对的现实课题,即如何在建构学术体系、学科体系的同时,凸显话语体系之纲。

关键词:"三大体系" 话语 问题

Title:One Arc of Discourse:An Exploration of Chinese and Western Resources

Abstract:Truth and falsehood,kindness and malice,beauty and ugliness are always the main coordinates to measure the value of literature and art. Therefore,the literary and art circles have debated for thousand of years or even thousands of years on epistemology,axiology and aesthetic dimension. However,due to the position and method,there is no clear definition of truth and falsehood,kindness and malice,let alone beauty and ugliness. There are not only the reasons of the times and society,but also

---

① 陈众议,博士,中国社会科学院外国文学研究所研究员,研究兴趣为西班牙语文学和文艺学研究。

the choice of the nation, group and individual. It is difficult to generalize. But at the same time, it can not deny the relative objective beauty, universal beauty, such as maternal love, love, and even the beauty of natural landscape. In this way, the complexity of the problem can be imagined. On the contrary, this complexity promotes the continuous development of aesthetics. In connection with the construction of the "Three systems", how to find the common divisor and concentric circle with both core and extension is the practical issue that the arc of discourse on literary principles must face, that is, how to highlight the outline of discourse system while constructing academic system and disciplinary system.

Key words: "Three systems"; discourse; issues

　　值此习近平总书记《在文艺工作座谈会上的讲话》发表六周年、《在哲学社会科学工作座谈会上的讲话》发表五周年之际,提出文学原理学批评话语这个议题,不仅有利于在"不忘本来,吸收外来,面向未来"的精神向度上正本清源,而且对于推进新时代"三大体系"建设亦当不无裨益。当然,重构文学原理的话语之弧离不开马克思主义的基本立场、观点和方法。曲为比附,孔子的大同思想与共产主义有明显的相似之处;从某种意义上说,英文共产主义(communism)的拉丁词源也即公社或大同(communis),所不同的是,孔子的大同理想是乌托邦,而马克思主义的共产主义则建立在历史唯物主义和科学社会主义的基础上。

　　然而,作为界定、评判或鉴赏标准的中外文学原理从来没有像现在这样众说纷纭,莫衷一是。首先,何谓文学? 这个不是问题的问题如今成了大问题。从词源学的角度看,西方语言中文学一词大抵来自拉丁文 litterae,意为用文字(littera)创造的作品,由文字应用者(litterator)创作而成。其中基本上只有"文","学"字却是阙如或隐含的。直至《作者之死》之类的作品流行起来,并一发而不可收。在我国,受现代西方学术影响,这个由"文"和"学"组成的偏正结构越来越难有定评,以至于有人不得不以虚构和非虚构而笼统地加以言说。但与此同时,它分明又被规约为文学创作的结果——作品,甚至"文本"。而后者分明是西方结构主义的产物,具有强烈的作品本位主义色彩,用罗兰·巴特的话说,"作者死了"①。然而,作者果真可以被杀死和忽略不计吗?本项的答案自然是否定的。用最简单的话说,作品犹如孩子,固然有其相对独立的品格,却也不可避免地遗传了作家的基因。至于接受或欣赏或批评的"学",无论多么广义,也总要通过这一个作品、这一个或这一些人物来有意无意地接近作家之道。当然,文学作品一旦产生,其相对的独立性也便应运而生,而读者、批评家或鉴赏家既可以由此及彼关注作者意图,也可以借作品本身纵横捭阖、自成逻辑。但完全忽略作者的结果只能导致唯文本论和自话自说的泛而滥之。于是,大量类似于夏志清《中国现代小说史》那样的著述开始充斥文坛。

俾便考查,我们可以分别由兹追溯到先秦和古希腊时期。老子谓"道可道,非常道;名可名,非常名"(《道德经》),意思是终极真理并不容易说明。但是,到了五代十国,我们也便有了"大道至简"(《还金述》)的体认。这就等于说真理是最朴素的,也是可以言说的。在西方,柏拉图也非常怀疑诗人能够接近真理,并雄辩地否定了摹仿论和诗人的价值。在《理想国》中,诗人和艺术家只是影子的模仿者,完全不值得重视。他甚至扬言要将诗人们逐出理想国(柏拉图390—420)。但他的学生亚里士多德很快推翻了这种假说,并且认为摹仿是诗的核心;而文艺的不同仅仅在于摹仿时"采用的方式不同"(亚里士多德8)。

其次,文学从来不是空穴来风。作为特殊的意识形态,文学的发展明显依赖物质基础和生产力发展水平。譬如童年的神话,少年的史诗,青年的戏剧(或律诗),成年的小说(或传记)是文学的一种规律。这是由马克思关于希腊神话的论述推演的,而历史唯物主义精神所自也。又譬如自上而下、由外而内、由强到弱、由宽到窄、由大到小也不失为是一种概括,而辩证唯物主义所由也,盖因经典的逆反或悖反一直没有停止。所谓自上而下,是指文学

---

① 罗兰·巴特认为,作者中心对作品具有旨归性:古典主义的偏好是在作品中寻找作者意图。一旦这种意图被发现,作品的阐释就被定格了。作者中心论的解读摈弃了差异。而杀死作者,我们就可以得出尼采在摆脱上帝之后的感受:看见一片敞开的大海。这个大海就是文本。大意如此,参见《罗兰·巴特随笔选》,怀宇译,天津:百花文艺出版社,2005年,第300—307页。

的形而上形态逐渐被形而下倾向所取代。倘以古代文学和当代写作所构成的鲜明反差为基点,神话自不必说,东西方史诗也无不传达出天人合一或神人共存的特点,其显著倾向便是先民对神、天、道的想象和尊崇;然而,随着人类自身的发展,尤其是在人本取代神本之后,人性的解放以几乎不可逆转的速度使文学完成了自上而下、由高向低的垂直降落。如今,世界文学普遍显示出形而下特征,以至于物主义和身体写作愈演愈烈,是谓下现实主义。

由外而内是指文学的叙述范式如何从外部转向内心。关于这一点,现代主义时期的各种讨论已经说得很多。亚里士多德在《诗学》中明确指出,动作(行为)作为情节的主要载体,是情节的核心所在。在亚里士多德看来,"事件组合是成分中最重要的,因为悲剧摹仿的不是人,而是行动和生活"(亚里士多德 42)。但是,随着文学的内倾,外部描写逐渐被内心独白所取代,而意识流的盛行可谓世界文学由外而内的一个明证。由强到弱则是文学人物由崇高到渺小,由宽到窄是指文学人物的活动半径如何由相对宏阔的世界走向相对狭隘的空间。由大到小,也即由大我到小我的过程。

上述五种倾向在文艺复兴运动和之后的自由主义思潮中呈现出加速发展态势。众所周知,自由主义思潮自发轫以来,便一直扮演着资本主义快车润滑剂的角色,其对近现代文学思想演进的推动作用同样不可小觑。人文主义甫一降世,自由主义便饰以人本精神,并以摧枯拉朽之势扫荡了西方的封建残余。它同时为资本主义保驾护航,并终使个人主义和拜物教所向披靡,技术主义和文化工业蒸蒸日上。而文艺复兴运动作为人文主义或人本主义的载体,无疑也是自由主义的温床。前面说过,14 世纪初,但丁在文艺复兴运动的晨光熹微中窥见了人性(人本)三兽:肉欲、傲慢和贪婪。未几,伊塔大司铎在《真爱之书》中把金钱描绘得惊心动魄,薄伽丘则以罕见的打着旗帜反旗帜的狡黠创作了"一本正经"的《十日谈》。15 世纪初,喜剧在南欧遍地开花,幽默讽刺和玩世不恭的调笑、恶搞充斥文坛。16 世纪初,西、葡殖民者带着天花占领大半个美洲,伊拉斯谟则复以邪恶的快意在《疯狂颂》中大谈真正的创造者是人类下半身的"那样东西",唯有"那样东西"。17 世纪初,莎士比亚仍在其苦心经营的剧场中左右开弓,而塞万提斯却通过堂吉诃德使人目睹了日下世风和遍地哀鸿。18 世纪,自由主义在启蒙的旗帜下扯下面具,并进一步为资本主义鸣锣开道,从而加速了资本主义在经济基础和上层建筑的双向拓展……一不留神，几百年弹指一挥间。如今，不论你愿意与否，世界被跨国资本拽上了腾飞的列车。

且说如上五种倾向相辅相成，或可构成对世界文学的一种大处着眼的扫描方式，其虽不能涵盖文学的复杂性，却多少可以说明当下文学的由来。

当然，文学，尤其是文字时代的文学，作为个性化智力和情感等复杂元素量子纠缠的产物，自然具有极为丰富的个人色彩。是以，一切概括只能是大而化之，倘能涵盖文学之冰山一角，则作者幸甚。诚如柏拉图所言，关于家具的理念不能代替具体家具，反之亦然。这就牵涉到一般与个别的辩证关系问题了。马克思主义经典作家对此有过精湛的论述，在此不妨举凡一二：一是马克思关于存在与意识的关系；二是毛主席关于社会实践与正确思想的关系。顺便说一句，毛主席的实事求是思想虽然典出岳麓书院的朱熹匾，但其中的差别犹如马克思主义的共产主义与孔子的大同思想。

再次，在审美维度上（当然不仅仅是审美），从先秦时代的载道说到魏晋时期，从亚里士多德到文艺复兴运动，文艺都经历了自相对单一到相对多元的发展过程。虽然笼统地说，审美批评终究离不开社会历史批评和伦理批评，三者量子纠缠般的关系剪不断、理还乱；但这并不意味着我们不能对审美批评的美学向度进行相对独立的研究与评骘。只要界定适度，规约得当，审美批评的相对独特性和规律性并非羚羊挂角，无迹可寻。

相对而言，早在魏晋时期，我国文人的审美自觉达到了很高水平。所谓魏晋文学自觉其实主要指审美自觉。在这方面，宗白华先生在《美学散步》中有过不少论述。他认为魏晋以前的文学太注重实用。魏晋文艺改变了儒家传统，达到了艺术自由。因此他崇尚魏晋和唐宋文艺，尤其是魏晋（宗白华 250－269）。客观地说，曹氏父子对文学的重视逐渐启发、聚集了一大批文人。随之出现的"竹林七贤""二十四友""竟陵八友"等文学社团风生水起。文学主题和题材不断拓展。玄学在整合黄老和借鉴外来资源等方面取得了长足的进步；田园诗在陶渊明笔下悠然自得，宁静致远；玄言诗在谢灵运、谢朓的带动下完成了向山水诗的重大转变；边塞诗应运而生，并与宫体诗相映成趣。形式上，五言诗日趋繁荣，七言诗方兴未艾，抒情赋和骈文臻于圆熟，《山海经》《搜神记》《幽明录》等散文体传奇或谓小说大量萌发。而这些前后左右都为《文心雕龙》的"横空出世"奠定了基础。

刘勰无疑是我国文学原理学的开山鼻祖,尽管在他之前不乏零星著述。比如《论语》中的"思无邪"是孔子确立的一种文学标准,它主张文学作品从内容到形式要委婉曲折,力戒直露、偏激。同样,"兴""观""群""怨"也不失为一种原理性概括。至于"文以载道"或老庄的"道法自然"观、"朴素而天下莫能与之争美"说(《庄子·外篇·天道》)则从不同角度对我国古代文艺思想产生了影响。

在一定程度上,从亚里士多德时代到巴洛克时代恰似我国文学由相对单纯或笼统的载道论、朴素观到相对复杂的主体意识和美学意识的演化。虽然早在汉代,甚至先秦,文学的主体意识已然初露端倪,但真正产生质效的却必得在魏晋南北朝。有鉴于此,有学者提出了"魏晋文学自觉说"(铃木虎雄 37),理由是曹丕的《典论·论文》;继之是鲁迅所说的"曹丕时代"或"如近代所说是为艺术而艺术"论(铃木虎雄 526)。从此,"魏晋文学自觉说"不胫而走①。其中许有侧重的不同,但把魏晋时代视为中国文学的自觉时代几乎是学界的一个共识。然而,近来有学者提出异议,比如认为汉代已是中国文学的自觉时代。其依据一是班固的《汉书·艺文志》证明汉代的文学已经从广义的学术中分化出来,成为独立的门类;二是《后汉书·文苑列传》证明汉代对文学体裁有了较细的区分和认识;三是扬雄的《解嘲》、张衡的《二京赋》证明汉代对文学的审美特性有了自觉的意识。② 这并非没有道理。但总体说来,无论从体裁的数量还是对文学自身关注的程度而言,汉代均不可与魏晋时期同日而语。这中间也有一个量变与质变的问题。而且,两相比较,也明显存在着"为他"和"为己"的区别。相对而言,汉代文学并未摆脱较为单纯的"载道"思想,而魏晋文学却已有相当一部分"为艺术而艺术"的唯美取向了(比如曹丕的"文气说",又比如阮籍、嵇康之后的玄学,再比如后来普遍崇尚的"诗赋欲丽"和南北朝形式主义,等等)。尤其是从曹丕、陆机到刘勰(《文心雕龙》)、钟嵘(《诗品》),孔孟老庄思想同佛教化合,才真正形成了

---

① 李泽厚:《美的历程》,北京:文物出版社,1981 年,第 85—96 页;袁行霈:《中国文学史》第 2 卷,北京:高等教育出版社,1999 年,第 3—4 页。

② 詹福瑞:《从汉代人对屈原的批评看汉代文学的自觉》,载《文艺理论研究》2000 年第 5 期;赵敏俐:《"魏晋文学自觉说"反思》,载《中国社会科学》2005 年第 2 期;等等。

一套内涵丰富的诗学,并逐渐形成了"言""象""意"、"气""韵""神"、"境""影""镜"、"色""空""虚"等有虚有实、虚实相间的审美意象。与此同时,体裁发生了重大变化,出现了小说和新的诗体(如古诗变体、长短体、小诗)以及律体逐渐形成,还出现了山水诗和色情文学等等。其中的极端表现,便是后人批判的"六朝文风",即所谓身居江湖,心怀富贵;虽奉释道,却写艳情;口谈清修,体溺酒色。总之是浮虚淫侈、华艳绮丽之风盛极一时。鉴于国内已有无数同行就此做过论述,本文从略。

同样,巴洛克时代是西方文学思想、文学体裁和文学形式普遍产生、定型的时期。拿西班牙文学为例,其巴洛克时期同我国的魏晋南北朝时期似有诸多相近之处。首先,那是中世纪以后的一个相对动荡的时代。由于封建统治集团的腐朽无能以及对外战事不断,造成经济凋敝、民生困顿,西班牙作为罗马帝国之后的第一个"日不落帝国"开始坍塌。其次,人文主义、现实主义逐渐被形式主义所取代。这主要有两个方面的原因。一是荒淫奢靡的君主贵族取代教会,掌握了文学的领导权。一如陈后主"不虞外难,荒于酒色,不恤政事"(《南史·陈后主本纪》),费利佩三世(史称腓力三世)非但没有卧薪尝胆,反而沉湎于酒色,致使国是荒废,大权旁落。宠臣莱尔马公爵专权腐败,给西班牙经济带来了更大的不幸。二是在莱尔马公爵执政时期,一方面,西班牙上流社会继续骄奢淫逸,回光返照,肆意挥霍美洲金银;另一方面,为阻止新教思想和科学精神的渗入,西班牙大兴文字狱(这正是神秘主义诗潮产生的历史原因之一)。于是,一些作家诗人文过饰非,竭尽矫饰、机巧之能事,从而助推了巴洛克文学的发展和兴盛。这时,文人墨客已经大都不再是能文能武的"骑士",一些文坛泰斗完全变成了依附宫廷,甚至迎合王公贵胄荒淫奢侈、附庸风雅的玩家。

当然,从历史社会学的角度看,巴洛克主义的产生也是欧洲封建主义盛极而衰,甚至回光返照的产物,其中的华丽、雕琢、矫饰既有反市民价值和逆人文主义的一面,同时又与人文主义难分难解。故此,巴洛克主义首先兴盛于西班牙教廷及其宗教诗、宫廷诗是顺理成章的。执着于斯的也大多是王公贵胄和宗教诗人、宫廷诗人,一般平民作家很难企及。

于是,回归希腊罗马、彰显市民价值的浪潮开始在西班牙出现反动。许多作家因不再满足于古典方法和人文主义、现实主义而求新求怪。这也是神秘主义和巴洛克风格应运而生的重要原因,而且二者经常合二为一。17世纪是西班牙巴洛克文学的全盛时期,并且在西班牙风行一时,各种体裁无不受其影响,首先是诗歌,戏剧次之,小说则更次之。贡戈拉和克维多被认为是西班牙诗坛的两座并峙的高峰。前者把巴洛克主义推向了极致,是谓夸饰主义;后者苦心孤诣地制造警语,是谓警句主义。戏剧中的巴洛克风格则主要体现在台词(多为诗体)和舞台设计方面,但同时也有题材的繁杂和剧情的铺张方面的因素。总体来说,巴洛克艺术拓宽了西班牙文学的表现空间,也极大地丰富了文学的表现方法,但同时也因过分强调雕琢而不同程度地使自己滑向了唯美主义和形式主义,从而对后来的西班牙语文学,甚至西班牙语以外的文学(如西方浪漫主义和现代主义等)产生了深刻、持久的影响,一如繁冗至雅的西班牙皇家礼仪。

于是,西班牙诗坛虽然思潮奔涌、流派庞杂,但总体上愈来愈趋于唯美、崇尚曲尽其妙。一方面,人文主义深入人心,但多数诗人开始突破“文艺复兴”运动的古典倾向,转而寻求新方法、新形式,并最终把唯美主义和形式主义推向了极端。于是,西班牙诗坛大有“不依古法但横行,自有云雷绕膝生”(袁枚《咏岳飞》)和“满眼生机转化钧,天工人巧日争新”(赵翼《论诗五绝》)的味道。

巴洛克文学的形式主义、唯美主义倾向固然扩宽了文艺的审美疆域,但就认识论和价值论而言,却未必完全契合世界文学主潮,尽管19世纪晚期生发的象征主义和20世纪的现代主义,尤其是俄国形式主义和法国幻想美学一定程度上继承和发扬了有关传统(包括中国志怪传奇和西方哥特式小说)。俄国形式主义和法国幻想美学便是从美学的高度总结和擢升了西方为艺术而艺术的审美理想。尽管它们同样未必自洽世界文学的主潮,但较过去有了更大的用武之地,甚至一时间几可谓占据了文学原理的半壁江山。

无论从文学实践还是文学原理的角度看,西方现代主义或先锋思潮在有意无意地反对资本主义和大众消费文化方面较之保守的巴洛克文艺有过之而无不及。其中自然包括20世纪上半叶的新巴洛克主义风潮,同时也包括多少有些矫枉过正的审丑美学。

形式主义在一些先锋思潮中表现得尤为突出。一方面,正所谓“时运交移,质文代变”,时代的变迁导致文学内容、文学观念的变化,而文学内容、观念的变化又往往直接影响文学形式和创作方法的演化。虽然在文学作品中,内容与形式、观念与方法互为因果、相辅相成,但是从以往文学作品的产生方式看,形式却常常取决于内容,方法取决于观念。因而,传统的说法是形式美的关键在于适应内容,为内容服务,与内容浑然一致。另一方面,随着形式主义美学的兴起,传统遭到了不同程度的颠覆。形式主义强调审美活动和艺术形式的独立性,不仅认为形式决定内容或形式即内容,甚至淡化或排斥内容,进行非对象化写作或零度写作。这显然是美学观念中的另一种极端,难免失之偏颇。简而言之,人们对内容和形式通常是有所偏废的。但是必须承认:从某种意义上说,形式主义美学促进了艺术形式的发展和突变,为艺术更好地表现一定的内容开拓了多样化手段和思路。譬如文学不仅是语言的艺术,也是形式的艺术、结构的艺术、时间的艺术。

但是,最初的文学(包括小说出现之前的神话传说、英雄史诗和古典戏剧等等)几乎无一例外地遵循了一维时间的直线叙事形式,以致莱辛、黑格尔等艺术大师断言同时发生的事情都必须以先后承续的序列来描述。中国古典作家则常以"花开两朵,各表一枝",与莱辛、黑格尔等不谋而合。所以,时间的"艺术性"并没有得到真正的体现。写人从少年、成年到老年,写事由发生、发展到结局;顺时针和单线条是几乎所有古典小说的表现形式。由于时间尚未成为一个问题,因此海阔凭鱼跃,天高任鸟飞,洋洋洒洒、从从容容道来便是。

然而,作为文学描写对象的人和自然是复杂的,事物并非都是循序渐进的。除了直线之外,存在着无数种事物运动形式。正是基于这一逻辑,形式主义开始了大刀阔斧的时间(同时也是结构)实验。人的心理活动不全是遵循自然时序,按照先后程序进行的。首先,时间是客观的,但人们感受时间时却带着极强的主观色彩。同样一个小时,对于张三来说可以"瞬息而过",而对李四却可能"度之如年"。即便是同一个人,对同样长短的客观时间也会有"时间飞逝"或"时间停滞"之感。这些感觉是人们受不同情景刺激所产生的心理现象。爱因斯坦在相对论中曾诙谐地比喻说,一对恋人交谈一小时,比一个心烦意乱的人独坐炉前被火烤十分钟,时间要"短"得多。其次,时间是客观的,但艺术时间却具有很大的可变性、可塑性。千里之遥、百年之隔,尽可一笔带过;区区小事、短短一瞬,写不尽洋洋万言。文学对时间的最初的艺术加工就从这里入手。因为无伸无缩，文学就成了生活本身，何况心理活动虽然发之有因，变之有常，且可以古往今来，天南海北，自由跑马；艺术想象亦如此，"文之思也，其神远矣"，浮想联翩，时空错乱，微尘中见大千，刹那间显始终。再次，时间是客观的，但速度可以改变时值。爱因斯坦的相对论科学地论证了时间与运动的关系。譬如，飞速行驶的列车之内的时间值不等于候车室里的时间值，尽管差之甚微。倘能以超光速运行，所导致的将是时间的倒流和因果的颠倒。

简而言之，事物本身的变幻运动特性导致了相对的"时空情景"，迫使艺术家对客观时间进行艺术处理。况且，大凡艺术不但要逼肖自然，而且要高于自然。前面说过，小说的艺术时间要是被捆绑在只进不退、匀速前进的时针上，就成了生活本身（其实是自然的客观现象本身）。所以把小说的叙事时序从自然状态中解放出来，是世界第一位小说家必须面临的任务。最初的小说虽然都以时间顺序对种种事物做纵向的串联，把读者的一门心思拴系在"欲知后事如何，且听下回分解"上，但它们已不同于记账簿或编年史，对时间进行了"冷""热"处理，即时值处理，将时间任意"缩短"或"拉长"。这样用一个"不觉光阴似箭"可以把从甲子年到壬戌年或更长的时间浓缩为短暂的一瞬，反之亦然。这些恰恰是艺术凝聚力和透视力的表现。后来的小说家出于表现内容和吸引读者的需要（也许是受了人的心理活动——回忆的启发）开始切割时间，换一换事物的先后关系、秩序。于是倒叙便应运而生了。这种倒装的叙事序有利于强化效果、制造悬念，它使最初的小说结构和形式产生了一次革命性的变化，尽管它本质上仍是顺时序的：写人从死跳回到生，再从生写到死；叙事从结果跳回到起因，再从起因说到结果。

现代小说形式变化依然是从时序切入的。由于对传统小说时序的突破，遂有了故事结构和叙事程式的巨大变革。而形式主义的兴起大大地助推了这种变革。其中虽有科技突飞猛进、现代人生活节奏加快和时间不断升值的原因，以至于传统小说那种舒缓、平直的静态描写和单线、纵向的表现方式常常显得"很不适宜"，但力图在尽可能短小的篇幅中表现尽可能广阔的生活画面、丰富的现实内容却是许多现代小说家的共同愿望，更是形式翻新的需要。这就迫使人们打破传统叙事模式，在艺术时间上做文章，以至将视线投向电影等典型的时间艺术，从中吸取养分，获得借鉴。此外，随着心理描写的加强和意识流小说的出现,西方文学明显内倾。内向的文学遵循人的意识、潜意识和无意识等不受三维空间和时间的一维性制约的特点,打破了传统小说的叙事性、纵向性。现在、将来、过去可以同时或颠倒出现,回忆、梦境、幻觉、想象任意交织。在现当代欧洲文学中,乔伊斯的《尤利西斯》和普鲁斯特的《追忆逝水年华》称得上是率先在艺术时间上有重大突破并且影响深远的作品。

必须强调的是,美绝对不仅仅是形式,无论是魏晋玄学还是西方巴洛克文学,无论是形式主义还是幻想美学,都背负着沉重的"去意识形态"的意识形态包袱。与此同时,在强调文艺的意识形态属性时,我们又不能将审美维度置之度外。毕竟美是文学话语的重要维度和本质特征。文艺之所以最具感染力也是因为它除了认识论和价值论的维度,还有审美的维度,其潜移默化、润物无声的功能,正是"莎士比亚化"式的内容与形式的完美结合和相互绥化。这也是近年来不少学者重新拥抱19世纪现实主义的重要目的之一。无论如何,19世纪西方文学是文艺复兴运动以来西方文学的集大成者,尤其是小说。在这方面,蒋承勇教授领衔的著述进行了系统梳理和重构。那么,我国文学的高峰是否也应该重新确认呢?至少将被夏志清等西方学者颠倒的历史重新颠倒过来,让曹雪芹和鲁迅不再继续成为"死活读不下去的作家"。

至于审美与审丑,则只有一线之隔,界线却越来越模糊不清。历数中外当代文学"经典",我们不难看出个中蹊跷。而这恰恰是重塑审美原理的理由。自从19世纪罗森克兰兹提出审丑美学至今,各种审丑逐渐下滑,进而抛弃了他关于写丑是为了审美,即反衬美、凸显美的美学宗旨,转向了以丑为美、终使丑学与厚黑学殊途同归。而这更是文学原理适当回归正途,重构新时代美学的首要任务。

与此同时,文学评论的严重八股化和"标准化"(实则是西化或技术理性化)是否也应该被清算呢?读文学评论从来没有像今天这样味同嚼蜡,以致完全淹没了文学的话语力量,而且大有自话自说、与创作实践渐行渐远的趋势。这能不对文学创作产生负面影响吗?我们的前人是这样书写的吗?马克思主义经典作家是这样写作的吗?

最后,需要特别说明的是:文艺领域的话语体系必须建立在学术史和学科史的基础上。反思中西审美之维在特定社会现实面前的不断摇摆和离合,有助于形塑新时代文艺精神。早有学者匡谬正俗,先我就形式主义、现代性和异化等源自近现代文明的一系列问题提出了高见,我只不过是从旁增添点滴而已。顺便说一句,真正的文化自觉、大学风范乃是进退中绳、将顺其美。无论中学、西学,古来今往,皆扬弃有度,并且首先对本民族的文明进步、长治久安有利;其次才是更为宽泛的学术精神、客观真理、世界道义等等。虽然两者通常相辅相成、难分伯仲,但若考虑到欧美对我国崛起的态度或今日伊拉克、阿富汗、利比亚、叙利亚的命运,则孰先孰后,不言自明。

此外,学者施米特在反思现代性时就曾说过,从一开始这就是一个"世俗的时代"(迈尔 7)。除了伊拉斯谟所说的那个唯一重要的东西、那件唯一重要的事情之外,就是资本统领下的井井有条:使一切精神劳动也走向下半身和市场化的轨道。遣散了庄严,驱逐了崇高,解放了原欲,远离了审美,那么等待人类的便只能是布热津斯基的"奶嘴"或"娱乐至死"(Castro 20)!

总之,真假、善恶、美丑,始终是衡量文艺价值的主要坐标。是以,中外文艺界在认识论、价值论和审美向度上进行了上千年,乃至数千年的论争。立场和方法使然,真假、善恶的界定尚且没有明确的定义,美丑就更不必说了。其中既有社会历史原因,也有民族、群体、个人取法的相左,很难一概而论。但同时这又不能否定相对的客观美、普遍美,譬如母爱,又譬如爱情,乃至自然山水之美。如此,问题的复杂性可想而知。反过来,这种复杂性促使美学不断发展。联系到"三大体系"建设,如何找到既有内核又有外延的公约数和同心圆,便是话语之弧必须面对的现实课题,即如何在建构学术体系、学科体系的同时,凸显话语体系之纲。而文学原理的重构无疑是文学话语之魂,如何正视上述问题、关注下列问题,已然历史地置于我辈肩上。

第一,囿于唯文本论、学术碎片化和某些虚无主义风潮的扫荡,近几十年我国在去意识形态与意识形态批评、去审美理性与审美理性批评等二元对立中不断摇摆,甚至大有反本质主义的本质主义倾向,譬如用绝对的相对性取代相对的绝对性。好在我们具备丰沛的现实主义思想、深厚的伦理学传统和审美批评经验,近年来随着文化自信不断深入人心,相关方法获得了创造性继承和创新性发展,并在"不忘本来"的同时,"吸收外来,面向未来"。如今,如何从文学原理学的高度重新审视真善美不仅条件成熟,而且任务紧迫。这是新时代中国特色社会主义文艺批评的要求，也是"三大体系"建设中争夺话语权和攀登学术高峰的不二法门。同时，出于对虚无主义、唯文本论和碎片化的反拨，我们也要警惕唯社会历史批评或唯意识形态向度的矫枉过正。因此，适当的、有效的审美批评和形式批评将为"三大体系"建设提供纠偏机制，使思想、教诲更好地如盐入水、化于无形，后者正是马克思倡导的"莎士比亚化"。

第二，东方西方、男人女人等二元概念遭到了反本质主义者的攻击。然而，二元论不等于二元对立，而否定二元论恰恰是绝对的相对性取代相对的绝对性，从而很大程度上滑向了反本质主义的本质主义，或谓虚无主义，从而不可避免地陷入反二元论与辩证法的形而上学窠臼。

第三，文学作品是语言的艺术。的确，语言具有一定的不确定性。借用袁可嘉先生对西方现代派的指涉，解构主义也正是出于片面的深刻性，攻其一点不及其余：片面夸大能指与所指的相对性和延异性，却无视其中的规约性和常识性——约定俗成。因此，所谓文本之外一切皆无不仅仅是结构主义的问题，同时更是解构主义（或后结构主义）的问题。

第四，随着比较文学与跨文化研究的发展，突破边界成为许多学者的关切。这没有问题，因为文学的触角从来都深远地指向生活的所有面向。问题是，文学及其研究方法固然是发展的，但同时也是叠加的，是加法，而非绝对的、科技般的替代；同时更要防止文学被其他学科所淹没。

第五，过去的文学原理很少关注口传文学，同时网络文学也大概率尚未进入有关著述者的视野。但后者具有鲜明的集体创作倾向：作者在创作过程中与读者（粉丝或拥趸）的互动。如是，文学从"旧口传"到"新口传"的大循环正在形成。

诸如此类，可谓问题多多。由是，在新时代重塑文学原理不仅必要，而且紧迫。从方法论的角度看，时至今日，任何概念必须置之历时性和共时性、唯物主义和辩证法坐标方能说明道清。

参考文献

Castro. *El pensamiento de Cervantes*. Madrid：Imprenta de la Librería y Casa Editorial Hernando，1925.

柏拉图：《理想国》，郭斌和、张竹明译，北京：商务印书馆，2019 年。

铃木虎雄：《中国诗论史》，许总译，南宁：广西人民出版社，1989 年。

刘勰：《文心雕龙》，王志彬译注，北京：中华书局，2012 年。

鲁迅：《鲁迅全集》（第 3 卷），北京：人民文学出版社，2005 年。

罗兰·巴特：《罗兰·巴特随笔选》，怀宇译，天津：百花文艺出版社，2005 年。

迈尔：《古今之争中的核心问题——施米特的学说与施特劳斯的论题》，林国基等译，北京：华夏出版社，2004 年。

亚里士多德：《诗学》，罗念生译，北京：人民文学出版社，2002 年。

钟嵘：《诗品》，李子广评注，北京：中华书局，2019 年。

宗白华：《美学散步》，上海：上海人民出版社，2015 年。

"一切文明和善治的最终基础"：
辜鸿铭的"诚如一位法国作家所说"

程　巍①

内容摘要：辜鸿铭向来被认为受了英国批评家马修·阿诺德的深刻影响，例如他 1910 年初版的英文著作《中国牛津运动始末》就可视为借用阿诺德《文化与无政府状态》一书中有关 1840 年之后英国三十年历史的阶级分析方法来"套写"1880 年之后中国三十年的历史。但本文将指出，在 1911 年底到 1912 年初中国鼎革之际，辜鸿铭对自己一度相信的中国社会的道德力量的最后残留的中国文士阶级的表现大为失望，而从恰恰被自己在初版《中国牛津运动始末》中按阿诺德的阶级划分方法划入"群氓"的劳工阶级身上看到了中国社会的真正道德基础。他在此时为《中国牛津运动始末》再版增写的一篇题为《雅各宾的中国》的文章中援引了被阿诺德所讥讽的道德哲学家亨利·阿密尔的一段引文，并加以"发挥"。《雅各宾的中国》标志着辜鸿铭脱离阿诺德的精英主义而转向民粹主义的开始。

关键词：辜鸿铭　阿诺德　文化　民粹主义

Title："The Ultimate Ground upon Every Civilization and Possibility of Government Rests"：Ku Hungming's "As a French Writer Puts It"

Abstract：Ku Hungming has long been considered to have been deeply influenced by the British critic Matthew Arnold. One instance of this can be found in the first edition of his English book *The Story of a Chinese Oxford Movement*, published in 1910, which could be regarded as

---

①　程巍，博士，中国社会科学院外国文学研究所研究员，研究兴趣为 19 世纪英国文学文化史、美国文学文化史以及中国近现代文学文化史。

"transposing" the thirty years of history in China after 1880 by borrowing Arnold's method of class analysis of the thirty years of history in Britain after 1840 in *Culture and Anarchy*. However, this article will argue that during the 1911—1912 Revolution in China, Ku Hungming experienced a significant disillusionment with the Chinese literati class, which he once believed to be the remaining moral force within Chinese society. Instead, he identifies the true moral foundation of Chinese society in the working class, a group that he had initially classified as "Populace" according to Arnold's social classification in the first edition of *The Story of a Chinese Oxford Movement*. In an article titled "Jacobin China", which he adds to the revised edition of *The Story of a Chinese Oxford Movement*, he quotes a passage from the moral philosopher Henri Amiel, whom Arnold had scorned, and elaborated upon it. "Jacobin China" marks the beginning of Ku Hungming's departure from Arnold's elitism and his shift to populism.

Key words：Ku Hungming；Matthew Arnold；culture；populism

一

1911 年底到 1912 年初，中国鼎革之际，时任上海南洋公学教务长的辜鸿铭为自己即将再版的英文著作《中国牛津运动始末》（又名《清流传》，初版于 1910 年）增写了一篇《雅各宾的中国》，其中谈到"文明"和"善治"的"最终基础"时引用了"一位法国作家"的话："as a French writer puts it——'the ultimate ground upon every civilization and possibility of government rests, is the average morality of the masses and a sufficient amount of practical righteousness in public affairs.'"（"诚如一位法国作家所说：'一切文明和善治赖以存在的最终基础，是民众起码的道德和公共事务中的普遍行事公正。'"）（*The Story of a Chinese Oxford Movement* xxiii）。

在武昌革命爆发前的 1910 年 3 月 4 日——其时清政府的各项新政正在全面铺开——辜鸿铭在写给爱丁堡大学校友、时任威海卫行政长官的詹姆斯·骆克哈特(James Lockhart)的信中谈到自己前一年因在一篇文章中非议直隶总督端方——不得不说,当他将端方说成"直到今天,北京那些花街柳巷的老鸨还时常忆起"的"放荡公子"时(Ku, *The Story of a Chinese Oxford Movement* 60),已经不能算是"非议"了——而被上海道台蔡乃煌分别告到江苏巡抚瑞澂、端方本人、外务部以及两江总督张人骏那里,欲以治罪。尽管不久之后,端方因在慈禧奉安大典上发生的照相事件而被革职,而瑞澂(端方的亲戚)在上海道台的告发文书上横批"文字狱非盛朝所应有之事"而将此事压下,但外务部却依然对辜鸿铭略示"薄惩","记大过一次",让他非常不满,说:"一个善治政府不会因一个人说了什么而给他治罪,而是看他做了什么。"(《辜鸿铭致骆克哈特书札十通并二附录(英文原文)》13)"善治"即"good government",也即20世纪20年代初胡适一帮人在《我们的政治主张》这份联名书中呼吁的"好政府"。

1911年革命之所以顺利成功,除了以"新学"之名发动革命的革命党人承诺"共和政体"将使国家致强,人民乂安之外,还与清室终究不愿"因一姓之尊荣,拂兆民之好恶"有关(217),并且,清室在退位诏书中还"谆谆嘱望大小臣工共以民生为重,齐心努力佐成民国之太平"(梁济 217)。不过,革命党方面还是不时发生一些破坏承诺的卑鄙做法。蒋梦麟对杭州革命的描述或许是这场革命在各地进行时的场景的一个典型个案。蒋梦麟1916年从美国回家乡余姚探亲,路过杭州,打听到1911年革命在杭州的经过:

> 革命波及杭州时不曾流半滴血。新军的将领会商之后,黑夜中在杭州街头布下几尊轻型火炮,结果未发一枪一弹就逼得抚台投降。新军放了把火焚烧抚台衙门,算是革命的象征。后来经过谈判,革命军承诺不伤害旗下营的任何人,清兵终于投降。旗人领袖桂翰香代表旗下营接受条件。但桂本人却被他的私人仇敌借口他阴谋叛乱抓去枪毙了。新当选的都督汤寿潜是位有名的文人,对这件卑鄙的事非常气愤,闹着要辞职。(108—109)

汤寿潜是一老派文人,也是一个把信义视为个人荣誉的忠厚君子,他虽被革命党人选为总督,却不能容忍他们以革命的名义滥杀无辜或无端破坏,更不能容忍公报私仇。1911 年革命也很快席卷辜鸿铭所在的南洋公学。当旧制度已经失去约束力而新制度还未获得它的秩序时，一帮冲动的革命学生就可以在革命的名义下随意对一个仅仅提出异议的人——他们的老师——实施"革命的私刑"。这让辜鸿铭对这场革命是否能够重建道德秩序大表疑问。他在 1911 年 11 月 20 日致骆克哈特的信中追述自己的遭遇时写道：

> 本校的学生们很快就鼓噪起来，把我逐出了校园。他们在上海共同租界贴满要处决我的揭帖。我不得不离开我的家人、住所以及其他一切，到法租界避难。学生们于是试图烧掉我的房子、家具和书籍。万幸，他们没能得逞。老天眷顾，我与一位久睽的奥地利绅士重新牵上了线，他把自己肥皂厂里的工人宿舍提供给我住，从那时起到现在，我就一直住在那里……现在上海有一支有上万人的痞里痞气的"新学拳民"，他们已经用枪弹武装起来，称为革命军。（《辜鸿铭致骆克哈特书札十通并二附录（英文原文）》18）

这番对革命的描绘并不意味着辜鸿铭反对一切革命，实际上，他甚至认为当时"寡头集团"统治之下的中国来一场"革命"也未尝不可，不过他同时指出，一场革命的正当性基于两个前提，"其一，这场革命必须由 **人民**（people）发动，而不像眼下这场革命由群氓（populace）发动"（黑体为原文所有），"其二，通过这场革命上台的那个人必须具备足以激发全民族的想象力并赢得全民族的敬意的卓越道德品质，而袁世凯的所作所为甚至连小偷和赌徒都不如"（*The Story of a Chinese Oxford Movement* xxv）。正是在这个意义上，他将"眼下这场革命"发生之前的四川保路运动看成一场真正的人民运动：

> 眼下这场革命的开端是发生在四川的那场反叛，就反叛的正当性而言，那是一场正当的反叛。我们应该记忆犹新，这场反抗是人民对于北京政府的反抗，反抗其准许外国人在中国修筑铁路而不让中国人插手。我们应该牢记，这场反抗的原初原因是外国人

干涉中国内部事务,但当上海以及其他地方的群氓利用民众反抗政府某一政策的这场运动并将其转化为一场革命时,真正的灾难便降临了。(*The Story of a Chinese Oxford Movement* xx)

作为一个敏锐的社会观察家,辜鸿铭对这场革命的观察角度,正如他对其他一切社会问题的观察,是看它在一切细节上是否体现出一种起码的廉耻感,至少比它发誓要推翻的旧制度更能体现道德的原则,否则,一群"暴民"能够成就的就只是让文明和秩序分崩离析的无政府状态。另一方面,尽管清末以来"新学群氓"肆意破坏传统道德的基础,但这个辽阔的国家的绝大部分却并未因之陷入道德失序,这也是 1911 年革命为何没有转化为一场全国性大骚乱的原因,难怪 1911 年 11 月孙中山在匆匆回国途中读到外国报纸对革命时代的中国民众依然遵纪守法的报道时感叹道:"近日中国之事,真是泱泱大国民之风,此次列强必当刮目相看。"(546)几天后,他在伦敦接受英国记者采访时,又谈到共和制度的道德基础,说:"中国,由于它的人民性格勤劳和驯良,是全世界最适宜建立共和政体的国家。"(558)这与辜鸿铭对中国民众在这场革命中的普遍表现的观察一致。在辜鸿铭看来,1911 年革命及 1912 年政权转交之所以并未导致全国范围的无政府状态,正在于儒家伦理千百年来的教化使广大"人民"或"民众"还存在着起码的廉耻感,这种廉耻感使他们不可能利用革命造成的法纪松动来为非作歹,因为有高于法纪的内在道德律令:他们不是"新学"和革命的获益者,却是它们导致的灾难的默默承受者,正是他们的遵纪守法和自我约束才支撑着这个被一帮受过教育但无教养的城市"新学暴民"折腾得摇摇欲坠的国家。

1911 年革命后"第一个农历大年初二"——此时,在北京,袁世凯正准备出任共和国临时大总统,宣布"新中国"的降临,而一帮头戴大礼帽并熟练说着英语的"假洋鬼子"将充斥政府各部——辜鸿铭"走进上海一家最为雅致的花园茶座",在那里的一群人身上突然"见到了这个'新中国'",其情形让他感到恐惧和焦虑:

那是一伙剪了辫子的中国人,其趣味之低劣,举止之粗俗,到了笔墨无法形容的厚颜无耻的程度。他们全都一边打着狂乱的手势,一边高声嚷嚷……这个"年轻中国"所采纳的根本不是什么欧洲文明,只不过是上海式的欧洲文明——此即歌德所谓"盎格鲁-撒克逊传染病",是原版的欧洲文明正在滋生的一种疾病。

试想一下,一旦四万万中国人都染上了这种盎格鲁-撒克逊传染病,学会了这种上海式的欧洲文明,全都变成了像我在大年之时的中国茶园所见到的那些剪了辫子的中国人那样庸俗透顶、趣味低劣、狂乱骚动的人,那将给世界文明带来什么样的后果? 同时,请记住,这些人格低劣、狂乱骚动的新式中国人已学会了使用炸弹。(*The Story of a Chinese Oxford Movement* xxii—xxiii)

而这些人将统治这个国家,并把他们的"庸俗"传染给整个国家。对"新学拳民"的担忧,是辜鸿铭撰写《雅各宾的中国》一文的原因,而他在写这篇文章时,书案上堆满了西文书,其中至少有德国的歌德、英国的马修·阿诺德、美国的爱默生,这几个人的著作他在文章中都有引用。不过,真正让他心头一颤并唤起他强烈共鸣的,却是"一位法国作家"。

二

辜鸿铭博闻强记,写起文章来也总是旁征博引,而且几乎毫无例外都会给出所引之人的名字,但对这位"法国作家"的这句非常关键的"引文",他却为何只含混提到"一位法国作家所说"? 考虑到这句直接引语看起来就像辜鸿铭本人后来的思想的一个凝练形式,或者说它"碰巧"与辜鸿铭本人后来的思想高度契合,那么,他就更应该给出具体的出处了。问题是,尽管辜鸿铭的阅读范围非常广泛,但其中似乎没有哪位"法国作家"能够认领这句话的"发明权"。难道它只是辜鸿铭"发明"的一段引文?

或许,换一种思路,不是从"法国作家",而是从《雅各宾的中国》一文最频繁征引的西方作家中去寻找这句话的出处。无论是在 1910 年初版的《中国牛津运动始末》中,还是在 1911 年底到 1912 年初为该书再版增写的《雅各宾的中国》中,"马修·阿诺德说"都俯拾皆是。辜鸿铭甚至采用《文化与无政府状态》中的"阶级分析"方法,以"历史互文"方式,将 1880 年之后三十年的中国历史"套写"为 1840 年之后三十年的英国历史,而且,正如 1869 年的阿诺德叹息亨利·纽曼博士发起的"牛津运动"的失败一样,1910 年的辜鸿铭叹息以湖广总督张之洞为精神领袖、以北京翰林院为精神中心的"中国牛津运动"(清流党)的失败,而无论是"牛津运动"还是"中国牛津运动",全都败于"自由主义":"三十年前发生在中国的这场运动,在许多方面,是纽曼博士领导的著名的英国牛津运动的翻版。中国牛津运动针对的也是自由主义,是有关进步和新学的现代欧洲观念。"(*The Story of a Chinese Oxford Movement* 3)实际上,《中国牛津运动始末》初版的"导论"第一行便出现了阿诺德的大名:

> 马修·阿诺德谈及牛津,旧日的牛津,说:"我们牛津人,在牛津这个美丽的地方的美与甜蜜中长大,还没有失败到失去这么一种信仰,这个信仰便是,美与甜蜜是人类完善的基本特征。我们对美与甜蜜的这种情愫,我们对丑陋和粗俗的反抗的这种情感——扎根于我们如此之多的失败的事业的深处,扎根于我们对如此之多的如日中天的运动的反抗的深处。这种情感依然流淌着,它并没有被完全打败,即便在其失败中也显示出其力量。""看吧,"马修·阿诺德接着说,"看一看大约三十年前那场震及牛津心脏的伟大运动的历程吧! 它针对的东西,一言以蔽之,姑且称之为'自由主义'。这一点,凡是读过纽曼博士《自辩书》的人都看得出来。自由主义甚嚣尘上;牛津运动于是分崩离析,落了个败局;我们的残骸散落在每一处海滩。"(*The Story of a Chinese Oxford Movement* 3)

1910 年的辜鸿铭认为自己与阿诺德一样都是一场失败的精神反抗的子遗:"我们艰苦奋斗了三十多年,如今我们的事业差不多失败了。我们的一些同道背叛了我们的事业,其他许多人则屈服了,而如今所有人都散落在相隔遥远的各处。"(*The Story of a Chinese Oxford Movement* 3)不过,这个时候,他对中国文士阶层可能成为残存的道德力量还抱有一些幻想。

上引《中国牛津运动始末》这一大段开场白,基本是在连续引用《文化与无政府状态》第一篇中最能显示阿诺德本人的情感和文采的那一大段文字,而且，辜鸿铭使用了连续引号，言下之意，引号内的文字就是阿诺德原文的完整形态，但实际上，辜鸿铭并没有全部照引，而是省略了一些句子，例如第一段引文的原文全文是（画线部分为辜鸿铭所省略）：

> 我们牛津人，在牛津这个美丽的地方的美与甜蜜中长大，还没有失败到失去这么一种信仰，这个信仰便是，美与甜蜜是人类完善的基本特征。<u>当我执意于此时，我就全然处在了牛津的信仰和传统之中。我直率地说</u>，我们对美与甜蜜的这种情愫，我们对丑陋和粗俗的反抗的这种情感，扎根于我们如此之多的失败的事业的深处，扎根于我们对如此之多的如日中天的运动的反抗的深处。这种情感依然流淌着，它并没有被完全打败，即便在其失败中也显示出其力量。（*Culture and Anarchy：An Essay in Political and Social Criticism* 32）

后一段引文的原文全文是（画线部分为辜鸿铭所省略）：

> 看一看大约三十年前那场震及牛津心脏的伟大运动的历程吧！它针对的东西，一言以蔽之，姑且称之为"自由主义"。这一点，凡是读过纽曼博士《自辩书》的人都看得出来。自由主义甚嚣<u>尘上；它是受命前来经营时务的力量；它合乎时求，所向披靡，众人自然就趋之若鹜了</u>。牛津运动于是分崩离析，落了个败局；我们的残骸散落在每一处海滩。（*Culture and Anarchy：An Essay in Political and Social Criticism* 33）

由于辜鸿铭没有特别说明被省略的部分，因此容易给人造成一种错觉，仿佛阿诺德原文如此。话说回来，引文尽管有所省略，却没有改变原文基本意思。辜鸿铭省略这些句子，并不是因为这些句子不重要，而是有意为之：阿诺德之所以说"当我执意于此时，我就全然处在了牛津的信仰和传统之中。我直率地说"，是因为他是牛津人，"全然处在了牛津的信仰和传统之中"，而辜鸿铭是"爱丁堡人"（毕业于爱丁堡大学），尽管他并不认为"牛津运动"为牛津所专有；其次，阿诺德说自由主义"是受命前来经营时务的力量；它合乎时求，所向披靡，众人自然就趋之若鹜了"，但在辜鸿铭看来，当阿诺德这样描述自由主义时，就恰恰把"自由主义"说成合乎历史必然性的潮流了，而辜鸿铭还没有悲观到完全失去希望。但不管怎样，对引文的原文进行裁剪，势必让人对他的其他引文的完整性与真实性起疑——例如某位"法国作家"真的说过"一切文明和善治赖以存在的最终基础，是民众起码的道德和公共事务中的普遍行事公正"吗？

三

这位"法国作家"及他名下的这句"引文"不见于《文化与无政府状态》，而见于阿诺德 1887 年所写的一篇题为《论阿密尔》的评论文章。但说过这句话——确切地说，是类似的话——的这位"法国作家"并非法国人，而是用法语写作的瑞士日内瓦人亨利·弗雷德里克·阿密尔（Henri Frédéric Amiel），一个因其卷帙浩繁的遗著《私人日记》而在 1881 年死后许多年里在欧洲享有巨大身后哀荣的道德哲学教授。在其 1870 年 10 月 26 日的长篇日记中，可以找到如下一条："Le sous-sol de toute civilisation，c'est la moralité moyenne des masses，et la practique suffisante du bien."（"一切文明的基础，是民众起码的道德和普遍行事公正。"）（310）

这与辜鸿铭的"引文"有所差别。但辜鸿铭使用的不是阿密尔的法语原版，而是阿诺德的侄女汉弗莱·华德夫人据法语两卷本《阿密尔日记选》翻译而成并由麦克米伦出版公司于 1885 年出版的英语两卷本《阿密尔日记》，之后华德夫人又根据最新法文两卷本稍加增删，由 A. L. 伯特出版公司出版英文一卷本。但不管哪个版本，阿密尔 1870 年 10 月 26 日的那则日记都不会少。上引那句法文原句，华德夫人译成："The ultimate ground upon every civilization rests is the average morality of the masses，and a sufficient amount of practical righteousness."（"一切文明赖以存在的最终基础，是民众起码的道德和普遍行事公正。"）（227—228）

华德夫人的英译相当忠实于法语原文，只在"基础"一词前添了"最终"，以示"基础之基础"之意。辜鸿铭并没有读到过《阿密尔日记》，那句"引言"

是他从阿诺德《论阿密尔》中"转引"的——不过，他并未忠实于华德夫人的译文。华德夫人的英译本在英美两国流传极广，影响甚深，连好几次拿起它又因"对我碰巧读到的一些段落不满意"而放下它的阿诺德在 1887 年去世前几个月也最终禁不起诱惑，不仅仔细通读了它（他对华德夫人的译笔表示赞赏，称其"活泼而忠实"），而且读后还在《麦克米伦杂志》1887 年 9 月号上发表了《论阿密尔》（次年，去世前，阿诺德将这篇文章收入由麦克米伦出版公司出版的《批评二集》，想必撰写《雅各宾的中国》一文时的辜鸿铭读到的便是这个集子）。

但阿诺德并不欣赏阿密尔的"沉思"，他以"缺乏营养"一语来整体评价阿密尔的日记（*The Works of Matthew Arnold*, *vol*. 4：*Essays in Criticism* 222），只勉强称赞阿密尔作为"文学批评家"的一面，对其日记中大量有关道德哲学方面的思考则评价甚低，说他并非法国评论家们及其英译者华德夫人所吹嘘的那么具有"魔力"，只是"雄辩"而已，即说阿密尔并没有什么高深的思想，只不过长于文辞，能使他的那些本来肤浅的思想表达得格外有力罢了，而"文体的魔力来自创造性，有这种魔力的人进行创造，并启发他的读者跟随他而进行某些方面的创造。创造带来生命和欢乐，而雄辩则可以不具备这种文体的魔力，它谈到的思想缺乏价值和深度，却可以极大强化这些思想的效果"（*The Works of Matthew Arnold*, *vol*. 4：*Essays in Criticism* 225）。

但令阿诺德不满的是，阿密尔不仅认为唯有个人的道德实践才是社会的基石，而且认为一个社会的道德基础是"民众"。这似乎是对诸如阿诺德这种"在牛津这个美丽的地方的美与甜蜜中长大"的上流社会文人的批评。对阿密尔这番评论，阿诺德在《论阿密尔》中几乎全部加以引用，以作为自己批评的靶子。阿密尔写道：

> 在社会中，人们被期待这样的行为举止，倒好像他们靠食仙果而活，除了最为高雅之物，其他一切均不存在。关爱、需要、热情，在他们那里没有存在的空间，所有现实需要均被当作野蛮之物受到压抑。简言之，在他们那里，我们所谓"社会"只是一个让人喜爱的虚幻假设，它运行在缥缈的气氛中，呼吸着诸神的空气……智慧

与趣味大受推崇,而对现实的联想也被对想象的联想所替换。社会于是被理解为诗的一种形式;文雅阶层刻意重新创造了一个昔日的田园牧歌,一个已被埋葬的古希腊世界。无论是否悖论,我相信这种以虚幻方式重新建构一个其唯一目标是美的梦的企图,代表了一种对萦绕在人类心头的那个黄金时代的混乱回忆,或者,毋宁说是对事物之间的和谐的灵感的混乱回忆,尽管我们每日的现实生活都向我们昭示并不存在这种和谐,只有艺术能够让我们偶尔瞥见它。(*Amiel's Journal*:*The Journal Intime of Henri Frédéric Amiel* 183)

在上引的 1870 年 10 月 26 日的这篇日记里,缠绵病榻的阿密尔谈到常年给他送信的那个小个子妇人,她日夜奔忙,照顾着瘫痪在床的丈夫,每晚还要赶到更加无助的妹妹家帮忙。"她的日子就在这劳作中流逝,尽管筋疲力尽,却一如既往,毫无怨言。"阿密尔说,然后根据自己对这个"小个子妇人"所属的劳动阶层的扩大的观察而评论道:

> 像她这样的生活证明了一件事:真正的天真是道德的天真;劳作和受苦是所有人的命运,而根据人的智愚程度进行的区分远不如根据其德行程度进行的区分。上帝的王国属于那些最好的人,而不是那些最智的人,最好的人是那些最不自私的人。谦逊、持续不断、自愿地自我奉献,这才构成一个人的真正的高贵,因而圣书才说"排在最后的人才是排在最前的人"。社会的基础是道德,而不是科学。社会首先是一个道德之物。没有诚实,没有对法律的尊重,没有敬业之心,没有对邻人的爱,一言以蔽之,没有道德,整个社会就将遭难,分崩离析,而一旦大厦的基础不牢,则附丽于其上的文学和艺术、奢华和工业以及修辞、警察和海关官员就断难自全其身。
>
> 一个仅仅以利益为根基、以恐怖为结合手段的国家,是一座不道德的同时也不牢固的建筑。一切文明赖以存在的最终基础,是民众起码的道德和普遍行事公正。(*Amiel's Journal* 227—228)

阿密尔认为正是在贫穷与不幸中依然默默恪守着自己本分的民众阶层支撑着整个文明的基础。但阿诺德向来不相信人道主义者及教会慈善人士对"民众"或"劳工阶层"的道德美化。他在《文化与无政府状态》中将英国社会阶层划分为三,分别是"贵族",即那些拥有土地的血缘世袭贵族,他又称之为"野蛮人"(Barbarians),说"野蛮人的文化主要是一种外在文化,它主要包括外在禀赋和优雅以及长相、风度、多才多艺和勇敢,而其内在的那些禀赋也是最接近外在文化的那些,如勇气、骄傲、自信"(103);其次则为"中产阶级"(the middle class),指当时英国新兴的城市工商业阶层,本是劳工阶层中的一部分,如今得势而崛起为"工业中产阶级",代表着一种"机械文明",他们"修建了城市,铺设了铁路,生产了商品,其举世罕见的商船船队载满货柜"(104),他又称之为"市侩"(Philistines);处于这个阶级结构的庞大底层的,是"民众"或"劳工阶级",他讥之为"群氓"(Populace):

> 劳工阶层中的这一大部分,粗俗,处在半开发状态,此前曾长久藏匿在贫穷与肮脏之中,如今从他们的藏身之处跳出来,要求英国人与生俱来的随心所欲的权利,并且以他们爱上哪儿游行就上哪儿游行、爱上哪儿集会就上哪儿集会、爱怎么吼叫就怎么吼叫、爱怎么砸就怎么砸的行事风格开始让我们感到迷惑了——对这堆庞大的残渣,我们或可恰如其分地称之为"群氓"。(105)

既然阿密尔将体现着"道德的天真"的民众抬到"社会支柱"的高度,那么,阿诺德就怀疑人们能从阿密尔的这些沉思中获得什么真正的教益。他说,根据阿密尔的说法,

> 社会活动家们和政治家们需要了解的是,"一切文明赖以存在的最终基础,是民众起码的道德和普遍行事公正"。但所谓职责,又从何处获得它的灵感和支持?从宗教中。但阿密尔对传统宗教或者说基督教又持何种看法?(240)

于是阿诺德追寻着阿密尔的思考,发现他对基督教的理解游移不定。他懒得再追究下去了,还是觉得将阿密尔定义为一个"文学批评家"更为稳妥,至于"哲学""道德哲学"或"心理哲学",就不必麻烦这位"德国化"的教授了,还讥讽说:"面对阿密尔这位德国化的玄学家常常对法语犯下的暴力,法国批评家惊愕地举起了双手。"(227)

从阿诺德笔下的"社会活动家们和政治家们",即知辜鸿铭笔下的"一位法国作家所说""转引"自阿诺德上面的那段文字,因为阿密尔日记根本没提到"社会活动家们和政治家们"。但辜鸿铭对这段引文进行了"加工"或者"发挥",他写道:

> 的确,在我看来,我们当今的那些社会活动家们和政治家们已全然忘记这么一个简单的真理,此即——诚如一位法国作家所说:"一切文明和善治赖以存在的最终基础,是民众起码的道德和公共事务中的普遍行事公正。"
>
> 中国的旧制度尽管有着种种缺陷和弊端,但它在民众中依然能维持一种起码的道德。这一点,从欧洲传教士们——男人、女人、孩子——在广袤的中华帝国土地上周游而不会遭遇多大危险的事实便可获得证明。至于公共事务中的普遍行事公正,也可从旧制度下的中华帝国政府——尽管其财政捉襟见肘——能够定期支付庚子赔款上获得证明。(*The Story of a Chinese Oxford Movement* xxiii)

阿密尔那句话出现在他1870年10月26日日记的末尾,是对那位风雨无阻常年替他送信的小个子妇人及她所属的那个阶层的赞美。阿诺德在引用它时,并没有将它理解为一种赞美,而只是"社会活动家们和政治家们需要了解的"一种看法。但辜鸿铭显然认为句中"righteousness"(正义、公正)一词属于"公共事务"范畴,是"政府"的职分,也即"社会活动家们和政治家们"的本分;更关键的是,在写作《雅各宾的中国》的1911年底到1912年初,据他观察,民众依然维持着一种起码的道德,而恰恰是开始把持"政府"并操持着"公共事务"的"新学拳民"无意"行事公正"——他们不仅破坏着中国文明的根基,甚至也使政府本身分崩离析。因此,他根据"中国语境"对引文进行修改,增加"善治",与原有的"文明"一词对举,同时增加"公共事务中"(in public affairs)这个状语,不仅与"善治"形成一种前后呼应,且区分了政府与民众各自的本分,然后,将今日中国的无政府状态归咎于"我们当今的那些社会活动家们和政治家们",因为他们"已全然忘记这么一个简单的真理"。

阿诺德在《论阿密尔》的开头为阿密尔写了一个小传:"有关阿密尔的评介文字如此之多,我现在谈及他,就只须稍稍勾勒一下我的读者已然熟知的他的生平的一些线索:众所周知,他出生于 1821 年,死于 1881 年,年轻时在柏林大学度过了三到四年美好的时光,余下的岁月则主要在日内瓦当教授,先是美学教授,后来是哲学教授。"(303)但阿诺德并没有谈到阿密尔是瑞士人,而且,他在文章中老是拿阿密尔与一些法国作家相比,容易给人造成一种错觉,即同样以法语写作的阿密尔是法国人。辜鸿铭显然产生了这个错觉,所以他在引用阿密尔那句话时只模糊提到"诚如一位法国作家所说"。

但没有什么特别的原因能够让 1870 年的阿密尔想到去思考"善治"的"最终基础",因为当时的瑞士本就是一个"善治"社会,所以他的"一切文明的基础,是民众起码的道德和普遍行事公正"也可以理解为专对"民众"而言,是对他们的赞美。但 1911 年底和 1912 年初的辜鸿铭不仅面临中国礼教文明行将崩溃的问题,还面临着中国的社会秩序崩溃的问题,这正是他为何将"善治"偷偷塞入阿密尔的引文并以"公共事务中"这个限定词将中国社会秩序更多地归咎于"社会活动家们和政治家们"一方,而不是"民众"一方。既然他将这些不存在于阿密尔句子中的词语塞入其中,他就不可能说"诚如阿密尔所说",而只能含混提到"诚如一位法国作家所说"了。

四

上文说过,在 1910 年初版的《中国牛津运动始末》中,辜鸿铭采用阿诺德用来分析 1840 年之后三十年的英国阶层结构及其变迁的术语(贵族/野蛮人、中产阶级/市侩、劳工阶层/群氓)来"套写"1880 年之后三十年的中国社会阶层结构及其变化:

马修·阿诺德将英国分为三个阶级——野蛮人、市侩和群氓。中国也许也可以分为三个阶级。中国的野蛮人即满族,是血缘贵族;中国的市侩是受过教育的阶层,其中产生了文士。中国的群氓是生活在城市的下层中产阶级以及劳工阶级,其中产生了商人和买办。满族贵族的特点和力量是英雄主义,是性格的高贵。中国的文士的特点和力量是智力。中国的群氓或劳工阶层的特点和力量是商业能力或勤劳。(5—6)

在这里,就像在阿诺德那里,"劳工阶级"不仅被归于"群氓"之列,甚至被等同于"群氓"。在辜鸿铭看来,自清末以来,这三个阶级在社会中的地位经历了巨大变化:先是满族贵族当政,但在中国的"法国大革命"即太平天国运动之后,"统治权由贵族转移到了中产阶级手中",也就是以曾国藩、张之洞和李鸿章为代表的"文士阶层"手中,试图以西方"有关进步和新学的现代欧洲观念"来使国家自强,却因其自由主义和功利主义造成这个阶级自身道德的崩溃,形成了一个"寡头集团",并恶化了社会风气——此时,以中途觉醒的张之洞为精神首领、以翰林院为中心的"中国牛津运动"试图将这种"误入歧途的力量按照儒家原则纳入正轨",但"中国牛津运动"失败了,正如人民一方反对基督教在华传教活动的义和团运动失败了,而随着中日之战中国的失败,中产阶级文士的洋务运动也失败了。好在还有慈禧太后支撑残局,并挫败了中产阶级文士的变法运动,但慈禧一死,留下一对"孤儿寡母"统治着这个国家,结果,以袁世凯为代表的"群氓"就得势了。

不过,1911年底到1912年初,当辜鸿铭托名"一个中国官员"为再版的《中国牛津运动始末》增写分析这场革命的性质及后果的《雅各宾的中国》一文时,他却突然将劳工阶级从"群氓"中剥离出来,赋予其"文明和善治的最终基础"的地位,并将"群氓"重新定义为"新学拳民",从南洋公学的那帮仅仅因为他发表异见就要取他性命、烧他房子的学生,到上海茶社那一群"一边打着狂乱的手势,一边高声嚷嚷"的共和国新贵,都属于这个"爱上哪儿游行就上哪儿游行、爱上哪儿集会就上哪儿集会、爱怎么吼叫就怎么吼叫、爱怎么砸就怎么砸"的"群氓"阶层,而袁世凯总统则是它的总代表:

　　真正的灾难,我说过,不是这场革命。真正的灾难是这场革命以袁世凯当上共和国总统而告终,这意味着群氓已将整个国家踩在脚下。袁世凯,正如辜鸿铭先生在他的书(初版的《中国牛津运动始末》)中所说,是群氓的化身,他在第一次改革运动(戊戌变法)时出卖了他的同党,如今群氓掌权了,他自然是这个共和国最合适的头儿。我不认为他的统治将会长久,但在他统治的这个短时期内,中国一切精致的、美好的、尊贵的、向上的、友好的以及给它带来声誉的东西,都将面临毁灭之虞……庸俗(Das Gemeine),即中国所有那些低级、庸俗、粗俗、卑鄙和可耻的东西,现在都将得到充分发展自己的机会和"自由"。简言之,庸俗将成为新中国的理想。更糟糕的是,我们将不仅拥有中国人自身的那些庸俗,还将拥有来自欧美的一切庸俗。(xxi—xxii)

　　对在这场革命中不同阶级的行为的观察,使辜鸿铭很快就对他当初寄予希望的文士阶层彻底失望了。他在 1911 年 12 月 2 日给骆克哈特的信中写道:"在当初写给《字林西报》的那篇文章的开头,我还相信文士阶级中残存着一种道德力量,能够为崇信荣誉和责任的大业团结起来。但在这一点上我错了,文士阶层中除了极少的例外,都已丧失责任感和荣誉感,而这一切,在我看来,是'新学'的传播造成的。"不过,此前曾被他按阿诺德的划分方式等同于"群氓"的广大"民众"或"劳工阶级"却体现出一种真正的教养,他们才是"道德大业"的真正历史主体:

　　无教之政终必至于无政。您看,正在发生的事验证了这一点。目前局势之悲剧正是如此。中国的秩序是由认同道德法则的约束的人民一方维系着的。如今,正因为所谓的"新学",即过去二十年来由传教士们不断向中国宣讲的崇信利益与野心的欧洲观念,那种崇信荣誉与责任的旧学被弃如敝屣,以至于文士和学生阶层已把道德法则的约束抛诸脑后。在这种状况下,人就沦为了肉食动物,可以为非作歹了,而能让他遵守秩序的唯一手段就只剩下强力。然而,不幸的是,中华帝国政府一直依靠人们对道德法则的认同来维护社会秩序,并不拥有真正的物质强力。因此,正如我在那篇为慈禧皇太后辩护的文章中预测的那样,如今的局势,是无政府状态,却没有警察。(《辜鸿铭致骆克哈特书札十通并二附录(英文原文)》17)

阿诺德说英国"劳工阶层"是一个完全没有道德约束的"残渣",但中国的"劳工阶级"不仅没有趁革命导致的无政府状态而为非作歹,反倒默默坚守着自己的本分,因而占中国国土绝大部分的广大乡村依然维持着一种自主的秩序——不是警察暴力之下维持的一种秩序,而是内在道德律令之下维持的一种秩序——而正是广大乡村自我维持的这种秩序,才使得这场革命及其带来的无政府状态仅仅局限于少数中心城市,不至于让整个国家陷入失序。从这时起,辜鸿铭就放弃了阿诺德的精英主义,而被阿诺德嘲讽的阿密尔则在辜鸿铭那里激发出了情感共鸣。"劳工阶级"(或"民众""人民")在他那里变成了一个有着自己鲜明特征的阶级——它,正是中国社会的道德基础,而且,在其他阶级要么因这场革命而消亡(满族贵族)或要么因这场革命而崛起("群氓")之后,也是中国社会唯一的道德基础。辜鸿铭担心的是,"新学家们"和"文学革命家们"正以"通俗文学"为载体,鼓动这个本来安分的庞大群体抛弃他们千百年来遵守的儒家伦理规范,以打砸的方式去争取他们的"个人自由"或者表达他们的"个人自由",就像阿诺德所说的"想怎么样就怎么样"。

就像阿密尔的那个送信女人一样,辜鸿铭的老仆也一直忠实地践行着自己的本分。如果一个国家——无论是共和制度,还是君主制度——人人都能像这些忠仆一样默默地尽着自己的大小本分,那么国家就不会陷入这种无望的混乱状态。这也是辜鸿铭在读到阿诺德《论阿密尔》中作为批判的靶子而引用的阿密尔那句话并为之心动的原因。他不仅引用了这句话,还扩写了它,使它适合中国当前状况。此后(1912年到1915年间),极有可能,他读到了《阿密尔日记》,或者,即便没读到,他的思考的方向也完全走向了阿密尔的方向,离阿诺德越来越远——其证据是他1915年出版的英文著作《春秋大义》(即《中国人的精神》)不再言必阿诺德,即便偶尔言及,也是为了赞美阿诺德笔下的以"行"为特征的"希伯来精神",而不是以"知"为特征的"希腊精神",将道德而不是智力作为社会的最终基础。《春秋大义》一开篇便为"文明"(civilization)下了一个"阿密尔式的"或"非阿诺德式的"定义:

> 要估价一种文明的价值,在我看来,我们最终必须要问的问题不是该文明已然修建了或能够修建多么巨大的城市、多么富丽堂皇的屋舍以及多么宽阔平坦的道路,不是该文明已然制造或能够制造多么漂亮舒适的家具、多么灵巧适用的工具和仪器;不,甚至不是该文明创造了怎样的机构、怎样的艺术与科学。要评估一种文明的价值,我们必须要问的问题是,该文明生产了怎样的"人的类型",怎样的男人与女人。实际上,一种文明生产的男人和女人——人的类型——最能体现该文明的本质、个性和心灵。(1)

阿诺德很少使用"文明"一词,不仅因为"文明"不等于他所说的"文化",甚至,在他看来,"文化"还骄傲地对抗着"文明"。他心目中的"文化"是一种基于文明等级制的"高级文化",是"我们牛津人"的文化,是排斥性的。这样,他就剥夺了大字不识的"劳工阶级"拥有文化的可能。面对英国"中产阶级"和"群氓"造成的无政府状态,阿诺德试图以"文化"作为重建社会秩序与国家统一的基础:"经由我们'最好的自我',我们联为一体,去除私性,和谐共处。我们不会因为将权威赋予它而使自己处于险境,因为它是我们所有人内心拥有的最好朋友,当无政府状态威胁到我们时,我们会带着坚定的信任求助于这个权威。这正是文化或者说自我的完善试图在我们内心培养的那个自我。""我们要求一个权威,但我们目前只发现相互嫉妒的阶层、层层阻碍以及死结。文化揭示着'国家'的观念,我们在我们的日常自我中找不到国家权力的稳固基础,但文化经由我们的'最好自我'向我们展示了它。"(*Culture and Anarchy*: *An Essay in Political and Social Criticism* 80—81)

阿诺德反复强调要超越"日常生活",因为"在我们的日常生活中找不到国家权力的稳固基础",仿佛英国人一旦人人变成了"理性"的"牛津人",一个基础稳固的英国就将降临。阿诺德对"非理性"不仅表示怀疑,而且感到恐怖,但他没有想到,一个国家的最终基础(或者"基础之基础")正在于"非理性",即阿密尔日记中所说的"真正的天真是道德的天真",诸如情感、敬畏以及"谦逊、持续不断、自愿地自我奉献"等等,它们见于日常生活中的人的具体言行。

其实,儒家也一直将"德"置于"智"之上。不过,基于清末民初"受过教育"的阶层反倒成了"暴民",成了导致国家无政府状态的破坏力量,辜鸿铭就走得更远,直斥"受过教育的"阶层缺乏"教养",而真正的教养,在他看来,反倒见于未受过教育却有教养的"劳工阶级",因为他们依然受着千百年来已几乎化为自己言行本能的儒家伦理的约束。因此,在"新学"运动的极端阶段的"新文化运动"时期,当新文化派因"劳工阶级"没有受过教育、不知"有关进步和新学的现代欧洲观念"就称其为"愚众"并认为他们阻碍了国家的"进步"时——事实恰恰是"受过教育"尤其是"受过新学教育"的共和国的新贵们让这个国家濒临破产、南北分裂的危险境地,而这一切源自道德的破产——辜鸿铭就忍不住要为劳工阶级辩护了。

不过,这年 6 月,鼓吹"文学革命"的胡适在上海英文报纸《密勒氏报》上谈到识字问题,说通俗的"活文学"才能"为思想和观念的彻底革新扫清道路,而且,唯有思想和观念的彻底革新,才能为全民族智慧地积极地参与共和国优良秩序的创建创造条件"("Against the Chinese Literary Revolution")。这为辜鸿铭表达自己的观点提供了一个机会,他立即接连在该报发表两篇对胡适文章的评论,其中之一《归国留学生与文学革命——读写能力和教育》讥讽时任《密勒氏报》通讯员的胡适,说:

> 贵报通讯员抱怨在中国 90% 的人都不识字,"因为中国的文言太难学了"。我认为,我们所有的人,包括外国人、军事家、政治家,尤其是我们那些归国的留学生们,现在在中国还能有这样好过的日子,不该抱怨什么,而应该为中国四亿人口中的 90% 不识字这件事每天感谢神。因为想想看,如果四亿人口中有 90% 的人识字,那将会出现什么样的结果。设想一下,假若在北京,苦力、马夫、司机、理发师、船夫、小贩、无业游民和流浪客,诸如此类的人都识字,并想和大学生一道参政,那将会是一幅多么美妙的景象……在我看来,贵报通讯员与时下许多人一样,被这样一个错误观念所困

扰,他认为识字同受过教育是一回事。但这是绝对不对的。我的看法正好与此相反。在我看来,一个人识字越多,他所受的教育就越少。然而,什么是教育?什么是"受过教育"或有教养呢?子夏说:"贤贤易色,事父母能竭其力,事君能致其身,与朋友交言而有信,虽曰未学,吾必谓之学矣。"(《论语》卷一)按照这种教育标准,那些被贵报通讯员称为文盲的占四亿人口中90%的中国人,将是唯一遗留在中国乃至全世界的真正受过教育的有教养的人。的确,在堕落、退化的文明时代,正如在我们的现实生活中一样,就"教育"这个词的真正意义而言,一个人越变得有文化或学问,他所受的教育就越少,就越缺乏与之相称的道德。(《归国留学生与文学革命——读写能力和教育》172—173)

辜鸿铭当然不反对90%的不识字者通过教育而成为识字者,但他区分了"教育"与"教养",认为"受教育"不一定体现为"有教养",例如清末民初的"教育"意味着获得"有关进步和新学的现代欧洲观念",而这种教育不是为了让人成为有道德的人,而是成为自私自利的人。在他看来,百年以来中国虽内忧外患迭起,但直到目前为止辽阔的中国之所以还能大体保持一种秩序,国家还能具有国家的形式,正在于那90%的不识字者以自己的廉耻感在暗中维护着它。他们没有享受新学、革命以及种种革新的好处,却忍受着制度转型时期的个人损失,而不像"新学拳民"那样动辄啸聚于街头,向政府发难,或仅仅因为国库空虚不能为他们发全薪而占领财政部乃至私自扣押财政部官员。如果这90%的不识字者也像"新学拳民"那样因为学了一鳞半爪的"有关进步和新学的现代欧洲观念"就变得自负起来,把儒教道德规范弃如敝屣,动辄以游行示威来要求自己认为必得的各项权利,则偌大的中国就将陷入混乱无序的无望状态了。辜鸿铭在《反对中国文学革命》中写道:

对胡适以及他那一帮文学革命者,我最后再奉劝一句:在将诸如海克尔、莫泊桑和奥斯卡·王尔德之流的欧洲文学家时髦的现代作品引入中国时,你们不是在引入一种活文学,实际是在引入一种使人变成道德侏儒的文学。事实上,这种文学所传达的不是生命之道,而是死亡之道——如拉斯金所说,是"永恒死亡之道"。的确,在目睹了欧洲过去五年流血漂橹、死者相枕的末日景象后,在观察到中国当今这一代归国留学生如何变成道德侏儒、矮到连他们母语中的高雅、那种甚至像翟理斯博士那样的外国人都能欣赏到的高雅既弄不懂也感觉不到的时候,在看到这一切之后,我若再遇到那些仍认为中国人所需要的是欧洲"新学"的外国人时,基督的话就不期而然地闪入我的脑海:"你们真可悲啊,律法师和法利赛人,伪君子们! 你们跋山涉水而来,是为了让他们改宗,可当他们改宗之后,你们就把他们变成比你们自己都不如的可悲的地狱之子。"("Against the Chinese Literary Revolution")

新文化派断言儒家伦理已不适合于共和时代,如陈独秀在 1917 年 5 月的《旧思想与国体问题》中说,"要巩固共和,非先将国民脑子里所有反对共和的旧思想,一一洗刷干净不可"(陈独秀,《旧思想与国体问题》),但共和之所以为共和,不正在于对异己思想的宽容,正如专制之所以为专制,在于对异己思想的不宽容? 他们大谈"共和伦理",却于"共和伦理"并无多少见解,自己身上也没有体现出"共和伦理",这也是为何他们对与共和伦理相通的"旧伦理"大加挞伐的原因。不过,最初对"孔家店"展开攻击的却并非共和革命之后的新文化派,而是偏听了"新学"主张的清末政府学部(教育部),它以"不切于用"而又"虚耗脑力"的理由废除了学校读经一课。后来有清遗民反思大清之亡,认为亡于废经,林纾在致唐文治的信中认同这一看法:

> 吾清之亡,亡于废经。悲哉言乎! 废经固足亡清,病在执政之亲贵。少年狂谬,剽窃西人皮毛,锄本根而灌枝叶,亡之病坐此耳。胡、罗、曾、左、彭、李诸公,手握兵柄,分据要害,未有一人敢蓄不臣之心如唐之藩镇者,正以人人皆通经耳。枢近大臣如忠亲王文文忠宝文靖倭文端亦洞明经意。所以上下无忤,克成中兴之治。乃近人谓圣言幽远不切于用。至中学以下废斥论语,童子入手但以家常行习之语导之,已不审伦常为何物。一遇暴烈之徒启以家庭革命之说,童子苦于家训,反父母爱劳之心为冤抑。一触之,如枯

菅之炽烈,焰光熊熊矣。鸣呼!易书诗礼及春秋之言,童子固不易
知,论语一书无所不包,可以由浅几深,何亦废之?始基已不以父
母为然,又何有于国家?其仍托国家为言者,逐时趋而佯己利耳。
(薛绥之　张俊才 90)

"废经"可亡大清,也可亡民国,因为儒家伦理所倡导的仁义礼智信是一
切制度的最终道德基础,也是当时依然生动作用于广大民众内心的道德律
令,而且是唯一的道德律令,挖去了这个最终基础,否弃了这些律令,也就等
于挖去了共和本身的基础。毕竟,一个主要不依赖强权的稳固之国必然基
于深广的国民道德基础,这也是中国"旧制度"之所以稳固而绵长的核心原
因,而它同样也可以被草创而缺乏自身伦理基础的"新制度"所征用,正如林
纾所说,孔子为"时中之圣。时者,与时不悖也"(薛绥之张俊才 87)。在
1919 年 3 月致北京大学蔡元培校长的公开信中,林纾规劝蔡元培:

> 方今人心丧蔽,已在无可救挽之时,更侈奇创之谈,用以哗众。
> 少年多半失学,利其便己,未有不糜沸麇至而附和之者。而中国之
> 命如属丝矣。晚清之末造,慨世者恒曰:去科举,停资格,废八股,
> 斩豚尾,复天足,逐满人,扑专制,整军备,则中国必强。今百凡皆
> 遂矣,强又安在?于是更进一解,必覆孔孟,铲伦常为快……外国
> 不知孔孟,然崇仁,仗义,矢信,尚智,守礼,五常之道,未尝悖也,而
> 又济之以勇。弟不解西文,积十九年之笔述,成译著一百二十三
> 种,都一千二百万言,实未见中有违忤五常之语,何时贤乃有此叛
> 亲灭伦之论,此其得诸西人乎?抑别有所授耶!……今全国父老,
> 以子弟托公,愿公留意以守常为是,况天下溺矣,藩镇之祸,迩在眉
> 睫,而又成为南北美之争。(薛绥之　张俊才 86—89)

如果儒家伦理与欧洲基督教伦理只是名异而实同,那么,当中国的"启
蒙家们"为"全盘欧化"而砸烂儒家伦理的时候,他们也就掏空了他们理想中
的"新国"的道德基础,让其屈从于弱肉强食的社会进化论。新文化派看到
了欧西的强大和文明,纷纷输入激进的"欧化",并发誓要让中国"全盘西

化"，却没有看到欧西造成今日之强大和文明的关键原因，即基督教的教化。欧洲的现代化与基督教复兴运动如影随形：基督教不仅缓解了欧西各国从前工业时代向工业时代急速转变过程中价值观念混乱和社会阶层变化带来的普遍心理危机，而且在形成"现代民族国家"的意识中起到了核心作用。如果欧洲的现代启蒙家们一方面将火力对准已成为社会黏合剂和个人道德规范的基督教，发誓将它从国民内心连根拔除，一方面又指望实现一个秩序井然的民主社会，那他们最终获得的将是一个甚至比专制还不如的无政府社会，这个社会将因为内部的撕裂以及人人目无法纪而被削弱，当然也就更谈不上"国家建设"方面的事了。并非偶然的是，这恰恰是中国的"启蒙家们"最终获得的。实际上，当新文化派发誓将儒家伦理从国民脑中连根拔除的时候，他们就为人们的为非作歹以及大大小小的"割据诸侯"分裂国家的行为提供了堂皇的合法性，这些人当初本来还碍于儒家的"春秋大义"而对自己的为非作歹或者分裂国家的行为感到一丝惶恐和后怕。

另一方面，新文化派高举"民主"大旗，却又把占中国人口 90% 的"劳工阶级"说成"愚民"，而恰恰是在被他们视为"旧势力"文化代言人及反动"复辟分子"的辜鸿铭那里，这 90% 没有受过教育的中国人比那 10% 的受过"新学"教育的中国人更有教养，他们靠着内心的道德律令来约束自己的言行举止，并为这个共和国的新贵们支付着薪饷。当所谓"启蒙家们"断言"民众的教育程度跟不上共和"而发誓要启蒙"愚众"的时候，辜鸿铭反戈一击，认为"启蒙家"自己倒应该经历一场"自我启蒙"，以配得上人民的那种教养程度，因为共和国的最终基础——正如其他政体的最终基础——是道德，而不是利益。阿诺德在《文化与无政府状态》中将"文化"想象为"希腊精神"与"希伯来精神"的结合，但对辜鸿铭来说，一种文明或者政体的"基础之基础"或"最终基础"在于后者，即信仰一旦给定，便义无反顾地身体力行的那种实践精神。他在《春秋大义》中说："孔子教导中国人，在人类社会的所有日常关系以及交往中，除利益和恐惧这类低下的冲动之外，还有一种更高尚的冲动影响着人们的行为，这种更高尚的冲动超越了利益和恐惧的考虑——这种冲动就是责任。"(28—29) 又说，"实际上，孔子全部的哲学和道德的教诲可归纳为一句，即'君子之道'"，也即"名分大义——关于名誉与责任的原则"(30)，"不仅一个国家，而且一切社会和文明，它们真正的、理性的、永恒的和绝对的基础,正是这种君子之道,正是人的廉耻感"(31),"事实上,人若无廉耻感,政治若无道德,一个社会就会瓦解,就不会持久"(34)。辜鸿铭关注的是一个社会的"基础之基础",即道德问题或者陈寅恪后来所说的"世道人心",至于政体为何,则是次一等的"基础"问题。从辜鸿铭这些表述都可以发现阿密尔那句话的影子。

五

当1919年7月辜鸿铭在《密勒氏报》上撰文反驳胡适并把"占人口90%的不识字者"赞为"将是唯一遗留在中国乃至全世界的真正受过教育的有教养的人"的时候,与胡适同属新文化派阵营的鲁迅也开始以另一种眼光来看待一直被自己一帮人以鄙夷口吻说成"愚众"的劳工阶级。鲁迅与其他"启蒙者"不一样,他总是同时对"启蒙"持一种怀疑态度,例如他鄙视"麻木愚钝"的民众,并在《呐喊》中为他们绘制了一系列丑陋愚昧的画像,却同时又以《一件小事》(同样收入《呐喊》)来质疑自己对民众形象的建构——此时,"启蒙者/愚众"的角色在这一刻发生了逆转。

《一件小事》这篇不足千字的小说是习惯于诊断"他人"精神麻痹症的"启蒙者"的一次难得的自我精神诊断。主人公"我"痛苦地发现,患有这种精神麻痹症或者说道德麻痹症的不是别人,而正是自己。这种震惊的体验对他的骄傲和孤独是一种深刻的伤害,同时也动摇了他的"国民劣根性"理论的前提,因而他一直将这种体验压抑着,继续他的"中国国民性"批判,甚至在后来发表的《阿Q正传》中为全体中国人画了一幅精神麻痹的"标准像"。但阿Q并非全体中国人的代表,毋宁说只代表了城乡的流氓无产者,即辜鸿铭后来区分的"群氓"。的确,这篇短小的作品是对《呐喊》的基调的颠覆,也是对新文化派言之凿凿的那些东西的怀疑。它就像一种时有时无的讨厌的声音,提醒那些总是站在自我赋予的道德和知识的制高点上的"启蒙家们",他们才是隐藏很深的精神麻痹者。

当这位尼采主义者谈论着"中国人的劣根性"并哀叹这样的民族毫无希望时,他——那个坐在人力车上的"我"——却遭遇了一件让他内心产生震惊的"小事":"因为生计关系"他一大早乘人力车去S门,半途人力车不幸把一个衣着破烂的老女人剐倒了，且可能受伤了——但习惯于怀疑人和看不起人的"我"却不能肯定，或不愿肯定："我料定这女人并没有伤，又没有别人看见，便很怪他多事，要自己惹出是非，也误了我的路。"（鲁迅，《一件小事》481）一番利益计算之后，"我"便向车夫喊道："没有什么的。走你的吧！"但车夫却毫不理会"我"为他逃脱责任提供的借口，他"放下车子，扶那老女人慢慢起来，搀着胳膊立定"，问她的伤情，然后，"毫不踌躇，仍然搀着伊的胳膊，便一步步地向前走"（482），前面是一所巡警分驻所：

> 我这时突然感到一种异样的感觉，觉得他满身尘土的后影，刹时高大了，而且愈走愈大，须仰视才见。而且他对于我，渐渐地又几乎变成一种威压，甚而至于要榨出皮袍下面藏着的"小"来……这事到了现在，还是时时记起。我因此也时时熬了苦痛，努力地要想到我自己。几年来的文治武力，在我早如幼小时候所读过的"子曰诗云"一般，背不上半句了。独有这一件小事，却总是浮在我眼前，有时反更分明，教我惭愧，催我自新，并且增长我的勇气和希望。（482—483）

"我"只把"子曰诗云"当作一种书本知识，未化为自己每时每刻的本能，因此如今"背不上半句了"。不过，大字不识几个的车夫却把"子曰诗云"化为了自己的自然而然的言行举止——按辜鸿铭的说法，他没有受过教育，却有教养。但把《一件小事》当作鲁迅向当时受苏俄影响的左翼力量所说的"劳工神圣"观念的文学附和，却不免牵强附会，因为小说中还有一个重要人物——那个代表国家权力的"巡警"。辜鸿铭在描述西方现代社会时，说基督教的道德约束力已然失效，社会秩序的维持只能靠"警察和毛瑟枪"，而中国儒教文明社会的秩序的维系却主要依赖于个人的道德约束力，"警察"只起到微不足道的辅助作用。让辜鸿铭焦虑的是，中国这个在人口和面积上堪比整个欧洲的大国一旦丧失道德约束力，势必陷入可怕的无政府状态，而这意味着比古代专制更严酷的现代专制将起而恢复社会秩序，建立一个必须花费巨大经济成本才能支撑起来的遍布全国城乡的庞大现代监管体系。

不过，草创阶段的北洋时期的北京警察还并未完全脱离"大众"，他们具有较高的道德操守,在民间的口碑一向不错。此时,这个普通的形象在《一件小事》中出现了——他身上没有配枪,只有他的黑色制服代表了国家身份,连他的语言也是街邻的语言。毋宁说他更像一个调解员。他甚至想到外面还有一位坐在车上等待的乘客,特意走出门来,对"我"说:"你自己雇车罢,他不能拉你了。"(482)"我"于是"没有思索的从外套袋里抓出一大把铜元,交给巡警,说,'请你给他……'"(482)

如果说车夫扶起倒地的老女人走向巡警分局,不仅显示了他的廉耻感,也说明他对警察在公共事务中秉公行事的信任,那么,向来怀疑人和看不起人的"我"将一大把铜元塞给警察,让他转交给车夫,也说明"我"开始相信警察,不担心他会私吞这一大把铜元。此时,"车夫"和"巡警"的角色就呼应了辜鸿铭在《雅各宾的中国》中关于"文明与善治"的两个最终基础的观点:"一切文明和善治赖以存在的最终基础,是民众起码的道德和公共事务中的普遍行事公正。"在因车祸而临时组合的这个"小社会"中,"车夫"和"巡警"躬行着辜鸿铭所说的那种"君子之道",而"我"——受过"新学"教育,且是教育部官员——在这个场景中却既缺乏"车夫"的廉耻感,也没有"巡警"秉公行事的精神。"我"当时只考虑别"误了我的路"。

因此,"我"随即想到:"这一大把铜元又是什么意思?奖他么?我还能裁判车夫么?我不能回答自己。"作为一个自我任命的"启蒙者",鲁迅向来喜欢"裁判"人,如今他觉得自己在一个"车夫"面前失去了"裁判"的资格。鲁迅此时的心理与阿密尔思考那个风雨无阻地替他送信的"小个子妇人"一样:他们在那些没有受过教育却有起码的廉耻感的民众身上发现了真正的"教养",一种"道德的天真",而"我"却早就失去了这种天真,患上了道德麻痹症。不能想象,像"我"这样"皮袍下面藏着'小'"的一群道德麻痹症患者能否组成一个文明社会。而且,正如辜鸿铭所说,假若北京的"苦力、马夫、司机、理发师、船夫、小贩、无业游民和流浪客,诸如此类的人都识字"而且都接受了"我"的那种"新学"教育,以儒家伦理"不适合共和制度"为名将千百年来耳濡目染的仁义礼智信的内在道德律令连根拔除,"那将会是一幅多么美妙的景象"?他们将像"我"一样失去"道德的天真",变成"群氓"——那时,社会若要存在下去,就只能依靠带枪的警察了。

参考文献

Amiel，Henri Frédéric. *Amiel's Journal*，trans. Mrs. Humphrey Ward，London：A. L. Burt Company，1895.

Amiel，Henri Frédéric. *Amiel's Journal*：*The Journal Intime of Henri Frédéric Amiel*，trans. Mrs. Humphrey Ward，London：Macmillan and Co.，1890.

Amiel，Henri Frédéric. *Journal Intime*，*Tome VIII*，Lausanne：Editions L'Age d'Homme，1988.

Arnold，Matthew. "Amiel"，in George William Erskine Russell，ed.，*The Works of Matthew Arnold*，vol. 4：*Essays in Criticism*，London：Macmillan and Co.，Limted，1903.

Arnold，Matthew. "Amiel"，in George William Erskine Russell，ed.，*Culture and Anarchy*：*An Essay in Political and Social Criticism*，London：Smith，Elder，and Co.，1882.

Ku，Hung Ming. "Against the Chinese Literary Revolution." *Millard's Review of the Far East*，Jun 12，1919.

Ku，Hung Ming. *The Spirit of the Chinese People*，Peking：The Peking Daily News，1915.

Ku，Hung Ming. *The Story of a Chinese Oxford Movement*，Shanghai：Shanghai Mercury Limited，1912.

陈独秀：《旧思想与国体问题》，载《新青年》第 3 卷 3 号，1917 年 5 月 1 日。

辜鸿铭：《辜鸿铭致骆克哈特书札十通并二附录（英文原文）》，载《史料与阐释》，陈思和、王德威编，上海：复旦大学出版社，2014 年，第 13-18 页。

辜鸿铭：《归国留学生与文学革命——读写能力和教育》，载《辜鸿铭文集》（下），黄兴涛等译，海口：海南出版社，1996 年，第 172-173 页。

蒋梦麟：《西潮·新潮》，长沙：岳麓书社，2000 年。

梁济：《梁巨川先生遗笔》，1919 年。

鲁迅：《一件小事》，载《鲁迅全集》第一卷，北京：人民文学出版社，2005 年。

孙中山：《孙中山文集》第一卷，北京：中华书局，2006 年。

薛绥之、张俊才：《林纾研究资料》，福州：福建人民出版社，1983 年。

中国第二历史档案馆：《中华民国史档案资料汇编》第一辑，南京：江苏人民出版社，1979 年。

现实主义文学研究的勃勃生机

王守仁①

内容提要：现实主义文学并非如一些批评家所言"过时"或"枯竭"，而是在向更加多元、多样化的形态发展，呈现出新的时代特征。当代现实主义理论也有很多建树，出现了"新现实主义转向"，从新的角度审视文学与现实的关系，探索质疑传统观念、范式和认知，显示出这一研究领域的丰富性和复杂性。中国的外国文学研究成果以中文和外（英）文为载体，两个知识体系应该是对话的关系，互为支撑。以莫言、阎连科为代表的中国作家在现实主义的创作实践和理论建构方面对世界现实主义做出贡献，促使中国外国文学学者的现实主义研究融通中外，在全球学术空间进行现实主义理论话语的创新。

关键词：现实主义　现实　真实　知识体系　神实主义

Title：On the New Developments of Literary Realism Studies

Abstract：Realist literature is not "obsolete" or "exhausted", as some critics claim, but is growing with plural forms, marked by diversity and distinctive features of the time. Current realism studies have also flourished, forming a "new realist turn". The relationship between literature and reality is viewed from new perspectives, and the traditional concepts, paradigms and cognitions are reexamined and critiqued, manifesting the richness and complexity of the research field. In China, scholars write in Chinese and English, producing two bodies of knowledge

---

① 王守仁，南京大学人文社会科学资深教授、博士生导师，当代外国文学与文化研究中心主任。

concerning foreign literature. It is argued that the two bodies should establish dialogical relationships, and reinforce each other. With their ingenious creative writing and theoretical explorations, contemporary Chinese writers, notably Mo Yan and Yan Lianke, have made great contribution to world realism. This encourages China's foreign literature scholars to relate their foreign studies to China, and innovate realism studies in the global context.

Key words：realism；reality；truth；body of knowledge；mythorealism

我们生活在一个真实与虚拟既彼此依存又对峙交锋的时代，日新月异的互联网平台、虚拟现实技术、移动科技不断提升人类感知外部世界和探究自我的阈限，挑战人们对真实的传统认知。与此同时，人类历史上也没有哪一个时期比当下更加渴望在千变万化、虚实难辨的人间万象和浩瀚宇宙中把握确凿可信、无可辩驳的真实。从风靡全球的真人秀节目、凸显普通人视角的自媒体兴起，到不久前天文学家们调集遍布全球的毫米/亚毫米波射电望远镜，通过合成照片终于解锁了宇宙黑洞的"庐山真面目"，人类一直试图挣脱柏拉图在洞穴寓言中描绘的幻象枷锁，接近真实的光明。这份对真实孜孜以求的渴望与探究同样涌动在文学发展的各个历史阶段，20世纪中叶，奥尔巴赫（Erich Auerbach）在《摹仿论》中论述西方文学对真实进行诠释或"摹仿"的传统，涵盖了从古希腊罗马文学、圣经文学、司汤达到伍尔夫的意识流小说。曾几何时，后现代主义思潮风靡学界，真实作为一个形而上的"绝对"观念（王守仁，《英美文学批评史》330），最先成为解构的目标。进入21世纪，随着后现代主义的退潮，人们把目光放到后现代主义之后，要超越后现代主义（Stierstorfer 9），重新审视文学与真实的关系。谢尔兹（David Shields）2010年发表的《真实的饥饿：一份宣言书》在开篇即开宗明义地指出"有史以来的每一次艺术运动都在寻找将艺术家所认定的真实更多偷偷带入艺术品中的路径"（3）。经历了后现代主义洗礼的当代文学呼唤着更加深刻、多变的表现方式，以回应当代社会对真实的"饥渴"。回顾检视现实主义文学及其理论的发展历史，对于我们正确认识文学揭示真实的认知价值，在守正的基础上推进文学理论话语创新，不无裨益。

一

英国第一部现实主义小说《鲁滨孙漂流记》于 1719 年问世,距今已有 300 多年历史。根据韦勒克(René Wellek)的研究,"现实主义"(Realism)这个术语用于文学批评,最早可追溯到德国剧作家、诗人席勒 1798 年致歌德的书信(3)。现实主义在 19 世纪成为西方文学主潮,涌现出司汤达、巴尔扎克、狄更斯、爱略特、托尔斯泰、亨利·詹姆斯等具有世界影响的文学巨匠。进入 20 世纪,现实主义相继受到现代主义、后现代主义的挑战和冲击。在过去几十年里,有批评家发出"现实主义已死""现实主义过时了"的声音,人们曾一度质疑现实主义文学的价值,认为其表现手法单一,不足以描写战后复杂的生活现实,对现实主义前景持悲观态度。特别是索绪尔(Ferdinand de Saussure)"语言学转向"后一批理论家质疑语言指涉现实的功能,强调艺术的自主性,以及后现代主义解构"现实",对现实主义文学的发展造成不小的冲击。但是,现实主义蓬勃发展的事实证明了所谓"现实主义过时论"(the obsolescence of realism)(Lodge 4)、"现实主义之死"的预言站不住脚。

语言是现实主义作家传递其对现实感知的工具,其指涉现实的功能是现实主义文学反映现实的诗学目标得以实现的前提。战后西方思想界出现"表征危机",语言符号不再作为一种可靠的表征手段,无法"真实""客观"地表征客观现实。语言学家索绪尔认为语言具有任意性,它不能反映世界或客观现实,不接受指涉现实世界的要求。索绪尔的结构主义语言学理论关注能指与所指的关系,客观存在则用括号括起,予以悬置。巴特(Roland Barthes)将语言视为独立于现实的封闭系统,将文学定性为"一种言语活动""一种符号系统",割裂文学与现实的联系,"对于现实,话语不负任何责任:最现实主义的小说,其中的所指物毫无'现实性'可言……(现实主义文论中)所谓的'真实',只不过是(意指作用的)再现符码而已"(164)。巴特认为文学仅仅属于言语活动,否认语言的现实指涉功能。米勒(J. Hillis Miller)呼应巴特对于语言意义的论述,提出现实主义文本是进行自我指涉,无法突破语言的封闭系统去指涉历史现实(287)。

当然,语言与客观现实、文学与客观世界之间的关系并非真的如理论家所说的那样可以被割裂。语言的表意功能以及其指涉现实的功能是日常生活交际的前提,也是所有文学文本借助语言这一媒介进行传情达意的基础。首先,从日常生活中扮演的角色来看,语言是用于社会交际的符号体系,是传递意义的工具。语言的这一基本功能使得语言可以指涉现实,与客观世界保持一致性;语言这一媒介交际的内容与读者的生活经验相关,具有可信性。其次,这种将语言以及文学视为独立于客观现实的封闭系统的看法忽略了文学的社会根源。根据马克思主义理论,文学作为一种审美意识形态,与其他意识形态一样由社会存在决定。语言是架接文学与客观现实之间的桥梁,如果剥夺语言作为桥梁连接之功能,那么所有书写都没有任何认知价值,文学的存在依据也就消失了。此外,索绪尔的语言学理论虽然强调语言与客观现实之间的沟壑,但是他也认可语言赋予事物以意义,也就是说,人们在言说某个对象的同时也在言说中建构一个意义世界,它包含言说者/叙述者主观认识和态度。现实主义文学符合索绪尔所描述的语言建构的世界:现实主义作家在言语/书写的过程中构成一个世界,这个世界又浸染言说者/作者的主观认识;也就是说,作家们在清楚认识到文学与现实之间存在距离的前提下,使用语言这一表意工具反映客观现实。因此,我们承认语言受使用者主观意识的影响,但是这并不影响语言指涉现实。

现实主义文学的表现对象是客观世界,而我们平常生活的经验也告诉我们"现实主义所模仿的现实确实存在"(Lodge 26)。法国当代作家菲利普·福雷斯特在一次访谈中指出:"小说就是回应现实","如果书不反映真实,这本书便没有任何价值。文学从文本到文本是一个可耻的谎话连篇的过程……什么浪漫主义、虚无主义……我都不信……"(陈丽萍)现实主义文学在其发展演变中,逐渐形成了具有辨识度的创作特征,卢卡奇将其总结为真实性、典型性和历史性。对现实主义文学的这一认识在很大程度上源自马克思、恩格斯的观点。1888 年恩格斯在写给作家哈克奈斯小姐的信中曾这样点评其小说《城市女孩》:"你的这部小说不够现实主义。在我看来,除了细节的真实,现实性暗示的是对典型环境的忠实的再现"(Wellek 5)。典型环境是具有代表性的环境,应能集中体现某些根本性的特点。现实主义文学中的现实超越了细节层面,是具有典型性的现实,典型性意味着对现实的生活素材进行选择、提炼、概括,从而揭示生活的本质特征。革命导师关于现实主义文学的论述对我们观察文学与现实的关系具有指导意义。

现实主义文学拥有"灵活、宽泛、不稳定、彻底开放"的内涵与外延 (Gasiorek 14)。现实主义文学并不是简单的同一概念,相反,它立足于历史语境,其含义随着历史进程而变化发展。现实主义文学试图展现真实世界的微模型,在有限的叙述中展现一个足以补充历史现实世界的平行现实。现实主义文学的历史性也体现在与处在历史进程中的现实世界相对应的是一个因语境以及主体的不同而发展变化着的现实主义文学世界。现实主义文学有着发展、变化的内在发展机制,永远在挑战并超越旧时普遍的文学模式,并在超越陈规的过程中,或是改革旧有表征方式,或是创造新鲜的手法表现历史现实。早在 1961 年,韦勒克在《文学研究中的现实主义概念》一文中提出现实主义是一个"时期概念"(period-concept)(2),将现实主义视为历史的、阶段性的文学事件。如果说作为"西欧本原性现实主义"的 19 世纪西方现实主义有其时间和空间的限定性边界,现实主义本身在 20 世纪继续发展、演变(蒋承勇,《外来文化接受》612)。现实主义与现实有关,现实主义的真实是对现实存在的认同。20 世纪波澜壮阔的历史进程和复杂的社会生活既为现实主义文学提供了丰富的创作素材,也给作家们提供了新的表现主题。特别是战后现实主义作为在 19 世纪已成系统的现实主义诗学的基础上的深化与拓展,有着多种外在形态的"复数"概念。这种变革与创新的"复数"现实主义体现在世界各国涌现的众多现实主义,如社会主义现实主义、批判现实主义、魔幻现实主义、自觉现实主义、地域现实主义、主体现实主义、新现实主义等等。这表明现实主义没有停滞凝固,而是在向更加多元化、多样化形态发展,呈现出新的时代特征。

二

当代现实主义文学形态不一,流派纷呈,具有表现题材、真实标准、叙述手法多样化的特点。与此同时,当代现实主义理论研究也向纵深推进。20世纪上半叶卢卡奇与布莱希特曾围绕现实主义展开论辩,60 年代初韦勒克和格林伍德就现实主义概念进行学术交锋。当代学者继续就现实主义诗学进行探究,对传统观念、范畴、认知方式和方法进行重新审视,展示了这一研究领域的丰富性、复杂性和深刻性。

现实主义如何反映现实、追求真实始终是人们关注和探究的课题。客观现实是现实主义文学描写的对象，也是创作的基础。在说明现实主义可以而且应该表现客观现实时，我们可以引用阿尔都塞（Louis Althusser）关于意识形态的论述。阿尔都塞在他著名的《意识形态与意识形态国家机器》（1970）一文中从马克思的唯物主义认识论立场出发，认为"意识形态是个人与其生存的真实条件的想象关系的表征"。意识形态是"想象的"，并不对应于现实，但是，他又指出：

> 我们承认意识形态并非对应于现实，换言之，它们构成一种幻觉，同时我们也承认它们确实暗指现实，只要经过"阐释"，便能在想象的表征世界背后发现那个现实的世界（意识形态＝幻觉（illusion）/暗指（allusion）。（162）

现实主义文学与意识形态具有类似的特征，两者都是想象的，并不对应于现实，但是正如阿尔都塞所言，虽然现实主义是虚构的"幻觉"，但同时也"暗指"现实，在想象的现实主义文学世界背后能够发现客观现实；反过来，客观现实一直被假定为现实主义文学世界的参照物。

阿尔都塞在文章中提出了独创的"意识形态/主体"说。他将个人视为"生活在意识形态之中"的主体：意识形态从无数的个人当中征召主体，赋予意识，将其改造为属民。在阿尔都塞称之为"询唤"的过程中，个人对意识形态做出反应，辨认意识形态提供的整体图像后，获得一种认同感（162）。作品的"真实"同样也被意识形态化：真实是认同意识形态后获得的。作品被认为是真实的，因为它符合人们对世界的认识和期望：世界本来就是这个样子。但对世界是怎样这种认识的期望是受意识形态制约的。因此，"真实"是一个相对的观念，因时代和作家而异。现实主义作家不可能再现绝对客观存在的生活本来面目，每个作家竭力把握和表现的，仅是他感受到的那个相对真实的生活本来面目（杨金才 113）。

韦勒克认为艺术不可能脱离现实，而现实主义文学更是如此，它的目标是追求真实，但是他强调这是"一种更高的现实，一种本质的现实或一种梦幻与象征的真实"(224)。也就是说,现实主义文学的"现实"有着双重意义,一方面,现实主义文学再现/反映连贯自主的现实;另一方面日常现实是现实主义文学的"跳板"(springboard),现实主义又基于日常的认识与经验(Grant 59)。所谓"跳板"不仅暗示现实主义文学以日常现实为基本素材,也指出现实主义文学与日常生活之间的距离与沟壑需要跨越,以跃上更高的层面。

摹仿冲动和对外界现实的关注是现实主义诗学的根本,但是这种摹仿并非简单的复制,现实主义文学是作者主观意识参与的创造性再现的结果,它所追求的并非与历史现实零距离的"逼真感",而是一种"本质的现实",是来源于现实却又高于现实的艺术现实。就文学与现实的关系而言,现实主义文学是能动地反映历史进程和现实生活,其能动性包含着作家的主动性和创造性,因此,现实主义文学被视为是"一个主动的过程,一种行为,一次实践"(詹姆逊 195)。伊格尔顿(Terry Eagleton)是当代文学理论界就文学本质及其与社会关系思考得最为深入的学者之一。在《文学事件》(2012)中,伊格尔顿将阅读文学作品比为心理诊疗室中发生的场景:这是一个与现实生活分离、高度仪式化的表演空间,诊疗病人(叙述者)对一个刻意隐身的心理分析师滔滔不绝地讲述自己的梦境,而心理分析师(读者/阐释者)则试图透过病人的讲述把握病人的问题症结。不论讲述的内容是否真实发生,在心理诊疗室大门内,受到关注的只是叙述话语在病人表演活动中的作用;同样,在文学作品中,"真相并非直接指涉[外部世界],而是指一段陈述在更广阔的虚构情境中体现的功能"(212)。伊格尔顿接着指出,正如心理分析师不只关心病人的梦境内容,还更关注通过病人的讲述策略和口误来挖掘其无意识一样,文学分析也不应止步于对"梦文本"(dream-text)的语义解释,而要进入对"梦创作"(dream-work)的话语策略分析,挖掘作品内暗涌的社会动因。"梦文本"体现了文学作品的独立性,而只在"梦创作"的复杂层面,现实社会中的权力运作才进入作品。伊格尔顿虽是针对所有文学创作,但他也意识到自己的阐释对现实主义创作最为适用(224),这也从侧面说明了现实主义的优势:现实主义作品既成功维持了艺术"梦境"的整合,又没有丧失社会批评的力度。

进入新世纪以来特别是过去十年,国外学者对现实主义表现出极大的热情。2012 年《现代语言季刊》推出《边缘的现实主义》（Peripheral Realisms）专辑，关注当今世界经济核心国家之外的边缘地区、半边缘地区的现实主义发展。艾斯蒂（Jed Esty）与莱（Colleen Lye）撰写长文，将文学批评领域研究方法发生的新变化称之为"新现实主义转向"（new realist turn）（276），认为这是继"语言学转向""文化转向"后文学研究新的发展动向。2013 年詹姆逊（Fredric Jameson）出版《现实主义的二律背反》，对以福楼拜、左拉、托尔斯泰、加尔多斯、乔治·爱略特等人为代表的 19 世纪现实主义进行再思考，在此基础上建构现实主义新理论。詹姆逊对现实主义的思考是从情动维度切入，他将情动视为现实主义时间性迈进的动力。同年，比尔克（Dorothee Birke）和布特（Stella Butter）主编《当代文化中的现实主义：理论、政治、媒介构造》文集，从全球视角讨论英国、德国、爱尔兰、苏联、塞内加尔、土耳其、美国等国家的现实主义，涉及小说、戏剧、电影、摄影、绘画、纪录片、电视新闻等多种媒介，我应邀在《世界文学》（*Orbis Litterarum*）期刊为该文集撰写书评，讨论其跨国界、跨媒介、跨学科特征。2016 年美国杜克大学出版的《小说》期刊推出《世界性现实主义》（Worlding Realisms）专辑，刊登九篇学术论文。作为 21 世纪的学者，撰稿者们"对如何超越 19 世纪状况和欧洲空间的世界性现实主义进行探索"（Goodlad 191），即在时间上不再局限于 19 世纪经典现实主义，在空间上打破以伦敦—巴黎为地缘轴心的世界文学模式。

当代学者对现实主义的理论探索颠覆了传统认知，有助于我们突破固化思维的框架，启发我们去思考和发现当代现实主义研究各种新的可能。如莫里斯（Pam Morris）借鉴雅各布森（Roman Jakobson）的语言理论，提出了"转喻式现实主义"（metonymic realism）的理念（13－32）。雅各布森分析话语的发展沿着两条语义路径进行，即选择轴上的相似性和组合轴上的相邻性，前者是隐喻方式，后者是转喻方式。传统现实主义追求真实是基于主体对于客观世界认知的相似性，因而属于隐喻式现实主义。在转喻模式下，局部通过相邻性原则与整体建立关联，雅各布森还将"举偶"（synecdoche）纳入转喻，这意味着局部可以代表整体。转喻式现实主义跳出主体/客体分离所产生的"二元化对立"，从主体/客体融合的假设出发，文本与世界的关系遵循相邻性原则发生关联，成为其组成部分，从而消解了语言与现实的沟壑。

三

对于国外当代现实主义的研究进展,中国的外国文学学者自然十分关注,与此同时,也在以自己的方式丰富和发展现实主义研究,并形成中国特色。

现实主义在五四前后被引介到我国,对百年来中国文学发展产生了巨大而深远的影响。中国作家、批评家和译者最早使用的是"写实主义",1932年瞿秋白提出将现实主义取代写实主义。他在翻译《高尔基论文选集》后写的序言中指出:

> 高尔基是新时代的最伟大的现实主义的艺术家。而他对于现实主义的了解是这样的!他——饶恕我把他和中国的庸俗的新闻记者来比较罢——绝不会把写实主义解释成为"纯粹的"客观主义,他不懂得中国文,他不会从现实主义 realism 的中文译名上望文生义地了解到这是描写现实的"写实主义"。(2)

"写实"和"现实",一字之差,却蕴含深刻含义。现实主义中的"现"也可理解为"显现",揭橥现实主义的基本特征。瞿秋白此处谈及外国文学翻译的"中国文"使用,也涉及到中国外国文学研究的一个特点。"外国文学",顾名思义,"外"字当头,有别于中国文学,指外在于中国的世界各国文学,外国文学研究是在中国语境下研究世界各国文学,隐含了中国主体立场。目前大部分的外国文学研究成果是以中文为载体,这个知识体系是为中国读者服务,"为了繁荣、发展和强健中国文学这个母体"(陈众议 6)。就现实主义而言,中国学者进行了系统而全面的研究,积累起丰富的学术成果。与此同时,外国文学研究还有一个以外(英)为载体的知识体系。据统计,"社会科学引文索引"(SSCI)中的英文期刊占 96.17%,"艺术与人文学科引文索引"(A&HCI)中的英文期刊占 75.26%。两个知识体系分别隶属于不同的话语体系,而话语是有动机和目的的交流方式,隐含意识形态、社会历史文化、学术传统规范等。以中文为载体的外国文学研究是中国特色哲学社会科学的一个部分,受叙者是生活在社会主义中国的读者,必须考虑他们的实际需求和阅读期待,而以英文为载体的外国文学研究是面向国外的英语读者,有不同的目的、功能、语境和价值。"文化走出去"的一个重要内容是学术走出去,发出中国学者强劲的声音,在这方面,近年来涌现出一批优秀学者,取得令人瞩目的成绩,提高了中国学术的国际显示度。鼓励用英文写作,并不意味着中文论文不重要。文秋芳呼吁要重视"以中文为载体的学术创新",避免"洋文至上"倾向(81-84)。李宇明从"三世界"视角来看语言的功能,即发现新的世界图景,保存旧日世界的老图景,转述新世界,通过翻译获得世界新图景。"只有前沿科学家(包括人文科学家和社会科学家)才能发现新的世界""首先描绘新的世界图景"。我们应该关注什么样的语言在描写新世界,努力"增加中文的国际知识供给",使中文成为原创知识的载体,这是把论文写在中国大地上、实施"中文首发"制度的意义:新知识的创造在中国,载体是中文(李宇明,《光明日报》2020 年 1 月 4 日第 10 版)。

包括现实主义在内的外国文学研究,两个知识体系因其各自的学术传统、互文指涉、社会历史文化语境不同而存在差异,两者虽然自成一体,但不应该是自我封闭,相互排斥,而是要展开对话,互为支撑,"使中英文和中外知识同步双向循环"(文秋芳 83)。语言作为知识载体必须在多维度对接契合,更为重要的是在我们生活的时代,文学的产生、流通和接受是在世界范围内进行,"形成文学的全球化和全球化的文学性"(王守仁,《战后世界进程》25)。叶兆言曾说:"一个中国作家,他要是说自己不看外国小说,没有受到过外国文学的影响,那一定是在骗人。"(178)但受影响并不等同于一味模仿重复。2012 年莫言因其作品"将幻觉现实主义与民间故事、历史与当代融合在一起"而获诺贝尔文学奖。新闻稿将 hallucinatory realism 说成"魔幻现实主义",这是明显误译。早在 20 世纪 80 年代,莫言就自觉地与魔幻现实主义、现代主义保持距离:

> 加西亚·马尔克斯和福克纳无疑是两座灼热的高炉,而我是冰块。因此,我对自己说,逃离这两个高炉,去开辟自己的世界!
>
> ……
>
> 我想,我如果不能去创造一个、开辟一个属于我自己的地区,

> 我就永远不能具有自己的特色。我如果无法深入进我的只能供我
> 生长的土壤，我的根就无法发达、蓬松。(299)

莫言发现靠加西亚·马尔克斯和福克纳太近，就没有了自己。他逃离这两座高炉，去开辟自己的世界，成功地创造一个、开辟一个属于他自己的地区，"幻觉现实主义"具有他自己的特色，而这归功于他深入扎根供他生长的土壤。同样，阎连科也一直在积极探索现实主义，既有理论的思考，也有文学创作实践来支撑。他在 21 世纪提出了"神实主义"的理念，其小说《炸裂志》和《风雅颂》成为神实主义代表作。阎连科对神实主义进行界定，即"在创作中摒弃固有真实生活的表面逻辑关系，去探求一种'不存在'的真实，看不见的真实，被真实掩盖的真实"(181)。阎连科常用的一个比喻——"神的桥梁、实的彼岸"——体现出当代现实主义的一个发展路径，不仅仅是形式上(桥梁)的变革，相应地也有在内容上对现实(彼岸)的不懈追索。

以莫言、阎连科为代表的中国作家在现实主义的创作实践和理论建构中都取得突出成绩，他们的现实主义是扎根中国大地、汲取中国历史传统、具有中国特色的现实主义。他们对世界现实主义做出贡献，为中国的外国文学研究既提出了新的命题和任务，也提供了机遇和可能，即我们不能脱离中国文学的丰富实践研究外国文学，而是要从中汲取滋养，并用外(英)文阐发中国作家文学创作，将学术成果放在国际平台上传播和交流，通过议题设置、比较研究和跨学科研究，在全球学术空间进行现实主义理论话语创新。新时代要求我们处理好以中文作为载体的知识体系和以外(英)文作为载体的知识体系的关系，立足中国，面向世界，使我们的现实主义研究因扎根中国而富有原创性，因独立思考而具有思想性，因融通中外而富有活力和生机。

文学是虚构的，但正是通过虚构可以揭示真实，而现实主义最能体现文学的这个特点。现实主义文学以无限广阔的客观现实为对象、为依据、为源泉；同时，它的反映现实不是对现实做机械的翻版，而是兼顾艺术的审美与对"知识或真理"的认知(Jameson 5—6)，并且在反映生活现实的过程中介入历史进程。现实主义帮助我们认识世界，认识自我。伍德(James Wood)在《小说机杼》结尾时指出现实主义具有"生活性"(lifeness)："页面上的生活，

被最高的艺术带往不同可能的生活。"真正的作家必须抱有这样的信念,"小说迄今仍然远远不能把握住生活的全部范畴"(179—180)。蒋承勇在强调重视"19世纪现实主义这份厚重的文学资源"时确定的第一个"有待深入研究与发掘"的问题便是现实主义的"真实观念"(《现实主义中国传播70年考论》113)。如此看来,无论是当代作家也好,文学研究者也罢,我们依然还在追寻和探索现实主义的漫漫征途上。现实主义文学伴随着人类历史发展进程,将不断拓展疆域,开辟广阔天地,推出无愧于时代的优秀作品,而现实主义文学研究本身也将继续焕发出勃勃生机,不断为外国文学研究话语体系的建设添砖加瓦。

参考文献

Gasiorek, Andrzej. *Post-War British Fiction: Realism and After*. London: Edward Arnold, 1995.

Grant, Damian. *Realism*. London: Methuen, 1970.

Lodge, David. *The Novelist at the Cross Road*. London: Routledge, 1971.

Shields, David. *Reality Hunger: A Manifesto*. London: Penguin Books, 2010.

Jameson, Fredric. *The Antinomies of Realism*. London & New York: Verso, 2013.

Miller, J. Hillis. "The Fiction of Realism," Lilian R. Furst, ed. *Realism*. London: Longman, 1992.

Esty, Jed and Colleen Lye. "Peripheral Realisms Now." *Modern Language Quarterly* 73:3(2012):276.

Stierstorfer, Klaus. *Beyond Postmodernism: Reassessments in Literature, Theory, and Culture*. Berlin and New York: Walter de Gruyter, 2003.

Goodlad, Lauren M. E.. "Introduction: Worlding Realisms Now," *Novel: Forum on Fiction* 49:2(2016):191.

Althusser, Louis. *Lenin and Philosophy and Other Essays*. New York: Monthly Review Press, 1971.

Morris, Pam. *Realisms in Contemporary Culture: Theories, Politics, and Medial Configurations*. Berlin: De Gruyter, 2013.

Wellek, Ren. "The Concepts of Realism in Literary Scholarship." *Neophlogus* 54.1

(1961):5.

Eagleton, Terry. *The Event of Literature*. New Haven: Yale University Press, 2012.

陈丽萍:《"我的小说就是回应现实的召唤"——访菲利普·福雷斯特》https://baijiahao.
　　baidu.com/s?id=1667024533601133173&wfr=spider&for=pc.访问日期:2021 年
　　5 月 21 日。

陈众议:《"二为方向"与外国文学研究四十年的几个问题》,载《外国文学动态研究》2019
　　年第 1 期,第 6 页。

弗雷德里克·詹姆逊:《后现代主义与文化理论》,唐小兵译,北京:北京大学出版社,
　　2005 年。

蒋承勇:《五四以降外来文化接受之俄苏"情结"——以现实主义之中国传播为例》,载《外
　　语教学与研究》2019 年第 4 期,第 612 页。

蒋承勇:《现实主义中国传播 70 年考论》,载《浙江社会科学》2019 年第 11 期,第 113 页。

李宇明:《中文怎样才能成为世界通用第二语言》,载《光明日报》2020 年 1 月 4
　　日第 10 版。

罗兰·巴特:《S/Z》,屠友祥译,上海:上海人民出版社,2000 年,第 164 页。

莫言:《两座灼热的高炉——加西亚·马尔克斯和福克纳》,载《世界文学》1986 年第 3 期,
　　第 299 页。

瞿秋白:《高尔基论文选集·写在前面》,北京:人民文学出版社,1954 年。

饶高琦、夏恩赏、李琦:《近 10 年国际学术论文中的语言选择和中文使用情况分析研究》,
　　载《语言文字应用》2020 年第 2 期。

王守仁、朱刚、姚成贺:《英美文学批评史》,南京:南京大学出版社,2021 年,第 330 页。

王守仁等:《战后世界进程与外国文学进程研究　第 3 卷　全球化视域下的当代外国文
　　学研究》,南京:译林出版社,2019 年。

文秋芳:《学术国际学术权中的语言权问题》,载《语言生活研究》2021 年第 3 期,第 81-
　　84 页。

阎连科:《发现小说》,天津:南开大学出版社,2011 年,第 181 页。

杨金才:《廿世纪现实主义文学的历史命运》,载《南京社会科学》1993 年第 5 期,第
　　113 页。

叶兆言:《站在金字塔尖上的人物》,北京:人民文学出版社,2017 年,第 178 页。

詹姆斯·伍德:《小说机杼》,黄远帆译,郑州:河南大学出版社,2015 年,第 179-180 页。

"重返 19 世纪"与外国文学研究话语更新

——以西方文学思潮研究为例

蒋承勇①

内容提要：在相当长的时期内，我国学界因过于追捧 20 世纪西方文学尤其是现代主义文学而疏于开垦 19 世纪西方文学这片肥田沃土，比如对至关重要的 19 世纪文学思潮，就存在着学理认知上的系统误判或误读。19 世纪西方文学思潮与本土之文学理论及现当代文学有着密切的关联，很有必要从人学逻辑、审美现代性和关系辨析等多重路径，对这一时期的六大文学思潮做反思性、系统性、整体性阐释，揭示其本原性特质和彼此间之内在联系以及与 20 世纪现代主义文学的勾连。"重返"西方文学的 19 世纪，重新阐释 19 世纪西方文学思潮，不但有助于我们达成对 19 世纪西方文学的准确理解，而且对准确把握 20 世纪现代主义亦大有裨益，尤其是有助于更新与重构我国外国文学研究乃至文学理论、现当代文学研究之知识谱系、学术范式和话语体系。

关键词：19 世纪　文学思潮　西方文学　外国文学　话语体系

Title：The Discourse Renovation in Foreign Literature Studies：Taking the Western Literary Trends in the 19ᵗʰ Century as An Example

Abstract：Chinese academic circles have neglected to cultivate the fertile land of Western literature in the 19th century for a long time because of their excessive pursuit of the Western literature in the 20th century，especially the modernist literature. Therefore，there are overall misjudgments or misinterpretations of the critical literary trends in the 19th

---

①　蒋承勇，浙江工商大学西方文学与文化研究院教授、博士生导师。

century. While the Western literary trends in the 19th century are intricately related to the literary theories and its modern and contemporary literature, it is necessary to make a reflective, systematic and holistic interpretation of the six major literary trends in this period. Considering from the perspectives of humanity, aesthetic modernity, literary concepts and relationships, the original characteristics of these literary trends and the interrelation with each other as well as the connection with the modernist literature in the 20th century are revealed. Returning to the Western literary trends in the 19th century and reinterpreting these concepts help us to achieve an accurate understanding of Western literature in the 19th century as well as modernism in the 20th century. In particular, it is helpful to renew and reconstruct the genealogy of knowledge, academic paradigm and discourse system in the study of foreign literature, literary theory and modern and contemporary literature in China.

Key words: 19th century; literary trend; western literature; foreign literature; discourse system

一、何言"重返"?

不少人认为,西方文学的 19 世纪离我们已比较遥远了,尤其是,从"五四"迄今一百多年来,我国学界对它的研究与认识已比较深入,缺少可资借鉴的新资源,是一个"陈旧"的学术领域。殊不知,由于百余年来本土社会历史和学术文化发展的特殊性,我们对 19 世纪西方文学的研究显然失之粗疏,并且,迄今开垦这块文学土壤者还为数甚少,而追捧 20 世纪现代主义文学者则为数甚众(从 20 世纪 80 年代至今依然如此),因此可以说,西方文学的 19世纪仍然是一片有待精耕细作的肥田沃土。20 世纪西方现代主义文学当然是值得研究的,不过,其为人称道之"创新",源头却在 19 世纪,因此,"创新"并不意味着与 19 世纪文学的"断裂"。更何况,19 世纪西方文学本身的历史贡献是巨大的,它是整个西方文学发展史上辉煌之巅峰,作为学术研究的重要领域,对其发掘与阐释的深入、准确、全面与否,直接指涉了本土外国文学研究甚至文学理论、现当代文学研究之知识谱系和学术话语体系之基础与构架——19世纪西方文学与本土之文学理论及现当代文学有着密切关联。

一段时期内，我国学界关于"重写文学史"的讨论十分热闹，也取得了不少成果，但是，如何突破文学史写作中的"瓶颈"，却依然是摆在我们面前的十分紧迫的重要课题，在外国文学研究领域尤其如此。本土各种集体编撰的西方文学史或者外国文学史（教材），大都呈现为作家列传和作品介绍的形式，对文学历史的展开，既缺乏生动真实的描述，又缺乏有说服力的深度阐释；同时，用偏于狭隘的文学史观所推演出来的观念去简单地论定作家、作品，也是这种文学史（教材）的常见做法。此等情形长期、普遍地存在，可以用文学（史）研究中文学思潮研究这一综合性层面的缺席来解释，而这也许正是重写西方文学史和外国文学史长期难以获得突破的"瓶颈"之一，其间也指涉了外国文学研究和文学史叙述之话语体系的更新与重构的问题。

19世纪以降，西方文学的发展与演进大多是在与传统的激烈冲突中以文学"思潮""运动"的形式展开的，因此，研究最近200余年的西方文学史，如果不重视对文学思潮的研究，势必会因缺失对其宏观把握而失之偏颇。在当下显得不无浮躁的学术氛围中，如何实实在在、脚踏实地、切实有效地推进文学思潮研究，显然是摆在对外国文学研究持有一份真诚和热情的学人面前的一个既带有总体性又带有突破性的重大学术工程。

20世纪伊始，19世纪西方文学思潮陆续在中国传播，对本土文坛产生了重大影响，可谓五四新文学革命的催化剂。浪漫主义、现实主义、自然主义、象征主义、唯美主义、颓废主义等主要文学思潮大致以共时态方式在中国文坛流行，本土学界对它们的研究也随之展开。不过，不同的文学思潮在我国受青睐的程度是不同的。它们在本土文坛经历了一段时间内的热闹纷繁后，由于接受主体期待之视野的特殊性，各自遭遇了"冷""热"不一的待遇。20世纪20年代中后期，与本土国情和文化传统更为贴近的现实主义（写实主义）获得了最高的"礼遇"，在中国学界与文坛获得了主导地位，浪漫主义也多少受到了一定的重视，其他的思潮流派都受到了不同程度的冷落。新中国成立后，现实主义的旗帜依旧得以高扬，浪漫主义也因其有"理想主义"精神而得到部分的肯定。不过，在理论形态上，后来它们分别演变成了"社会主义现实主义"与"革命浪漫主义"，或者是"革命现实主义与革命浪漫主义""两结合"形态。20 世纪 70 年代末、80 年代初,现实主义"独尊"的局面有所改变,学界对浪漫主义、自然主义、象征主义、唯美主义和颓废主义的研究陆续展开。但是,随着改革开放历史步伐的快速迈进,西方现代主义以一种学术时尚在本土文坛和学界大受推崇和追捧,19 世纪西方文学则被认为是"过时""陈旧"的东西备遭冷落。此等情境,在很大程度上搁置了我国学界对 19 世纪西方文学思潮的深入研究与阐释,从学术话语的角度看,面目显得陈旧而古板。

纵观 100 多年来 19 世纪西方诸文学思潮在中国的传播与接受过程可以发现:本土学界对 19 世纪西方文学思潮在学理认知上始终存在系统的重大误判或误读;较之西方学界,我们对它的研究也严重滞后,即便是对我们自以为十分了解的现实主义,实际上理解与研究也存在诸多偏见、偏颇及误区。这些都在不同角度和程度上为笔者强调外国文学研究领域"重返"西方文学的 19 世纪提供了理由与根据。

那么,如何"重返"呢?

二、"重返"之路径

对 19 世纪西方文学思潮的研究,本土学界当然是有一定积累的,只不过几十年来推进甚微,话语更新甚少,今言"重返",则必先强调挣脱固有窠臼,从反思性、超越性、原创性和系统性原则出发,把该时期六大文学思潮置于西方文学史演变的历史长河中,既作为一个整体,又分别作为各自独立的单元,以跨学科方法展开多角度透析,发掘和阐释各自的本原性特质、历史性地位与学术价值,从而在研究方法创新性、研究内容系统性和研究结论前沿性、原创性等方面实现对本领域过往之研究的超越。从研究角度与路径的选择上,有鉴于文学思潮研究必然地属于文学跨学科范畴,对 19 世纪西方文学思潮的反思性研究,就必须从哲学、美学、神学、人类学、社会学、政治学、叙事学等多元多层次的跨学科角度展开,沿着从文本现象、创作方法、诗学观念和文化逻辑的内在线路对浪漫主义、现实主义、自然主义、象征主义、唯美主义和颓废主义等六大文学思潮做全方位扫描,而且有必要对它们之间的纵向关系(如浪漫主义与自然主义、浪漫主义与象征主义等)、横向关联

（如浪漫主义与唯美主义、浪漫主义与颓废主义以及自然主义、象征主义、唯美主义、颓废主义四者之间）以及它们与 20 世纪现代主义之关系进行全面的比较辨析，从而在融通文学史与诗学史、批评史与思想史的基础上，力求从整体上对 19 世纪西方文学思潮的基本面貌与内在逻辑做出新的系统阐释。为此，笔者对研究视角与路径择要做如下描述。

（一）"人学逻辑"视角与路径

文学是人学，西方文学对人的认识与表现有一个漫长的发展历程。就 19 世纪西方文化对人之本质的阐发而言，个人自由在康德—费希特—谢林前后相续的诗化哲学中已被提到了空前的高度。康德声称，作为主体的个人是自由的，个人永远是目的而不是工具，个人的创造精神能动地为自然界立法。既不是理性主义的绝对理性，也不是黑格尔的世界精神，浪漫派的最高存在是具体的个人；所有的范畴都出自个体的心灵，因而唯一重要的东西即是个体的自由，而精神自由无疑乃这一"自由"中的首要命题，主观性因此成为浪漫主义的基本特征。浪漫派尊崇自我的自由意志；而作为"不可言状的个体"，自我在拥有着一份不可通约、度量与让渡的自由的同时，注定了只能是孤独的。当激进的自由意志成为浪漫主义的核心内容时，"世纪病"的忧郁症候便在 19 世纪西方文学中蔓延开来。古典主义致力于传播理性主义的共同理念，乃是一种社会人的"人学"表达，浪漫主义则强调对个人情感、心理的发掘，确立了一种个体"人学"的新文学观；关于自我发现和自我成长的教育小说，便由此应运而生成了一种延续到当代的浪漫派文体。局外人、厌世者、怪人在前者那里通常会受到嘲笑，而在后者这里则得到肯定乃至赞美；人群中的"孤独"这一现代人的命运在浪漫派这里第一次得到正面表达，个人与社会、精英与庸众的冲突从此成了西方现代文学的重要主题。

无论是古希腊普罗米修斯与雅典娜协同造人的美妙传说，还是圣经中上帝造人的故事；无论是形而上学家笛卡儿对人之本质的探讨，还是启蒙学派对人所进行的那种理性的"辩证"推演，人始终被定义为是一种灵肉分裂、承载着二元对立观念的存在。历史进入 19 世纪，从浪漫派理论家 F. 施勒格尔到自然主义的重要理论奠基者泰纳以及唯意志论者叔本华、尼采，他们都开始倾向于将人之"精神"视为其肉身所开的"花朵"，将人的"灵魂"看作是其肉身的产物。而这很大程度上要归功于 19 世纪中叶科学上的长足进展逐渐对灵肉二元论——尤其是长时间一直处于主导地位的"唯灵论"——所达成的实质性突破。1860 年前后,"考古学、人类古生物学和达尔文主义的转型学说在此时都结合起来,并且似乎都表达了同一个信息:人和人类社会可被证明是古老的;人的史前历史很可能要重新书写;人是一种动物,因此可能与其他生物一样,受到相同的转化力量的作用。……对人的本质以及人类历史的意义进行重新评价的时机已经成熟"(科尔曼 111)。在这种历史文化语境下,借助比较解剖学所成功揭示出来的人的动物特征,生理学和与之相关的遗传学、病理学以及实验心理学等学科纷纷破土而出。在 19 世纪之前,生理学与生物学实际上是同义词。19 世纪中后期,随着生理学家思考的首要问题从对生命本质的定义转移到对生命现象的关注上来,在细胞学说与能量守恒学说的洞照之下,实验生理学的出现彻底改变了生理学学科设置的模糊状态,生理学长时间的沉滞状态也因此陡然得到了彻底改观。与生理学的迅速发展相呼应,西方学界对遗传问题的研究兴趣也日益高涨。在 1860 年至 1900 年期间,关于遗传的各种理论学说纷纷出笼(而由此衍生的基因理论更是成了 20 世纪科学领域中最耀眼的显学)。生理学对人展开研究的基本出发点就是人的动物属性。生理学上的诸多重大发现(含假说),有力地推进了人对自身的认识,产生了广泛的社会—文化反响:血肉、神经、能量、本能等对人进行描述的生理学术语迅速成为人们耳熟能详的语汇,一种新型的现代"人学"在生理学发现的大力推动下得以迅速形成。

无论如何,大范围发生在 19 世纪中后期的这种关于人之灵魂与肉体关系的新见解,意味着西方思想家对人的认识发生了非同寻常的变化。在哲学上弥平唯物主义和唯心主义二元对立的思想立场的同时,实证主义者和唯意志论者分别从"现象"和"存在"的角度切近人之"生命"本身,建构了各具特色的灵肉融合的"人学"一元论。这种灵肉融合的"人学"一元论,作为现代西方文化的核心,对现代西方文学合乎逻辑地释放出了巨大的精神影响。可以毫不夸张地说,与现代西方文化中所有"革命性"变革一样,现代西方文学中的所有"革命性"变革,均直接起源于这一根本性的"人学"转折。文学是"人学",这首先意味着文学是对个体感性生命的观照和关怀;而作为现代"人学"的基础学科,实验生理学恰恰是以体现为肉体的个体感性生命为研究对象的。这种内在的契合,使得总会对"人学"上的进展最先做出敏感反应的西方文学,在 19 世纪中后期对现代生理学所带来的"人学"发现做出了非同寻常的强烈反应,而这正是自然主义文学运动得以萌发的重要契机。"人"的重新发现或重新解释,不仅为自然主义文学克服传统文学中严重的"唯灵论"与"理念化"弊病直接提供了强大动力,而且大大拓进了文学对人的表现的深度和广度。如果说传统西方作家经常给读者提供一些高于他们的非凡人物,那么,自然主义作家经常为读者描绘的却大都是一些萎顿猥琐的凡人。理性模糊了,意志消退了,品格低下了,主动性力量也很少存在:在很多情况下,人只不过是本能的载体、遗传的产儿和环境的奴隶。命运的巨手将人抛入这些机体、机制、境遇的齿轮系统之中,人被摇撼、挤压、撕扯,直至粉碎。显然,与精神相关的人的完整个性不再存在;所有的人都成了碎片。"在巴尔扎克的时代允许人向上爬——踹在竞争者的肩上或跨过他们的尸体——的努力,现在只够他们过半饥半饱的贫困日子。旧式的生存斗争的性质改变了,与此同时,人的本性也改变了,变得更卑劣、更猥琐了。"(拉法格 341)另外,与传统文学中的心理描写相比,自然主义作家不但关注人物心理活动与行为活动的关系,而且更加强调为这种或那种心理活动找出内在的生命—生理根源,并且尤其善于刻意发掘人物心灵活动的肉体根源。由此,传统作家那里普遍存在的"灵肉二元论"便被置换为"灵肉一体论",传统作家普遍重视的所谓灵与肉的冲突也就越发开始表现为灵与肉的协同或统一。这在西方文学史上,明显是一种迄今为止一直尚未得到公正评价的重大文学进展;而正是这一进展,使自然主义成了传统文学向"意识流小说"所代表着的 20 世纪现代主义文学之心理叙事过渡的最宽阔、坚实的桥梁。可见,"人学逻辑"的视角是 19 世纪西方文学和文学思潮深度阐发的必由之路径。

(二)"审美现代性"视角与路径

正如克罗齐在《美学纲要》中所分析的那样,关于艺术的依存性和独立性,关于艺术自治或他治的争论不是别的,就是询问艺术究竟存在不存在;如果存在,那么艺术究竟是什么?艺术的独立性问题,显然是一个既关乎艺术价值论又关乎艺术本体论的重大问题。从作为伦理学附庸的地位中解脱出来,是 19 世纪西方现代文学发展过程中的主要任务。唯美主义之最基本的艺术立场或文学观点就是坚持艺术的独立性,今人往往将这种"独立性"所涵纳的"审美自律"与"艺术本位"称之为"审美现代性"。

作为总体艺术观念形态的唯美主义,其形成过程复杂而又漫长:其基本的话语范式奠基于 18 世纪末德国的古典哲学——尤其是康德的美学理论,其最初的文学表达形成于 19 世纪初叶欧洲的浪漫主义作家,其普及性传播的高潮则在 19 世纪后期英国颓废派作家那里达成。唯美主义艺术观念之形成和发展在时空上的这种巨大跨度,向人们揭示了其本身的复杂性。

由于种种社会—文化方面的原因,在 19 世纪,作家与社会的关系总体来看处于一种紧张的状态,作家们普遍憎恨自己所生活于其中的时代。他们以敏锐的目光看到了社会存在的问题和其中酝酿着的危机,看到了社会生活的混乱与人生的荒谬,看到了精神价值的沦丧与个性的迷失,看到了繁荣背后的腐败与庄严仪式中藏掖着的虚假……。由此,他们中的一些人开始愤怒——愤怒控制了他们,愤怒使他们变得激烈而又沉痛,恣肆而又严峻,充满挑衅而同时又充满热情;他们感到自己有责任把自己看到的真相暴露在光天化日之下。而同时,另一些人则开始绝望,因为他们看破了黑暗中的一切秘密却唯独没有看到任何出路;在一个神学信仰日益淡出的科学与民主的时代,艺术因此成了一种被他们紧紧抓在手里的宗教的替代品。"唯美主义的艺术观念源于最杰出的作家对于当时的文化与社会所产生的厌恶感,当厌恶与茫然交织在一起时,就会驱使作家更加逃避一切时代问题。"(奥尔巴赫 564)在最早明确提出唯美主义"为艺术而艺术"口号的 19 世纪的法国,实际上存在三种唯美主义的基本文学样态,这就是浪漫主义的唯美主义(戈蒂耶为代表)、象征主义的唯美主义(波德莱尔为代表)和自然主义的唯美主义(福楼拜为代表)。而在 19 世纪后期英国被称为唯美主义者的各色人物中,既有将"为艺术而艺术"这一主张推向极端的王尔德,也有虽然反对艺术活动的功利性但却又公然坚持艺术之社会—道德价值的罗斯金——如果前两者分别代表该时期英国唯美主义的右翼和左翼,则瓦尔特·佩特的主张大致处于左翼和右翼的中间。

基于某种坚实的哲学—人学信念,浪漫主义、自然主义和象征主义都是 19 世纪在诗学、创作方法、实际创作诸方面有着系统建构和独特建树的文学思潮。相比之下,作为一种仅仅在诗学的某个侧面有所发挥的理论形态,唯美主义自身并不具备构成一个文学思潮存在的诸多具体要素。质言之,唯美主义只是在特定历史语境中应时而生的一种一般意义上的文学观念形态。这种文学观念形态因为是"一般意义上的",所以其牵涉面必然很广。就此而言,我们可以将19世纪中叶以来几乎所有反传统的"先锋"作家——不管是自然主义者,还是象征主义者,还是后来的超现实主义者、表现主义者……都称之为广义上的唯美主义者。"唯美主义"这个概念的无所不包,本身就已经意味着它实际上只是一个"中空的"概念——一个缺乏具体的作家团体、独特的技巧方法、独立的诗学系统、确定的哲学根底支撑并对其实存做出明确界定的概念,一个从纯粹美学概念演化出的具有普泛意义的文学理论概念。所有的唯美主义者——即使那些最著名的、激进的唯美主义人物也不例外——都有其自身具体的归属,戈蒂耶是浪漫主义者,福楼拜是自然主义者,波德莱尔是象征主义者……,而王尔德则是公认的颓废派的代表人物。

自然主义旗帜鲜明地反对所有形而上学、意识形态观念体系对文学的统摄和控制,反对文学沦为现实政治、道德、宗教的工具。这表明,在捍卫文学作为艺术的独立性方面,与象征主义作家一样,自然主义作家与唯美主义者是站在一起的。但如果深入考察,人们将很快发现:在文学作为艺术的独立性问题上,自然主义作家所持守的立场与戈蒂耶、王尔德等人所代表的那种极端唯美主义主张又存在着重大的分歧。极端唯美主义者在一种反传统"功利论"的激进、狂躁冲动中皈依了"为艺术而艺术"(甚至是"为艺术而生活")的信仰,自然主义作家却大都在坚持艺术独立性的同时主张"为人生而艺术"。两者的区别在于,前者在一种矫枉过正的情绪中将文学作为艺术的"独立性"推向了绝对,后者却保持了应有的分寸。这就有:在文学与社会、文学与大众的关系问题上,不同于同时代极端唯美主义者的那种遗世独立,自然主义作家大都明确声称——文学不但要面向大众,而且应责无旁贷地承担起自己的社会责任和历史使命。另外,极端唯美主义"艺术自律"的主张,反对"教化",但却并不反对传统审美的"愉悦"效应;自然主义者却通过开启"震惊"有效克服了极端唯美主义者普遍具有的那种浮泛与轻飘,使其文学反叛以更大的力度和深度体现出更为恢宏的文化视野和文化气象。就思维逻辑而言,极端唯美主义者都是一些持有二元对立思维模式的绝对主义者。沿着上述的逻辑线索,审美现代性是我们深度展开 19 世纪文学和文学思潮研究的又一重要路径。

(三)"观念"聚焦与"关系"辨析

历史是断裂的碎片还是绵延的河流?对此问题的回答直接关涉到"文学史观"乃至一般历史观的科学与否。毋庸讳言,国内学界在文学史乃至一般历史的撰写中,长期存在着严重的反科学倾向——一味强调"斗争"而看不到"扬弃",延续的历史常常被描述为碎裂的断片。比如,就西方文学史而言,20 世纪现代主义与 19 世纪现实主义是断裂的,现实主义与浪漫主义是断裂的,浪漫主义与古典主义是断裂的,古典主义与文艺复兴是断裂的,文艺复兴与中世纪是断裂的,中世纪与古希腊—罗马是断裂的,等等。这样的理解脱离与割裂了西方文学发展的传统,也就远离了其赖以存在与发展的文化土壤,其根本原因是没有把握住西方文学中人文传统与思潮流派深度关联的内在文化逻辑。其实,正如彼得·巴里所说,"人性永恒不变,同样的情感和境遇在历史上一次次重现。因此,延续对于文学的意义远大于革新"(18)。当然,这样说并非无视创新的存在和重要性,而是强调在看到创新的同时不可忽视文学史的延续性和本原性成分与因素。正是从这种意义上说,西方文学因其潜在之人文传统的延续性及其与思潮流派的深度关联,其发展史是一条绵延不绝的河流,而不是被时间、时代割裂的碎片。具体说来,就是 19 世纪西方文学发展过程中相对独立地存在的各个文学思潮与文学运动——浪漫主义、现实主义、自然主义、唯美主义、象征主义和颓废主义文学,每一个思潮都需要我们对其做准确把握,深度阐释其历史现象内里的本原性特质,从而达成对 19 世纪西方文学思潮历史演进之内在逻辑与外在动力的全方位的阐释;内在逻辑的阐释要站在时代的哲学—美学观念进展上,而外在动力的溯源则必须落实于当时经济领域里急剧推进的工业革命大潮、政治领域里迅猛发展的民主化浪潮以及社会领域里的城市化的崛起上。每个文学思潮研究的基本内容应该大致包括(但不限于)文本构成之特征的描述、方法论层面的新主张或新特色的分析、诗学观念的阐释以及文化逻辑的追溯等。总体来说,19 世纪西方文学思潮的研究大致属于"观念史"

的范畴。文学思潮研究作为一种对文学观念进行梳理、辨识与阐释的宏观把握,在问题与内容的设定上显然不同于一般的作家研究、作品研究、文论研究和文化研究,但它同时又包含着以上诸"研究",理论性、宏观性和综合性乃其突出特点;而对"观念"的聚焦与思辨,无疑乃文学思潮研究的核心与灵魂。

文学思潮是指在特定历史时期社会—文化思潮影响下形成的具有某种共同美学倾向、艺术追求和广泛影响的文学思想潮流。根据 19 世纪的时间设定与文学思潮概念的内涵规定,19 世纪西方文学史上的六大文学思潮既相对独立,相互之间又有割不断的内在逻辑关系,这种逻辑关系均由 19 世纪西方文学思潮真实的历史存在所规定。比如,在 19 世纪的历史框架内,浪漫主义与现实主义既有对立又有传承关系;自然主义或象征主义与浪漫主义的关系,均为前后相续的递进关系;而自然主义与象征主义作为同生并起的 19 世纪后期的文学思潮,互相之间乃是一种并列的关系;而唯美主义和颓废派文学作为同时肇始于浪漫主义又同时在自然主义、象征主义之中弥漫流播的文学观念或创作倾向,它们之间存在一种交叉关系,且互相之间很大程度上存在着一种共生关系——正因为如此,才有了所谓"唯美颓废派"的表述(事实上,如同两个孪生子虽为孪生也的确关系密切,但两个人并非同一人——唯美主义与颓废派虽密切相关,但两者并非一回事)。这种对交叉和勾连关系的系统剖析,不仅可以对"历史是断裂的碎片还是绵延的河流"这一重要的文学史观问题做出了有力的回应,而且可以彰显这种研究之"跨领域""跨学科"系统把握的"比较文学"研究的学术品格。

三、"重返"之案例举要

19 世纪初期的浪漫主义文学思潮是在与文学传统以及公众—社会的激烈冲突中以文学"革命"的"运动"形态确立自身的。其后,伴随包括工业化、城市化、民主化、法治化、理性化等内涵的现代化进程的急剧提速,西方文学思潮的"运动"形态亦随之得到大大强化。既然 19 世纪西方文学的展开呈现为思潮"运动"的形态,把握住思潮的律动则成为把握 19 世纪西方文学的关键。换言之,研究最近 200 年的西方文学史,如果不重视对文学思潮的研究,势必会失去对其进行宏观把握的思维方法与理论框架。与作为个案的作家研究、作品研究相比,以"综合性""观念性"见长的文学思潮研究在文学史研究中处于最高阶位,合乎逻辑地使其成为文学史研究中的中枢地带。因此,从文学思潮研究出发"重返"西方文学的 19 世纪,不只是深化 19 世纪西方文学研究之本身的需要,也是外国文学研究之话语体系更新与构建之需要。在此,笔者择若干案例略作举证与说明。

浪漫主义作为一种文学思潮,是西方文学史上空前的文学革命,它以"革命"效应使其成为西方文学进入现代阶段的标志。浪漫主义以降,西方文学诸多思潮——象征主义、唯美主义、颓废主义、现代主义以及后现代主义文学等均是对浪漫主义的"正反应"——它们均肇始于浪漫主义,并从不同的侧面深化、发展了浪漫主义;而现实主义、自然主义则基本是对浪漫主义的"负反应"——它们虽然也肇始于浪漫主义,但基本上却是以浪漫主义的"矫正者"的身份确立了自身的历史地位。作为一个历史的概念,浪漫主义内涵纷繁复杂,对此,我们完全可以站在跨文化比较的基点上,以浪漫主义文学思潮之核心思想"自由"为切入口,从个人自由与孤独本体、信仰自由与中世纪情怀、政治自由与社会批判、民族自由与文化多元、艺术自由与文学革命等多重角度,深度阐释其本源性特征与内涵,同时辨析其与工业革命、法国大革命及其世纪末西方文学与文化之关系。文学是自由的象征,浪漫主义中的"自由"问题是一个超越意识形态的学术课题。对浪漫主义文学思潮的深度探讨,不但可以从整体上推进浪漫主义研究的理论深度,更可以完善、重构国内浪漫主义研究的话语体系和研究范式,其意义并不限于浪漫主义研究本身,亦不限于西方文学史研究本身,而涉及到了文学的观念、批评术语的运用等问题。

关于现实主义,虽然我们以往已经谈得很多很多,似乎已对它了如指掌,其实不然。现实主义文学思潮是世界文学史上特别重要而又极为复杂的文学现象;在世界文学中,现实主义不仅是文学问题,同时是关涉政治、哲学和实践之问题,迄今依然有很大的重新阐释的空间。因此,我们有必要追踪现实主义的发展历史,将 19 世纪西方现实主义文学思潮界定为"现代现实主义",着重以现代性与理性精神为切入口,从科学理性与求真精神、实证理性与写实精神、实用理性与社会功能、理性书写与审美禀赋等层面对该思潮展开深度研究,深入探究其本原性内涵与特质及其多种"变体",揭示其依旧拥有的艺术价值与经久的生命力,从而对"现实主义问题"给出崭新的阐释。从跨学科和跨文化比较理念与视野出发,把19世纪现实主义文学思潮放在西方文学史演变和中外文学关系比较的基点上予以重新阐释,对深化和推进文学现实主义这一重大问题的研究,对更新和丰富外国文学研究的话语体系,均具有重要学术价值与意义;同时,由于现实主义在我国现当代文学发展中影响深远,这种研究对我国文学理论、现当代文学研究和文学创作实践均有重要参考与借鉴价值。

自然主义是继现实主义之后出现的又一西方文学思潮,国内学界长期以来对它的系统性误读,致使人们对这场发端于19世纪60年代、在世界范围内一直持续到20世纪初叶的文学革命始终难以给出准确的评价。因此,从文本建构、创作方法、诗学观念、文化逻辑等诸层面系统地回答"何谓文学上的自然主义"这一重大但却长时间处于混乱中的问题,并在对自然主义展开系统性阐释的努力中接续"断裂"的"文学史",勘探、揭示自然主义与现代主义在文本构成、创作方法、诗学观念等诸层面的承续性同构关系,是19世纪西方文学乃至外国文学研究领域的重要课题。作为在整整两代作家中产生过广泛、深刻影响的文学思潮,自然主义在诗学观念、创作方法和文本构成等诸层面都对西方文学传统成功地实施了"革命性爆破",并由此直接影响到了现代主义的产生与发展,成为其最基本和最重要的起点。在与同时代象征主义和唯美主义文学风尚相互影响、共同存在的文学空间中,自然主义以其比象征主义的"硬朗"、比唯美主义的"沉实"确立了自身的历史"主导性"地位。如此展开关于自然主义文学思潮的研究,无疑意味着在理论阐发上的显著突破,对正确认识自然主义文学思潮以及西方现代文学演进诸问题具有正本清源的重要作用。

需要特别指出的是,"重返"19世纪西方文学思潮的研究,显然有助于我们深化马克思恩格斯文艺思想之研究。马恩文艺思想始终是我国文学研究的理论与方法指南以及文学学术话语的根本遵循,深度理解与把握马恩文艺思想之理论内核与渊源,有助于我们增强坚持马克思主义文艺思想、方法与话语的自觉性。综观马恩关于文学文艺的论述,我们在惊叹他们在文学艺术方面丰富而深刻的见解的同时还可以发现,他们的论述中涉猎最多、论述最集中同时也是构成其文艺思想之核心内容的,主要是欧洲19世纪文学,尤其是现实主义文学。19世纪现实主义文学之繁荣,很重要的原因在于它空前地强调文学对现实世界的研究,高度关注急剧变化中的社会及生存于其中的人的生活方式、道德面貌和精神状态,要求作家用科学的思维、写实的笔触记录社会历史的变迁,让人们通过文学,感受到这种社会的巨变和人的心灵的扭曲不是空洞、苍白和抽象的,而是生动、形象而具体的。

> 现实主义的文学实践整个就是坚持人物活动的语境、历史和社会语境……世俗性问题时隐时现,因为现实主义是将人物放在日常生活情境、名利场生活中阅读的一种模式,以明显的日常性、谋生中遇到的问题、与邻里的关系、所得所欲、家庭生活为题材。读者必须结合人物生活境况阅读现实主义小说中的每个人物的故事。(Levine 26—27)

于是,19世纪现实主义文学自然也就拥有了深刻的社会批判精神和社会认识价值。作为极具现实关怀和人道精神的理论家与思想家,马恩从历史唯物主义和辩证唯物主义立场出发,把经济关系视为社会历史发展的决定性基础,并致力于通过研究物质经济形态与人的关系去揭示社会发展的规律,尤其是揭示资本主义社会人与人的关系及其发展趋势。19世纪现实主义小说的写实传统和真实性品格,与马恩的人道情结和现实关怀有某种精神本质上的暗合,也同马克思主义理论在思想逻辑上有着天然的默契,尤其是在现代性思想取向上达成了一致。这不仅是马恩高度关注19世纪欧洲现实主义文学的重要原因,也是19世纪现实主义文学"写实"传统和真实性审美品格成为他们文艺思想之基石或核心精神的重要缘由。就此而论,"重返"19世纪,深化西方文学思潮的研究,对深化马恩文论研究,强化马恩文论话语对我国文学研究的指导与引领,具有重要的现实意义与学术价值。

总之,从文学思潮研究出发"重返"西方文学的19世纪,对具有承先启后作用的19世纪六大文学思潮做深入、全面的反思性研究,可为我国学界重写西方文学史和外国文学史提供新理念、新方法、新成果,这不仅有助于我们达成对19世纪西方文学的深度理解,并且有助于准确理解与把握20世纪现代主义,尤其是有助于更新与重构我国外国文学研究乃至文学理论、现当代文学研究之知识谱系、学术范式和话语体系。

参考文献

Levine, George. "Literary Realism Reconsidered: The World in its length and breadth. " *Adventures in Realism*, Oxford: Blackwell Publishing Ltd, 2007, pp. 26-27.

埃里希·奥尔巴赫:《摹仿论:西方文学中所描绘的现实》,吴麟绶等译,天津:百花文艺出版社,2002年。

威廉·科尔曼:《19世纪的生物学和人学》,严晴燕译,上海:复旦大学出版社,2000年。

彼得·巴里:《理论入门:文学与文化理论导论》,杨建国译,南京:南京大学出版社,2014年。

拉法格:《左拉的〈金钱〉》,《文学中的自然主义》,朱雯等选编,上海:上海文艺出版社,1992年。

"有效的整理与明确的连接"

——论福柯以"人的限定性"为核心的"人文科学"的诞生

张　锦[①]

内容提要：对福柯来说，"人文科学"的诞生是 19 世纪知识型配置的结果和表征，在"人的科学"发展的基础上，以人的有限性和历史性所构成的经验与先验、我思与非思、起源的退却与返回等三个对子成为人文科学的内在模型。而人文科学正是在此基础上讨论生物学、经济学和语文学的外在条件和合法性的学科，所以人文科学将在心理学、社会学和文学与神话分析的区域中建立与数学、哲学反思和经验科学（生物学、经济学和语文学）的复杂关系。

关键词：人文科学　人的科学　知识型

Title："Efficiently Ordered and Explicitly Articulated"：On Michel Foucault's the Naissance of the Human Sciences

Abstract：For Michel Foucault，the naissance of "human sciences" is the result and representation of the modern *episteme* in the 19th century. Based on the development of the sciences of man, the three doubles, the empirical and the transcendental, the "cogito" and the unthought, the retreat and return of the origin, become the models of the human sciences. Therefore, the functions of the human sciences are to question the conditions and reasons of biology, economics and philology, so that the human sciences such as psychology, sociology and literature and mythology, have to borrow the methodology from mathematics,

---

[①]　张锦，中国社会科学院外国文学研究所编审，研究兴趣为西方文论、福柯研究等。

philosophy and empirical sciences (biology, economics and philology).

Key words: human sciences; the sciences of man; the modern *episteme*

福柯在《词与物》中以生物学、经济学和语文学三个经验领域为对象,考察了 16 世纪以来欧洲知识型的变化,这是一次笛卡儿或黑格尔式的巨大努力(埃里蓬 10)①。在每一个知识型,例如文艺复兴的"相似性"(la ressemblance)、古典时代的"表象"(la représentation)和 19 世纪的"人的有限性"(la finitude de l'homme)知识型中,福柯都考察了生命、经济和语言或话语三个经验领域,并用这些领域证明每一种知识型运作的可能性和方式,例如生物学领域从自然史到生物学,从林奈的分类到拉马克的环境,从居维埃的生物学再到弗洛伊德的精神分析;经济领域从财富分析到李嘉图,再到马克思;语言领域从普通语法到语文学、到博普,都是他分析的对象。本文拟讨论的议题是与这三个经验领域相关的"人文科学"(les sciences humaines)的诞生。这个议题同时叠合着福柯一直非常关心的另一个重要议题,即"政治经济学的诞生",因为福柯认为"人文科学"与"政治经济学"共享同样的知识性和实证性,正如米歇尔·塞内拉尔总结福柯《安全、领土与人口》的课程时所说:"后者[人口]作为理念和现实的出现,其重要性不仅表现在政治层面上。在认识论方面也有着决定性的意义,在《词与物》中,当福柯重新表达人文科学的考古学所用的方式时,这一点就得到了证明。"(506)②所以"人"和"人口"的问题在 19 世纪的政治经济层面关涉"政治经济学"的诞生,而在认识论方面关涉"人文科学"的诞生,因为"人这个主题,通过把它作为生物、工作的个人和言说主体加以分析的人文科学,必须从人口

---

① 福柯所从事的是一项思想体系史的宏大事业。他的老师唐·皮埃罗说:"我把我认识的学哲学的年轻学生分为两类:一类,哲学于他们永远是好奇的对象。他们向往认识宏大的体系、伟大的著作;而另一类,哲学于他们更多的是关心个体,关心生命的问题。笛卡儿代表第一类,帕斯卡尔代表第二类。福柯属于第一类。在他身上,人们可以感受到一种非凡的充满智慧的好奇心。"

② 中译文据法文版 Michel Senellart, "Situation des cours", in Michel Foucault, *Sécurité, territoire, population : Cours au Collège de France* (1977—1978) (Paris: Gallimard et Seuil, 2004)略有修订。

的诞生(l'émergence de la population)出发来加以理解,而人口是权力的关联物和知识的对象。人,说到底,不是别的什么东西,而是从 19 世纪所说的人文科学出发加以思考和定义的东西,是在 19 世纪的人文主义中加以反思的东西,最终,人不是什么别的东西,它是人口的形象(figure)"(福柯,《安全、领土与人口》99)。

福柯在《词与物》中对 19 世纪知识型的讨论恰好落脚于"人文科学的诞生",该书的副标题正是"人文科学的考古学"(Une archéologie des sciences humaines)。因而,厘清这个命题对理解《词与物》和福柯而言都非常重要①。通过讨论基于"人的科学"(les sciences de l'homme)而诞生的"人文科学"的含义、特征,其所存在的区域以及其特定的分析方式,本文进而借由福柯得出人文科学"通常不仅难以确定对象之间的界限,而且还难以确定心理学、社会学、文学和神话(mythes)分析所特有的方法之间的界限"(福柯,《词与物》369)②。即,现代人文科学在对象和分析方法上可能会有不同的倚重,但都很难有明确的学科界限,跨学科的人文科学研究因而具有其必然的合法性。

一、人文科学的诞生:19 世纪

当我们在今天的经验中不断述及各个时代对"人"、对"生死"的感知受

---

① 国内还没有专门细绎福柯"人文科学"的诞生这一命题的论文。2016 年法国的《哲学档案》(Archives de Philosophie)杂志曾专门组织了一个专栏"福柯与人文科学"("Foucault et les Sciences Humaines")来讨论福柯与人文科学的问题,但是这组文章主要是围绕法国科学哲学史传统和福柯所有著作中所涉及的语言、精神分析和社会学的谱系展开综合讨论,并没有仔细地从内部绎读这一命题本身。参见 Jean-François Braunstein, "Foucault et les sciences humaines"; Jean-François Braunstein, "Foucault, Canguilhem: l'histoire des sciences humaines"; Elisabetta Basso, "Foucault entre psychanalyse et psychiatrie 'Reprendre la folie au niveau de son langage'"; Jocelyn Benoist, "Des actes de langage à l'inventaire de énoncés"; Gildas Salmonin, "Foucault et la généalogie de la sociologie", in Archives de Philosophie, t. 79(2016/1)。

② 以后引用,在正文中随文标注原著页码。本文中涉及该书的中译文据法文版 Michel Foucault, Les mots et les choses(Paris:Gallimard,1966)略有修订。

着某种观念的影响而差别非常大时,福柯对 19 世纪知识型的讨论就显得格外清晰。福柯认为:

> 人在现代思想中据以被建构的存在方式能使人起两个作用:人在成为所有实证性(les positivités)之基础的同时,又以一种甚至不能说是享有特权的方式出现在经验物(des choses empiriques)的要素之中……那个先天性自从 19 世纪以来一直充当着我们的思想之几乎是显而易见的基础——这一事实可能对要赋予"人文科学"、那认识体系……的地位来说,是决定性的;这个认识体系把具有经验特征的人当作自己的客体。(348)

所以对于现代知识型来说,"人"变得特别重要,它替代了相似性和表象,替代了神成为知识的中心。这个中心以两种方式起作用,首先是"人成为所有实证性之基础",也就是当人们要把某些经验或现象转化为"知识"时,必须经过"人"的范式或"人"这个机器(le dispositif)①。这个机器的特点是以"人之生死""人的有限性"作为一个度量器,重新划定经验现象和历史现象。正如马尼利耶所说:"根据《词与物》的观点,我们的当代性只有'人之死'这一种身份,就像古代只能从文艺复兴时期和人文科学的'现'代的认识域中识别自己的身份。因此。人们不能把历史定义为时代的连续,而是每个'时代'都是其他时代的一种转变。"(马尼利耶 126)也是在这个意义上,福柯认为现代哲学必然关心"经验与先验、我思与非思、起源的退却与返回"这三个对子,这三个对子都是以"人的有限性"为前提构建的"人之生死"的形象,如果"经验"是我能抵达的,那么"先验"就是我不能抵达的;如果"我思"是对我能把握之经验的思考,那么"非思"就是对非我之先验的渴望;如果我能够确定我的起源,那么人的起源就以逼人猜想的方式悬在我们的经验之外。所以,这里就出现了"人"的第二个功能,它"出现在经验物的要素之

---

① 关于福柯早期使用的"实证性"(les positivités)一词如何演化为后来的"机器"(dispositif/apparatus)一词,详见 Giorgio Agamben, *What Is an Apparatus ? And Other Essays*(Stanford:Stanford University Press,2009)。

中"，它既是先验的，又是经验的，它以其经验渴望抵达先验。或者我们可以说，在福柯的问题意识中，现代人以其民族国家身份试图反思现代性的整体格局，换言之，个人即使不能超越民族国家的政治身份，那么在批判理论的意义上，人们还可以反思这段历史的整体演化真相。在福柯论语文学与现代文学这个看似属于语言学或极具虚构想象性的领域的问题中，这体现得尤为明确。这一反思，也使得我们可以修正关于民族寓言的"文学"的狭隘定义，将文学的问题复杂化①。而在语言领域发生的事情与生物和经济领域相似："施莱格尔清楚地知道：在语法领域中历史性的构建遵照着与生物科学（la science du vivant）中历史性的构建相同的模式。"（285）回到"人在知识中的诞生"，福柯说到"人"的这一先验性与经验性的双重功能正是19世纪知识型的表征，而且这对于19世纪"人文科学"的诞生具有决定性的意义，这个决定性体现为"这个认识体系把具有经验特征的人当作自己的客体"。也就是说，当"认识你自己"是历史的命题时，19世纪知识的特征的独特性正在于认识"成为客体的人"。这里需要说明的是"人文科学"的两层含义，这个术语的法文原文是"les sciences humaines"，可以译为"人文科学"，但它还有一个意涵是"人的科学"，即"les sciences de l'homme"，这个意涵充分说明了19世纪知识型或者说"人文科学"在福柯那里的特定含义，因为"人的科学"正是"人文科学"的实证性基础。"人的科学"，人被科学化、对象化、客体化，这不是从古至今思考人、人口或人文的方式，它是一个特定的事件。这里的实证性基础是"解剖临床医学的诞生"及其所影响的生物学意义上的人的诞生，福柯在《临床医学的诞生》一书中详细描述了医学、生理学、卫生学的发展与社会制度和文学想象的关系，解剖临床医学的诞生以一种硬科学的方式，揭示了"人的生命的真相"，人的身体成为科学的对象，人被客体化了。当然，同时人也被主体化了：作为对客体化和对象化的补偿，人也成为认识的主体（177—204）。所以，布劳恩施泰因说："另外一门学科在福柯的体系

---

① 福柯认为语文学与现代文学是孪生姊妹，如果说语文学因为记录现代民族国家的历史而成为对象化的语言，现代文学则反思了这种具有现代政治回响的语文学的存在方式，即反思了现代性的发生本身（see Michel Foucault, *Les mots et les choses*, pp. 292—313）。

中扮演着更重要的角色,那就是医学。严格来说,它可能不是一门人文科学,但它是19世纪大多数人文科学的基础。此处我们必须阅读《临床医学的诞生》,它至少像《词与物》一样处理了人文科学。"(19)福柯把医学的发展置于人文科学建筑大厦之基底的位置。同时,在人的身体被科学化、对象化、生物学化时(波兰尼180)①,福柯也通过对精神分析和弗洛伊德的阐释,解释了人的精神被科学化和对象化的过程:"如果考虑到是弗洛伊德,而非其他人,使人的认识(la connaissance de l'homme)接近其语文学和语言学的模式,但想到也是弗洛伊德首次着手彻底消除肯定与否定(常态与病态、可领悟与不可沟通、能指与非能指)之间的划分……我们马上将看到——精神分析最具决定性的重要性所在。"(365)所以"人"成为认识体系的对象是19世纪知识型的物质核心。因而,

> 人文科学并未继承某个早已被勾勒出来、也许整个地被测量了但又任其荒芜的领域,而人文科学的使命正是凭着最终是科学的概念和实证的方法去涉及这个领域;18世纪并未以人或人性的名义向人文科学传递一个从外部被限定但仍空虚的空间,而人文科学的作用正是要在这之后去涵盖并分析这个空间。(348)

我们采用"诞生"的说法,正是因为"人文科学"并非一个在18世纪或者更早就已然建立起来,后来却由于各种原因被荒芜了的空间,需要我们来补充或耕耘。"人文科学"不是一个连续性的空间,这是一个崭新的空间。只有"当人在西方文化中,既被构建为必定被思考,又被构建为将被认识时,人文科学才出现",在19世纪知识型中,"人"成为中心"媒介",这个媒介既是主体也是客体。所以人文科学的诞生"这个事件本身发生于知识型之一般的重新配置中"(349)。人文科学的诞生是知识型重新配置的结果,对于这个新事件,其领域和方法论一定也是全新的。福柯认为:

---

① 这里涉及政治经济学的诞生,即生物—政治学意义上人的诞生,人被当成了动物,强调人的生物学维度而不是其神性等其他维度。

现代知识型领域（le champ de l'épistémè moderne）应该作为一个在三个维度上敞开的空间区域而再度出现。在其中一个维度上，我们将置放数学和物理科学……在第二个维度上，存在着这样的科学（如同语言、生命和财富的生产与分配等的科学）……这两个维度一起限定了一个共同的层面……这个层面显现为一个把数学应用于这些经验科学（sciences empiriques）的领域，或显现为语言学、生物学和经济学中可数学化（mathématisable）的领域。第三个维度将是哲学反思的方向……凭着与语言学、生物学和经济学的维度一起，第三个维度也勾勒出一个共同层面；正是在这里可能出现并且实际上出现了各种各样的生命哲学、异化之人（l'homme aliéné）的哲学、符号形式（les formes symboliques）的哲学……（350—351）

这里福柯非常清晰地介绍了现代知识型的情况。它包含了三个维度，即演绎科学（数学和物理）、经验科学（语言学、生物学和经济学）和哲学反思三个领域。三者中，经验科学处在一个承上启下的重要环节，数学秩序体现在经验科学的领域，就是将语言学、生物学和经济学中的某一部分数学化，即应用数学寻找语言学、生物学和经济学的部分秩序；而哲学与经验科学的结合，产生了生物学意义上对生命哲学、经济学意义上对异化之人的哲学，以及语言学意义上对符号形式的哲学的思考，同时反过来，哲学又使得生物学、经济学和语言学的外在反思成为可能，即思考"什么是生命、劳动和语言"。因而对于经验科学而言，哲学和数学都提供了将思想形式化的方式，要么以数学秩序的方式，要么以元或外在层面反思的方式。人文科学处在这三个维度的三面体中：

人文科学包含在这个三面体中，因为正是在这些知识的空隙中，更确切地说，正是在由它们的三个维度限定的区域中，人文科学发现了自己的位置。这个境遇……把人文科学与所有其他的知识形式关联起来：人文科学拥有或多或少……利用数学形式化的设想；人文科学依据取自生物学、经济学和语言科学的样式或概念而发展着；最后，人文科学致力于人的存在方式，哲学设法在完全限定性的层面上思考这个存在方式，而人文科学想要浏览这个存在方式的经验现象（les manifestations empiriques）。也许正是三维空间中的这一模糊的分布，才使得人文科学如此难以确立。（351）

这段话充分说明了人文科学的位置和特征，即它与演绎科学、经验科学和哲学反思之间难以分割的关系。人文科学与数学的形式化，与生物学、经济学和语言科学的样式，与人的哲学反思（但哲学很少关注人的存在方式的经验现象）建立了密切的关系，它不是数学、生物学、经济学和语文学，也不是哲学，但它可以并且必然借助它们的反思内容、研究对象和形式以及研究方法，因为它诞生在这个缝隙中。

二、人文科学的形式与方法论

在论述了"人文科学"诞生于一个特定时期后，福柯接着论述了人文科学的方法论。首先他认为人们习惯于用数学的方式思考人文科学，即以数学的方式使人文科学形式化："通过清点人的科学中可以数学化的一切东西……或者相反，人们设法细心地把可数学化的领域与另一个不可还原为可数学化的领域区分开来，这是因为这另一个领域是解释（l'interprétation）之地。"（352—353）福柯认为这样可以把人的科学分为可数学化的部分和需要解释的部分，后者就是一个不能被还原为数学的部分。我们可以寻找一些数学的方法把人的经验知识形式化，例如可以"去知道孔多塞（Condorcet）如何能把概率演算应用于政治，费希纳如何确定感觉的发展与刺激的发展之间的对数关系，当代心理学家如何利用信息论来理解习知（l'apprentissage）现象"，这些都是数学可以应用到政治、生理或心理学研究的例证。但福柯认为数学化并非人文科学的构成要素，这是因为首先"这些问题是它们与其他学科（像生物学、遗传学）所共有的"，即生物学、遗传学等其他科学也会用到数学的方式；其次在人的科学的历史先天性的考古学分析中，并没有揭示出数学的一种新形式或数学在人的领域中的突然前行，而是显示出了普遍数学（la mathesis）①的一种隐退……像生命、语言和劳动这样的经验组织结构就解放出来了。在这个意义上讲，人的出现与人文科学的构建……都是一种'非数学化'（dé-mathématisation）的相关物。（353）

也就是说，人文科学的构建得益于普遍数学的消退和生命、语言与劳动等领域的解放，即以别的方式反思这些经验领域。当然，这并不妨碍数学能比过去更广泛地应用于生物学。但是生物学并不是在与数学的关系中获得其自主并确定其实证性的。这对人文科学也是如此……正是劳动、生命和语言的自身遮掩才从外部规定这个新领域的出现；正是这个经验—先验（empirico-transcendantal）的存在的出现，这个其思想无限地与非思（l'impensé）相交织的存在的出现，这个始终与那个在直接的返回中有其希望的起源相分离的存在的出现——正是这个出现向人文科学提供了它们的特殊形态。（354）

所以，对于人文科学的形式和方法论而言，数学不是问题，关键的是对什么是劳动、生命和语言的思考和对我思与非思、先验与经验、起源的退却与返回这三个对子的思考。数学只是向"有关人的实证知识提供一种科学风格"，而定义人文科学的最基本困难有两个维度："一是有限性分析（l'analytique de la finitude）在其中得以展开的维度，二是那些把语言、生命和劳动当作对象的经验科学据以能分布的维度。"（355）有限性分析关涉的是人以语言、生命和劳动的方式出现时所感知到的限定性，即以人之生死的线段对无限的渴求。同时，人文科学所关注的"人"与生物、经济或劳动和语言符号相关联，人是其中的连接环节。但生物学、经济学和语文学，都不是人文科学。也就是说，解剖学、经济计算、大脑皮层语言研究并不属于人文科学，而我们一旦询问关于生物的功能标准，询问关于经济与社会的关系，询问词与表象之间的合法性关系时，人文科学就发现了其空间，人文科学正

---

① 福柯在《词与物》第三章"表象"，即古典时代知识性部分大量论述了"普遍数学"和"分类学"的关系。

是对生物、劳动和语言领域的表象和反思性认知。

所以，人文科学并不是对人的本性的抽象询问、回答或分析，而是"占据了这个把生物学、经济学和语文学与那在人这同一个存在中赋予它们可能性的一切分隔开来（尽管不是不把它们统一起来）的间距"。人文科学不处理生物学、经济学和语言学内部的问题，"人文科学同样不处于那些它们在使其转向人的主体性时并不加以内在化的科学内部；如果说人文科学在表象的维度中复述了那些科学，那还不如说是通过在外部剖面上重新把握它们"（357），人文科学不是生物学、经济学和语文学的内在研究对象，而是它们的外部剖面，是对生物学、经济学和语文学生成过程的外在历史条件的综合感知和探讨。这样来看，人文科学处于"'元—认识论的'（méta-épistémologique）位置中"（359）。

那么人文科学到底是什么呢？福柯说："我们已经在谈论人文科学，我们已谈论了这些差不多是由心理学、社会学、文学和神话学（mythologies）分析所界定的重大区域。"（371）因而在福柯看来，人文科学的这三个重大区域的研究对象和内容正是由其与"生物学、经济学和语文学之间的三重关系所确定的"，这个决定性体现为人文科学不思考生理图式、生产过程和语法规则，而思考生物学、经济学和语文学的存在条件和存在方式。因此，福柯说关于人文科学这个分类很粗浅也不确切，但它表明了人文科学的实证性基础及其与表象的关系。心理学的区域不仅在生物功能的延伸中，而且在对生物的表征和反思中；社会学的区域不仅在生产与消费中，而且在对劳动个体与相关社会规则的表征和反思中；文学和神话研究不仅在语言的法则和形式的延伸中，而且在对口头文化与书面文化的语词痕迹的分析中（366—367）。然后，福柯就得出了对于我们思考人文科学的跨学科研究而言非常重要的方法论结论：

　　　　通常不仅难以确定对象之间的界限，而且还难以确定心理学、社会学、文学和神话分析所特有的方法之间的界限。然而，我们能以一种概括的方式说，心理学基本上是一种依据功能（fonctions）和规范（normes）而对人进行的研究……社会学基本上是一种依据规则（règles）和冲突（conflits）而对人进行的研究……最后，文学和神话的分析根本上属于一种有关意义（significations）和系统（systèmes）的分析，但……我们能依据功能的融贯或冲突和规则来重新开始这个分析。这正如所有的人文科学都是相互交织的并总是相互阐释的，正如人文科学的边界变得模糊不清了，正如居间的和混合的学科无限地增加，正如它们特有的对象甚至以消解而告终。但是，无论分析的性质和分析所应用于的领域是什么样的，我们都拥有一个形式标准，去知道心理学、社会学或语言分析层面上有些什么：这是一个基本模式的选择和一些次要模式的位置，这些次要模式使得我们知道我们何时在文学和神话分析中实施"心理学化"或"社会学化"，何时在心理学中对文本进行辨读或做社会学分析。但是，这样同时感觉到几个模式，这并不是方法的缺陷。只有当模式之间并不相互被整理（ordonnés）和明确相连接（explicitement articulés）时，才会有缺陷。（362）

这里有四个层面的信息：首先是心理学、社会学与文学和神话分析有一些各自基本的方法；其次，这三个人文科学的领域也都可以依据其他对子（功能和规范、冲突和规则、意义和系统）来重新开始分析，因而居间学科增加，人文科学边界模糊；再次，对人文科学例如心理学、社会学和文学进行研究的时候，我们可能会以某种模式为主，但我们依然可以启用一些次要模式，例如在研究文学时，可以主要使用意指和系统的语言分析法，同时也可以用功能与规范、冲突与规则来重新开始对文学的分析，即在文学和神话分析中应用心理学或社会学的方法；最后也是最重要的，研究或分析的缺陷并不会来自使用了跨学科的模式或方法，而是来自没有按照有效的问题意识连接和整理这些方法。人文科学也在此展示出其独有的魅力，即它要求敏锐的问题意识和综合的思辨能力。

三、"人文科学"与人种学的政治性

上文描述了人文科学的三个领域以及这三个领域之间在方法论上的交织与相互阐释。在对人文科学做了这样抽象和知识型意义上的反思后，福柯把 19 世纪历史的维度引入了对人文科学的论述：

> 我们也许可以从这三个模式出发,描述自 19 世纪以来的所有
> 人文科学。实际上,这三个模式覆盖了人文科学的整个生成变
> 化……首先是生物学模式的统治(人及其心理、群体、社会、所谈的
> 语言在浪漫主义时期都是作为生物而存在的并且就其实际上生活
> 着而言的;它们的存在方式是有机的并且人们根据功能来分析这
> 个存在方式);接着是经济学模式的统治(人及其所有活动都是冲
> 突的场所,既是其或多或少明显的表现,又是其或多或少成功的解
> 决);最后——如同在孔德和马克思之后是弗洛伊德——开始了语
> 文学的(当涉及阐释和发掘被隐藏的意义时)和语言学的(当涉及
> 构成和阐明指称体系时)模式的统治。(363—364)

19 世纪人文科学发生的事情首先是生物学模式的统治,即人的生物学化,以
有机浪漫主义的想象为表象(我们也许可以从生物学的视角回看浪漫主义
文学中生物人与自然的关系),以孔德的分析为代表;之后是经济学模式,即
人的政治经济学化、人口的出现,以马克思的批判性反思为代表;最后是语
文学模式,以弗洛伊德对各种症候的阐释和体系化为代表。当然,这个知识
领域的变化也有着历史和社会变化的诉求：

> 可能,每一种人文科学之产生都是由于一个问题、一个要求、
> 一个理论或实践的秩序之障碍：由工业社会强加在个体上的新的
> 规范,对心理学在 19 世纪期间缓慢地把自己确立为一门科学来说
> 是肯定必需的;自从法国大革命以来已对社会平衡,甚至由资产阶
> 级确立的平衡产生了影响的种种威胁,对社会学类型的反思的出
> 现来说,可能也是必需的。(349)

作为人文科学的心理学和社会学的发展显然与 19 世纪资本主义工业和社会
实践发展有关。

而从福柯工作的 20 世纪 60 年代来看,他之所以研究 19 世纪这种理论

与实践的状况,是因为他期待一种对上文所提及的"功能、冲突和意义"的激活,以抵抗"规范、规则和体系",而这后者与前者所形成的空间,即"在李嘉图、居维埃和博普的时代所发生的,与经济学、生物学和语文学一起被确立的这个知识形式,由康德的批判规定为哲学使命的限定性的思想","仍形成了我们的反思的直接空间。我们在这个空间内思考"(389)。在这个空间内,福柯详细讨论了既作为心理学意义上的"精神分析"和社会学意义上的"人种学",又作为人文科学元话语层面的两种人文学科及其相互之间的密切互动关系:"人种学和精神分析必定都是两门有关无意识的科学:这不仅是因为它们在人身上都达到了人的意识以下的层面,而是因为它们都走向那在人之外使得人能凭一种实证知识而知晓的一切,都走向那呈现给逃避人的意识的一切。"因而这二者的独特性正在于:

> 人种学和精神分析并不是可以与其他人文科学相提并论的人文科学,而是它们贯穿了整个人文科学,它们在人文科学的整个表面激活人文科学,它们在人文科学的任何地方传播自己的概念,它们在任何地方都能提出自己的辨读和阐释方法。(383—384)

借用纵聚合和横组合,即隐喻和换喻的结构主义语言,可以认为如果精神分析是纵聚合的隐喻轴的话,那么人种学正是横组合的换喻轴,二者组建了 19 世纪关于个人和群体的话语范式。二者在某种意义上都借助 19 世纪欧洲对其他地方的殖民——对个人他者或者文化他者——来显示其本质:

> 这并不是说,殖民的境地对人种学来说是必不可少的:在医生幻影似的角色中的催眠或病人的疯癫都不构成精神分析;但是,诚如精神分析只有在一种特殊关系的寂静的暴力和由这种关系呼唤的迁移中才能展现出来,以同样的方式,人种学也只有在欧洲思想所具有的和能使欧洲思想像面对自身那样面对其他所有文化的那种关系所具有的历史的统治权(虽始终是克制的,但也始终是现实

的)中,才能获得其特有的维度。(381—382)①

这样,在一般定义中无历史的、共时性研究人种的学科人种学(ethnologie)被福柯历史化为 19 世纪独特的人文科学,即历史化为西方理性和文明与他者文化之间的关系,这个关系正是战后知识分子全球关切的体现。所以在福柯看来:

> [人种学]远没有把由心理学、社会学或文学和神话学分析所导致的那样的经验内容与对它们进行感知的主体的历史实证性关联起来,而是把每一种文化的种种特殊形式,使每一种文化与其他文化对立起来的种种差异,每一种文化据以被确定和封闭在自己的融贯性中的种种界限,是把它们全都置于这样一个维度之中,即在这个维度中,人种学能与三个重大的实证性(生命、需求和劳动、语言)中的每一个都能结成种种关系:这样,人种学就表明了在一种文化中生物学的重大功能是如何实现规范化的,即使得交换、生产和消费的所有形式成为可能或必须的种种规则,围绕着语言学结构的模式或依据这个模式而组织起来的种种体系,都是如何规范化的。因此,人种学朝着这样一个区域前进,即在这个区域中,人文科学与这个生物学、这个经济学、这个语文学和这个语言学都连接在一起了。(382)

人种学并不处理心理学、社会学或文学内部的经验,它也不关心它们的历史主体,它的目的是限定每种文化界限,封闭这种界限以制造他者和他者文化,然后在封闭空间中探讨生命、需求和劳动以及语言的运行规则,人种学像精神分析一样统治了 19 世纪的人文科学,它与生物学、经济学和语言分析相关,因而才能以大写的身份关注自然与文化之间的关系,这正是人种学在19 世纪特有的知识范型意义和政治学意义。

---

① 对此问题的详细论述,可参见张锦:《作者弗洛伊德:福柯论弗洛伊德》,载《国外文学》2017 年第 4 期,第 1—11 页。

然而，由于"像精神分析一样，人种学并不询问人本身"（383），所以它们都导致了一种"人的终结"，因为它们并不关心"人"的"功能、冲突和意义"，而是关心"人口"整体的"规则、规范和体系"。在这种终结中，在福柯看来，现代文学具有朝向界限处奋进的揭示功能，所以他赋予现代文学非常重要的位置：

> 但是如果形式语言的问题强调了构造实证内容的可能性和不可能性，那么，致力于语言的文学就强调了处于强烈经验中的限定性的基本形式……文学具有的这个新的存在方式必须在像阿尔托或鲁塞尔这样的人的著作中被揭示出来并且被像他们这样的人揭示出来。（388）

尽管我们从阿尔托、鲁塞尔，从马拉美、卡夫卡、巴塔耶、布朗肖、克洛索夫斯基等人的作品中，得出的是一种"死亡"的意象，然而，福柯正是在他们那里看到了超越语言的有限性的努力，超越"人之有限性"的知识型的努力，当他们表明语言在言说我们时，就像兰波用"我是另一个"（Je est un autre）打破语法的规则（Je suis ...）一样，他们也在接近 19 世纪历史与政治的极限处，即反思这种具有政治学和历史学意义的语文学的起源。

四、结语："人"的历史：历史主义与有限性

最后，19 世纪历史观念自身的变化也与"人"的出现相关。福柯首先讨论了普遍主义意义上的历史：

> 大写的历史（l'Histoire）在人文科学构建之前很久就早已存在了；自从古希腊时代的开端以来，大写的历史就在西方文化中实施着某些主要的功能：记忆，神话，传播《圣经》（la Parole）和神的警戒（l'Exemple），表达传统，对目前进行批判意识，对人类命运进行辨读，预见未来或允诺一种轮回。（371）

"大写的历史",即自西方古希腊有记载以来的一种时间的散播,扮演着记录时间、延续记忆和警示后人的历史功能。然而,这个记忆时间的进度,在19世纪初被打断:

> 正是这个统一性在19世纪初、在西方知识型的巨大动荡中被折断了:人们已发现了自然所特有的一种历史性;人们甚至为每一个重大的生物类型确定了能适应周围环境的种种形式,这些形式使得随后能确定生物的进化剖面;而且,人们已能表明像劳动或语言那样尤其是人类的活动本身确定了一种历史性,这种历史性并不能在物与人所共有的宏大叙事中占一席之地。(372)

首先,人们发现生物与自然享有自身与环境之间互动的历史性,这个历史甚至大于人类的历史;其次,人们发现劳动与生产拥有自身独特的历史,即生产发展模式、资本积累方式、价格波动规则,这既不同于自然法则,也不同于人类的一般活动进程;最后,语言也有自身不同于他者的语音和语法规则演变的内在历史。总之,生命、生产和语言都在19世纪向人展示出自己的法则和自己的时间线索。福柯接着颠倒了我们对这些自然生物史、生产劳动史、语言语法规则变化与狭义的人类史的关系:

> 人们通常倾向于相信,出于很大部分是政治的和社会的原因,19世纪已较为敏锐地关注人类历史,相信人们已经抛弃了有关时间的秩序或连续层面的想法,同样也抛弃了连续不断的进步的想法,相信资产阶级在想要叙述自己特有的上升时,资产阶级在自己胜利的时间表上,已经遭到了制度惯例的历史深度,习惯和信仰的重负,斗争的暴力,成功与失败的交替。我们假定,由此出发,我们就已经把在人身上发现的历史性扩展到人所制造的对象、人所谈论的语言上了,更遥远地扩展到生命上了。(372—373)

也就是说,由于政治等原因,人们以为资产阶级的胜利使得人把其自身的历史性,即资产阶级历史性扩展到生产、语言和生物上了,以为经济学、文学与语文学、生物学是在人发现了其历史性后才被推及的。或者说,在 19 世纪人们认为一切都不得不以资产阶级人类史的标准重构自身的历史。正如荷兰学者任博德的总结:

> 19 世纪,一切历史变得与当下息息相关了。古典的束缚被摆脱了,一切历史时期被视为是等值的。历史现在也被用于民族主义的目的,被体制化了。由孔德和马克思所发展的实证主义历史编纂学对 20 世纪初的历史编纂学产生了深刻影响。(274)

这个总结是有道理的,但福柯做了更辩证的论述。

福柯认为,与上述只看到资产阶级胜利者史学的政治社会学逻辑正好相反,即上述资产阶级胜利者史学观是一个晚发的现象,首先发生的事情是知识型的转变和资本主义社会中人的"非历史化"(déshistoricisé):

> 事物首先已经获得了自己所特有的一种历史性……因此,人似乎被剥夺了其大写的历史之最明显的内容:自然不再向人谈论世界的创造或末日、人的依从或逼近的审判;自然只谈论一种自然的时间;自然的财富不再向人表明一个黄金时代的古老或临近的返回;自然的财富只谈论在大写的历史中发生的生产的条件;语言不再拥有先于巴别塔的标记或能在森林中留住的原始叫声的标记;语言拥有自己前后演变关系的手段。人类存在不再具有历史。(373)

因为古典知识型的消退,生物史谈论自然的进化,生产史谈论财富的生产条件,语言谈论自身的音素与语法变化,所以除了人没有历史,其他都有自身的历史。此时,人本身丧失了历史性,人不知道从何时把自己放入历史中,因为"时间是从人自身以外的其他地方来到人那里的,人就只有通过存在的历史、物的历史和词的历史的重叠,才能把自身构建为大写的历史的主体。人服从于这些历史的纯粹的事件",所以人对"时间能遗留下来的文献或痕迹表示出强烈好奇心"(373)。但人的这一非历史化,接着又被福柯反转:

但是,这个简单的被动性关系就立即被颠覆了:这是因为在语言中讲着话的,在经济学中劳动着和消费着的,在人类生活中生活着的,就是人本身……这就是一种人所特有的并深深地包含于人的存在中的历史性,这种历史性使得人能像所有生物那样适应自身和像所有生物那样进化……使得人能发明生产形式,能通过自己对经济学规律的意识,通过人在这些规律的基础上或围绕这些规律而布置的制度惯例,来稳定、延伸或缩短经济学规律的有效性,最后,使得人能通过自己讲述的每一个话语对语言施加一种内部的……压力……这样,在实证性的历史背后,出现了人本身的更彻底的历史……而且人本身……把一切都历史化……在 19 世纪以来显现出来的,就是人类历史性(l'historicité humaine)的一种赤裸形式。(373—374)

因为人生活着、劳动着、讲着话,所以人借以从生物史、财富生产史和语言史中获得自己的历史性,虽然人不是从时间的开始进入这些历史的,但是因为人的进入,人类生命、人类经济和人类语言的历史就使得生物史、经济史和语言史成为因人而显现的历史,为了勾勒人的历史性,一切都因人的有限性而历史化了,因此福柯说人们或像斯宾格勒那样面对人的历史寻找种种法则,或者直接阐释作为生物的人、作为经济的人和作为文化整体的人,人一方面成为历史的基础,另一方面又只能通过生物、经济和文化等来获得自身的主体性。这一点,即历史在 19 世纪知识型中的新布局,在福柯看来非常重要:

无论如何,大写的历史在认识论空间中的这个布局对它与人文科学的关系来说是极其重要的。由于历史的人,就是生活着的、劳动着的和讲着话的人,所以,大写历史的无论什么样的内容都从属于心理学、社会学或语言科学。但相反地,由于人彻底成了历史的人,因此,由人文科学所分析的内容本身既不能保持稳定,也不能逃避大写历史的运动。(375)

一方面,历史无论如何都与心理学、社会学或语言科学,即生命、生产和语言领域相关,但由于人的有限性是这个历史的根本,人的历史性而非本质性存在,使得人文科学既不能保持稳定,也不能追溯普遍法则,这也是为何人文学科总是有着不确定的原因,其基础是人的彻底的历史化。所以一方面,人在心理学、社会学和文学文化等内部不断地建立研究对象和方法;另一方面,当人想越出内部寻找普遍性时,就像斯宾格勒等证明的那样,就越陷入历史性,因为人的有限性无法把握起源和终点。斯宾格勒在《西方的没落》中讨论的"数与世界历史"的问题,讨论的"起源、城市和民族"等问题恰是对19世纪这种焦虑的反思与回应①。而"人"这种彻底历史化的存在方式的意义也恰恰在于它预示着不确定的未来。

参考文献

Agamben, Giorgio. *What Is an Apparatus? And Other Essays*. Stanford: Stanford University Press, 2009.

Braunstein, Jean-François. "Foucault, Canguilhem et l'histoire des sciences humaines." Archives de Philosophie 79.1(2016):13—26.

Foucault, Michel. *Naissance de la Clinique*. Paris: PUF, 2007.

Foucault, Michel. *Les mots et les choses*. Paris: Gallimard, 1990.

迪迪埃·埃里蓬:《权力与反抗:米歇尔·福柯传》,谢强、马月译,北京:北京大学出版社,1997年。

米歇尔·福柯:《安全、领土与人口》,钱翰、陈晓径译,上海:上海人民出版社,2018年。

卡尔·波兰尼:《巨变:当代政治与经济的起源》,黄树民译,北京:社会科学文献出版社,2017年。

米歇尔·福柯:《词与物》:人文科学的考古学,莫伟民译,上海:上海三联书店,2016年。

帕特里斯·马尼利耶:《现在的解释:福柯用电影解释他眼中事件的形而上学》,载《福柯看电影》,谢强译,上海:华东师范大学出版社,2017年。

任博德:《人文学的历史:被遗忘的科学》,徐德林译,北京:北京大学出版社,2017年。

---

① 详见奥斯瓦尔德·斯宾格勒:《西方的没落》(I·II),吴琼译,成都:四川人民出版社2020年。

外国文学的计量研究

王　永[①]

内容提要：计算机技术的发展不仅使社会生活发生了重大变革，也为学术研究带来了很大的便利。借助数据库，研究者可以节约大量耗费在文献检索上的时间，可以通过数据分析发现传统研究无法发现的特征。然而，外国文学界对此关注较少，产出的相关成果不多。本文通过对文学计量研究成果的综合分析，阐明在外国文学研究中运用计量方法的必要性与可行性，同时，结合相关研究详细介绍文学计量研究的步骤和方法。本文不仅有助于外国文学研究者了解数据、统计方法与文学研究的关系，还可以为其提供具体的研究路径，推动外国文学计量研究成果的产出。

关键词：外国文学　计量方法　数据库　统计分析

Title：Quantitative Studies of Foreign Literature

Abstract：The development of computer technology has not only made significant changes in social life，but also brought great convenience to academic research. With the help of databases，researchers can save a lot of time spent on literature retrieval，and can discover features that cannot be discovered by traditional research through data analysis. However，in the foreign literary circles，the usage of databases hasn't been drawing much attention，thus having produced fewer related achievements. Through a comprehensive analysis of the literary measurement research results，this

---

①　王永，文学博士，浙江大学外语学院教授、博导，研究兴趣为俄罗斯文学的计量研究及俄罗斯艺术。基金项目：国家社科基金重大项目"中国外国文学研究索引（CFLSI）的研制与运用（18ZDA284）。

article clarifies the necessity and feasibility of using measurement methods in foreign literature research. At the same time, it introduces the steps and methods of literary measurement research in detail in conjunction with related research. This article not only helps foreign literary researchers to understand the relationship between data, statistical methods and literary research, but also provides them with specific research paths to promote the output of quantitative research results in foreign literature.

Key words: foreign literature; quantitative method; corpus; statistic analysis

大数据、云计算、人工智能、数字人文,是新世纪尤其是近十年来的学术热点话题之一。面对大数据时代,有的高校和学术机构积极响应。2015 年 3 月,复旦大学中文系启动"语言·大脑·计算"交叉学科平台。2020 年 1 月,清华大学联合中华书局主办的《数字人文》创刊号发行。各种与大数据、数字人文相关的译著、编著先后出版。

毋庸置疑,计算机技术已渗透到社会的各个领域,且不论"全球化本身是由数字技术的崛起所推动的"(奥恩 19),即使从眼前发生的事来看,大数据在新冠肺炎疫情期间所发挥的重要作用有目共睹。可以说,"计算机已经达到改变世界的'全力'发展阶段""大数据正在彻底改变从社会科学到商业的各个领域"(奥恩 Ⅳ-Ⅴ)。

然而,迄今为止,数据这块石头尚未在外国文学界激起千层浪,不少学者持保留乃至怀疑的态度。这一方面或许由于部分研究者过分夸大了定量研究的价值和有效性;另一方面,基于数据的研究往往停留在图表呈现及数据的陈述上,而进一步结合文学内容展开深度阐释的成果较少,难以充分显示出新方法对文学研究的价值。但最重要的可能是对文学的计量研究了解不多之故。

那么,面对大数据时代日新月异的计算机技术及其为各学科领域带来的丰硕成果,外国文学界该如何看待? 文学的计量研究已取得哪些成果? 如何开展外国文学的计量研究? 本文将从外国文学开展计量研究的大背景、计量研究发展现状及具体的研究路径等方面展开阐述。

一、外国文学计量研究的背景

有学者断言，"'大数据'时代的很多学科都将发生巨大甚至是本质性的变革和发展，进而影响人类的价值体系和知识体系，当然也影响到我们的学术研究"（郑永晓 143）。

事实确实如此，计算机技术的发展正在影响着一个又一个学科。近二十年来，国内出版的相关著作及发表的论文增长迅速。自然科学自不必说，社科领域的应用也是如火如荼。在人文领域，历史学、传播学、语言学的定量研究已产出较为可观的成果，与此相比，文学领域的差距明显。

仅从产出的论文看，中国知网（搜索关键词"数据"）可以检索到论文总数 2156099 篇。其中社科经管类 590527 篇，占总数 27.39%；哲学人文类 19366 篇，占总数 0.90%[①]。年度论文发表趋势图如图 1 所示：

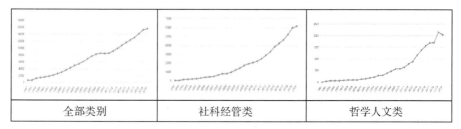

| 全部类别 | 社科经管类 | 哲学人文类 |

图 1　年度论文发展趋势

统计结果显示，数据在整体学术领域的应用上升趋势明显。1992 年的论文仅 7046 篇，2000 年增至 30515 篇，2010 年为 85260 篇，2020 年达 156523 篇，30 年内增加到 22 倍。2000 年前的 9 年，年均增加 2607.67 篇，年均涨幅 37.01%；此后的两个十年，年均增加的论文数分别为 5474.5 及 7126.3 篇，年均涨幅分别为 17.94% 及 8.36%。除了个别年度，每年发表的论文数绝对值不断增加。社科领域的发文数虽然增加的绝对值不如整体发文数，但增幅远大于前者。1992 年的论文仅 513 篇，2000 年增至 4562 篇，2010 年为 20693 篇，2020 年达 61857 篇，30 年内增至 120 倍。2000 年前，年

---

① 截至 2021 年 8 月 11 日 16 时 48 分。

均增加的论文数是 449.9 篇,年均涨幅 87.70%;此后两个十年,年均增加的论文数分别为 1613.1 及 4116.4 篇,年均涨幅分别为 35.36% 和 19.89%。哲学人文领域的发文数虽明显逊色,且前期进展速度较慢,但近些年有较大幅度的增长。1990 年的论文仅 34 篇,2000 年仍是两位数的 93 篇,2010 年为 577 篇,2020 年达 2044 篇,30 年内增至 60 倍。2000 年前增长缓慢,年均增加的论文数是 5.9 篇,年均涨幅 17.35%;此后两个十年,年均增加的论文数分别为 48.4 及 146.7 篇,年均涨幅分别为 52.04% 和 25.42%。

从上述检索结果可以看出,计算机技术引导的成果非常显著。尤其是新世纪以来,随着大数据、人工智能、云计算等技术越来越多地在人们的生活中得到运用,各学科领域越来越认识到计算机技术在学术研究中的重要性,开始大规模运用数据开展研究,相关成果显著增加,至今保持持续增长。即使是落后于其他学科的哲学人文领域,十余年来的成果已有较大幅度的增长。

与此相比,外国文学研究领域对计算机技术的接受明显滞后。尽管各种会议、各种论坛上"大数据""数字人文""跨学科"的字眼并不鲜见,但在实际研讨过程中,更多的跨学科关注点集中于文学与历史学、政治学、经济学、法学的跨界研究,而对大数据、数字人文、数据库关注度较小,对数据能如何应用于外国文学研究更是了解不多。即使与文学学科内的中国文学相比,也落在后面。中国知网上通过关键词"数据"可以搜索到的文学类(世界文学及中国文学)中文论文只有区区 480 篇,而世界文学更是仅占其中的 18.75%,90 篇。

然而,时不我待,我们身处一个数字化、互联网的时代。人工智能发展迅速,AlphaGo 的围棋水平令人心服口服;人机协同创作的诗歌、AI 书法、AI 绘画、AI 主播,让人难辨真伪。面对强大的计算机技术,对比其他学科运用数据开展研究所取得的学术成果,我们认为,外国文学界虽无须盲目追风,但也不能视而不见。尽管在数十年甚至更长的时间内,传统研究依然是其主流,但与此同时,我们应该正视大数据时代的技术发展给外国文学学科带来的机遇和挑战,开阔视野,学习和借鉴新方法。可以说,外国文学的计量研究,既是现代计算机技术发展的使然,又是深入挖掘文学问题,开拓文学文本研究范式的必然。

二、文学计量研究的发展现状

文学的计量研究之所以可行,是由于这种研究已有一百多年的发展史,并已形成了几个主要的研究方向。不过,国内对这部分的了解和介绍较少。《山东社会科学》发表的译文《查找与替换:约瑟芬·迈尔斯与远距离阅读的起源》认为,人文学科定量或计算方法的奠基学者起码应该往前追溯到迈尔斯。这位美国诗人兼加州大学伯克利分校的学者早在20世纪30年代的研究生期间就用人工方式"完成了自己的第一个远距离阅读项目:分析罗马诗人偏爱的形容词"(雷切尔 46)。50年代,她与团队合作完成了计算词语检索项目。几十年中,她采用单词计数方法,对华兹华斯、怀亚特、奥登等诗人的语言及创作风格做了分析。这种研究无疑"有利于我们建立一个远距离阅读和定量文学史研究方法的多元化的学科史谱系"(雷切尔 45)。也有学者提到21世纪英美学者基于语料库对文学文体所做的研究,如"Tabata研究了狄更斯小说中的文体风格变化;Clupeper对莎翁作品《罗密欧与朱丽叶》中的对白做了关键词、词性及语义域的研究;Fischer-Starcke则集中在对简·奥斯汀众多文学作品的研究等"(任艳等 17)。

但这只是文学计量研究发展史上的一鳞片爪。事实上,文学计量研究有着百余年的发展,大致可分为三个阶段:1)计算机尚未出现之前的统计分析;2)计算机技术开始发展的20世纪中期;3)大数据时代。为了系统展示其总体发展过程并为我国的文学研究者提供参照,前两个阶段的发展侧重介绍俄罗斯学者的研究成果①,第三个阶段综述我国学者的研究成果。

计算机尚未出现之前,文学的计量研究主要采用人工统计方法。20世纪初,随着形式主义诗学的兴起,俄罗斯的文学批评家和语言学家开始采用统计方法研究文学(诗歌)作品。波利万诺夫(Л. Поливанов)、维诺库尔(Г. Винокур)等文学批评家和语言学家,以及别雷(А. Белый)、丘特切夫(Ф. Тютчев)等诗人对诗歌的节奏、韵脚、诗节乃至情节、结构、主题、题材、文学

---

① 本文作者在这方面的研究仅限于俄罗斯,期待有学者能系统研究英美等国的文学计量研究发展。

流派等方面做了统计分析,在诗体语言的量化特征研究上取得了一定的成就,也为现代文体测量奠定了基础。莫罗佐夫(Н. Морозов)对普希金、果戈里、托尔斯泰等作家使用的前置词、语气词、代词等词类做了统计分析,以此辨别作家作品真伪,成为最早采用定量方法鉴别著作权的研究者之一。雅尔霍(Б. Ярхо)则将统计方法运用于斯拉夫文学、日耳曼文学、中世纪文学、古俄罗斯文学、民间文学的研究中,试图构建文学研究的计量理论。他认为:

> 运用统计方法,可以解决大量同作品的修辞、作品的主题和谋篇、作品的总体思想和情感以及作品的题材有关的各种问题。文学的生成、演变和类型学问题,尤其是文学流派问题可以转换为完全对等的数字语言,这种方法是一种"精密"研究方法,其本质在于"从分析到综合",即先从文学文本中提取重要特征进行分析,再对这些数据进行统计运算,然后对研究现象的发展及功能规律得出结论。(xviii)

遗憾的是,雅尔霍英年早逝,而他写于 20 世纪 30 年代,近 400 页的未竟之作《精密文学研究方法论》,也直到 2006 年才得以整理出版。

20 世纪 50—60 年代,随着计算机科学的发展,更多的学者在文学研究中尝试运用概率论、信息论、控制论等自然科学的理论与方法。如博布罗夫(С. Бобров)用常数和变量进行排列组合获取统计数据的方法,将普希金的诗歌与俄罗斯民间创作进行对比分析,最终证明普希金的长诗《西斯拉夫之歌》虽然以俄罗斯民间歌曲为基础,但绝"不是俄罗斯古代诗歌的翻版,而是俄罗斯诗歌史上史无前例的新诗典范"(134)。列斯基斯(Г. Лесскис)则从 19 世纪 60 年代 7 位作家的 11 部心理小说中随机抽取了 70643 个句子进行研究,通过对描述性文字、对话说明、直接引语三大言语类型的统计分析,揭示出不同作家的写作风格,如陀思妥耶夫斯基的人物引语比例明显高于其他作家,显示出作家的"复调小说"特征。托尔斯泰使用描述性文字的比例高于其他作家,显示出其小说的哲理性特征。可以看到,这些研究已具备了当今数字人文的雏形。

雅尔霍的精密方法论研究后继有人。伊万诺夫在诗歌节律研究的基础上对诗歌的统计分析做了理论思考。他认为,精密方法有助于发现文学创作的时代特征及个性特征。"诗行统计有助于清晰地显示某种创作手法在今天是否已变得寻常""在诗歌研究中采用精密方法的最终目的应该是清晰地揭示诗人在创作中贯彻的一些基本概念,这些概念模糊地存在于诗人对创作性质的直觉认识中"(Иванов 118)。

近几十年来,俄罗斯学者的文学计量研究偏向类型研究和规律性研究。比如文体测量侧重分析作家的个人风格,通过数据深层挖掘,揭示文本的内部结构及其构成规律,探究其不同维度和层面的相互关系。此类研究的结果可以用于作品甄别。安德列耶夫(С. Андреев)则在其专著《诗歌文本参数相互作用模型》(2014)中,集中分析了普希金、莱蒙托夫等俄罗斯诗人以及柯勒律治、济慈等英国诗人的作品,对诗歌文本的节律、句法、词法、词汇单位与主题的相关性等进行多维度、多层面的分析研究,揭示出诗体文本各参数之间的相互关系与系统规律方面的特征,阐述了这些参数相互作用的机制,为诗歌文本的计量研究提供了理论与方法。

总体而言,俄罗斯学者对文学开展计量研究已有相当长的历史,且形成了文学计量研究的重点领域:诗歌格律研究、作家风格研究以及方法论研究。

我国文学研究界也较早开始关注数学方法在研究中的运用。傅修延在《文学批评方法论基础》一书中介绍了系统论、控制论、信息论及数学方法的基本原则及其运用于文学批评取得的成果,指出"文学批评要向更高的水平发展,要走向精确化与定量化,就不能不求助于数学方法"(296)。数据的实际应用研究则可以追溯到 1987 年,复旦大学学报发表了李贤平的论文《〈红楼梦〉成书新说》。作者凭借其数学专业出身的背景,将数理统计方法及计算机技术运用于《红楼梦》的著作权研究,推翻了红学界盛行 66 年之久的胡适的观点。虽然该文统计方法中择取的数据点受到一些质疑,但毕竟"使红学研究开始有了'量'的概念"(李贤平 15)。

21 世纪初,中国古典文学研究者敏锐地意识到计算机技术对于文学研究的重要性,学者们从研究目标出发开始建设相应的数据库。在此后的 20 年间,先后建成了国学数典、文渊阁四库全书、四部丛刊、中国基本古籍库、中国古代方志、中国古代金石等全文数据库。这些数据库具有强大的检索功能，包含海量的古籍善本电子版，使我国的"古典文学研究至少在文献的搜集、整理层面，取得了堪称革命性的突破"（刘成国 132）。利用这些数据库和分析系统以及自建的数据库，古典文学界在影响研究、版本鉴别、考据、用典等方面取得了显著的研究成果。

古典文学研究界讨论较多的还有数据库的信息标注问题，认为更完善的数据库应该包含诸多与作家相关的信息标注，如：作家的出生地、家族背景、科举、游历、仕宦、爱好、作品数量、作品创作时地、文体构成比例、作品选录情况等。根据这些信息，可以对研究对象进行可视化分析，可以构建地理知识图谱、作家关系图等。另一分析热点是文本情感分析（Text sentiment analysis）。有学者提出"将诗词文本经过语义概念分类，并将情感分为正面情感与负面情感，能使文学研究更趋细化和深化"（罗凤珠 141）。不过，迄今为止，情感分析主要用于互联网的舆情研判、大众点评分析以及各种媒体报道的倾向性分析上。

外国文学界的数据运用研究成果虽然较为单薄，但也有一定进展。相关论文，除了通过"数据"搜索到的 90 篇，加上通过关键词"计量"搜索到的世界文学类论文 18 篇，共计 108 篇。我们对这"一百零八将"做了人工校对，剔除其中"敬告读者""入选 CSSCI""投稿须知"之类完全不属于文学研究的论文以及同数据运用无关的论文共 43 篇，与数据运用相关的论文为 65 篇。这些论文研究问题所属类别大致可分为六大类：1）大数据与外国文学研究关系的整体思考；2）大数据时代与文学教学；3）基于大数据的文学作品传播与接受度研究；4）数据库建设构想；5）基于文献数据库的研究；6）文学文本的计量研究。可以看到，只有最后一类属于文学本体研究。此类论文不到 10 篇。从研究目标看，有的论文旨在阐释文学的创作特征，也有的试图检验计算机技术及其他学科的研究范式在文学研究领域的有效性；从研究角度看，主要依据的是语言学的相关理论，比如语料库语言学、文体学、语义学等；从具体研究路径看，既有根据研究问题采集数据再结合文本做定性研究的，也有利用数据挖掘、检索工具等技术手段获得相关数据再对数据做细致分析的①。

综上所述,文学的计量研究不仅有丰富的历史积累,且有可资借鉴的成果。正如研究者所指出,"数字人文的科学方法论和跨学科性质为建构外国文学研究新范式提供了可能性"(董洪川 潘琳琳 176)。

三、文学计量研究的路径与方法

文学的计量研究主要有三种范式:外部研究、文本内部的形式研究以及文本内部的内容研究。

外部研究如作家谱系研究、文学地理知识图谱、文学发展的地区及时代研究等,其重点在于构建数据库,将相关知识数字化,只要有数据库就可以得出统计分析的结果。内部研究的形式方面如诗歌格律、作家创作风格、用典、版本等研究,其重点同样在于构建数据库。只要将相关的文学文本数字化,借助数据挖掘及统计分析工具,可以完成绝大部分任务。近来的热门话题之一"远读"(参见 Franco Moretti)也属于此类研究,其目标在于让机器替代人工阅读和创作。研究者认为,"依托数字环境的各种技术,通过加强对文本的批判性集展,版本迭代和文本流动将得以实现"(伯迪克 30)。当然,这些研究虽然基本能自动完成,但自动化处理的前提是要有相关的数据库,而数据库的构建远非一朝一夕、一己之力所能完成。

内部研究的内容方面,需要借助数据统计分析,发现某些诗学特征,并进一步结合文本做深入的阐释。目前已发表的此类研究成果大多是技术操

---

① 相关研究可参阅以下文献。任艳、陈建生、丁峻:《英国哥特式小说中的词丛——基于语料库的文学文体学研究》,载《解放军外国语学院学报》2013 年第 5 期;王永、李昊天:《俄语视觉诗的计量特征——以卡缅斯基诗集〈与母牛跳探戈〉为中心》,载《外国文学研究》2015 年第 5 期;詹宏伟、黄四宏:《大数据时代的文学经典解读——〈罗密欧与朱丽叶〉计量文体分析》,载《外语与翻译》2017 年第 2 期;毛文伟:《数据挖掘技术在文本特征分析中的应用研究——以夏目漱石中长篇小说为例》,载《外语电化教学》2018 年第 12 期;韩诺等:《基于迁移学习的文学人物心理分析》,载《心理技术与应用》2019 年第 10 期。

作过程的展示有余,诗学特征的阐释不足。借助数据分析发现的某些特征未能进一步运用到文本分析中,深入阐释文学问题,这在一定程度上削弱了计量分析对文学研究的价值。然而,创作主旨、意象、文化内涵、人物情感等内容方面的特征,对文学研究而言恰恰是最为重要的。因此,本文在此重点介绍文学内容计量研究的路径与方法。

此类研究大致有以下几个步骤:1)确定研究问题;2)从语料库(公共语料库、自建语料库)采集数据;3)对数据进行统计分析并得出结论;4)以数据统计分析结论为线索,结合文学文本做深入阐释。

第一个步骤,确定研究问题。这看起来不言自明,任何一种研究都始于问题。但基于数据的研究更需强调研究问题选择的重要性。由于数据有可为与不可为之处,研究者须了解数据统计分析的应用范围。

一般而言,创作特征在语言上有较为明显体现的问题是计量研究的首选。因为语言的多种特征较易标注,而且可以量化。比如未来派诗人致力于艺术实验,试图用诗歌来表现社会,勾画未来。为了达到这个目的,他们在创作中大胆对诗歌语言开展实验,以表达某些"基本概念"。视觉诗是其中非常典型的示例,为了表达视觉形象,诗人尝试采用与此相匹配的语言形式。正因如此,未来派诗人卡缅斯基的视觉诗《与母牛跳探戈》是文学计量研究的理想对象。研究者通过数据统计分析,发现了诗人在词类分布、句法结构及语义搭配上的诸多特征,进而揭示出诗人以词语完成立体未来主义构图,践行其"诗画同行"理念的诗学特征(王永、李昊天 2015)。美国语言诗派的重要代表,查尔斯·伯恩斯坦的诗歌也非常适合计量研究。此外,文学作品中与人物的情感有关的问题也可以做计量研究,因为人类情感不仅有质性的区别,还有程度上的不同。通过对某些情感词进行统计分析,可以研究作品主人公的性格、行为、道德等问题。

第二个步骤是从语料库采集数据。这个步骤涉及两个问题,其一是语料库,其二是采集哪些数据。

语料库是文学计量研究的重要基础。语料库越完善,研究就可以越深入。但文学文本语料库的构建非常复杂,需要相关学科研究者与技术人员的合力才能进行。在书籍的电子版越来越多、各种软件功能越来越强大的今天,文本数据的导入可以轻而易举地完成,但仅能搜索到文本的语料库无法用于内容研究。内容研究需要的语料库,需要有语言方面如词法、句法、语义等信息标注。此外,数据统计分析的准确度和深度,取决于语料库信息标注的准确度和丰富度。目前互联网上开放的各种语料库,大多从 20 世纪 90 年代开始建设,并且在向公众开放后仍在不断更新迭代。信息较为完善的语料库背后,都有强大的技术团队和众多语言学各分支学科专家的支持。仅有技术,自动标注的数据错误率非常高,需要相关学科的研究专家在对错误进行分析后告知原因,再由技术人员重新修改代码,如此反复无数次之后,再由人工最后校对完成。因此,只有两股力量通力合作,才能构建出能够为语言研究者及文学研究者使用的语料库。在我们自己尚未掌握技术手段之前,可以先借助现有的语料库,挖掘可以挖掘的数据开展相关研究,视需要再自建小型语料库。目前可以借助的语料库主要有英国的杨百翰大学语料库(BYU)(https://corpus. byu. edu/)、英国国家语料库(BNC)(http://www. natcorp. ox. ac. uk/;https://corpus. byu. edu/bnc/);美国国家语料库(ANC)(http://www. anc. org/);俄罗斯国家语料库(ruscorpora. ru)等。

　　数据采集则须从研究目标出发。研究者基于自己的知识储备做出大致判断,做出某种假设①,再利用功能较为完善的数据库,获取高频词、词类、句法、语义等方面的相关数据。比如作家研究,先在语料库中选定作家,即可得到该作家的所有文本;之后,通过输入相关条件,就能得到各种所需的数据。前文提到的诗人卡缅斯基视觉诗的计量特征研究,假设视觉诗在词类分布和句法构成上均有体现。因此,主要采集词类及句法数据。数据提取路径为:进入语料库的诗歌子库;选定诗人卡缅斯基,获得所有文本及其总词数;在"语法特征"框内依次输入名词、形容词、动词等词类为统计条件,获得各个词类的词数;对所有采集的数据进行人工校对,修改错误的数据。而《曼德尔施塔姆诗集〈石头〉的"世界文化"网络》研究,先期推测是:曼氏诗作中"世界文化"的构成在很大程度上可以通过对人名、地名的分析得出。因此,主要提取这两个语义类别的词语,从诗歌子库中采集曼德尔施塔姆作品

---

　　①　这种假设有可能通过研究被证实,也可能被推翻。其实这也是数据统计分析具有挑战的地方。研究可能成功,也可能失败。但这次的失败可以成为下一次成功的基础。

中带有"人名（t：hum）""地名（t：topon）"语义标注的词语，并对获取的词语参照纸质版进行人工校对。当然，从公众语料库中采集的数据远远不足以完成计量研究的既定目标。此时需要自建语料库，即在电子文本的基础上，利用文本分析工具采集相关数据，或者人工对所需统计的特征进行标注，再得出数据。

第三个步骤是对数据进行统计分析，得出分析结果。这是文学计量研究中最为重要，也是难度较大的步骤。不少研究者面对获取的数据，看不出任何端倪，不知数据背后隐藏着哪些文学密码。解码的过程既需要研究者对研究对象非常熟悉，对文学文本有较深的理解，更需要有较为广博的知识。如果说在大数据分析条件下，词频分布是首要的统计参数，那么对于文学内容研究而言，词频退居次要位置，词语的语义分类更为重要。没有一定的知识积累，就无法对数据做出较为客观准确的分类，也就无法进一步做出数据分析。

以前文提到的《曼德尔施塔姆诗集〈石头〉的"世界文化"网络》研究为例，数据采集完成后，须根据不同分类原则对人名和地名进行分类。人名涉及的因素较多，根据"世界文化"构成这一研究目标，以欧洲文化史、人物性质、文学艺术流派、人物所在国别为分类原则，将所有人名逐一分类；地名主要按地理行政区划来分。结合词频统计做出分析。最后，基于以上数据分析，得出结论：1)《石头》体现出阿克梅派的特征——"对世界文化的眷恋"。诗人笔下的"世界文化"网络，是一个上至古希腊罗马，下至诗人所处时代，以欧洲为中心，辐射到美洲、亚洲和非洲的时空域；2)在诗人的"世界文化"网络中，古希腊罗马文化占有独特地位，其中罗马构成了"世界文化"的核心；3)在"世界文化"网络中，文学艺术构成其最为重要的载体。这个结论构成了后续文本阐释（即第四个步骤）的基础，使得该研究最终得以揭示出曼德尔施塔姆诗歌创作中"世界文化"网络特征，且所提出的观点和阐释都具有较高的科学性和精密性（王永 2017）。

第四个步骤是定性研究，文学研究者非常熟悉，在此不再赘述。

四、结语

综上所述,文学的计量研究是多层面的。一方面,无论在哪个层面,数据都可以为文学研究提供科学的基础和准确的数据,带来定性研究可能无法获得的新发现,使文学研究具有精确性;另一方面,计算机技术也有其局限性,自动统计分析史多地适用于处理共性元素,在大数据分析的基础上找寻文学创作的某些规律。然而,个性化永远是文学艺术创作的追求,也是研究者深入探讨的问题所在。因此,文学的计量研究不仅需要继续开展外部研究及文本的形式研究,更需要转向文本的内容研究。

运用计量方法研究文本内容,是定性研究与定量研究的有机结合。这种研究不仅需要研究者具有传统研究所必备的文学知识、思维能力及问题意识,还要具备一定的数据库运用能力。但数据只是起点,而非终点。只有结合文学作品做深入阐释,数据的统计分析才能为文学研究带来既有深度又有精度的高质量成果。

参考文献

Moretti, Franco. *Distant Reading*. London-New York:Verso,2013.

Андреев, С. Н. *Модели взаимодействия элементов стихотворного текста*. М.: ФЛИНТА, Наука,2014.

Бобров, С. П. "К вопросу о подлинном стихотворном размере пушкинских 《Песен западных славян》." *Русская литература* 1(1964):119-137.

Иванов, В. В. "О применении точных методов в литературоведении." *Вопросы литературы* 10(1967):115-126.

Лесскис, Г. А. "О размерах предложений в русской научной и художественной прозе 60-х годов XIX в." *Вопросы языкознания*,2(1962):78-95.

Ярхо, Б. И. *Методология Точного Литературоведения. Избранные Труды по Теории Литературы*. М.: Языки слав. культур,2006.

董洪川、潘琳琳:《数字人文与外国文学研究范式转换》,载《西南民族大学学报》(人文社会科学版)2018 年第 9 期,第 174-179 页。

傅修延、夏汉宁：《文学批评方法论基础》，南昌：江西人民出版社，1986 年。

雷切尔·萨格纳·布马、劳拉·赫弗曼：《查找与替换：约瑟芬·迈尔斯与远距离阅读的起源》，汪蘅译，载《山东社会科学》2018 年第 9 期，第 45-49 页。

李贤平：《〈红楼梦〉成书新说》，载《复旦学报》（社会科学版）1987 年第 5 期，第 3-17 页。

刘成国：《机遇、挑战与回应——数据库时代古典文学研究中的考证：以宋代为例》，载《浙江社会科学》2018 年第 2 期，第 131-137 页。

刘京臣：《大数据时代的古典文学研究——以数据分析、数据挖掘与图像检索为中心》，载《文学遗产》2015 年第 3 期，第 182-190 页。

罗凤珠：《引信息的"术"入文学的"心"——谈情感计算和语义研究在文史领域的应用》，载《文学遗产》2009 年第 1 期，第 138-141 页。

任艳、陈建生、丁峻：《英国哥特式小说中的词丛——基于语料库的文学文体学研究》，载《解放军外国语学院学报》2013 年第 5 期，第 16-20 页。

王永：《曼德尔施塔姆诗集〈石头〉的"世界文化"网络》，载《文学跨学科研究》2017 年第 4 期，第 120-131 页。

王永、李昊天：《俄语视觉诗的计量特征——以卡缅斯基诗集〈与母牛跳探戈〉为中心》，载《外国文学研究》2015 年第 5 期，第 48-58 页。

王永、李昊天、刘海涛：《俄罗斯计量语言学发展述评》，载《外国语》2017 年第 6 期，第 86-97 页。

约瑟夫·E. 奥恩：《教育的未来：人工智能时代的教育变革》，李海燕、王秦辉译，北京：机械工业出版社，2018 年。

郑永晓：《加快"数字化"向"数据化"转变——"大数据"、"云计算"理论与古典文学研究》，载《文学遗产》2014 年第 6 期，第 141-148 页。

外国文学在中国：史料问题与史料学构想

——以狄更斯在中国为例

吴秀峰①

内容提要：近年来，史料工作日益受到中国外国文学研究界的重视，但多表现为选择与挖掘作家作品在其本国的史料。实则，以狄更斯研究为例，史料的陈旧、匮乏、虚假、忽视与讹误，也是研究晚清以来外国文学在中国的重要问题。这部分史料不应是中国文学史料学的附庸，而是在中国外国文学与比较文学研究的交叉范畴中，具有独立存在的价值与意义。因此，我们有必要借鉴现有的史料学知识，从史料的类型、鉴定、整理、检索、阐释等入手，对外国文学在中国的译介、研究与传播进行重新梳理与分析，进而为中外文学关系研究奠定坚实的史料基础。

关键词：外国文学　比较文学　史料问题　史料学　狄更斯

Title：Foreign Literature in China：Issues of Historical Data and Conception of Historical Materials — Taking Charles Dickens in China as an Example

Abstract：In recent years, the work of historical data has been paid more and more attention by the foreign literature research community in China, but it is mostly manifested in the excavation and selection of the historical data of the writer's works in his country. In fact, taking the study of Charles Dickens as an example, the obsolescence, lacks, falsities, neglect and corruptions of historical materials are also important issues in the study of foreign literature in China since the late Qing Dynasty. This

---

①　吴秀峰，同济大学外国语学院博士，研究兴趣为中外文学关系。

part of historical data should not be a vassal of Chinese literature historical materials，but has independent value and significance in the intersection of Chinese foreign literature and comparative literature research. Therefore, it is necessary for us to learn from the knowledge of historical materials, starting from the types, identification, organization, retrieval, and interpretation of historical data, to reorganize and analyze the translations, researches and communications of foreign literature in China，and then to lay a solid foundation of historical data for the study of relationship between Chinese and foreign literature.

Key words：foreign literature；comparative literature；issues of historical data；historical materials；Charles Dickens

　　谈及外国文学在中国,且不论古代,即便是在现代意义上,从晚清至今也有百余年历史。因此,这本不是一个新话题,已有不少相关学术著作及论述出版、发表,成为国内学界研究的热点之一。这些研究既有外国文学又有比较文学与中国现当代学者的参与,多建立于史料的基础上,对象包括整体性的历史进程与具体作家作品。从史学层面来说,史料研究不是简单地罗列材料,而是需要借助理论的归纳与阐发,即史料学知识和方法。但是,我们发现,部分成果对史料的处理,缺乏自觉运用史料学的意识,导致对史料的广度、厚度和深度认识不足。换言之,目前"外国文学在中国"的史料研究,有"史"有"料",但在"学"的层面仍有待深入。鉴于此,本文拟从外国文学史料研究的学科归属问题谈起,以狄更斯在中国的史料为中心,对相关细节问题展开讨论,并在此基础上探讨如何系统地建立中国外国文学史料学。

一、中国外国文学史料研究的缘起

　　近年来,在继续强调文本分析与理论观照有机结合的同时,史料工作也开始受到中国外国文学研究界的重视。2016 年 8 月,《外国文学评论》编辑部主办"外国文学研究的史料与史观"全国学术研讨会,会议提出,在当今这个"e"考据时代,"如何用充分的史料来拓展史观,如何用越来越复杂的史观来处理各类史料,是当今外国文学研究面临的问题和机会"(张锦 230－235)。2019 年 7 月,在由中国高等教育学会外国文学专业委员会主办,牡丹江师范学院文学院承办,以"史料、概念与细节:外国文学研究与教学创新"为主题的"中国高等教育学会外国文学专业委员会 2019 年学术年会"上,刘建军会长强调外国文学研究应当注重史料的作用,认为"外国文学是历史的产物,无论是当时的历史,还是今天的历史,都有其当时的社会语境,不能用今天的眼光评判历史的故事,恰恰应该用历史的事实回答今天的问题"(王立宏　张海新 172－174)。同时,部分学者也取得了许多实质性成果,其中具有代表性的是浙江大学教授郝田虎。他主要侧重的是外国作家在其本国的史料,如手稿、札记等,成果有:《手稿媒介与英国文学研究》(《江西社会科学》2011 年第 7 期)、《文艺复兴时期的札记书》(《清华大学学报》2013 年第 4 期)、《〈缪斯的花园〉:早期现代英国札记书研究》(北京大学出版社,2014 年)、《论弥尔顿的札记书》(《国外文学》2017 年第 1 期)等。

然而,假若我们试图全面了解一个作家的影响力,一手史料固然重要且无可替代,但仅将目光聚焦于原生土壤却又不够,至少还应涉及作家及其作品在域外的译介与接受情况。一如我们在强调鲁迅、老舍、莫言等中国现当代作家的世界性时,总会提到他们在国外的足迹,以此证明中国文学在世界范围内的认可度。因为只有这样,我们才能更清楚地了解经典作家与作品是如何介入不同文化,登上世界文学舞台。简言之,文学史料学,应是本土文学史料与海外文学史料的有机结合。

从国内学界的研究现状来看,尽管也出现了《弥尔顿在中国》等部分资料翔实、论证深入的著作,但是此类工作通常还是由中国文学相关学科的研究学者在从事,其目的或是为研究中国读者对该作家的接受程度,或是为证明中国现当代作家与外国文学的关系包括在翻译方面的贡献,受到的外国作家作品影响与在此基础上的创新,等等。即便是跨越中外文学视野的比较文学学者,在处理这部分史料时,也往往站在中国文学的角度。比如,贾植芳先生与陈思和先生主编的《中外文学关系史资料汇编(1898—1937)》一书,其核心内容分为《外国社会科学思潮和理论评介文选》《外国文学思想、流派和理论评介文选》《各国文学史、文学运动与作家评介文选》和《外来影响大事记》等几部分,目的是"外则可考察此时期中外文学关系之状貌,内则

可探现代文艺与社会思潮之脉络与源流"("内容提要")。贾植芳先生在
《〈中国现代文学总书目〉序》一文中更是直接将翻译文学作为中国现代文学
的一部分:"中国现代文学的历史,除理论批评外,就作家作品而言,应由诗
歌、散文、小说、戏剧和翻译文学五个单元组成。"(23－24)严家炎先生在五
卷本《二十世纪中国小说理论资料》序言中也曾说道,在二十世纪中国小说
接受西方思潮影响的大背景下,为编辑《二十世纪中国小说史》,"凡属小说
创作、小说理论、小说批评与翻译方面的诸种史料,都在我们密切注视的范
围内"(2)。此外,如陈子善先生关于张爱玲翻译史料的整理、洪子诚先生关
于当代中国与南斯拉夫的文学关系研究、宋炳辉先生以作家翻译为中心考
察文学史视野中的中国现代翻译文学等皆属此类。也就是说,中国外国文
学史料,因为没有中国比较文学史料学一说——这一定义也过于宽泛,很大
程度上是作为中国文学史料学的内容出现的。这一做法,从中国现当代文
学或者中国比较文学的学科视野来说自然合理,作为世界文学的一部分,中
国现当代文学本不是孤立发生的,但也必须承认,缺少外国文学学科的研究
视角。

所谓外国文学学科的研究视角,至少应当包含两部分的内容。其一是
外国文学"中国化"的问题。这里的"中国化",并不完全等同于中国现当代
文学或比较文学视野中的外国文学对中国的影响,以及中国文学对外国文
学的接受,而是在此基础上的扩展与延伸,主要指的是外国作家作品本身发
生了怎样的变异,是如何从自身的文化语境转变、融入中国的文化语境中。
在中国当代文学海外传播的大背景下,这样做的好处是显而易见的,即可将
外国文学在中国传播的典型案例作为观照,思考如何在保留中国文学本身
特色的前提下,更好地进行文本的跨文化重生。其二是外国文学研究"中国
化"的问题。这部分内容,我们需要着重考察的是中国外国文学研究界在外
国作家作品世界影响力的提高过程中做出了怎样的努力,亦即自晚清以来,
中国的外国文学研究者的独到见解与贡献在何处。特别是在建构中国哲学
社会科学话语体系的语境下,我国的外国文学研究者无论是在理论创新还
是实践创新方面,都取得了让国际学术界为之瞩目的成绩。因此,我们有必
要对此加以梳理、总结、凝练。以上两部分的内容,立足点主要在于外国作
家作品本身,但是落脚点仍然回到中国文学和中国学者,以区别于此前立足

点和落脚点都在中国文学的研究。

总之，强调目前的外国文学史料研究在中国，并非因为其没有受到中国学界的重视，而是说没有受到中国外国文学研究者的充分重视。因而，我们认为，这样的外国文学史料研究尚不完整。

二、中国外国文学史料研究的细节问题

不仅在学科归属方面存在可拓展的空间，由于历史久远、文献资料阙如与收集困难等原因，此前的中国外国文学史料研究在材料收集、分析等具体实践方面也存在一些遗漏、错释之处，有待更新与纠误。以笔者研究狄更斯在中国的经验所见，这些问题主要体现为以下几点。

其一是史料收集面貌不全。随着各类数据库建设的推进与资料的不断更新，原有史料有待进一步更新和补充，由此产生的一些结论也不再适用，包括作家作品何时进入中国、最初的译者译本、译著不同版本的出版情况以及是否还有被遗漏的版本等。譬如，我们在考证英国作家初传中国时，至少不应忽略 19 世纪下半叶在上海租界内发行的英文报刊。据笔者目前掌握的资料，狄更斯最初进入中国，可能需要追溯到代表英国在华"特殊商务利益"的"英国官报"——《字林西报》(*The North-China Daily News*) 在 1868 年 3 月 23 日刊载的一篇报道，讲述此时正在美国访问，并受到热烈追捧的狄更斯准备自己售票盈利。此后，《字林西报》与《北华捷报及最高法庭与领事公报》(*The North-China Herald and Supreme Court & Consular Gazette*) 等由字林洋行印刷出版的英文报刊，持续刊登与狄更斯相关的文章。根据"全国报刊索引"数据库显示，到 1951 年《字林西报》停刊为止，这些报纸共刊载各类文章 195 篇，内容大致可以分为狄更斯及其家人的事迹材料，狄更斯作品的出版、展览与舞台演出，读者关于狄更斯及其作品的评价等几个方面，为我们研究晚清民国时期的狄更斯与中国提供了丰富的材料。

再比如译文版本的先后问题。此前研究多认为，国内最早的《双城记》

(*A Tale of Two Cities*)译本应该是魏易在 1928 年翻译的《双城故事》①。然而,早在 1913—1914 年,梁启超主办的《庸言》杂志便连载了 12 期魏易翻译的《二城故事》,文中注明"英国迭更司著,浙江魏易翻译"②(魏易 1—12)。而此连载版与 1928 年版的主要区别在于翻译语言。此版形成于"五四"新文化运动之前,主要以文言文形式进行翻译,而 1928 年版的前 10 章并无变化,但从第 3 卷"罹祸"的第 11 章"薄暗"开始,便采取白话文进行翻译,并注明:"系照英文章节故与魏译章节中有出入"(狄更斯,《二城故事》157)。

其二是史料尚未去伪存真。一方面,因现实需要等种种原因,史料会出现被虚构的情况。清末民初外国作家译本数量庞大,种类繁多,但是,从实际情况来看,并非所有译本所对应的原文都是真实存在或明确可查的。例如,汪逸庵在 1922 年发表短篇小说《夜》,并注明:"夜原名 *Night*,英国查理氏狄根斯(Charles Dickens)原著。……是篇载伦敦一八三五年六月十五日之《每日新闻报》(*Everyday's Newspaper*),描写当时英国监狱之黑暗状。惜译笔太拙劣,未能将其结构精美处表出十分之一二耳。"(37—40)这一说法看似指明小说原文出处,但仍有三处疑点。第一,1836 年,狄更斯将其在 1833—1836 年期间发表的作品结集为《博兹特写集》出版。《博兹特写集》共计有 35 篇作品,其中并无 *Night* 一文。第二,1835 年 6 月,狄更斯只在 18 日于 *The Evening Chronicle* 发表短篇小说《四姐妹》,15 日并未发表作品。第三,狄更斯早期的短篇作品集中刊载于 *The Monthly Magazine* 等几份报刊,并没有文中所述的 *Everyday's Newspaper*。而与所谓的《每日新闻》相对应的只有狄更斯在 1846 年主编的 *The Daily News*。再从小说内容来看,主要地点纽盖特街(Newgate Street)在狄更斯全集中共出现 8 次,以小说形

---

① 例如,童真《狄更斯与中国》(湘潭大学出版社,2008 年)提到:"同年(1928 年),魏易编译的《双城故事》问世,该书在 1933 年 3 月再次由作者自刊出版。"赵炎秋《中国狄更斯学术史研究》(中国社会科学出版社,2016 年)也提出:"同年(1928 年)10 月,魏易自译自刊了狄更斯的《二城故事》(现通译为《双城记》),该书在 1933 年 3 月再次由作者自刊出版)。"

② 这一点并非笔者首先发现,例如《清末民初翻译小说目录(1840—1919)》(陆国飞,上海交通大学出版社,2018 年)已记载:"(英)狄更斯(CHARLES DICKENS)著,魏易译。1913 年 6 月 1 日—1914 年 2 月 15 日,《庸言》第 1 卷第 13 号连载至第 2 卷(1、2 号合刊)。"但这些材料尚未引起狄更斯研究者的重视与更正。

式出现的包括 3 部长篇小说《尼古拉斯·尼克贝》《远大前程》与《巴纳比·拉奇》（*Barnaby Rudge*），以及短篇侦探小说《与菲尔德探长执勤》（*On Duty with Inspector Field*）。而主要人物"戒烟司劳奈"（James Raleigh）则在狄更斯作品中从未出现过。即便是将范围扩大到在狄更斯作品中一共出现 13 次的 Raleigh，其对象也并非 James Raleigh，而是 Sir Walter Raleigh，也就是著名的英国诗人、海航家沃尔特·雷利。显然，此文至少存在伪作的可能性。

另一方面，在史料研究中，因资料转引等原因，讹误也是一种常见现象。由于晚清民国时期作家作品的译名尚不固定，我们对此阶段的外国文学进行研究时，常因原作者笔误或错解陷入困惑，出现张冠李戴的情况。例如，有学者曾提到，许天虹在 1943 年翻译了狄更斯的短篇小说《古怪的当事人》及随笔《我的家庭生活》（童真 95），实则《古怪的当事人》发表于《改进》1943 年第 8 卷第 1 期，节译自长篇小说《匹克维克遗稿》第 21 章①，即老人向匹克维克等人讲述自己在律师事务所遇到的古怪的诉讼委托人的故事。而《我的家庭生活》发表于《改进》1943 年第 7 卷第 3 期，则节译自长篇小说《大卫·高柏菲尔自述》下卷第 48 章②，即大卫·科波菲尔讲述婚后的朵拉并不擅长处理家务，他们的家庭生活缺乏必要的条理与秩序。③ 此外，1942 年，丘斌存翻译并出版欧美作家短篇小说集《汤琰穆飞游记》，其中收录的《曷利底死》与《娜如底死》被认为是狄更斯的短篇小说，但实则均节译自长篇小说《老古玩店》（*The Old Curiosity Shop*），分别对应原著第 24 章与第 25 章中的小男孩哈里之死，以及第 71 章的小耐儿之死。

其三是史料阐释缺乏问题意识。洪子诚先生认为："文学史料工作不是

---

① 同时，发表于《现代青年》1943 年第 5、6 期的《罪犯还乡》（上下），《十日谈》1944 年第 1 辑第 3 期的《巴士浴场的起源》与第 2 辑第 8 期的《狂人笔记》也节译自《匹克维克遗稿》，依次为第 6 章、第 36 章与第 11 章。而目前我们所能看到的《匹克维克遗稿》是由战地出版社在 1945 年出版的第 1 册，只有前 4 章。

② 发表于《文艺春秋》1946 年第 3 卷第 2 期的《暴风》也节译自《大卫·高柏菲尔自述》下卷第 55 章。

③ 与以上情况相同的还有《双城记》，其节译有发表于《现代文艺》1941 年第 3 卷第 1 期的《城里的贵人》与《文艺丛刊》1943 年第 1 期的《乡间的贵人》。

'纯'技术性的。史料工作与文学史研究一样,也带有阐释性。……史料与文学批评、文学史研究之间,是一个互相推进、辩驳、制约的双向运动。"(王贺 112－118)言下之意,文学史料研究涉及到我们如何解读史料,以及如何将史料与文学批评、文学史研究相结合,也即"一方面是通过综合、分析、比较、定位等方法来处理史料,极大地阐发史料的价值和意义;另一方面是以史料锚定文学阐释,使阐释更具实证性"(金宏宇 4－11)。在民国报刊刊载的狄更斯中短篇小说中,儿童是最为常见的主题。资料显示,仅短篇小说《一个孩子的星星梦》,从周瘦鹃于《礼拜六》1915 年第 55 期刊载的《星》开始,民国报刊中至少出现过 8 个版本。而民国时期报刊对狄更斯长篇小说最为常见的节译本则是《老古玩店》中的《小耐儿之死》。此外,作为中国第一份儿童期刊,郑振铎创办的《儿童世界》也有意识地系统介绍狄更斯小说中的儿童形象。这既与民国时期的"儿童本位"观有关,也离不开狄更斯的人道主义精神。但是,现有研究往往将此一笔带过,没有指出其独特性,更未详细说明狄更斯儿童文学在中国的历史价值。

再来看史料与文学阐释的关系问题。学界通常认为,狄更斯对于中国的态度是存在一定偏见的,依据多是他的遗作《艾德温·德鲁德之谜》(The Mystery of Edwin Drood)中关于中国鸦片馆的描写。然而,从论证材料的完整性来看,这样的解释还是略显单薄,而晚清时期的英文报刊史料则为我们了解狄更斯对于中国的真实态度提供了更多的渠道。刊载于 1873 年 2 月 13 日的《北华捷报及最高法庭与领事公报》的"Dickens On China"一文,介绍狄更斯看到在英国展览的中式帆船(Chinese Junk)后,认为其虽然外表精巧华美,体现了中国人的勤劳智慧,但也显示出数千年来中国文化的一成不变,进而讽刺中国的封建落后。文章高度肯定和赞扬了狄更斯的批判精神。同时,《北华捷报及最高法庭与领事公报》与《字林西报》还在 1877 年刊载了"Dickens' China Merchant"一文,通过介绍《小杜丽》(Little Dorrit)中 Arthur Clennam 这一成长于中国而又回到英国的商人形象,论述狄更斯对于中国略带偏见的认识,而这种认识也代表着英国中产阶级的普遍态度。文章认为,尽管狄更斯对中国知之甚少,但却可以较为准确地描写中国,实为难得。

概言之,文学史料研究在重视史料全面性、有效性与真实性的同时,终究是一项人文而非科学技术活动。这就要求我们既要注重史料细节，又要重视史料背后所蕴含的复杂的人文情感，强调人的主体性。

三、中国外国文学史料学的体系建构

基于以上问题，如果我们想要在"外国文学在中国"的史料研究方面更进一步，则有必要借助史料学的研究方法，从学理与实践层面出发，树立史料学的研究视野，厘清中国外国文学史料的内容体系与基本结构，建构系统的中国外国文学史料学。

首先是要以古为师，以邻为师。史料学在中国与西方，都不是一门新兴学科，无论是在理论还是实践上都已有较为成功的先例。因此，如果我们想要建构中国外国文学史料学，提高自身掌握、运用、阐释史料的意识与能力，实现学术创新，就不能"莫向外求"。吴俊先生在对中国当代文学史料学进行考察时，曾提出要以古为师。外国文学史料学的建构同样如此。以古为师，是指在理论层面，重视史料学的学术传统，借鉴已有的史料学知识。这里的"古"，既指中国古代考据学，也包含以兰克实证主义为代表的西方史料批判思想。一方面，从西周时期开始，中国古代的学术研究有着悠久的考据学历史与传统，其中最为人所熟知的当数清代的乾嘉学派及其无征不信的朴学之风与校勘、训诂、辑佚、辨伪的典籍整理之术。时至近代，梁启超、胡适、傅斯年等人均认为乾嘉学派的治学方法富有科学精神。即便是到了今天，还有学者将中国当代文学史料研究者称为"乾嘉学派"（孟繁华 1—3），以说明其治学之严谨。另一方面，由德国历史学家、被称为近代史学之父的利奥波德·冯·兰克（Leopolde von Ranke）所开创的兰克实证主义则是西方史料研究的典型代表。在 19 世纪自然科学取得重大突破的背景下，兰克坚持"据事直书"的原则，强调史学家应当注重考察史料的真实性，去伪存真。这一观念也对西方史学界产生重要影响："德国、英国，甚至法国三代历史家在走入战斗行列时，就是这样像念咒文似的高唱这个有魔力的短句。"（卡尔 3）

不过，归根究底地说，文学与史学有所交叉但并不等同，文学的主观性要远大于历史学。换言之，历史学严谨的考证方法虽然有助于我们更好地梳理、甄别史料，但并不足以完全支撑起文学史料学的研究。因此，我们不

仅要以古为师,还要以邻为师。以邻为师,是指向史料学建构相对成熟的相邻学科与领域学习,参考他们在进行史料研究与史料学建构时所采用的方法。这里的"邻",包括中国古代文学、现代文学、当代文学等,因为这些学科都已在各自的文学史料学建构道路上进行了长时间的有效探索,有着丰富的研究经验。以中国现代文学史料学为例,有学者曾在构想如何建立中国现代文学史料学时,便提出将海外史料纳入中国现代文学史料学范畴的建议和措施(谢泳 66-93),这无疑对我们有着重要的借鉴作用。

其次是划分内容体系。中国外国文学史料学应当包含翻译、研究、传播三个方面的内容。首先是翻译史料。这里,我们借助郑锦怀与岳峰的定义,将翻译史料分为直接翻译史料与间接翻译史料两大类。"前者含原始的报刊译文、原始的译本单行本、文集里的译文、译作未刊本、译者及其同时代人物的日记、书信等,后者指经过转录的译文或译本、书目索引、前人著述、译者追记等。"(郑锦怀 岳峰 445-452)其次是研究史料。研究史料主要指的是中国学者对作家作品的批评,既包括中国学者对外国文学的理解,也包含对国外研究的评价,形式上有专著、论文、散文、日记、书信、报告、演讲、访谈等。最后是传播史料。文学传播中的史料是作为媒介形式出现的,而媒介指的是储存与传播信息的物质工具,因此从广义上来说,翻译与研究作为"传"与"受"的两种形式其实皆属于传播范畴。但是,除以上两点外,文学传播意义上的史料还应该包括作品的刊登、出版、发行,各类平台以不同形式对作家作品所做的介绍与推荐,读者反响等。这些也是外国文学史料研究中最容易被忽略的地方。

最后是建立基本结构。针对以上内容体系,中国外国文学史料学在结构上包括类型、鉴定、整理与检索四个层面。首先,从上文来看,外国文学史料的主要类型有图文音像,其中,"文"的时间跨度最长,所含范围最为广泛,种类也最为多样。我们应当对这些史料进行详细分类,确定其类别归属,避免史料出现碎片化。其次,从追求客观、真实的立场出发,对史料的真伪、版本与价值等加以鉴定,剔除虚假的与缺乏研究性的史料,纠正讹误的部分,提高史料的可信度与应用性,从而更好地还原外国文学在中国的历史图景与真实细节,分析作家作品世界文学化的科学规律。再次,通过注释、校勘、辑佚与汇编等步骤对史料进行整理,在对原有史料进行解释、补充的同时注意更新,尽量保证史料的完整性和全面性。至于如何整理、编辑,我们则可参考贾植芳先生的意见,即"编书是一门学问,不是简单地把一些资料搜罗在一起就完事,需要编者有深厚的学术功底。我想既然是研究性的书籍,就应该从文献学的角度,以历史的观点从事编辑工作"(张洁宇 82－90)。最后,尽管目前各类数据库频出,为我们寻找新的外国文学在中国的史料带来了更多的可能性,但是由于这些史料无论是在整体的分类还是在具体的命名上都不够明晰,而不同的数据库之间也不易实现互通有无,导致我们在检索时容易出现不同程度的偏差和遗漏。因此,我们有必要打破时空限制,建立独立的中国外国文学史料数据库,使史料数据化、公开化,并利用新型文本信息技术提高史料的检索效率与质量,从而更好地发挥所收录数据的综合学术价值。同时,还应以外国文学在中国的不断发展为基础,为数据库提供源源不断的新数据,使数据库在实践中不断丰富、高效发展。

总而言之,中国外国文学史料具有独立存在的价值与意义,不应成为中国文学史料学的附庸。我们应当明确其在外国文学方面的学科属性,针对现有研究在具体实践过程中出现的问题,借助史料学方法,对现存史料重新进行系统梳理、分析,并不断更新各类史料,最终建立起中国外国文学史料学,为中外文学关系研究奠定坚实的史料基础。

参考文献

E. H. 卡尔:《历史是什么?》,陈恒译,北京:商务印书馆,2007 年。

查尔斯·狄更斯:《二城故事》,魏易译,自刊,1928 年。

贾植芳、陈思和:《中外文学关系史资料汇编(1898—1937)》,桂林:广西师范大学出版社,2004 年。

贾植芳:《〈中国现代文学总书目〉序》,载《书城》1994 年第 1 期,第 23-24 页。

金宏宇:《史料派:中国现代文学研究的重要一脉》,载《现代中文学刊》2021 年第 1 期,第 4-11 页。

孟繁华:《中国当代文学研究的乾嘉学派——以洪子诚、程光炜、吴俊等的研究为例》,载《文艺争鸣》2018 年第 2 期,第 1-3 页。

童真:《狄更斯与中国》,湘潭:湘潭大学出版社,2008 年。

汪逸庵:《夜》,载《礼拜六》1922 年第 160 期,第 37-40 页。

王贺:《当代文学史料的整理、研究及问题——北京大学洪子诚教授访谈》,载《新文学史料》2019 年第 2 期,第 112-118 页。

王立宏、张海新:《史料、概念与细节:外国文学研究与教学创新——中国高等教育学会外国文学专业委员 2019 年学术年会综述》,载《外国文学研究》2019 年第 4 期,第 172-174 页。

魏易:《二城故事》,载《庸言》1913 年第 1 卷第 13 期,第 1-24 页。

谢泳:《建立中国现代文学史料学的构想》,载《文艺争鸣》2008 年第 7 期,第 66-93 页。

严家炎:《二十世纪中国小说理论资料》总序,陈平原,夏晓虹编,《二十世纪中国小说理论资料》(第 1 卷),北京:北京大学出版社,1997 年,第 2 页。

张洁宇:《俯仰无愧　风骨文章——贾植芳先生访谈录》,载《文艺研究》2004 年第 5 期,第 82-90 页。

张锦:《"外国文学研究的史料与史观"全国学术研讨会综述》,载《外国文学评论》2016 年第 4 期,第 230-235 页。

郑锦怀、岳峰:《翻译史料问题研究》,载《外语教学与研究》2011 年第 3 期,第 445-452 页。

多维视域下的世界文学与文化

从社会契约论到文化与命运共同体

梁　展①

内容提要：本文系统梳理了自17世纪至第一次世界大战前后西方理论家有关共同体的理论建树，指出共同体观念经历了一个从契约论走向民族文化共同体和命运共同体的历史过程，其中凸显的是文化共享的政治愿景。

关键词：契约论　共同体　文化共享　命运共同体

Title：From Social Contract Theory to the Community of Culture and Common Destiny

Abstract：This paper offers a summary of the theories about human community from the seventeenth century to the era around World War I. It argues that，in the due course，the conception of human community evolved from that of one based on a social contract to that of one with shared ethnical culture and common destiny，and that this process highlighted a clear political vision of culture sharing.

Key words：social contract theory；community；culture sharing；community of common destiny

一、契约论与贵族制

17世纪以降，伴随着基督教共同体以及基督教帝国的瓦解，西欧的思想家们一直尝试在世俗社会中寻求新的共同体得以建立的政治和文化纽带。

---

①　梁展，中国社会科学院外国文学研究所马克思主义文艺思想研究中心研究员，研究兴趣为比较文学、中西思想史和文化史研究。

为了避免托马斯·霍布斯所说的"一切人反对一切人的战争"的自然状态①，卢梭主张在主权者与臣民之间签订一种契约：臣民将原来属于自己的部分权利让渡给主权者，主权者则负有为臣民的生命和财产安全提供保障的义务。卢梭的社会契约论思想使人们摆脱了霍布斯和洛克所谓的自然状态即战争状态，从而为一种世俗社会或者社会的文明状态的建立铺平了道路。这样一来，主权的来源是人民的"普遍意志"，国家的形式也自然应当是民主共和国，但由于"契约被设立在不平等当中，就会导致巩固富人的优势，并赋予制度以不平等价值的效果"（Starobinski LXIV）。于是，卢梭想象中经由直接选举出来的、体现了人民"普遍意志"的主权者位置在现实中往往会落入封建王公和贵族手中，因此社会契约论的实质是将"独属于国王的绝对和超越一切之上的权力赋予了人民"而已（Maritain 40）。"归根结底，我们甚至可以说，卢梭想要改变君主制：他以人民代替了拥有神圣权力的国王，但他从未放弃过绝对主权的理念。因此，这无关乎政府的形式如何。他不但不以贵族制政府为敌，甚至明确地说后者是'一切政府中最好的'"，之所以会如此，原因在于卢梭混淆了治理能力与主权两个概念："对于他而言，根本性的问题是人民保有立法权而不能放弃之。一旦如此，那么行政权就有可能采取贵族制形式。"（Benoist 392）

在法国大革命中，第三等级代替国王和贵族成为了普遍等级。西耶斯呼吁王国中占据大多数的第三等级起来推翻教权和君权（梁展 38—86），依据民权原则组织起法兰西民族国家，从而肇始了民族国家建设的历史进程。20 世纪初期，出于复杂的战争和政治原因，欧亚大陆上四大帝国相继解体，

---

① "显而易见的是，在此期间，由于缺乏一种共同力量使人们对此保持敬畏，他们便处在被称作战争的状态当中；这一战争状态如同一切人反对一切人的战争一样。'战争'并非仅仅存在于战斗或者斗争的行为当中；而是出现在一段时期之内，在这段时期内，通过战斗表达反抗意志的方式为人所知：因此，应当从战争方面来理解'时间'的性质，它如同气候的性质一样。由于心灵的气候并不取决于眼前的一两场小雨，而是取决于长时间持续形成的降雨趋势；所以战争的性质并非取决于实际进行的战斗行为，而取决于人人知晓的秉性，而且在此期间并没有向其对立面转化的任何保障。其他的所有时间皆为'和平'。"（Thomas Hobbes, *Leviathan Or the Matter Form and Power of a Commonwealth*, *Ecclesiastical and Civil*, 2nd edition, London: George Routledge and Sons, 1886，p. 64.）

民族独立运动风起云涌。自 20 世纪 90 年代末苏联及东欧国家社会主义政治共同体宣告解体之后起直至当今,民族分离主义暗流涌动。在世界范围内,帝国的解体与民族国家的建设历时四五百年之久,纵观这段历史,我们应当实事求是地承认,尽管肇始于法国大革命的政治民族共同体理念带来了帝国统治下弱小民族的独立与解放,但与此同时,新兴民族国家也面临着族群纷争、民族分离的危机。从多民族帝国独立出来的"单一"民族国家由于失去了前帝国政府提供的军事防卫和经济支援,日益陷入美国等西方大国的政治打压和经济封锁之中,国运渐渐衰落,人民背井离乡、生活困苦。

如何阻止多民族国家的解体,遏制国家内部族群之间的持续纷争和民族分离趋势？如何寻找替代天主教信仰或共同文化的纽带,重建多民族国家的精神生活？如果缺少一种能够促成各个族群之间共同生活的黏合剂,便无法遏制既有的多民族国家的解体和分离,更无法为某种看似单一民族国家内部各个族群之间的共同生活提供可靠的保障。

二、共同体作为文化形式

自资本主义生产方式和商业社会兴起以来,黑格尔极力推崇"(土地)财产赋予自由"的信念,这不但使看不见的、抽象的共同体成为民族主义主体的共同财产,也使得连共同体的人口、脚下的土地和土地中埋藏的矿藏等自然资源也都成了可供人们占有和夺取的财产。德意志社会学奠基人费尔南德·滕尼斯在其经典著作《共同体与社会》一书中声称,共同体"【对人口和自然资源——引者】的任何利用方式都是一种完善的占有、内化和同化:就土地是共同体的有机财产而言,即便是深藏地底的贵金属也应该被当作宝藏奉献出来"(211)。反观各种人类共同体形成的历史过程,我们应当充分认识到,战后西方文化人类学界推崇的从原始部落形成的某种反文化的"共同体"①的抽象理论无法形成现代意义上的政治民族共同体,而现代的民族共同体必然建立在一种在近代才得到发明的财产所有关系之上。作为杰出的霍布斯研究者和阐释者,滕尼斯并不赞成霍布斯关于自然状态即所谓"一切人反对一切人的战争"的主观理论假设,相反,在滕尼斯看来,和平共处才是居于自然状态的共同体真正的基本特征,反之,在由追逐私利的个人所组成的"文明"社会当中,"一切人与一切人之间的关系却被视为潜在的敌对关系或者战争关系"(*Gemeinschaft und Gesellschaft* 61)。《共同体与社会》第一版(1887)的副标题是"论作为经验性文化形式的共产主义与社会主义"。在这位德国社会学家看来,所谓"共产主义"只是共同体在经验领域里形成的文化形式而已,如家庭和修道院式的共产主义;而"社会主义"则仅仅是经验中的社会文化形式,如工人运动的组织方式。在该书第二版(1912)出版时,其副标题被修改为"纯粹社会学的基本概念"。在滕尼斯的社会学体系当中,所谓纯粹社会学指的是一种思想建构和规范性的概念体系,亦即社会的"应然"或者理想状态,如同马克斯·韦伯的"理想型"一样。

应当指出,滕尼斯的共产主义和社会主义概念作为经验性的文化形式与 19 世纪及 20 世纪初活跃在现实社会中的作为政治意识形态的共产主义和社会主义有着根本区别,它们遭到了来自自由主义和保守主义两大阵营的共同误解。20 世纪初期爆发的德国青年运动便是从滕尼斯的共同体理论中汲取了灵感,倡导人们回归一种浪漫主义的自然生活,霍尔姆特·普莱斯纳将德国青年运动的非理性因素、其种族主义和纳粹主义意识形态信条统统归咎于滕尼斯的共同体概念,甚至给后者贴上了"社会激进主义"的标签

---

① 1960 年代末,英国文化人类学家特纳在东非的赞比亚尼登布部落发现了普遍存在于包括美洲印第安人在内的世界各地原始社会中的"过渡礼仪",它通过主体与所属文化的适应过程将前者纳入和提升到同一个文化共同体当中(see, Victor Turner, *The Forest of Symbols*: *Aspects of Ndembu Ritual*, Cornell: Cornell University Press, 1970)。1974 年,特纳将"过渡礼仪"放置在动态的社会进程当中,不再认为从这一过程中所获得的共同经验能够自发地形成一种标志其参与者的存在状态发生持久改变的共同体,而更多地视之为一种凸显其"平等和伙伴关系"的"文化和规范化的形式"。于是,原本被认为是稳固的共同体被弱化为断裂的、短暂的和流动的"共通体"(Communitas)(see, Victor Turner, *Dramas*, *Fields*, *and Metaphors*: *Symbolic Action in Human Society*, Cornell: Cornell University Press, 1974)。

(Richter 205)。

　　事实上,滕尼斯在 1896—1897 年德国汉堡港工人罢工中坚定地站在了工人们一边。他认为资本主义经济方式是社会形式进一步"社会化"的后果,它催生了遵循严格的理性、依据任性的利害算计和预测来行动的人,从而能够在相互承认的前提下促进人们形成跨地区、跨民族和跨国家的联合。因此,工人运动尝试"以一种新型的、稳固和优良的社会联合方式代替传统社会的结合方式从而要在结构上改变社会。无产阶级在劳动斗争中并不仅仅关心收入的分配,它所追求的是培训、教育和政治方面应当享有的权利,因而是新的文化、心态、世界观和道德的代表"(Die Wahrheit 329—362)。在对无产阶级反抗资本主义经济方式、创造新的共同体和社会形式所怀有的信心和希望方面,滕尼斯与以卡尔·伦纳、奥托·鲍威尔等奥地利社会主义者们有着一致之处。

三、走向文化与命运共同体

　　1899—1904 年间,在奥匈帝国崩解的前夜,国家法学家和政治家卡尔·伦纳首先代表奥地利社会民主工人党系统阐述了该党的民族自治政策和主张。在《国家与民族:有关民族法律的解决及其司法前提的可能性原则的国家法学研究》①中,伦纳认为,"奥地利帝国的问题就其关系的复杂性和史无前例的困难程度而言,或许是现代国家所面临的诸多问题中最为严重的一个"(Synopticus S. 2)。伦纳继续说,奥地利帝国境内民族斗争的实质是各个民族通过尽可能多地占据地方政府职位的方式争取政治统治权的问题。然而,这种实质性的力量应当对地方乃至国家的法律制度施加影响,简言之,就是要将国族(Volk)视为政治对象和法学理念。伦纳区分了国族、族群(Volksstamm)和民族(Nationalität)三个政治和法律概念:国族作为一个国

---

　　①　卡尔·伦纳(1870—1950,经常采用"Synopticus"和"R. Springer"的笔名),奥地利政治家、社会学家,1907 年以奥地利社会民主工党(Sozialdemokratische Arbeiterpartei, SDAP)温和一翼的代表当选奥匈帝国议会议员,1918 年末当选为新成立的奥地利共和国首任内阁总理,1945 年 12 月当选为奥地利共和国总统。

家法学概念,以拥有彼此同等法律地位的方式从属于国家;族群以拥有同等语言地位的方式表达种族意义上的从属关系,而民族不同于族群,即它并非建立在血缘和地域之上的、人类学意义上的共同体,而是一种"文化共同体或者精神共同体"(Synopticus S.8),这与组成政治共同体——国家的国族概念显著不同。与由单一民族组成的民族共同体即民族国家不同,对于奥地利这样一个拥有多民族的国家而言,民族和国家之间存在着巨大的张力。因此,伦纳认为在保留奥地利帝国政治框架的前提之下,要实现各民族的政治平等,就必须在法律意义上赋予其平等的地位。如果帝国内部各个族群之间的斗争仅仅局限在争取本族群官员在地方政府中的数量和在选举和议会中所占的比重,这就势必会导致他们就各自的生存空间即民族地域展开激烈的争夺。为了有效地避免上述后果,伦纳提出,各个民族为争取政治主导权而展开的斗争应当与其所占据的民族地理区域脱钩,也就是在多民族混居的地方设立适应于本民族心理和精神特征并服务于本民族的文化(思想、文学艺术)建设和发展之目的的民族自治机构,这样一个同样能够产生民族代表的选举和政治机构可以实现本民族群众为在本民族范围内通过选举产生的政府机关和官员所管理的理想,同时这样一个具有法律主体地位的民族政治机构还能够借助于其本身拥有的法人地位同其他民族打交道,并在本民族内部组织属于本民族的文化、政治和经济生活。由于这种斗争不牵涉民族区域的争夺,因此在某一特定地方,少数民族依然能够通过本民族的政治机关获得平等的政治待遇,享受本民族机构所建立的学校教育和文化成果。

1907 年,奥地利社会民主工人党的理论家奥托·鲍威尔在《民族问题与社会民主》[1]中拓展了伦纳提出的民族文化共同体学说。他指出,区分民族的标准是以个体具有的不同意志方向、在各自不同的意志方向上形成的认识事物的不同方式,以及由此决定的、归属于某一民族文化共同体的意愿,

---

[1]　奥托·鲍威尔(1881—1938),奥地利政治家、社会民主理论家,他与弗里德里希·阿德勒一起创立了奥地利马克思主义学说。他曾于 1918—1919 年出任奥地利共和国伦纳内阁的外交部长。1919 年,他因为主张德奥合并的计划遭到协约国反对而辞去外交部长职务,之后继续从事社会主义革命活动直至 1938 年在巴黎去世。

而不取决于该民族成员共同的生理特征、所处的地域和语言（居住于同一地方的不同民族的人会同时使用多种语言，而且这些多民族的居民在帝国境内处在不断的流动过程当中），"因此，我们将民族界定为命运共同体""命运共同体不仅仅意味着拥有相同的命运……也不仅仅意味着臣服于相同的命运，而是意味着在长期的、持续的交往和相互影响过程中、在共同的命运中产生的共同体验"（S.97）。例如，英国和德国虽然同样经历了资本主义发展的命运，但二者之所以没有形成一个统一的民族，在于二者在这一过程中并没有产生相同的体验、经历相同的苦难，相反，只有"在共同的命运中产生的共同体验和经历的苦难才能使民族得以形成"（S.97）。鲍威尔主张，民族是建立在拥有共同命运和在共同命运中形成共同民族特征的基础上的命运共同体，一个民族区别另一个民族的根本特征并不是其自然特征（生理、地理甚至是语言），而是文化特征。然而同一的文化特征并非静态的、一蹴而就的东西，而是在漫长的历史中形成的。"将一个民族凝聚起来的不再是血缘的同一性和文化的同一性，而是统治阶级的文化同一性，后者居于大众之上，受到了大众劳动的滋养。他们通过婚姻和各种文化交往的方式被彼此联结起来：于是，中世纪的骑士和近代受教育的人们形成了民族。而广大的民众如农民、手工业者和工人，其双手劳动的成果为民族所据有，他们无非是民族中落后的种族而已。"（S.104）在这个意义上，鲍威尔将在历史中形成的民族形式划分为三类：第一类是日耳曼人在部落时代建立在血缘关系上的民族；第二类是建立在由各个社会阶级构成的社会之上的民族；第三类是社会主义社会的民族，"它再次将所有民族统一为一个拥有自主性的民族同一体。在这里，民族不再是由共同的族源，而是由构成民族的教育、劳动和文化共享组建起来的共同体。因此民族不再面临崩溃的危险，相反，教育共同体、文化共享以及在社会性劳动团体中形成的紧密联结赋予民族同一性以稳固的保障"（S.104－105）。

在鲍威尔看来，民族的本质是文化和命运共同体，其形成和发展既不依赖于共同的生理特征，也不依赖于其成员共同居住的地域，而社会主义的民族则是一个教育、劳动和文化共享的共同体，因此与该民族成员所居住的土地的关系更为松散，这就是鲍威尔和卡尔·伦纳共同倡导的"无领土"的民族文化自治学说。

与奥匈帝国一样,第一次世界大战前夕的沙皇俄国也面临着民族分离主义的威胁,于是,以列宁和斯大林为首的布尔什维克党人也提出了与鲍威尔等人不同的民族区域自治政策。1913 年,旅居维也纳的斯大林在列宁的委托下撰写了《马克思主义与民族问题》一文。在这本小册子中,斯大林指斥鲍威尔的民族理论由于将民族与其居住的土壤分离开来,"把它变成了不见形迹的独立自在的力量"(311),后者与"所谓民族和唯灵论者的所谓神秘的独立自主的'民族精神'"之间没有任何根本区别(310)。尽管鲍威尔本人一再强调民族文化共同体的形成过程是唯物主义的观点,并试图去除唯灵论者赋予民族的神秘性,但对于布尔什维克主义者来说,民族意味着在一定地域上生活的政治和经济共同体,地域才是民族的根本特征。其次,鲍威尔的民族文化共同体学说强调处于民族底层的无产阶级和一般劳动群众可以通过革命手段分享在民族历史发展的各个阶段上原先仅仅分别为骑士、贵族和资产阶级所独享的高级文化,这些高级文化作为民族历史的积存和遗产,无产阶级应当继承而非简单地摧毁它们。再次,对于列宁和斯大林来说,赋予沙皇俄国境内各个少数民族以政治分离权,旨在在尊重各民族自由建国权利的基础上联合他们加入社会主义革命的队伍,因此民族区域自治政策在历史上成功地发挥了革命动员作用;而奥地利社会主义者则希望在保留统一的奥匈帝国的前提之下,促进各民族文化的共享。因此,基于追求共同文化的主张,时任外交部长的鲍威尔在 1919 年巴黎和会前夕主张新成立的奥地利共和国与由社会民主党执政的魏玛共和国合并。最后,通过赋予帝国境内各民族以文化自治的权利,保障其处理各自的民族事务、宗教事务,并赋予其政治选举权和教育权,"民族文化自治"学说在一定程度上消解了国家内部的族裔政治和领土分离的趋势。然而事与愿违,历史学家彼得·朱迪森认为,包括奥地利社会主义者在内的帝国末期政治理论家们精心营造出一个"民族性的概念",而它恰恰是奥匈帝国借以表达其统治合法性的基本方式(1—21)。第一次世界大战期间实施的军管体制、政府与民众之间疏于沟通的状况最终导致了奥匈帝国的解体(31—441)。

参考文献

Benoist，Alain de. *La ligne de mire*：*discours aux citoyens européens*. Paris：Labyrinthe，1995.

Judson，Pieter M.. "Where our commonality is necessary …：Rethinking the End of the Habsburg Monarchy." *Austrian History Yearbook* 48(2017)：1-21.

—. *The Habsburg Empire*：*A New History*. Cambridge：The Belknap Press of Harvard University Press，2016.

Maritain，Jacques. *Man and Its State*，Chicago：The University of Chicago Press，1966.

Bauer，Otto. *Die Nationalitätenfrage und die Sozialdemokratie*. Wien：Verlag der Volksbuchhandlung Ignaz Brand，1907.

Richter，Emanuel. "Erkenntnishritik versus kritische Ontologie Gemeinschaft und Gesellschaft bei Kant und Tönnies." *Hundert Jahre* 1991：189-213.

Stalin，J. V. *Works Vol.* 2. Moscow：Foreign Languages Publishing House，1953.

Starobinski，Jean. "Introduction." *Bibliothèque de la Pléiade*，Paris：Gallimard，1959.

Synopticus(Karl Renner). *Staat und Nation*：*Staatsrechtliche Untersuchung über die möglichen Principien einer Lösung und die juristischen Voraussetzungen eines Nationalitäten-Gesetzes*，Vienna：Verlag von Josef Dietl，1899.

Tönnies，Ferdinand. "Die Wahrheit im Streik der Hafenarbeiter und Seeleute in Hamburg im Jahre 1896/97." *Jahrbuch für Gesetzgebung*，*Verwaltung und Volkswirtschaft im Deutschen Reich* 2(1897)：SS. 329-362.

—. *Gemeinschaft und Gesellschaft*：*Abhandlung des Communismus und des Socialismus als empirischer Culturformen*，Lepzig：Fues's Verlag，1887.

梁展：《寻找新的主体：西耶斯、黑格尔与青年马克思的政治共同体构想》,载《外国文学评论》,2018 年第 4 期,第 38-86 页。

斯大林：《斯大林全集》第二卷,中共中央马克思恩格斯列宁斯大林著作编译局译,北京：人民出版社,1953 年。

试论鲁迅的俄国文学观

吴晓都[①]

内容提要：鲁迅对以普希金为代表的俄国文学的热情一贯而又保持终生。他准确揭示了俄国现实主义与人道主义的内质及外貌。对于同为浪漫主义诗人的普希金和莱蒙托夫，他又做了更为细致的区分，而且特别强调了普希金作为民族诗人代表的意义；实事求是地讲，鲁迅特别欣赏的果戈理和契诃夫那些"为人生"的创作，恰恰是在普希金的文艺思想启迪下产生的。作为"为人生"的文学观，鲁迅的俄国文学观绝不仅仅局限在对一个国度和民族文学宗旨的揭示，实则是对所有被压迫民族文学导向的启示，他深知创建新兴的革命文学不是空喊口号就可以办到，这需要向世界先进的文艺借鉴资源。

关键词：鲁迅　俄国文学　为人生　批判现实主义

Title：On Lu Xun's View of Russian Literature

Abstract：Lu Xun has a constant and lifelong enthusiasm for Russian literature represented by Pushkin. He accurately revealed the essence and aspects of Russian realism and humanism. He made a more detailed distinction between two romantic poets, Pushkin and Lermontov, and emphasized the significance of Pushkin as a representative of national poets. Nikolai Gogol and Anton Chekhov's works "for life's sake", which were appreciated by Lu Xun, were actually inspired by Pushkin's literary thought. Lu Xun's views on Russian literature as one "for life's sake", is not only a literary exposure of one nation, but also a literary orientation for

---

①　吴晓都，中国社会科学院大学特聘教授，研究兴趣为俄罗斯文学和文艺理论研究。

all oppressed nations. He knew clearly that a new revolutionary literature cannot be born out of slogans, and it needs to absorb advanced literary and artistic resources of the world.

Key words: Lu Xun; Russian literature; for life's sake; critical realism

1936 年 10 月 10 日,就在鲁迅逝世前一周,这位中国现代进步文学的伟人先驱还在上海大戏院电影院观看了一部由普希金传奇小说《杜勃罗夫斯基》改编的故事片《复仇遇艳》,并且热情地推荐给友人,"觉得很好,快去看一看罢"(鲁迅,《致黄源》69)。大先生离世前的这个细节充分显现了他对俄罗斯文学,包括苏联文艺的热情是一贯而保持终生的。国内鲁迅研究界也注意到,鲁迅除了热爱西欧进步文学,如拜伦和雪莱之外,俄罗斯等东欧被压迫民族的文学"也在他开始最早接触世界文学的时候,就居于特别的地位,并且维持到他最后的"(冯雪峰 40)。因为,在鲁迅心中,包括苏俄文学在内的俄国文学"在世界文坛上"是一个胜利! 在俄国十月革命十五周年纪念时,1932 年,冬季,鲁迅先生欣然写下了祝贺俄苏文学的热情文字:"十五年前,被西欧的所谓文明国人看作半开化的俄国,那文学,在世界文坛上,是胜利的;十五年以来,被帝国主义者看作恶魔的苏联,那文学,在世界文坛上,是胜利的。"(《祝中俄文字之交》51)同在这一年,鲁迅在《〈竖琴〉前记》里就把俄国文学的"主流",主要是现实主义的文学定性为"为人生"的文学,显然,就在那时,他为中国读者驱散了所谓"白银时代"现代主义迷误而拨云见日,推荐了闪耀着写实主义和人道主义温暖光辉的文学。

一

在鲁迅的眼中,俄国这"为人生"的文学肇始于尼古拉二世时期。不过,更严格地讲,如果从拉季舍夫和普希金先后创作的《自由颂》算起,俄国"为人生"文学的先声开始于 18 世纪后期,19 世纪初期;如果从果戈理的《外套》和陀思妥耶夫斯基《穷人》算起,这"为人生"的文学到十月革命时代,也已近百年。鲁迅准确地揭示了俄国进步文学的本质特征,揭示出俄国文学的现实主义与人道主义的内质及外貌。

在梳理鲁迅对俄国文学的评论时，我们会发现，尽管他对俄国文学格外重视和喜爱，但对于引领俄国文学崛起的"俄国诗歌太阳"普希金的着墨并不很多，除了在《摩罗诗力说》中有一段集中的介评之外，在其他著述里几乎看不到对俄罗斯近代文学这位鼻祖的评价。对这个值得深究的现象的初步探究，正是笔者这篇小文要解读鲁迅俄国文学观的初衷之一。

《摩罗诗力说》被学界认为是现代中国最早也是最杰出的外国文学研究及比较文学研究的经典之一。鲁迅的外国文学研究涉猎极为广泛，而在宏阔地观照和研读世界文学经典和当时的创作之后，鲁迅先生心悦诚服却得出了"俄国文学是我们的导师和朋友"的结论，诚然，这个结论可不是轻易下的。

笔者注意到，在《摩罗诗力说》中，鲁迅依照俄国文学近代发展的时序，向读者介绍了 19 世纪初俄罗斯文学的大致发展，"俄国诗歌的太阳"（茹科夫斯基语）普希金的创作是占据介评首位的。鲁迅注意到"普式庚①诗多讽喻"（《摩罗诗力说》87），这里的"讽喻"，指的就是普希金皇村中学时期及毕业后供职沙俄外交部时效仿冯维津风格创作的具有批判色彩的时政与社会抒情诗。普希金因此被沙皇当局驱逐到南俄，鲁迅对此概述为普希金"将流放鲜卑②，有数者宿力为辩之，始获免，谪居南方"，这是向读者大致介绍了在茹科夫斯基、卡拉姆津等文坛大佬的奔走下，普希金免予流刑而谪居南俄的那段经历。与通行的俄罗斯文学史对诗人这段生活变迁的叙述一致，鲁迅突出强调了普希金正是在南俄时期开始接触到拜伦并很快受到后者的强烈影响；"其时始读裴伦诗，深感其大，思理文形，悉受转化，小诗亦尝摹裴伦；尤著者有《高加索累囚行》③，至与《哈洛尔特游草》④相类"。在后面的介绍中，鲁迅将普希金的《茨冈》也基本归为效仿拜伦思想及艺术风格之作，"其《及泼希》（Gypsy）一诗亦然，……二者为诗，虽有裴伦之色，然又至殊"（《摩罗诗力说》88）。鲁迅转述了有关俄罗斯文学史的相关见解，赞同普希金于这个

----

① 即今译普希金。
② 鲜卑，即今译西伯利亚。
③ 今通译《高加索俘虏》。
④ 今通译拜伦《恰尔德·哈罗德的游记》。

阶段，"渐去裴伦式勇士而向祖国纯朴之民，盖实自斯时始也"。再进一步论及普希金最重要的代表作《叶甫盖尼·奥涅金》时，鲁迅指出，"阙初二章，尚受裴伦之感化，其英雄阿内庚[①]为性，力抗社会，断望人间，有裴伦式英雄之概"（《摩罗诗力说》88），由此可见，在上述这些介绍与分析中，鲁迅基本上是在普希金创作的"拜伦影响阶段"的语境中，来解读这位俄国大诗人的。国内一些鲁迅研究家也肯定鲁迅更多是从"积极浪漫主义"的视角来介评普希金的。例如，王富仁先生在《鲁迅前期小说与俄罗斯文学》中就认为，尽管鲁迅在"早期最重要的论文《摩罗诗力说》，开始表现对俄国文学的广泛接触。可是，这时他仍然不是从现实主义的角度，而是从积极浪漫主义的角度介绍了普希金和莱蒙托夫"（5）；但鲁迅在《摩罗诗力说》里还是提到了体现在普希金政治抒情诗里俄罗斯文学现实主义最显著风格的特色之———讽刺，当然，在鲁迅原文里用的是"讽喻"；同时，也应该注意到，对于同为浪漫主义诗人的普希金和莱蒙托夫，鲁迅又做了更为细致的区分，而且特别强调了普希金作为民族诗人代表的意义，这也是与俄国及欧洲浪漫主义文学民族化潮流的主流评介准确契合的。赫尔岑当年就如此评价他们无比敬重的文学先驱："普希金，没有比他再民族化的了。""到了生活历程的最后，普希金和拜伦彼此完全分道扬镳了，他的原因十分简单：拜伦一直到灵魂深处都是一个英国人，而普希金直到灵魂深处都是一个俄国人。"（292—293）

在鲁迅的眼中，普希金更主要是一位俄罗斯民族浪漫主义文学的代表，是在欧洲文坛后起的具有民族鲜明特色的诗人，而不是，或主要不是现实主义的文学代表。虽然，在其后的概略评述中，鲁迅也介绍了关于普希金在创作思想上"去拜伦化"的两个原因，但总体观之，鲁迅还主要将普希金定位在俄罗斯的"摩罗诗力"文坛上，即定位于浪漫主义创作思潮范畴，更不是在批判写实主义范畴中。就普希金对待拜伦的态度而言，又充分肯定普希金毕竟是俄罗斯民族诗人，并没有自始至终地效仿一个西欧诗人；而且，就浪漫主义的抗争精神而言，鲁迅认为，普希金后半生对沙皇或多或少有所妥协，所谓其"故旋墨斯科后，立言益务平和，凡足以与社会冲突者，咸力避而不道，且多赞颂"，甚至"美其武功"；鲁迅特用莱蒙托夫来对比普希金，认为莱

---

① 今译奥涅金。

蒙托夫的创作一以贯之地"终执消极观念而不舍",这里称道莱蒙托夫所有而普希金最后放弃的"消极",实际上指的是对沙皇当局的批判精神。所以,在《摩罗诗力说》"普希金"简介这一段落的结尾处,鲁迅借用俄国文学史大家贝平对普希金文学功绩的赞颂,阐明了"真之俄国文章",即俄罗斯真正杰出的文学,"实与斯人偕起也",是从普希金在文坛崛起开始的,"俄自有普式庚,文界始独立";同时,也借丹麦文学批评大师勃兰兑斯对普希金"终服帝力"的妥协的"微词"对俄国近代文学的开山祖做了实事求是的评价。从这里也可以看出,普希金虽然被鲁迅重视,但对于更加关注"为人生"文学,更具有批判战斗精神的鲁迅而言,普希金在俄罗斯现实主义文学发展历程上是逊于后来的俄国文坛盟主果戈理的,也排在那个"残酷的天才",直击人心拷问灵魂的陀思妥耶夫斯基之后。鲁迅的确更加关注那些重在揭露俄国黑暗、批判的倾向显著、书写沉郁的写实作家。

然而,需要指出的是,普希金晚年的创作,虽然给俄国文坛以批判锋芒锐减的印象,但普希金自己是有苦衷难言,他自由的心灵和抗争的精神依然保留在自己的骨髓中,为了打消朋友对他所谓向尼古拉一世妥协的误解,他特地创作了一首诗歌《我曾经怎样,现在还是怎样》,这首抒情诗,普希金以翻译法兰西诗人谢尼埃同题作品的面目出现,以假托译作的形式委婉表达自己的真实心境;其实,除了前两句是翻译法国诗人作品之外,后面的主要的诗意诗句都是普希金的原创。这从一个侧面显示了普希金对现实曲折的抗争,表明了他的初心未改。另一个更能够证明普希金依然是不屈的以诗歌做斗争的战士的就是那首作为其文学生涯总结的著名的《纪念碑》,尽管他没能直接抒发对十二月党人的赞颂,但他在原稿里再一次重复了青年时代崇拜的俄国贵族革命诗人拉季舍夫的战斗诗句:"我沿着拉季舍夫的道路""在那严酷的岁月里我讴歌过自由,并为倒下的人们祈祷怜悯",诗人这首写于1836年对沙皇颇具挑战意味的诗歌,生前自然不可能发表,但这的确可以作为普希金终身保持战斗精神的真实写照。

关于普希金为何不在鲁迅的俄罗斯文学研究关注重点内的原因,笔者以为还有以下一些因素。

首先,鲁迅开始接受俄罗斯文学的时代,普希金在俄罗斯的影响力已经式微,俄苏文学界对普希金的重视与阐释还远没有像20世纪30年代后期那样隆重,更没有把普希金作为俄罗斯贵族革命时期耀眼的一面战斗文学旗帜那样来塑形。在普希金百年祭前后,苏联国内及在世界各地的俄侨都举行了超级隆重的缅怀活动,《复仇遇艳》就是在这个历史背景下引进到中国的,不过上海岳阳路、余庆路及汾阳路街心花园的普希金像却在鲁迅去世后才由俄国在沪侨民建造起来。基座上后来刻着这样的文字:普希金,俄国现实主义作家。而众所周知,在鲁迅生前的年代,普希金在外国文学界更多是作为一位杰出浪漫主义诗人被接受。

其次,鲁迅从当时日本文学翻译界和欧洲文评界阅读的有关俄罗斯的文学评述里,普希金的地位远没有后来登上文坛的陀思妥耶夫斯基和列夫·托尔斯泰的地位高,如上所述,有的评述对普希金甚至还有微词。在这样一些评述里,普希金无非被比喻为"俄罗斯的拜伦""俄罗斯的司各特",他以一个杰出的欧洲文学模仿者面目出现;长期以来,俄国国内外就存在这种对普希金似是而非的表面化解读。而赫尔岑当年对这类关于普希金的解读就有过批判。应该还原俄国文学发展历史现场,实事求是地讲,为鲁迅特别欣赏的果戈理和契诃夫那些"为人生"的创作,恰恰是在普希金的文艺思想启迪下产生的。诚然,后来的这二者比起导师来确也更加深入真切地了解并展示了俄国社会的黑暗与底层的痛楚。

最后,普希金虽然在诗歌《冯维津的幽灵》《乡村》《驿站长》等作品里描绘了沙俄社会腐朽及压迫现象,但他在《叶甫盖尼·奥涅金》和《鲍里斯·戈杜诺夫》等主要代表著作中并没有出现像后来果戈理、陀思妥耶夫斯基、契诃夫、高尔基和安德烈耶夫笔下那样对俄国社会更加无情的揭露嘲讽,刺痛人心般的揭露,对灵魂苦狱式的拷问与反省。这在客观上也使得鲁迅更多地被果戈理、陀思妥耶夫斯基等批判现实主义的作家所吸引。

二

鲁迅在谈及他阅读欧洲文学时,有过这样的感慨:"伟大的文学是永久的,许多学者们这么说。对啦,也许是永久的罢。但我自己,却与其看薄凯契阿,雨果的书,宁可看契诃夫,高尔基的书,因为它更新,和我们的世界更接近。"(叶紫作《丰收》序 5—6)鲁迅道出了中国读者更亲近的俄国进步文学作品历史语境相近的内因。近代以来,中俄社会历史背景的某些相似之处,让鲁迅等中国作家感到果戈理、陀思妥耶夫斯基、契诃夫和高尔基的思想感情与艺术表达与自己周围的所见所闻相类似,俄国的这些作品的描绘与思想表达比起西欧作家的描写与情感宣泄,更加接近我们中国读者一些。19世纪中叶以来,中国逐渐沦为半封建半殖民地的境遇,在国内人民深受封建主义的压迫,西方列强不断侵略中国,深受帝国主义和殖民主义者的重重重压;在19世纪的俄国,广大劳苦民众遭受沙皇农奴制度和早期野蛮资本主义的压迫,1812年又遭受外敌拿破仑帝国的入侵,相同的或相似的社会历史境遇,使得中国近现代的作家和读者在俄罗斯进步文学中,仿佛遇见了知音。如瞿秋白当年回忆"五四"及新文化时期,中国进步知识分子关注俄罗斯问题,阅读俄罗斯文学在当时可谓"极一时之盛",就因为这个缘故。正如鲁迅在《祝中俄文字之交》里所言:"那时就看见了俄国。那时就知道了俄国文学是我们的导师和朋友。"(52)比如,在抗战时期,中国诗人艾青、力扬就写过致敬普希金的诗歌,他们把反抗拿破仑侵略的普希金看作自己抗战精神上的知音。的确,正如国内著名鲁迅研究家孙郁先生指出的那样,"莎士比亚伟大,但似乎不及托尔斯泰与陀思妥耶夫斯基那么让东方人有肌肤之痛和内心感动。那是彼此文化的相近性。鲁迅恰在这相近性里,找到自己可以默默对话的文人们"(230)。当然,应该更加准确地说,主要原因还是中国与俄国在近代先后遭遇了相似的社会历史语境,社会存在决定作家的思想意识。

西风东渐,睁开眼睛看世界,中国知识分子更加关注近代的欧洲,应该说是从魏源和林则徐就已经肇始,师夷之长,到鲁迅瞿秋白时代,已经大半个世纪,但是,心悦诚服地把俄国进步文学不仅作为学习和效仿的导师,而且将它们亲切地称为"朋友",在中国千年的中外文化交流史上还是第一次。这是因为鲁迅及现代中国进步作家在俄国进步文学里"看见了被压迫者的善良的灵魂,的辛酸,的挣扎"(52)。由此可知,鲁迅的俄国文学观,不仅仅是对一种民族和国度有思想深度的艺术文字的向往,而且更是在世界文化中寻求争取解放的同样被压迫者的思想与情感共鸣。换言之,鲁迅的俄国文学观里,表达着对俄国"白银时代"那些"为艺术而艺术"的作品的轻蔑,而向往"为人生"的文艺。这也就解答了在当时俄国文坛各种文学思潮并存争鸣时,鲁迅为何认定俄国主流文学——现实主义(或称写实主义)是"为人生"的文学,而没有过多关注所谓"白银时代"那些只沉溺于自我的文学,因为,正是俄国被压迫者的文学之声才是同样在追求民族解放的我们中国进步文学家的"导师和朋友"。鲁迅的俄国文学观,特别是关于俄国文学的主流是"为人生"的观点,更加明确地阐明在《〈竖琴〉前记》中:"这一种思想,大约在二十年前即与中国一部分的文艺介绍者合流,陀思妥夫斯基,都介涅夫,契呵夫,托尔斯泰之名,渐渐出于文字之上,并且陆续翻译了他们的一些作品,那时组织的介绍'被压迫民族文学'的是上海的文学会。"(17)众所周知,屠格涅夫和托尔斯泰都是贵族作家,而陀思妥耶夫斯基和契诃夫是知识分子作家,并不是受压迫者,为何也被中国现代知识界列在"被压迫者"文学之列呢? 鲁迅在此文中有清楚的解答,尽管陀氏和托翁不是被压迫者,但他们的作品替被压迫者鼓与呼,所以也把他们算作是为被压迫者呼号的作家了。通过阅读、翻译和研究俄国进步文学,鲁迅等中国现代文学先驱"明白了一件大事,世界上有两种人:压迫者和被压迫者",俄国的这些进步作品赢得了中国被压迫者读者群的共鸣。鲁迅这一代文学家受俄国文学的启发,懂得了受压迫的不仅是中国劳动者和俄国劳动者,"而将范围扩大到一切弱小民族",而"被压迫"是他们共同的生存印记。鲁迅的俄国文学观,作为"为人生"的文学观,它绝不是仅仅局限在对一个国度和民族文学宗旨的揭示,而是对所有被压迫民族文学宗旨和导向的启示。

三

果戈理被公认为是普希金之后俄国文坛的盟主,他的成长路径与其导师普希金很有相似之处,两者都是从浪漫主义起步的,普希金以具有俄罗斯民族文学特色耀眼光彩的《鲁斯兰与柳德米拉》一举成名,而果戈理则以带有浓厚乌克兰民族风格的《狄康卡近乡夜话》《密尔格拉得》赢得文坛盛名,后者更得普希金的讽喻写作风格的真传并发扬光大。辛辣的讽刺是俄国批判现实主义最主要的特征之一,鲁迅对果戈理这个创作特征尤为赞赏。他给果戈理的最高文学名号是"俄国写实派开山祖师"。果戈理无论是描绘浪漫的乌克兰乡间故事,还是编撰彼得堡的都市传奇,俄国式的讽刺都如影随形地融进他的创作,仿佛是他与生俱来的高超的文学本领。聚焦果戈理写实精神的鲁迅又指出,果戈理"开手是描绘乌克兰的怪谈的,但逐渐移到人事,并且加进讽刺去"(《鼻子》515)。这里可以清晰看到,鲁迅重在以现实主义文论视点观照审视果戈理的创作发展之路。果戈理浪漫的怪诞写作在他创作高潮时期始终朝着写实的方向前行,讽刺意蕴是他创作常用的情态添加。写实与讽刺,仿佛是成熟的果戈理创作两大标记。鲁迅在评价果戈理乌克兰书写与彼得堡都市书写时都首先肯定这个作家独特的"写实手法",也就是果戈理开创的俄国怪诞讽刺传统的现实主义,"奇特的是虽是讲着怪事情,用的还是写实的手法。从现在看来,格式是有些老了,但还为现代人所爱读,《鼻子》便是和《外套》一样"(《鼻子》515)。怪诞写作却充溢着写实主义精神。而更加追根溯源地讲,这还是果戈理忠实于他的老师普希金的写实主义传统。我们可以在普希金讽刺现实的著名的荒诞小说《黑桃皇后》和诗歌体长篇小说《叶甫盖尼·奥涅金》中的某些怪诞场面的书写中,发现果戈理怪诞而写实的风格端倪。毋庸置疑,果戈理开创了以自然派为发端的俄国文学写实的传统,但在他们的前头,开启俄国现实主义文学转型的还是他们的精神导师普希金。关于这一点,鲁迅在《摩罗诗力说》里谈及普希金与拜伦的差异及分道扬镳,从某种意义上也不经意地印证了这个观点,普希金不仅是俄罗斯文学浪漫主义的开山师祖,同样也称得上是俄罗斯现实主义文学的奠基人。当然,在论及19世纪初俄国文学三杰——普希金、果戈理和莱蒙托夫时,鲁迅更多地将普希金和莱蒙托夫归为浪漫主义一类,而将果戈理划在以揭露俄国社会黑暗的写实派一类,"惟鄂戈理以描绘社会人生之黑暗著名,与二人异趣,不属此焉"(《摩罗诗力说》87)。考释鲁迅的俄国文学观,应该充分注意到他对俄罗斯现实主义文学起源和发展的整体评判。

四

陀思妥耶夫斯基,被鲁迅视为一个灵魂拷问者。俄国文评家米哈伊洛夫斯基把陀思妥耶夫斯基称作"残酷的天才",而鲁迅则把陀思妥耶夫斯基称为"残酷的拷问官"。在为日本三笠书房《陀思妥耶夫斯基全集》普及本所作的序言中,鲁迅吃惊于陀氏24岁就能表达出"暮年似的寂寞",惊诧于陀氏后来作为一个"罪孽深重的罪人",即被沙皇当局先判处死刑而后改判流刑的人竟作为"残酷的考官而出现了"(鲁迅,《陀思妥夫斯基的事》206)。陀氏自称是"最高意义的现实主义者",他聚焦的是俄国底层"万难忍受的境遇里"的男男女女。鲁迅敏锐地揭示这个残忍的考官不仅是要拷问出藏在"表面的洁白"底下的罪恶,"而且还要拷问出藏在那罪恶之下真正的洁白来"(《陀思妥夫斯基的事》206)。审视这种充满着真正人道主义和灵魂救赎式的拷问,鲁迅深深感到,陀氏这种作者与被拷问的罪人一同苦恼,又同考官一同高兴的灵魂体验,在欧洲文学中极为罕见,它显示着19世纪俄国批判现实主义文学所独具的宗教哲学深度与人道主义的温度。与鲁迅最先关注和亲自翻译的果戈理不同,陀思妥耶夫斯基的"为人生"的文学不仅状写受苦人的物质贫困与窘境,而且更深刻地挖掘他们灵魂的挣扎。陀思妥耶夫斯基笔下的这个人生,既是物质的,更是精神的。

卢那察尔斯基用历史唯物主义的方法论把陀思妥耶夫斯基的病态书写的根源科学地归结于作者所处于的那个有缺陷的俄国资本主义社会,正是俄国腐朽而残酷的社会制度导致陀思妥耶夫斯基笔下人物的心灵扭曲。在对这个问题的认识上,中国作家和苏俄批评家有着不谋而合的共同见解。鲁迅不赞成欧洲某些心理学家用病态心理来解释陀思妥耶夫斯基的作品。"这伦勃罗梭式的说明,在现今的大多数国度里,恐怕实在也非常便利"(《陀思妥夫斯基的事》206),针对这种简单化的"科学分析",鲁迅尖锐地指出,"即使他是神经病者①,也是俄国专制时代的神经病者,倘若谁身受了和他相类的重压,那么愈身受,也就会愈懂得他那夹着夸张的真实"(《陀思妥夫斯基的事》206)。由此可见,鲁迅虽然承认,陀思妥耶夫斯基病态书写的独特性,但同时也没有否认他人物的心理与情态状写的社会典型性,这是当年俄国许多底层人在同样苦痛社会状况下同样会发生的典型反应。

鲁迅的这个审视与苏俄著名马克思主义文学批评家卢那察尔斯基在陀氏相关创作成因的分析上,可谓英雄所见略同。卢那察尔斯基也十分同情陀思妥耶夫斯基本人罹患癫痫病的痛苦。他在《思想家艺术家陀思妥耶夫斯基》一文中这样写道:"陀思妥耶夫斯基患羊癫疯的问题不容我们忽视,羊

---

① 旧时,在汉语语境里,人们把精神病与神经病不做区分。

癫疯同作为思想家和艺术家的他有极其重大深切的关系。"（215）但之后这位俄苏著名马克思主义批评家话锋急转，"马克思主义文学评论界还必须跟现代精神病学好好算一算账，因为后者动辄把所谓文学中的病态现象解释成遗传病的结果，或者无论如何是一些与可以称为某人的社会经历的东西毫不相干的疾病之结果。关键当然完全不在马克思主义者应该否认病的本身，或否认精神病会影响作家兼精神病患者的作品。不过，这一切纯生物学因素所造成的结果，同时也理所当然地从社会学的前提中产生出来"（卢那察尔斯基 215）。不难看出，鲁迅与卢那察尔斯基都比较辩证地、比较理性客观地看待陀思妥耶夫斯基病态书写的生理与社会的双重成因，既不否认他的写作由病理所致，更要揭露这种书写的深刻的社会成因，恰是令人窒息的不合理的非人的旧制度把陀氏笔下的主人公的心灵扭曲变形，只有消除这种丑恶的社会环境，才能消除人们的苦痛。

与卢那察尔斯基稍有差异的是，鲁迅还顺便指出了陀思妥耶夫斯基那种文学书写的"夸张"性质。这里充分显示出一个对文学技巧敏感的大作家在研究另一个杰出作家文字艺术时的独到眼光。

五

苏维埃俄罗斯文学，即苏俄文学，是俄国文学千年发展史上的崭新阶段，鲁迅所谓的俄罗斯文学的"胜利"，更多指的是俄罗斯文学这个阶段的成就。鲁迅的俄国文学观当然包括对苏俄的由衷评价与赞许。在中国现代文学，特别是革命文学的初创探索阶段，鲁迅主张在思想和艺术技巧上向同样在成长的苏俄革命文学学习与借鉴。他亲自翻译了包括法捷耶夫在内的苏联早期的革命文学作品，也鼓励后期的苏俄文学翻译家更多地译介苏联文学。那么，鲁迅的苏联文学观都包含哪些理解呢？

首先，苏俄文学是一种"变革，战斗，建设的辛苦和成功"的文学。它们的代表作有绥拉菲莫维奇的《铁流》、法捷耶夫的《毁灭》、革拉特珂夫的《士敏土》、富尔曼诺夫的《夏伯阳》、利别进斯基的《一周间》和拉夫列尼约夫的《第四十一》。"我们的读者大众，在朦胧中，早知道这伟大肥沃的'黑土'里"生长出了"忍受，呻吟，挣扎，反抗，战斗，变革，战斗，建设，战斗，成功"（鲁迅,《祝中俄文字之交》54),鲁迅为世界上第一个工农国家的文学概括出这样显著的特点:一种反抗和战斗的文学,一种建设和成功的文学。

其次,还是紧扣俄罗斯文学是"为人生"的文学,鲁迅赞同苏联文评家珂刚的意见,把苏俄文学,即新兴的无产阶级文学定义为从"生活出发"的文学,而不是从所谓"文学性"出发的文学。向中国现代文学倡导文学从生活现实出发为人民而写作的写实主义文学主张。当然,鲁迅根据他对苏俄文学创作界的现状的深度了解,也承认苏联作家队伍包括革命者和"同路人"两类作家,他们的创作观念和实践在同一前进方向上,还处于逐渐磨合的阶段。"'同路人'受了革命的熏陶,了解了革命,而革命者则由努力和教养,获得了文学"(鲁迅,《〈一天的工作〉前记》128—130)。鲁迅在20年代竭力推荐的由其学生曹靖华翻译拉夫列尼约夫的著名中篇小说《第四十一》就可以视为体现这一文学变革过程的一个标本。

于"同路人"作家中,鲁迅对现代派诗人勃洛克的评价最为恳切。在评论这位革命同路人诗人的篇幅上甚至超过了对普希金的评价。勃洛克在十月革命后,并没有随着一些不合作的旧俄知识分子流亡国外,而是满腔热情地留在新生的社会主义俄国参加新文化建设,所以,鲁迅赞扬他"还是生动的",即对苏俄新文化建设具有积极主动的参与性。在鲁迅看来,勃洛克作为俄国"象征派诗人中,收获最多的"大诗人,"现代都会诗人的第一人,……将精气吹入所描绘的事象里,使它苏生;也就是在庸俗的生活,尘嚣的市街中,发现诗歌的要素""在取卑俗,热闹,杂沓的材料,造成一篇神秘底写实的诗歌"(《集外集拾遗》128—130)。从鲁迅对勃洛克投身革命及其新诗成就的高度评价看,现实主义的评判依然是他评价苏俄文学的重要标准及审美维度。勃洛克的《十二个》在艺术上的成功,在于给俄国革命的主题涂上了象征主义的斑斓色彩,他那受法兰西象征艺术影响的独特的都市诗风,令中国现代进步文艺界刮目相看,鲁迅说,"我们有馆阁诗人、山林诗人、花月诗人……;没有都会诗人"(《集外集拾遗》130),的确,法兰西文坛有波德莱尔这样的都会诗人,但他们却也没有勃洛克这样的将社会主义革命与都会诗歌杂交的都会诗人。所以,鲁迅称赞《十二个》是苏俄诗坛关于十月革命的最重要作品,而且预言它"还要永久流传"。在勃洛克的这样一部主题先进、样式先锋的叙事抒情诗里,鲁迅不仅看见了俄国诗坛的革新,旧时代诗人在革命感召下的进步,同时也客观地指出了旧知识分子的彷徨。关于《十二个》结尾那个有争议的耶稣出现在赤卫队前面的象征意象,鲁迅对它做了如下的解读:这部能够典型代表俄国那时"神情"的《十二个》是"十月革命中的大作品",但"还不是革命的诗"。耶稣显灵这个意象正好显示着一个同路人作家的"向前与反顾"。

其实,笔者以为,勃洛克在这个象征意象的创造中或许恰恰用自己的艺术创造形象地体现了别林斯基当年给陀思妥耶夫斯基之间的那个回答。陀思妥耶夫斯基有一次去拜访他当年的精神导师别林斯基,提出一问:假如耶稣活在19世纪欧洲革命风起云涌的时代会有怎样的行动? 别林斯基沉思后回答:耶稣会参加社会主义革命。勃洛克这个革命题材的象征主义大作品实际上也传达出19世纪以来俄国进步知识分子关于俄罗斯传统信仰在社会变革中可能遭遇的处境与应对。

鲁迅深知创建新兴的革命文学不是空喊革命口号就可以办到的,这需要向世界各个进步的文艺借鉴资源,他亲力亲为外国文学翻译实践,创办《译文》的宗旨也正在于此。他在给李霁野的一封信中就指出,"许多人大嚷革命文学,而无一好作""所以,绍介些别国的好作品,实是最要紧的事"(《致李霁野》193)。他高度评价的苏联作家拉夫列尼约夫的中篇小说《第四十一》是"同路人"的最优秀作品,"和无产作家的作品对比起来,仔细一看,足令读者得益不少"(《致李霁野》193)。《第四十一》之所以能够受到鲁迅这样高度的赞扬,实在是因为这样一部由旧俄知识分子创作的革命写实主题的作品,不仅在题材上,而且在人物形象塑造上,都令人耳目一新,更重要的是作者化用欧洲古典传奇小说《鲁宾孙漂流记》的经典叙事结构,集古典主义、现实主义、浪漫主义、表现主义、自然主义和象征主义诸多艺术手法于一身,相当完美地塑造了苏俄新人的形象,传奇曲折跌宕,浪漫情愫感染,思想交锋激烈,结局出人意料,对于正在探索新文艺的现代中国文学确实是一部很好的创作参考之作。

除了具体研究和评价俄国作家作品之外,鲁迅还翻译和概评了普列汉诺夫、卢那察尔斯基等俄苏马克思主义文论家的著述,因此,他的俄国文学观,最接近马克思主义的文艺观点,也可以说是在马克思主义影响下形成了自己的观点;他在当年关于俄国文学中发现了"压迫者和被压迫者"的论断与列宁关于两种文化观的著名论断异曲同工,相互映照,成为理解俄国文学的一个研究指南。

近百年来,鲁迅对俄国文学的精辟见解与研究导向对中国现当代俄国文学研究产生了持久而深远的影响,笔者深信,鲁迅的俄国文学观及其研究方法也必将继续长远地指导我们的俄罗斯和苏联文学研究。

参考文献

冯雪峰:《鲁迅和俄罗斯文学的关系及鲁迅创作的独立特色》,《鲁迅的文学道路》,长沙:湖南人民出版社,1980 年,第 40 页。

赫尔岑:《论俄国革命思想的发展》,见《普希金评论集》,上海:上海译文出版社,1993 年,第 292-293 页。

卢那察尔斯基:《卢那察尔斯基论文学》,北京:人民文学出版社,1978 年。

鲁迅:《〈一天的工作〉前记》,《鲁迅全集》第十卷,北京:人民文学出版社,2005 年,第 396-397 页。

鲁迅:《鼻子》译者附记,《鲁迅全集》第十卷,北京:人民文学出版社,2005 年,第 515 页。

鲁迅:《集外集拾遗·〈十二个〉后记》,《鲁迅论外国文学》,北京:外国文学出版社,1982 年,第 128-130 页。

鲁迅:《摩罗诗力说》,《坟》,北京:人民文学出版社,2006 年,第 87 页。

鲁迅:《南腔北调集》,北京:人民文学出版社,2006 年。

鲁迅:《陀思妥夫斯基的事——为日本三笠书房〈陀思妥夫斯基全集〉普及本作》,《且介亭杂文二集》,北京:人民文学出版社,2006 年,第 206 页。

鲁迅:《致黄源》,《鲁迅论外国文学》,北京:外国文学出版社,1936 年,第 69 页。

鲁迅:《致李霁野》,《鲁迅论外国文学》,北京:外国文学出版社,1982 年,第 193 页。

鲁迅:《祝中俄文字之交》,《南腔北调集》,北京:人民文学出版社,2006 年,第 51-54 页。

鲁迅:《叶紫作〈丰收〉序》,《且介亭杂文二集》,北京:人民文学出版社,第 5-6 页。

孙郁:《鲁迅忧思录》,北京:中国人民大学出版社,2012 年。

王富仁:《鲁迅前期小说与俄罗斯文学》,天津:天津教育出版社,2008 年。

细读"远读"

徐德林①

内容提要：意大利马克思主义文学批评家弗朗哥·莫莱蒂是最新一轮世界文学论争的症候性的代表人物之一，他基于"同一而不平等的"世界文学这一认知而提出的与细读相对的"远读"，是一种为获取宏观观察视野而牺牲细节的新的阅读方法，直接联系着耦合社会史与文学史的努力，颇具方法论意义。"远读"有效地促成了人们关注"伟大的未被读"，因而延续和深化了世界文学论争，但同时也遭遇了若干质疑和挑战，关乎其理论依据、摒弃细读、适用性、创新性等诸多方面。其间的原因何在？莫莱蒂的回应何为？对"远读"的正确认知何谓？对这些问题的探寻既是本文的问题意识之所在，也是本文的重点考察之所在。

关键词：远读　细读　论争　"伟大的未被读"　世界文学体系

Title：A Close reading of Distant Reading

Abstract：Italian Marxist literary critic Franco Moretti is well-known for the term 'distant reading', which take as its base world literature being 'one and unequal' and is in sharp contrast to close reading. Articulating the social history and literary history, "distant reading" can draw the people's attention to "the Great Unread", which is on the one hand considered to be of methodological significance, but on the other hand has met with lots of doubts and challenges. As such, this paper is designed to discuss why and how this happens so that both distant reading and world literature

---

①　徐德林，中国社会科学院外国文学研究所研究员，研究兴趣为英语文论、英国文化研究。

appropriating it as a method could be better understood and developed.

Key words：distant reading；close reading；debating；"The Great Unread"；world literature system

2010 年,美国著名文学批评家、解构主义理论家 J. 希利斯·米勒(J. Hillis Miller)在"第五届中美比较文学双边讨论会"上宣告:"世界文学的时代已经来临！世界文学是当今全球化的伴生物。我坚定地支持世界文学这项计划(project)。"(米勒 8)米勒对全球化浪潮与世界文学时代之间的关系的理解毋庸置疑是值得商榷的,但同样毋庸置疑的是,他的宣告直接联系着 1990 年代发端、2010 年前后达到高潮、至今尚无消退迹象的"世界文学论争"。正如帕斯卡尔·卡萨诺瓦(Pascale Casanova)的《文学世界共和国》(*La République Mondiale des Lettres*)、大卫·达姆罗什(David Damrosch)的《什么是世界文学?》(*What Is World Literature?*)和《如何阅读世界文学?》(*How to Read World Literature?*)、克里斯托弗·普伦德加斯特(Christopher Prendergast)主编的《世界文学论争》(*Debating World Literature*)等著述所证明的那样,参与其间的学者要么基于新的历史语境探讨世界文学的存在方式和存在可能,要么基于当代文学意识形态配置结构,反思见诸世界文学的权力机制。于其间意大利马克思主义文学批评家弗朗哥·莫莱蒂(Franco Moretti)引起了人们的极大关注,其《世界文学猜想》(*Conjectures on World Literature*)、《更多猜想》(*More Conjectures*)、《文学屠场》(*The Slaughterhouse of Literature*)、《世界体系分析、进化论、世界文学》(*World-systems Analysis，Evolutionary Theory，'Weltliteratur'*)、《远读》(*Distant Reading*)等作品,持续为围绕世界文学的讨论制造新话题,不但有效地延续和深化了世界文学论争,而且成功介入和影响到了数字人文研究这一当下热门话题。

一、远读显影

歌德以降,人们围绕世界文学的对话和论争从未中断过,关乎世界文学的定义、世界文学研究的方法、世界文学选集的入选标准、世界文学与全球化和世界主义的关系、世界文学与翻译的关系等,其结果是作为"世界文学共和国"的公民,我们既能见到世界文学出现在现代国家诞生之前等共识,更能目睹人们对世界文学认知的分歧,以至于"有多少种民族和本土的视角,就有多少种世界文学"(Saussy 11)。换言之,因全球化而生的"世界文学"已然凭借在多个不同民族之间的成功旅行,成为一个具有无限开放性、不断引发反思和争论的概念,建构出一套丰富多元的世界文学话语。随着比较文学的世界文学转向、全球化的加剧、以苏联解体为代表的"新世界"的别样刺激,20 世纪 90 年代以降的世界文学尤其如此;无论是体裁、情节、情感等传统的形式话题,还是性别、种族、文学流通等当下社会话题,悉数进入了世界文学研究者的视野,合力催生了前文所述的"世界文学论争",而莫莱蒂则是其间的症候性的代表人物之一,虽然他经常被人忽视或者遭人误解。

2000 年,已然在文学史研究领域有所建树的莫莱蒂在《新左评论》(*New Left Review*)上发表了《世界文学猜想》一文,正式加入"世界文学论争"。在这篇广泛被人关注和挪用的文章中,莫莱蒂开篇便基于比较文学"一直是严谨得多的一种智识事业,基本上是以西欧为限,主要是围绕莱茵河流域而展开(比如,德国语文学家研究法国文学)"这一认知(54),指出比较文学已然为显见的冷战规训和欧洲中心主义所支配,其发展严重偏离了"缔造者"歌德、马克思的期待,建议借助进化论和世界体系理论复兴歌德、马克思主义上的"世界文学",建构一种"世界文学体系":

> 我将借用经济史的世界体系学派的基本假设,即国际资本主义是一个同时是"同一而不平等的"(one and unequal)体系,其中心和边缘(和半边缘)密切联系在一种日益不平等的关系之中。同一而不平等的:一种文学(就像歌德和马克思眼中的单数的世界文学),或许更为恰当地讲,(彼此相关的文学组成的)一种世界文学体系,但却有别于歌德和马克思之所期待,因为它是彻底不平等的。(55—56)

即是说,消除比较文学危机、为比较文学寻找出路把莫莱蒂引向了超越民族文学疆界、以建构"世界文学体系"为旨归的世界文学研究,让他看到了重新规划文学史研究对象这一必需：

> "世界文学"这一术语业已存在差不多两个世纪，但我们依然不知道世界文学何为……这或许是因为我们把两种不同的世界文学缩放在一个术语之下：一种产生于18世纪之前，另一种晚于前者。"第一种"世界文学是不同的"本土"文化的一个马赛克杂糅，其特征是显著的内在多样性；它主要通过分化而产生新的形式，可以被（某种版本的）进化论很好地解释。"第二种"世界文学（我更愿意称之为世界文学体系）是被国际文学市场整合一体的；它展现出一种日益扩张的、有时令人吃惊的同一性；它的主要变化机制是聚合，可以被（某种版本的）世界体系分析模式很好地解释。
> (*Distant Reading* 134—135)

世界文学一直存在，但18世纪作为分水岭区隔出两种不同的世界文学。第一种世界文学见诸18世纪之前，是由相对独立、具有多样性的民族文学组成，可以借助进化论进行解释。进入18世纪以后，世界文学市场逐渐强大，原本相对独立的民族文学开始统一，于是便有了第二种世界文学，一种必须借助世界体系分析的"同一而不平等的"世界文学。

"同一"是因为资本主义世界市场，而"不平等"则是因为这个市场强加给文学想象的约束，即资本主义让世界文学的发展向中心的强势文学倾斜，导致文学的"单向度"发展。显然，此间的莫莱蒂虽然把沃勒斯坦思想中的空间关系变为了时间关系，但全然接受了后者的如下观点：世界体系包括世界经济体系和世界帝国两个变种，可以"简单定义为一个带有单一劳动分工和多元文化体系的单元"（沃勒斯坦98）。在沃勒斯坦那里，世界经济体系以劳动分工为基础，其中的不同国家和地区始终处于一种核心—半边缘—边缘的结构性位置；各个国家和地区在世界经济体系中的位置会不断发生变化，但这种核心—半边缘—边缘结构不但始终存在，而且它们的"这种劳动分工方式建立在地区间存在不平等交换，而各地区之间的经济上和政治上的依赖却是以这种不平等为基础的。该体系的众多后果之一体现于国家结构中，即继续进行的交换过程使边缘国家不断削弱，而核心国家不断增强"

（73—74）。正是在这里，莫莱蒂发现了世界经济体系与世界文学之间的类比关系，即"世界文学的确是一个体系——但是是一个变体的体系。这个体系是同一的，但并非整齐划一的。来自英法核心的压力试图让它整齐划一，但不可能完全抹除差异的现实"（"Conjectures" 64）。

同时，"同一而不平等的"世界文学体系也直接联系着弗雷德里克·杰姆逊的启发：杰姆逊透过柄谷行人（Kojin Karatani）的《日本现代文学的起源》（*Origins of Modern Japanese Literature*）发现，在日本现代小说的起飞时期，"日本社会经验的原始材料与西方小说建构的抽象形式模式始终无法无缝对接"（Moretti，"Conjectures" 58）。有鉴于此，加之这一"型构"（configuration）现象的见诸印度小说、巴西小说、中国晚清小说，莫莱蒂提出了一个关于文学市场与形式的"文学进化法则"（law of literary evolution）猜想："在属于文学体系边缘的文化中……现代小说的出现首先不是自主发展的产物，而是西方（通常是法国或英国）形式影响与本土材料之间的折中。"（"Conjectures" 58）在莫莱蒂随后进行的地跨四大洲、时跨两百年的二十余部小说的"历史实验"中，他的猜想得到了证实："当一种文化朝着现代小说发展的时候，它总是外国形式与本土材料之间的一种折中。"（"Conjectures" 60）因为"发挥作用的力量不断变化，源自它们的互动的折中同样如此"（"Conjectures" 64），这样的结构性折中随处可见、形式各异，时而稳定，时而非常不稳定。于是，莫莱蒂开始了对比较形态学的研究，"这就是为什么比较形态学是如此迷人的一个领域的原因：在你研究形式何以变化的时候，你会发现象征性的权力因地而异。事实上，社会学的形式主义始终是我的阐释方法，我认为它特别适合于世界文学"（"Conjectures" 66），以及对作为隐喻的"树"和"浪"的挪用：

> 文化史由树与浪组成——农业发展之浪支撑着印欧语系之树，然后被新的语言和文化联系之浪掠过……世界文化摇摆于两种机制，其产物就不可避免是合成物……想想现代小说吧：当然是浪（实际上我已多次称之为浪）——但它与各种当地传统相遭遇，总是被其意味深长地加以改造。这就是民族文学与世界文学之间劳动分工的基础。民族文学服务于看到树的人，世界文学服务于

看到浪的人。劳动分工……与挑战；因为两种隐喻都在起作用，但这并不意味着它们的作用旗鼓相当。文化史的产物始终是合成物。("Conjectures" 67—68)

正是鉴于世界文学是关乎劳动分工的合成物，其间充满竞争、霸权争夺，莫莱蒂发出了"世界文学究竟是什么"的叩问："问题并不真正是我们应当做什么，而是如何做。研究世界文学意味着什么？我们如何研究世界文学？我研究 1790 到 1930 年之间的西欧叙事，已经深感自己除英国或者法国文学以外，就是一个冒牌货。世界文学究竟是什么呢？"("Conjectures" 55)在莫莱蒂看来，"世界文学不是一个对象，而是一个问题，一个需要新的批评方法的问题：没有人仅仅靠多读就已然发现方法。这不是理论产生之道；它们需要一次飞跃，一种赌注——一种假说，才能启动"，而这个"新的批评方法"便是"远读"(distant reading)：("Conjectures" 55)

在距离……是一种知识的条件的地方：它【远读】让人聚焦比文本小得多或者大得多的单位：策略、主题、比喻——或者文类和体系。倘若文本本身消失在非常小和非常大的单位之间，那么它就是这样的情形之一，即这时我们可以正当地说，少即多。倘若我们希望从整体上理解这个体系，我们就必须接受有所失的事实。我们总是为理论知识付出代价：现实是无限丰富的，而概念则是抽象的、贫乏的。但正是这种"贫乏"使得我们有可能掌握它们、了解它们。这便是实际上少即多的原因。("Conjectures" 57)

莫莱蒂认为，作为一个问题的世界文学研究之所以需要"远读"这一新的批评方法，是因为细读这一传统的、旧的批评方法本质上是一种"神学操练"：

细读(见诸其从新批评到解构的一切化身)的问题在于，它必定依赖于极少数的经典。迄今这很可能已然成为一种无意识的、隐形的前提，不过这是一个残酷的前提：倘若你认为它们中极少数是十分重要的，你就会仅仅在个别文本上大量投入。否则，该前提

就毫无意义。倘若你想超越经典（当然，世界文学会这样做的；如
果它不这样做是很荒谬的），细读是做不到的。细读并非旨在超
越，而是恰恰相反。实际上，细读是一种神学操练（the ological
exercise）——非常严肃地对待被高度重视的极少数文本——而我
们所真正需要的，是与魔鬼的一个小小契约：我们知道如何阅读文
本，现在让我们学习如何不读文本。（"Conjectures" 57）

一如在细读大国美国可以被证明的那样，作为一种"神学操练"的细读"仅仅
在个别文本上大量投入"，注定无法涵盖全世界的文学，始终让人遭遇"伟大
的未被读"（the Great Unread）：

当然，很多人比我读得多读得好，但我们在此间讨论的语言和
文学有上百种。读得"多"似乎根本就不是解决办法。这主要是因
为我们已然开始重新发现玛格丽特·柯亨（Margaret Cohen）所谓
的"伟大的未被读"。"我研究西欧叙事，等等……"其实并不准确，
我只研究其经典那一部分，它们甚至不及已出版文学作品的百分
之一。此外，虽然有些人读得更多，但问题是 19 世纪英国小说有 3
万本、4 万本、5 万本、6 万本——没有人真正知道到底有多少，没有
人读完过，今后也不会有人读完。另外，还有法国、中国、阿根廷、
美国小说……读得"多"始终是好事，但不是解决问题的办法。
（"Conjectures" 55）

更何况诸多文本已经"烟消云散""不知所终"："今天，仅有为数不多的
几本还依然常常听说。其他的烟消云散了。不知所终了……文学的历史就
是文学的屠场。一多半书籍永远消失了。"（Moretti, *Distant Reading* 65—
66）尽管传承至今的 19 世纪英国小说经典有 200 本之多，但它们不及当时所
有出版小说的 0.5%。这一情势让莫莱蒂意识到"批评工作的前沿问题之一
是数量的挑战——出版的所有文学作品中，99% 都从视野中消失，而且没有
人想复原它们"（*Atlas* 5），对雷内·韦勒克的观点深以为然："我认为唯一正
确的看法是一个必然属于整体的看法，它把艺术品看作是一个多样统一的

整体的一个符号结构,但却又是一个蕴含并需要意义和价值的结构。"(278—279)于是在马克斯·韦伯的启发下,"界定各门学科范围的不是'事物'的'实际'联系,而是问题的概念联系。一门'新学科'诞生在新问题被新方法探究的地方"(qtd. in Moretti,"Conjectures" 55),提出了"远读"概念。

所以,远读是以浩如烟海的文本为对象,探究文学史中的现象与模式,一如马克·布洛赫所谓的"为一日之综合的经年之分析":

> 严格意义上的沃勒斯坦文本,即他的"一日之综合",占一页的三分之一,四分之一,也许一半;余下的都是引语(《现代世界体系》第一卷有 1400 条引语)。沃勒斯坦用一页的篇幅把经年之分析、他人的分析综合成一个体系。
>
> 现在,如果我们认真对待这个模式,世界文学研究就必须以某种方式为文学流域复制这"一页",即这样的分析与综合之间关系。但在那种情况下,文学史很快就会变得与现在大相径庭:它会变为"二手货",他人研究的拼凑,没有任何直接的文本阅读。("Conjectures" 57)

虽然莫莱蒂后来曾在别处对远读有过别样的阐释,比如"旧领域里有一个新的研究对象:不是具体作品和个别作品,而是人为建构的三重奏——表图、地图和树图——已然被有意识简化和抽象的文本。我过去常常把这种方法称为远读"(Moretti, *Graphs* 1),但他从未改变远读显影之初的本质,即"让人聚焦比文本小得多或者大得多的单位"的一种方法;其核心要义是以定量方法为基础的定性分析,"通过聚合和分析大量数据来理解文学,而不是研读特定的文本"(Schulz,"What" 14)。

二、远读批评

问世至今,莫莱蒂的"远读"概念已然引起广泛关注。《新文学史》(*New Literary History*)、《批评探索》(*Critical Inquiry*)、《现代语言学会刊物》(*PMLA*)、《变音符号》(*Diacritics*)、《新左评论》、《洛杉矶书评》(*Los Angeles*

Review of Books）等英语世界重要刊物，先后刊发了数十篇围绕远读观念的论文甚至专题文章。一些主流媒体和新媒体平台也表示出对远读的极大兴趣，比如 2006 年 1 月 11 日，由文学学者与批评家协会（ALSC）运营的阀门博客（The Valve）组织了一个聚焦莫莱蒂的《表图、地图和树图：文学史的抽象模型》（*Graphs，Maps and Trees：Abstract Models for a Literary History*）的线上读书评论会，共有 22 位学者发表了评论——其间莫莱蒂对评论做了 3 次回应；后来讨论内容被编辑成册，于是便有了 2011 年出版的《阅读表图、地图与树图：对弗朗哥·莫莱蒂的批评性回应》（*Reading Graphs，Maps and Trees：Critical Responses to Franco Moretti*）。人们在肯定莫莱蒂把社会史阐释框架应用于文学史的努力、接受远读是一种获取宏观视野的研究方法、具有方法论意义的阅读模式的同时，纷纷提出疑问与批评，关乎其理论依据、摒弃细读、适用性、创新性等多个维度。比如，翻译理论家劳伦斯·韦努蒂直言不讳地否认了远读的适用性：

> 翻译在形式和语义上的获益界定了世界文学，这种获益，没有文本细读，没有对细节的分析，详细考察原文到译文所发生的改变，是根本无法觉察到的。距离阅读的重点在于"手法、主题、转义"之类的"细小"的文本特征，或者"体裁"，传统以及文化"体系"等"宏大"结构，有助于我们对世界文学的理解……但是，假如我们让一个文本，作为分析单位，在细读与粗读这两级之间完全消失，这对于我们是毫无裨益的：文本不仅将细节上的文本特征与大的结构联系起来，展现它们在文学意义和文化意义上的相互依存关系，同时，文本还可以展现翻译在建构世界文学的过程中所发挥的作用。（206—207）

众所周知，莫莱蒂多次强调了小说之于远读的基础性作用，"我的经典构成模式以小说为基础，其原因很简单：因为它是过去两三个世纪最普遍的文学形式，因而对文学的任何社会解释来说都是至关重要的（这是，或应该是，经典之争的关键）"，（*Distant Reading* 67—68）但他未曾料想到的是，这恰好构成了他遭人诟病的原因之一。

　　莫莱蒂将重点放在小说上，认为小说对于任何一种世界文学阐释方式来说都是至关重要的，这当然是可以的，而且莫莱蒂提出的一些相关假说也具有创新性和启发性。但他贬低其他文体的社会重要性却是缺乏说服力的。诗歌为什么就不能遵循莫莱蒂所提出的那些小说规则呢？……即使为了避免争论，我们可以赞同说在 20 世纪西欧诗歌的社会影响较小，但是，莫莱蒂仍然需要解释：为什么在这一关键时期之前的诗歌看起来并不契合他的模式。（克里斯塔尔 57）

在《想想，冷静地……》一文中，埃弗兰·克里斯塔尔（Efrain Kristal）在批评莫莱蒂的"小说中心主义"的同时，对其中心—边缘模式表示了质疑：

　　莫莱蒂的模式是设计来说明边缘地区是如何与西方形式妥协的，但却意想不到地支撑了等式的另一边，在这里我们所看到的首先是西方政治或经济霸权依旧有效的情况下，边缘地区从西方形式的桎梏下获得了解放；其次我们看到文学中形式与文体以和中心毫无关系的方式发生相互作用。（69）

尽管莫莱蒂声言，"形式是社会关系的抽象：所以，就其自身的严谨意义而言，形式分析是一种权力分析"（"Conjectures" 66）、"形式恰好是可重复的文学元素，即无论情况的变化、无论时间的流逝，总是复现"（*Distant Reading* 86），但在克里斯塔尔看来：

　　在理解边缘地区文学发展的社会重要性上，小说没必要成为一种特权文体；在创造有价值的形式上，西方也不具备垄断权；主题和形式可能朝若干个方向移动——从中心到边缘，从边缘到中心，从一个边缘到其他边缘，但与此同时一些重要的原创形式可能并不发生移动；而且任何方向的转移策略都可能包含抵制、偏离以及种种改造，甚至从一种文体变成另一种文体。（69）

　　与此同时,莫莱蒂也被发现犯有"英语中心主义"之过。在乔纳森·阿拉克(Jonathan Arac)看来,姑且不论莫莱蒂的"外国的故事情节、本土的人物、本土的声音"所代表的文学进化法则因为剔除了"语言能力",难以拥有未来,"我们在那里只看到了理论,却未曾看到针对作者和作品的立足语言的批评……批评实践若是失去了其家园根基,其实践模式未来还能剩下什么? 它必须熟悉流散的艺术吗?"(81)即使单就莫莱蒂使用的英语而言,他显然没有注意到"英语具有隐蔽的帝国主义特征"(阿拉克80)。"正如美元是全球经济的媒介一样,英语也是全球文化的媒介,它生产着'唯一的世界'"(阿拉克71),但莫莱蒂显然忽视了英语在当代全球化中的实际作用,"他之所以能够调查所有大陆和所有时间范围内的文学,正是因为有了英语这种关键的媒介。莫莱蒂援引了二十位批评家,其中一位使用西班牙语,一位使用意大利语,而十八位使用英语"(阿拉克75)。阿拉克接着又指出,莫莱蒂的基于二手资料、没有任何直接的文本阅读的文学史研究这一主张,显然忽视了劳动分工或合作政治的问题。一方面,莫莱蒂没有意识到在自己独立从事工作的研究者和"带领一个研究团队,领导一个专家组"进行研究的人之间(80),存在一种隐而不露的不平等;另一方面,既然"使用某一种语言的学者阅读该语言的文本,但并不阅读说其他语言的学者的东西;只有比较文学研究者才阅读这些学者的东西"(74),作为远读者的比较文学学者必定更具权威,发挥多语言交响乐团指挥的作用。然而,在阿拉克看来,倘若作为远读者的比较文学学者总是依赖他人的批评性工作,从不亲自进行批评性的文本阅读,其最后的工作也就毫无批评价值可言。"解读者以世界上的所有语言细致精密地阅读,然后将发现提交给总的综合者,后者就成了'maestro di color che sanno'(智者中的主宰)。最后我要反其意而用但丁对亚里士多德的这个赞美,来问一问:智者不是他自己的主宰又意味着什么呢?"(阿拉克81)

　　值得注意的是,克里斯托弗·普伦德加斯特堪称最引入注目的莫莱蒂批评者,先后数次撰写批评文章。2001年,普伦德加斯特在谈论莫莱蒂基于世界体系理论解释小说文体的"世界旅行"的时候,在质疑莫莱蒂的"竞争模式"的同时,提出了"协商中的世界文学"概念:

　　他对竞争的理解与其说是布迪厄式的,不如说是新达尔文主义的。但就算小说可以被看成是政治负荷相当大的文体,其他文学文体则显然未必如此。戏剧的传播很少引起焦虑。沃勒·索因卡的《酒神的伴侣》在很多方面都可视为对欧里庇得斯的重写;它并非对古希腊悲剧的攻击性占有……而是成功协商式的对本土资源的改写。(41)

2005 年,普伦德加斯特发表了《进化与文学史:对弗朗哥·莫莱蒂的回应》("Evolution and Literary History: A Response to Franco Moretti")一文,强烈批评莫莱蒂不断征用科学,尤其是进化生物学之类自然科学;在他看来,人文观察与源自自然科学的模型的联结不可能产生任何有意义的结果:"除非二者具有一种可以证明的因果关系,而不是因为事先的方法论选择而被并置的",否则这样的联结不能证明"文学史概念受制于物竞天择法则"("Evolution" 49)。在普伦德加斯特看来,这样的联结可谓一种"类比的危险",为莫莱蒂留下了"阿喀琉斯之踵":

　　除了来自社会生物学的拥趸的轻微有害的胡言乱语,以及最近围绕自私基因概念的极为可笑的喋喋不休,自然科学家们(包括被莫莱蒂引用的那些自然科学家)高度认同如下观点:文化生活受制于合并、交叉和聚合,而生物生命则受制于增殖、区分和分化。("Evolution" 56)

正是在这个意义上,普伦德加斯特并不认同莫莱蒂对柯南·道尔侦探小说成功的解释,即"线索"是其成功的核心元素,相反,认为其成功很可能是因为读者对作为贝克街绅士的福尔摩斯这一人物的迷恋。

　　另外,关于远读旨在拯救的"伟大的未被读",我们必须知道,倘若确有大量文学作品尚未被人阅读,那么这是否可以构成我们挪用他人的研究结果来覆盖这些"未被读"的充足理由?这难道没有谬误之嫌吗?倘若有人已经对部分文学作品有所了解,那么它们就必定不是"未被读";倘若它们是"未被读",挪用其他人的研究成果也不会对自己的研究有任何裨益。就远读的核心工具归纳而言,"倘若我们仔细查看莫莱蒂自己进行远读的实际案例,显而易见的是,关于归纳在其方法论中的作用,存在极大程度的不准确;它没有被赋予一种系统性功能"(Khadem,"Annexing"415)。远读的开展取决于合作,但莫莱蒂的合作研究观念是有问题的,这一方面是因为一如阿拉克所指出的,英语的政治霸权抑或比较文学学者的帝国主义态度,另一方面则关乎"归纳是被置于首要还是次要的角色"(Khadem,"Annexing"415)。鉴于其他学者的研究究竟是被用作刺激、影响之源,还是被视为数据之间存在的巨大差异,归纳具有这样的一种潜在风险,即远读读者要么简化其他研究的文体复杂性,要么保持一种可塑性,其结果是自己的研究要么是彻头彻尾的误读,要么是做出模糊的断言。一如《表图、地图和树图:文学史的抽象模型》所告诉我们的,莫莱蒂为绘制小说这一亚文类在 1740 到 1900 年间英国文学中的起伏趋势图而远读了 100 部学术著作,但莫莱蒂最终对小说起伏变化所做出的解释,几乎与这些学术著作所代表的研究的阐释没有任何关联:他人的研究不是在指引莫莱蒂的归纳推理,而是在为他进行归纳提供数字数据。所以,莫莱蒂在这里对二手资料的使用迥然有别于他在《世界文学猜想》所讨论的研究,这虽然有效地证明了他以实证化的探索来回应此前的"世界文学论争"的努力,但此间必须指出的是,以这样一种方式获得的任何结果的真实性都是令人怀疑的。

三、协商中的远读

"同一而不平等的"世界文学既是莫莱蒂向《世界文学论争》递交的"投名状",更是他所一直坚持和发展的底线,一如他数年后在《进化论、世界体系、世界文学》中所强调的那样:

> 就像资本主义一样,世界文学本身是同一而不平等的,其各组成部分——全世界的众多民族和地方文学——发展,无不深受自己在作为一个整体的体系中的位置的影响……在国际文学体系中,"并不存在对称性":来自中心地区的强势文学不断地'干扰'边缘地区的轨迹(反之几乎不亦然),因此不断增加体系的不平等。

（*Distant Reading* 127）

为了改变这一情势,莫莱蒂提出了旨在重新规划文学史研究对象的"世界文学体系"假说和作为一种新的批评方法的"远读",但前者大致获得了普遍的认同,而后者则一如前文所证明的那样,经常遭遇争议甚至被严重质疑。其间的原因固然可能言人人殊,但想必不会有人反对的是,莫莱蒂的"来回摇摆"难辞其咎：

> 《远读》中的论文似乎是受制于某种秘密的机制,这种机制使它们来回摇摆在进化论……和世界体系论……之间。这种机制本身可能有问题——或者用更加直白的话来讲,这两种理论可能是不相容的;这种想法是我几乎从不曾有过的:它们都是不折不扣地坚持唯物主义的,都是历史的,都是被大量经验证据支撑的。
> （*Distant Reading* 121）

或者借用他在《进化论、世界体系、世界文学》一文开篇处的一个注释里所坦承的那样:"非常令人尴尬的是,我已然使用进化论和世界体系分析十余年——甚至是在同一本书里——却没有考虑二者的兼容性。"（*Distant Reading* 123）正是因为它们的兼容性欠佳,进化论和世界体系分析分别构成了莫莱蒂的不同著述的理论基石,比如,《欧洲小说地图》《世界文学猜想》《更多猜想》主要是基于世界体系分析,而《文学屠场》《表图、地图和树图:文学史的抽象模型》则主要是基于进化论。虽然莫莱蒂后来曾因为意识到了这两种理论的不足而一度减少了对它们的挪用,直到对数字人文的进一步挖掘和利用才勉力融合它们,但我们必须知道,在《世界文学猜想》发表五年以后的 2005 年,莫莱蒂因为受邀去沃勒斯坦担任主任的布罗代尔中心发表一个关于"世界文学"的演讲,开始了整合进化论和世界体系理论的尝试,一如他在把《进化伦、世界体系、世界文学》收入文集《远读》的时候,不但使用了新标题"进化、世界体系、世界文学"（"Evolution, World-systems, Weltliteratur"）,而且大幅度改动前言部分所暗示的那样:

> 尽管"世界文学"这一术语产生已经伴随我们差不多两个世纪,但我们仍然还没有它所意指之对象的某种真正的——哪怕是随意地界定的——理论。我们没有一套概念,没有假说来组织起构成世界文学的海量数据。我们并不知道世界文学何为。本文不能填补这个空白。但它勾勒比较两种理论:进化理论和世界体系分析,它们时常让我觉得它们是胜任这一任务的优秀模型。(*Distant Reading* 123)

然而,毋庸讳言,莫莱蒂真正要解决的并不是进化论与世界体系理论之间的兼容性,而是这两种理论在他自己的文学理论中的兼容性,即形式与历史的兼容性:

> 不难明白,为什么进化是文学史的一个好模型:它是一种理论,基于历史过程解释现存形式的非凡的多样性与复杂性。与文学研究形成鲜明对照——其间关于形式的理论往往对历史视而不见,历史工作也对形式视而不见——对进化而言,形式与历史实际上是一个硬币的两面,或许我们应该说,借用一个更具进化意义的隐喻来讲,它们是同一棵树的两个分支。(*Distant Reading* 123)

远读概念引发议论和批评的另一个不可忽视的重要原因,则是《世界文学猜想》遭遇的误读,即它在一定程度上被视作了莫莱蒂完成理论建构的宣言,而此间的理论却显得有些单薄,以至于他必须不断地进行补充。一如他把《世界文学猜想》收入《远读》一书的时候,不得不在正文之前进行说明所暗示的:

> 沃勒斯坦的核心、边缘和半边缘三分法吸引了我,因为它解释了我在 1990 年代期间慢慢收集到的诸多经验发现:法国的大陆中心地位,这在欧洲文学论文中是经常被提及的;半边缘地区的特殊生产力,见诸《现代史诗》的分析;叙事市场的不平衡性,见诸《欧洲小说地图》——所有这些,以及更多的发现,有力地证实了沃勒斯

坦的模型。除坚实地基于事实之外，该理论也凸显了民族文学必须据此发展的体制性限制……尽管全然基于詹姆逊、施瓦茨、三好将夫、慕克吉，当然还有沃勒斯坦本人等马克思主义思想家的著述，并且有大量（或者就文学史的范畴而言，至少有很多）历史证据做支撑，《世界文学猜想》引起了左翼的热烈反应，对此我 3 年后以《更多猜想》进行了回应。（*Distant Reading* 43—44）

莫莱蒂对细读的态度同样遭到了误读。在一些人看来，莫莱蒂的远读主张意味着他彻底放弃细读，必将诱惑学者仅仅给予文本最低程度的关注。但事实上，莫莱蒂不但从未否认过细读的重要性，而且坚持对细读的把握是把握远读的前提。远读旨在弥补细读的缺陷，是细读的一种集中发展；它基于一种宏观模式强调文本的某一面向，忽视其他面向，一如莫莱蒂后来所指出的那样："在距离……不是障碍，而是具体的知识形式的地方：更少的元素，因此更敏锐地感觉到它们的整体联系。"（*Graphs* 2）或者借用泰德·安德伍德的话来讲，远读实践者并不反对细读，而是在指向历史地图上的盲点，以便人们能够在认识到自己的无知的同时，探究这些盲点所包含的有趣之物。

　　不难发现，远读概念，以及它见诸其间的《世界文学猜想》引发批评与质疑的原因同时联系着莫莱蒂的疏忽和读者的误解，而疏忽和误解的同时存在则促成了有关论争演变为一种协商。一如《更多猜想》可以证明的，莫莱蒂不但诚恳地向他的批评者表达了谢意，而且对主要的论争点进行了回应。比如，莫莱蒂解释自己之所以选择小说作为首要研究对象，是因为小说是"一个例子，不是模型；我的例子当然是基于我所了解的领域（在其他地方事情可能大不一样）"，并且以"彼得拉克风格"（Petrarchism）的传播为例指出："小说具有代表性，但并不代表整个系统"（*Distant Reading* 111）。又如，莫莱蒂也对频频遭人诟病的中心—边缘模式及其对文学形式的影响，进行了进一步的说明：

　　　　是的，形式可以朝多个方向移动。但它们果真这样吗？这是关键所在，文学史理论应该反映对这些移动的限制，以及背后的原因。以我对欧洲小说的了解为例，几乎没有任何"重要的"形式不移动；(不通过中心)从一个边缘到另一边缘的移动是闻所未闻的；从边缘到中心的移动并不那么罕见，但依然非同寻常，而从中心到边缘的移动是迄今最为频繁的。这些事实暗示西方"垄断重要形式的创造"吗？当然不是……《世界文学猜想》中提出的模式并没有把创新留给少数几种文化而否定其他文化：它具体说明更可能发生于其间的条件，以及它可能采取的形式。理论从不消除不平等，仅仅能够希望解释不平等。(*Distant Reading* 112—113)

是故，莫莱蒂回应质疑和批评的过程也是他修正、重塑有关思想的过程。比如，鉴于普伦德加斯特的批评，莫莱蒂修订了自己在《世界文学猜想》中所提出的长远目标，接受了彼时阶段的远读不能生成"法则"的事实，开始启用"假说"(hypothesis)，一如他在《开始的终结》中所言："现在，它不过是一种假说，而真正的证明将提供证据，因为读者不仅'喜欢'线索，而且勉励首先'看到'线索的证据。"(74)为此，莫莱蒂首先借用乔姆斯基(Noam Chomsky)的"迷"(mystery)与"问题"(problem)范畴，对自己的研究进行区隔，即他的研究抑或实验旨在把"迷"——对大量原始材料的无限迷恋，变为"问题"——可以进行系统考察的有限问题。其次，莫莱蒂宣称"解释"(explanation)胜过"阐释"(interpretation)，即我们"不需要更多的解释，这不是因为它们无话可说，而是因为大致说来，它们已然说出它们必须说出的话"("End" 83)。正因如此，加之吸纳"伟大的未被读"的热望，莫莱蒂与批评家围绕远读进行了一轮又一轮的质疑、挑战和回应，而作为一个概念的远读也因此得到了进一步的廓清和传播，甚至在一定程度上取得了与"神学操练"细读并驾齐驱的地位：

　　大学课堂上的教授在学术期刊上推广的阅读实践：有人不仅反对细读和结构的方法，甚至对意识形态分析和症候阅读也进行抵制，或者至少是冷落，其中便有弗兰克·莫莱蒂的"远距离阅读"，文本细读被数据挖掘所替代。(鲍姆巴赫　扬余 6)

当然，这并未能构成远读概念避免论争和挑战的理由。近年来，不乏有人注意到,既然远读是最新一轮世界文学论争之子,是作为一种针对世界文学新研究对象的新方法而显影的,我们不禁要问,它究竟新在何处? 比如,就莫莱蒂对长时段的处理、对无知历史的强调而言,我们很容易想到雷蒙·威廉斯 1961 年发表的《漫长的革命》:

> 甚至专治某一时期的大多数专家也仅仅熟悉其文献记录的一部分。比如,我们可以肯定地说,没有人真正熟悉 19 世纪小说,因为没有人读完了或者能够读完从单行本到报纸连载小说在内的全部作品。真正的专家可能熟悉其中的数百种,普通专家熟悉的要少一些,而受过教育的读者熟悉的就更少了,尽管他们全都有关于本话题的清晰认识。(50)

又如,就基于问卷调查、访谈、内容分析等验证假设的有效性、实证研究而言,我们会无意识地想到珍妮斯·A. 拉德威(Janice A. Radway)1986 年出版的《阅读浪漫小说:妇女、父权制与通俗文学》(*Reading the Romance*:*Women, Patriarchy and Popular Literature*)。莫莱蒂是否受到了拉德威的影响尚有待考证,但就像《文学屠场》可以证明的那样,他研究"线索"之于侦探小说的作用的方法,与拉德威考察浪漫小说的方法不无相似之处,即从文本样本选择到为某一特定目的文本系统阅读,再到代表对立的利弊。他们的著述分别成为自己所在领域的典范,其中的一个关键因素是他们有效地借鉴了社会科学的成就,尤其是他们使用定量分析的方法,把批评性考察组织为实验。这样一来,文学史就从一个探究详尽、边界清晰的领域,变为了一个"无人涉足的文学领域",就像莫莱蒂在《文学屠场》中讨论"远读"之于"伟大的未被读"的作用时所言:

> 极好的机会,这片无人涉足的文学领域;最多样化的方法、真正的集体努力的空间,就像文学史从未目睹过那样。了不起的机会、了不起的挑战(倘若我们的档案库大 10 倍,或者 100 倍,知识到底意味着什么?),这就要求最大限度的方法论大胆:因为没有人知道,从今往后 10 年,知识在文学研究中意味着什么,我们的最佳机

会在于智识立场的极端多样化,在于它们完全坦诚的、直率的竞争。没大没小、没有手腕、没有折中、没有对强力学术团体的讨好、没有禁忌。(89)

四、余论

2010 年前后以来,不乏学者主张文学史的定量研究和实证研究应该视为数字人文的子项,甚至认为文学史研究正在发生数字转向,其结果便是数字文学研究与数字人文被大致画上了等号,而"远读"则成为一种在数字人文这一大标题下大行其道的方法。诸多文学史专家、批评家因此宣称,《远读》是一部"借助大数据分析进行文学研究的创新性著作"(傅守祥 159),有效地促成了计算机辅助下的文本分析即"人文计算"(humanities computing)进入"远读"时代。关于这一点,我们可以从一些机构所开展的科研项目窥见一斑,比如中国社会科学院文学研究所开展的"唐宋文学地图数字分析平台研究"、浙江大学与哈佛大学共建的"学术地图发布平台"、中南民族大学主持开发的"唐宋文学编年系地信息平台"。然而,一如泰德·安德伍德(Ted Underwood)在《远读的系谱》中所言,姑且不论年轻的"远读"与其历史至少可以追溯到 19 世纪、已然拥有独具特色的计算传统的"文学社会学"(sociology of literature)、"书籍史"(book history)、"文化分析学"(cultural analytics)之间的复杂纠缠,我们必须知道,(1)远读与数字人文原本是各不相同的学术共同体用以表示各不相同的研究方法的术语,(2)数字技术并未在早期的远读实践中发挥核心作用,(3)大数据是一个地地道道的 21 世纪技术热词。所以,有学者指出,"具有反讽意味的是,莫莱蒂教授首次提出'远读'的概念并非在一个计算分析的语境中,而是在他思考非常宏大规模的世界文学的时候"(戴安德 姜文涛 26)。事实上,一方面,"远读"一词在《远读》中仅仅出现了 5 次,而且其中 4 次是在《世界文学猜想》一文中,而该文显然与计算机处理、大数据分析无关,更不必说《远读》所收录的文章大多是莫莱蒂的早期论文,完全无关乎定量分析;另一方面,莫莱蒂始终坚称远读本质上是研究文学史和文化史的一种方法,集科学方法、解读方法、实证方法、理性主义方法于一身，在数字化时代同样如此。

　　尽管如此，作为构建世界文学体系的一种方法的"远读"最终确乎得到了数字人文或者人文计算的挪用，这在很大程度上关乎莫莱蒂的践行学科融合或者跨学科联系；一如有学者所指出的，正是通过学科融合，莫莱蒂不但扬弃了"早期概念模型历史性"，顺理成章地走上了"社会科学探索之路"，而且让人看到了"远读"之于计算技术和世界文学研究的中介作用，因而促成了"数字人文背景中的计量文学研究，或者说文化分析"（赵薇 51）。2010年，莫莱蒂联袂马修·L. 乔克思（Matthew L. Jockers）建立了斯坦福大学文学实验室（Standford Literary Lab），开始用计算机算法分析文学文本，力图证明定量分析方法对文学研究尤其是文学史研究的价值。"任何新的文学研究方法必须可以自证，不仅必须证明它能够完成正常的分析，而且还要比现有的分析方法做得更好，或至少同样好。"（Moretti，*Distant Reading*：204）虽然我们可以据此认为，此间的莫莱蒂已完成从"概念模型到计算批评"的转向，但一如他收入《远读》的《风格公司》所证明的，基于计算技术的文学文本分析即人文计算虽然不再像挪用"远读"之前那样，没有对作为一个整体的文学研究产生任何重要影响，但效果依旧不理想，"远读"尚处于一个"漫长的研究过程中的一个阶段，第四或是第五阶段吧"（丁斯曼　莫雷蒂 33）。所以，莫莱蒂必须"依然雄心勃勃，甚至比以往更甚（世界文学！）；但现在雄心是与距离文本的距离成正比的：志向越高远，距离就必须越大"（"Conjectures" 57），而他提出的"远读"这一新方法是否将继续把世界文学问题悬置为一个"问题"，则依然有待协商，虽然它旨在以新的时间、空间和形式差异等三个维度代替传统的高雅与低俗、经典与非经典、世界文学与民族文学的二元区隔，有助于重新纳入为细读所摒弃的一系列社会因素，扩大文学研究的场域，已然受到近年来兴起的数字人文研究领域的学者的拥戴，被应用于计算机是否可以辨认文学文类、计算机网络理论能否重新想象情节等方面的研究。

参考文献

Amir Khadem，"Annexing the unread：a close reading of distant reading"，*Neohelicon* 39 (2012)：409-421.

Ferguson，Frances. "Planetary literary history：The place of the text"，*New Literary History*，No. 393，657-684.

Moretti，Franco. *Distant Reading*，London and New York：Verso，2013.

—. *Atlas of the European Novel*，1800—1900. London and New York：Verso，1998.

—. "Conjectures on World Literature." *New Left Review*，Jan. /Feb. (2000)：52-68.

—. *Graphs，Maps，Trees：Abstract Models for a Literary History*. London and New York：Verso，2005.

—. "The End of the Beginning：A reply to Christopher Prendergast." *New Left Review*，Sep. /Oct. (2006)：71-86.

Prendergast，Christopher. "Evolution and literary history：A response to Franco Moretti." *New Left Review*，July/Aug. (2005)：40-62.

Saussy，Haun. *Comparative Literature in an Age of Globalization*. Baltimore Md：John Hopkins University Press，2006.

Schulz，Katheryn. "What is distant reading?" *New York Times*，2011-06-24(14).

Underwood，Ted. "A Genealogy of Distant Reading." retrieved from http://www. digitalhumanities. org/dhq/vol/11/2/000317/000317. html，Apr. 6，2021.

Williams，Raymond. *The Long Revolution*. London：Chatto & Windus，1961.

戴安德、姜文涛：《数字人文，观其大较》，载《山东社会科学》2016 年第 11 期，第 26 页。

埃弗兰·克里斯塔尔：《想想，冷静地……》，赵文译，载《后马克思主义读本：文学批评》，张永清、马元龙主编，北京：人民出版社，2011 年，第 56-69 页。

傅守祥：《文学经典的大数据分析与文化增殖》，载《浙江社会科学》2017 年第 10 期，第 127-133，159 页。

J. 希里斯·米勒：《世界文学面临的三重挑战》，生安锋译，载《探索与争鸣》2010 年第 11 期，第 8-10 页。

克里斯托弗·普伦德加斯特：《协商中的世界文学》，赵文译，载《后马克思主义读本：文学批评》，张永清、马元龙主编，北京：人民出版社，2011 年，第 21-42 页。

劳伦斯·韦努蒂：《翻译研究与世界文学》，王文华译，载《世界文学理论读本》，大卫·达姆罗什、刘洪涛、尹星主编，北京：北京大学出版社，2013 年，第 206-207 页。

雷内·韦勒克:《批评的概念》,张今言译,范景中主编,杭州:中国美术学院出版社,
1999 年。

梅丽莎·丁斯曼、弗兰科·莫雷蒂:《人文研究中的数字:弗兰科·莫雷蒂访谈》,向俊译,
载《山东社会科学》2017 年第 9 期,第 32-37 页。

尼克·鲍姆巴赫、戴蒙·扬、珍妮弗·余:《重访后现代主义——弗雷德里克·詹姆逊访
谈录》,陈后亮编译,载《国外理论动态》2017 年第 2 期,第 1-13 页。

乔纳森·阿拉克:《盎格鲁——全球忭?》,赵文译,载《后马克思主义读本:文学批评》,张
永清、马元龙主编,北京:人民出版社,2011 年,第 70-81 页。

伊曼纽尔·沃勒斯坦:《沃勒斯坦精粹》,黄光耀、洪霞译,南京:南京大学出版社,2003 年。

赵薇:《从概念模型到计算批评:数字时代的"世界文学"研究》,载《中国比较文学》2019 年
第 4 期。

新世界文学与"语文学的崩塌"

郝　岚^①

内容提要：始自 20 世纪 90 年代的"新世界文学"理论显现出"语文学的崩塌"：多语种能力丧失，不再用"民族"和"语言"来界定文学，热衷翻译文本的现象学研究，等等。这与世界文学认识论从二元到多元的转变有关，也与稳定的、本质主义的世界文学观念瓦解联系。

关键词：新世界文学　语文学　认识论　本体论

Title：The New World Literature and "Philological Bankrupt"

Abstract：Since the beginning of the 1990s', the theory of New World Literature has shown the "Philological Bankrupt"：loss of multilingualism，literature is no longer defined by nationality and language，and paying more attention to the translated text as a phenomenological ontology，etc. This is related to the transformation of the epistemology of world literature from dualism to pluralism，and also due to the disintegration of the stable and essentialist value of world literature.

Key words：The New World Literature；philology；epistemology；ontology

从 20 世纪 90 年代中期开始，关于"世界文学"的讨论热度重燃。它看似是一个旧概念，却蕴含了一个新范式，不仅折射了比较文学在全球化时代的危机应对，也反映了人文学科重要的观念变化。正如加州大学伯克利分校华裔比较文学学者谢平（Pheng Cheah，也译谢永平）在其专著《何谓一个世

---

①　郝岚，天津师范大学文学院、跨文化与世界文学研究院教授，博士生导师，研究兴趣为语文学、世界文学理论、翻译研究等。

界? 作为世界文学的后殖民文学》(*What is a World*?: *on Postcolonial Literature as World Literature*)第一章标题所言,这已经是一个"新世界文学"(The New World Literature),因为"在过去 20 年里,全球化的加剧导致文学研究重新创造了比较文学学科与世界文学子领域的争论,它是以伦理上对文化差异和当代地缘政治复杂性的敏感为形式的"(184)。尽管谢平以后殖民角度展开的论题仍有可商讨之处,但是他对全球化时代"新世界文学"的判断是准确的。

新世界文学出现的时间点,是一系列学术事件的发生点:杰拉尔·卡迪尔(Djelal Kadir) 在 1991—1997 年担纲编辑《今日世界文学》(*World Literature Today*)①,他通过发表不同国别与族裔的当代小说,将后殖民主义视角有效纳入了世界文学,这是一个重要开端,艾米丽·阿普特(Emily Apter)认为这使得新的世界文学讨论已经可以称之为"文学批评和学术人文的学科聚焦点(a disciplinary rallying point)"(1)。接踵而至的是,1999 年法国学者帕斯卡尔·卡萨诺瓦(Pascale Casanova)的著作《文字的世界共和国》(*La République mondiale de las Lettres*)法文版出版,但真正引起世界性讨论还是在 2004 年它的英译本纳入萨义德主编的丛书时,书中对"世界文学空间"、"文学的格林尼治"、边缘与中心等概念的社会学讨论方法至今仍然是文学和文化研究的讨论热点;2003 年大卫·丹穆若什(David Damrosch)《什么是世界文学?》(*What is World Literature*?)甫一面世,其"世界文学"的三重定义就被广泛征引;2004 年克里斯托弗·普伦德加斯特(Christopher Prendergast)编辑的文集《世界文学论争》(*Debating World Literature*)中对卡萨诺瓦的书以及 2000 年意大利裔美国学者弗朗哥·莫莱蒂(Franco Moretti)的论文《世界文学猜想》("Conjectures on World Literature")进行了批评与讨论;2008 年丹麦学者梅兹·汤姆森(Mads Rosendahl Thomsen)《图绘世界文学——国际经典与翻译的文学》(*Mapping World*

---

① 《今日世界文学》(*Word Literature Today*)是英语世界中历史最悠久的一份世界文学类杂志,1927 年创办于美国俄克拉荷马大学。该杂志主要刊登各语种的当代文学作品英译和评论。该杂志每两年一届评选"诺斯塔特国际文学奖"(Neustadt Prize),甚至有"美国的诺贝尔文学奖"之称;每年举行"普特博学术研讨会"(Puterbaugh),这两项活动在世界文学界都有一定影响。

Literature：*International Canonization and Transnational*）以英文出版；2008 年
12 月在伊斯坦布尔,哈佛大学大卫·丹穆若什教授与诺贝尔文学奖获得者土
耳其作家奥罕·帕慕克(Ferit Orhan Pamuk)展开对话,由此名为"介于两者之
间的世界文学"会议拉开序幕；2011 年哈佛大学"世界文学研究所"(Institute
of World Literature,简称 IWL)在北京大学与之联合举办的首次会议上成
立,该所每年暑期举行为期四周的培训项目,广泛推行和深化了"新世界文
学"在年轻学者和研究生中的影响力……此外,紧随着国际知名学术出版社
推出理论著作,著名出版社纷纷出版新的大学用书"世界文学选集"：《贝德
福德世界文学作品选》(*The Bedford Anthology of World Literature*,
2003)、《朗文世界文学作品选》(*The Longman Anthology of World
Literature*,2004 年初版,2008 年再版)以及《诺顿世界文学作品》(*The
Norton Anthology of World Literature*,2002 年初版,2018 年第 4 版),它们
不再冠之以"世界杰作"(World Masterpieces)。由此,"新世界文学"从理论、
教学到实践,在学术共同体、大学机构和出版行业合力下,异军突起。"新世界
文学"的兴起,无论对比较文学还是当代人文学科,都具有重要的典范意义,因
为借由它,可见 20 世纪末以来,全球化为社会科学和人文学科带来的范式
转换。

众所周知,"范式"(paradigm)一词来自托马斯·库恩(Thomas Samuel
Kuhn)的《科学革命的结构》(*The Structure of Scientific Revolutions*),尽
管那是一本科学哲学著作,但他的方法是历史主义的。1968 年库恩在一次
演讲中特别强调过："站在这里的是一位真正的历史学家……需要注意的
是,我一直是美国历史学会的会员。"("The Relation" 3)因此"范式"的转换
对于描述人文学科关键时期的变化也具重要的启发。请注意,库恩的历史
主义,应该与后来"新世界文学"学者对奥尔巴赫(Erich Auerbach)《世界文
学的语文学》("The Language and Literature of World Literature")一文中
的历史意识和人文价值的重视联系起来；我们也应该理解到,弗朗哥·莫莱
蒂在他著名的图表式的宏观世界文学猜想中引入进化论,也是别具深意的,
因为进化论的确打破了一个神创的、凝固的、目的论的自然世界,但某种意
义上,进化论就是生物学界的历史主义。库恩一直没有明确说明"范式"的
具体定义,但无疑在他的体系中,范式就是一整套规则的制定,意味着一套

新的认识论和方法论，一种新的观测研究对象的尺度和方向。

一、"语文学的崩塌"

随着全球化的深入和加剧，新世界文学无法再将语言或民族文学作为认识世界文学的"单元观念"或者最小单位。早期比较文学学者的多样语言能力在新世界文学这里，看上去减弱不少，这被新世界文学理论家称为"语文学的崩塌"①。对原初文字的文本不再有本质主义的追求，因此"新世界文学"比以往任何时候都更注重翻译文学的研究："世界文学是从翻译中获益的文学。"而这里的翻译研究也不再更多关注源语文本与目标语文本之间的差异，而是将翻译作为现象学问题来认识和理解。这与它的认识论变革有关。

语文学（Philology）来源于希腊语，意思为"爱语言"，它专注于用原语言对文本进行阅读、分析与批评。在世界文学研究的旧范式里，语言如同牛顿的数学，是基本的方法论。过去的"世界文学"，无论其定义如何，都需要阐释它与"民族文学"（national literature）的关系。世界文学的基本划分单位，是由语言区分的民族文学，因为从赫尔德开始，"民族语言"构成相互平等的、各自有价值的"民族文学"。它的核心是伴随着 18 世纪兴起的西方现代"语文学"传统。在 19 世纪语文学研究中，早年的"历史比较语言学"注重民族的正统、语言的纯粹、文化的原始和"童年"状态，因此构拟了"原始印欧语系""雅利安童年"。在此之后，因为比较语文学被纳粹分子、民族主义和种族主义者利用，这一构拟被萨义德在《东方主义》和贝尔纳在《黑色雅典娜》中进行了抽丝剥茧的批判，语文学开始变得臭名昭著。但新世纪西方人文学界有一个"回归语文学"的热潮②，令文学研究界在理论热之后，重新思考回归原语言和文本的价值。

诺夫乔伊提示我们，"在处理各种哲学学说的历史时……，把它们分解

---

① 该词来自 2011 年大卫·丹穆若什与斯皮瓦克对话中所谈到的当今世界文学面临的三个问题之一，其他两个是文化上的灭绝、与全球资本主义霸权的合流。

② 具体参见沈卫荣：《回归语文学》（上海：上海古籍出版，2019 年）第一章、第二章。

成它们的组成成分,即分解成可称为单元——观念(unite-ideas)的东西"
(1),这样有利于看清它们的组成。"语言""民族",就是早期"世界文学"的
"单元观念"。早期的世界文学,基本的"单元"是"民族语言""民族文学",比
较文学学者的看家本领,本来就是多语种的语文学的功力,世界文学早期研
究者基本的学术要求便是具有多种语言能力,他们多是基于欧洲语言特别
是罗曼语专长的语文学者,直到 20 世纪中叶仍然占据比较文学与世界文学
研究界的主流:如奥尔巴赫、库尔提乌斯、斯皮泽,他们注重语言、修辞和文
体的研究。用今天的眼光批判性考察,起源于 18 世纪的"世界文学"无论如
何都是以欧洲为中心的一系列研究。斯皮瓦克(Gayatri C. Spivak)犀利地
指出,连歌德采用的也是"帝国主义式的反帝国主义的立场",她说这和雷
蒙·威廉斯(Raymond Henry Williams)所称的"布鲁姆斯伯利小团体"
(Bloomsbury Fraction)没区别(472)。然而随着全球化的加剧与深入,不仅
"语言"无法分类和涵盖所有文学,连"民族"都不再具有普遍性和有效性,因
此对"新世界文学"的认知出现许多新的"单元观念":如性别、族裔、流
散……在世界文学旧范式中,"法语文学""德语文学""英语文学"仍然是有
效和传统的分类方式,但在新世界文学的范式中,受后殖民理论的影响,认
识论上的多元化、混杂性、不可译性等问题受到关注,如艾米丽·阿普特的
书《反对世界文学:论不可译性的政治之维》(*Against World Literature:On
the Politics of Untranslatability*)。过去拘泥于使用一种纯粹语言做文学
分类的方法也不再有效,于是出现"克里奥尔化"(creolization)、英语语系
(Anglophone)、法语语系(Francophone)、华语系(Sinophone)等文学跨越性
地重新界定与分类。正因新的世界文学观念打破了旧的"单元观念"——民
族和语言,因此斯皮瓦克认为新世界文学的思路在"拆解旧的比较文学的局
限以及国别文学的自大"方面非常有效(477)。

美国当代著名梵语和南亚语文学家谢尔登·波洛克(Sheldon Pollock)
在重新阐发古老语文学的价值和精神上,功劳卓著。他曾在 2010 年美国比
较文学学会(ACLA)新奥尔良会议上作为特邀嘉宾发言,名为《世界性的比
较》("Cosmopolitan Comparison"):他批评比较文学专家的多语种能力和语
文学素养在减弱,用数据说明,美国绝大多数文学研究都是 1800 年至 1960
年期间的英语、法语和德国文学,研究和学习边缘的、古老的、东方语言的人

越来越少，"比较文学会失去文学，某种意义上正在失去，因为我们失去了语言的途径。（Comparative Literature can lose，is in some cases actually losing，access to literature because we are losing access to language.）"苏源熙（Haun Saussy）在2017年出版的美国比较文学十年报告中撰文《比较文学：下一个十年》，其中谈到以上波洛克对比较文学的"责骂"（scolding），指出"以翻译为主的世界文学，通过放宽语言要求和相应的文化信息，来适应新的秩序"（26）。新世界文学在语文学上的背离、多语种能力的丧失，正在于新范式下认识论的多元，不再执着和迷恋原语言的文本魅力，这当然是值得警醒的。

诺夫乔伊认为比较文学与观念史一样，表达了"由于各种民族和语言造成的对文学以及别的历史研究的传统划分所产生的各种结论的抗议"；在文学史研究上，依据语言分科是"认识到专门化之必要性的最好方式，而这却远非是自明的。现存的划分的图式部分地说是种历史的偶然事件，是大多数外国文学教授基本上作为语言学大师这种时代的一种遗风。一旦文学的历史研究被设想为一种彻头彻尾的关于因果过程的研究——甚至是某种关于故事迁移的相当琐碎的研究时，它就必定会不再顾及这种民族和语言的界限了，因为没有什么比不顾那些界限而去研究大部分过程更为确定的了"（18）。诺夫乔伊所言，正是现代大学制度中，院系设置多数从语种和民族文学系开始的依据，这也是早期比较文学和世界文学需要多语种能力、要跨越国别文学的制度化基础。

二、翻译与认识论

由于对源语文本语言不再有"神学"的崇拜，"新世界文学"尤其注意翻译问题。劳伦斯·韦努蒂（Lawrence Venuti）掷地有声地说："没有翻译，世界文学就无法进行界定……所谓世界文学与其说是原文作者创作出来的作品，还不如说是翻译过来的作品。"同样，"翻译深化了当前世界文学的概念"（203—204）。由于比较文学与世界文学的旧范式是二元论的，在二元世界里，优秀学者必须阅读源语文本，但是当认识论变得多元时，每一个译本的价值无须完全依附在源语文本上，它是自足的，这也是为什么新的翻译研究非常热爱瓦尔特·本雅明（Walter Benjamin）的《译者的任务》（*The Task of the Translator*）中"译作是原作的来世"的判断。值得注意的是，1993 年苏珊·巴斯奈特（Susan Bassnett）为翻译研究这个"比较文学的穷亲戚"翻案的时间，与"新世界文学"兴起的 20 世纪 90 年代是同步的，巴斯奈特振聋发聩地指出"应当将翻译研究视为一门主要的学科，而把比较文学看作一个有价值但是辅助性的研究领域"时（157－185），恰恰是因为她敏锐感知到了范式的变化，虽然她所言的翻译研究并未"反客为主"，但是的确通过比较文学的学科增长点——"新世界文学"——获得了更多关注，从而进入了新世纪更广阔的天地。

汤普森（Mads Rosendahl Thomsen）在美国比较文学学会 2017 年报告中谈到比较文学的新世界文学转向："向世界文学的转变是有意义的，它强调了多种语言阅读的意愿，并呼吁以一种较少依赖民族框架的方式思考比较的新方法……，没有一个公认的世界文学，但有许多方法可以使这些差异发挥作用……，这在未来将变得更加重要。"①

世界文学的认识论，在于它怎样区分和建构它的知识对象。旧与新世界文学认识论的变化，就是从二元到多元。作为比较文学的相关领域，新世界文学的认识论多元性，已经在美国比较文学协会的两份报告主题中有所体现：伯恩海默 1995 年出版的《多元文化时代的比较文学》及苏源熙后来主持的《全球化时代的比较文学》（2006）。经过 20 年推动，世界文学的中心对象努力突破原有的西方中心主义，既包括异质文化的非欧洲传统文学，也包括那些过去不受重视的边缘群体的文学。

中国学者方维规曾批评莫莱蒂的世界文学观念"在认识论层面，他基本上显示出二元对立的思维模式"，他"所理解的并不是歌德的世界文学，在某种程度上他们也不符合马克思、恩格斯的思想观"（3）。对他的后半句判断笔者表示赞同，但对他所言的"二元"论持保留意见。在笔者看来，莫莱蒂只

---

① 汤普森继续了他在《图绘世界文学》中的社会学方法，对世界文学的地方性、世界声名进行了分析。本处引文参见 Mads R. Thomsen. "World Famous, Locally: Insights from the Study of International Canonization." *Futures of Comparative Literature: ACLA State of the Discipline Report*. Ed. Ursula K. Heise. London, New York: Routledge Taylor & Francis Group, 2017, 119.

是用抽象方式简化了他的论述,他的"新世界文学"认识论是多元的,"间性"、网状、动态的。因为莫莱蒂在《世界文学猜想》一文中恰恰批评了詹姆逊对柄谷行人的"二元的"批判,他使用了"三角关系",而且强调"单一而不平等的文学体系在此不是一个简单的外在网络,它不在文本之外:而是深深嵌入文本形式之中"(1)。莫莱蒂是非常具有代表性的"新世界文学"理论家,他的观念是个极佳样本,特别是他的方法论构想,更为人文学科带来新气象。

过去我们认为,范式转换改变的只是研究者对观察的诠释而已,而观察本身却是永恒不变的,但是库恩引用了当时流行的格式塔视错觉现象,解释说,无论是观察行为本身、观察所得数据,以及对数据和现象的解释,其实都是变化了的。这"实际上是一个始自笛卡儿,并与牛顿力学同时发展的哲学范式的一个基本部分……,今天在哲学、心理学、语言学甚至艺术史等领域的研究,都显示出这个传统范式不知怎么出了问题"(库恩 102)。牛顿凭借他的《自然哲学的数学原理》一书,建立了一套数学语言解释这个世界,工具就是试验和数据,这完全改变了过去使用思辨解释自然的方式,由此,近代科学产生,自然哲学退下历史舞台,而哲学自此与科学分家,"沦落"为人文学科。笛卡儿推崇分析和综合的方法论,关注主体的"自我",崇尚理性和科学进步观,认同数学方法对世界和自然的解释。数学方法对于自然科学,就如同语言对于文学,都是该学科认识知识对象的最基本单位。牛顿和笛卡儿哲学有着很多差异,但是对理性和确定性的坚信,都让我们关注到,他们思想的底色是一致的线性因果论和决定论。然而,库恩坦言:这个传统范式出了问题。因此,"新世界文学"认识论的多元,不过是与它的非本质主义相匹配的,这和库恩所言,自然科学中非确定性和非决定论一脉相承。当语言代表的民族文学消散,将"翻译文学"视为现象学本体的"新世界文学"便成为题中应有之义。

三、超越本体论的"新世界文学"

"语文学的崩塌"对应的是新世界文学的本体论改变:作为稳定的、本质主义的、一套文本构成的"世界文学"瓦解了;新世界文学更多指的是关系、是网络,是过程性的"发生";它表现在对旧的经典文本的拒绝阅读或反叛,也表现在研究成果命名的动名词化或进行时态,要点在彰显"新世界文学"生成中的状态。

"世界文学"是起源于 18 世纪的概念,用于处理越来越丰富的、广袤的、不同民族的精神产品。歌德的前期先行者、后期追随者,用"世界文学"进行"想象"或者"命名"这个集合体,其中也蕴含了对它们彼此间的异同与联系的理解。新一代的学者,又用各自新的角度和多元的方式,让这个术语重新焕发了活力,但是它与先前的概念完全不同了,因为"新世界文学"发生了"范式"转换。

弗朗哥·莫莱蒂在他 2006 年的文章《进化论、世界体系、世界文学》中认为"'世界文学'术语已有近二百年的历史,但我们依然不知道何谓世界文学……,或许,这一个术语下一直有两种不同的世界文学:一种产生于 18 世纪之前,另一种比它晚些"。透过新的世界文学的范式,莫莱蒂发现了其中的秘密:"第一种世界文学是单独的马赛克(separate mosaic),由不同的'当地'文化编织而成,有鲜明的内在多样性,常常产生新形式;(有些)进化理论能够很好地解释这个问题。……第二种世界文学(我更愿意称之为世界文学的体系)由国际文学市场合为一体;有一种日益扩张、数量惊人的同一性;它变化的主要机制是趋同;(有些)世界体系模式能解释这个问题。"(120)莫莱蒂用"旧工具"透过新的世界观,发现了过去的新问题。

某种意义上说,新、旧世界文学范式与时间早晚的关系不大。1952 年,德裔语文学家奥尔巴赫在弗里茨·施特里希七十寿辰的纪念上发表了著名的《世界文学的语文学》。文中,奥尔巴赫提醒人们,"世界文学的领域……是人类成员之间丰富交流的结果",如果消除了各民族的多样性成为"标准化的世界""只有少数几种甚至唯一一种文学语言,那么世界文学的概念在实现的同时又被破坏了"(80-81)。尽管艾米丽·阿普特批评美国比较文学不应该起源于奥尔巴赫,而应该是同时期流亡伊斯坦布尔,主动学习了东方语言的斯皮泽①,但她的批评不足为训,因为在警惕文化霸权主义的"单一

---

① 艾米丽·阿普特:《伊斯坦布尔、1933,全球翻译》,莫亚萍、张晓华译,载《比较文学与世界文学》2013 年第 1 期。

的文学文化"、鼓励世界文学的多元化、历史主义视角和人文价值上,奥尔巴赫对"世界文学"的想象比斯皮泽用文体著作讨论、个人语言学习所证明的东西,影响要深远得多。因此"新世界文学"的研究者,在各类讨论中反复征引他,在相关文选上不断阐释他,重新发现了奥尔巴赫"世界文学"理论继承的从维柯以来的人文主义价值①。

与此相对,"世界文学"若仍然只是被理解成 N 种经典文本的集合,是"各民族文学的总和",则仍然是旧范式的。即使已是 1993 年,哈佛大学著名学者、前比较文学系主任克劳迪奥·纪廉(Claudio Guillen)面对已经初露端倪的"世界文学"讨论,充满不解,他惊叹"世界文学"是"过于宽泛的概念,让人无从说起"(38)。2003 年,丹穆若什在他的《什么是世界文学?》中对他的这位哈佛比较文学系前任主任委婉地进行了批评,他说"纪廉的反对看上去很有道理,但是很难说一针见血",就像世界上的"昆虫"这个词,你不需要被所有昆虫咬个遍,也必须承认这个词的有效性(5)。纪廉还没有意识到,在"新世界文学"范式中,世界文学不再是所有民族文学大师之作数量庞大的集合体,不是一套符合理念的优秀的作品集,因为作为一种本体论,稳定的、本质主义的"世界文学"瓦解了。

在"新世界文学"这里,首先是对旧时代经典的反叛:莫莱蒂大胆地说,首先是不读原有的某些作品,拒绝狭窄的、细读的经典,因为仅仅严肃对待有限的极少文本,是"神学训练",我们应该学习怎样不读它们(126);在帕斯卡·卡萨诺瓦那里,这是一个"文学的世界共和国",它的模式"与被称作世界化(或'全球化')的平静模式是相反的",它"通过否认、宣言、强力、特定革命、侵吞、文学运动等方式,最终形成世界文学"(6-7);柯马丁(Marting Kern)以中国的《诗经》为例,谈到:"如果我们仅关注杰作,就会再次制造出自歌德起,世界文学一直在抗争的正典性(canonicity)和霸权问题。"(30)于是"世界文学不是一个对象,而是一个问题,一个需要用新的批评方法加以解决的问题"(弗朗哥 125);关于它的定义也要有三重,而它最重要的是"一种阅读模式"(丹穆若什 309)。

---

① 关于奥尔巴赫在美国比较文学中的多重引述和复杂影响,参见拙文郝岚:《被引用的奥尔巴赫——〈摹仿论〉的比较文学意义》,载《外国文学研究》2015 年第 3 期。

　　"新世界文学"是关系、是网络,是过程性的"发生"。丹穆若什说:"与其说这世界是一套套的作品,不如说是一个网络。"(4)德国学者马蒂亚斯·弗莱泽(Matthias Freise)认为,"可以用关系取代本质主义视角来观察作为现象的世界文学。我认为,世界文学必须作为一种网状关系,而非一组客观对象""关注其过程性",因为"世界文学并不存在,而是在发生"(174)。

　　与此相关的研究成果名称,要么是将名词动词化,要么是动词进行时的,目的无非都是要表示生成中的状态:2020 年丹穆若什新书《比较中的文学:全球化时代的文学研究》(*Comparing the Literatures：Literary Studies in a Global Age*),他刻意将不可数的"literature"硬加了复数,足见他要表达多样的文学、比较进行着的状态。该书开篇导语就祭出美国比较文学学会前主席哈利·列文与他妻子在 1968 年的一段故事,丹穆若什想借此书,回答列文夫人的问题——你们这些人在干什么?"至于我们自己,我们应该怎样去经营比较主义者今天的贸易? 我们怎样才能最好地解决现在许多不同的文学在文学研究中发挥的作用,我们真正说的'比较'(comparing)到底是什么意思?"(1)

　　西奥·德汉(Theo D'Haen)2016 年也有一篇文章名为《世界化世界文学》("Worlding World Literature"),他的意思是说因为过去的世界文学都是以欧洲为焦点的,"世界文学"必须是"同'世界'其他文学相关联的对象"(14)。而丹麦学者汤姆森同样也使用了一个正在进行的时态命名自己的著作:《图绘世界文学》(*Mapping World Literature*),从副标题可以看到,他要为"国际经典化和跨国文学"绘制图谱①。

　　约翰·霍布金斯大学的哲学与概念史教授阿瑟·诺夫乔伊(Arthur Oncken Lovejoy)在 1929 年出版《存在巨链:对一个观念的历史的研究》一书中认为,观念是影响人们的"想象力和情感以及行为"的,"因为对文学史的兴趣大多是作为观念运动的一种记录",有时候它们不明显,甚至文学史家也不能注意到,但它"改变了形态",是"淡化的哲学观念",是"被伟大的哲学观念撒播的种子中成长起来的""当我们希望发现一代人的内心思想时,我

---

① Thomsen Mads Rosendahl, *Mapping World Literature：International Canonization and Transnational Literatures*, New York：Contiuum,2008.

们必须考察文学,特别是在它的较为具体的形式中进行这种考察"(17)。诺夫乔伊让我们理解,何以"新世界文学"理论形式的改变不仅属于比较文学领域的大事件,也是当代重要的哲学观念的表征,是全球化时代,人文学界思想的变化。

库恩认为,"范式一改变,这世界本身也随之改变了",有了新范式指引,研究者就会"采用新工具,注意新领域",其至"用熟悉的工具去注意以前注意过的地方时,他们会看到新的不同的东西"(94)。这句话,对理解"新世界文学"尤其有启发,因为"世界文学"看似是一个旧工具,但是认识仍然有新发现,因为世界观改变了。

四、余论

2004 年斯皮瓦克在她的《一门学科之死》中谈到"全球化",就是"在电子资本的方格中,我们实现了将那抽象的球用经线和纬线彻底地覆盖,同时,还用一些虚拟的线条将其拦腰斩断。那里曾一度绘着的是赤道、北回归线以及诸类如此的线条,如今,这些已经被地理信息系统的要求所占据",她建议用星球(Planetary)来称呼这个集合体,"运用一种未经验的环境主义论,联系到一种未经分割的'自然空间',而非一个分化了的政治空间",星球是"他异性(alterity)的类型,它属于另一种体系。尽管我们居住在它的上面,但那只是借住……"(90)。斯皮瓦克的"星球"文学最终没有获得知识共同体对"世界文学"这一概念的赞誉和热情,但内在动力都是来自对全球化时代,想要描绘文学多样性中一个集合概念新范式的动力。

需要澄清的是,范式转换,并非新的就比旧的好,它不是"进步主义"的——新旧范式之间,不是优劣之别,而是观察角度不同。库恩认为在范式转换和革命之中,新的思想和概念无法与旧的思想和概念严格比较,形成"不可通约性",因为即使同样的词汇,含义也截然不同,并非因为这是一种本质主义的"真",而是因为世界观的转变①。因此,即使都是面对同一历史

① 参见托马斯·库恩:《科学结构的革命》第十章,金吾伦等译,北京大学出版社,2003 年。

时期、同一批次的文化交流现象,世界文学的理解要点各有不同,这并非对错之分、好坏之别,因为不存在一个能适用所有领域和现象的观察范式,"新世界文学"如同一束光,只是照亮某一块区域。但换个角度说,这难道没有"相对主义"之虞?

但如果研究者借用翻译文本研究世界文学,还安之若素;如果所有的文学都摆上世界文学的"圆桌",知识阶层拒绝做出价值判断,坚决不告诉读者哪些更好、文体上更完善、技巧上更成熟,这种"百科全书式的世界文学",一定也带着多元文化主义的"肤浅"和相对主义的弊端。

尽管有各种批评的声音,新世界文学还是意义巨大的,不仅是在范式意义上,还有让我们看到比较文学"学科之死"后,新的学科增长点,学者们求同存异的讨论,对共同理论问题的关注,让分裂的世界重新有了对话的可能。

参考文献

Apter, Emily. *Against World Literature: On the Politics of Untranslatability*. London, New York: Verso, 2013.

Bassnett, Susan. *Comparative Literature: A Critical Introduction*. Trans Zha Mingjian. Beijing: Peking University Press, 2015.

Cheah, Pheng. *What is a World?: On Postcolonial Literature as World Literature*. Durham, NC: Duke University Press, 2016.

Casanova, Pascale. *La République mondiale des Lettres*. Trans. Luo Guoxiang. Chen Xinli and Zhao Ni. Beijing: Peking University Press, 2015.

Damrosch, David. *Comparing the Literatures: Literary Studies in a Global Age*. Princeton: Princeton University Press, 2020.

D'Haen, Theo. "Worlding World Literature." *Recherches littéraires/Literary Research* 32(2016):7-23.

Fang Weigui. Forword. "What is World Literature?" *Ideas and Methods: World Literature Between the Local and the Universal*. Ed. Fang Weigui. Beijing: Peking University Press, 2016.

Freise, Matthias. "Four perspectives of world literature-reader, author, text and system." Trans. Zhang Fan. *Ideas and Methods: World Literature Between the*

Local and the Universal. Ed. Fang Weigui. Beijing: Peking University Press,2016, p. 174-185.

Guillen, Claudio. *The Challenge of Comparative Literature*. Trans. Cola Franzen. Cambridge: Harvard University Press,1993.

Kern, Martin. "Who Decides 'Masterpiece United Nations'?" Trans. Han Xiaoyi. *Ideas and Methods: World Literature Between the Local and the Universal*. Ed. Fang Weigui. Beijing: Peking University Press,2016, pp. 28-32.

Kadir, Djelal. "Comparative Literature in an Age of Terrorism." Trans. Ren Yiming. et al. *Comparative Literature in an Age of Globalization*. Ed. Haun Saussy. Beijing: Peking University Press,2015, pp. 86-96.

Kuhn S. Thomas. "Theory-change as Structure-change: Comments on the Sneed Formalism." *Erkenntnis*. 10. 2(1976):179-199.

Kuhn S. Thomas. "The Relation Between the History and Philosophy of Science." *The Essential Tension: Selected Studies in Scientific Tradition and Change*. Ed. Lorenz Kruger. Chicago: University of Chicago Press,1977, pp. 3-20.

Kuhn S. Thomas. *The Structure of Scientific Revolutions*. Trans. Jin Wulun and Hu Xinhe. Beijing: Peking University Press,2003.

Lovejoy, Arthur O. *The Great Chain of Being: A Study of The History on an Idea*. Trans. *Zhang Chuanyou and Gao Bingjiang*. Jiangxi: Jiangxi Education Press,2002.

Moretti, Franco. "Evolution, World-Systems, Weltliteratur." *Studying Transcultural Literary History*. Ed. Gunilla Lindberg-Wada. Berlin: de Gruyter,2006, pp. 113-121.

Moretti, Franco. "Conjectures on World Literature." *Theories of World Literature: A Reader*. Eds. David Damrosch. Liu Hongtao and Yin Xing. Beijing: Peking University Press, 2013:123-135.

Moretti, Franco. "More Conjectures." *Theories of World Literature: A Reader*. Eds. David Damrosch. Liu Hongtao and Yin Xing. Beijing: Peking University Press, 2013, pp. 136-142.

Saussy, Haun. "Comparative literature: the next ten years." *Futures of Comparative Literature: ACLA State of the Discipline Report*. Ed. Ursula K. Heise. London & New York: Routledge Taylor & Francis Group,2017, pp. 24-29.

Saussy, Haun. "By Land Or Sea: Models of World Literature." Trans. Qu Huiyu.

Journal of TianJin Normal University(*Social Sciences*) 3(2021):110-115,122.

Sheldon，Pollock."Cosmopolitan Comparison." April，2010. 7 December，2020. 〈https://shedonpollock.org/archive/pollock_cosmopolitan_2010.pdf〉.

Thomsen Mads Rosendahl. *Mapping World Literature*：*International Canonization and Transnational Literatures*. New York：Contiuum，2008.

艾里希·奥尔巴赫:《世界文学的语文学》,载《世界文学理论读本》,大卫·达姆罗什、刘洪涛、尹星主编,北京:北京大学出版社,2013 年,第 79-89 页。

艾米丽·阿普特:《伊斯坦布尔、1933,全球翻译》,莫亚萍、张晓华译,载《比较文学与世界文学》2013 年第 1 期,第 139-152 页。

大卫·丹穆若什:《什么是世界文学?》,查明建、宋明炜译,北京:北京大学出版社,2014 年。

弗朗哥·莫莱蒂:《世界文学猜想》,载《世界文学理论读本》,大卫·达姆罗什、刘洪涛、尹星主编,北京:北京大学出版社,2013 年,第 123-135 页。

弗朗哥·莫莱蒂:《世界文学猜想(续篇)》,载《世界文学理论读本》,大卫·达姆罗什、刘洪涛、尹星主编,北京:北京大学出版社,2013 年,第 136-142 页。

柯马丁:《谁来决定"杰作联合国"? 由张隆溪教授的演讲所想到的》,韩潇怡译,载《思想与方法:地方性与普世性之间的世界文学》,方维规主编,北京:北京大学出版社,2017 年,第 28-32 页。

劳伦斯·韦努蒂:《翻译研究与世界文学》,载《世界文学理论读本》,大卫·达姆罗什、刘洪涛、尹星主编,北京大学出版社,2013 年,第 203-211 页。

马蒂亚斯·弗莱泽:《世界文学的四个角度——读者,作者,文本,系统》,张帆译,载《思想与方法:地方性与普世性之间的世界文学》,方维规主编,北京:北京大学出版社,2017 年,第 174-185 页。

诺夫乔伊:《存在巨链——对一个观念的历史的研究》,张传有、高秉江译,南昌:江西教育出版社,2002 年。

帕斯卡尔·卡萨诺瓦:《文学世界共和国》,罗国祥、陈新丽、赵妮译,北京:北京大学出版社,2015 年。

沈卫荣:《回归语文学》,上海:上海古籍出版社,2019 年。

加亚特里·查克拉沃蒂·斯皮瓦克:《一门学科之死》,张旭译,北京:北京大学出版社,2014 年。

苏珊·巴斯奈特:《比较文学批评导论》,查明建译,北京:北京大学出版社,2015 年。

苏源熙:《陆地还是海洋:论世界文学的两种模式》,曲慧钰译,载《天津师范大学学报》(社会科学版)2021 年第 3 期,第 110-115 页、122 页。

苏源熙:《新鲜噩梦缝制的精致僵尸——关于文化基因、蜂房和自私的基因》,载《全球化时代的比较文学》,任一鸣等译,北京:北京大学出版社,2015 年,第 3-53 页。

托马斯·库恩:《科学结构的革命》,金吾伦等译,北京:北京大学出版社,2003 年。

多语种、跨文化的以色列文学：
新世纪第二个十年回顾

钟志清[①]

内容摘要：以色列是个多民族国家，既以犹太人为主体，又同时拥有百余万阿拉伯人和大量来自欧洲、中东、北非、俄罗斯等多个国家与区域的移民，拥有不同的文化传承与文学遗产，在文学创作上也表现出强烈的多语种属性与跨文化特征。尤其在全球化已成定式的 21 世纪的第二个十年，这些特征体现得更为突出。本文尝试从主流文学、阿拉伯作家和俄罗斯移民作家的创作，来审视这些特征。

关键词：以色列文学　多语种　跨文化

Title：Multilingual and Cross-Cultural Israeli Literature：A Review of the Second Decade of the New Century

Abstract：Israel is a multi-ethnic country, mostly consisting of Jews, but also home to over a million Arabs and a large number of immigrants from Europe, the Middle East, North Africa, Russia, and other countries and regions. This diversity brings forth a rich tapestry of cultural heritages and literary legacies, giving rise to literature that exhibits a strong multilingual attributes and cross-cultural characteristics. These characteristics have become even more prominent in the second decade of the 21st century, a period marked by the entrenched nature of globalization. This article aims to examine these characteristics by exploring mainstream

---

①　钟志清，中国社会科学院外国文学研究所研究员，北京大学东方文学研究中心特聘研究员，研究兴趣为希伯来文学、以色列文学与文化。

literature and the works of Arabic authors and Russian immigrant writers.

Key words：Israeli literature；multilingual；cross-cultural

以色列虽是以犹太人为主体的国家，但拥有一百多万阿拉伯人、一百多万俄罗斯移民以及来自欧美、中东、北非等多个国家和区域的移民，拥有不同的文化传承与文学遗产，在文学创作上也表现为强烈的多语种属性与跨文化特征。尤其在全球化已成定式的 21 世纪，这些特征体现得更为突出，主要可以概括为以下几点。首先，作家队伍的多元构成。新世纪的以色列作家既包括犹太作家，也包括阿拉伯裔作家；既包括本土以色列犹太人和阿拉伯人，也包括来自世界各地的移民。其创作语言并不单一，而是呈现出希伯来语（主体语言）和其他族裔语言（阿拉伯语、俄语等）并存的态势；其文学内容既反映了对以色列或犹太身份的寻找与构建，又表现出各种文化与文明的冲突，包括移民文化与本土以色列文化、东方文化与西方文化的冲突等。其次，以色列文学本体再度发生变革。如果说 19 世纪末期与 20 世纪初期希伯来文学中心几经辗转，从欧洲转移到巴勒斯坦，在那里生根、发展与繁荣，为现代犹太民族国家的构建推波助澜；那么到了 21 世纪的文化全球化时代，以色列人身份似乎已不再局限于单一的以色列人身份，或单一的希伯来人身份。相反，他们有机会将自己塑造为世界公民，借助"背包文化"、互联网以及各种高科技手段到世界各地旅行，在多种文化混合体中寻求生存，重新建构了以色列的现实。以色列文学不再单纯阐释或批判以犹太复国主义为核心的现代犹太国家建构理念，而是在重新审视以色列国家的形成，并在延续犹太复国主义传统的基础上重新选择意象、母题、叙事类型，以及一度被犹太复国主义意识形态排除在外的反文化现象，在主体文化基础之外发展更为丰富的亚文化体系，从而形成对以色列身份的重新认知，且改写了文学与文化边界。

一、希伯来主流文学建构的坍塌与重建

以色列建国以来，其主流文学当然是用希伯来语创作、主要出自犹太作家之手的文学。21 世纪的第二个十年，可以说是以色列文学遭受重创的十

年。其间,十余位不同时代希伯来语犹太作家的领军人物离开人世。他们当中,既有享有世界声誉的阿摩司·奥兹(Amos Oz,1939—2018)、阿哈龙·阿佩费尔德(Aharon Appefeld,1932—2018);第一代、第二代本土以色列作家和诗人的杰出代表阿哈龙·麦吉德(Aharon Megged,1920—2016)、海伊姆·古里(Haim Gouri,1923—2018)、纳坦·扎赫(Nathan Zach,1930—2020)、哈诺赫·巴托夫(Hanoch Bartov,1926—2016)、约书亚·卡纳兹(Yehoshua Kanaz,1937—2020)、约拉姆·卡尼尤克(Yoram Kaniuk,1930—2013)、伊扎克·奥帕斯(Yizhak Orpas,1921—2015)、阿玛利亚·卡哈纳·卡蒙(Amalia Kahana-Carmon,1926—2019);也有出生于20世纪50年代的优秀中青年作家娜娃·塞梅尔(Nava Semel,1954—2017)、罗妮特·玛塔龙(Ronit Matalon,1959—2017),乃至出生于20世纪60年代的阿米尔·古特弗伦德(Amir Gutfreund,1963—2015)。这些作家分别就希伯来文学中的某一特定主题,如犹太复国主义叙事、新型犹太人叙事、大屠杀叙事、东方犹太人叙事、女性叙事及希伯来诗歌的革新与探索做出过重要贡献,拥有不同程度的世界影响。他们的离去,标志着以色列建国以来当代希伯来文学的建构在一定程度上的解体。当然,他们当中有人因年事已高,在21世纪第二个十年不再有新作问世,但多数人仍然笔耕不辍。

举例来说,自伊兹哈尔(S. Yizhar)和沙米尔(M. Shamir)在2004年去世后,麦吉德成为第一代本土以色列作家的象征性标志,他从20世纪40年代开始文学创作,视角多集中在以色列社会的犹太人与在这片土地上的阿拉伯人之间的冲突,通过审视个体之间错综复杂的关系与纠葛来反映广阔的社会状况和国家变迁。同多数当代希伯来本土作家一样,麦吉德也十分关注"新犹太人",即"本土人"的命运;不同的是,他经常运用犀利的笔锋和强烈的讽刺手法,表达犹太人的睿智、人道与理想主义。他一生共有四十多部作品问世。创作于新世纪的《欲望之墓》(2013)标题取自《圣经·民数记》"贪欲之人的坟墓",以优雅、睿智、善解人意的笔法探索爱情、家庭、救赎等问题。主人公乔纳森对妻子怀有铭心刻骨的爱,但一直怀疑妻子曾背叛自己,他对妻子的渴望一再被对死亡的渴望所取代,引领读者去思考人生的意义。

阿佩费尔德和奥兹是第二代以色列希伯来语作家,或称"新浪潮作家"

的杰出代表。作为国际知名的大屠杀幸存者作家,阿佩费尔德在 21 世纪依旧勤于笔耕,创作了《强大的水域》(2011)、《直至悲伤边缘》(2012)、《我的父母》(2013)、《来自另一世界的女孩》(2013)、《令人惊奇的明朗日子》(2014)、《漫长的夏夜》(2015)、《震惊》(2017)等多部长篇小说和儿童文学作品,多数作品仍然承载着作家身为大屠杀幸存者的记忆。与以往不同的是,《来自另一世界的女孩》等作品已经将人物背景置于战时,这对惯于将创作背景置于战前与战后的阿佩费尔德来说堪称一个突破。

21 世纪第二个十年,希伯来语文坛也表现出了作家间的代际交叠。这不仅意味着在亚·巴·耶霍书亚、大卫·格罗斯曼、梅厄·沙莱夫、埃德加·凯里特、奥莉·卡斯特尔·布鲁姆、茨鲁娅·沙莱夫、艾希科尔·内沃、利亚·爱尼、伊沙伊·萨里德等在以色列和国际富有影响,并或多或少译介到中国的作家之外,还活跃着时至目前鲜为中国读者关注的一些新面孔,比如西蒙·阿达夫(Simon Adaf)、萨米·贝尔杜戈(Sami Berdugo)、西拉·布鲁姆(Hila Blum)和米哈尔·本·纳夫塔利(Michael Ben-Naftali)、盖伊·阿德等(Guy Ad)等。这些新作家,无论在作品体裁、种族、性别或宗教信仰上多少存在差异,但拥有共同的核心关切。其共同特征是具有跨文化身份,作品不再属于一种单一的民族文学文化范式。在形式上,许多作家不再创作1990 年代风行一时的中篇小说,而是致力于诗歌和长篇写实主义小说创作;而一些女作家不再创作浪漫历史小说(这一体裁在 1990 年代为许多女作家所追捧),而是致力于创作短篇小说,反映女性身份和女性权利,以及处于双重边缘地位的少数民族女性身份(Harris 1—14)。他们并非生活在真空中,在某种程度上反映出了以色列社会与政治的声音,尽管有的作家如阿德尚未得到应有的认知(Schwartz 40)。

西蒙·阿达夫虽于 1972 年出生在以色列,但父母来自摩洛哥。他不仅是位富有天赋的小说家,而且是优秀的诗人和音乐家,是新一代东方犹太作家的杰出代表。近年来曾发表《莫克斯,诺克斯》(2011)、《地下城市》(2012)(与《严霜》并称为"朱迪亚玫瑰"三部曲)、《结婚礼物》(2014)、《侦探的怨声》等五部长篇小说和一部中篇小说。2012 年因长篇小说《莫克斯,诺克斯》获以色列最高文学奖——萨皮尔奖。其作品已经被翻译成多种文字,被评论界称作当今以色列最具创造力、最出色、最富挑战性的作家之一。《莫克斯,诺克斯》这部作品中交织着两条叙事线索,一条是以色列南方小镇一个男孩暑假到基布兹工厂的工作体验,另一条是一位成功的作家与一个老女人之间的情感纠葛。小说将世俗与宗教、边陲地区与中心地带、可靠严谨与虚假放荡有机地结合了起来,标志着其创作的一个高峰。

米哈尔·本·纳夫塔利1963年生于特拉维夫,身兼作家、翻译和编辑等职,曾在耶路撒冷希伯来大学学习历史和哲学,并获牛津大学当代法国哲学博士学位。他曾在以色列和海外出版了论文集、回忆录、小说和文论,且将德里达、克里斯蒂娃、布雷顿、茨维塔耶娃等人的作品翻译成希伯来语。近年来发表回忆录《精神》(2012)、长篇小说《老师》(2015)和中篇小说集《火之装扮》(2019)。《老师》获2016年萨皮尔奖和2019年意大利Adei Wizo奖。小说主人公艾尔莎是一位受人尊重的英语老师,但她一直与人疏远,对学生来说她就是个谜。三十年后,小说叙述人(她的学生)决定揭开艾尔莎的身世之谜,为她创作了一部具有虚构色彩的传记,描述了她在匈牙利的童年、前往巴黎的旅程、婚姻、德国入侵匈牙利后的经历、被带到备受争议的"救援火车"上,先是到卑尔根—贝尔森集中营,然后去往瑞士,以及抵达以色列后如何保持沉默,不留痕迹的经历。小说落脚点其实还是以色列依然无法摆脱的大屠杀记忆与忘却之间的纠葛。作家向读者昭示,幸存者即使肉体能够在大屠杀中生存,但精神已经垮掉。小说虽不是一部经典的大屠杀小说,但勇于承担容易被遗忘的话题,表现出深受创伤的边缘人的境遇①。

萨米·贝尔杜戈出生于1970年,曾在耶路撒冷希伯来大学学习比较文学和历史,曾获伯恩斯坦奖(2003)、以色列总理奖(2005)和纽曼奖(2007)等。他所创作的旅行文学以其观察力和所指出的独特问题而引人入胜。在21世纪,他发表了短篇小说集《世纪最后一个孩子》、长篇小说《土地上正在进行的故事》(2014)和《因为盖伊》(2017)。《土地上正在进行的故事》入围2015年萨皮尔奖,获2016年库格尔奖。小说主人公马塞尔时年四十八岁,仍不知如何应对生活。他独自住在临时住所,与父亲和姐姐(姐姐独自抚养他六岁的儿子)疏远。他从以色列北部出发向南旅行,去往一向被希伯来文学忽略的支线场所。其充满独创性的语言组合令人惊奇,且创造出了以色

---

① https://www.ithl.org.il/page_16277[2021-03-22]

列文学中独一无二的理论语言。他的长篇小说《因为盖伊》(2017)复沓了游子还乡模式,语言别具一格,复活了希伯来语中已经丢失的一些维度,被评论界称为"最伟大的希伯来文学作品"之一①。

除以上活跃的年轻作家,传记小说、侦探小说、女性主义小说、科幻小说、准历史小说等文学样式在 21 世纪以色列文学中都颇为流行。种种现象表明,以色列文学已进入了一个充满活力的时代。

提到传记,不能不提奥兹。奥兹是继阿格农之后最有代表性的希伯来语作家。其长篇自传体小说《爱与黑暗的故事》(2002)一向被视为新世纪希伯来文学经典。他在 21 世纪第二个十年创作的短篇小说集《朋友之间》(2012),回归他生存多年、记载他爱与黑暗故事的基布兹;而长篇小说《背叛者》(2014)则入围 2017 年国际曼布克奖短名单,最后惜败大卫·格罗斯曼。奥兹 2018 年 12 月去世后,世界各地为他举行了各种纪念活动。而纪念热度刚刚减退,曾在特拉维夫开放大学任教的努里特·戈尔茨教授便在 2020 年冬季发表了奥兹传记《在时光的流逝中失去了什么》,揭示了幼年丧母给奥兹人生所留下的创伤黑洞,并指出多年来他一直试图通过爱来填充这一黑洞。奥兹遗孀尼莉也在撰写《我的阿摩司》,追忆他们的共同生活。最近,奥兹次女、儿童文学作家佳莉娅·奥兹在其出版的传记《佯装为爱》(2021)中爆料奥兹在她年幼时对她殴打谩骂,在以色列和欧美引起轩然大波,其轰动效应堪称名副其实的"文化地震"。本·古里安大学教授施瓦茨从文学批评角度称佳莉娅的传记是一部精心设计的传奇剧,把家庭事务转变为公共事件②。

当代希伯来语诗歌创作也呈现出新思潮。一些诗人试图追寻有意义的诗歌新路,与时下主流诗歌拉开距离。他们不再像纳坦·扎赫一代诗人那样反映国族体验,而是试图向阿尔特曼(Nathan Alterman)和格尔德伯格(Leah Goldberg)一代的诗歌传统回归,开始讲究诗歌节奏与韵律。多丽·曼诺尔(Dori Manor,1971—)创办的诗歌刊物《嗨》(Ho)便带有强烈的实验色彩,引起热议。评论家赫施菲尔德(Ariel Hirschfield)称这种回归是个时

---

① https://www.ithl.org.il/page_16542[2021-03-22]

② https://www.kan.org.il/podcast/item.aspx? pid=21200[2021-03-22]

代错误,这类诗歌矫揉造作,缺少领悟。而沙米尔(Ziva Shamir)教授却持有异议,他认为曼诺尔试图恢复诗歌的高贵地位,证明并非人人都可被称作"诗人"。

曼诺尔是一位国际化的希伯来语诗人和学者,1993 年创办文学团体"Ev",主张在古典与现代希伯来语之间寻找新的诗意交汇。曼诺尔已出版四部诗集,最新一部发表于 2019 年,继续开拓性尝试,通过书写爱、家庭与分离而进行大胆深入的灵魂探索,堪称复杂的诗体自传。曼诺尔曾获以色列总理奖(2007)、车尔尼乔夫斯基翻译奖(2008)、文化部文学编辑奖(2011)和耶胡达·阿米亥奖(2015)等。

二、以色列的阿拉伯作家

以色列的阿拉伯裔作家指具有以色列公民身份的阿拉伯血统作家,他们多是 1948 年以色列建国前巴勒斯坦人的后裔。这批作家的身份比较模糊,既被称作"以色列的阿拉伯人",又被称作"巴勒斯坦以色列人"。本文沿用国内学界惯例,将其称作"以色列的阿拉伯人"。在以色列建国早期,这些作家多用阿拉伯语进行创作,少数用阿拉伯语和希伯来语双语创作。1960 年代,以色列阿拉伯文学趋于成熟,当时的两个代表人物为埃米尔·哈比比(Emile Habibi)和马哈茂德·达维什(Mahmoud Darwish)。哈比比一直居住在以色列,并成为国会议员,1972 年从议会辞职后专注于小说创作,第一部长篇小说《悲观主义者赛义德的秘密生活》被视为现代阿拉伯文学的经典之作。1990 年哈比比获巴解组织颁发的圣城奖,1992 年获以色列阿拉伯文学奖,其接受阿以两个民族共存的态度备受争议。达维什虽然在 1971 年移居到贝鲁特,但与哈比比同样被视为重要的巴勒斯坦—以色列作家,或者以色列阿拉伯作家。20 世纪 70 年代,新一代阿拉伯语作家包括艾哈迈德·侯赛因(Ahmad Hussain)、马哈茂德·纳法(Muhammad Naffa)和萨尔曼·纳图尔(Salman Natur)等。

在以色列选择用阿拉伯语进行创作,首先表明作家对自己的民族文化具有强烈认同,其次是因为他们均在以色列学校接受教育,因而对以色列与阿拉伯世界的态度充满了矛盾。如果说早期以色列的阿拉伯人使用阿语创作是为了保持其独立的民族身份的话，那么在 21 世纪用阿语写作的青年一代作家则更多的是为了追寻民族记忆，比如出生于 1975 年的哈利海尔（Ala Hlehel）。他在新世纪登上文坛，著有长篇小说《马戏团》(2001)、《再见阿卡》(2014)和短篇小说集《我与卡拉·布鲁尼的秘密韵事》(2012)，其出生地——以色列北部的阿拉伯村庄在 1948 年被毁，他的许多作品浸润着从祖辈和父辈那里继承下来的浓郁乡愁。

但不容忽略的是，在以色列也有一部分阿拉伯作家使用希伯来语进行创作，只是相对较少。考虑到以色列和一些阿拉伯国家和地区多年不睦，以色列境内犹太社区与阿拉伯社区时常爆发冲突，使用希伯来语讲述阿拉伯人的故事确实意味深长。这一方面表明这些作家与巴勒斯坦人或者阿拉伯人社群拉开了距离；另一方面，意味着他们希望能够在所居住的国家中与占主流地位的民族进行交流，希望以色列的犹太读者能够阅读其作品，在以色列赢得话语权。

从以色列建国初年到 1960 年代末期，阿拉伯人和以色列犹太人之间充满了敌意，使用希伯来语创作的阿拉伯作家寥寥无几，只有艾塔拉赫·曼苏尔（Atallāh Mansūr）和拉希德·侯赛因（Rashid Hussein）比较突出。曼苏尔认为，以色列阿拉伯作家犹如在夹缝中生存。阿拉伯国家的人们因为这些作家不肯抛弃犹太国而将其视为叛徒，而以色列社会又把他们视为另类（Elad-Bouskila 141）。

"六日战争"以来，以色列国家的地理版图坐标发生了巨大改变，社会、政治、经济、文化地位均有不同程度的提高，尤其在军事实力上开始能够与阿拉伯世界抗衡。与此同时，年轻一代阿拉伯人在以色列的教育体制下成长起来，有的甚至是在以色列大学接受的高等教育，具备了自如运用希伯来语进行交流与创作的能力。这批阿拉伯知识分子不但选择了用希伯来语进行创作，而且致力于把希伯来文学文本翻译成阿拉伯语。值得注意的是，他们在使用希伯来语进行创作时，并没有摒弃本民族的传统语言和文化，这就形成了运用双语从事文学创作的现象。这一时期活跃的作家有内姆·艾拉伊迪（Naīm Araidi, 1948—2015）和安通·沙马斯（Anton Shammas, 1950—）。沙马斯的《阿拉伯式》在希伯来文学读者群和学术圈里曾引起广泛关注甚至争论。小说以作家出生地——上加利利的一个阿拉伯小村庄为背景,书写"犹太军队"对这个小村庄的占领与征服。这部小说的出现对希伯来文学是一种冲击,尤其是作家的语言功底给许多犹太作家留下了深刻的印象。不过自本世纪移居美国后,沙马斯便很少再使用阿语或希伯来语写作。内姆·艾拉伊迪是德鲁兹人,生前主要从事诗歌创作,曾出版《这就是那个村庄》(1986)和《或许这就是爱》(1990)等著名诗集,以及希伯来语长篇小说《致命的受洗》(1992)。他曾多次访问中国,且在以色列加利利自己的宅邸接待过多位中国诗人和作家。作为双语作家,他从未忘记自己是在两个世界游走,他试图得到两个世界的认可,但难免会被阿拉伯世界视为背叛了阿拉伯文化。

萨义德·卡书亚(Sayed Kashua,1975—)与阿伊曼·西克赛克(Ayman Sikseck)是第三代以色列阿拉伯作家的代表,既表现出对以色列社会的同化,又体现了被归化的阿拉伯人身份的复杂性。卡书亚生于以色列一个阿拉伯小镇,曾在耶路撒冷科学与艺术高中读书,后在希伯来大学攻读社会学与哲学,是真正以色列教育体制的产物。他长期为以色列《国土报》撰写专栏,并在美国高校任教,2014年移居美国。卡书亚的创作主张是向以色列人讲述巴勒斯坦人的故事,希望自己的孩子有更好的未来。但是,看到以色列青年袭击阿拉伯人只因他们是阿拉伯人时,他感到了挫败。第一部作品、短篇小说集《跳舞的阿拉伯人》(2002)以自己的身世为书写对象,包括乡村、寄宿学校生活和不幸的婚姻经历。第二部作品《留待黎明》(2004)揭示了以色列巴勒斯坦人逐渐恶化的生存境遇。第三部作品、长篇小说《耶路撒冷异乡人》(2010)获2011年伯恩施坦奖,该奖宗旨是表彰最富有独创性的希伯来语小说。小说通过一位律师寻找妻子的秘密情人,反映出作家对以色列阿拉伯人身份的探索。这种身份探索在其2017年的长篇小说《追踪改变》中得以延续。主人公赛义德是一位代笔作家,给为以色列建国做出贡献的犹太人撰写回忆录。他与妻子巴勒斯坦若即若离,象征了他与出生地的复杂关系。因回故乡探望病危的父亲,他开启了自己的身份寻找之旅。作为以色列阿拉伯作家,他用希伯来语写作,与家人用阿拉伯语交谈,却不知道如何讲述父亲的故事。作为代笔作家,他用希伯来语为以色列人撰写犹太复国主义叙事,却无法书写巴勒斯坦阿拉伯人的历史与生存困境。在这个意义上,他再也无法借助回归故乡而回归自己民族的历史。

阿依曼·西克赛克(Ayman Sikseck,1984—)是文坛新锐,拥有希伯来大学的英语文学和比较文学学士学位。处女作《去往雅法》(2010)主要探讨了民族认同和以色列仍在发展、变化的社会结构。第二部长篇小说《血缘纽带》(2016,2017 年获总理奖)是一部家庭小说。在这个家庭中,隐瞒和虚假犹如被诅咒的遗产代代相传。主人公渴望与亲人接触,但一次次失败。该书将读者带入小说人物在雅法、海法、加沙和加利利村庄之间的地理旅程和意识旅程。他们试图寻找历史真相,但终是徒劳。评论家卡尔德龙(Nissim Calderon)认为,《血缘纽带》是一部富有深意的好书,讲述了一个近年来用希伯来语撰写的最为错综复杂的故事,越往下读,越会对作家处理以色列的阿拉伯人和犹太人之间的紧张关系的方式感到敬佩①。

三、以色列的俄罗斯移民作家

以色列建国以来,曾经历了两次俄罗斯移民高峰。第一次是 1972 至 1979 年,大约二十五万俄罗斯人从苏联移民以色列。第二次是从 1990 至 1998 年,大约七十五万人移民以色列。这些人移民以色列并非出于信仰与理念,而是苏联的政治、社会、经济等问题而导致。如今,俄罗斯移民约占以色列总人口的 12%。

俄裔移民在新国家里同样面临着文化与经济困难,但他们在寻找工作、学习语言等方面比其他族裔移民有优势,原因是现代希伯来语复兴初期,俄裔犹太人本-耶胡达和当时一些富有犹太复国主义思想的俄裔犹太知识分子参与到希伯来语新词的创造中,有些希伯来语词汇与俄语词汇有近似之处。在职业选择方面,俄裔犹太人相对灵活,因此他们能在相对较短的时间内融入以色列社会。与此同时,他们也试图保留自己原有的语言和文化传统,在以色列创造出某种带有从属色彩的俄罗斯文化,甚至为以色列的文化构成做出了重要贡献。

俄语犹太文化,包括教育、媒体、文学和戏剧在以色列较为繁荣。这是因为 90% 以上的俄罗斯犹太人认为,让孩子了解俄语和俄语文化相当重要。

---

① https://www.ithl.org.il/page_16446[2021-03-22]

早在以色列建国之前的 20 世纪 40 年代,便有尤里·玛戈林等移民巴勒斯坦的俄裔犹太人使用俄语创作,但直至 1979 年代尤里去世,了解其创作的人仍然寥寥无几。也就是说,数十年来,用俄语写作的移民作家并没有被以色列文坛接受。20 世纪 70 年代大规模俄罗斯移民浪潮之后,用俄语创作的作家逐渐增多。1970 至 1990 年代,有大量苏联犹太移民作家的俄语作品问世。这些作家出生在俄罗斯,大多是成年后移民以色列,愿意用母语俄语进行创作,其中有早在苏联便已功成名就的亚历山大·戈德斯坦等人。面对身份困境,戈德斯坦说:"我们不是以色列作家,也不是真正的犹太作家。我们并不清楚自己是谁(Mendelson-Maoz 169-171)。"也是因为语言障碍,一些优秀作家在以色列远未得到应有的认知。迪娜·鲁宾纳(Dina Rubina,1953—)1990 年移民,是当今最杰出的以色列俄语诗人与作家之一,其作品被翻译成三十余种语言,主题涉及犹太人和以色列历史、移民体验、游牧经历、以色列与俄罗斯文化的交融等诸多问题。尽管其作品直接反映以色列社会与政治问题,但不为以色列的希伯来语读者熟知,反而在俄语世界受到人们的关注与尊重。

现代希伯来文学在形成阶段无疑受到俄罗斯文学的重要影响,19 世纪末至 20 世纪初,希伯来文学先驱多数是俄裔犹太人。新一代俄裔作家甚至将俄语文学创作的新方法引入以色列,为以色列文坛带来改变。而在以色列出生或长大的俄罗斯移民后代,纯熟地掌握了希伯来语。他们是否愿意用祖辈的语言写作,延续父母和祖辈故乡的文化遗产成了一个问题。而许多年幼的俄裔移民情愿用希伯来语创作,显示出与以色列文化的融合姿态,这或许是为生存和发声而采取的权宜之计。由于语言所限,以色列读者热衷阅读的是翻译成希伯来语的俄罗斯文学作品。

在这批俄裔作家中,阿龙娜·吉姆西(Alona Kimhi,1966—)具有相当高的知名度。她生于乌克兰利沃夫,八岁移居以色列。她毕业于特拉维夫贝特兹维戏剧艺术学院,是以色列目前具有国际声誉的电影和戏剧演员。吉姆西 1993 年开始创作剧本、抒情诗和散文,首部长篇小说《哭泣的苏珊娜》(1999)就深受俄国文学影响。吉姆西将笔触深入到主人公的灵魂深处,技巧娴熟,富有独创性,该书获 1999 年度伯恩施坦奖和 2001 年度法国犹太图书奖和以色列总理奖。

吉姆西发表在新世纪的两部长篇小说《雌老虎莉莉》(2004)和《维克多与玛莎》(2012)均表现的是俄国犹太人在以色列的生存体验和与以色列人的关系。《维克多与玛莎》的故事发生在20世纪70年代的海法,主人公是一对从乌克兰移民的十六七岁姐弟。因父母死于车祸,他们被送到寄宿学校,而后姐姐玛莎又被送到基布兹。三年后,他们的外祖母凯特琳娜从苏联移民以色列,与兄妹相聚。此时正值以贝京为首的利库德政府执政时期。在这样一个处于分裂状态的移民国家,姐弟二人很难找到自己的位置,并始终感觉自己是异乡人。姐弟的成长与情感经历也反映出了融入以色列社会的不同路径:玛莎具有反叛意识、强烈的身份意识和独立人格,性格直率,很难融入以色列社会,于是她加入了一个放弃融入以色列的青年移民群体;维克多敏感而柔弱,渴望被认知,渴望取悦别人,比较容易为以色列人所接受。以色列评论界认为这是吉姆西最好的小说,认为作家以睿智、大胆、优美、反讽、有趣、细腻的笔法描写了俄罗斯移民的生活,直击以色列现实的内核,令人联想起伟大的欧洲与俄国文学作品。

女诗人斯万·巴施金(Sivan Baskin,1976—)生于立陶宛,十四岁移民以色列,学习过雕塑艺术和经济学。2006年发表第一部诗集,追求形式革新,讲究音乐韵律,强调诗歌创作中的重要环节是大声朗读。评论界对该作臧否不一。作家丹尼尔·奥兹(Daniel Oz)则赞扬巴施金的诗歌具有音乐性、幽默感和趣味性,创造性地融合了"高雅"与"通俗"。其第二部诗集《约拿的旅程》(2011)使人刮目相看。她就像一位文学旅人,既把特拉维夫作为中心,又关联了希腊神话中的人物以及俄罗斯和法国的现代派诗人,甚至提及了童年的记忆。评论家埃里·赫希将巴施金称为"21世纪希伯来语诗歌复兴的中心人物"。第三部诗集《约拿单,我的姐姐》(2017,书名暗示了《圣经》中的约拿单)描绘了巴施金在立陶宛的童年,而"约拿单"则是巴施金童年朋友萨沙的代号。诗人巴科尔·瑟鲁伊对此书表示赞赏,称其将希伯来语和外国借词混合起来,产生出了非凡韵律。

在小说形式上不断探索的亚历克斯·爱泼斯坦(Alex Epstein,1971—)出生于俄罗斯圣彼得堡,八岁移民以色列。他称自己既是以色列作家、犹太作家,又是移民作家,出版有诗集、短篇小说和长篇小说,有"以色列的新博尔赫斯"之称。近年来,爱泼斯坦致力于探索并尝试数字小说、网络小说创作,发表了《我将为下一个幻觉使用翅膀》(2012)、《重新计算爱情》(2013)和《来自作家的第一手资料》(2014)等作品。他认为,数字时代对文学、讲故事的方式甚至书籍格式的影响都是巨大的。

综上可见,21世纪第二个十年的以色列文学不再拘泥于单一的文化现象与模式,以色列社会大熔炉中的差异也不再被迫消除,而是体现出多元文化特征。无论本土以色列人还是俄罗斯人,无论犹太人还是阿拉伯人,无论东方犹太人还是欧洲犹太人,都在创作中融入了多种文化元素。也许,随着老一辈俄罗斯移民作家和以色列阿拉伯语作家退出历史舞台,其后人为融入以色列社会且渴望为多数读者所接受而采用希伯来语创作,未来以色列文学的多语种特征将不再明显;但新一代族裔作家、移民作家与来自不同群体的犹太作家在创作中体现的文化多元特征不会有根本改变。这一趋势挑战着希伯来文学乃是欧美文学遗产这一认知,为当代以色列文学提供了面向世界的模式。

参考文献

Elad-Bouskila,Ami. "Arabic and/or Hebrew:The languages of Arab writers in Israel." *Israeli and Palestinian Identities in History and Literature*(1999):133–158.

Harris,Rachel S. "Israeli Literature in the 21St Century:The Transcultural Generation: An Introduction." *Shofar* 33.4(2015):1–14.

Mendelson-Maoz,Adia. *Multiculturalism in Israel:Literary Perspectives*. Purdue University Press,2015.

Schwartz,Yigal. *The Rebirth of Hebrew Literature*. Peter Lang AG,2015.

埃里希·奥尔巴赫的语文学之始

——从《但丁：世俗世界的诗人》谈起

王晓燕[①]

内容提要：《但丁：世俗世界的诗人》是德国学者埃里希·奥尔巴赫于 1929 年创作的一部著作。该作以但丁为研究对象，对但丁的早期诗歌、《神曲》的主题与结构，以及但丁作品的现实意义做了细致精到的分析。其中对于但丁创作中的人文主义传统的探讨，不仅在创作观念、文本内容、研究方法等方面对之后的《摹仿论》产生了深刻的影响，而且揭示了奥尔巴赫对德国传统语文学的一种"反叛"。在由"语言文辞"向"人文主义"研究的转变过程中，奥尔巴赫开启了自己的"反语文学"之路，并对德国语文学研究的内容及方向进行了开拓。作为奥尔巴赫的第一部著作，《但丁：世俗世界的诗人》在这一转变中的意义不可小觑，而它对文本细节的重视和对文本材料的历史渊源、流传途径及其跨学科性的详尽分析，对当下的比较文学研究也具有重要的启示。

关键词：埃里希·奥尔巴赫 《但丁：世俗世界的诗人》 "反语文学" 比较文学意义

Title：The Beginnings of Erich Auerbach's Philology：From *Dante*, *Poet of the Secular World*

Abstract：*Dante*, *Poet of the Secular World* is an eminent work by German scholar Erich Auerbach in 1929. Focusing on Dante, it makes a detailed and intricate analysis of his early poems, the themes and structure

---

① 王晓燕，天津师范大学文学院、跨文化与世界文学研究院博士，讲师，研究兴趣为比较文学、海外华文文学。

of *The Divine Comedy*, and the realistic significance of his works. His research on humanistic tradition in Dante's writings not only exerts an impressive influence on *Mimesis* in creation concept, textual content and research method, but also discloses Auerbach's rebel against German traditional philology. In the transition from linguistic diction to humanism research, Auerbach starts his journey of anti-philology and broadens the content and direction of German Philology. As Auerbach's virgin work, *Dante, Poet of the Secular World* makes a great difference in this transition. Its emphasis on textual details, thorough exploration of historical origins, circulating routes and transdisciplinarity of textual materials, have a great enlightenment on current comparative literature.

Key words: Erich Auerbach; *Dante, Poet of the Secular World*; anti-philology; significance of comparative literature

德国犹太裔学者埃里希·奥尔巴赫(Erich Auerbach,1892—1957)创作的《摹仿论》自问世以来便以其深厚的文学功底、广阔的学术视野、庞博的知识体系而被学界膜拜与追捧。奥尔巴赫也以其丰富的文学、语言、历史知识而成为学界备受关注的语文学家。20世纪后半叶,美国学者萨义德在自己一系列著作中多次推崇奥尔巴赫,尤其是对其语文学成就的赞扬与肯定,不仅奠定了奥尔巴赫在西方语文学界的重要地位,也催生了《摹仿论》之于德国语文学研究的重要意义。然而,纵观奥尔巴赫的创作历程,他的语文学研究在其1929年创作的一部题为《但丁:世俗世界的诗人》的著作中便已开始。该作以但丁为研究对象,对但丁的早期诗歌、《神曲》的主题与结构以及但丁作品的现实意义做了细致精到的分析。但就语文学研究而言,与德国传统语文学注重语言文辞相比,奥尔巴赫更加注重对语文学所蕴含的"人文主义"精神进行揭示。James I. Porter曾在《奥尔巴赫的世俗(反)语文学》一文中指出:奥尔巴赫的作品从《但丁:世俗世界的诗人》到《摹仿论》"构成了一种反语文学,这种反语文学是以一种更高层次的语文学名义进行的,这种语文学不是关于词语而是关于世界,从这个意义上说,它是一种世俗的语文学"(奥尔巴赫246)。在此,Porter指出奥尔巴赫创作中的历史主义传统,对奥尔巴赫的历史观的来源、发展以及在文本中的运用进行了分析,强调了奥尔巴赫语文学的"世俗性、现实性"色彩,相比较德国传统古典语文学而言,呈现出一种"反语文学"的特征。该文注重对奥尔巴赫语文学研究的系统性、历史性的梳理,忽略了奥尔巴赫语文学研究在具体作品中的集中体现,《但丁:世俗世界的诗人》在奥尔巴赫语文学研究中的地位有待进一步探讨。本文由此继续开拓,聚焦奥尔巴赫的第一部学术著作,认为奥尔巴赫的"反(世俗)语文学"研究自《但丁:世俗世界的诗人》便已初现端倪,它与后期的《摹仿论》及《世界文学的语文学》在注重历史的人文主义传统,强调历史的现实意义,以及不断反叛德国传统的语文学所注重的文辞、实证等研究中,勾勒并完成了奥尔巴赫的语文学研究之路,在奥尔巴赫研究、但丁研究、中世纪文学研究、德国语文学研究及比较文学与世界文学研究等方面都具有重要的价值与意义。

一、奥尔巴赫与《但丁:世俗世界的诗人》

1892 年,埃里希·奥尔巴赫出生于德国一个犹太家庭,后在当地的"精英高中"学习"古典课程,法语和写作"(Evans 212—213)。1913 年,21 岁的奥尔巴赫在海德堡大学取得法学博士学位。"一战"后,奥尔巴赫留在柏林研究罗曼语文学,于 1921 年获语文学博士学位。1923—1929 年,奥尔巴赫在柏林的普鲁士国家图书馆任职。在此期间,他加强了语文学专业知识的学习,完成了维柯《新科学》的德语翻译和《但丁:世俗世界的诗人》两部著作。如果说奥尔巴赫对《新科学》的翻译是一种直接的"知识介绍"的话,那么《但丁:世俗世界的诗人》不仅是他真正意义上的第一部著作,也是一部关于但丁研究的专著,更是研究 13—14 世纪意大利的社会风貌、风俗语言,以及探讨欧洲文人创作传统的一部重要论著。

奥尔巴赫对但丁的偏爱,首先源于他对中世纪文学的敬畏之心和来自维柯的影响。尽管奥尔巴赫的知识面很广,但他认为在罗曼语言和中世纪文学面前,自己还是个学生。他坚持认为但丁是第一个伟大的现实主义作家,不仅因为但丁所写之人不是抽象或者道听途说之人,而是存在于历史中的真实人物,还因为但丁对这些真实人物的来世命运进行了揭示,从而使得个体生命在历史的延续中具有了更加丰富的意义。因此,他认为但丁是一个"世俗世界的诗人",是欧洲文学传统中把诗歌与哲学融合的第一人。在《但丁:世俗世界的诗人》一书中,尽管奥尔巴赫具有日耳曼风格的严谨、威严与理性,但他对但丁的溢美之词却不乏少数,在书中,"每隔一段时间,他就会对但丁的意象之美、人物形象、但丁对于智慧的理解,以及但丁能够将地狱、炼狱、天堂结合在一起的艺术技巧感到敬畏"(xi)。与此相似,维柯对拉丁诗人们的研究也非常尽心,尤其"将维吉尔与但丁摆在一起"(620),并以此来探寻他们的创作思想和语言风格。这对奥尔巴赫首选但丁为研究对象的影响是显而易见的。其次,从人生经历来看,奥尔巴赫的《但丁:世俗世界的诗人》写于1929年。一方面,这是"一战"结束后的第十年。这十年,奥尔巴赫经历了战争、放弃了最初的专业。据一部关于奥尔巴赫的重要著作的作者杰弗里·格林推测,可能是战争经验中的"暴力和恐怖"导致奥尔巴赫的事业生涯从法学转变到文学研究,从"'社会的庞大而无动于衷的法律机构……到[投身于]遥远而变化不定的语文学研究模式'"(奥尔巴赫 V)。可见,战争给奥尔巴赫留下的创伤及其对他创作的影响是不可忽略的。这恰与但丁自己的人生经历颇为相似。众所周知,24岁的但丁于1289年参加了坎帕尔迪诺之战,同年8月,他又参加了佛罗伦萨攻占比萨的卡普罗纳城堡的战斗。另一方面,由战争带来的内心经验的相似性,使奥尔巴赫不可避免地在叙述但丁及其创作中表述自己的真实内心。1302年,但丁在一系列的政治迫害中被迫流放,成为了孤独和无助的流亡者。在奥尔巴赫看来,这次流放恰恰成就了但丁《神曲》的创作。他说:"正是这场政治灾难及其后果,使他自己的命运变得有意义,使他个人及才能得以充分发挥。对他来说,这场政治灾难的最大影响,是他内心深处的一场巨大危机,即突然的外在变化。他克服了危机,极大地丰富了他的个人经历。"(82-83)虽然1929年的奥尔巴赫还未被流放,但从奥尔巴赫之后的经历来看,这些话语无不揭示了他对自己即将来临的流亡之旅的预感,并对流亡中的创作使命也给予了预示。另一方面,但丁对于拉丁语以及传统民族语言的重视,也是奥尔巴赫所推崇的。但丁在流放期间对于意大利民间语言进行广泛的采集与研究,并在此基础上用拉丁文撰写了《论俗语》,这是最早一部关于意大利语及其文体和诗律的著作。该作以语言的起源及历史为出发点,对俗语的优点及其在意大利民族语言和文学中的重要性给予了肯定。由此也为但丁之后创作《神曲》提供了基础。同理，奥尔巴赫作为德国著名的语文学家，他通晓拉丁语、德语、希腊语、希伯来语、西班牙语、法语等多种语言，而他在《但丁：世俗世界的诗人》一书中，对民族语言的赞扬与推崇，也彰显了他对自己祖国语言的喜爱，并以此奠定了之后创作中的语言观。由此可见，但丁与奥尔巴赫在人生经历和创作观念的相似性，在很大程度影响了奥尔巴赫的《但丁：世俗世界的诗人》这部著作，并由此开启了他的语文学研究之路。

二、《但丁：世俗世界的诗人》中的人文主义传统

《但丁：世俗世界的诗人》是奥尔巴赫的第一部著作，全书共分六章：《历史背景及其文学中人的概念》《但丁的早期诗歌》《〈神曲〉的主题》《〈神曲〉的结构》《〈神曲〉对现实生活的再现》①《但丁现实视野的生存与变异》。奥尔巴赫在此展现了德国语文学家的所有权威技能，既有语法、修辞和文字的研究，又有对其深厚的思想史的探讨。他以但丁及《神曲》为本，将历史与人文主义相融合，并提出"Secular World"这一概念，并关注具体的、现实的、尘世之个体的生存状态及价值。显然，他的语文学所研究的对象并不是文字或语言，而是"现实"，这较之于德国传统语文学，走向了一种"反语文学"的方向。具体到《但丁：世俗世界的诗人》，主要体现在如下方面。

第一，奥尔巴赫首先通过肯定西方文学中"人"的重要性来阐释但丁及其创作中的人文主义传统。在书的开篇的第一章《历史背景及其文学中人的概念》中，奥尔巴赫便指出："自从欧洲文学在希腊诞生以来，便具有这样的洞察力：一个人是身体（外表和体力）和精神（理智和意志）不可分割的统一体。"(1)在此，奥尔巴赫一方面将普通个体在西方文学中的再现做了系统的勾勒；另一方面又对人物形象的统一性进行了揭示。以荷马为例，奥尔巴赫认为"意识到一个人的特殊命运是他完整的一部分"所体现的洞察力，使荷马对现实生活的模仿成为可能。荷马对现实及其人物的再现，不是对现

---

① 原译为 *The Presentation*，为与《摹仿论：西方文学中现实的再现》相区分，在此译作《〈神曲〉对现实的再现》。

实生活的简单复制,"不是从观察中产生的,而是像神话一样从一个整体的人物的概念中产生的"(2),是来源于荷马对人物及其命运的先验理解而形成的。这就像但丁笔下的贝阿特丽彩一样,是现实主义作家独特的叙述方式。紧接着,奥尔巴赫对《荷马史诗》、古希腊悲剧、柏拉图、亚里士多德、奥古斯丁、普罗旺斯诗歌中人性的世俗性、现实性进行分析,完美地勾勒了西方文学中人的概念的完整性,深刻揭示了西方文学浓厚的人文主义传统。从第二章到第六章,奥尔巴赫以但丁为个案,对但丁早期的创作,《神曲》的主题、结构与现实性,以及但丁的现实观进行分析与梳理,其中对于普罗旺斯诗歌传统中的人文精神、《神曲》在内容与结构中所蕴含的道德伦理主题的描述,都体现了奥尔巴赫《但丁:世俗世界的诗人》中浓厚的人文主义内涵。

第二,奥尔巴赫的语文学研究往往将历史与人类个体命运相结合。在他看来,历史不仅促进人类自我意识的实现,还为人类的自我表达提供了场所。因此,语文学的人文主义目的便是呈现人类实现自我表达的历史。奥尔巴赫的历史观受维柯和赫尔德的影响较深,他认为历史是一个"世俗的概念"。语文学的目的便是研究历史,"人类历史的整个发展,如人类所创造的那样,潜在地包含在人类的思想中,因此,通过研究和再现的过程,可以被人类理解"(Auerbach, *Scenes* 97)。因此,历史不仅是语文学研究真正目的,而且是语文学研究的重要传统。在《但丁:世俗世界的诗人》中,奥尔巴赫对但丁的研究始终与欧洲历史发展脉络相联系。他通过对人类命运在"地狱""炼狱"和"天堂"中的再现,揭示了人类命运的延续性,也"揭示了从希腊到现代征服世界的精神中欧洲性格的统一"。这种"欧洲性格的统一"深刻反映了奥尔巴赫"完整"的历史观。同时,他还强调,但丁在历史发展脉络中"揭示了历史人物的全部真相,并展示了人物的性格与个性"。可以说,但丁奠定了文艺复兴时期"发现人及其价值"这一核心思想的基础。在此,奥尔巴赫将历史与人文主义相结合,通过但丁作品中的"世俗性"的解读,阐释了"历史中的个体在其肉体与精神中得以重生"这一观点(Auerbach, *Dante* 175)。

第三,奥尔巴赫对人文主义的重视与他所处的文化背景及德国的意识形态环境密切相关。18 世纪末,英国语言学家威廉·琼斯"发现了欧洲语言"和"梵语和波斯语"之间的相似之处,奠定了"印欧语假说(琼斯构想)"的基础。这一发现对于西方文明源头的定义有着重要的启示,"支持新人类的不再是圣经的权威,而是比较语言学的权威"(Arvidsson 60)。19 世纪,在欧洲文学家和历史学家,寻找西方文明的新起源的背景下,语文学与雅利安主义、种族主义、反犹太主义和纳粹主义在欧洲的兴起等意识形态和历史变革密不可分:"语文学是通过其他手段发动的战争。"(Lerer 18)而德国真实地见证了"19 世纪语文学的学术研究在 20 世纪转变为种族主义甚至种族灭绝的咆哮"(Heschel 32)。可以说,正是语文学与意识形态之间的暧昧关系,塑造了德国雅利安历史的起源,也进而影响了德国纳粹的反犹政策。"语文学成为一个意识形态工具,和图形解释被转化为一个强大的武器反对雅利安语文学、神秘主义和历史编纂。在奥尔巴赫的影响下,意识形态成为语文学不可或缺的一部分。"(Zakai Viii)在书中,奥尔巴赫首先指出,但丁的政治生涯和由此而导致的流放经历影响了《神曲》的创作及其思想观念。其次,但丁《神曲》中对教会、教皇罪恶的揭示和对皇权的拥护等内容,也反映了但丁诗歌创作与意识形态之间的关系。"正如梅诺卡尔(María Rosa Menocal)谈论语文学学科时所言,我们应该'按照文学始终发挥的基本意识形态作用','带着意识形态去阅读'奥氏与库氏。"①(扎卡伊 林振华 9)但奥尔巴赫在此并非局限于探究但丁创作与意识形态之间的关系,而是着重于从整体上论述但丁及其创作中对现实生活中"人"的观照,这在德国雅利安语文学中所蕴含的种族主义的背景下,反映了奥尔巴赫对语文学传统中的意识形态问题的隐含性表述(或者说是回避),以及他对人文主义传统的坚守。在奥尔巴赫看来,但丁之前,西方文学中的"人"多是"一个遥远的传奇英雄"或者"一种抽象或偶然的事件"。但丁之后,文学对于现实人类个体的描述才开始出现,"在这一点上,无论他们对待的是历史的、神话的或宗教的主题,但丁都是后来所有人类描述者的追随者,而在但丁之后,神话和传说也成了历史"(Auerbach, *Dante* 175)。因此,奥尔巴赫坚信但丁是"欧洲文学和文化史上最伟大的人文主义象征之一"(Zakai 34)。因此可见,面对德国意识形态危机,奥尔巴赫试图以其自己独有的方式来努力"应对"这一危机:在肯定

---

① 这里的奥氏与库氏指奥尔巴赫与库尔提乌斯,二者都是德国著名的语文学家。

"人的精神史意义"高于意识形态的认识的基础上，注重语文学的人文主义精神。对于奥尔巴赫而言，《但丁：世俗世界的诗人》不仅以人文主义传统奠定了他语文学研究之基石，而且还体现了他用人文主义克服意识形态问题这一独特的创作思路。因此，《但丁：世俗世界的诗人》作为奥尔巴赫对西方文学中的历史人文主义传统进行阐释的处女作，既是其语文学研究之发端，也是其"反语文学"研究之肇始。

三、《但丁：世俗世界的诗人》的语文学"前史"意义

纵观奥尔巴赫的创作历程，从早期的《但丁：世俗世界的诗人》到流亡土耳其期间创作的《摹仿论》，再到移居美国后创作的《世界文学的语文学》，奥尔巴赫对于语文学的研究从"欧洲"走向"世界"，勾勒了他自身对语文学研究"发端—成熟—总结"的发展脉络。而《但丁：世俗世界的诗人》作为奥尔巴赫的第一部著作，在奥尔巴赫语文学历程中的意义是显而易见的，无论在创作观念、文本内容，还是研究方法方面都奠定了奥尔巴赫语文学研究之基础。

首先，在创作观念上，"语文学是指对（特定）语言和（特定）文本的所有研究"，它的意义远远超过了对古典文本的研究。而是带有浓厚的人文关怀和历史观念，不仅关注文本的历史真实性，也强调文本的现实性意义。《但丁：世俗世界的诗人》的德语题目为"Dante als Dichter der irdischen Welt"，英译本题目为"Dante，Poet of Secular World"，其中的"irdischen"和"Secular"的意思是"世俗的"（意即"现实性"）。奥尔巴赫的《但丁：世俗世界的诗人》便是在此现实观的指导下创作的。他在此书中的第一章《历史背景及其文学中人的概念》从整体上对其现实主义观念进行了阐释。他认为对现实的再现不是简单的描绘，而是"不管这样的事情是否曾经发生过，或者它是否可信，它都能令人信服"（2）。他强调的是叙述方法及其对现实生活的真实性体验。因此，奥尔巴赫认为但丁所写之人和事，都是他在生活中真实见过的，不是道听途说而来的。他在《神曲》中虽然多写死去之人，但却是对这些人现世生活命运的延续，是对现实的真实再现。奥尔巴赫对现实的观照在之后创作的《摹仿论》（全名为《摹仿论：西方文学中现实的再现》）一

书中得到详细的阐释,并通过"再现"进一步展示了他对欧洲社会现实的真实描绘,也反映了他现实主义创作观的延续。

其次,从文本层面而言,在文本结构安排上,奥尔巴赫在《但丁:世俗世界的诗人》中先提出一个观点,即"文学中人的概念",然后以此为切入点对但丁早期的创作、《神曲》的主题、结构及对现实的再现进行论述,并在此基础上对但丁的现实观进行探析。全书结构呈现出"总—分—总"和"从文本到作家"的研究思路。从内容思想上看,奥尔巴赫认为但丁《神曲》描绘了宇宙的神圣秩序,其启示作用在于它"不仅仅是美丽的幻觉,它不再是模仿,而是最高真理。这里所揭示了真理和它的诗歌形式是一体的"。从这个意义上看,《神曲》揭示了人类的"终极命运"和世界的"完美秩序"(Auerbach, *Dante* 134)。1929 年,奥尔巴赫还未流放,纳粹还未兴盛,但奥尔巴赫却在这部著作中通过但丁研究而记录了"在野蛮征服人类和上帝之前,欧洲文明所取得的成就,这位伟大的人文主义者越来越确信:'欧洲文明正在接近它的极限;它作为一个独特的实体的历史似乎结束了'。"可见,《但丁:世俗世界的诗人》不仅蕴含了作者深厚的历史人文主义观,而且也初显了奥尔巴赫对欧洲文明"危机"的一种强烈预感(奥尔巴赫这种人文主义关怀及其对欧洲文明的"危机感"在《摹仿论》中表现尤甚)。同时,语文学对于文本材料语言的研究,使得语言成为语文学研究基础条件。对于语文学家而言,他们自身本民族的文化与语言才是最珍贵的。奥尔巴赫对但丁的推崇在很大程度上源于但丁对于民族语言的挖掘与重视。奥尔巴赫对于民族语言的坚守还表现在,即使在土耳其流亡多年,他依旧坚守德语写作,他反复强调《摹仿论》是一本德语书,不仅仅是因为它的语言,还反映了它所蕴含的深厚的民族情感与家国情怀。

再次,在研究方法上,奥尔巴赫以恩斯特·罗伯特·库尔提乌斯的研究为样,指出"为了完成重大的综合性研究,选择一个起点是必需的,它就好像是主体可以掌控的手柄。起点必须是选自一系列有清晰界限、容易识别的现象,而对这些现象的阐释就是现象自身的辐射,这种辐射涉及并控制比现象自身更大的一个区域"(达姆罗什 87)。在《但丁:世俗世界的诗人》中,奥尔巴赫以语文学研究中所坚守的"必需的历史视角"来"收集资料并将其构成具有持续效力的整体"为前提条件,在具体的分析中,对但丁所处时代的历史背景、文坛现状、创作传统，以及前人对但丁的影响等材料进行整合、分析，既能条理清晰地勾勒出但丁创作的系统性，又能突出其独特性，微观透视、宏观把握，对于全面了解但丁及其创作具有重要的意义。他在之后《摹仿论》的创作中也以此为模板，在浩瀚如烟的材料中，对相关材料进行有序的整合与恰当的运用，进而成就了《摹仿论》在材料方面丰富而真实的特点。而《但丁：世俗世界的诗人》中每一章都以但丁作品中的具体文本内容为研究对象，并从细节出发，以点带面来分析但丁创作的整体风格，这在《摹仿论》中随处可见，由此反映了奥尔巴赫一贯的写作风格。

四、结语

埃里希·奥尔巴赫对语文学的意义和作用提出了广泛的概念。他以具体文本中的某一个场景或者片段研究为起点，尽力去阐释一种文学或者文化中的精神内核，而人文主义精神是他经历及创作中所秉承的重要信仰。一方面，奥尔巴赫对世俗的、具体的个体精神价值的肯定及对世俗（现实）社会的观照，是他语文学研究的重要目标，并贯穿其一生的创作与研究，这就是为什么他的语文学最终成为尘世的、世俗的、真正的世界文学的语文学。从早期的《但丁：世俗世界的诗人》到《摹仿论》和《世界文学的语文学》，这些著作是奥尔巴赫在不同时期、不同国家完成的作品。这些作品在时间跨度上间隔相近，在所处国别上经历了从原乡（德国）到流放（土耳其）到异乡（美国）。但从始至终，人文主义传统都未曾缺席。另一方面，正是他对人的精神世界的信念的坚持，帮助他克服德国古典语文学在 20 世纪的德国所面临的政治危机，并撑过伊斯坦布尔的流亡岁月，以至于在移民美国后孤独的执教期间发出"世界文学的语文学"的召唤。自此，在经历从"原乡"到"异乡"的过程中，奥尔巴赫的"反语文学"研究之路也逐渐成熟。对于奥尔巴赫而言，文学研究是建构人类"精神史"的重要内容，而语文学是掌握这一内容的重要工具。因此，从《但丁：世俗世界的诗人》开始，他的语文学便与德国传统语文学研究的出发点不一样。他的语文学研究的独创性在于对德国传统语文学研究领域方向的改变，"从文本走向现实"，这是他"反语文学"之开端；而"从现实走向世界"，则体现了他"世界文学语文学"的宏伟目标。

参考文献

Arvidsson，S. *Aryan Idols*：*Indo-European mythology as ideology and science*. Chicago：University of Chicago Press，2006.

Avihu Zakai. *Erich Auerbach and the Crisis of German Philology*. Springer International Publishing Switzerland，2017.

Erich Auerbach. *Dante*：*Poet of the Secular World*，*Ralph*. New York：NYRB Classics，2007.

—. *Scenes from the drama of European literature*：*Six essays*. New York：Meridian Books，1959.

Evans，A. R. "Erich Auerbach as European Critic." *Romance Philology*，25(1971)：193-215.

Heschel，S. *The Aryan Jesus*：*Christian theologians and the Bible in Nazi Germany*. Princeton：Princeton University Press，2010.

James I. Porter. "Erich Auerbach's Earthly(Counter-)Philology." *Digital Philology*：*A Journal of Medieval Cultures*，Johns Hopkins University Press，2013.

Lerer，S. "Philology and criticism at Yale." *Journal of Aesthetic Education*，36(2002)：16-25.

阿维胡·扎卡伊、林振华：《德国语文学危机的两种应对之策——论库尔提乌斯与奥尔巴赫》，载《北京第二外国语学院学报》2018 年第 4 期，第 9 页。

大卫·达姆罗什、刘洪涛、尹星：《世界文学理论读本》，北京：北京大学出版社，2013 年。

埃里希·奥尔巴赫：《摹仿论》，吴麟绶、周新建、高艳婷译，北京：商务印书馆，2018 年。

维柯：《新科学》，朱光潜译，北京：人民文学出版社，1997 年。

外国文学的比较研究与比较视野

"弥合"的构想：
《天平之甍》中的日本文化溯源书写

邱雅芬①

内容提要：明治维新后，日本走上了"脱亚入欧"之路，由此造成了诸多的"断裂"。《天平之甍》是井上靖的代表作之一，主要依据日本汉文学经典《东征传》创作而成。作品刊发于日本战败后不久，一部分日本知识分子还在反思战争，并摸索着日本与日本人的"重建"问题。在此背景下，井上靖将视角转向千余年前的日本汉文学经典《东征传》，极力挖掘着其中的精神宝藏，这亦是一次对日本文化的溯源之旅。本文将井上靖的"历史"与"现代"意识连接在一起进行思考，以汉文化共同体记忆切入作品世界，使作品的丰富内涵得以更加明晰地呈现出来。

关键词：日本文学　井上靖　《天平之甍》　汉文化共同体　记忆

Title：The Concept of "Bridging"：Tracing the Origin of Japanese Culture in *The Ocean to Cross*

Abstract：Following the Meiji Restoration，Japan started the mode of "Departure from Asia for Europe"，resulting in numerous "ruptures". *The Ocean to Cross*，one of Inoue Yasushi's masterpieces，is primarily based on the Japanese classical Chinese literature，*The Biography of Master Jian Zhen*. *The Ocean to Cross* was published shortly after Japan's defeat in the war，when some Japanese intellectuals were still reflecting on the war and grappling with the issue of "reconstruction" for Japan and the Japanese. In

---

①　邱雅芬，中国社会科学院外国文学研究所研究员，研究兴趣为日本小说史、中日文学文化关系。

this context, Inoue Yasushi turns his attention to the Japanese classical Chinese literature, *The Biography of Master Jian Zhen*, which is written more than a thousand years ago, and tries his best to explore its spiritual treasures, which is also a journey to trace the origins of Japanese culture. In this article, by delving into the world of the works through the memory of Han cultural community, Inoue Yasushi's "history" and "modern" consciousness are connected to contemplate and present the rich content of the works more distinctly.

Key words：Japanese literature；Inoue Yasushi；*The Ocean to Cross*；Han cultural community；memory

《天平之甍》是日本著名作家井上靖（1907—1991）的代表作之一，于1957 年 3 月至 8 月连载于日本《中央公论》杂志，1958 年 12 月由中央公论社出版单行本。"天平"指日本奈良时代天平年间（729—749），是奈良时代最繁荣时期，深受中国唐代文化的影响。甍（音 meng）有屋脊或屋脊之巅之意，象征着唐高僧鉴真在日本天平文化中的地位。作品刊发时，日本的战争责任论争还在持续，这由同时期刊发的诸多作品亦可以窥见一斑。五味川纯平的《人的条件》（1956—1958）以中国东北为背景，揭露了日军的诸多侵略行径，使日本人逐渐意识到了战争犯罪的问题。这时期的作品还包括深泽七郎的《楢山节考》（1956）、远藤周作的《海与毒药》（1957）、大江健三郎《死者的奢华》（1957）、《饲育》（1958）等，均具有反思战争和日本人的特点，这亦是《天平之甍》诞生时的时代语境之一。

《天平之甍》主要依据日本汉文学经典《东征传》（779）创作而成①。《东征传》全称《唐大和尚东征传》，描写鉴真和尚在日本留学僧荣睿、普照的力邀下，东渡日本弘扬佛法、传授佛教戒律的事迹。《东征传》是日本文学史上的第一部传记文学，亦属于日本一级史料。但明治维新后，日本"汉文学"被不断遮蔽，在以"和文学"为中心的当今日本文学史叙事中，《东征传》并不为

---

① 井上靖还一定程度地参看了《续日本纪》《延历僧录》及早稻田大学安藤更生教授的鉴真研究成果。

一般读者所了解。井上靖关注此类素材,显示了其深厚的佛学修养及对历史题材的兴趣,面对现代日本的诸多"断裂",历史或许可以提供一些"弥合"的启示。井上靖在《天平之甍》中采用了忠实于原典的笔法,但其中亦颇多超越原典之处,如作品题名中的"甍"既是作家的独特构思,亦是作品的关键词。这些独特构思是深入理解《天平之甍》的切入口,其中蕴含着汉文化共同体的诸多记忆,这亦是对日本文化之源的回望。

一、井上靖的"诗意"与"历史"

明治维新后,日本义无反顾地走上了"脱亚入欧"之路,由此造成了诸多的"断裂",对中国进行持续不断的"污名化"策略即与其"文化身份"的断裂有关。周宁指出:"西方现代性迫使陷于现代性自我认同焦虑的日本不断从肯定西方形象、否定中国形象的'文化势利'选择中确认自身。"(204)石之瑜亦指出:"日本近代思想家处理日本进入近代性的关键之一,是如何退出中国的问题。"(169)可见,井上靖的中国历史题材小说具有鲜明的"时代"意识,是对日本自明治维新以来"脱亚入欧"道路的审视,具有"弥合"断裂、重建"连带"的文化诉求。川西政明亦认为日本人通过阅读此类作品,"可以闻见古代中国文化的芳香,并触及自身文化的根源"(506)。可以说,《天平之甍》亦是对汉文化共同体及日本文化之源的记忆,而"记忆"始终位于"现在",记忆不是把我们带进"过去",反而把"过去"带到"现在"(斯道雷 142)。贯通井上靖的"历史"与"现代"意识,将使《天平之甍》的丰富性得以呈现,这是本文尝试从汉文化共同体记忆切入思考的原因。事实上,对汉文化共同体的记忆即是对日本文化的溯源之举。

中国题材作品贯穿了井上靖的整个创作生涯,他在获得芥川奖后不久便发表了《漆胡樽》(1950),此后又接连创作了《僧行贺的泪》(1954)、《天平之甍》(1957)、《楼兰》(1958)、《洪水》(1959)、《敦煌》(1959)、《苍狼》(1960)、《明妃曲》(1963)、《杨贵妃传》(1963—1965)、《褒姒的笑》(1964)、《孔子》(1989)等一系列作品。其中,《孔子》是其生前创作的最后一部长篇小说,被誉为历史小说的明珠。为了完成这部作品,他先后六次到中国山东、河南等地进行实地考察。井上靖亦是"二战"后第一位创作中国历史小说的日本作家,在传承与开拓中国历史小说方面功不可没。他在创作历史题材小说时,重视文献收集与实地取材相结合的方法,这与其长期的记者生涯有关。1957 年 10 月,即《天平之甍》连载结束后,他便以日本作家访华团成员身份访华,此后直至 1988 年 5 月最后一次访华,一共来访中国 27 次(何志勇 213—238)。井上靖曾与河上彻太郎于 1964 年 9 月进行过一次题名为"井上文学周边"的对谈,在第一部分"中国旅行"中,他说:"在旅行中,我最喜欢去中国旅行。战后,我三次应邀前往中国,中国的旅行比在欧洲的旅行、美国的旅行都令人感到愉快。回想迄今为止去过的中国各地,扬州最好,现在还留有古韵。"⑴其对中国历史文化的兴趣跃然纸上,这是他此后又继续访华二十四次的原因所在,也是他持续创作大量中国历史题材小说的原因之一。

河上彻太郎认为井上靖的作家资质有三个特点:其一是古代史研究热情,这种学者式的气质与其家庭背景有关,其祖父是儒医,岳父是京都大学教授;其二源自其记者生涯的感性与敏锐;其三是故事性与抒情性的结合,而这种抒情性从其诗歌创作、诗歌集出版经历亦可以看出(井上靖:《日本の文学 71》513—515)。中村光夫指出:

> 他成功地将私小说的抒情性与大众文学的故事性融合在一起,创制了一种新型小说。其小说兼有故事性和诗性,仅将我国现代小说分裂发展的这两种性格要素融合起来这一点,他也在我国小说史上留下了深刻的印记。故事性和抒情性的融合后来常见于年轻的推理小说作家的作品中,但其开端是井上氏,这个看似简单的事实,更加说明其功绩之大。(井上靖:《日本の文学 71》516—517)。

井上靖的历史小说大部分以中国历史为题材,亦创作了以日本战国时代为题材的《战国无赖》(1952)、《后白河院》(1972),以俄罗斯历史为题材的《俄罗斯国醉梦谭》(1968),以朝鲜历史为题材的《风涛》(1963)等作品,其中不乏优秀之作。据《井上修一访谈》可知,井上靖之子井上修一就认为朝鲜历史小说《风涛》是井上靖最优秀的历史小说(何志勇 199),可以说"诗意"和"历史"是井上文学的两个关键词。井上文学因浓浓的诗意和宏大的历史视野而在日本文学史上留下了闪亮的篇章,《天平之甍》亦是其时代意识与诗意浪漫的结晶之作。

二、向死而行的"序章"

《天平之甍》以鉴真东渡壮举为背景,以荣睿、普照、玄朗、戒融四位日本留学僧乘第九次遣唐使船赴大唐留学开篇,其中荣睿、普照还担负着邀请传戒师赴日传戒的大任,这项工作关系到日本是否能够完整导入佛教体系的文化大业。一行人历经艰辛,终于抵达大唐,见到了诸多前辈日本留学人员,其中业行在唐将近三十年,他在此期间几乎足不出户,一心抄写佛教经卷,梦想将珍贵的经卷带回日本。此后,荣睿、普照终于获得鉴真的赴日允诺,但东渡之行充满了艰辛,前后五次均告失败,尤其第五次被漂到海南岛的最南端,这期间荣睿、鉴真高徒祥彦病逝,鉴真亦双目失明,最终第六次东渡成功,普照圆满地完成了荣睿未竟的事业,日本佛教由此揭开了新的篇章。对奈良时代的日本而言,佛教是一种全新的知识体系,有力地推动了国家的进步。

《天平之甍》由五章构成,其中第一章源于井上靖的独特构思,详尽地描述了第九次遣唐船从日本出发、抵达大唐、遣唐大使返航的过程,有"序章"的性质,亦凸显了井上靖富于个性的想象力和作品建构力。由于"序章"的存在,《天平之甍》一改《东征传》聚焦鉴真东渡壮举的叙事视角,而将着眼点主要放在荣睿、普照、玄朗、戒融、业行五位日本留学僧的在唐经历上,亦凸显了生命意义、生与死等人生命题,使作品亦具足了哲理小说的层面。

作品开篇处详尽地描写了搭乘四艘遣唐船的人员,包括大使、副使、判官、录事以及知乘船事、译语、主神、医师、阴阳师、画师、新罗译语、奄美译语、卜部等随员,还有木工、船工、锻工、水手长、乐师长、乐师、杂使、玉生、铸生、细工生、船匠、一般水手等总计五百八十余人,其中还未包括名单未定的留学生和留学僧,实际人数更多。如此庞大的派遣队伍宣告了日本遣唐使事业的国家属性,亦追忆了日本在大规模导入中国文化基础之上的自身文化建构模式,且看下面的引文:

原来,朝廷花费巨大资财,甘冒许多人生命的危险,派遣遣唐使团,主要目的是引进宗教与文化,虽也有政治的意图,但比重是微小的。大陆和朝鲜半岛经历多次兴亡盛衰,虽以各种形式影响这小小的岛国,但当时日本给自己规定的最大使命,是迅速建成现代国家。自从中大兄皇子跨出律令国家的第一步以来,还只有九十年;佛教的传入只有一百八十年,政治文化方面,虽已受到大陆很大影响,但一切还处于混沌状态,没有固定下来,只不过是初具规模,有许多东西还必须从先进的唐国引进。用人的成长来比喻,正在从少年向青年发展的时期;用时令来比喻,仅仅是早春天气,春寒料峭的三月初。"(井上靖,《天平之甍》2)①

上文指出遣唐使事业不仅耗费巨资,还令许多人付出生命代价,但当时日本还处于"混沌"状态,为了"迅速建成现代国家",需要不断输入唐朝的先进文化,在硬件、软件方面均以唐朝为典范,还原了日本文化建构初期的历史样貌。作者将"国家意识"萌芽之初的日本形容为"一切还处于混沌状态,没有固定下来"。"混沌"、还未"固定"等表述与日本最早的史书《古事记》(712)与《日本书纪》(720)的表述一致,这两本史书的编撰时间与鉴真东渡一样,均发生在奈良时代天平年间,与《天平之甍》中的故事具有"同时代"的文化语境。《古事记》开篇将日本国土诞生之初的情况形容为"国稚如浮脂"般不成形;《日本书纪》亦载:"古天地未剖、阴阳不分、浑沌如鸡子。"上述表达方式有力地拓展了《天平之甍》的历史纵深感,亦赋予了作品深刻的"文化溯源"意味。

井上靖还在上文中写道:"用人的成长来比喻,正在从少年向青年发展的时期;用时令来比喻,仅仅是早春天气。"早春时节乍暖还寒,须经历一番春寒,才能进入宜人的仲春季节,这亦是日本大规模派出遣唐使的原因。"少年"的寓意亦值得关注。1951 年 4 月 11 日,杜鲁门总统以不服从命令为由,免去了麦克阿瑟的一切职务,包括其驻日盟军最高司令之职。4 月 16日,麦克阿瑟返美,数十万日本人自发地为其送行,此后日本人继续关注麦

---

① 引用时对照『天平の甍』、東京:新潮社、1992 年版略有修改,以下不赘。

克阿瑟的在美动向。5月5日开始历时三天,麦克阿瑟在美国参议院听证会上发言,指出:"如果说盎格鲁-萨克逊人在其发展程度上,在科学、艺术、宗教和文化方面正如 45 岁的中年人的话,德国人的发展程度也同样完全成熟。然而,日本人除了时间上的古老之外,仍然处于受指导的状态。以现代文明的标准衡量,与我们 45 岁的成熟相比,他们还像是 12 岁的孩子。"这部分言辞强烈地震撼了当时的日本人,约翰·W. 道尔继续写道:

> 麦克阿瑟 3 天听证会的全部记录,长达 174000 字,而这些评论在美国几乎没有引起任何反响。在日本,仅仅这段话中的几个字就引起了强烈关注:像 12 岁的孩子。这句话就像一记耳光打在了日本人的脸上,同时标志着麦克阿瑟神秘光环的消失。正如麦克阿瑟的传记作者袖井林二郎所言,这些赤裸裸的话使日本人民清醒地认识到,他们曾经如何蜷缩偎依在征服者的膝下。突然之间,许多人感到难以言喻的耻辱。自此刻起,从前的最高统帅开始从记忆中被抹去,就像战时的暴行被抹去一样(中略),几家大公司甚至发布了联合广告作为回应,以大字标题写下"我们不是 12 岁的孩子! 日本产品被全世界所尊敬"。(540—541)

作品开篇处"少年"的比喻与这段令日本人感到"难以言喻的耻辱"记忆不无关联。如此,"迅速建成现代国家"的理想及对"少年"身份的强调,均具有了"穿越古今"的意味,奈良时代的留学僧们与被比喻成"少年"的战败初期的日本人同样面临着"国家建设"问题。此外,"自从中大兄皇子跨出律令国家的第一步以来,还只有九十年"中"九十年"的时长,亦与明治维新至《天平之甍》连载的 1957 年间的九十年不谋而合,此处亦可见作者"穿越古今"的历史视野,这使得《天平之甍》具足了反思日本现代性的意味。战败初期的日本人还面临着重建"人"的主体性问题,这亦是井上靖在《天平之甍》中关注留学僧的原因之一,而"向死而行"之旅为这种"穿越古今"的现代性反思提供了充分的"诗意"言说空间。

荣睿和普照获悉选派任务后反应不同,荣睿即刻答应了,而普照首先想到的是"干吗要冒生命的危险"远赴他国学习?"向死而行"之旅的本质被再次提及。实际上,荣睿对此亦一清二楚,但他具有使命感,认为:"至少,我们的使命,是值得豁出两条生命的。"四艘遣唐船终于扬帆启航,"海上虽无特大风浪,但船在外海的大浪中,簸荡得像一片树叶"。一行人的生命被置于极限状态,晕船造成的痛苦、对死亡的恐惧以及与痛苦、恐惧进行抗争时的"孤独"成为刻骨铭心的体验,亦将古代日本"国家建设"进程中的"中国"要素形象地展现了出来,一代代日本人即便"葬身海底",亦前仆后继,将中国文化源源不断地输入日本。可以说,作品序章以浓重的"死亡"意象形象生动地追溯了以生命代价建构起来的汉文化共同体及日本文化之源,这种"回溯"有助于战败初期的日本反思自身的"文化身份",这是重建"人"之主体性的必要路径之一。

三、关于"连带":在人与物之间

井上靖时常将业行与鉴真并列书写。小标题中的"人"主要指鉴真,亦包括荣睿、普照、祥彦、思托等东渡团队成员。"物"主要指业行花费近三十年时间抄写的大量经卷。普照见到业行的第一印象是:"他的脸,是普照到唐以后所见到的,跟唐土最无关系的,完全是日本型的。"(《天平之甍》25)业行三十年来一直生活在封闭的"抄经"世界中,几乎没有与抄经以外的人事物建立"连带",也就没有气质的转化。通过普照之眼,作者反复强调了业行"寒碜"的外表及其"未老先衰",这表明业行的生命力已经相当衰弱,几乎"物化"成了经卷本身,这也是他在回国的船上几乎一刻也无法与其经卷分离的缘故。

实际上,由于叙事视角的转换,可见井上靖对人际"连带"的关注。抵达唐朝大约十年时,荣睿和普照正式邀请鉴真东渡,东渡事业由此开启。然而,这是一项充满坎坷的工程,第一次东渡失败后,一些人打了退堂鼓,其中包括业行,他不愿再与鉴真同船出发,其理由是"担心船里要是进了水,大家一定去照顾和尚,把那些经卷弃而不顾"(《天平之甍》44)。业行执着于其经卷,极力回避鉴真,以维系"经卷"的重要性,但其执着与佛理背道而驰。"缘起性空"是佛教的基本理念之一,修行人必须竭力消除执着,但业行对经卷的执念登峰造极,暗示了其悲剧的命运。

　　普照第一次见鉴真时的印象又是怎样的呢？当荣睿一行到大明寺，请鉴真推荐东渡传戒师时，鉴真弟子中无人响应，后来见师发愿，遂都表示愿意与师同行。这时，"普照觉得自己陷身在奇妙难言的陶醉中"。对理性的普照而言，心头涌现"陶醉感"是难得之事。离开大明寺后，普照的"陶醉感"依然持续，"普照记得一句诗，说此地连泥土也是香的。现在，普照才真正觉得目之所及，都发出一股幽香，他还没有从大明寺一室的陶醉中苏醒过来"（《天平之甍》40）。时光流逝，普照对鉴真的感情愈发深厚。第五次东渡失败后，一行人漂到海南岛，在当地逗留期间，街上失火，殃及寺院，鉴真师徒重建了寺院，"新寺落成后，鉴真登坛授戒，讲律度僧。普照好久没见鉴真那种庄严的仪容，不禁潸然泪下。和尚多年流浪，却丝毫没有损伤他的威仪。所到之处，唯以修寺授戒度人为事，真像一位佛陀"（《天平之甍》68）。普照甚至把鉴真看作"佛陀再来"，可见其对鉴真的敬仰之心。第六次东渡终于成功，鉴真成为日本佛教史上的第一位传戒师，日本佛教体系亦得以完备。鉴真还将各种医药、香料、雕刻技术等传入日本，促进了日本诸多领域的飞跃发展。鉴真所携经卷在奈良的"写经堂"里被大批僧侣传抄，亦凸显了人际"连带"的力量。可以说，这种聚焦"连带"的视角贯穿始终。在一场盛大的受戒仪式后，普照和思托二人行走在奈良的大街上，井上靖富于激情地写道：

　　　　一个唐僧和一个同唐僧亲密地说着唐语的日本和尚，在行人眼里显得特别稀罕。普照说唐语比说日语更方便，但他觉得自己变得和一般日本人最不同的地方，还不在讲话，而是对事物的感受和想法。同谁在一起，总不如在鉴真面前舒服，同谁说话，也不如同思托、法进他们说话惬意。多年来不惜生命在大陆过流浪的生活，成了解不开的纽带，把普照和唐僧们紧紧地结合起来了。（《天平之甍》109）

　　井上靖在此处摒弃了文学的象征笔法，直接使用了明晰的"纽带"一词，再次凸显了"连带"意识。这种"连带"亦存在于荣睿与普照之间。当新旧佛教势力必须进行一场辩论时，由于鉴真一方存在语言障碍，普照"自告奋勇"

地担起了这个角色,并最终胜出,"这时候,在稍稍仰头坐在微暗堂内的普照眼前,忽然浮现了客死端州龙兴寺的荣睿的面影"(《天平之甍》112)。普照的胜出象征着鉴真所传戒律即将在日本生根发芽,普照最终完成了荣睿未竟的事业,这亦是发生在荣睿与普照之间的"连带"场景。"连带"意味着生生不息。由于人类个体的局限性,没有"连带"的业行最终葬身海底。在作品结尾处,作者还对作品题名中的"甍"进行了细致入微的观照:

> 遣渤海使小野国田守的回国,不但给普照带来了对业行的绝望,同时也给普照带来了一个甍,上面写明送给日本僧普照,只知道是从唐土经渤海送到日本,却不知道到底是谁送来的。
>
> 甍是安装在寺庙屋脊两端的鸱尾,这是一件古物,各处有了豁口,还有一条很粗的裂缝。普照依稀记得这鸱尾的形状,好像在唐土什么地方见过,可是左思右想也想不起来,是在入唐初期度过两年多光阴的洛阳大福先寺,还是以后长期住过的长安的崇福寺,或者是鄮山的阿育王寺,总之是见过多次的,也许见过的不是这个鸱尾,只是形状与它相同罢了。
>
> 他也想不出是谁把它送来的。如果是唐人,大概不会特别送这样的东西来。在唐相知的日本人已只有玄朗和戒融。不管是谁送来的,看着这个从大乱的唐土,经过渤海送到日本来给自己的这个奇形怪状的瓦制物,总不禁在心里引起很大的感慨。
>
> 这鸱尾在东大寺普照住屋门口放了好久,直到第三个月,才由普照送到唐招提寺工程司藤原高房那里。唐招提寺主要建筑物大体落成,是在天平宝字三年八月。普照每次到招提寺,总是抬头望望金堂的屋顶,在这屋脊的两端安装着他送去的那唐式的鸱尾。
>
> (《天平之甍》113—114)

作为点题文字,"甍"无疑是《天平之甍》的关键词。这个从唐土送来的"甍",最终被安装在唐招提寺金堂的屋顶,铭记着鉴真东渡的壮举,亦铭记着荣睿、普照等日本留学僧不惜生命代价输入唐代文化的豪迈精神。"甍"还隐喻了日本古代文化中的"中国"元素,定格了天平时代日本人前赴后继、以生命为代价输入中国文化的历史时刻。值得注意的是，这是"一件古物，各处有了豁口，还有一条很粗的裂缝"，这亦是寓意深刻的文学话语。

明治维新后，日本在殖民扩张的道路上一意孤行，给中国人民带来了深重的灾难，亦导致了汉文化共同体的断裂，"各处有了豁口，还有一条很粗的裂缝"的表述隐喻了二战后中日关系中的深刻"裂痕"。《天平之甍》发表时，日本战败不久，包括井上靖在内的一部分日本知识分子还在反思战争问题，并摸索着日本与日本人的重建问题。在此背景下，井上靖将视角转向千余年前的日本汉文学经典《东征传》，极力挖掘着其中的精神宝藏，这也是一次对日本文化的溯源之旅。那么，上文反复强调"依稀记得""左思右想也想不起来"等"失忆"症状，或许是为了更好地唤起战败后日本人的文化记忆，这亦是关于"连带"的追忆。虽然从"二战"后日本的发展进程看，井上靖的"弥合"实验富于理想色彩，但无疑在日本现代文学史上留下了弥足珍贵的一抹亮色。

参考文献

川西政明：《昭和文学史（下）》，东京：讲谈社，2001 年。

井上靖：《日本の文学 71》，东京：中央公论社，1964 年。

井上靖：《天平之甍》，楼适夷译，北京：人民文学出版社，1980 年。

何志勇：《井上靖历史小说的中国形象研究》，北京：新华出版社，2014 年。

石之瑜：《日本近代性与中国：在世界现身的策略》，台北：台湾编译馆，2008 年。

斯道雷：《记忆与欲望的耦合》，徐德林译，桂林：广西师范大学出版社，2007 年。

约翰·W. 道尔：《拥抱战败》，胡博译，北京：生活·读书·新知三联书店，2008 年。

周宁：《跨文化形象学》，上海：复旦大学出版社，2014 年。

卡夫卡与杜甫："文学之家"的回忆与梦

赵山奎①

内容提要:王家新有一个预感或者猜测:"在杜甫身上或许本来就包含了一个卡夫卡。"其实,早在 60 多年前,这已是一个文学史事实。在 1959 年布罗德关于卡夫卡"中国往事"的回忆中,他特别强调了杜甫之于卡夫卡的重要性,以及李白与杜甫之间的文学友谊在卡夫卡那里激起的情感波澜。布罗德还进一步回忆了 30 年前对卡夫卡的"梦思"。杜甫在关于李白的梦里招来了屈原的幽灵,布罗德在关于卡夫卡的回忆中则同时招来了荷马与杜甫的幽灵。就布罗德关于卡夫卡的"中国往事"来说,作为"知李白杜甫者"的卡夫卡,其实也是一个"知蒲松龄者"。卡夫卡与中国文学的关系,应该结合卡夫卡所读到的德译本进行更深入具体的考察。

关键词:王家新　马克斯·布罗德　弗兰茨·卡夫卡　杜甫

Title：Kafka and Du Fu：Memories and Dreams from " House of Literature"

Abstract：Wang Jiaxin once guessed，" Du Fu may have included himself a Franz Kafka." In fact，as early as more than 60 years ago，this was a fact of literary history. In 1959 Brod's recollection of Kafka's "Chinese Memory"，he particularly emphasized the importance of Du Fu to Kafka，and the deep emotions that the literary friendship between Li Bai

---

①　赵山奎,浙江工商大学教授,研究兴趣为比较文学与世界文学。基金项目:浙江省哲学社会科学规划课题"卡夫卡传记研究 80 年(1937—2017)"(20NDJC065YB);教育部人文社会科学研究规划基金项目"卡夫卡传记与传记批评研究"(21YJAZH123)。

and Du Fu aroused in Kafka. Brod further recalled his "dreams" about Kafka 30 years ago. Du Fu invites the ghost of Qu Yuan in dreams about Li Bai, and Broad invites the ghosts of Homer and Du Fu in his memories of Kafka. As far as Brod's "Chinese Memory" about Kafka is concerned, Kafka, who knows Li Bai and Du Fu, is actually a "knower of Pu Songling". The relationship between Kafka and Chinese literature should be more in-depth and concretely examined in conjunction with the German translation that Kafka has read.

Key words: Wang Jiaxin; Max Brod; Franz Kafka; Du Fu

作家与作家之间的关系,哪怕是不同时代不同国家或民族的作家之间的关系,常常更像是心有灵犀的家人之间的关系。"卡夫卡与杜甫"这个话题,从学术史角度来看,虽然并不是由我国诗人王家新先生首次提出的,但我们的回顾,仍不妨从他作为诗人/作家的一个敏锐的"预感"开始。2011年4月6日的《中华读书报》第17版《国际文化》专刊"东海西海"栏目用整版推出了一篇三人谈话(主持:赵雅茹;嘉宾:汉乐逸、王家新),正标题就是谈话主角之一王家新写于1997年的诗句:"为了杜甫你还必须是卡夫卡。"在这篇关于"中国现当代诗歌之旅"(副标题)的谈话中,王家新认为,如今对我们自身"传统"的理解,需要完成一个背景的置换——关于"在杜甫身上或许本来就包含了一个卡夫卡"的"预感"就出现在这个背景中:"我想我们只能置身于整个'世界文学'的背景下来从事自己的写作。我们所说的'传统',已经不局限于王维和杜甫了,可能还得把我们所接受的西方的很多东西也包括进来。杜甫与卡夫卡就是不相容的吗? 我并不这样看。多年前我曾写过,今天我还想补充说,在杜甫身上或许本来就包含了一个卡夫卡。"

从1997年"为了杜甫你还必须是卡夫卡"的诗句,到2011年"在杜甫身上或许本来就包含了一个卡夫卡"的补充,大约可以看作一个诗人努力融通异质的文学世界进而抵达文学世界的融通境界这一文学实践经验的概括。多年来他所写的那些关于卡夫卡与杜甫的诗句,至少已经证明,卡夫卡与杜甫确实能够在他的诗句中"相容"与"相融"。这种相融伴随着王家新成为一个著名诗人,甚至已成为新的文学传统,比如我们已经可以猜测:在卡夫卡身上是否本来也包含了一个王家新？

一、在卡夫卡所读到的杜甫及其诗歌中，包含了一个卡夫卡所发现的自己

笔者要进一步补充说：王家新关于"在杜甫身上或许本来就包含了一个卡夫卡"的预感或猜测，其实早在更早时候的 60 多年前，就已经是一个文学史的事实了。也就是说，有证据显示，在卡夫卡所读到的杜甫及其诗歌身上，真的包含了一个卡夫卡所发现的自己；从个人记忆中的卡夫卡这一角度来理解卡夫卡与杜甫的关系，比王家新先生所感觉到的，即便不一定更加深刻，也将会增添一些触摸过去事物的亲近感。

让我们从头说起。正像如今关于卡夫卡的许多东西一样，我们如今知道这个关于卡夫卡与杜甫之间文学关系的事实，也要归功于马克斯·布罗德。那是在 1959 年，在编辑完卡夫卡文集、写了《卡夫卡传》与《卡夫卡的信仰与教导》之后，布罗德意犹未尽，又写了第三本关于卡夫卡的书，题名是《卡夫卡作品中的绝望与拯救》。我们今天相信，不管卡夫卡的作品里是否包含对其他人的"拯救"信息，至少对于布罗德这个卡夫卡最忠实的朋友来说，卡夫卡的作品以及关于卡夫卡的任何点滴回忆，都具有意味深长的存在论意义。我们常说，对于后世文学史和读者来说，没有布罗德，就没有卡夫卡。其实反过来说，也是成立的：布罗德虽然一生写了 90 多本书，但却主要是作为卡夫卡的朋友、卡夫卡遗嘱的执行者及其作品的整理者和解释者为后世广大读者所知的。因此此书题名中的"拯救"一词对他而言，便带上了某种十分紧迫的自传性意味。

在临近这部著作"尾声"的部分，布罗德有些突兀地插入了一段富有感情色彩的回忆和一个关于卡夫卡的梦，回忆的内容即是他所谓卡夫卡的"'中国'往事"（'chinesischen' Erinnerungen）。布罗德拥有一本中国诗歌选集的德译本，据说是卡夫卡送给他的（"现在还保存在我的图书室中"），这本书即汉斯·海尔曼所编译的《中国抒情诗》。布罗德说："卡夫卡十分喜爱这本书，时常推荐给其他人，常常充满感情地读给我听。"（344）这段回忆或许能解答卡夫卡书信中的一个小困惑：卡夫卡在 1920 年致闵策的信中提及这

本书，"我有一次把它借给了什么人，就再也没有收回来了"（《全集》卷六296）；这"借出去"的与被"送给"布罗德的，很可能是同一本。

布罗德所述卡夫卡的"中国往事"中，除却众所周知的内容（比如卡夫卡对袁枚《寒夜》一诗的反复引用），关于杜甫的部分最引人注目，篇幅也最大。在卡夫卡喜欢的中国诗人中，布罗德特别强调了杜甫在卡夫卡心目中的重要地位："卡夫卡有时把杜甫看得比其他诗人都高。"其原因"很可能是杜甫对社会苦难的同情以及对战争的厌恶"（346）。后世读者当然并非主要是因为这两点而称赞卡夫卡，甚至卡夫卡是否"厌恶战争"都需要打个问号，但布罗德的强调确实把我们的视线引向了作家精神世界的深层。基于卡夫卡对杜甫评价甚高，布罗德自信可以"有把握"地认为，卡夫卡名作《一道圣旨》可以在杜甫的如下两句诗中找到端倪——据其所引的德文译回现代汉语大体是这样："北方边界的峰峦回荡着锣鼓声；在西面，条条道路都挤满了骑兵和战车，甚至把皇帝特使的路都堵住了。"（346）即便仅从字面上看，《一道圣旨》的德文题名"Eine kaiserliche Botschaft"，与杜甫诗句德译文中的"kaiserlichen Eilboten"（皇帝特使）之间的联系也确实是非常明显的。布罗德的这个发现对于卡夫卡的中国读者应该有特别的意义：夜幕降临之时，你在自家窗旁知道了关于卡夫卡信使的消息。不过话说回来，卡夫卡与杜甫的这一联系，其实是建立在德译文中介上的。我们中文读者如果不去看当时卡夫卡所看到的德译文，确实很难发现这个具体的联系。虽然对照之后便能看出，上述德译杜甫诗句出自《秋兴八首》其四，对应的两句原诗是："直北关山金鼓振，征西车马羽书驰。"同样可以看出，原诗并没有特别强调"信使"，倒是让笔者联想起《城堡》里奥尔加所讲述的城堡官员乘坐的马车，马车飞驰，车里装满了需要他们用心研究的各种文件。

二、卡夫卡对杜甫与李白之间友谊的故事简直是心驰神往

值得玩味的是，在讲述这个"信使故事"之前，布罗德先讲述了杜甫与李白的友谊，或更确切地说，是发生在他与卡夫卡之间的杜甫与李白的故事——似乎杜甫与李白之间友谊的故事是他与卡夫卡之间友谊的故事的"信使"：布罗德想要以此传达什么信息呢？布罗德强调，卡夫卡对此类由作

家本人所记述的作家与作家之间友谊的故事简直是心驰神迷。作为一个佐证，在回忆完卡夫卡背诵杜甫致李白诗篇的故事之后，他马上就谈到了陀思妥耶夫斯基是如何激动地回忆他与格利戈罗维奇（Grigorewitsch）和涅克拉索夫关于《穷人》的故事——这个故事，卡夫卡曾激动地在致密伦娜书信中"引述"过，布罗德现在想起来，卡夫卡也曾激动地向自己朗读过这个故事。

卡夫卡对这个故事评价甚高，在书信中引述之前他提醒密伦娜说："这是个归纳了很多道理的故事，我在此引用它，仅仅因为引用一个伟大人物的故事能使人快乐。"——笔者在此引用如今也是一个伟大人物的卡夫卡的"引用"，而经此引用，这个故事也属于卡夫卡了：

> "这故事我已经记不太清楚，更别提人物姓名了。陀思妥耶夫斯基写他的第一部长篇小说《穷人》时，同一个文人朋友格力高列夫（Grigoriev）住在一起。这位朋友尽管数月之久一直看到桌上摊着写过的纸，却直到小说写完才得以一读。他读着小说，被深深地感动了，未经陀思妥耶夫斯基同意，就带着文稿去找当时著名的评论家涅克拉索夫。夜间三点，陀思妥耶夫斯基的门铃响了。来人是格力高列夫和涅克拉索夫。他们闯进房间，热烈拥吻陀思妥耶夫斯基。当时还不认识他的涅克拉索夫称他为俄国的希望。他们谈着话，主要谈这部小说，共谈了一两个小时，直到早晨他们才告辞。陀思妥耶夫斯基（后来他总把这一夜称作他一生中最幸福的夜晚）靠在窗旁，看着他们的背影，抑制不住自己，哭了起来。他的基本感觉（我已经想不起来，他在什么作品中写到过）大体上是：'多好的人啊！他们多么善良而高尚！而我是多么卑贱。假如他们能看透我的内心，他们会怎么想啊！假如我如实告诉他们，他们是不会相信的。'我的故事到此结束了。"（卡夫卡《全集》卷九 183）

我们回到布罗德对发生在他与卡夫卡之间杜甫与李白故事的回忆。布罗德清楚记得，卡夫卡曾"以无与伦比的亲昵之情，背诵了杜甫致李白的一首诗"。这首被背诵的诗里面，有两句布罗德特别心动，将其所引德文译回现代汉语大体是这样："人们称赞你是第一人（Ti-Sie-Jen，也可能是"谪仙人"

的音译——笔者），有挥洒不尽的才华，你堪比天人"；"当你的诗歌写成之时，能听到周围不死的神灵发出低声的赞美"。不难看出，原诗就是杜甫《寄李十二白二十韵》开头两韵："昔年有狂客，号尔谪仙人。笔落惊风雨，诗成泣鬼神。"在此笔者不拟对原诗译诗进行比较品评，只是一定要指出的是，布罗德随后的评述才真正如神来之笔："这些被卡夫卡背诵的诗行，如今仍萦绕在我耳边；我还可以看到，他以低沉的声音背诵着，缓慢地、庄严地、轻轻地举起手，同时又是那么欣喜——当此之时，那些天才们就坐在诗人的周围，赞美的目光注视着他"（345）。在布罗德的心灵之眼中，他看到，在背诵杜甫诗篇的诗人/作家卡夫卡的身边，有许多天才诗人的幽灵正在对卡夫卡表示赞美。在这一恍兮惚兮的出神凝视时刻，卡夫卡变成了李白，而布罗德自己则成了杜甫；以这种方式，布罗德赞美了卡夫卡，正如卡夫卡所诵读的诗篇里，杜甫以同样的方式赞美了李白——这一幕，简直就是诗人召唤诗神降临的仪式，其核心处，是被称为"诗仙"的李白用自己的写作实践和不朽诗篇召唤着不死的诸神。

在结束对卡夫卡的回忆之后，布罗德似乎不愿就此告别卡夫卡，又进一步回忆了大约30年前，也就是1930年记下的关于卡夫卡的"梦记录"；很可能，他要以这种方式为自己与卡夫卡将要延伸到未来的友谊做见证。但让笔者感到奇怪的是，这些梦在某种意义上恰恰透露了布罗德想要理解和把握卡夫卡时所感到的"绝望"。在布罗德梦里，卡夫卡的外形还在发展变化（他做梦时卡夫卡已经去世5年多了），虽然布罗德在记录里十分肯定，在梦里以及从梦中醒来做记录之时，他都觉得从开始就奠定他们友谊基础的那种本质性的东西"并没有发生改变"。第一个梦里的卡夫卡对他说："一场大骗局——生活在这方面可真是做得太完美了。"这句话对布罗德的震撼如此之大，以至于他不仅尚在梦中之时就已经惊醒好几次以便把这句话牢牢记住，甚至还使他在完全醒过来之后几乎丧失了对卡夫卡的信念："半梦半醒之际他对我来说似乎还具有某种巨大的意义，而到了早晨醒来的时候，这种意义已经溜走了。"梦中的布罗德有些伤心地问卡夫卡："难道我们的友谊也是一场骗局吗？"（346）

在另一个梦里，卡夫卡已经变得不是卡夫卡（"一张大而模糊的白脸，身穿黑衣，腿完全消失在黑暗中"），虽然梦里的布罗德知道，这个不是卡夫卡的形象,但与卡夫卡"在精神上有亲密的联系",因此接下来与这个形象的对话中,他仍把他看作卡夫卡。在这个梦中,卡夫卡"像冥府里的阿基琉斯"一样回答布罗德的提问——在这个类比中布罗德把自己当作了《奥德赛》的奥德修斯,尽管他实际上更像是《伊利亚特》中的阿基琉斯,后者梦见帕特罗克洛斯在冥府门口徘徊,"吩咐我一件件事情"。已经不在人世的卡夫卡在布罗德的梦里向布罗德透露了一些布罗德想要知道的"信息"(比如"那里"的生活,以及从"这里"到"那里"需要经历的事),而梦里的布罗德对此将信将疑,因为卡夫卡向他讲述另一个世界的秘密的时候,表情和手势都像是恶作剧。尽管如此,布罗德仍从这个梦中获得了安慰,因为他觉得:"出于教育的目的,卡夫卡喜欢让你独自面对危险……"(347)

三、作为"知李白杜甫者"的卡夫卡,也是一个"知蒲松龄者"

现在是笔者独自面对这个话题的时候了。布罗德在写下关于卡夫卡的梦的时候,应该没有想到或并不知道杜甫在听到李白流放夜郎后,因不知李白生死而积思成梦,写下《梦李白二首》的故事。而这个故事,考虑到卡夫卡对李白杜甫之间友谊的关心,即便他与布罗德并不知道,也应该让他们知道。那时,杜甫连续三夜梦到了李白,这使得杜甫产生了不祥之感:"恐非平生魂,路远不可测。魂来枫林青,魂返关塞黑。君今在罗网,何以有羽翼?"——你该不是鬼吧? 这么远的路,不要说没翅膀,即便有翅膀,你现在又不是自由身,怎么能飞来飞去呢? 据说,这里的"魂来枫林青"是在用典,其身后是关于屈原的潜文本:"湛湛江水兮上有枫,目极千里兮伤春心,魂兮归来哀江南!"(《楚辞·招魂》)

"用典"是文学见证自身存在的重要方式——诗人请更早时期的诗人出面为自己的感灵状态做见证,既为经典诗人招魂,也让读者看清自己的来路。杜甫在关于李白的梦里招来了屈原的幽灵,布罗德在关于卡夫卡的回忆中则同时招来了荷马与杜甫的幽灵。就杜甫的梦而言,如果我们把文学史的目光再往后延伸一下的话,就会发现,在蒲松龄的幽冥之梦里,屈原与杜甫、李白还将被同时召唤来作为文学世界超现实存在性的见证——前一个在开头,后一个在结尾:"披萝带荔,三闾氏感而为骚","知我者,其在青林

黑塞间乎?"(《聊斋志异·自志》)

而就布罗德关于卡夫卡的"中国往事"来说,如今我们知道,作为"知李白杜甫者"的卡夫卡,其实也是一个"知蒲松龄者"——卡夫卡熟悉卫礼贤(Richard Wilheilm)编译的《中国民间故事集》(*Chinesische Märchen*)(其中15个故事出自《聊斋志异》)与马丁·布伯《中国鬼怪与情爱故事》(*Chinesische Geister-und Liebesgeschichten*)(此即为《聊斋志异》德译选本,共收录了16个故事)。

"君今在罗网,何以有羽翼?"杜甫在梦中曾如此问那个很像是李白的形象;卡夫卡如是说:"乌鸦们宣称,仅仅一只乌鸦就可把天砸烂。这话无可置疑,但对天来说什么也证明不了,因为天恰恰意味着:乌鸦不可能存在。"(32)而在蒲松龄《聊斋志异》一个故事中,确实存在着一种能够穿越阴阳两界、在人鸟之间自由切换的"乌鸦",即"吴王神鸦"(似乎那"不可能存在"的,反倒是把这两个世界隔离开来的"天"):一个叫"鱼客"的书生,在吴王庙入梦,梦里他被吴王聘为黑衣队队员,有了一身黑衣,穿上后就变成了乌鸦("既着身,化为乌,振翼而出");后来他在现实世界也有了一副黑衣,穿上之后可以往来于湖南与湖北,"潜出黑衣着之,两胁生翼,翕然凌空,约两时许,已达汉水"。这个题名为《竹青》的故事很像是庄子《逍遥游》开篇"鱼鲲变乌鹏"故事的某种变体,作为题名的"竹青"在蒲松龄的故事中既是乌鸦(鱼客做乌鸦时的配偶),也是女人(跟鱼客生了三个孩子),还是女神(即"汉江神女")。值得一提的是,在马丁·布伯的《中国鬼怪与情爱故事》中,这个故事是第六篇,篇名被译者改为了《乌鸦》(*Die Krähen*)。

众所周知,"卡夫卡"(Kafka)这个姓氏出自捷克文 Kavka,就是"乌鸦"的意思,这个意象也成为卡夫卡作品中最重要的自传性符码:《乡村婚礼的筹备》中的主人公 Raban 来自德文"乌鸦"(Rabe),《猎人格拉胡斯》中的 Gracchus 是意大利语"乌鸦"……如此着迷于乌鸦形象的卡夫卡怎会错过这篇名为《乌鸦》的"变形记"? 至少,蒲松龄的《乌鸦》在卡夫卡的《城堡》中,留下了一个清晰可见的印迹:从远处观看有些像是"吴王庙"的城堡时,K. 看见一座尖塔,"成群的乌鸦(Krähen)在那高塔周围盘旋"(卡夫卡,《城堡》12)——此种情景令人遐想:这群乌鸦是不是城堡主人西西伯爵的"黑衣队"呢? 自称被伯爵聘用的土地测量员 K.,会在某个时刻成为一名黑衣队队员吗？

诗人王家新曾在"起风的日子里"想起过"杜甫身体中的那匹老马"，也曾在《卡夫卡》一诗中追问过"为什么你我就不能达到赞美"。或许，这些回顾与追问本身就是对文学进行赞美的方式吧。和想起过杜甫、李白的蒲松龄与卡夫卡一样，王家新也梦到乌鸦，并在自己的诗里写过乌鸦。在《乌鸦》一诗中，他如此写道："因此我要写下这首诗/为一只乌鸦在梦中的出现"，"为梦见乌鸦的那天晚上，我所读到的书，所写下的/信，以及夜深人静时才听到的钟摆的嘀嗒声，/为那不便言说的恐惧"①。笔者不会写诗，勉强拼凑此文，献给文学世界里那些美妙的夜晚。

参考文献

Brod，Max. *Über Franz Kafka*. Frankfur am Main：Fischer Bücherei，1966.

Kafka，Franz. *Hochzeitsvorbereitungen auf dem Lande，und andere Prosa aus dem Nachlaß*. Ed. Max Brod. Frankfur am Main：Fischer Bücherei，1983.

弗兰茨·卡夫卡：《卡夫卡全集》，叶廷芳主编，北京：中央编译出版社，2015年。

弗兰茨·卡夫卡：《城堡》，文泽尔译，天津：天津人民出版社，2020年。

---

① 本文所引王家新诗歌主要见于豆瓣网：《王家新诗选》，https：//www. douban. com/group/topic/38243448/；《王家新的诗》，https：//www. douban. com/note/465552258/。

"棱镜"中的"唯美"：
五四前后唯美主义中国传播考论

马　翔[①]

内容提要：唯美主义思潮在五四前后弥散于译介、创作、研究和文化批判活动中，唯美主义思潮在四组矛盾的张力中"变异"：为人生—为艺术；乡土—都市；旧形式—新形式；群体—个体。由于五四运动的复杂性，中西文化的差异以及唯美主义本身的多层次，唯美主义思潮在五四运动之棱镜中被折射出多重面相，观念性的思潮经过异质文化语境的"误读"后反而还原出某些本质性的构成因子。今天仍有必要对唯美主义思潮在五四新文化、新文学运动中的接受与传播情况进行梳理和重估，以便更深入地认识唯美主义并反思中西文化融通的某些规律。

关键词：五四　新文学　唯美主义　文学思潮　接受研究

Title："Aestheticism" in "prism"：on the Spread of Aestheticism in China before and after the May 4th Movement

Abstract：Aestheticism spreads in literary translation，creation，studies and cultural criticism before and after the May 4th Movement. Aestheticism varies in the tension of four contradictory groups：for life-for art；rural-urban；old form-new form；group consciousness - individual consciousness. Due to the complexity of the May 4th movement, the differences between Chinese and Western cultures and the multi-level Aestheticism itself, the trend of Aestheticism is refracted through the

---

①　马翔，文学博士，浙江工商大学西方文学与文化研究院助理研究员，研究兴趣为西方文学、比较文学。

prism of the May 4th Movement. After the "misreading" of the heterogeneous cultural context, the ideological trend reverts to some essential factors. It is still necessary to sort out and reevaluate the reception and dissemination of Aestheticism in the May 4th Movement, so as to have a deeper understanding of Aestheticism and reflect on some laws of the integration of Chinese and Western cultures.

Key words: The May 4th Movement; new-vernacular literature; Aestheticism; literary trend; reception study

在中国新文学孕育的土壤中,唯美主义并非国人最迫切需要的艺术养料,我国的文学传统与现实国情没有独立孕育唯美主义的土壤,更没有出现严格意义上的唯美主义理论体系与唯美主义者。它和象征主义、颓废派等"异类"文学一起被统称为"新浪漫派"。但是,我们不能否认唯美主义在新文学建设中的作用,它与其他西方文学思潮一样成为中国新文学的"武库"。对此,国内学者已进行了相当程度的研究。然而,由于五四运动的复杂性,中西文化的差异以及唯美主义思潮本身的多层次性,唯美主义在五四运动之棱镜中折射出多重面相,这些面相有助于更深入地认识唯美主义并反思中西文化融通的某些规律。因此,笔者认为仍有必要对唯美主义思潮在五四的接受进行重估。

纵观唯美主义的中国传播,大致存在四组矛盾的话语、视角,我们可以将其归纳为:为人生—为艺术;乡土—都市;旧形式—新形式;群体—个体。唯美主义思潮在五四前后的独特境遇正是在这四组矛盾的张力中展开的。

一、为人生—为艺术

受到欧洲批判现实主义和苏俄革命文学的影响,人生派成为当时文坛的主旋律,也许主要并非它的写实主义气质或是写实主义背后蕴含的朴素的人道主义观念,而是那份强烈的干预生活的企图,这样的企图既有传统知识分子"为天地立心,为生民立命"的抱负,同样出于新式的知识分子心理:知识分子主体地位的提升带来的使命感、职业感。与传统知识分子最大的不同在于,"为人生"的知识分子赋予了文学更多的认识功能——剖析和批判社会、文化。与人生派文学对立的是艺术派,他们对于文学的主张不一,但有着基本共性,即与社会现实问题保持距离,主张作者审美旨趣的自我表现,保持艺术的纯粹,追求作品的形式美,这就与唯美主义思潮有了直接的关联。

有趣的是,艺术派的文学主张同样出于新式的知识分子心理,却与人生派走向了截然不同的道路。这种不同的根源在于,人生派更重视文学的认知功能,而艺术派更具文学的审美自觉。事实上,文学,尤其是叙事类文学进入艺术审美的门槛,正是在五四时期,这种局面的产生与唯美主义文学思潮的译介同样有关。新月派代表人物闻一多曾引用罗斯金的观点提倡工艺美术的重要性:"无论哪一个国家,在现在这个二十世纪的时代——科学进步、美术发达的时代,都不应该甘心享受那种陋劣的、没有美术观念的生活,因为人之所以为人,全在有这点美术的观念。"(3)他曾参与文艺研究团体"美司斯"(Muses)宣言的起草,宣言提到:"生命底艺化便是生命达到高深醇美底鹄底唯一方法"①。闻一多极力欣赏济慈"美即真、真即美"的思想,认为济慈作为艺术的殉道者,不仅是"艺术底名臣",更是"艺术底忠臣","诗人底诗人"(71)。新月派诗人周作人提倡诗歌的格律,讲究形式美,提出"为诗而诗"的唯美诗学。

唯美主义思潮在很大程度上是经过日本文学的中介才与中国新文学产生联系的。许多新文学作者都有留学日本的经历,比如创造社的主要成员郭沫若、成仿吾、郁达夫、张资平、郑伯奇、田汉等人。创造社的成员也经由日本文学的影响,译介并借鉴唯美主义文学的创作观念和技巧,以田汉为代表的中国戏剧的唯美风同样受到日本"新剧"及其代表的"纯粹戏剧"观念的影响。田汉对唯美主义戏剧的译介和中国化做出了重要的贡献,他改编的《莎乐美》带动了中国新戏剧创作的"莎乐美热"和"王尔德热"。唯美主义戏剧热潮主要取唯美主义重艺术、轻现实,戏剧家往往设置艺术与现实、灵与肉、死与生的冲突,凸显艺术(理想)世界高于现实人生的思想。田汉认为,艺术代表了现实生活的理想方向,艺术家必然要对现实不满,反抗既成道

---

① 《"美司斯"宣言》,《清华周刊》第 202 期,1920 年 12 月 10 日。

德。田汉一方面主张暴露人生的黑暗面，另一方面又提倡艺术至上主义，将"生活艺术化"(90)，将人生提升至艺术的境界，从而忘却现实的痛苦，这样的思想显然具有唯美主义的思想特征。

郭沫若也主张"生活的艺术化"，是"用艺术的精神来美化我们的内在生活……养成美的灵魂"(207)。他推崇佩特，在1923年的《创造周报》上发表《瓦特·裴德的批评论》一文，译介了佩特的《文艺复兴》序言。他的历史剧《王昭君》《卓文君》和《聂嫈》中刻画的三个"叛逆的女人"形象受到王尔德(Oscar Wilde)的《莎乐美》的影响。成仿吾持文学"无目的的合目的"观点，他在《新文学之使命》中说："至少我觉得除去一切功利的打算，专求文学的全(Perfection)与美(Beauty)有值得我们终身从事的价值之可能。"(94)郑伯奇也说："艺术的王国里，只应有艺术至上主义，其他的主义都不能成立。"①梁实秋认同文艺的独立价值，指出"文艺的价值，不再做某项的工具，文艺本身就是目的"(436)。

受唯美主义影响最大的创造社作家当属郁达夫，他最先向国内介绍了英国《黄面志》作家群和唯美主义画家比亚兹莱。郁达夫认为他们的共同特征是"对于艺术的忠诚，对于当时社会的已成状态的反抗，尤其是对于英国国民的保守精神的攻击"(176)。英国唯美主义作家对社会的疏离、对艺术世界的营造正好切合了以郁达夫为代表的"零余者"的心理诉求。唯美主义对郁达夫的影响同样是以日本唯美派作家为中介，如谷崎润一郎和佐藤春夫等人，从郁达夫的某些自叙传小说中就可以看到日本唯美派作品的独特气质，呈现无处安放的畸形肉欲。《黄面志》美术编辑比亚兹莱对于中国文坛而言充满吸引力。鲁迅、梁实秋、田汉、周作人、邵洵美、张闻天、张竞生等人都对比亚兹莱的画颇感兴趣。

由此可见，艺术派文学带来的是与人生派不一样的高蹈气质，从文学创作上看，由于人生派文学关注的重心在文学的认识功能、揭露功能，难免忽视文学的艺术追求，导致新文学形式的粗糙。这说明新文学在丢弃旧文学已经日趋僵化的形式的同时，还没有形成新的形式上的自觉。艺术派已经意识到这个问题，他们重视文学的形式美，探索新文学的形式，改变了新文

---

① 郑伯奇：《新文学之警钟》，载《创造周报》第31号，1923年。

学诞生初期粗糙的形态。更为深刻的是,他们带来了一种新观念,即艺术高于人生,可能世界高于现实世界,个体(可以)超拔于群体。诚然,这种观念的形成固然离不开现实因素和文化传统的驱动,但它借由唯美主义思潮"艺术高于生活"的理论命题打开了中国文学与文化的另一种可能性,填补了传统文化的缺失,拓展了国人意识的深广度,从某种程度上说,其启蒙意义并不亚于"为人生"的文学。

"艺术高于生活"是唯美主义的世界观,它在呼吁艺术自律的同时自然地衍生出"生活模仿艺术"的观念,试图在生活领域进行审美启蒙,将生活艺术化,使普通人的感性能力向艺术家/审美家提升。因此,在唯美主义思潮展开过程中,往往伴随"美育"的潮流,这股潮流从德国美学那里受到启发,在英国的工艺美术运动中发生,由出版社、画廊、博物馆、慈善机构等一系列艺术类社会组织、艺术活动和成员构成,并蔓延至诸多国家,推动了欧洲"新艺术运动"的浪潮。受此启发,五四时期也掀起了关于"美育"的讨论和呼吁,蔡元培、鲁迅、朱光潜、梁实秋、田汉、王统照等人都曾论述"美育"对国民教育的重要性。区别在于,西方唯美主义的"美育"着眼点是改善工商文明和工具理性对人性的异化,用审美弥合由于劳动分工和阶级分化引起的社会分裂,在"艺术"与"生活"之间更偏向"艺术";五四运动倡导的"美育"是对国民进行现代性启蒙,用审美中蕴含的"个人/个性""自由/自我"元素加速传统文化的现代化转型,因此它更加迫切和世俗化,在"艺术"与"生活"之间更偏向"生活"。从这个意义上说,艺术派并不与人生派有着根本的对立。

二、乡土—都市

从 20 世纪 20 年代末开始,上海逐渐成为新文化运动的大本营,当时的上海有《真善美》《狮吼》《金屋月刊》《幻洲》和《文艺画报》等具有唯美主义背景的刊物。上海文学界的繁荣,形成了独特的海派文学。海派文学在当时具有明显的"现代性",它是由都市的发展和商业文化的形成带来的。田汉曾说:"这都市和乡村的冲突在我们也曾感到,这意义的确很重大,并且是国际的。这点我们南国很感到苦闷。"(196)田汉在创作、推广他的戏剧时遇到的现实问题便是由于城乡的二元对立导致的人生观、艺术观方面的巨大差异。因此,唯美主义在中国的接受过程中,贯穿着另一对现代中国的二元话语:乡土与都市。

一般将现代主义文学的海派分为两个时期。第一代海派文学作家主要由狮吼社、绿社等社团成员构成。狮吼社的滕固曾留学日本,在此期间,他阅读了西门斯、王尔德、戈蒂耶等人的作品,也接触到日本唯美派文学。日本唯美派文学的重要特征是"用欧洲的艺术形式,发挥日本的趣味""是异国情调与江户情趣的融合"(叶渭渠 399-400)。日本江户文化自躬享乐、放荡好色的追求在西方唯美主义的"刹那主义""感觉主义"的方法和视野中被"激活"为"物哀"式的官能享乐。当然,欧洲的唯美主义运动以及后来的欧洲新艺术运动同样吸收了江户时代兴起的浮世绘等东方艺术元素(如惠斯勒和比亚兹莱的作品)。唯美主义思潮在形成和传播过程中天然地融汇了东西方文化和艺术,因此,它强调的"感性""神秘""异国情调"等元素对国人而言接受起来并不困难。第一代海派作家的留日经历使他们和唯美主义"一拍即合",尤其是日式唯美派文学。通过阅读作品我们可以发现,滕固学习了唯美主义思想,尤其接受了唯美主义倡导的"感官享乐"的理念,他的作品具有浓厚的官能享乐主义情调。滕固也是一位文艺评论家,他的专著《唯美派的文学》(1927)对英国唯美主义进行专题研究,他在这本专著中提到了英国唯美主义运动与"感觉美"的紧密联系,他认为英国唯美运动属于新浪漫主义,可以追溯到威廉·布莱克与济慈,后经拉斐尔前派正名,到世纪末与法国的象征主义汇合才算画上句号。至此,才算是正式"别成一流派"(1-3)。

邵洵美曾留学英国和法国,他羡慕摩尔(George Moore)和王尔德品位考究、仪式感强的唯美的生活方式,"我以为像他那样一种生活,才是真的生活,才是我们需要的生活"(转引自谢志熙 228)。邵洵美将生活艺术化,在日常生活中也穿着奇装异服,像王尔德那样高谈阔论,这样的追求无疑具有上海的"摩登"气质。章克标从日本留学回国后加入狮吼社,和滕固相似,他的创作风格带有明显的日本唯美派文学的影响,即追求官能的享乐主义,将人体的感官能力拓展到极限,并以此为美的极致。"眼有美的色相,耳有美的声音,鼻有美的馨香,舌有美的味,身有美的独,觉有那个美的凌空虚幻缥缈的天国。"①这种风气与"颓废"(Decadence)概念的引入密切相关,李欧梵认为,中国新文学中的"颓废本来就是一个西洋文学和艺术上的概念,……因为望文生义,它把颓和荡加在一起,颓废之外还加添了放荡、荡妇,甚至淫荡的言外之意"(48)。就像上海大都市在当时的中国是某种奇观那样,海派文人的风气在彼时的社会意识中是多么惊世骇俗。

叶灵凤在创作上和日常生活中有意地模仿王尔德,作品注重营造肉身感官和奇巧梦幻的唯美情调。许多人将叶灵凤归入新感觉派。新感觉派已具有现代主义文学的特征,被认为是第二代海派,但由于它的日本和法国源头与唯美主义思潮有着紧密的联系,在其呈现的具体作品中还是能够辨认出明显的唯美主义的特征,比如颓废的情调、肉欲的渴望、华丽的辞藻等,最显著的特质便是对"感官"的呈现。新感觉派认为面对新世界,人们要调动各种感官去认识和表现世界,依靠感觉、直觉、联想等感性认识来把握主体观念中的事物,捕捉刹那的感受。他们表面上是在感觉外部对象,实际上通过感觉对象表现了作家的感觉能力以及用语言对感觉的捕捉能力。这让人想起郁达夫的话:"在物质文明进步,感官非常灵敏的现代,自然要促生许多变态和许多人工刺激的发明。"(287-289)显然,这也是为何新感觉派只能诞生在上海的原因。

都市的崛起是唯美主义产生的现实语境,也是"现代感"的温床。首先,第一代海派和第二代海派身上表现出唯美主义"以丑为美"的特征,是中国文学传统所没有的基因。"审丑"意识成为"现代感"的特征,也是以城市作为温床的,波德莱尔的作品就是在都市里开出的"恶之花"。其次,新感觉派文学捕捉"瞬间"的感受,与唯美主义推崇的"刹那主义"有异曲同工之妙,它来源于都市因缘际会,稍纵即逝的生存体验,时间日趋个人化,每个人都是潜在的"时间的不感症者"。相比之下,唯美主义文学的重点在于对"感性认识"可能性的展现,这种"感性能力"是高蹈的、艺术家式的理想形态;新感觉派则更侧重表现日常都市人的生存体验与压抑焦虑的情绪,呈现新都市人迷茫又新奇的矛盾心态,缺少唯美主义文学那般超越尘世(现实)的形式感。再次,正如西方现代艺术的崛起依靠的是强大的文化市场的推动(盖伊 91),

---

① 章克标:《来吧,让我们沉睡在喷火口上的梦》,载《金屋月刊》1929 年第 1 卷第 2 期。

而当时上海蓬勃出现的报纸期刊等传媒机构以及新式学校、社团、沙龙、咖啡馆、酒吧等公共空间的出现催生了数量可观的职业作家、专业撰稿人、评论家等新式知识分子，文学创作和评论的职业化提升了作家的地位。这充分说明，劳动分工是文学艺术独立的社会基础。

从另一方面看，正是由于商业因素的考量，海派作家的创作便天然地带有商业色彩，因此，他们关于感官主义的描写难免具有"媚俗"的倾向。在五四新文学的语境中海派往往与京派互为"镜像"。与海派创作的商业意图相比，京派在创作出发点上倒是更加"为艺术而艺术"，他们也更有理论上的支撑，比如朱光潜就从西方美学的角度谈到，"美感的世界纯粹是意象世界，超乎利害关系而独立。……艺术的活动是'无所为而为'的"（6）。对艺术"无功利"的追求正是沈从文、周作人等京派作家批评海派的一大原因。

如果说海派的创作视角是"都市"，那么许多京派的作家则是"乡土"传统的继承者。这并不是说京派作家生活在农村，而是他们的创作内容是以家乡为背景，并且在价值取向上批判城市文明，感怀乡土的淳朴之美。比如沈从文笔下的湘西，废名笔下的湖北黄梅，师陀笔下的河南，等等。事实上，文学领域的"乡土"概念同样是五四以来的产物，它是伴随着京沪等城市的出现产生的。由于中国古代没有"纯文学"的土壤，现实的政治环境日益恶化，而海派对文学政治功利性的冲击又受到商业元素掣肘，因此京派作家往往借助"乡土"资源，以"怀旧"的视角和口吻呈现日渐远离的乡土中国的自然美、人性美，对都市商业文化嗤之以鼻。"在纯文学中还有一批以膜拜艺术为己任的'为艺术而艺术'者，他们倾向'唯美'而以'美的使者'自居"（范伯群 6）。与新感觉派笔下都市疏离的人际环境和男女电光火石般的情欲不同，这些京派作家倡导"美化了"的乡土淳朴爱情及其代表的人伦关系，以此为意象营造不受都市商业氛围"污染"的纯美境界，颇似某些西方唯美主义者"高蹈"的审美态度。

由于农业传统和半殖民地半封建社会的特殊性，乡土与都市的复杂关系使唯美主义的中国传播呈现独特的面貌。西方唯美主义本身蕴含的"艺术自律"之高蹈气质与"生活艺术化"的都市消费逻辑之内在矛盾在"乡土—都市"的对立话语中得以清晰地呈现。西方唯美主义的"纯艺术"理想被置换为中国式的"乡土环境"，而唯美主义创作的感官倾向经日本唯美派放大后被上海这一中国"异类空间"的土壤滋养,显示出唯美主义在诗学理论和创作实践中的错位①。

三、旧形式—新形式

新文学的内在特质除了启蒙性与革命性外,还包含了先锋性。"启蒙的文学"也是"文学的启蒙",新文学的基础是白话文,语言的变革呼唤文学形式的革新,新文学之"新"除了思想内容的变革外,还体现在对文学形式的探索。唯美主义对形式美的重视为新文学的形式探索注入了养料。需要指出的是,中国古典诗词在其成熟期本就是高度形式化的,对于韵律、平仄、对仗等形式要素有着严格的要求,而某种文学类型的衰弱除了其内容上的日趋陈腐之外,往往也伴随着形式上的僵化。但文学的形式经过世世代代的传承,已经化为审美上的"集体无意识",成为某种特定的审美习惯。因此,在新文学对新形式的建构中往往能看到中国传统文学形式的要素,这首先体现在新诗的创作理念中。

梁实秋于1931年在《诗刊》创刊号上评论中国新诗的形式追求,他认为由于汉字的特殊性,新诗不能完全模仿西文诗,要创造自己的格律。闻一多也提出了新格律诗的理论,并浓缩为著名的"三美"主张。

穆木天受到西方"纯诗"概念的启发,在《谭诗》一文中首次提出中国新诗的"纯诗"概念:在形式上有统一性有持续性的时空间的律动,是数学(造型)和音乐(韵律)的结合体(97),诗的形式就是"律"。从穆木天的新诗理论可以看到唯美主义强调形式美(音乐美)的渊源,同时也能看出中国古典诗歌的形式传统——严格的格律要求。或者说,他是用中国传统诗歌的格律之美来理解外来的"纯诗"。穆木天的理论针对的是当时中国白话新诗在形式上的散漫,许多新诗既丢掉了中国古典诗歌的格律要求,又缺少西方现代诗歌的形式自觉。他认为,诗歌得在造型美上下功夫,造型美不仅要依靠诗行的组合,而且很多时候是靠意象营造官能色彩实现的,他将杜牧的《泊秦

---

① 蒋承勇、马翔:《错位与对应:唯美主义思潮之理论与创作关系考论》,《社会科学战线》2019年第2期。

淮》视为具有象征和印象色彩的诗歌形式之典范，"他官能感觉的顺序，他的情感激荡的顺序；一切的音色律动都是成一种持续的曲线的"(96)。这样的阐释表明，诗的内容与形式是统一的，诗歌形式上的探索必然影响到内容上的表达，这与西方唯美主义从理论(音乐性)到创作实践(感觉化)的转换是一致的。

王独清在《再谭诗》中呼应了穆木天关于"纯诗"观点。他将穆木天关于造型美和音乐美的观点进一步精细化，提出"纯诗"的公式：(情＋力)＋(音＋色)＝诗(140)。需要指出的是，19世纪以降的西方形式主义诗学是排斥情感因素的，他们往往用科学主义的思维去构建抽象的形式美，王独清以公式解诗便是范例。但中国古典诗学讲究"诗情"，我们很早就发现"诗缘情而绮靡"的道理。因此，与穆木天相似，王独清的纯诗理论同样是"中西合璧"的。他认为，由于中西文字在表意、表音倾向上的差异，这个公式中最难应用的是"音"和"色"，他以自己的诗歌《玫瑰花》为例表明："色"落实在文字上，就表现为与感官有关的词，和韵律结合形成心理上的"音画"效果(令人想起拉斐尔前派"诗画一体"特征)。事实上，诗歌的造型、韵律以及诗歌的内容构成的是一个整体，它作用于人的意识形成情感、情绪上的"场"，这个"场"并非由诗本身产生，而是人的感性的作用。因此，王独清推崇兰波，认为兰波的诗"实在非一般人所能了解。但要是有人能用很强的感性能力(sensibility)去诵读，我想定会得到异样的色彩"(107)。

梁宗岱也提到"纯诗"的概念，他更突出了纯诗的"音乐性"，"所谓纯诗，便是……纯粹凭借慰藉那构成它底形体的原素——音乐和色彩，产生一种符咒似的暗示力，以唤起我们感官与想象底感应"(186)。对感官能力的锻造是唯美主义的诗学宗旨，正如佩特所说："所有艺术都共同地向往着能契合音乐之律。音乐是典型的，或者说至臻完美的艺术。"(169－171)

除了上文提到对"新诗"形式的探索外，唯美主义思潮催生了"美文"意识的产生。汉语中"文学"一词是舶来品，来源于近代日本对西语"literature"的翻译。"Literature"在西语中也指"文献""著作""资料"等意义，它包含的"文学艺术"之审美含义是随着近代美学的发展而产生的。受此影响，汉语"文学"一词才有了"文学艺术"的含义。在此之前，中国的"文"主要是指与诗词歌赋相对的"杂文"，它并没有获得审美的"入场券"。人们只看到它的实用性,或是某种"奇技淫巧",甚至"作文害道",其审美价值是被长期忽略的。朱自清、林语堂、王统照、何其芳、废名等人在理论建构和实际创作中将"纯文学"的概念引入白话散文中,使白话散文"艺术化",说明国人开始自觉追求文学的审美价值和自身规律。如果说梁实秋在新诗形式的探索中还没有意识到文学的语言本体,那么"美文"的出现和创造不但更新、拓展了"新文学"的观念和内涵,同时也推动白话文自身的完善。更重要的是,由于没有西方科学主义的羁绊,加上五四兼容并包的文化革新诉求,新文学理论者已经看出,新形式建构的出路不是找到另一种客观的美的形式来取代旧文学的僵化形式,而是发挥艺术家的自由创造力,兼容并包中西文学。正如穆木天所言:"我们对诗的形式力求复杂,样式越多越好,那么,我们的诗坛将来会有丰富的收获。我们要保存旧的形式,让它为形式之一。"(97)这样的诗学、美学见解显然超越了20世纪西方的某些科学主义的形式主义理论。

四、群体—个体

人生派的创作具有朴素的人道主义思想,与国情相关,也与来自欧洲的批判现实主义文学的影响密不可分。但细究起来,这种"为人生"态度的驱动很大程度上源于传统知识分子的"家国情怀":为天地立心,为生民立命。王统照曾说,新文学中关于"为艺术的文学"和"为人生的文学"的讨论并无必要,"文学,艺术,影响于社会非常之大,支配人心的力量,比一切都要加重。……最是治疗中国麻木病的良药"(314)。"为人生"和"为艺术"最终都是为疗救现实,因此,中国接受西方美学思想与唯美主义思想的重要动力之一就是推动"美育",从而提升国人的思想层次。田汉等人的戏剧通过创造美好的艺术世界来反衬和影射现实的恶劣、政治的黑暗和人心的丑陋,从某种意义上说,他们并非追求西方唯美主义式的纯美,而是表达传统文人"出世"思想和"自哀/自怜"的情结。成仿吾在谈到艺术的作用时,指出艺术的社会价值(无目的的合目的性):"同情的唤醒"和"生活的向上"(167)。成仿吾用中国知识分子的眼光看出了唯美主义思想的某些内在方面,但他又时刻返回"启蒙"的语境,赋予了新文学时代的使命和国语的使命,认为这是文学家的重大责任,文学家既是"美的传道者"(91),又是真与善的勇士。

似乎可以说,人生派和艺术派的矛盾既是现实与艺术的张力,也是传统文化儒道之间的互补结构。儒道之所以能够互补,源于其内在价值观念的统一:个体融化于群体。事实上,西方的人道主义是建立在个体本位基础上的,是对每一个抽象的个体人格的"同情",这与群体本文的"民胞物与"有着本质的不同,后者并没有独立于现实之外的抽象"自我",而是融入大众的"无我"。郭沫若在阐述"美的灵魂"的概念时借用叔本华的哲学观点,认为天才是纯粹的客观性,是忘掉小我,融合于大宇宙之中,又借用《庄子·达生》的故事来印证叔本华:艺术的精神就是无我,就是把自我变为艺术,抛弃一切功利的考量(207-212)。郭沫若对叔本华哲学中关于"艺术与意志"关系的理解是道家式的,即放弃自我意志的"无我"才能达到唯美的境界,这就和唯意志论哲学南辕北辙了。由于中国超稳定的小农经济以及建立在农耕文明之上的中央集权政体,构成了皇帝、官僚和平民的三级社会秩序,基于群体意识之上的平民意识深入普罗大众的内心深处。"人""群(众)""平民"往往是同义词,人道主义几乎等同于平民主义。因此,在五四新文学倡导者们看来,个人主义和人道主义(平民主义)往往是冲突的,"人的文学"变为"平民文学",这便注定了两者最终都将汇入"群众的文学"的结局。此种"错位"源于中西方对"个体"理解的文化差异。

梁实秋对王尔德的唯美主义思想作了系统性的评论,在谈到个性与普遍性问题时,他认为古典主义强调"普遍性"——常态的人性;浪漫主义强调"个性"——怪异。王尔德偏向个性,尤其以怪异、变态的人性表现个性,他所"企求的是艺术的绝对的独立,不但对于一般的观众宣告独立,即对于普遍的常态的人性亦宣告独立"(170)。梁实秋的看法非常准确,因为从浪漫主义的发展看,唯美主义的文化逻辑仍是"唯我论"的个体主义,但梁实秋对人性的古典主义理解基于"普遍",即承认一种看似西化的普遍性的人性。他所谓的"普遍"是和"常态"结合在一起的,也就是说,"反常"的就不是普遍的"人性"。这种观点其实是将"普遍"视为"相同"或"相似","普遍性"被等同于"群体性"。事实上,近代以来西式的"人性"之普遍性指的是承认个体普遍的抽象"人格",而非相同或相似,即承认"反常"同样属于人性的普遍性,是每一个个体都可能存在的人性形态。

因此,哪怕是"为艺术"的五四文学家,他们也不可能真正和群体、和现实保持精神上的距离。田汉指出:"艺术家少有代表个人痛苦的,这样便是个人主义的艺术。代表多数的是社会主义的艺术,we 的艺术。"(200)他在创造具有唯美主义风格的戏剧时又希望"尽力作'民众剧运动'"(329),突出反抗主题,将唯美主义对纯粹美的追求转换为号召民众不妥协地抵抗现实不公的时代话语。20 世纪 40 年代,毛泽东在《在延安文艺座谈会上的讲话》中号召作家向群众学习,向工农兵的生活、情感和审美趣味学习,最终是为了"提高他们的斗争热情和胜利信心,加强他们的团结,便于他们同心同德地去和敌人作斗争"(862)。群众/平民的文学完全取得了压倒性的地位。

在强大的传统文化心理中,也许只有都市意识和商业思维的植入,才可能带来基于个体意识之上的人道主义观念的萌芽。穆时英说到,他要表现那些被生活压扁了人,他们"并不必然地要显出反抗、悲愤、仇恨之类的脸来;他们可以在悲哀的脸上戴了快乐的面具的。每一个人,除非他是毫无感觉的人,在心的深底里都蕴藏着一种寂寞感,一种没法排除的寂寞感。每一个人,都是部分的,或是全部的不能被人家了解的,而是精神地隔绝了的"(174-175)。这是一种真正意义上的人道主义思想的萌芽,他不是要"化大众"和"大众化",而是承认每一个人的人格面具,承认每一个个体的绝对独立性(寂寞、隔绝),并对此表示理解的同情。

由于五四时期对唯美主义的接受从一开始就带有功利目的,当时的人文环境也不具备咀嚼消化唯美主义思想的条件,随着革命运动日趋激烈,唯美主义很快被淹没。大多数具有唯美色彩的作家都从 30 年代后期便开始转向"为人生"的艺术。不过,通过中西文化的碰撞和融通,唯美主义思潮的诸多层次和内在矛盾在五四的棱镜中得以展现。五四时期前后的知识分子在唯美主义的接受过程中"各取所需",使唯美主义融入新文化、新文学的"武库"。

参考文献

彼得·盖伊:《现代主义:从波德莱尔到贝克特之后》,骆守怡、杜冬译,南京:译林出版社,
　　2017 年。

成仿吾：《成仿吾文集》，济南：山东大学出版社，1985 年。

范伯群：《中国近现代通俗文学史》（上卷），南京：江苏教育出版社，2010 年。

郭沫若：《郭沫若全集·第 15 卷》，北京：人民文学出版社，1990 年。

蒋承勇、马翔：《错位与对应：唯美主义思潮之理论与创作关系考论》，载《社会科学战线》
　　2019 年第 2 期，第 139-150 页。

李欧梵：《漫谈中国现代文学中的"颓废"》，载《中国现代文学与现代性》，上海：复旦大学
　　出版社，2002 年，第 48 页。

梁实秋：《论思想统一》，载《梁实秋文集·第 6 卷》，厦门：鹭江出版社，2002 年，第 429-
　　436 页。

梁实秋：《王尔德的唯美主义》，载《梁实秋文集·第 1 卷》，厦门：鹭江出版社，2002 年，第
　　157-171 页。

梁宗岱：《谈诗》，载《中国现代诗论（上）》，杨匡汉、刘福春编，广州：花城出版社，1995 年，
　　第 183-188 页。

毛泽东：《在延安文艺座谈会上的讲话》，载《毛泽东选集》第三卷，北京：人民出版社，1991
　　年，第 862 页。

穆木天：《谭诗——寄郭沫若的一封信》，《中国现代诗论（上）》，杨匡汉、刘福春编，广州：
　　花城出版社，1995 年，第 93-101 页。

穆时英：《〈公墓〉自序》，载《南北极公墓》，北京：人民文学出版社，1987 年，第 173-175 页。

滕固：《唯美派的文学》，西安：光华书局，1927 年，第 1-3 页。

田汉：《田汉致郭沫若》，载《郭沫若全集·第 15 卷》，人民文学出版社，1990 年，第 90 页。

田汉：《我们自己的批判》，载《田汉文集·第 14 卷》，北京：中国戏剧出版社，1983 年，第
　　240-253 页、第 329 页。

田汉：《艺术与时代及政治之关系》，载《田汉文集·第 14 卷》，北京：中国戏剧出版社，
　　1983 年，第 198-201 页。

田汉：《艺术与艺术家的态度》，载《田汉文集·第 14 卷》，北京：中国戏剧出版社，1983 年，
　　第 194-197 页。

王独清：《再谭诗——寄给木天、伯齐》，《中国现代诗论（上）》，杨匡汉、刘福春编，广州：花
　　城出版社，1995 年，第 102-110 页。

王统照：《通信三则》，载《王统照全集》第六卷，2009 年，第 312-321 页。

闻一多：《建社的美术》，《闻一多全集·第 2 卷》，武汉：湖北人民出版社，1993 年，第 3-
　　6 页。

闻一多：《艺术底忠臣》，《闻一多全集·第 1 卷》，武汉：湖北人民出版社，1993 年，第

71 页。

沃尔特·佩特:《文艺复兴》,李丽译,北京:外语教学与研究出版社,2010 年,第 169-
171 页。

谢志熙:《美的偏执:中国现代唯美——颓废主义文学思潮研究》,上海:上海文艺出版社,
1997 年,第 228 页。

叶渭渠:《日本文学思潮史》,北京:华侨出版社,1991 年,第 399-400 页。

郁达夫:《集中于〈黄面志〉的人物》,载《郁达夫全集·第 5 卷》,广州:花城出版社,1982
年,第 169-188 页。

郁达夫:《怎样叫做世纪末文学思潮》,载《郁达夫文论集·第 6 卷》,杭州:浙江文艺出版
社,1985 年,第 287-289 页。

章克标:《来吧,让我们沉睡在喷火口上的梦》,载《金屋月刊》1929 年第 1 卷第 2 期。

郑伯奇:《新文学之警钟》,载《创造周报》第 31 号,1923 年。

朱光潜:《谈美》,载《朱光潜文集》第 2 卷,合肥:安徽教育出版社,1987 年版,第 1-102 页。

论纳丁·戈迪默政治伦理
思想中的中国资源

肖丽华[①]

内容提要：诺贝尔文学奖得主纳丁·戈迪默是南非国宝级当代女作家，一生致力于反对南非的种族隔离制度，追求政治正义。其政治思想来源复杂，东方政治伦理是其重要组成部分，但尚未得到学界关注。其东方政治伦理思想的来源主要由两部分构成：毛泽东、刘少奇等革命家的革命与政治思想，王阳明式的中国古代儒家政治伦理。整体看戈迪默的政治伦理融合了亚里斯多德式的沉思与实践智慧的特征，吸纳了东方革命思想，最后实现了王阳明哲学的知行合一。这一政治伦理思想对于在种族隔离制度时代的南非如何实现政治正义，具有重要意义，体现出了中国政治伦理思想的价值。

关键词：政治伦理　知行合一　中国革命思想　政治正义　南非文学

Title：Chinese Resources in Nadine Gordimer's Political Ethics

Abstract：Nadine Gordimer，the Nobel Prize winner in literature，is an important contemporary femal writer of South Africa who devoted her life to opposing the apartheid system in South Africa and pursuing political justice. Oriental political and ethical ideology is an important part in her political thoughts，Mao Zedong，Liu Shaoqi and other revolutionaries' revolutionary and political thoughts；and Wang Yangming's ancient Chinese Confucian political ethics. This political ethical thought is of great significance to the realization of political justice in South Africa in the era of

---

①　肖丽华，博士（后），浙江财经大学人文与传播学院教授，研究兴趣为女性文学、文艺复兴文学。

apartheid, and reflects the value of Chinese political ethical thought.

Key words：Political ethics；unity of knowing and doing；Chinese revolutionary thought；political justice；South African literature

　　纳丁·戈迪默是南非著名国宝级女作家,被曼德拉誉为"南非良心",她"通过对个体命运的深入刻画,揭示了南非革命的沧桑历史"(Cligman S. 27),体现出作者成熟的政治伦理观。戈迪默的政治思想来源复杂,既有存在主义哲学的深刻印记,也有西方马克思主义尤其是葛兰西、卢卡契等人的洞见,然而东方政治伦理更是极为特殊的组成部分,值得进行深入研究。中国元素在戈迪默的作品中俯拾皆是,中国瓷器、中国风筝、中国菜、圣人孔子等常常作为重要的意象,出现在其叙事中,体现出戈迪默对中国文化的熟悉与热爱;中国的政治思想则在其作品中作为重要的思想基础或者叙事线索,呈现更为重要的功能,综观其作品,她的东方政治思想主要由两部分内容构成:毛泽东、刘少奇等革命家的革命与政治思想,以及王阳明式的中国古代儒家政治伦理。在戈迪默的研究中如果缺失了这一视角,就难免对其呈现出的政治伦理与政治选择出现误读。例如欧美学界研究戈迪默小说中的政治伦理主题的学者 Attridge、Derek 等都对戈迪默小说中的伦理特征产生过错误的判断,他们认为戈迪默的政治伦理观是含混与模棱两可的(Helgesson S. 154),"对读者来说,人物的决定在很大程度上是神秘的"(Barnouw D. 252)。这种"误读"正是由于对东方哲学与德行伦理的隔膜而产生。因此,我们有必要全面梳理戈迪默的政治伦理思想中的东方资源,摆脱欧美研究者的窠臼,正如蒋晖先生指出"欧美的非洲文学研究形成了一套生产符合西方意识形态的非洲文学产品的体制。这种现象极需要中国学者在研究非洲文学时加以关注"(蒋晖《从"民族问题"到"后民族问题"》,120)。

一、"到人民中去"：南非政治革命思想的东方属性

　　毛泽东、刘少奇等政治家的革命思想曾是非洲各国领导人重点研读的革命理论,其武装革命、游击战思想对非洲各国摆脱殖民统治、实现民族独立产生过重要影响;在非洲各国取得政治独立之后,如何在经济发展中不落

入西方资本主义国家的新殖民主义陷阱,他们从中国经验中汲取了重要的思想养料。戈迪默曾在接受《南非华人报》的采访时表达对中国的喜爱以及通过英文翻译阅读过中国的一些作品,尽管这一翻译差强人意,但是她生前期待能够有更多的机会与中国作家进行交流,中国当代作家王蒙曾与戈迪默有过会面。而戈迪默对于中国思想的接触路径有四:其一,戈迪默在 20 世纪 60 年代末,开始大量接触西方马克思主义的相关理论,尤其是对卢卡契的"批判现实主义"理论进行了深入阅读,卢卡契的典型理论为她提供了一个思考模型,并且形成了她创作中的政治性与反抗性色彩(McDonald 220)。其二,20 世纪 60 年代开始非洲文学受苏联和中国的"社会主义文学"影响颇深,70 年代中国的革命文学包括样板戏《红灯记》流传到非洲。毛泽东的《在延安文艺座谈会上的讲话》也经美国黑人艺术运动介绍输入非洲,当时社会主义文学对非洲作家具有强大的吸引力(蒋晖《〈在延安文艺座谈会上的讲话〉的边疆学研究》,121)。文学的现实性、人民性与政治性成为此时非洲文学的共识。其三,20 世纪 60 年代初,曼德拉曾派遣"民族之矛"的成员到中国接受训练。毛泽东的军事著作,特别是开展游击战的生动论述,对曼德拉产生了深刻影响。他曾在狱中反复研读《毛泽东选集》,将南非、非洲大陆的民族解放和中国革命运动进行比较,认为中国革命是一部杰作。他还十分赞赏刘少奇的《论共产党员的修养》一书,"从一个懵懂的革命志向人员,蜕变为一个成熟而富有远见的,认知客观规律的革命家,这属于非常艰巨与漫长的锻炼程序,无捷径可走,唯有在血与汗中才能总结和成长",他通过此书认识到游击战士具备一定的政治素养的重要性。"如果从个人修养来说,对我影响最大的是《论共产党员的修养》。正是这种精神力量,使我坚定信心和斗志。"(郑家馨 325)戈迪默与南非共产党及南非国大党过从甚密,并于70 岁高龄时加入了南非国大党以示对这个政党的坚决支持,她被公认为是曼德拉最密切的战友,曼德拉出狱后最想见到的人之一,1962 年她曾帮助曼德拉修订重要的演讲稿《为理想我愿献出生命》,因此曼德拉思想中的中国革命政治伦理资源戈迪默极为熟稔。其四,戈迪默在 20 世纪 70 年代之后,零散阅读过一些在南非发行的中国当代作家作品的英文译本。整体而言,曼德拉本人对中国革命思想的吸收,中国与非洲在革命实践、经济发展以及革命思想上的紧密关系,非洲文学与中国现代文学的相互影响,戈迪默本人对批判现实主义的接受,构成了戈迪默政治伦理思想的中国元素的现实基础,中国革命思想成为其作品的重要组成部分。

戈迪默的长篇小说《贵客》,因"结构严谨,文体高雅"而广受好评,是其前期创作的巅峰代表。黑人总统莫维塔与其曾经的战友莘扎,两人一起并肩作战赢得了黑人革命的胜利,他们都深受中国革命与经济建设理念的影响。在莫维塔执政后,莘扎作为一个健康有效的政权必不可少的批评者,对其执政方针不断提出反对意见。戈迪默聚焦于这两位卓越的黑人运动领袖在政治理念的分歧。莫维塔的原型是南非总统曼德拉,通过加拉丛林的游击战而获得了政权,其游击战的许多理念正是来自中国革命思想,尤其是毛泽东关于游击战的战略战术,这正是曼德拉组织"民族之矛"时最为重要的武装革命的思想来源。莫维塔的革命之路扎根于底层人民,具有极强的亲和力和人格魅力,多年以前他骑自行车走村串乡,磁铁般把人牢牢吸住,他就是通过匹夫之勇走到权力巅峰的;而他出身于黑人底层,他的演讲深入人心,赢得了普通百姓的信赖。他最后取得革命胜利,成为第一位黑人总统。

在建立了第一个黑人独立政权后,莫维塔担负着如何建立一个全新的非洲政权的艰难使命,对内发展经济,对外重建国际关系,还包括如何推动本国教育等问题,是摆在莫维塔政权面前的任务,这与新中国成立之初的道路颇为相似。但是他所面对的问题,又有非洲的特殊性,他曾向小说的叙事者布雷上校抱怨,在新政权成立之后,困难重重,"接管政权不足一年,政府这架机器运转还不稳定,殖民遗留的直接后果推到了我们手里,需要我们来处理。取悦于人民很容易,直接把某些东西放到他们手里,让他们高高兴兴地走人,这只能是暂时的,但是他们回来又伸出空空的两手,你没东西给他们了,因为你把国家的经济资源榨干了。该怎么办?"[①]于是他为了巩固政权,采取了较为强硬的措施,颁布诸多临时条例,甚至默许严酷拷打以及对工人运动的打压,其执政理念呈现出某种妥协性。作为前殖民政府的英国官员的布雷上校,曾经站在人道立场上支持非洲的黑人独立运动而遭到侨民的集体弹劾,如今被邀请"重回非洲"分享新政权成立的喜悦,但是他眼看

---

① 纳丁·戈迪默:《贵客》,贾文浩译,北京:燕山出版社,2017年。此后引文都出自该译本,不再赘述。

着莫维塔为了巩固政权背离最初的革命信念,表示了内心的担忧,他处在极大的内心分裂中,最终站在了莫维塔的反对者莘扎一边。莘扎曾和莫维塔在加拉的丛林游击战中并肩战斗,对于新政权的缔造做出了重要贡献。在新政权成立后,莘扎对莫维塔位居高位出现的政治妥协进行尖锐的批判。作为工联主席的莘扎在大会发言中明确指出只有独立是不够的,政治革命之后必须紧接着社会革命,让我们每个人都获得新生,他引用了毛泽东《关于领导方法的若干问题》阐明了自己的观点:"到人民中间去,与他们同甘共苦,向他们学习,热爱他们,为他们服务,同他们定计划,从他们所理解的开始,在他们已有的基础上建设。"这正是毛泽东思想的精髓,人民群众是社会历史的价值主体,是群众路线这一理论的价值出发点和最终归宿。莘扎对此认识深刻,非洲取得革命成功,有赖于人民的力量,如果革命成功之后,背离人民,政权即将面临种种挑战,党以人民、农民政党的名义创建,我们的党就是一个人民党,我们的执政党就是一个人民的政府,只要为国家共同奋斗都是同胞,不应该有任何人群被遗忘——莘扎的发言赢得了人们的欢呼。他的这一政治见解来自毛泽东关于党和人民关系的论点,党来自人民,必须团结所有人民,与人民共同奋斗,而这一思想在毛泽东、刘少奇等著作中贯穿始终,"在斗争之中改造自身的任务……提升事业上专注的精神以及做人的品格,从而使自己的精神世界得到升华……一定要同人民大众紧密联系"(刘少奇 109)。这也正是曼德拉在狱中研读毛泽东、刘少奇的著作所受到的启发,是戈迪默所认同的政治理念。莘扎是被作为具有感召力、极具传奇色彩的英雄人物来刻画的,是否坚持人民路线,也成了莘扎和莫维塔之间的分歧之一。

"到人民中去"的思想还体现在《贵客》中的教育问题上。新政权成立之后为了彻底摆脱殖民统治,必须对教育政策与理念进行调整,建立适合非洲本国发展需求的教育体制。布雷少校基于这一考虑接受了莫维塔的授命,在全国进行一场大的教育普查。他逐一走访学校的老师和校长,收集事实证据,普查学龄儿童的人数,各种就业青年的人数,但他每天都对非洲现行的教育感到窒息。新的人民政权建立了,但是在男女受教育方面却存在很多不平等,在调研中,小学教师告诉布雷自己一直努力想说服家长,让"我们的女孩子受教育",然而女生入学率非常低,且学校硬件差,徒有四壁,尤其是教育方式，孩子们被用低劣的方式灌输死记硬背的内容，在脑子里一天天发酵。布雷在笔记本里写道，"如果莫维塔的政府只是生吞活剥从欧美各国带来的知识，益处不大"，他发现教育部包括那些来自英美的教育顾问都无能为力，他们心目中的教育结构建立在自身的教育背景和经验上，倾向于以自己熟悉的教育模式考虑需求问题，但是对非洲的孩子并不奏效。校里教的，跟孩子在家里的文化模式不合拍。布雷的教育调研，并未完成，在他遇难之后，莫维塔政权将他的调研以《布雷报告》为名出版，其中贯穿的理念正是"实事求是""立足人民"的态度。非洲教育必须立足于人民的真正需求，正如莘扎所说：如果脱离了人民思想，即使不断地非洲化，在警察、军队、司法、行政部门等出现更多的黑人面孔，"我们撵走了白人，自己坐上了交椅"，非洲需要的真正的独立仍然无法实现，"肩负着人民的未来，因此不能辜负人民的神圣信任"，这是给予非洲各国新独立的争取的历史抉择。

二、"哪一种社会主义"：南非经济建设与新殖民主义

新成立的非洲政权如何在经济发展中不落入新殖民主义的陷阱，走出一条更适合非洲独立的道路，这是摆在这些国家面前的难题，整体而言，非洲的民族国家体制——政治、经济和文化的主权、政党及其他社会组织——没有能力完成非洲民族国家建设的重任，反而沦为欧美老牌帝国主义国家新殖民主义的圈套。而新中国在成立之后所走出来的一条艰难的自救之路，成为非洲各国新政权参考的榜样，同时，中国的援非政策，也成为非洲国家摆脱殖民主义经济限制的重要支持。戈迪默在小说中对于非洲新独立的政权将要选择怎样的经济发展道路，中国元素如何借鉴，进行了多方面的讨论。

戈迪默在政治小说中频繁使用讨论法，非洲发展面临的重要的问题诸如新殖民主义等术语都会成为讨论的焦点，"新殖民主义"不是一个时髦的词，而是跨国公司对非洲自然资源的控制，"我们只听说过吸收外资，但事实上我们也需要防御它"，戈迪默在小说中借人物之口表达了对新殖民主义的担忧，殖民时代的经济结构把新政府绑死了，经济上处处受限，新政府举步维艰，不得不签署对非洲长远发展非常不利的条例，最终只能成为新殖民经

济体系的牺牲品,莘扎批判新总统莫维塔,"我们多年的奋斗难道不都是白费了吗?他生怕得罪英国人和美国人,因为我们需要外国的资金,但是如果你去老地方谈,你就得守规矩,利润都投入了他们的经济体系,而不是我们的。那个新的糖业大项目,他们用优惠价买糖,而我们却要种稻米,在公开市场卖个好价钱,我们按他们的价格出口铁矿,再按他们的价格从他们那儿买钢……所以我们又回到了原地"。莫维塔政权期待继续依附欧美列强的方式,根据自己的需求制定经济合作条例,"非洲是雇主,欧美是雇员",但这只是一厢情愿,并不能改变非洲沦为经济体系的牺牲品的事实。戈迪默在小说中通过人物之间的辩论否定了这一发展思路,什么可口可乐装瓶厂,还有收音机组装厂,把德国的收音机装在塑料壳子里,因为非洲的劳动力成本比欧洲低,欧美国家借此获得丰厚的利润,这种贫穷的稳定,这根本不是非洲国家想要的,"一切空话都是无用的,必须给人民以看得见的物质福利"(毛泽东 467)。

那么非洲经济再生的道路在哪里呢?从历史看,在非洲各国政治独立运动结束之后,世界殖民体系受到重创,西方殖民者纷纷"走出非洲",非洲的发展受到资金与科学技术等局限,举步维艰之时,毛泽东做出"走进非洲"的战略决策,中国的建筑队和医疗队踏上非洲,帮助非洲国家铺路架桥,祛除病痛,这是中非友谊的历史基石。因此,莘扎对莫维塔政权的治国理念提出了尖锐批评,提出了经济发展的中国模式,"我们完全可以获得由中国人建设的纺织厂、轧棉机,我们需要的专有技术以及全部免息融资,他怕什么?"他的这一论断源自中国援非的历史事实,而非作者异想天开的想象。中国在国家建设最困难时期对非洲进行援助,如援建坦赞铁路等做法,是毛泽东关于"三个世界理论"划分的体现与落实。对长期饱受殖民掠夺的非洲国家而言,中国不附带任何政治条件的援助,对于巩固非洲国家的民族独立和自决无疑是一种及时之助,这可以理解为一个社会主义国家对非洲民族主义的"馈赠",是国际共产主义兄弟友谊的高度体现。这种大公无私的精神是追逐超额利润的帝国主义国家或谋求超经济强制的殖民主义国家所不具备的(刘乃亚 38)。因此,莘扎呼吁"非洲自己犯的错误已经够多了,世界和我们的最后希望,起码是非洲不再重蹈欧洲的覆辙"。吸取中国发展之路的有效经验,并在中国援非政策的辅助之下突破经济发展的瓶颈,在戈迪默的小说中成为非洲模式的一种可能,这一中国经济发展元素也深化着戈迪默小说的思想内容。

非洲新独立国家如要走出一条有效可行的立国之路,戈迪默认为依赖于对科学社会主义的认识,《贵客》中的莘扎曾发表演讲谈道:"社会主义是人类再创造自身过程中的运动,不管这条道路上的实验发生了多少突发问题,无论是罗伯斯比尔还是斯大林,毛泽东还是卡斯特罗,它是唯一的道路,所有其他的道路都是后退。"因此不能亦步亦趋欧美的发展路径。戈迪默借人物之口进一步追问:"你们想在这儿看到什么,另一个中国?另一个美国?如果我们承认所有的国家形态都是基于两者之一,我们应该选择哪一个?"对这一问题,戈迪默在更为早期的长篇小说《自然变异》中已经做了一番讨论,给出了答案,她以预言现实主义的方式谈到了非洲新独立国家成功的经济政策,"油田、采矿业和银行都已国有化,土地进行了重新分配,还建立合作农场,但是吸取了别国失败的教训,没有推行农业集体化。总统心中的那个将军从来没有忘记饥饿具有的破坏颠覆作用。小店主也没有被触及……在大赦国际公布的破坏人权的行为中,这个国家很少被提到,被捕的前政权中的内阁部长或官员,也在每年一度为总统重新掌权在总统府或全国各地的体育馆或党校举行的庆祝活动中,一个接一个地被大赦后释放"[①]。在该作品中所提到的"别国经验与教训"就包含了中国。小说主人公主要活跃于东欧各社会主义阵营国家,该国大使经常前往苏联与北京学习社会主义建设的经验,因此国有化、土地分配制度,都有鲜明的中国政治烙印,当然对于这些社会主义国家的政策失误,戈迪默同时进行了婉转地否定。在《我儿子的故事》中对中国社会主义的科学探索给予了极高认可,"假如我们想成为21 世纪的社会主义者,这才是我们早就应当担任的角色,哪一种社会主义?我们在为哪一种社会主义欢呼?我们应该汲取最优秀的思想并向前发展,苏联整个东欧甚至中国都对社会主义有了新的认识和评价,那是不折不扣的东西,非常科学,以对具体事例的分析为基础,这就是对我们人类的各种需要,以及怎样做才能实现他们的一种新的全面的理解,这可不是一件可让

---

① 纳丁·戈迪默:《自然变异》,王家湘译,载于《世界文学》1992 年。其余引文不做赘述。

资本主义世界拍手称快的事,我们并没有被俘虏,这不是修正主义"①。亚非拉各国由于政治、经济问题的相似性而产生亲缘性,戈迪默在自己的政治小说中反复讨论,不断深化,指明中国经验,中国的政治思想是非洲可资借鉴的资源,是非洲避免重蹈欧洲覆辙的一种参考。

整体而言,中国社会主义道路的政治经验,在戈迪默作品中不断被讨论,构成了其小说重复性的内在主题,体现了中国政治思想对于非洲各国建立独立自主的新政权的现实意义,李新烽在一篇采访中谈道:20世纪80年代以前,津巴布韦执政党党员人手一本毛主席的书。毛主席著作不但指导过我们的革命,而且指导着我们的建设。我过去扛着枪杆子闹革命时学习毛主席著作,今天遇到困难时,仍时常翻阅毛主席的书,从中寻找答案。在比勒陀利亚大学采访南非大选时,一名黑人学生认为,"西方的民主制不会给非洲带来光明前途,毛主席的社会主义思想适合非洲的国情"(李新烽36)。毛泽东、刘少奇等中国革命家的政治思想,既是非洲黑人政治家的思想武器之一,也深刻影响了戈迪默的创作,其政治小说因充满中国式革命元素而具有特殊的主题内蕴,同时这也是对非洲政治现实的真实反映。

三、"知与行的辩证":南非的政治正义之路

戈迪默的政治伦理不仅吸收了中国革命思想,还借鉴了中国传统文化尤其是儒家文化的许多理念,例如《贵客》中通过描写鸟儿墨水黑的尾羽"宛如用毛笔写的中国字笔画"等意象,抒写对南非家园的热爱;圣人孔子在戈迪默小说中是作为"智者"的形象出现的;而在短篇小说《权宜之计》则写到一只"粘补好了的破碎的中国瓷碗",运用中国古典文学的"破(镜)碗重圆"的意象,指出任何一个受损害的个体都属于一个群体,"其完整性昭示着某种哲学概念"。其最为激进的政治小说《伯格的女儿》则直接引用了王阳明知与行的理论,显示出其鲜明的东方政治智慧。王阳明的"知"主要是指良知,以及有道德价值或关涉伦理道德的知识(吴震14)。戈迪默的几部重要

---

① 纳丁·戈迪默:《我儿子的故事》,莫雅平译,南京:译林出版社,1998年。此后引文皆参考该版本,不做赘述。

的成长类型的小说,如《伯格的女儿》《我儿子的故事》《自然变异》等,都将主
人公的成长与"知与行"的关系作为情节开展的重点。这些人物都有发展的
共性,都经历过对革命的懵懂甚至试图背离,但在良知的指引下对南非的严
峻现实进行反复认知,成长为具有坚定立场的革命者,最终实现知行合一的
政治伦理选择。

　　戈迪默认为知行分离会带来人物身份与自我的混乱与政治虚无主义。
戈迪默在《伯格的女儿》中借用王阳明的"知而不行是为不知"对罗莎的人生
探索与成长进行深入剖析,指出了罗莎的知行关系经历了三个阶段:行而不
知、知而不行、知行合一。王阳明的知行合一,体现的是古代中国哲学"心行
合一"的立场,"人类有意识有目的的活动都是知行合一的过程"(陈来 144)。
而戈迪默的成长型主人公都曾面临着知行脱节的情况,例如罗莎,从表面看
她无疑具有积极的革命行动力,甚至表现出了天生革命者的卓越才能和智
谋。母亲入狱,她镇定从容前往探监,并能够巧妙地将纸条藏在暖水瓶的盖
子里向母亲汇报情况;父亲年轻的战友诺埃尔被捕入狱,罗莎以未婚妻的身
份定期探监,周旋于狱警,并成功传递消息;父亲入狱、在法庭上被审判之
时,她也能够沉着冷静参加审讯。小说一开始就向读者展示了一个极具革
命者素质与行动能力的罗莎,但她的知与行却处于分离状态,其行动源于家
庭与革命环境的外因,她的行是在"不知"状态下的被动行动,她关注的焦点
并不在于革命。14 岁的罗莎站在监狱外面等待探监时,她真正的意识都集
中在青春期月经期间身体的疼痛,少女的月经初潮在她的身体觉醒与意识
中别有意味,这是比革命更为私密直接的体验,对这个身体体验的关注程度
超过了要送给母亲的那个写有秘密纸条的暖水瓶;当她回忆起震惊世界的
沙佩威尔惨案时,她的焦点也绝不是这一沉重的时刻,而是发现了母亲拥有
一个情人带给她的困扰。真知必然关联着直接经验或生命体验,但作为伯
格的女儿,似乎在决定自己想要做什么之前就决定了她的存在。她无法逃
脱,即使是她生命中最亲密的细节也有她父亲身份的痕迹,她的认知没有办
法超越私我直接升华(Tecucianu 158),所以她对革命与政治的认知呈现被
动与困顿,知行分离,造成了其行动的延宕,更在深层导致了人物的认知冲
突,并致使她在某种程度上认同政治虚无主义。所以偶尔会冒出可怕念头,
"盼望过父亲的死","当罗莎还在父亲的影响下时,她被困在自己隐喻的地

下,她必须从中解放自己,以实现自己的潜力"(Dimitru 1045)。因此,她抗拒与从父亲那里继承的革命身份绑定到一起。

罗莎知行分离的第二种表现则是"知而不行"。当她在城市广场目睹一个穷白人微不足道的死亡和在黑人聚居区看到一头被醉酒的主人暴打的驴子后,她认识到南非残酷的政治现实,尤其是面对那头苦难化身的驴子惨遭主人毒打,她知道自己有无数种选择,可以直面并阻止这一暴力,但是她什么都没有做,认为革命并不能让人获得意义与幸福,精神力量已经困倦、已经衰竭,以至于以往的目标和价值不适合了,再也找不到信仰,一种政治虚无主义笼罩了罗莎——"我们并不能改变什么,我们没有办法对这件事负责",她"不知道该怎样生活在莱昂纳尔的国家"①。于是她选择离开南非,沉醉于法国的浪漫生活,社会的责任逐渐失落,在自由而又虚无的氛围中,父辈们曾经珍视的价值、理想、意义等都成为她努力摆脱的精神遗产,这就是知行分离必然的后果。戈迪默对罗莎人生前两个阶段知行关系的探讨,与王阳明在谈到知行分离时提到的两种情况"懵懵懂懂地任意去做"和"茫茫荡荡悬空去思索"非常接近,戈迪默事实上对此进行了批判。前者"全不解思惟省察,也只是个冥行妄作";后者"茫茫荡荡悬空去思索,全不肯着实躬行也只是揣摩影响"(王阳明 14)。知与行,二者互为前提,明晰的认知,影响到行动的坚定;而行动的逃避,也使认知出现了错位。

戈迪默在分析了知行分离带来的问题之后,在小说第二部引用了王阳明的"知而不行是为不知",指出知行合一才是南非的政治正义之路。她笔下成熟的政治人物,皆是实现了王阳明式的知行合一才得以走上了坚定的革命之路。例如《伯格的女儿》中的革命者莱昂纳尔,便是知行合一的典范代表,他在法庭上的辩护词可见一斑:"如果我的一生中有让我坚信的东西,那就是我完全按照我的良知做事,如果我没有努力去消除我的国家的种族主义,那我反倒是有罪的。"良知是行动的前提,行动是良知的保证。《自然变异》中的女主人公海丽拉、《无人伴随我》中的黑人少年威尔以及父亲索尼都是这样的典型形象。而罗莎对知行关系的探索很好地体现出如何通过实

---

① 纳丁·戈迪默:《伯格的女儿》,李云、王艳红译,北京:北京燕山出版社,2018 年。其余引文皆出自该版本,不做赘述。

践、知与行不断促进,最终达到知行合一的过程。罗莎试图从父母压倒一切的精神状态走向解放,却发现自己永远也无法成为一个真正的欧洲人,在欧洲自由知识分子眼中,基本人权是生来俱有的天然权利,但是在她的国家,这一切还只能是革命乌托邦,她的父母为此付出了自己的全部,她认识到良知并非神秘的先天模式,而是需要在实践中逐渐培养、完成并实现的。罗莎知行选择的重要转折点在于巴塞尔的午夜来电,这类似于成长小说中的顿悟,这个顿悟的点是促成其认知的点,一旦真知形成,也即是行的开始。巴塞尔是莱昂纳尔伯格曾救助过的黑人革命者的后代,曾与罗莎情同手足一起由伯格抚养长大,他成年后流亡欧洲,主动切断了与罗莎的联系,他在午夜来电中表明自己憎恨白人,伯格的死,人人为他哭泣,在电视上播放他的生平,在报纸上发表纪念他的文章。可是黑人像狗一样病死,在监狱里变老,在监狱里被杀害,他们却不会被放在英国电视上宣传。巴塞尔的敌意使罗莎意识到,一夜之间我们成功将自己调到了他们家中的历史书已经为我们准备好了的位置上——他,苦涩的,我,有罪的。对黑人而言,我恨故我在。种族隔离制度已经让南非陷入到仇恨的循环中,白人作为种族隔离制度的受益者,对此是应该负责的。罗莎重新认识父亲的选择,即使没有得到黑人的认可与感恩,伯格还是会做同样的献身革命的决定,"在我成长的那所房子中没有内疚和罪恶感,我们认为白人应当承担责任以恢复正义",正义不是惩罚而是恢复,不必让事物恢复到其本来面目,而是恢复到理想的状态。它关注的是恢复人民的生命,恢复和平与和谐(Rwelamira and Werle)。通过这一顿悟,罗莎的认知实现了一个突破,由知到行,也将成为一种可能,她最终回到南非,投身于索韦托起义之中对黑人的救助工作,她认识到出路只有付诸行动,这体现了戈迪默对于政治伦理的实践性本质的强调。中国革命政治思想以及儒家政治伦理,都以深刻的实践性为其特征,戈迪默在小说中"强调知行合一,追求实质正义","随着人类政治生活复杂化的加深……就需要中国传统政治正义思想中通达圆融的实践智慧对其实质正义予以艺术地把握"(王岩 陈绍辉 4)。罗莎的最终选择体现了这种东方式的"知行合一"政治伦理观,也是戈迪默政治思想中更值得关注的东方元素。

四、结语

作家在亲身经历政治时,其想象力被真正激发,从而完全投入到政治的精神中。戈迪默的小说具有强烈的政治性,却绝非图解政治,她有着严肃的政治立场,以小说的形式,向世人揭示一种更为成熟的政治伦理的内涵,她在非洲革命的现实基础之上吸收中国革命政治思想,尤其是"人民思想",具有重要的实践价值;而"伯格的女儿在投入革命的过程中,最终将内心的激情与社会的责任合二为一,这也正是戈迪默式的主题和思想(Head 115)。在这片"发生大事件的土地"上,需要的是知行合一的伦理担当,这是南非的政治正义对戈迪默等南非作家的内在要求。

参考文献

Barnouw, Dagmar. "Nadine Gordimer: dark times, interior worlds, and the obscurities of difference." *Contemporary Literature*, 1994,35(2):252-280.

Clingman, Stephen. *The Novels of Nadine Gordimer: History from the Inside*. London: Bloomsbury,1988.

Dimitriu, Ileana. "Then and Now: Nadine Gordimer's Burger's daughter(1979) and No Time like the Present(2012)." *Journal of Southern African Studies*, 2016,42(6): 1045-1057.

Head, Dominic. *Nadine Gordimer*. Cambridge: Cambridge University Press,1994.

Helgesson, Stefan. "Ndebele and Coetzee." *Research in African Literatures*, 2005,36 (3).

McDonald, Peter D. *The literature police: Apartheid censorship and its cultural consequences*. Oxford: OUP Oxford,2010.

Rwelamira, M. R. and Werle G. *Confronting Past Injustice*. Durban: Butterworths,1996.

Tecucianu, Catalin. "The Burden of Legacy in Nadine Gordimer's Burger's Daughter." *Res. & Sci. Today*,2014(7):158.

陈来:《〈论语〉的德行伦理体系》,载《清华大学学报》2011 年第 1 期,第 127-141 页。

蒋晖:《〈在延安文艺座谈会上的讲话〉的边疆学研究:在非洲的故事》,载《传记文学》2015
　　年第 5 期,第 21-29 页。

蒋晖:《从"民族问题"到"后民族问题"——对西方非洲文学研究两个"时代"的分析与批
　　评》,载《文艺理论与批评》2019 年第 6 期,第 118-156 页。

李新烽:《戈迪默访谈》,载《人民日报》,2003 年 12 月 26 日,第 15 版。

刘乃亚:《互利共赢:中非关系的本质属性——兼批"中国在非洲搞新殖民主义"论调》,载
　　《西亚非洲(月刊)》2006 年第 8 期,第 33-39 页。

刘少奇:《刘少奇选集:上卷》,北京:人民出版社,1985 年。

毛泽东:《毛泽东文集》,北京:人民出版社,1996 年。

王岩、陈绍辉:《政治正义的中国境界》,载《中国社会科学》2019 年第 3 期,第 4-20 页。

王阳明:《传习录》,《王阳明全集》上册,吴光、钱明、董平等编校,上海:上海古籍出版社,
　　1992 年。

吴震:《作为良知伦理学的"知行合一"论——以"一念动处便是知亦便是行"为中心》,载
　　《学术月刊》2018 年第 5 期,第 14-24 页。

郑家馨:《南非通史》,上海:上海社会科学院出版社,2018 年。

"微音迅逝"的《乌有乡消息》首译本

张　锐[①]

内容提要：大革命失败后，进步人士渴望在左翼书籍中找到出路；1930年，威廉·莫里斯的《乌有乡消息》全译本应运而生。林微音的译本看似"忠实"，却置换了其中最重要的概念并"陌生化"书名与作者名，间离了读者层累积十年的阅读期待。如此种种翻译策略看似规避国民党官方查禁，实则寄寓了林微音消极的人生态度和"为艺术而艺术"的文艺观。"摩登"的林微音为译本晕染了一抹彼时黄埔滩头消费主义的华彩，使"去左翼化"进一步滑向"庸俗化"。因此，植根于"左翼话语"的译本不仅有负30年代读者以革命文学促成革命政治的期待，亦难以规避查禁；"上下"交困的首译本虽"微音迅逝"，但莫里斯所倡导的艺术社会主义却渐成时代强音。

关键词：《乌有乡消息》/《虚无乡消息》　威廉·莫里斯　林微音

Title：A Fleeting Voice of the First Complete Chinese Version of *News from Nowhere*

Abstract：A complete Chinese version of William Morris's *News from Nowhere* emerged in 1930 when intellectuals were desperately looking for a way out from left-wing books following the defeat of the Great Revolution. Disguised by its seemingly faithfulness, this Chinese version deviated from the author's most essential concept and defamiliarized the established translation of both the book's title and author，having alienated readers' expectations. His translation strategies could easily be justified as an effort to evade the official censorship，but it virtually reflected his pessimistic

---

①　张锐，浙江工商大学博士在读，杭州师范大学讲师，研究兴趣为比较文学。

view of life and aestheticist understanding of art. Lin Weiyin also unconsciously brushed a touch of consumerism of modern Shanghai，and the left-wing thought was further compromised by vulgarity. His translation neither lived up to the expectations of 1930s' readers with strong political awareness nor escaped the censorship as it was still rooted in left-wing discourse. However，William Morris's Artistic Socialism outlived the fleeting voice，gradually becoming a strong note of the time.

Key words：*News from Nowhere*；William Morris；Lin Weiyin

遭遇大革命失败的进步人士，渴望在左翼书籍中找到出路，因此，读者曾热切期待各类左翼文学作品及社科类译作。是为"左翼作家大本营"（金理 56）的水沫书店当仁不让，将英国作家威廉·莫里斯（William Morris，1834—1896）的代表作《乌有乡消息》①（*News From Nowhere*，1890）与一系列"赤色"之书均纳入出版之列。此时的左翼书籍有种特殊的"先锋性和时尚感"（吴晓东 170），与彼时沪上勃兴的消费主义同样氤氲着现代都市的先锋气质。上海文人林微音既"摩登"又"革命"②：他勾勒"风月"的"上海百景"；想象"新潮"的"花厅夫人"；也翻译"时尚"的"左翼之书"。标榜"为艺术而艺术"的林微音以看似"忠实"的译笔，却置换了《乌有乡消息》最核心的概念，对作品及作者译名做了"陌生化"处理，"迷惑"了官方查禁者，却也偏离了读者的期待。

一、背负强烈期待的"主义"之书

1921 年至 1930 年 10 年间，主导中国思想界莫里斯研究话语的是两位日本文论家——本间久雄（1886—1981）和厨川白村（1880—1923）。中国思

---

① 目前该书的通用中译本为 2007 年商务印书馆出版的黄嘉德译《乌有乡消息》，本文研究对象为该书首译本《虚无乡消息》，为避免混淆，除特指首译本，其他一律用《乌有乡消息》。

② 此处参考了书名。详见张屏瑾：《摩登革命——都市经验与先锋美学》，上海：同济大学出版社，2011 年。

想界通过译介其文论,以文论先行的方式,使莫里斯成为多种左翼思潮的代言人。直至 1930 年,莫里斯作为社会主义者和左翼作家在中国思想界近乎"文"名遐迩,但其文学作品却很少见诸中文世界。其代表作《乌有乡消息》目前可考的最早抄译本出现在 1921 年生田长江和本间久雄合著的《社会改造之八大思想家》①中,仅七页译文实为全书故事梗概。本间赞此书为"穆氏底社会主义底结晶体"(生田 本间 157)。本间在《社会改造之八大思想家》一书的莫里斯专章中,探讨了莫里斯如何走向社会主义,其中特别强调莫里斯"带有革命色彩"(151)。书中指出莫里斯社会改造的关键在于"生活得美术(艺术,笔者按)化"(139),这一口号因植根于"劳动快乐化"契合一战后中国思想界热衷的无产阶级劳动美学,在五四前后思想界引起广泛共鸣,在蔡元培、章锡琛、谢六逸、杨贤江等人探讨"生活艺术化"的相关文章中②,都不同程度地看到这篇文章的影子。因此,莫里斯作为"支持暴力革命的社会主义者"这一左翼形象,连同其"社会主义"代表作《乌有乡消息》经由这本较早且传播很广的社科科普读物而广为人知。

20 世纪 20 年代前期,本间笔下的莫里斯是"革命的社会主义者",晚年虽依旧在街头墙角演说,"却没有急起直救世界底狂热了,然仍还抱着一种沉静的信仰,冷眼看那从事于社会事业之人"(154),此处本间道出革命者莫里斯由热到冷的无奈与困境,较为稳健公允。然而,1925 年后,特别是大革命失败后,厨川白村更为激昂的论述经由鲁迅译文渐成主流。1925 年底,鲁

---

① 《社会改造之八大思想家》标注两人合著,但从本间久雄独著文章《生活艺术化》来看,此书的莫里斯部分应是本间久雄所著。本书 1921 年由商务印书馆出版,至 1927 年仅 7 年间重版 6 次,其风靡可见一斑。本书将莫里斯与马克思(Karl Marx)、克罗泡特金(Peter Kropotkin)、罗素(Bertrand Russel)、托尔斯泰(Leo Tolstoy)、喀宝脱(Edward Carpenter)、易卜生(Henrik Ibsen)和爱伦凯(Ellen Key)并称为社会改造之八大思想家。此书对莫里斯评价是否有所拔高,本文不做评述。然而,客观上来说,莫里斯作为社会改造思想家的历史地位远胜于文学家似乎肇始于此。

② 蔡元培:《蔡元培全集(第 4 卷)》,杭州:浙江教育出版社,1997 年,第 134 页;昔尘/章锡琛:《莫理斯之劳动观及艺术观》,载《东方杂志》1920 年第 4 期;谢六逸:《社会改造运动与文艺》,载《东方杂志》1920 年第 4 期;杨贤江:《生活与艺术》,载《学生》1923 年第 8 期。除蔡元培外,其他均为留日学生。虽然本书目前可考最早中译为 1921 年译本,但很可能留日学生通过日文更早阅读过此书。

迅在文论集《出了象牙之塔》译本后记中追问："出了（象牙之塔，笔者按）以后又将如何呢？……文人出了象牙之塔终将走向'社会改造'的'十字街头'……摩理斯，则就照字面地走到街头发议论。"（鲁迅）此文引发了中国思想界关于知识分子应置身"象牙之塔"或"十字街头"的持续探讨。此书多次再版，风头更劲，而莫里斯也由此回归思想论争的主战场。厨川白村的《出了象牙之塔》以莫里斯研究专论《从艺术到社会改造》压轴，文中赞其为"英国文坛的社会主义的第一人"（250），而《乌有乡消息》是描写"Communism 的理想乡的小说"（253），厨川对莫里斯研究用力最深处是塑造了年过四十却凛然与世战的英雄形象。文中对莫里斯如何走向社会主义，反复渲染、文辞优美且带有煽动性："幽栖于'象牙之塔'的摩理斯从千八百七十七年顷起，便提倡社会主义，和俗众战斗"（249）；"绚烂、辉煌，并且也凛然而英勇"（248）；"断然取了积极底的战斗者的态度的"（248），均指向莫里斯逃离象牙之塔，去改造社会的决然姿态，莫里斯被形塑为力挽狂澜的时代英雄。诚然，大革命失败后，面临抉择的中国知识阶层急切呼唤着英雄，于是莫里斯"雄赳赳"地成为左翼思想家们的行动楷模。

1929 年，田汉在《穆理斯之艺术的社会主义》中继承了厨川与鲁迅的衣钵，他以更加澎湃的激情盛赞莫里斯的英雄主义，而且进一步阐发"他是一个大浪漫主义者，也是个大现实主义者"（田汉　穆理斯 11）。在反复探究莫里斯走向社会主义的动机之后，田汉坚信"真的诗人应该是真的人，因之应该是真的社会主义者"（26），实现了"自身思想左转的逻辑圆满"（张锐 120）。田汉书中也专章抄译了《乌有乡消息》，十七页篇幅基本涵盖了主要情节框架。田汉将本书置于乌托邦的传统，认为此书"在他的社会主义思想上甚为重要"（27）。除了这本莫里斯研究专著，田汉在同期发表的自传体小说《上海》后半部分也三次提到莫里斯，迷茫中的主人公克瀚"甚崇拜英诗人威廉·穆理斯（William Morris）之为人"（田汉《上海》32）。在田汉内外交困之时，莫里斯这一行动楷模指引了田汉思想左转，这无疑使莫里斯的左翼形象更加具体可感。

从 1921 年《社会改造之八大思想家》到 1929 年的《穆理斯之艺术的社会主义》，经由本间久雄、厨川白村、鲁迅和田汉等人的共同努力，莫里斯作为"革命的社会主义者"这一左翼形象不仅深入人心，而且熠熠生辉。与日本大正时期(1912—1926)"理论作为手段"(王向远)的原则一致,在中国思想界,莫里斯文论被作为各种思潮论争的理论工具:本间久雄将莫里斯与"劳动快乐化""生活艺术化"及"社会改造"等思潮紧紧联结;而厨川白村则将其与"象牙之塔"与"十字街头"等口号牢牢捆绑。十年间,莫里斯越来越激昂的左翼形象累积了人们对其文学作品的阅读期待。

田汉的《穆理斯之艺术的社会主义》在上海出版半年后,《乌有乡消息》首译本应运而生。出版人系田汉学生施蛰存(1905—2003),很可能田汉的莫里斯书写间接催生了这部译本。施蛰存回忆道:"林微音(1899—1982)自告奋勇,要给我们办的水沫书店译书,我们就请他译一本蒲特娄①的《虚无乡消息》。"(388)此处透露出两重信息:其一,林虽"自告奋勇"译书,但译此书却系水沫指定,并非主动选译;其二,施蛰存混淆了作者,施老的笔误至少说明他对本书印象并不深刻。换言之,这部出版者无心、译者亦无意的作品尚能出版,也从侧面反映出此书可观的市场预期。可结果却不尽如人意,原因究竟何在呢?

二、"精明自保"的"去左翼化"译本

最重要的原因似乎在译者。上海文人林微音虽译作颇丰,但译品平庸。他翻译之"忠实",令人忍俊不禁:如将"We got in, Dick and I."(Morris Nowhere 24)译为"我们上了了车,狄克和我"(威廉·莫里斯 11)。有学者提出:"他的翻译并不大量改写、增删,以传达什么特殊的理念。"(陈硕文 61—81)然而,"忠实"背后却也值得推敲。林微音将目录第十五章题名 On the Lack of Incentive to Labor in a Communist Society 译为"自然的劳动",这与其"决不能硬把一个字译为另一个字"(林微音 535)的翻译原则颇有抵牾。如果将"lack of incentive"译为"自然"尚能理解,那么省去"in a communist society"则必定是有意为之了。

---

① 据笔者考证,民国时期将波特莱尔(Charles Baudelaire,1821—1867)译作蒲特雷,林微音确实翻译过波特莱尔的一些作品。参见林微音:《散文诗三首》,《文化界》1933 年第 3 期,第 80-83 页及林微音:《世界之外的随便那里》,《诗之叶》1936 年第 1 期,第 44-45 页。

大革命失败后，国民党当局对"左翼文化"高压管制与其军事围剿遥相呼应，而官方对"左翼"的查禁中最敏感词汇之一即"共产主义"（communism）（吴效刚 41）。之前鲁迅译厨川白村专论中已旗帜鲜明，将此书定性为"共产主义"之书。林微音对此敏感词理应规避，他对自己的精明颇为得意，"瞒过一个编辑的眼是会比瞒过一个检查员的眼更难的"（13）。将此调侃定性为懦弱，似乎不近人情，称其为"精明的自保"更为公允。实际上，为了图书得以出版，很多作家都用过相似策略，不宜过度苛责，即使文坛斗士鲁迅也"为了怕送掉性命而没有'说开去'！"（李欧梵 20）林微音过滤目录中敏感词汇或只是权宜之计，然而，其在正文中却显然"过度干预"（excessive interference）（Flotow）了。林多处劫持（hijack）（Flotow）文本，不时做出"修正"（correct）（Flotow），以实现其"去左翼化"的意图。这本"棘手"的"共产主义"之书中，"Communist"及相关派生词共出现了 10 次，林微音除了目录处直接删除、一处"修正"为"社会主义"（威廉·莫里斯 162）之外，剩余 7 处均将"communism"相关派生词"修正"为"废私产制"[①]，将"communal condition"（Morris *Nowhere* 109）"修正"为"人人平等的社会制"（威廉·莫里斯 189）。如此"修正"确实不负苦心，在 1931 年国民政府查禁的 228 种书刊目录中，水沫书店同期出版的另外两本书因"宣传共产主义"和"普罗文学"而遭查禁[②]（张静庐 179），而这本本来十分明显的"共产主义"之书得以幸免，其中不得不感念译者"去左翼化"的"精明"。然而，如果说此书的市场卖点就在读者期待中的"共产主义"，那么这一删一改也无意间消耗了读者的政治期待。林微音对翻译中词汇的删改是有充分自觉的，他对伍光建译文篡改原作用词有如下责难："你不喜欢那作家，你却偏偏要译他的作品，而且偏偏要用一个你自己看来更适宜的字来代替那作者的原有的字。"（533）此处林微音的双重标准看似规避查禁，实则更深层次上也折射出林微音潜在的否定性思维。

林的否定性思维同样表现在书名翻译中，林将"nowhere"译为"虚无

---

① 　参见林微音译本第 196、197、198、212、224、225、331 页。

② 　水沫书店此次遭查禁的两本书为戴望舒译的《唯物史观的文学论》，被指为"普罗文学论文"；而另一本布哈林著的《有闲阶级的经济理论》被指为"宣传共产主义"。

乡"。"虚无"二字,实则寄寓了其对现实消极悲观的人生态度,他笔下的人物"如泡沫、浮沤、变幻着、飘泛着"(许道明 181),而常陷入"道德虚无的黑潭"(许道明 184)。若将此译名与田汉译名《无何有之乡消息》稍作比较,则差异昭然。不妨将田译名拆分为:无,何有之? 由此构成一个疑问句,暗示从无到有的建构,并指向积极行动;而"虚无"却指向终极状态,否定人的能动性,使译作旨趣滑向虚无。译本末句翻译"与其称作梦还不如称作幻象了。"(威廉·莫里斯 376)(then it may be called a vision rather than a dream.(Morris *Nowhere* 220))中,将"vision"译为"幻象"与题名"虚无"遥相呼应,将这一旨趣贯穿全书。题名中的"nowhere"与压轴句中的"vision"是理解作品的两轴,国内外学界多有探讨。现任《莫里斯研究》(*Journal of William Morris Studies*)杂志主编欧文·赫兰德(Owen Holland)认为:"将'nowhere'理解为'now-here'(此时此地)似乎比理解为'no where'(乌有之地)更有裨益。"(Holland 14)库玛(Krishan Kumar)认为:"乌有乡是一个'愿景'(vision),莫里斯希望(hoped)并热切期盼(expected)它在将来得以实现"(133);殷企平将"vision"译为"愿景"(220),这些论述均深刻点明了此书之积极的实践意蕴及乌托邦所寄寓的希望,译文首尾两处措辞,近乎熄灭了希望之火,也否定了全书的行动意义。本无意义的"Morris"中文译名"莫理思"在这一逻辑下,戏谑为"莫以理性思之"亦意义丛生,林微音译姓"莫"的莫里斯着实消解了田汉译姓"穆"的莫里斯那种肃穆壮美的气韵,他以轻佻的笔触解构了鲁迅、田汉等所形塑的十字街头的英雄形象。实际上,林微音对作品和作者译名做此番"陌生化"(defamiliarization)处理,确实间离了累积的左翼政治语境,但同时也"打破审美主体的接受定势"(杨向荣 339),瓦解了读者的先入之见,因此,亟待译者积极重建读者对原著与原作者全新的认知与感受。而此刻,译者却选择了"隐身"。

这本《虚无乡消息》不仅缺乏阐明宏旨的译者序,就连最必要的作者、作品简介也被省略,这种唐突与林微音的其他译作可谓判若云泥。《古代的人》(1927)(*Ancient Man*,1907)中,郁达夫序言不仅高屋建瓴,而且温情脉脉地道出译事,而林微音的译者序亦投桃报李,感念万千;《钱魔》(1928)(*Moneychangers*,1908)中,林微音的译者序对辛克莱(*Upton Sinclair*,1878—1968)如数家珍,甚至还推荐进一步研究的书目;即使也缺乏译者序的《马斑小姐》(1935)(*Mademoiselle de Maupin*, 1835),林微音对戈蒂耶(Théophile Gautier, 1811—1873)长达 29 页、被誉为"唯美主义宣言"的皇皇大序一丝不苟,照单全译。相形之下,林微音对此书的"怠慢"不可谓不刻意。然而,相比于之前莫里斯相关书籍,文学文本如碎玉抛掷于累赘的政治话语当中,林微音回归"文本至上"之努力当然有值得肯定的一面。但这种完全悖逆"前理解"(pre-understanding)的操作,似乎因其"审美距离"(aesthetic distance)(Jauss 25)过大而失当,因为"对既往文本的重读(the reappropriation of past works)同时受到过去与当下艺术及其评价体系无休止的干预(perpetual mediation)"(Jauss 20),而此译本显然无法摆脱这种干预,与读者期待渐行渐远。

那么,《乌有乡消息》原作本身能否背负读者层如此热切的政治期待呢?威廉斯(Raymond Williams, 1921—1988)曾说:"莫里斯是优秀的政论家,这也是他声名所归。至于莫里斯的其他大部分文学作品,则只是见证了他自己深刻意识到的混乱(disorder)。"(Williams 159)在政论文中,人们看到的是一个政治态度明朗的莫里斯,而在这部罗曼司(romance)中,读者却极易在梦境般的氛围中迷失这种明朗。作为一部典型的乌托邦小说,其"梦境"与"传奇"的题材也确实难逃作品远离当下、晦暗不明的指摘。然而,正是这种所谓的"混乱"才使之足够丰厚得堪称乌托邦小说的杰作。正如马尔库塞(Herbert Marcuse, 1898—1979)所言:"艺术作品直接的政治性越强,就越会弱化自身的异在力量(the power of estrangement),越会迷失根本性与超越性的变革目标(the radical, transcendental goals of change)。"(12)莫里斯在单页成章的第 13 章《关于政治》(*Concerning Politics*)中,似乎给我们一点启示:"在政治上我们非常幸福,因为我们没有政治。"(We are very well off as to politics, —because we have none.)(37)政治上的福祉(well-off)正因政治实体机构的消亡(none),所有积极的努力终将铸就一个休憩的时代(an epoch of rest),此处的矛盾修辞似乎隐隐地揭示出莫里斯自身的摇摆。也许莫里斯原著本身也无法回应读者层如此简单热诚的政治期待,更不用说译本了。

大革命失败后,本间笔下那位落寞的莫里斯被不惑之年却更"雄赳赳"的莫里斯所置换,激昂的英雄主义渐成主流。本间的笔下的莫里斯虽褪去

"狂热",但依然抱有"信仰",而林微音用"废""虚无""莫"等否定性语词颠覆了读者层的"前理解",似乎将这最后的"信仰"和希望也剥蚀殆尽,从而滑向虚无的深渊。这显然与"最广泛的读者层,在政治心理驱使之下的文学期待"相去甚远(朱晓进 50)。

三、晕染城市消费主义的"虚无乡"

林微音在"去左翼化"的同时,也为这座中世纪情调的"虚无乡"点染了几处现代城市消费主义的亮彩,颇显媚俗。同为"生活艺术"的倡导者,莫里斯与林微音对此的理解却有天壤之别,而所有这些貌合神离的细微之处,都将译本推向"物质至上"的庸俗化。

周小仪指出,"生活艺术化的理想在 20 世纪 20—40 年代也广泛流行于中国"(3),而林微音恰是彼时"生活艺术化"的倡导者与力行者之一。林微音宣称:"要使你的生活成为一件精致的艺术作品,这样你的作品也能成为精致的艺术。"(421)此言初看似乎与莫里斯乌有乡民注重日常生活细节,将日常生活升华为艺术的旨趣异曲同工,都强调艺术与日常生活合体,生活本身成为艺术品。但细察却发现林对艺术的看法相当肤浅。林微音在《艺术的享受》随笔中这样写道:"物质的设备越完善,人的享受的机会也越增多……就艺术的享受一方面来讲,无线电收音机的被发明即其明显的一例。"(478)此处他将"无线电收音机"这一现代文明时髦产物视为"艺术的享受",不难体味他对现代化和城市文明浅薄的乐观,而另一篇以艺术为名的随笔《为艺术而人生》则是一封公开信,林微音规劝好友离开偏僻乡间的乏味生活,来上海过"有意义"的"艺术"人生。两篇随笔均可窥见其"艺术"的物质属性与这种"艺术"所折射的城市消费主义色彩。与此相反,莫里斯的生活艺术植根于英国乡村的生产性劳作,而其"艺术"恰恰是劳动过程中感受到的精神愉悦,是一种生产性、精神性的艺术。本间久雄数年前阐释的"生活艺术化"思想在 30 年代的上海文人圈中复兴,却被釜底抽薪,抽空了其阶级属性及精神性内涵,走向庸俗化,成为包括林微音在内的上海文人"食色"消费主义的代名词。

消费主义与城市的勃兴相伴相生。将上海视为"我曾爱过而现在还似

在爱着的女人"的林微音坚信"上海不会没有你所爱好的……上海使生活更
加美好"(420—421)。其以"上海百景"为总题的小品文尽显"光怪陆离的风
月场所"(陈子善 45)。对于上海大街上的广告都冠以"商业的艺术化"(478)
的林微音,对于伦敦最繁华商业街的欣羡实在难以掩饰。林将"Piccadilly"
(Morris,*Nowhere* 36)用括弧做了专门注释:"匹喀狄力街 Piccadilly(一道
以美丽的屋宇,俱乐部和店铺著名的伦敦的街名——译者)"(威廉·莫里斯
59)。此处"增补"(supplementing)显然是过度翻译,而"增补"策略常常暴露
译者的"自我宣传癖"(exhibitionism)(Simon 13)。林微音迫不及待兜售的
到底是什么呢?此增补之内容与形式,均值得推敲。译者加注虽不罕见,但
全书对所涉及的伦敦其他街道、建筑及场馆均未加注释,仅此一处加注就显
得格外醒目。林微音此处不再"隐身",而是高调跳脱出来,发出含有价值评
判的声音"美丽"。"美丽"一词流露出他对时尚奢华的皮卡迪利大街的神
往,这与莫里斯对这条尽显"商业道德"(commercial morality)之街的嘲讽之
声形成并不十分和谐的"复调"(polyphony),而译者与作者作为"拥有主体权
利的不同个体以各自独立的声音平等对话"(周启超 145),凸显了两者思想
的交锋。此外,译者注的位置也非常有趣,林微音对伍光建文中括弧加译者
注颇有微词,"像那样地在所译的文章中括弧着译者注,我以为是很没有理
由的。……似乎无须那样地括弧着那在你与作者之间的不同的意见……就
是要注解,你也可注在每页的下面……那里不是已有专给你用来作注解的
现成的地位?"(533)此处林微音却着实"言行不一"了,他仿佛害怕错失读者
的注意力,未在"现成"的位置作注,而是几乎迫不及待地用括弧加了注释。

无独有偶,林微音对伦敦另一座著名建筑"St. Paul's(Morris,*Nowhere*
35)(圣保罗大教堂)"的翻译也值得深思。他将这座神圣宗教之地译成"叫
作圣保罗的大厦"(威廉·莫里斯 57),如译为"胜保罗",尚可归咎其英语能
力,但既然理解"圣"的意义,又将其译为"大厦"就很难否认是受到某种观念
的影响了。神圣的教堂沦为摩登十足的商厦,其轻慢的语气"叫作……的大
厦",均流露出也许他自己都意识不到的宗教世俗化倾向。中国本就缺乏宗
教感的渗透,时髦如林徽音,摩登如上海的语境中,哪有宗教的容身之处。
宗教作为由"'个体的信仰'与'累积的传统'"(威尔弗雷德 1)叠加起来的人
类文化体系,在物质至上的消费主义大潮中,轰然倒塌。在王尔德(Oscar

Wilde,1854—1900)笔下,圣保罗教堂已然成了"泛现于城市上方的水泡"(Wilde 745),虽唯美,却被掏空内里的神圣庄重,在林微音的译笔下则更被世俗化为彼时上海滩头、霓虹灯下满是精致玻璃橱窗的"商厦"了。林不经意间打开了神圣世俗化的魔盒,迷失在万花筒般令人目眩神迷的商品世界中。本雅明(Walter Benjamin,1892—1940)在现代商品的"幻象"(phantasmagoria)背后,揭示了商品如何获得"愿望象征物"(the character of wish-symbols)(Markus 16)的特征,从而使"愿望"物质化。林微音将"for a moment there passed before them a phantasmagoria of another day"(Morris,*Nowhere* 43)中的"phantasmagoria"译成"幻灯影片"(威廉·莫里斯 74),这个本将盖斯特(Guest)心中变幻莫测的幻象"灵化"的瞬间,那些由这个属"灵"之词带来的关于"幽灵"(apparition)、"鬼怪"(phantom)和"鬼魂"(ghost)的联想,及由此带来的不安和惊恐都被物象化成了"幻灯影片"。刚刚兴起的时髦消费——"电影"置换出这些原本难以捕捉的灵性瞬间,连灵魂深处的微妙感触都被抽离出人体之外,物化为可消费之物了。

店铺林立的商业街道、高耸的摩天大厦、幻灯影院等等物象都是 30 年代上海文人最热衷的都市想象。林微音纵情于城市消费主义的狂欢中,其城市进步主义的优越感难以掩饰,难怪他将"country people"(Morris,*Nowhere* 27)译成"乡村风的人"(威廉·莫里斯 44)。林微音秉持的城乡二元对立的价值观念使他以上海市民的优越视角,俯视乡村,看到一种抽象而造作的所谓"乡村风格",在他看来,乡村是可赞美但不愿意屈尊居住的地方,是作家笔下浪漫的人造风格。而莫里斯在《乌有乡消息》第十章,莫里斯讲述了伦敦及曾经的制造业中心成为荒野(wastes),而城市侵入乡村后最终与乡村融合为一个大花园。在这个花园中,没有用人工"灌木与假山"(shrubberies and rockeries)(Morris,*Nowhere* 76)造就的"乡村风格",而是保存天然荒原、森林和自然山丘的真正乡村,也是所有乌有乡民实现"生活艺术化"的理想居所,莫里斯正应和了"世纪末复归自然的价值取向"(马翔 62)。莫里斯自称一生最大的敌人就是现代文明(modern civilization)(Morris,*Stories* 657),城市作为"特色鲜明的一种文明形式"遭到莫里斯的厌弃(雷蒙·威廉斯 1),而莫里斯最鄙薄之处恰恰是林微音最心驰神往之地。

消费主义盛行的沪上，纸醉金迷。林微音曾署名"**魏廖泉**"即吴音"为了钱"（陈学勇 38），这与金钱消亡的乌有乡形成潜在张力。此书开篇中，乌有乡民迪克（Dick）拒收船费，完全不知钱为何物，不明乌有乡规则的异乡人盖斯特（Guest）误以为其神志不清，可能来自伦敦附近的"Colney Hatch"精神病院。林微音将"to stir up Colney Hatch again"（Morris, *Nowhere* 13）译成"又鼓起他的卡奈·哈赤性"（威廉·莫里斯 19），若是缺乏语境阐释，读者无从索解。此处除诟病林微音顽固的直译原则之外，更流露他对乌有乡民"疯癫"的暗讽与不屑。从上下文来看，林显然懂得了"Colney Hatch"与疯癫的关系，然而，此处不加注解的顽固直译显得玩世不恭，恰是莫里斯对疯癫与清醒的反讽的再反讽。如果说莫里斯之反讽在于批判维多利亚时期的现金联结，那么林微音的调侃却是对乌有乡商业道德消失的揶揄，这种调侃恰是鄙俗对理想主义的轻慢。莫里斯"疯癫"的乌托邦终归会被彼时上海滩头的"清醒精明"的鄙俗所消解，而这种消解的始作俑者恰恰是俗相毕露的林微音。盖斯特对迪克有关清醒与疯癫的反讽，不正是林微音对莫里斯的反讽吗？

结语

水沫书店施蛰存身兼《虚无乡消息》的校对与出版人，曾如此评价此译本，"误译甚多，中文也不好"（施蛰存 388）。这一译评与鲁迅之评价"讨伐军中最低能的一位"（陈学勇 38），似乎林的"低能"无可争议。笔者考察译本词汇、句法等方面，问题确实不少，但总体尚有可读性。译文质量也无法完全归咎于译者，鲁迅曾道出过译者的无奈："中国的流行，实在也过去得太快，……靠翻译为生的翻译家，如果精心作意，推敲起来，则到他脱稿时，社会上早已无人过问。"（鲁迅，《为翻译辩护》274）当时过境迁，我们再次翻开这部尘封的译本，却发现其独特的价值：译者为我们卸下莫里斯身上沉甸甸的"左翼"重负，让我们重新审视一个作为文学家的莫里斯，以更多元的方式解读莫里斯及其作品；更可贵的是，林微音译本纠正了自 1904 年堺利彦

(1870—1933)亚洲首译本一直因袭到 1929 年田汉抄译本中的错误①,而这一错误也彰显了莫里斯思想的游移及原著本身的复杂性。

　　林微音为译作涂抹的那层属于 30 年代上海的独特消费文化的华彩,与其唯美颓废主义文学创作一样昙花一现。从出版者施蛰存数十年后不无微词的译评及出版情况来看,读者对此译本反应平平。林微音"去左翼化"的努力显然并不成功,读者层强烈的政治预期未获满足,而国民党当局的审查机构又对植根于左翼文化的译本多方责难,1934 年,此译本终因"宣扬无政府主义"而遭查禁(广东 96)。1930 年代,备受期待的首译本如"迅逝的微音",骤然消融于历史的深井,再无声息,但莫里斯倡导的艺术社会主义却渐成时代强音。

参考文献

Holland, Owen. "William Morris' Utopianism: Propaganda, Politics, and Prefiguration." *Basingstoke* 2017, S. 51–103.

Jauss, Hans Robert. *Toward an Aesthetic of Reception*. Minneapolis: University of Minnesota Press, 2005.

Kumar, Krishan. "News from Nowhere: the renewal of utopia." *History of Political Thought* 14.1 (1993): 133 – 143. Markus, Gyorgy. "Walter Benjamin or: The

---

　　① 原著第 24 章末谈及一桩情杀案:两名男子同时爱上了一名女子,情场失意者愤怒地企图杀死情敌,在争斗中,自卫者却误杀了肇事者。然而,这位无可指摘的情场得意者却极其懊悔,企图自杀以谢罪。在乡民的陪伴和安慰下,悔罪者与这位女子也许都能走出了自杀的阴霾,迎接新生活。然而,堺利彦 1904 年亚洲首译本当中,将此案误译成普通情杀案,即情场失意者杀死情敌,而这位女子也因此自杀。参见ヰリアム モリス(威廉·莫里斯):《理想乡》,堺利彦译,东京:ARS,1920 年,第 70 页。本间久雄与田汉的抄译本都因袭了这一错误。实际上,这个故事有两处特别耐人寻味:首先,故事发生了反转,误杀中故事朝向更合理的方向发展,肇事者自食其果,却无法使误杀者理所当然地泰然处之;其次,误杀他人的自卫者不受法律制裁,却备受良心谴责,而乌有乡的温情却实实在在地拯救了这个失落的灵魂。这场源于嫉妒的情杀昭示莫里斯认识到了人性的复杂性,人类永远无法规训非理性的情欲。法律无法真正教人向善,但乌有乡中人与人的温情却足以化解种种不幸。林微音首次为中文读者纠正了错误,还原了原书丰满的情节。

commodity as phantasmagoria." *New German Critique*，2001(83):3-42.

Marcuse，Herbert. *Aesthetic Dimention*. Boston: Beacon Press，1978.

Morris，William. *News from Nowhere，or an Epoch of Rest: Some Chapters from a Utopian Romance*. Cambridge: Combridge University Press，1995.

Morris，William. *Stories in Prose，Stories in Verse，Short Poems，Lectures and Essays*. London: Nonesuch Press，1948.

Simon，Sherry. *Gender in Translation*. London and New York: Taylor & Francis e-Library，2005.

Von Flotow，Luise. "Feminist translation: contexts，practices and theories." *TTR: traduction，terminologie，rédaction*，1991，4(2):69-84.

Wilde，Oscar. *The Complete Works of Oscar Wilde: Volume IV: Criticism: Historical Criticism，Intentions，The Soul of Man*. New York: Oxford University Press，2000.

Williams，Raymond. *Culture and Society*. London: Chatto&Windus，1958.

陈硕文：《「演绎/译」唯美：论林微音之译作〈马斑小姐〉与创作〈花厅夫人〉》，载《编译论丛》2012 年第 9 期，第 61-81 页。

陈学勇：《再说林微音》，载《书屋》1992 年第 2 期，第 38-39 页。

陈子善：《〈上海的这一方阳台〉主持人的话》，载《上海文学》2001 年第 3 期，第 45-46 页。

厨川白村：《苦闷的象征 出了象牙之塔》，鲁迅译，北京：人民文学出版社，1988 年。

广东省政府教育厅训令：《转令查禁文艺创作讲座及虚无乡消息等书》，载《广东教育月刊》1934 年第 1 期，第 96-97 页。

金理：《从兰社到〈现代〉——以施蛰存、戴望舒、杜衡及刘呐鸥为核心的社团研究》，上海：东方出版中心，2006 年。

雷蒙·威廉斯：《乡村与城市》，韩子满、刘戈、徐珊珊译，北京：商务印书馆，2013 年。

李欧梵：《现代性的追求》，北京：人民文学出版社，2010 年。

梁永：《陈代其人》，载《鲁迅研究月刊》1991 年第 5 期，第 67-68 页。

林微音：《散文七辑》，上海：时代图书公司，1937 年。

鲁迅：《〈出了象牙之塔〉译本后记》，载《语丝》1925 年，第 57 页。

鲁迅：《鲁迅全集》第 5 卷，北京：人民文学出版社，1981 年。

马翔：《逆反与复归自然的"拱形结构"："世纪末"的文学思想探析》，载《浙江工商大学学报》2020 年第 6 期，第 62-70 页。

生田长江，本间久雄：《社会改造之八大思想家》，林本等译，上海：上海社会科学院出版社,2017年。

施蛰存:《北山散文集(一)》,上海:华东师范大学出版社,2001年。

田汉:《穆理斯之艺术的社会主义》,上海:东南书店,1929年。

田汉:《田汉全集》第13卷,石家庄:花山文艺出版社,2000年。

王向远:《中国现代文艺理论和日本文艺理论》,载《北京师范大学学报(社会科学版)》
    1998年第4期,第68-75页。

威尔弗雷德·坎特韦尔·史密斯:《宗教的意义与终结》,董江阳译,北京:中国人民大学
    出版社,2005年。

威廉·莫里斯:《虚无乡消息》,林微音译,上海:水沫书店,1930年。

吴晓东:《1930年代的沪上文学风景》,北京:北京大学出版社,2018年。

吴效刚:《民国时期查禁文学史论》,北京:中国社会科学出版社,2013年。

许道明:《海派文学论》,上海:复旦大学出版社,1999年。

杨向荣:《陌生化》,载《西方文论关键词》,北京:外语教学与研究出版社,2013年,第339-
    348页。

殷企平:《文化辩护书:19世纪英国文化批评》,上海:外语教育出版社,2013年。

张静庐:《中国近现代出版史料(现代乙编)4》,上海:上海书店出版社,2011年。

张锐:《威廉·莫里斯与田汉的思想转向》,载《文学评论》2020年第1期,第120-127页。

周启超:《复调》,载《西方文论关键词》,北京:外语教学与研究出版社,2013年,第145-
    155页。

周小仪:《消费文化与生存美学——试论美感作为资本世界的剩余快感》,载《国外文学》
    2006年第2期,第3-14页。

朱晓进:《政治文化心理与三十年代文学》,载《文学评论》2000年第1期,第50-61页。

外国诗歌与戏剧研究

类型学的文学移植：
袁枚和杰尔查文自然诗比较研究

刘亚丁[①]

内容提要：将类型学运用于语言学研究在中国和英美都有比较丰富的实绩，类型学除了在苏联的文学研究中有被运用于比较研究的个案以外，在中文和英文的文学研究中尚未见其被运用的例子。可对 18 世纪的中国诗人袁枚和俄罗斯诗人杰尔查文的自然诗进行类型学的比较研究。从观念层看，袁枚不借神的中介与自然达到主客无间的交流，杰尔查文则营造了人—神—自然互通的三位一体。从意象层看，袁枚更钟情于静态描摹，杰尔查文更多追踪自然的动态过程。从织体层看，袁枚的诗中客观的"言者"的第三人称式的描述略多，杰尔查文诗中"言者"的参与更为显著。文章还描述了借助类型学对不同国家的文学做中观和宏观比较研究的方法。

关键词：类型学　袁枚　杰尔查文　自然诗　比较

Title：Literary Transplantation of Typology：A Comparative Study of Yuan Mei's and Derzhavin's Nature Poems

Abstract：The application of typology to linguistic research has obtained abundance production in China，Britain and the United States，but there are no examples of its application in Chinese and English literature studies，except for some cases of comparative literature studies in the Soviet Union. This paper compares the nature poems of Chinese poet Yuan Mei and Russian poet Derzhavin in the 18th century from three levels：concept，imagery and texture. From the conceptual level，Yuan Mei (the

---

①　刘亚丁，四川大学文学与新闻学院教授，研究兴趣为俄罗斯文学、俄罗斯汉学。

subjectivity) keeps close contact with nature (the objectivity) without the help of God as an intermediary, while Derzhavin creates the trinity of man, god and nature. From the level of imagery, Yuan Mei is fonder of static description, and Derzhavin is more interested in tracking the dynamic process of nature. From the textural level, the third person description of the objective "speaker" in Yuan Mei's poems is more frequent, while the "speaker's" participation in Derzhavin's poems is more noticeable. This paper also describes a method of making a mesoscopic and macroscopic comparative study of different countries' literature by means of typology.

Key words: Typology; Yuan Mei; Derzhavin; nature poems; comparative study

将类型学运用于语言学研究在中国和英美都有比较丰富的实绩,但是类型学除了在苏联的文学研究中有被运用于比较研究的个案以外,在中文和英文的文学研究中尚未见其被运用的例子。本文作者试图将类型学移植到文学研究中,尝试将其用来对不同民族并无谱系学联系的文学家进行比较研究。

一、类型学:从语言研究到文学研究

"类型学"(Typology)在《新不列颠百科全书》中是这样定义的:"类型学居于学术前沿,与分类学相比,它并不那么常用,但它的描述只用于对现象需得出结论的进一步研究的课题。类型学可导出是相似的结构,这结构要受研究者的意图的制约,也受制于现象布局的方式。这种结构是限定于可以解释的时期内的。"(221)目前在国内和国外语言学研究中,类型学被大量运用于跨语言的比较研究中。R. H. 罗宾斯(R. H. Robins)的《普通语言学通论》中有"语言比较"一章,其第一节为"比较历史语言学",第二节为"类型学比较"。在第二节中他指出:"类型学实际上是证明一种形式和系统的方法,它要回答初学者面对一种新的语言时会问的问题:'这种语言像什么语言?'"(267)该书从语音、语言、语法、结构、词汇等方面展示类型学分析的方法。该书注重的是语言类型学的普遍适用性和层次性。威廉·格罗夫特(Willian Groft)是在世界语言的多样性中来考察类型学方法的价值的："语言类型学的领域是探讨人类语言的多样性,以便理解它。类型学的基本原则是,必须充分关照语言的序列的宽阔(在给出时间的限制和信息的有效性的前提下),以便把握语言的多样性和其局限性。在语言研究中,类型学是被作为经验主义的、比较的、能产的方法来加以使用的。"(257)R. M. W. 狄克逊(R. M. W. Dixon)和亚历山大·Y. 艾克亨瓦尔德(Alexandra Y. Aikhenvald)从类型学的角度研究了论元决定结构。他们分析了论元转换(Argument transferring)、论元聚焦(Argument focusing)、论元控制(Argument manipulating)和论元所指生成(Marking referential role of arguments)等四种状态,将瓜贾贾拉语、菲律宾语、塔努安语、英语、纳瓦约语、阿尔冈昆语导入这四种状态进行了性质比较(71－113)。此系中观研究。当代语言类型学的代表人物格林伯格(Joseph H. Greenberg)通过对欧洲、亚洲、非洲的30种语言的抽样调查,研究词素跟语序的关系,试图确定陈述的普遍性,找出一般性的原则(45－60)。此系宏观研究。可见,在语言学中,它排除通常所说的影响关系(尽管上述的一些语言系亚马孙河流域土著语言,但这两位学者观察的是它们之间非谱系性的平行关系)。语言类型学强调、突出跨语言的比较,试图在尽可能多的跨语言的比较中寻找人类语言的一般共性或某些语言的个性(陆丙甫 金立鑫8)。总体来看,类型学研究不同语言之间的关系,它从语法层面、语音层面、词汇和语义等层面展开,可借助语言的类型学来研究语言的共性①。

在国内学界和英语学界,目前笔者尚未见到将类型学运用于文学研究的案例。正因为如此,一些俄苏人文学者的工作值得注意,他们将类型学移植到文学研究中,不同民族间并无直接联系的相似文学现象由此成了类型学的用武之地。如 И. А. 波罗尼娜的《日本中世纪抒情诗与其欧洲相应物》,该文描述了日本平安时代的武士歌与法国中世纪的普罗旺斯的破晓歌的相似性。作者明确指出:"在本文中,我们仅讨论类型学关系,即独立发

---

① 方经民:《现代语言学方法论》,郑州:河南人民出版社,1993年,第187－196页;陆丙甫、金立鑫主编:《语言类型学教程》,北京:北京大学出版社,2015年,第25—26页。

展、互不联系的关系"（Боронина 547）。作者是从诗歌审美原则、基本内容、题材-体裁结构、诗歌语言这四个方面来讨论了这两种文学现象的关系，"我们在诗歌理想、诗的基本内容的层面上分析了这两种文学现象的类型学的关系""我们对平安时代抒情诗和普罗旺斯抒情诗歌的比较-类型学分析表明，这两种文学现象之间存在着思想内容、一般的审美原则的相似性，这种原则通过内容、形式和表达方式的细节得以体现"（Боронина 557）。这篇文章出自苏联科学院高尔基世界文学研究所出版了集体著作《东方与西方中世纪文学的类型学与联系》。李福清在该书的代序言中，明确提出东西方文学之间关系有两种，其一是类型学关系，其二是事实联系（即国内学界所说的影响关系）（9－116）。苏联汉学的奠基人 В. М. 阿列克谢耶夫院士（В. М. Алексеев）尽管没有用"类型学"或"类型学分析"之类的术语，但实际上进行了比较-类型学研究，他在 1944 年发表了《罗马人贺拉斯和中国人陆机论诗艺》，为写此文他还将陆机的《文赋》和曹丕的《典论·论文》翻译成俄文，作为此文的附录（345－384）。他还写成了《法国人布瓦罗与同时代中国人论诗艺》，分析了布瓦罗与中国的元黄和宋濂的相似性和相异性。这篇文章展开比较的层次性相当分明：阿列克谢耶夫首先把布瓦罗和中国的两位诗人置于他们所处的民族文化和当时的文化大格局中来看，然后分析了中法作者的基本观念的相似性，接着叙及中法作者的复古精神，最后得出结论："在过去的 13－16 世纪两种极为不同的文化产生了从人类的角度来看极为相似的教诲型的诗人，尽管他们所操持的语言完全不同。"（396）20 世纪 80年代著名文艺学家 М. 赫拉普琴科（М. Б. Храпченко）写出了《文学研究中的类型学》一文，对在文学研究中如何运用类型学方法作了思考（175－209）。

从苏联学者的工作看，类型学由语言学转入文学研究时，实际上经过了调试：排除不同民族之间的事实联系，不进行影响研究，将大面积的数量归纳转变为了基本上是一对一对比的微观比较，同时段的现象是比较的必备条件，注重层次性或平行系统之间的比较。在文学研究领域中，不少学者注意到文学作品本身是有层次的，如罗曼·英加登（Roman Ingarden）提出了"文学作品是层次的造体"的观念，并试图概括出文学作品普遍适用的层次：语音造体层面、意义单元或整体层面、系列观相层面（48－194）。这是由微观到宏观的层次分类法,它比较符合文学作品本身的构成方式。就研究诗歌这种体裁而言,米哈伊尔·加斯帕罗夫(Михаил Леонович)提出,可以从这样三个层面入手:上层——思想形象层,中层——风格层,底层——音声层(11—26)。这比较符合诗歌的体裁特征。文本借鉴以加斯帕罗夫所采用的三层次分析法,根据研究对象的状况又有所调试,从观念层、意象层和织体层这三个层面入手,对同时代的中国诗人袁枚(1716—1798)和俄国诗人杰尔查文(Г. Р. Державин 1746—1816)的自然诗作类型学分析。观念层试图回答以什么观念来表现自然的问题,意象层试图回答表现了自然中的什么的问题,织体层试图回答诗中的言者是如何处理描写自然与其自我言说的关系的。

二、观念层:主客无间与人神互通

本文首先对袁枚与杰尔查文作的自然诗作观念层面的类型学比较研究,他们如何看待自然与神的关系,他们如何处理仕途进退与归隐自然的关系是考察的重点。

与人共情的自然是袁枚自然观的呈现方式。感春伤秋,模山范水,固是袁枚诗作的本色。其《随园二十四咏》之一为《仓山云舍》:"看花共山笑,采药与山分。"(350)这就是袁枚与自然关系的精神核心。袁枚的《迎春》:"迎春莫怪春难觅,好处从来过后知。隔岁梅花报花信,倚门杨柳望归期。无边暖漏声声催,有脚青旗步步移。料得东皇非长官,不应厌我出郊迟。"(80)《送春》:"骊歌树上子规啼,报道东皇出郡城。久住似嫌芳草老,轻装不带落花行。从今时节都无味,留赠云山尚有情。早识相逢遽相别,当初翻悔下车迎。"(80)东皇,见于《楚辞·九歌·东皇太一》,注曰:"太一,星名,天之尊神,祠在楚东,以配东帝,故云东皇。"(袁珂 110)按照邹衍首倡、《淮南子》等著作中系统化的五行观念,东属春,故东皇被视为春之神。由此可见袁枚的风趣,对东皇,则消解其神性;对己,则而抒发其人情。诗人像情人一样调侃东皇:"不应嫌我出郊迟""早识相逢遽相别,当初翻悔下车迎"。此两首诗首尾相接,写迎春与送春,合而观之,这里子规含灵,青旗移足,东皇有意,诗人怀情,借这两首诗完成了与自然的情感交流。《风洞》:"地立千寻石,天藏一洞风。吹时分冷暖,起处辨西东。倾耳如闻响,扶云直到空。笑倚摇羽扇,也会显神通。"(袁枚 723)此诗中,诗人直接与风洞的造物主对话:笑倚摇羽扇,自然于是化作诗人情感相通之灵物。袁枚还赋予无生命的自然物以生命:如《玉女峰》:"莫道玉人长不老,秋来也有鬓边霜。"(725)自然之物,与诗人同喜共悲,《荻港灯下闻笛》:"分明九曲长江水,都作回波上客心。"(袁枚 777)《南山有古树》《并头牡丹诗》亦可作同样观。颇类西人利普斯所说的"移情",以我观物,物皆着我之情,以物喻我,我即物之灵。

作为对比,有必要考察袁枚描写山水作品中的"神性"人物的存在方式。袁枚即使在描写与先贤有关的山水祠观时,也未曾将先贤视为神灵。《小仓山房诗文集》卷十一有《灵谷寺》《孝陵十八韵》《徐中山王墓》《梁武帝疑陵》等,这些诗怀念前贤的功绩,但直面其已故的事实,发出"黄图我欲披皇览,白骨人谁认帝牌"的感慨(袁枚 228)。袁枚在其《佛者九流之一家》一文指摘佛家之虚妄,直言生死:"死而焚则熄,乃塔庙以神之。"(1850)在袁枚的作品中大量引用先秦典籍中的神话人物,这些人物在其作品中与其说在彰显其"神性",毋宁是在渲染"人性",如在《迎春》《送春》中的东皇,完全被诗人描写成了恋人。联系袁枚对生死的超然态度等来看①,在袁枚的作品中,神话性的人物的出现,是这中国传统的起兴,是古老知识在当下的转述和挪用。这与杰尔查文作品对"神性"人物的处理方式迥然有别。在与人共情的自然中袁枚不借神的中介,与自然达到主客无间的交流。

人神共享的自然是杰尔查文自然观的呈现。山水庄园、春去秋来,动物植物,如夜莺、蜜蜂、牛虻、勿忘我花等,都是杰尔查文吟咏的对象。在杰尔查文描写自然的作品中,自然物或自然现象总是与神相伴随的,甚至是由神来构建或发起的。所以在杰尔查文的自然中某种神性的因素渗透在画面之中,在《雷霆》中,他写道:"在百万分之一秒/是谁用手掌点燃了星球?/啊,神啊,这是你的法则,/你的目光造出了和平,并观察/石头擦出了钢的火花/弥特剌斯/把无边空阔中的太阳掩进暗黑。"(312)诗人在这里所描写的雷霆的形象,透露除了诗人的自然观,自然中的各种现象外,乃是神的意志在发

---

① 王志英:《袁枚传》,下,南京:南京大学出版社,2011 年,尤其是第十章"袁枚的生死观与饮食观"中的"袁枚的生死观"。

挥作用。在这首诗里,既有一般意义上的神(бог),又有弥特剌斯(митра)①,后者是来自古代印度、伊拉克的司光明与善良的神。对杰尔查文的诗作进行梳理,可以发现各种宗教的神是自然的伴生物,或自然现象的发起者。在杰尔查文的诗歌中希腊神话人物常常呈现。在《喷泉》中,他唤出密涅瓦(雅典娜)、阿波罗和马尔斯等希腊神话中的人物来陪伴波将金。在《冬》中缪斯回答诗人之问时说:"哎,美惠女神在哪里?"注家认为,这是借古希腊神话人物——美惠女神(Хариты)来暗喻诗人所崇敬的贵妇(438)。在《美的诞生》一诗中,杰尔查文详尽描写了宙斯招饮,忽有所愿望,在海浪造出了美神阿芙洛狄忒。在《萨尔斯村漫步》中,诗人写道:"在石柱/与忒弥斯为致敬/俄罗斯的英雄宏楼之间/如画般投影。"(172)这里忒弥斯(Фемида)是司法律与语言的女神(鲍特文尼克 286)。《冬天的愿望》的开头就是:"在玻瑞阿斯的车上/伊俄罗斯在唉声叹气。"(117)诗人让古希腊神话中的玻瑞阿斯和伊俄罗斯这两位神祇营造冬天的肃杀之景。在杰尔查文的自然描写中还运用了东正教的文化元素,如《雷霆》中写道:"雷霆啊! 你是造反的天使的雷霆,/你震撼了星宿的宝座。"(313)注家认为这是借用了堕落天使路法西(Люцефер)②的形象(Державин 442)。在杰尔查文的诗作中还有古代俄罗斯民族在接受东正教之前异教时代的神的影子,《致幸福》:"在视为权杖珍宝的时日/它把佩伦遣到铁铸的城池。"(127)佩伦(Перун)是古代俄罗斯人异教时代的雷神③。在《乡村生活赞》中,诗人连续"祭出了"古代俄罗斯人异教时代的神:列利(Лель,爱神)、拉达(Лада,美神)、乌斯拉得(Услад,酒神)(Державин 436)。这里透露出杰尔查文对古代俄罗斯人异教时代的神的追忆。我们还需注意的是,杰尔查文写了《上帝》一诗,杜纳耶夫等学者们借此证实了他的东正教信仰(284)。从对不同文化源头的神话形象的大量运用

---

① [苏]М. Н. 鲍特文尼克等编著《神话辞典》,黄鸿森等译,北京:商务印书馆,1985 年,第 199—200 页,亦参见 Мифы народов мира. Главный ред. С. А. Токарев. Т. 2. М.: Большая Российской энциклопедия,2000. С. 154_155.

② См. Мифы народов мира. Главный ред. С. А. Токарев. Т. 2. М.: Большая Российской энциклопедия,2000. С. 84_85.

③ См. Мифы народов мира. Главный ред. С. А. Токарев. Т. 2. М. Большая Российской энциклопедия,2000. С. 306.

中,不难发现在杰尔查文的观念中不乏神的影子。自然因神而有灵,因人而获美,于是杰尔查文营造了人—神—自然互通的三位一体。袁枚与杰尔查文,其诗作摹写自然大多相同,但他们不同的处理人神的方式关系导致了自然观的差异。

在人生观念上,中俄这两位诗人亦在体现"自然"的另一层意义,即"不勉强也"①。回溯平生,袁枚与杰尔查文的志向有"合"有"分",都认为为官为宦乃是对本性的扭曲,渴望回归自然,但终究在书写自然的诗作上殊途同归。早年两人志向相侔:或沉溺科举,或投身行伍,皆志在出为封疆大吏,入为馆阁词臣。二十一岁时袁枚拜访供职广西巡抚金鉷府中的叔父,金赏识袁的才华,命其作《铜鼓赋》,袁枚提笔立就,通篇才气横溢,颇惬金意,金氏遂荐其赴博学鸿词试。金的举荐虽未能奏效,但袁枚于乾隆三年(1738 年)中举,次年中进士,入翰林院,选庶吉士。然满文考试的败落阻断了袁枚的词臣之路,他只好接受外放江南任知县的别样人生。杰尔查文 1743 年出生于喀山省的破落贵族家庭,十一岁时父亲病故,母亲送他进了古典中学,1762 年十九岁时参军,参加了镇压普加乔夫起义。他利用空余时间写诗。叶卡捷琳娜犒赏平乱有功人,杰尔查文受封一个有三百农奴的庄园。杰尔查文 1773 年脱离军职,1777 年进参政院供职。1782 年写了称颂女皇的《费丽察》,1784—1788 年任奥伦堡和唐波夫总督。嗣后任叶卡捷琳娜二世的秘书,然不受女皇信任,并被指派查处棘手大案,干得罪人的差事。1802—1803 年任司法大臣②。至此,杰尔查文似乎已经实现了袁枚早年对自己人生的冀望:封疆大吏和朝廷词臣尽入其彀中。乾隆十三年(1748 年),袁枚辞官,购得江宁"随织造园",营建改造,改称为"随园",作为归隐之地。此后他隐居赋闲,模山范水,酬唱文友,教诲弟子,逍遥自在于诗酒人生。他

---

① 1936 年版的《辞海》"自然"词条:"……言无勉强也。"(舒新城等主编《辞海》,上海,中华书局,1936 年,第 1108 页)恰好,俄人在翻译《道德经》的"道法自然"时,也有"不勉强"的意思。马斯洛夫:"Дао же самодостаточно。"(道是自足的)。(А. Маслов. Загадки тайны и коды "Дао дэ цзина". Ростов-на-Дону,Финикс,С.181.)

② См. А. А. Замостьянов. Гаврила Дерзавин: Падал я, вставал в мой век.... М.,Молодая гвардия,2013.

多有吟诵随园的诗作①。此时的袁枚,在一定程度上又实现着杰尔查文难以企及的人生渴求。杰尔查文在任总督和大臣之时,所留下的作品多数是与国家有关的政事、军事方面的诗作,即使如此,也时时通过诗歌流露出对自然山水、对乡野闲居的艳羡之意,如前面叙及的《占领奥恰科夫的秋天》。1798 年更写下了《乡村生活赞》,他感叹道:"无上幸福啊,那个远离庶务的人! /他像大地的头生子,欢叫于家邦一隅/劳作,不为赎身/而为自己,/为自己的意愿而劳作……静坐在自家的花园/草花茂盛,菜蔬青翠/或用弯刀砍野树,获其果实/嫁接枝条。"(271-272)1803 年他退休之后,蛰居于自己在诺夫戈罗德省的兹万卡庄园,写出了数量繁多的"自然之歌",如《天鹅》(1804)、《茨冈舞》(1805)、《致叶甫盖尼兼叙兹万卡庄园生活》(1807)、《农民节日》(1807)。

袁枚在刚刚辞官之时,写了《随园杂兴》十一首,开篇其一、二已然道尽辞官后半隐居生活之乐。其一:"官非与生俱,长乃游王路。此味既已尝,可以反我素。看花人欲归,何必待暮春? 白云游空天,来去亦无故。"其二:"喜怒不缘事,偶然心所生。升沉亦非命,偶然遇所成。读书无所得,放卷起复行。能到竹林下,自有春水声。"(袁枚 111)有趣的是,袁枚此诗似乎是在与北国的杰尔查文对话。杰尔查文 1802 年写的《乡村生活》似亦含"呼应"此诗之旨:"我需要城市的什么? /我住在乡村;/我不要绶带和将星;/我懒得搭理宠臣;/我只想如何幸福地/享受生活;我想拥抱一切,/热爱所有的人;/谁会来,什么将发生? 今天只属于我,/明天一切都淡忘,/一切都会像影子一样消失;/我为什么要虚耗分秒,/要寻愁觅恨,/不赴宴寻欢;/我不稀罕金银财宝;/夫妻和谐就是富贵;/爱神(Лель)、美神(Лада)就是富贵/酒神(Услад)才是我的好友。"(289)尽管杰尔查文任司法部部长之时,已年近花甲,但从其工作日志中可以看出其案牍劳形之苦。从杰尔查文的诗的情绪看,与袁枚的《随园杂兴》颇为近似,只是他享受乡村生活之乐的时间比后者晚了近三十岁。

---

① 王英志《前言》,载《袁枚全集》壹,南京:江苏古籍出版社,1993 年;王英志《袁枚评传》,中国思想家评传丛书,南京:南京大学出版社,2002 年。

三、意象层：静态描摹与动态追踪

从类型学的角度看，作家诗人作品中的意象建构是可以进行比较的。时序演化，春去秋来，都可以成为袁枚和杰尔查文感时伤怀的起兴点。从《小仓山诗文集》中可以看到春夏秋冬尽人袁子才的笔下，杰尔查文也在1903—1804年间写了《春》《夏》《秋》和《冬》。限于篇幅，我们对两位诗人诗作中的春和秋进行类型学分析。本文通过关注他们诗作中的感春悲秋，勾稽字词背后的"典故"，发现中俄诗人相似意象背后的异与同。

感春是袁枚和杰尔查文共同的主题。袁枚《小苍山房诗集》卷十一有《春兴》五首可玩味。《春兴》抒发了袁枚建构随园、移居其中之后的兴致和怡悦。其第五首云："碧云英与玉浮梁，酌向花神奏绿章。谩作洞箫生有愿，化为陶土生尤香。春光解恋身将老，世味深尝兴不狂。爱杀柔奴论风物，此心安处即吾乡。"(241)这里前四句与后四句判若两诗，前重想象，后叙感悟。钱钟书先生转述王梦楼语谓袁枚诗"如琵琶"(331)。揆诸此诗，似为允当。因饮酒而脱离了当下的庸常，诗人即能直接面对花神而奏乐。花神，明代冯应京《月令广义》谓女夷为花神，《淮南子·天文》："女夷鼓歌，以司天和，以长百谷禽兽草木。"故花神为主春夏万物生长之神（袁珂 35＋151）。在酒酣微醺、诗兴盎然里，实在与想象，生前与死后，已然浑然一体，难辨彼此。诗的前两联如梦幻般急管繁弦，后两联则渐奏渐息，直至消歇无声，至此领悟至深，人诗俱老，醇厚而富有余味。当然从袁枚当时的年纪来看，似有为赋新诗强说"老"之嫌。

杰尔查文也有题目为《春天》的诗："法翁的呼吸融化了冬天，/美好的春天的目光掠过；/涅瓦河奔向了贝尔特海峡的怀抱，/几只船儿放下岸边。/即使在山上雪也不反光，/即使火苗闪烁也烤不热草垛，/群鸟搧动尾巴急促转弯，/马蹄敲击地面发出的声。//在月映的角落有泽费洛斯们/在晚霞里翩翩起舞，/唱着赞美春天的歌，/舞步连绵节拍清晰。//太阳以百合花般的光束/把火倾向海滩，彼得城深吸/清新微风在海湾打滚；你来吧，到那里散步。//来吧，去看金光、蓝天、绿树、碧水，/孩子绕膝的娇妻；/看着魅力无穷的自然，/你也幸福无比，利沃夫。"(298－299)这首诗是杰尔查文写给内弟利沃夫的。当时,利沃夫在克朗什塔得的海关任职。这首诗开始于对古希腊罗马的神话人物法翁(Фавон)的描写。法翁也就是诗中后来提到的泽费洛斯(зефир)①。泽费洛斯较早出现在荷马史诗中,在《伊利昂纪》卷九有如此的讲述:"一如鱼群游聚在大海,两股劲风卷起水浪,玻瑞阿斯、泽费洛斯,从斯拉凯横扫过来,奔突冲袭,掀起浑黑的浪头,汹涌澎湃,冲散海草,逐波洋面。"(荷马191)但在后世的诗中,泽费洛斯并非如此凄厉,往往为暖风。1742年米哈伊尔·瓦西里耶维奇·罗蒙诺索夫(Михаил Васильевич Ломоносов)在《伊丽莎白·彼得罗夫娜从莫斯科到圣彼得堡颂》中写道:"何等可人的泽费洛斯吹拂着,把新的力量融进了情感?"(85)在《春天》第三小节里,神话人物泽费洛斯们就成了主角,她们翩翩起舞,把春天的欢愉动态化。到第四小节引入了现实的世界,出现了圣彼得堡这个城市,更加迫近了人的现实世界,而且直接吁请献诗的对象——利沃夫。到第五小节,诗人描写令人愉悦的金光、蓝天、绿树、碧水,想象利沃夫在这个天地里的幸福生活。细读此诗,似乎可以发现由神起兴过渡到大背景的自然,再由大背景自然转到小背景的人化自然(城市),进而再到人的天地的渐进过程。若与袁枚的《春兴》其五对照来看,那首诗也是前有神幻的意象,后写人生的感悟。将两位诗人写春天的诗做比较,我们可以发现,尽管大的"诗思"相似,但杰尔查文重感性欢愉,而袁枚重人生领悟;杰尔查文主动,而袁枚主静。

袁枚的诗中,写秋的诗歌不少。其《小苍山房诗集》卷九《送秋二首》,其一:"秋风整秋驾,问欲去何方。树影一帘薄,虫声彻夜忙。花开香渐敛,水近意先凉。从此冬心抱,弹琴奏《履霜》。"(201)其二:"袖手凭栏立,云山事事非。雨疏分点下,雁急带声飞。枫叶红虽在,芙蓉绿渐稀。何堪作秋士,年年送秋归。"(201)这两首诗中有一些故事,如"秋驾"、"履霜操"、"冬心"等。如"秋驾",似出于《吕氏春秋》卷二四"博志":"尹儒学御,三年而不得焉,苦痛之,夜梦受秋驾于其师。"高诱注:"秋驾,御法也。"(214)正是因为用典,此诗似与袁枚本人所倡导的性灵家法未必相合。但诗人以平实的语言,借助树影、虫声,花开香敛,水凉,雨下,雁飞,枫叶红,芙蓉稀,把秋去冬来做

---

① 法翁和泽费洛斯可参见 Мифы народов мира. Главный ред. С. А. Токарев. Т. 2. М. : Большая Российской энциклопедия,2000. С. 556—557,С. 663.

了自然呈现。虽然"雨疏分点下,雁急带声飞"略呈动态,但总体是静态秋景。

杰尔查文写景的时候,往往在一首诗中写出季节的动态变化。如其写于1788年的《占领奥恰科夫的秋天》:

> 埃俄罗斯向玻瑞阿斯垂下白头/戴脚铐走出洞穴,/像硕大的虾一样伸展腰身,/勇士向空中一挥手;/像放牧一样赶着蔚蓝的空气,/攥紧空中的云团,/一撒手溅出云朵,/雨顷刻咆哮大作。//秋已然露出嫣红的脸颊,/金黄的庄稼茬站满田地。/向葡萄索取奢豪,/索取美味酒浆。/鸟群烤热了天空,/茅草染白了大地,/带红兼黄的草/沿小径伸展远方。//玻瑞阿斯向秋眨眨眼,/把冬从北方呼唤,/走来白发魔女/挥着宽袍大袖;/雪、寒、霜登时而下,水即刻成冰,/因为其冰冷的呼吸/自然之眼光也凝固。(121—122)

在这首诗中,神话人物发挥了重要作用,动态性的画面,把农事繁忙后的收获,由秋转冬的寒冷都描绘了出来。而且这里反复请出了冬天之神玻阿瑞斯。他的"出场"为秋天的景色带来了动感,赋予无生命之物以生命。这是在俄罗斯,即皈依了被弗洛伊德称为"一神教"——东正教(基督教的分支)的几个世纪后,这首诗却借助于古希腊神话,获得了万物有灵般式的效果。与袁枚的主要呈现为静态的《送秋二首》相比较,这里的写景的动态更加明显。当然袁枚的自然诗中具有动态的写景也不少,只是与杰尔查文的诗相比较而言,动态略少而已。

四、织体层:隐匿起兴与言者现身

从类型学的角度看,对织体层的考察,可以发现袁枚与杰尔查文自然书写诗歌的结构方式的相似性与差异性。"所谓织体(texture)回答作品外层的构成问题,诸如其语言、声音、形象,它的各部分的构成,它的风格"(Haring 21)。受文章的篇幅所限制,这里不可能对织体的各方面全面展开,主要讨论两位诗人自然诗承载叙事抒情功能的"言者"(speaker)及其与作品中的自然描写的结构关系。在 L. G. 柯斯兹纳(L. G. Kirszner)和 S. R. 芒代尔(S. R. Mandell)看来,诗歌中的"言者向读者描写事件,传达情感和观念"(823)。在袁枚与杰尔查文的自然之诗中,言者的作用有同也有异。

在袁枚的一类自然诗中,言者基本上发挥小说中的全知全能的第三人称叙述者的作用,他客观地对自然之物描写,完全不发表对所描写之物的评价,这样自然之物仿佛在自我呈现。如《小仓山房诗集》卷十六《瞻园十咏为托师健方伯作》为瞻园中的各景为咏哦对象,言者基本采取第三人称来客观叙述,如《老树斋》:"老树得春光,亭檐遮几年。数椽移向后,万绿遮当天。叶密雨声聚,枝高日脚悬。新基即究础,暗合古贤缘。"(356)这里言者作为观照者完全没有干预所描写的对象。《抱石轩》:"一轩当石起,紧抱丈人峰。花月分窗入,烟萝合户封。坐怜红日廋,行觉绿阴浓。鸟问幽居客,人间隔几重?"(袁枚256)在此诗中,除"怜"和"觉"泄露了言者的态度而外,其他也是客观呈现。《竹林寺》只绘寺景,"耳根疑佛语,玲铎有清音"略将诗人带入诗中(袁枚 614)。《小仓山房诗集》卷二八,《天柱峰》《老僧岩》《美人石》《展旗峰》和《卓笔峰》等都是言者以第三人称客观描写景物。

在杰尔查文的自然诗中,可以看到客观性的言说者,如《农人与橡树》:

> 农人用斧头砍橡树根,/橡树时嗡嗡时轰鸣,/枝上树叶不停地摇,/斧头在隆起的树根不停地砍,/树林的树都在瞧。//橡树信得过根,对此很自豪,/也轻视农人的劳动。/农人一边挥动斧头,/一边思考:/"看它能挺几时,/根会断,树会倒。"(287)

整首诗几乎描画了一个场面,言者似乎是上帝式的全知全能的"叙述者",他能深入树和农夫的"内心",将其讲述出来,但不作任何评判。这样客观而不现身的言者在杰尔查文的诗中是罕见的,在他的笔下,更多的则是隐身的言者以第二人称"你"直呼被描写对象。《彩虹》全诗以第二人称来写彩虹,似乎赋予了彩虹以情感和生命,但完全没有流露言者的情感。《山雀》整首诗以"你"来描绘飞翔的山雀。"言者"在《燕子》前面采用第二人称,言者通过与燕子对话的方式实际上采取了燕子"视角"来俯瞰世界,到诗的末尾则言者"我"直接出场:"我的灵魂啊,你是世界之客。"《蜜蜂》第一小节也以

"我"的名义直接出场:"金色的蜜蜂,/你怎么总是嗡嗡嗡,/你干吗不飞走?/莫非你在欣赏我的缪斯?"(245)总之,在自然诗中,杰尔查文言者的现身比袁枚要多而且明显。

还有多重织体,其中部分内容是以言者类似于小说的第三人称叙述者的方式描写自然,但重点在言者作为诗人主观性的言说,或追忆历史,缅怀先贤,或借助神话典故,将多种精神性元素熔为一炉,呈现出以"我"胜"景"的特色。袁枚的五古《赴淮作渡江咏四首》斐然可观,盖因诗人营构了互相嵌合的多重艺术织体。第一首为言者作为第三人称叙述者的描写,"一声篙入江,万象化为水。喜无尘埃侵,但把明月洗"(116),为一篇大作铺垫山水背景、情绪空间。在第二首中言者化作哲士,"四海同一魂,大梦酣茫茫"(116),似与天地苍生彼此沟通。其中"百年会有期,行役殊未央。瞻彼江湖阔,知我道路长"(116),观大化而悟人生,为后面的兴叹先伏一笔。言者的怀古喻今是第三首的路向:"日落黄天荡,怀古思英雄。南宋韩蕲王,于此观军容"(116),言者回顾了南宋韩侂胄的平生遭际。"蹇策西湖滨,醉倒东南峰。举手天地动,放手烟云空"(17),韩侂胄的权势与惨亡,不能不令言者哀矜吟啸。第四首表达言者面君献策的隐衷。这里言者已经与诗人袁枚合而为一,在忆及任高邮知州而受阻于吏部后,言者有感于黄河泛滥之惨状,突发奇想:"何不使决导,慨然弃数州。损所治河费,用为徙民谋。"(117)言者进而悬想:"安得告明堂,并倾东南侯"(117)。客观的言者逐渐变成主观的言者,与诗人袁枚合而为一。《赴淮作渡江咏四首》体现了袁子才的儒家本色,尽管他仕途困顿,在归隐随园后似显身心安宁,然而面对自然,追念古人,感叹人生,感受灾难的时候,不免激发济民致君之思。第三首与第四首又互相呼应,韩的悲剧又让言者叹息一声"万事慎所终"(117)。此诗的四部分浑然一体:天地—人生—历史—现实的进路,让此诗致思深邃,元气沛然。在《观大龙湫作歌》中,言者借佛道人物描写瀑布奇观,发出了让他"独占宇宙奇观偏"的赞叹(袁枚 722)。在《登华顶作歌》中,言者调动儒释道文化资源,渲染出色彩丰富、动感十足的天台山景色。足见在篇幅比较大的作品中,言者往往以自然起兴,亮点则是言者自己的兴叹。

杰尔查文的《流泉》也很有趣。在此诗中言者对流泉的吟诵有三重意义。在诗的开始部分言者在作客观描述的时候已然以"我"的名义现身:"清澈的吟唱的流泉，/从高山向下流淌，/河湾饮流泉，河谷泛金光，/洒满鲜花般的珠玉，/啊，流泉，在我的眼里你是如此闪亮。"(83)这是对莫斯科郊外的格列别涅夫斯基泉的如实刻画。此为第一义，即实谛。在诗的中后部，言者直接抒发情感："我满怀诗的激情，/走近你，流泉啊：/不免嫉妒那位诗人，/他饱饮你的清泉，/戴上了帕纳索斯的桂冠。"(84)这里，言者透露了古希腊神话中的卡斯塔利亚圣泉的信息，这是阿波罗和缪斯圣山——帕尔纳索斯山的泉水。此为第二义，即圣谛，但已经包含了下面要倾诉的俗谛。在诗歌的最后一节，言者颂赞道："啊，你的美誉传遍所有城邦，/正如透过沉睡的树林大山在回响：/不朽的《俄罗斯颂》的写作者啊，/圣神的格列别涅夫斯基泉/流溢出你诗的灵感。"(85)原来杰尔查文将俗世的实在物——俄罗斯诗人赫拉斯科夫所居住之地的格列别涅夫斯基泉，想象为古希腊神话中表征诗的灵感之源的卡斯塔利亚圣泉，借此表达了对创作出《俄罗斯颂》的同时代诗人赫拉斯科夫的敬意和妒忌。此为第三义，即俗谛。在《泉流》中，言者汇二泉，将自然中的格列别涅夫斯基泉与神话中的斯塔利亚泉相交汇，述三谛，将实在地域、神话想象和世俗念想相嵌合，构成了纷繁而协和的艺术织体。在《瀑布》一诗中，言者先对瀑布作了客观描写，然后将瀑布作为波将金一生明喻，自然与人生纽结一体。

从《新不列颠百科全书》对类型学的定义来看，类型学注重被研究对象的结构层次，将研究对象限定于"可以解释的时期"。因此，本文选择同一时期的中俄两位诗人，对袁枚和杰尔查文的自然诗作三个层次的对比考察。类型学的对比考察揭示出，袁枚与杰尔查文的自然诗既有同，亦有异。从观念层看，袁枚在与人共情的自然中不借神的中介，与自然达成主客无间的交流，杰尔查文则营造出人—神—自然互通的三位一体；他们早年志趣相近，仕途虽顺逆不一，然而殊途同归，都以吟诵自然为人生佳境。从意象层看，袁枚更钟情于静态描摹，杰尔查文更多追踪自然的动态过程。从织体层看，袁枚的诗中客观言者的第三人称式的描述略多，杰尔查文诗中言者的干预更显著，他们都有丰富的言者与自然的融合方式。袁枚与杰尔查文，生活、写作在同一时期，尽管关山阻隔，相识无缘，但对自然山水的喜爱和摹写则是相近似的，他们通过诗作最终归隐"山林"，则佐证了"东海西海，心理攸同"乃不刊之论。若从杰尔查文作品中所呈现出的人—神—自然的沟通无碍出发，对学界所谓西方诗歌中人与自然是分离的套语似可置喙,在此存而不论。

本文从微观的角度,讨论尝试将语言学中的类型学移植到文学研究领域的可能性。当把类型学应用于不同国家的同时代诗人的类似题材的写作中时,实际上也达到了类型学在语言学研究中所达到的目的,即"确定陈述的普遍性,找出一般性的原则"。那么是否可以将类型学运用于中观和宏观的文学研究中呢? 应该可以。从类型学研究方法来看,语言学那种大规模的多种语言比较的研究,目前未见在文学研究中加以运用的案例。我们认为,现在已经具有展开这样的研究的可能性:根据民间文学研究中普遍采用的阿尔奈-汤普森分类法①,将不同民族的故事的相同元素输入数据库,然后借助大数据分析,这样则可解决上文罗宾斯所提出的近似的问题:"这个语言像什么语言",即"这个故事像什么故事",构建起不同民族之间的相似故事元素的宏观图谱。足见,将类型学移植到文学研究中是大有可为的。

参考文献

Groft, Willian. *Typology* in the Handbook of Linguistics. By Mark Aronoff and Janie Rees-Miller, Foreign Language Teaching and Research Press and Blacwell Publishers Ltd,2001,340.

Robins, R. H.. *General Linguistics*. Fourth edition, Beijing: Foreign Language and Research Press,2000,267.

Г. Р. Державин. Стихотворения. Л. : Советский писатель,1957.

И. А. Боронина. Японское средневековая лирика и ее европейсое соответсвие//ИМЛИ АН СССР《Типология и взаимосвязи средневековых литаратур Востока и Запада》. М. : "Наука",1974.

袁枚:《小仓山房诗文集》上下册,上海:上海古籍出版社,1988 年。

---

① 斯蒂·汤普森:《世界民间故事分类学》,郑海等译,郑凡等校,上海:上海文艺出版社,1991 年;丁乃通《中国民间故事类型索引》,上海:华中师范大学出版社,2008 年;Ashliman, D. L. *A Guide to Folktales in the English Language*: *Based on the Aarne-Thopmson Classification Sestem*. (*Bibliographies and Indexes in World Literature*), Number 11. New York: Greenwood Press,1987.

莎士比亚城市剧与"用"的艺术

陈　雷①

内容提要：16 世纪中期以后大城市的兴起引发人们思考这样一个问题，即：人是按照怎样的原则聚合在城市-社会中的？一个逐渐占优势的回答是，社会是建立在"用"之上的，也就是说，社会成员之间互相需要，因而组成了社会。在莎士比亚的城市剧中，我们可以看到对"用"及其相关概念"放债取利"的丰富探讨，这些探讨反映出了莎士比亚对城市-社会本质的独特认识。

关键词：莎士比亚　《威尼斯商人》《一报还一报》　城市剧

Title：Shakespeare's City Plays and the Art of Use

Abstract：The rise of metropolises after the mid-sixteenth century has caused people to think about such a question, i. e., how are people gathered and organized in a city/society? An increasingly prevalent answer is that society is founded on the principle of "use", that is, members of society need each other and thus combine into a society. In Shakespeare's civic plays, we can see ample discussions on "use" and its related concept "lending money for interest", which reflect Shakespeare's unique understanding of the nature of the city-society.

Key words：Shakespeare; *Merchant of Venice*; *Measure for Measure*; civic comedy

16 世纪是英国从中世纪向近代过渡的一个重要时期。随着封建秩序的

---

① 陈雷,中国社会科学院外国文学研究所研究员,研究兴趣为英美文学。

解体和传统宗教权威的衰落，人们越来越有机会摆脱出身的束缚，社会流动性从这个时候起显著地加强。在空间上，这种流动是向着城市汇集的。1550 年左右，伦敦还只有区区 6 万人口，但一百年后，这个数字便暴涨了 6 倍，增加到 35 万（Trilling 20）。大都市从这个时候起变成了许多人生活和意识中一个无法回避的实体。

应当看到，大都市并不仅仅是人员的简单聚合，它还标志着一种新的共同体组织方式的产生。这种组织方式最基本的一条原则就是"需求"：一方面，生活在城市中的每个人都有衣食住行以及消遣娱乐等方面的需求；另一方面，所有这些人又都在某个环节上为其他人的衣食住行以及消遣娱乐提供了一份必不可少的服务。这样一种相互需求让整个社会成为一张无比巨大的网络。和以前森严的封建等级结构相比，社会之网中的人际关系是更加趋向于平等的，但随着这张网日益复杂庞大，人与人之间的关系又变得十分淡漠和非个人化了。德国学者滕尼斯认为人类群体生活的方式共有两种：一种是基于传统的有机共同体；另一种是基于观念的机械性社会。在大都市身上，后者可以说找到了一种最合乎其本质的表现形式。无独有偶，英文中的"社会"一词也是在 16 世纪中叶从拉丁文进入日常语汇的。进入语言意味着进入思想，用特里林的话来说，"如今社会不仅被看到和听到，它还开始成为人们思考的对象"（Trilling 20）。意识层面上的影响与外部影响相互叠加，这让都市的出现堪称一个发生在近代之初的重大"心理-历史事件"。

作为时代的忠实记录者，文学对这样一个意义深远的事件当然不可能不作出回应。在文学诸门类中，戏剧是与城市关系最为紧密的一种。17 世纪初叶，伦敦舞台上涌现出了一大批以当代城市生活为题材的现实主义讽刺性作品，史家一般把这类作品称为"城市喜剧"，而在此之前，英国戏剧绝大多数都是以神话世界、遥远过去或他乡异国作为故事背景的。城市喜剧的出现标志着英国文化本土性和主体性的加强，但同时也反映出城市崛起对人们思想意识产生的巨大影响。城市喜剧开始流行的年代正值莎士比亚职业生涯的中后期，与长于此类创作的米德尔顿和马斯顿相比，莎士比亚的文学趣味显然要更加"老派"一些——事实上，我们在莎剧中根本找不到直接表现当代英国的作品——但就哲学深度而言，莎士比亚对城市生活所做的思考却又远超同时代任何一位其他作家。本文将要探讨的问题是莎士比亚在他的两部城市剧中对"用"这一概念的看法。前面说过,城市是围绕着各种各样的"需求"组织起来的。满足他人需求即让自己对他人有用,从这个角度看,城市实际上就是一个能够让绝大多数人都变得互相有用的地方。莎士比亚在他的城市剧中紧抓"用"的概念不放,这一点清楚地表明,他对城市生活的观察已经触及了这种生活形式的核心。

在英语中,"用"是一个含义颇为复杂的词语。"用"既可以加在物身上,也可以加在人身上,而由于"用"这个动作不可避免地会让用的对象工具化,无论是加在物还是人身上,"用"都倾向于对被用者的"本性"造成一定的贬损。我们用木材造房,对于树而言,这不能不说是一种戕害;主人使唤仆人,主人的需求得到了满足,但仆人的人格尊严却多少会受到一些损伤——哪怕仆人因习惯而对此浑然不觉。当这种戕害和损伤局限在一定范围之内时,"用"可以说是合理且必需的,一旦超出这个范围,"用"(use)就变成了"虐待和滥用"(abuse)。然而这个范围究竟多大才算恰当,人们从不同的角度和立场出发往往会形成完全不同的看法。由于用与滥用的界限不仅模糊而且主观,"用"于不知不觉间蜕化为"滥用"在现实世界中也就成了司空见惯的情况。这一现象反映到语言中,"用"的义项里便慢慢衍生出了"滥用"这一条,也就是说,"用"最终变成了它自己的反义词。

有的"用"是因为超出一定限度而沦为滥用的,有的"用"则从一开始就被规定为滥用,后者最著名的例子是放债取利。"高利贷"(usury)在英文中用一个直接源自"用"的词来指称,这表明放债取利归根到底不外乎是一种"用",但由于经院哲学认为用货币孳生利润有悖于货币的本性,而违背自然的行为必然会在道德上产生不良的后果,因此在整个中世纪,高利贷一直被看作一种应受谴责的行为[①]。当然,到近代早期,这一局面也开始悄悄地发生了改变。从表面上看,16世纪的道德家们仍一如既往义正词严地抨击高利贷,但在现实生活里,放债取利的做法却日趋活跃并呈现出公开化的态势。事实上,到亨利八世统治后期,高利贷已是如此紧密地嵌入经济活动中,以至于议会在1545年通过了一项里程碑式的法律,允许放债者收取上至

---

① 按照今天的标准,利率畸高才算高利贷,但在莎士比亚时代,只要是借款时收取利息,就一律称谓"usury",因此,本文有时也采用"放债取利"的说法。

10%的利息。这项极具争议的法律短短七年后便被亨利之子爱德华六世废止,但到1571年它又在伊丽莎白一世治下复活。经过这样一番拉锯较量,10%利率的规定被固定下来,一种历来潜行于法外灰暗地带的行为从此得到了法律的认可和保护。

放债取利能取得合法地位,最明显的原因当然是都铎时期不断扩张的经济造成市场对货币需求量大增,但从这一进展发生的时间节点看,前文所说的由城市崛起带来的人们对"用"的态度的改变却很可能是一个更具持久性影响的因素。既然把社会凝聚在一起的力量是相互有用而非相互友爱,那么从有用性的角度重新考察对货币的使用便不再有任何道德禁忌和观念束缚了。在某种意义上,"用"成了一种新的社会哲学的核心概念,它势将改变人们对很多事物的传统看法。"功利主义"的旗号要到18世纪末才正式打出,但它的前期准备却已在近代之初全面铺开,而对高利贷的重估只不过是其中的一部分工作而已。

在创作于1596年的喜剧《威尼斯商人》中,莎士比亚对"用"的探讨便是从其派生概念"高利贷"开始的。该剧标题中的"商人"指的并非夏洛克,但夏洛克实际上却是剧中真正的主人公,这样一来,他的职业,即放债,自然也就成了全剧关注的中心所在。

戏剧是一种直接面对平民百姓的艺术,要让作品喜闻乐见,戏剧家就必须迎合公众一般的审美好恶和是非标准。在对待犹太人及高利贷的态度上,《威尼斯商人》与英国公众的主流看法可以说并无任何明显的矛盾:夏洛克仍是剧中最大的恶棍,他最后遭受惩罚时,观众仍可以心无挂碍地为他的下场感到幸灾乐祸。不过,在"大是大非"不谬的前提下,作者还是巧妙地赋予了剧中道德情境以足够多的复杂性,只要读者肯细心体味,莎士比亚在喜剧幌子下提出的许多严肃问题其实是不难被发现的。

在以夏洛克为代表的犹太集团和普通威尼斯市民之间,我们可以看到一种明显的基于宗教习俗的社会隔离,这种隔离最突出地表现在对金钱的态度上。剧中像安东尼奥、巴萨尼奥这样的基督徒之间借款是从来不收利息的,用前者的话来说:"哪有朋友之间通融几个臭钱也要斤斤计较地计算利息的道理?"(莎士比亚 II 250)这一方面固然是因为这几个人物慷慨大方,另一方面也由于基督教禁止自己的教徒从货币借贷中获利。既然无利可图,基督徒自然也就没了聚敛大量现金的动机,于是,当他们遭遇短缺时,一般便只能去城里的犹太聚居区,通过借高利贷以解燃眉之急。如此一来,在威尼斯的基督教主流社会和处于边缘地带的犹太"隔都"(ghetto)之间便形成了这样一种特殊的互相"需要"的关系:一方面,犹太人虽然视基督徒为压迫自己民族的异类,但他们却可以通过向这些出手豪阔且热衷于商业冒险的外邦人放贷来赚取丰厚的利润;另一方面,基督徒虽然处处鄙薄犹太人的宗教信仰和行为方式,但他们自己的商业活动和日常交际却让他们无法摆脱对现金流的需求,而手握大量现金随时可供支取的又只有那些被法律允许从中逐利的犹太放贷人。

可以想见,这样一种赤裸裸的相互"利用"关系是不可能在这两个群体间培养出任何善意和友爱的。安东尼奥在剧中被公认为是一个难得的正派人,但从他平日里对夏洛克的态度中我们却看不到人与人之间哪怕是最起码的礼貌——用夏洛克的话来说,"您骂我异教徒,杀人的狗,把唾沫吐在我的犹太长袍上,只因为我用我自己的钱博取个利息"(莎士比亚 Ⅱ 250),而安东尼奥本人对此也毫不否认。显然,这是一种深入骨髓里的敌视,一方恨另一方不出于私心,仅仅因为对方是其所是,而要改变这种敌视状态,唯一的办法就是把对方变成他现在所不是的那种人,即彻底改变他的宗教信仰。作为民族宗教,犹太教不可能让基督徒变成自己人,但基督教按其原则却是有可能吸纳愿意放弃自己宗教的犹太人的。从安东尼奥在法庭上获胜后向公爵提出的请求看,强迫夏洛克改变信仰确实是他心目中既能为社会除害又对夏洛克本人的灵魂有利的处置办法。然而这里面有一个问题他自己很可能意识不到:把一两个犹太人归化为基督徒或许尚属可行,但如果他所痛恨的那些只管放债取利不顾他人死活的犹太人全都被改造成规规矩矩的基督徒的话,那么一旦碰到燃眉之急,威尼斯城中还有谁能提供大笔的现金呢?该剧故事的缘起就是巴萨尼奥急需一大笔现金,而其好友安东尼奥的资金恰好全都处于周转之中,如果没了夏洛克这样的"坏犹太人",以后再碰到类似情况,巴萨尼奥这样的"好基督徒"该怎么办呢?安东尼奥和他的朋友可以不考虑这么长远,但威尼斯这个以商业立国的城邦却有必要思考这一极其现实的问题。莎士比亚在剧中虽没有直接提出这个问题,但通过夏洛克的仆人、小丑朗斯洛特一段半认真半戏谑的话,他却从另一个角度提出了一个类似的问题：咱们本来已经有很多的基督徒，简直快要挤都挤不下啦；要是再这样把基督徒一批一批制造出来，猪肉的价钱一定会飞涨，大家吃起猪肉来，恐怕每人只好分到一片薄薄的咸肉了（莎士比亚Ⅱ 295）。

犹太教是不许教徒吃猪肉的，如果大批改宗教信仰的犹太人一下子都开始吃起猪肉来，那么猪肉岂不是要断供？朗斯洛特这样的小丑虽不会深入思考高利贷的社会经济功用问题，但他滑稽的担忧和我们先前站在威尼斯城邦立场上提出的问题却是完全等价的：两者分别指向了犹太人大量归化为基督徒可能会对城邦造成的两种"恶果"。安东尼奥这样纯粹以基督教友爱精神行事的人或许不会在意这样的后果，但对利益更为敏感的市民（小丑的功能之一就是把大家不便说出口的话说出来）却很可能不愿意看到这样的情况出现，也就是说，对于城邦而言，保持目前这种犹太人作为被排挤的异类聚居于主流基督教社会之中的局面恰恰是经济上最有利的一种安排。事实上，威尼斯的法律正是为维持这样一种利益格局设立的。威尼斯在法律问题上严格到了完全不通情理的地步，安东尼奥深知这一点，因此当他的朋友仍寄希望于公爵对他法外开恩时，他却已经做好了赴死的准备：

> 公爵不能变更法律的规定，因为威尼斯的繁荣完全倚赖于各国人民的来往通商，要是剥夺了异邦人应有的权利，一定会使人对威尼斯的法治精神发生重大的怀疑。……狱官，走吧，求上帝，让巴萨尼奥来亲眼看我替他还债，我就死而无怨了！（莎士比亚Ⅱ 292）

这里所说的"各国人民"和"异邦人"既包括威尼斯域外的他国国民，也包括像夏洛克这样居住在威尼斯的"外侨"。与此相应，所谓"来往通商"既包括威尼斯与他国间的贸易，也包括威尼斯邦国之内公民与非公民间各种形式的互通有无，而高利贷自然也属于其中一种合法的买卖。基督教不允许自己人放债取利，但基督教占主导的威尼斯却通过让居住于本地的外侨从事这项不光彩的行当，既获得了经济上的便利，又保住了道德上的名节。在此意义上，她其实是利用了犹太人，而她那严格的法治和看似宽容的"多元化"实际上是保障这种利用顺利进行的必要手段。犹太人从放贷中赚取了"利息",而威尼斯从这一安排中获得了"利益"。既已从中获益,却还要指责犹太人见利忘义,这样一个社会说起来未免有些伪善。长期以来身背污名的犹太人对此看得格外清楚,因此当公爵在法庭上敦促夏洛克慈悲为怀时,后者立刻用蓄奴的事实揭穿了威尼斯人所标榜的慈悲的虚伪性:

> 你们买了许多奴隶,把他们当作驴狗骡马一样看待,叫他们做种种卑贱的工作,因为他们是你们出钱买来的。我可不可以对你们说,让他们自由,叫他们跟你们的子女结婚? 为什么他们要在重担之下流着血汗? 让他们的床铺得跟你们的床同样柔软,让他们的舌头也尝尝你们所吃的东西吧,你们会回答说:"这些奴隶是我们所有的。"(莎士比亚 Ⅱ 300—301)

莎士比亚从高利贷开始的探讨最终落到了"用"上。主人对奴隶是一种赤裸裸的使用关系,威尼斯的主流社会对犹太人则是一种更为隐蔽的利用关系。有这样两种关系存在,我们至少有理由说,安东尼奥们的慷慨友爱其实是有一个范围和限度的。它远观固然美丽,但就像剧中童话般的"贝尔蒙特"(Belmont,亦即"美丽的山"),毕竟只是一个与外界隔绝的虚幻世界。莎士比亚让全剧终结于贝尔蒙特的诗意和喜庆之中,但在此前的一系列场景中,他已经留下了许多不和谐音,足以使观众在享受喜剧带来的愉悦时,不至于忘掉喜剧之外那个建立在利用关系之上并不十分明亮的现实世界。

莎士比亚的下一部城市剧《一报还一报》写于六年之后,属于作者在思想上更为成熟和深刻的中期作品。从体裁看,这部戏仍然保留着喜剧的基本外壳,但作者的用心此时却早已从取悦观众上移开,全剧的基调甚至可以用阴郁和冷峻来形容。论者一般把这部作品称为"问题剧",也就是说,探讨社会"问题"才是作品的主旨所在,而与此相应,"用"的概念也在这里得到了进一步的发挥和展开。

"用"在全剧一开头就出现在了文森修公爵对安哲鲁的劝喻之中。第一幕第一场,公爵即将出巡,在外出期间他打算把维也纳的政务全权交由安哲鲁处理,并让老臣埃斯卡勒斯担任其辅佐。在正式授予安哲鲁诏书前,公爵对他说了这样一番勉励的话：

> 你自己和你所有的一切，倘不拿出来贡献于人世，仅仅一个人独善其身，那实在是一种浪费。上天生下我们，是要把我们当作火炬，不是照亮自己，而是普照世界；因为我们的德行倘不能推及他人，那就等于没有一样。……造物是一个工于算计的放债者，她所给予世人的每一分才智，都要受赐的人知恩感激，加倍报答。（莎士比亚 Ⅵ 212）

由于语言之间的差异，此段原文中最后四个词"both thanks and use"（知恩感激，加倍报答）几乎是无法准确全面地翻译成中文的。"知恩感激"对应于"thanks"，这自无问题，但"use"在此却一语双关。首先，它表示"利息"。文森修把"造物"比作一个"放债者"，放债人把款贷给借债人是要收取利钱的，同样，造物把才智与品德"借"给某个她所中意的人时也会要求对方支付一定的利息。那么，这种特殊的利息又是以什么形式支付的呢？这就引出了"use"另一个更为常见的意思，即"使用"。利息就是使用，换言之，造物索要的利息并非任何钱物，而只是借方对才德的"使用"：一个人使用自己的禀赋不过是在向造物偿还利息，拒绝这样做——也就是独善其身——则无异于违反了借贷规定，是一种不讲信用的行为。文森修对安哲鲁说这番道理当然是为了让他接受代理的任命。不难看出，上述借贷关系同样也存在于文森修与安哲鲁之间：文森修把统治权借给安哲鲁，要求他"使用"这一权力，而后者只要尽心尽责地使用这一权力，那么他就相当于向文森修支付了这笔借款的利息。作为放债者，文森修获得的收益等同于安哲鲁通过对权力的使用给邦国带来的好处。

在做出授权安排前，文森修对安哲鲁将会如何使用这一权力也是有一定预判的。他知道安哲鲁生性"拘谨严肃"，颇有圣人之风，平日里最痛恨淫佚放纵的行为，而维也纳当下最令人痛心的地方恰恰就是两性道德方面的极度松弛。为重整城邦的颓风，文森修想借安哲鲁之手恢复一条古老的禁止男女不正当恋爱的法律，而这想必也是安哲鲁本人非常愿意采取的行动。事实上，这条法律从来没有被废止过，但在过去的十四年里，统治者（也就文森修自己）却仅仅把它当作一纸具文："就像一头蛰居山洞久不觅食的狮子，它的爪牙全然失去了锋利。溺爱儿女的父亲倘使把藤鞭束置不用，仅仅让它作为吓人的东西，到后来它就会被孩子们所藐视而不再对它生畏。"（莎士比亚 Ⅵ 219）值得注意的是，文森修在剖析维也纳的问题时又一次提到了"用"的概念——社会道德之所以日益败坏，根本原因在于法律处于"无用"状态。统治者把权威"借"给法律，法律却没有发挥预期的"效用"，这相当于它没有向债主——也就是文森修及其历届前任——支付贷款的利钱。法律如此背离造物主的天道，维也纳社会出现某种失调当然也就不足为奇了。法律被弃置不用，人欲便会失去约束。剧中克劳狄奥与恋人未婚同居，致使后者怀孕，此时正逢新上任的安哲鲁欲在城中立威，克劳狄奥首当其冲，不幸成为将被拿来儆猴的那只小鸡。在去监狱的路上，克劳狄奥遇见朋友路西奥，两人之间有这样一段简短的问答：

> 路西奥　嗳哟，克劳狄奥！你怎么戴起镣铐来啦？
> 克劳狄奥　因为我有太多的自由，我的路西奥，过度的饱食有伤胃口，毫无节制的放纵（immoderate use），结果会使人失去了自由。（莎士比亚 Ⅵ 217）

克劳狄奥虽抱怨代理对自己惩罚过严，但并不否认自己确实犯有纵欲之罪。无独有偶，这一被概括为"immoderate use"（可直译为"滥用"）的罪过同样是与"用"关联着的。如果说法律的"无用"是维也纳问题这块硬币的一个面的话，那么它的另一个面则是维也纳人对自由的"滥用"，两者之间有一个因果关系。花花公子路西奥也看出了城邦的症结在于"滥用"，他对克劳狄奥的姐姐、该剧的女主人公伊莎贝拉说，安哲鲁一上任便四处发威，其目的是要"让淫佚和放纵有所忌惮（give fear to use and liberty）"，"use"和"liberty"在此分别应解作"abuse"（滥用）和"license"（放纵），换句话说，两者都超出了适度与中庸的界限，走向了自己的反面。而剧中头脑糊涂的治安官爱尔博（Elbow，即胳膊肘）一句看似倒错之语更是歪打正着地击中了问题的核心："来，把他们抓去。这种人什么事也不做，只晓得在窑子里鬼混，假如他们可以算是社会上的好公民，那么我也不知道什么是法律了，把他们抓去"(莎士比亚 Ⅵ 226)。原文中的"do nothing but use their abuses"在通行译本中变成了"什么事也不做"和"鬼混"。这样处理,句子的意思固然清楚了许多,但原文所强调的与"use"的关联却也被完全遮蔽了。莎士比亚常常让他笔下疯疯傻傻的人物在胡言乱语中说出事情的真相。在《威尼斯商人》中,把犹太人改造成基督徒的不可行性是由小丑朗斯洛特指出的,而在《一报还一报》中,对维也纳状况最精辟的总结便是爱尔博这句颇具狂欢色彩的"use their abuses"了。"用"是有一个适度范围的,但维也纳的一切似乎都偏离了这个范围,要么过头,要么不足。文森修费尽心机做出种种安排,目的无非是要让维也纳的"用"重新回到正轨。该剧一开场文森修就同埃斯卡勒斯大谈"为政之道",而所谓为政,其理想状态也不外乎就是让邦国中的一切人和物都各在其位、各得其用而已。当一切都各尽其用时,它们便好比是在向统治者源源不断地支付利息。统治者是仅次于造物的第二级放贷者,好的统治者应该和造物一样是个工于算计、善于放债的人,若嫌"usurer"这个称号名声不佳,我们不妨称他为"善用者",如此一来,他的放贷术也就成了"用"的艺术。前文说过,"用"是一个涵盖面极广的概念,世上几乎没有什么事物是不可以成为"用"的对象的。人甚至可以通过"使用"(也就是借出)自己的身体来获利,如此说来,世界上"最古老的职业"卖淫和"第二古老的职业"放债(历史学家查尔斯·盖斯特语)本质上是同一种勾当,而这也就难怪剧中皮条客庞贝要抱怨这不公的世界一方面保护"放金钱债",另一方面却惩罚"放风月债"了。

对于统治者而言,最常用到的东西当然是他手里的权力。关于统治者应当如何用权,《一报还一报》提出的基本原则可以概括为"重刑和教诲不可偏废"。文森修的统治长期以来失之于宽,这相当于纵容了恶的蔓延,因而最后才有了让一个酷吏出来收拾乱局的需要;但另一方面,像安哲鲁那样一味严苛同样也偏离了正道。在与安哲鲁的正面交锋中,伊莎贝拉奉劝代理执政从朱庇特对雷电的运用中去领悟使用权力的正确方式:"上天是慈悲的,它宁愿用雷霆的火力劈碎一株槎桠壮硕的橡树,却不去损坏柔弱的郁金香"(莎士比亚 Ⅵ 237)。橡树和郁金香在此分别代表大恶与小过,如何区分二者并给予相应的对待,这是执政者必须通过不断实践加以掌握的一门技艺。执政者是天神(或造物)在人间的代理,他的统治权归根到底是神暂借给他的,向神学习用权的艺术,他实际上也是在学习如何向神偿还权力这笔借款的利息。

不过,相比于用权,《一报还一报》给人留下更深印象的恐怕还是对如何用人的探讨。从理论上讲,用人可以归入广义的用权范畴,但在实践中,这两者间还是有一定区别的。文森修有权让任何一个他中意的人来当他的代理,但他最后却选中了安哲鲁,这里面就有他在用人方面的考量。文森修之所以越过更有资历和经验的埃斯卡勒斯而选择安哲鲁,表面的原因当然是他要借后者的严厉作风来为自己此前的宽松纠偏,但从剧情后来的发展看,他显然还有更深一层的盘算。强力推行不受欢迎的法律是要触犯众怒的,文森修不想让人民怨谤自己,因此就必须与代理执政保持一定的距离,甚至事先想好与他划清界限的办法。按照蒙田(Montaigne)在《论功利与诚实》中所言,历来统治者解决这个难题的办法是,如确有某些残暴但有用之事不得不做,那就最好指派一些"胆大心狠、不吝牺牲自己名节和良知的人"去完成这类任务(892)。统治者利用这些人,"就像我们利用罪犯来做刽子手一样,让他们从事一项有用但同时给个人带来耻辱的职业"(Montaigne 901)。让囚犯来充当刽子手是从中世纪到莎士比亚时代包括英国在内的欧洲国家通行的做法,《一报还一报》中皮条客庞贝一进大牢就被狱吏派去当刽子手阿伯霍逊的助手,便是一个很好的例证。事实上,莎士比亚在剧中插进这段滑稽情节,目的就是为了衬托文森修对安哲鲁的利用。同庞贝以及阿伯霍逊一样,安哲鲁在某种意义上也是一个戴罪之人。文森修早在做出对他的任命决定前就了解到他早先对玛丽安娜的可耻背叛,让这样一个道德上不洁的人来担当代理执政的重任,文森修显然很早就准备好到时候要和他做完全的切割。除了安哲鲁和刽子手外,剧中可笑的治安官爱尔博也是一个被利用的角色。爱尔博能力低下且语无伦次,让他来做治安官,实在是件勉为其难之事,埃斯卡勒斯不明其中原因,便委婉地向爱尔博打听:

> 埃斯卡勒斯　唉!那你太辛苦了!他们不应该叫你一辈子当官差。在你同里之中,就没有别人可以当这个差事吗?
>
> 爱尔博　禀老爷,要找一个干得了这个差事的人,可也不大容易,每次选到别人干,别人就把它推给我。我为了拿几个钱,就一

直干下来了。(莎士比亚 Ⅵ 232—233)

　　爱尔博是教区里自私的聪明人的代理,阿伯霍逊和庞贝是监狱官吏的代理,安哲鲁是文森修公爵的代理,而文森修本人则是天神在人间的代理。代理的实质就是"用"人去做某件事。在此意义上,威尼斯让犹太人来填补经济体系中的某个空缺当然也属于代理的范畴。前文说过,执政者应是一个"善用者"。对他而言,城邦里根本就不存在无用之物。有些东西看起来无用甚至有害,但只要把它们放到合适的地方,它们就能发挥它们各自独特的作用,正如蒙田在《论功利与诚实》中所说,"我们的社会和我们自己的机体都充满了缺陷,但自然中没有无用之物,甚至连'无用'本身都是不存在的"(892)。世上没有无用之物,这反过来说明,"用"以及用的艺术也是无处不在的。随着建立在"用"的原则之上的近代都市社会的出现,这一点对于莎士比亚那代人来说逐渐变得越来越清楚了。

参考文献

Montaigne, Michel de. *The Complete Essays*. Trans. M. A. Screech. London: Penguin Books, 2003.

Trilling, Lionel. *Sincerity and Authenticity*. Harvard University Press, 1972.

威廉·莎士比亚:《莎士比亚全集》,朱生豪译,北京:人民文学出版社,2014 年。

隐蔽的原则：
激进的形式与玛丽安·摩尔式的颠覆

何庆机①

内容提要：美国现代主义诗人玛丽安·摩尔诗歌形式的激进与内容的保守长期以来被认为构成了一对无解的矛盾。本文首先通过诗歌文本分析，挖掘诗人的"隐蔽的原则"观，同时结合阿多诺和伊格尔顿关于诗歌形式的论述，说明摩尔诗歌的这一矛盾理论上是伪矛盾。在此基础上，本文试图挖掘出诗歌中隐蔽的女性声音；这种声音或掩饰于激进的形式之下成为消失的声音，或融合于摩尔式的复调中，其诗歌的颠覆性也因此处于被掩饰状态。本文认为，摩尔以其独特的陌生化手法，将诗歌中"隐蔽的原则"潜藏起来，而读者必须要有对应的陌生化阅读方式进行解读和阐释。同时，本文认为摩尔式的颠覆乃有限性颠覆，而不是后现代式的颠覆；这种颠覆又与其诗歌形式特点相吻合。

关键词：玛丽安·摩尔　形式　颠覆　隐蔽的原则

Title：Hidden Principle：Radical Form and Marianne Moore's Subversion

Abstract：Marianne Moore is known for her radical innovation in poetic form，yet the radical form and conservative content of her poetry has long been considered as unresolvable contradiction. This thesis uncovers，through textual analysis，Moore's notion of "hidden principle"，which theoretically proves the impossibility of the contradiction，supported by

---

①　何庆机，博士，浙江工商大学教授，博士生导师，研究兴趣为英美文学、诗歌与诗学。基金项目：国家社科基金一般项目"玛丽安·摩尔诗歌全集翻译与研究"（19BWW068）。

ideas on form by Theodor Adorno and Terry Eagleton. The thesis approaches covert female voices in her poems, voices either disappearing under radical form or mingled in Moore's polyphony, which in turn disguises Moore's subversion. The thesis tentatively concludes that Moore strategically hides her poems' "hidden principle" with her ways of estrangement, which means readers need corresponding strategy to read and decode her poems, and that Moore's subversion is different from postmodernist subversion, in that hers is limited one, one that agrees with features of her poetic form.

Key words: Marianne Moore; form; subversion; hidden principle

玛丽安·摩尔(Marianne Moore,1887—1972)作为现代派重要诗人,因其诗歌的难度和激进的形式创新,得到了庞德、艾略特、史蒂文斯、威廉斯等诗人的极力提携和推崇。摩尔的诗歌形式创新,包括以音节诗节(syllabic stanza)形式替换传统英语诗歌形式、引文和拼贴技巧的使用、散文化语言入诗等等。科瑞斯汀·米勒(Cristanne Miller)将摩尔的音节诗形式定义为"激进的节奏"("By-play" 20),并以"激进诗学"概括摩尔的诗学,认为"摩尔构筑了一种反诗歌的表达模式……"(*Questions of Authority* 47)。应该说,摩尔的形式创新,达到了玛乔瑞·帕洛夫(Marjorie Perloff)所说的重构诗歌新的"自然的声音"的效果和目的(23—42)。然而与形式上的激进相对应的是,摩尔诗歌的内容又显得非常传统和保守,因为以传统的阅读方式来判断其内容,其诗歌很容易被解读为各种传统美德的说教,如勇气、隐忍、自立等等。这便构成了摩尔诗歌形式与内容相断裂、激进与保守相抵的特点。西奥多·阿多诺(Theodor W. Adorno)认为形式创新标志着与旧文化的决裂(Joyce 59),而这种决裂必然在诗歌的精神、内容中体现出来,必然会显现于诗歌的伦理维度而不是仅仅停留于审美维度上。因此,从理论上说摩尔诗歌中激进的形式与保守的内容之间的矛盾是伪矛盾、伪现象。达菲·马丁(Taffy Martin)、科瑞斯汀·米勒等学者对此的研究,得出了"颠覆性"的结论;他们或认为摩尔作为"颠覆性的现代主义诗人"(Martin x),"改变了美国诗歌的进程"(ix),或认为"……摩尔的诗歌从形式和内容上颠覆了父权制的权威"(Miller and Schulze 9)。然而,如果对摩尔的颠覆不作具体的界定与限制,将之等同于后现代式颠覆与能指游戏,显然与摩尔的诗歌实践相左。本文认为,摩尔诗歌所表现出来的激进的形式与保守的内容之间的矛盾,实则是未能挖掘出隐蔽的声音和遮蔽的他者而导致的误读。本文拟在探讨、厘清摩尔诗学观中"隐蔽的原则"观念的基础上,通过挖掘摩尔诗歌中"消失的女性声音"和复调式声音,破解其诗歌的形式与内容的矛盾,并试图对摩尔式的颠覆作出基于文本分析的限定。

一、隐蔽的原则

摩尔作为诗歌新形式的实验者和开拓者,实际上一直强调文学的伦理维度。审美与伦理维度是考量摩尔诗歌不可或缺的要素。摩尔就读于女权运动重要中心布林茅尔学院(Bryn Mawr College),在接受人文、科学教育的同时,也逐步奠定了其诗歌观念的基础。易卜生戏剧的伦理维度,戏剧中展现的对女性问题的关注,对摩尔产生了长久的影响;而现代视觉艺术则让她尤为关注艺术、诗歌的审美维度(Molesworth 43—62)。对摩尔来说,这两者并不是矛盾对立的关系,而是可以相互承载的。这一观点的直接影响来源,是阿尔弗雷德·斯蒂格里茨(Alfred Stieglitz)一派艺术家;他们的核心观点是,"美学原则可以承载强烈的道德蕴意"(Leavell 32)。诗歌《挑选》(*Picking and Choosing*)第一行中的"文学是生活的一个方面"(*Complete Poems* 45),也表达了摩尔对文学与社会、文学与伦理关系的思考——文学与艺术绝不只是"为艺术而艺术"。针对其诗歌在 20 世纪 40 年代后"道德转向"(moral turn)的评论,摩尔的回应是她的诗歌与散文一直都是道德与伦理的抗争(struggle)——文学必须有精神与伦理的维度(Molesworth 232)。

摩尔的诗学观和美学观并不系统,往往散见于其散文,更多的时候是通过诗歌表达的。可以说,元诗歌,或者说探讨诗歌本体问题的诗歌,是其诗歌的重要主题类型之一。邦尼·考斯特罗(Bonnie Costello)曾提出,某种程度上说,摩尔的每首诗几乎都影射美学观点和思想,而许多诗歌则直接探讨艺术的主题(17)。例如,体现摩尔诗歌形式观的名句"神迷提供情境,权宜决定形式"就出自诗歌《过去就是现在》(*The Past is the Present*)(*Complete*

Poems 88）。有时，摩尔的元诗歌表面上是在探讨某种美德、讨论抽象的道德问题，即所谓保守、传统的内容。《致蜗牛》（*To a Snail*）一诗便是此类诗歌的代表。诗这样写道：

> 如果"简练是最优雅的风格"，
> 你是典范。能伸能缩是美德
> 就像谦虚也是美德。
> 风格之所以重要
> 并不是因为拥有任何可以
> 点缀装饰的东西，
> 也不是因为随某个佳句伴生
> 的偶得的品质，
> 而是因为某种隐蔽的原则：
> "一种总结的方法"，藏匿于足的缺席；
> "一种关于原则的知识"，
> 藏匿于你的后角，这奇怪的现象。（*Complete Poems* 85）

摩尔诗歌中的动物往往是异域的、通常不入诗的动物，或者说是没有"诗意"的动物，并借助对这些动物的"观察"，探讨审美、伦理、社会等问题。只不过，由于摩尔诗歌的转喻特点，以一般的解读诗歌意象、诗歌隐喻和象征的阅读方式，往往是失效的，正如肯尼思·伯克（Kenneth Burke）告诫读者的那样，"切勿以传统的或常规的方式阅读摩尔的诗歌"（487）。在这首诗中，摩尔将蜗牛的身体特点或者说可见的外形特点（可卷曲缩进壳内、可延展伸出来），生发为一种审美特质——简洁；这种审美实际上又具有伦理、道德蕴意，即简洁是美德。由此，摩尔在毫无预兆、没有任何过渡衔接的情况下，转入对写作风格、艺术风格的讨论——最重要的，不是形式外在的东西，而是被形式掩盖的东西，即"某种隐蔽的原则"。诗歌的最后三行摩尔又回到了结合蜗牛身体特点这条线来——无足、有后角。这三行很容易被读者忽略，因为诗歌的"主旨"、诗人想传达的信息，似乎已经挖掘出来了。然而，文学作品，特别是诗歌，应该是不会有冗余之物的，对摩尔这位讲究凝练、简洁的诗人来说,尤其如此。吉尔伯特(R. Gilbert)在分析摩尔的"隐蔽的原则"时,并没有对摩尔的这一原则给出定义,只是说"其诗歌精心构筑的混杂性最终总是由'致蜗牛'中所谓'隐蔽的原则'深深地操控"(Gregory and Hubbard 34)。实际上,摩尔也没有对何谓"隐蔽的原则"给出正式的、限定性的定义,只是在这首诗中通过示例的方式进行了解释性的非定义的"定义"。

在这首诗中,蜗牛之所以入诗,不仅仅是因为其能伸能缩、谦虚不张扬的美德、能将身体隐藏于壳中的特质,契合了摩尔想传达的观点,还因为身体上的另两个特质,或者按诗中的用词"奇怪的现象"——无足、有角。需要注意的是,这三行是紧接在冒号之后的,是对"隐蔽的原则"的解释。其后的两个简短引文只是一种随意的示例(某种原则、某种方法),既没有任何值得深究的寓意,也没有引文通常应有的互文作用。也就是说,这三行赘言旨在说明任何怪异的外形、形式,必有值得挖掘的原因、原则、信息——蜗牛如此,诗歌、艺术亦然;这与弗洛伊德以及法兰克福学派的文学观不无共同之处。因此,摩尔通过《致蜗牛》一诗告诉读者和评论者,不管诗歌的形式、风格如何,重要的是诗歌传递的信息和伦理蕴意,而诗歌的信息与蕴意是必须隐藏起来的,是掩饰在形式、语言之下的。摩尔的另一首诗《只是玫瑰》(Roses Only)中的名句"精神创造形式"(Poems 120),也在告诉读者,在诗人的观念中形式与内容具有一致性——思想、精神上之新,势必体现在形式上,而形式之激进,也必然折射出思想之不保守。特里·伊格尔顿(Terry Eagleton)在讨论诗歌形式问题时认为,文学语言不同于日常生活语言之处,就在于文学作品意义的生发,往往在形式与内容之间的不一致时,或者在一种形式与另一种形式形成冲突、构成张力之时(69-73)。或者说,文学作品往往借助形式与内容之间的断裂与非一致性生成意义。这意味着摩尔诗歌"激进的形式与保守的内容"这一矛盾,症结在于读者未能以新的、非常规的阅读方式,寻找到掩盖于激进形式之下的"隐蔽的原则"。

二、激进的形式与"消失"的声音

丽塔·费厄斯基(Rita Felski)在《现代性的性属》(The Gender of Modernity)一书中探讨了现代社会男权思想对话语、理论的操控,认为现代及后现代的主要理论具有男性化倾向，而超验的相关观念则被女性化。她写道："现代与后现代的诸多理论均围绕着男性规约建构，对女性生活和体验未给予足够的重视。"(15)这一观点在现代主义文学的难度美学中体现得尤为明显。庞德等"高度现代派"诗人提倡难度美学，要求诗歌达到科学般的难度和高度，意图以此拯救重重压力下，显得软弱无力的诗歌(何庆机，"难度的焦虑"36—40)。在他们看来，大众、主流文化操纵下的诗歌，已经女性化了，因为这种文化本身就是女性化的(Lentricchia 53—58)。这意味着，难度美学实际上被赋予了男性的性属隐喻。有意思的是，因符合"男性"难度美学审美标准而成功进入以庞德、艾略特等为中心的"高度现代派"小圈子的摩尔，其诗歌中女性的声音似乎也消失了。这吻合了难度美学的性属特征，却又与摩尔诗歌的激进形式相悖——既然"精神创造形式"，激进的形式难道不该承载激进的内容吗？

的确，摩尔的诗歌从不直接表达女性的情感，不管是传统的还是激进的，其诗歌和散文的语言也没有传统女作家、女诗人的那种细腻。当然，作为女性诗人，诗歌中的情感、女性的声音或者说女性声音的缺位等等，是读者和评论者不可回避的问题。早在1923年评论、褒扬摩尔诗歌时，艾略特这样写道："最后一个'卓越'的赞美：摩尔小姐的诗歌具有的'女性'特质，不亚于克里斯汀·罗塞蒂(Christine Rossetti)的诗。读者不会忘记这些诗是出自女性之笔。注意，我用这个词的时候，尤其是指一种正面的美德。"(Tomlinson 51)但实际上通篇文章的分析，丝毫不涉及诗歌本身的女性特质，也无任何理据支撑。1935年艾略特为摩尔诗集作序时，对这一赞美则只字不提了。摩尔《诗集》出版的当年，新批评权威布莱克默尔(R. P. Blackmur)发表文章《玛丽安·摩尔的诗艺》(*The Methods of Marianne Moore*)，在开篇即提出形式批评的方法解读摩尔的诗歌有很大的局限性——"对摩尔的诗歌进行形式批评，……需要特殊的术语，做出专门的调整，才能洞彻其诗歌的肌质和模式(texture and pattern)"(Tomlinson 66)。总体来说，布莱克默尔对摩尔诗歌给予了高度的评价，认为摩尔的诗歌具有典型的美国文学的特质，"作品具有丰富复杂的表面，对真诚有着强烈的挚爱"(66)。当然，摩尔诗歌中情感表达的局限，女性声音的消失，自然逃不过他那一贯敏锐的眼光。对此，他如此"观察"并解释道："《婚姻》一诗中没有性,没有欲望。她所有的诗歌,都找不到性。没有哪个诗人如此贞洁无欲"
(86),"在摩尔的诗歌中,生活是遥远的;诗中的一切就是要保持这遥远的距
离。这是被移除的现实……"(85)。就这样,摩尔作为一个无性、中性、没有
激情的女性的刻板印象,一直保留下来。

20 世纪 70 年代女性批评兴盛之时,摩尔便因为其"美德"和"无性"的刻
板印象,受到持女权思想的诗人和学者的指责和诟病。阿德丽安·里奇
(Adrienne Rich)便认为摩尔之所以受到同辈男性的仰慕,完全是因为摩尔
身上诸如优雅得体、谨言慎行、内敛羞怯等品质不会给男性同行带来任何威
胁;苏珊娜·尤哈兹(Suzanne Juhasz)则批评摩尔为了得到公众的认可,抛
弃了自己的女性体验,因为她不得不遵从男性的规则(Heuving 18)。摩尔档
案馆对外开放,研究者开始接触到摩尔的书信、日记、笔记等第一手资料,情
况才有所改变,并在诗人诞辰百年之际陆续有创新的、"颠覆性"的研究成
果,如前文中所引科瑞斯汀·米勒的观点——摩尔的诗歌从形式和内容上
均颠覆了父权制的权威。本文在此不对摩尔的女性批评进行概括评价;我
们感兴趣的问题是,摩尔的女性声音何以消失?摩尔如何将其"隐藏的原
则"如此深藏于激进的形式之下,以至于长期未被挖掘出来?下面我们以
《只是玫瑰》为例,倾听其中消失的声音,探一探其"隐藏的原则"。诗歌译文
如下:

你似乎还没有意识到美貌只不过是一种负担而不是

　　资产——由于精神创造形式这样的道理,我们完全可以说

　　　你有自己的思想。你,是整体的象征,坚韧而夺目,

　　　知道只要凭自己天然的卓越就可以出人头地,钟情于所有

自立的东西,钟情于

任何伟大的文明能创造的一切:你,仅仅靠自己,想仅仅

　　靠自敛要驳倒旁人观察而来的臆测是徒劳的。你无法让我们

　　　相信你天生情愿这样。但是玫瑰,如果你出类拔萃,这

　　不是因为你的花蕾是那个缺少了就彻底黯然失色的元素。没

有刺,

你就是"这是什么",只是

怪胎。它们无法抵御虫害,暴风骤雨,或者霉病

　　不过想想那只来摘枝的手。没有协调合作哪有卓越? 引导

　　　你大脑里的那些无限小微粒,迫使观赏者

　　明了这样一句话——与其被残暴地记住,不如被遗忘,

你的刺是你最佳的部分。(*Complete Poems* 120)

如同《致蜗牛》常常被解读为对"简洁"之美德与简练之风格的褒扬,这首诗也常作为摩尔提倡美国式品德"自立"的佐证,这也从一个侧面窥见摩尔诗歌被使用、阅读的方式——格言警句的光芒极易导向对诗歌本意的忽视或误读。公允地说,这首诗并没有达到摩尔诗歌常有的难度——诗歌的逻辑性清晰可辨,没有那种省略关联性的急速跳转。或许正是这个原因,艾略特在为摩尔选编 1935 年《诗集》时未将之收入。不过,这首诗却引起了威廉斯的关注,并在 1925 年的文章《玛丽安·摩尔》中提及——虽然只是间接提及,且未作具体分析;应该说这绝不只是因为威廉斯本人在 1923 年发表了另一首以玫瑰为主题的诗歌《玫瑰已经过时》(*The Rose Is Obsolete*),而是因为这首诗可以作为印证威廉斯对摩尔诗歌评价的最佳例证。文章中的一段话,对我们理解摩尔诗中"隐藏的原则"的"隐藏"方式大有裨益;威廉斯写道:"摩尔小姐巨大的乐趣来自对词语的处理——将泥泞的词语擦拭干净,或者用刀切净,或者将附着其上的光环抹去,或者整体地将它们从所在语境中移出。对摩尔小姐创作的诗歌来说,每个词首先必须清澈剔透,不带任何附着物。在此随便提一下,摩尔本人不喜欢那种外表娇艳又香气四溢的花;这值得我们注意"(Williams,*Selected Essays* 128)。

　　威廉斯"顺便提一下",即意指《只是玫瑰》一诗;而他对摩尔诗歌中词语处理方法的描述,远远超越了词语层面的意义。正如艾略特、史蒂文斯也都认为摩尔的诗歌切合、印证了自己的诗学观念一样,在威廉斯看来摩尔的诗歌与自己的诗歌有着本质的共同之处——只关注事物本身。然而,大千世界并不存在一个纯自然的自然或事物;自然或事物无不承载着文化、情感、道德蕴意。因此,要呈现事物本身,就必须剥离、过滤、清除这些符号,或用

威廉斯的话来说,这些"附着物";毋宁说,要呈现新的意义,就必须剔除附着于事物、词语之上的旧文化符号。《只是玫瑰》一诗中的玫瑰,不仅是体现了事物本身的"新玫瑰",还是展现了摩尔剥离旧符号意义的生产过程中的玫瑰。

摩尔"生产"新玫瑰、清理旧符号的过程,始于诗歌开始本身,没有任何铺垫,任何序曲,经过对传统观念的两次逆转,最终颠覆了玫瑰的本质。"你"(玫瑰、女性)的美,之所以成为"负担",是因为那恒久不变的象征;玫瑰-女人所代表的美,是脆弱而又仅仅浮于表面的(一如威廉斯在《玫瑰已经过时》一诗中反复使用 crisp、frail、fragility 等词)——在中国有"女人无才便是德"一说,而在西方、在美国的传统文化观念中,"美暗指女人之愚蠢"(Joyce 32)。摩尔即由此切入——以"精神创造形式"为"理论依据",在"内在与外在""形式与内容"一致性这一前提下,推导并坚信玫瑰-女人是可以有智性、有思想的,而不只是徒有其表。完成第一次扭转后,摩尔沿着玫瑰外在-内在俱备,外在内在一体性这一逻辑,在不放弃外在之美的同时("天然的卓越"),赞美玫瑰内在的品质——自信、自立、内敛,而显然这时摩尔已经把玫瑰的所指扩展到女性上了。赞美的同时,摩尔转向对玫瑰-女性的告诫,并由此转入第二次逆转。女性在传统社会,不管自己是否愿意("天生情愿这样"),一直是处于被"看"、被"臆测"的从属、附属地位("靠自敛要驳倒旁人观察而来的臆测是徒劳的"),而要免予沦为可以随意"被采摘"的受害者,"刺"成为玫瑰作为一个整体最重要的部分("你的刺是你最佳的部分"),没有它,只有娇美的花瓣,玫瑰只是个"怪胎"。由此,摩尔颠覆了传统观念中的玫瑰意象,颠覆了玫瑰的本质——最重要的,是刺,而不是花瓣之美。当然,摩尔并不排斥美,并不认为两者是矛盾对抗的关系,而是认为两者的协调才构成了玫瑰整体的美。也由此,我们可以清晰地听到摩尔的女性声音,颠覆传统的新的女性声音。

三、复调与摩尔式颠覆

威廉斯的诗歌《玫瑰已经过时》是诗人受立体派运动领导人之一胡安·格里斯(Juan Gris)的绘画《花朵》(*Flower*)的启发所创作的,旨在说明"试图

'复制'自然的谬误",以及"将想象中的事物与生活中的事物区分开来的现代趋势"(Williams, *Collected Poems* 194)。威廉斯的玫瑰,同样是"新玫瑰",不再那么娇弱无力,而是"更明晰,更洁净";这钢制的玫瑰,"无限美好,无限/结实,于无形中/穿透银河"(196)。相较之下,摩尔在《只是玫瑰》中颠覆性的女性声音就愈加突显了。在这种女性的声音中,诗歌的标题《只是玫瑰》既自我肯定又自我否定的言语行为便被激活了。自我否定,因为这肯定不是"只是"玫瑰,还同时指女性、新女性。自我肯定,是因为在"只是"表面的无奈与谦卑中,摩尔实则突出的是女性的自信与坚守,而不只是一种一般意义的美德。如果《只是玫瑰》集中于女性的独立与女性的主体性问题,那么《鲸鱼里逗留》(*Sojourn In The Whale*)则更直接呈现了爱尔兰-女性作为他者,与强权-男性的对立关系,表达了爱尔兰-女性在逆境中保持自我的可能性和必要性这一思想。诗歌的标题取自圣经故事中约拿被鲸鱼吞食的故事,喻指遭遇危险、逆境。全诗翻译如下:

> 想方设法用剑打开上锁的门,穿针
> 　　但穿针尖,种遮阴之树却
> 　　倒了个;被一个巨大的黑洞吞噬,大海
> 喜欢它,更甚于你,爱尔兰——
>
> 你走到现在,而且是在各种匮乏的境况下。
> 　　你曾被女巫所迫,要用稻草
> 　　纺出金线;你听到男人们说三道四:
> 　　"有种和我们完全不同的女人的性情气质,
>
> 让她去做这样的事情。受限于各种不足,
> 　　继承了盲目的传统,还有
> 　　天生的无能,她会明智起来,会被迫屈服。
> 经历了困难,她就会回头;
>
> 水会找到自己的水平":

不过你却笑了。"运动中的水是

不会平的。"你亲眼见证,水遇到障碍物

挡在前面,就会自动跃起。(*Complete Poems* 90)

　　作为爱尔兰后裔的摩尔,对爱尔兰问题感兴趣,是情理之中的事。这首诗毫无疑义与《斯宾塞的爱尔兰》(*Spenser's Ireland*)一样,也是首爱尔兰主题的诗歌;该诗发表于 1917 年,距爱尔兰复活节起义失败仅隔一年。不过,摩尔并没有像叶芝在《复活节 1916》(*Easter* 1916)那样直接反映这一事件,而是展示了爱尔兰被英国视为他者的历史与现状。诗中拟人化手法的使用,使得该诗同时又指向女性问题,且与诗歌表层的爱尔兰主题并行不悖,毫无冲突、主次之感。摩尔反对任何一种形式的等级观念,包括语言、文学的字面(表层)意义与象征(深层)意义的等级秩序。或者,按基尼·霍温(Jeanne Heuving)的话来说,"摩尔拒绝对象征意义和字面意义进行等级划分,拒绝字面意义的传统使用方式——仅仅作为显现象征意义而存在"(63)。这首诗典型地体现了一种摩尔式的复调——本体与喻体共存,消除了主次之分,两种或多重声音聚合于诗歌文本之中。

　　在诗中,"英国"对爱尔兰居高临下、傲慢和自以为是的态度,亦即传统文化中男性对女性的压制态度——"继承了盲目的传统……/还有天生的无能";对爱尔兰-女性来说,英国-男性正是那个危险之源,要将她们"吞噬"的黑洞。爱尔兰之于英国,与女性之于男性一样,都是难以理解的、非理性的、怪异的他者,都"和我们完全不同……"。为了说明这一点,摩尔在诗中罗列了一些不可理喻之事——"用剑打开上锁的门""穿针但穿针尖,种遮阴之树却倒了个""要用稻草纺出金线"。面对"说三道四"的英国-男性自以为是的评价——"经历了困难,她就会回头;/水会找到自己的水平",爱尔兰-女性并没有唇枪舌剑,只是微笑着反驳道:"运动中的水是不会平的。"这微笑的反驳,实际上是微笑中的抗争,微笑中的蔑视,折射的是爱尔兰-女性逆境中坚持自我、内心自信的信念,因为"水遇到障碍物挡在前面,就会自动跃起",就会继续前行。这微笑中的信念,与《斯宾塞的爱尔兰》中的名句相呼应:"只有在你/被坚定的信念所俘获/才拥有自由"(*Complete Poems* 113)。这里的自由,既指爱尔兰作为一个国家、一个民族的自由,也指个人的自由以及女性的自由。

另一首诗《被你喜欢是一种灾难》(*To Be Liked By You Would Be A Calamity*)也采用了上述所说的摩尔式的复调形式;应该说这首诗字面意义所表达的女性愤怒的声音更加清晰无误,只不过在批评者对深层意义的挖掘中,反而被掩饰了;再加上这并不是摩尔作品中的重要诗歌(未入选《诗集》),也容易被读者忽视。全诗如下:

> "攻击比和睦更有趣",但是当
> 你直截了当告诉我你想把
> 　我踩在你的脚下,
> 　　我感到莫名其妙,我只能拿起武器,
> 　　　恭送你出去。
> 姿势——这也是一种语言,
> 将这未出鞘的姿势做成钢的
> 　与你礼尚往来,
> 　　因为你的听觉中词语无声,但对我
> 　　　却是一声吼。(*Poems* 109)

诗歌第一行的引文"攻击比和睦更有趣",出自托马斯·哈代的小说《湛蓝的眼睛》(*A Pair of Blue Eyes*)。小说中女主人公伊富丽德·斯温考德(Elfride Swancourt)某天收到两封信,一封是某评论家对自己创作第一部小说的负面评论,另一封是身在远方的未婚夫的情书;引文即出现在此情节之后,女主人公在感受未婚夫爱意的同时,对评论家的"攻击"耿耿于怀。我们当然可以从这句引文出发,沿着互文性挖掘诗歌文本表层之下的深层意义,比如"男性的攻击遭遇女性表达的沉默"(Miller,*Questions of Authority* 108);或者再结合摩尔个人生活创作的经历,认为该诗表达了"摩尔对作家身份的焦虑"(Heuving 76)。但如果我们将此句引文仅仅作为一个或隐或显的背景,起到交代诗歌中"你""我"的性别的作用,并更集中关注文本的表层及其衍生的意义,一个更典型的女性的声音便浮现出来。这样做并非没有根据,因为实际上引文之后的内容与小说本身没有任何关联。更典型,是因

为诗歌文本勾勒出一幅女性受歧视的现场画面。诗歌开头部分"但是当……"这一句式说明,在"我"的感受中,女性受到歧视、言语的攻击已被视为常态,是"我"习以为常的事情。但"你"赤裸裸的语言暴力、威胁及骚扰让"我"仍忍无可忍。面对粗暴,"我"只能拿起武器自卫,虽然自卫的武器只是强硬的姿态——"恭送你出去"。这种姿态并非"女性表达的沉默",而是如剑一般锋利的回击,因为"姿势——也是一种语言",因为男性、女性的言语沟通是无效的("因为你的听觉中词语无声,但对我/却是一声吼"),因为"你"只配如此"礼尚往来"。

摩尔在《沉默》(Silence)一诗中,以转引"我父亲"说过的话的方式,这样写道:"最深沉的感情总是在沉默中显露自己;/不是沉默中,是在节制中。"(Poems 163)以此句观照摩尔诗歌,摩尔不直接表达女性的声音、女性的情感,绝不是因为其"无",不是因为这种声音与情感的缺省,而是因为这种表达未被捕捉到,因为掩饰于形式之下的"隐蔽的原则"未被挖掘出来。在《只是玫瑰》中,摩尔颠覆了玫瑰的本质("刺是你最好的部分"),也可以解读为诗人在提醒读者注意掩饰在形式之下的"刺",提醒读者要心有提防,不要随意采摘、吞噬文本。按照达菲·马丁的观点,"摩尔通过细节的呈现,对主题进行陌生化处理,进而迫使读者采用新的'观看'方式"(Martin 75)。摩尔不仅采用陌生化的写作方式,同时还希望读者能以新的、陌生化的方式去阅读。在诗歌《挑选》中,摩尔这样写道:"文学是生活的一个方面。如果你害怕它,/情况便无可救药;如果你毫无陌生地接近它,/你的观感就会毫无意义。"(Complete Poems 45)在诗中,"它"的所指有一定的游离性,既可指文学,也可指生活;因此,摩尔在此是说要保持一种陌生感、好奇心,对生活、文学都是如此。这种陌生化的阅读方式,与摩尔真诚诗学中的阅读维度是一致的,即摒弃浪漫主义式的认同阅读态度和模式,代之以客观的、"科学的"阅读态度(何庆机,《多维度的真诚》533)。

摩尔常见的陌生化处理的方式:一是通过去符号化处理,进入一种解稳定性的言语行为,因为要通过语言抵达"事物本身",表达新的思想、观念和精神,就必须清除附着于语言上的传统符号意义、联想意义、情感意义等等。《只是玫瑰》这首诗便展示摩尔如何剥离旧的符号意义,《面具》(Masks)和《不明智的园艺》(Injudicious Gardening)等诗也使用这一策略。二是如《鲸鱼里逗留》等诗歌所显示的那样,通过颠覆、削平表层意义和深层意义、所指和能指的等级关系,构成自己的"复调"声音,达到颠覆传统思想的目的。不过,在我们谈论摩尔诗歌的颠覆性时,必须注意"颠覆"的限度。《只是玫瑰》中的玫瑰,虽然是以"刺"为最佳部分的新玫瑰,但天生丽质的美依旧还在;如诗中所示,新玫瑰的美是刺与美协调的结果——"没有协调合作哪有卓越"。摩尔的玫瑰,不同于 H.D 的《海玫瑰》(Sea Rose),散发着狂野的欲望。正如摩尔的"'策略性'自我,是基于自律的主体性探寻"(Zona 5),摩尔的颠覆也是有节制的颠覆;摩尔的诗歌不会成为漂浮的能指游戏,成为四散的碎片。摩尔式颠覆的特点,与摩尔诗歌的形式特点也相吻合——摩尔的音节诗节形式,既有大胆激进的试验和创新,但同时又保留了诗歌最核心的元素:声音、重复、押韵等。而这又从另一个侧面印证了形式与内容、审美与伦理之间的辩证关系。

参考文献

Burke, Kenneth. *A Grammar of Motives*. Berkeley: U of California P, 1969.

Costello, Bonnie. *Marianne Moore: Imaginary Possessions*, Cambridge: Harvard UP, 1981.

Eagleton, Terry. *How to Read a Poem*. Malden: Blackwell, 2004.

Felski, Rita. *The Gender of Modernity*. Cambridge: Harvard UP, 1995.

Gregory, Elizabeth, and Stacy Carson Hubbard, eds. *Twenty-First Century Marianne Moore: Essays from a Critical Renaissance*. New York: Palgrave Macmillan, 2017.

Heuving, Jeanne. *Gender in the Art of Marianne Moore: Omissions Are Not Accidents*. Detroit: Wayne State U, 1992.

Joyce, Elizabeth W.. *Cultural Critique and Abstraction: Marianne Moore and the Avant-garde*. Lewisburg: Bucknell UP, 1998.

Leavell, Linda. *Marianne Moore and the Visual Arts*. Baton Rouge: Lousiana State UP, 1995.

Lentricchia, Frank. *Modernist Quartet*. Cambridge: Cambridge UP, 1994.

Martin, Taffy. *Marianne Moore: Subversive Modernist*. Austin: U of Texas P, 1986.

Miller, Cristanne. "By-play: The Radical Rhythms of Marianne Moore." *Foreign*

Literature Studies，2008，30（6）：20-32.

Miller，Cristanne. *Marianne Moore*：*Questions of Authority*. Cambridge：Harvard UP，1995.

Miller，Cristanne，and Robin Schulze，eds. *Critics and Poets on Marianne Moore*. Lewisburg：Bucknell UP，2005.

Molesworth，Charles. *Marianne Moore*：*A Literary Life*. New York：Atheneum，1990.

Moore，Marianne. *The Complete Poems of Marianne Moore*. New York：Macmillan and Viking，1981.

Moore，Marianne. *The Poems of Marianne Moore*. Ed. Grace Schulman. London：Viking，2003.

Tomlinson，Charles，ed. *Marianne Moore*：*A Collection of Critical Essays*. Eaglewood Cliffs：Prentice Hall，1969.

Williams，William Carlos. *The Collected Poems of William Carlos Williams*. New York：New Directions，1986.

Williams，William Carlos. *Selected Essays of William Carlos Williams*. New York：New Directions，1954.

Zona，Kirstin Hotelling. *The Feminist Poetics of Self-Restraint-Marianne Moore*，*Elizabeth Bishop and May Swenson*. Ann Arbor：U of Michigan P，2005.

何庆机：《多维度的真诚与现代主义诗歌之辩：玛丽安·摩尔"诗歌"解读》，载《文学跨学科研究》2018 年第 3 期，第 521-534 页。

何庆机：《难度的焦虑：现代主义难度美学生成机制外部因素简论》，载《外国语文》2015 年第 6 期，第 36-40 页。

玛乔瑞·帕洛夫：《激进的艺术：媒体时代的诗歌创作》，聂珍钊等译，上海：上海外语教育出版社，2013 年。

《人民公敌》：
从易卜生、米勒的戏剧到改编电影

王　欣①

内容提要：1950 年阿瑟·米勒根据易卜生《人民公敌》改编的同名戏剧被视为一部具有"社会意义"的当代情节剧，1978 年导演乔治·谢弗根据阿瑟·米勒剧本改编的同名电影被公认为是该剧最严肃、最重要的电影版本。从易卜生的原著到阿瑟·米勒的改编剧本和乔治·谢弗的改编电影，《人民公敌》通过情节框架的调整、人物塑造与矛盾冲突的设计、作品主题的相应变化，逐渐实现了生活化、本土化和更具"活力"的改编初衷。

关键词：《人民公敌》　易卜生　阿瑟·米勒　戏剧　电影改编

Title：*An Enemy of the People*：From Henrik Ibsen and Arthur Miller's dramas to the adapted film

Abstract：The same-name drama adapted by Arthur Miller according to Ibsen's *An Enemy of the People* in 1950 is regarded as a contemporary melodrama of "social significance". The same-name film，adapted by director George Schaefer in 1978 according to Arthur Miller's play，is now generally recognized as the most serious and important film version of the drama. From Ibsen's original version to Arthur Miller's adapted screenplay and George Schaefer's adapted film，*An Enemy of the People* has gradually realized the original intention of life-like，localization and more "vitality" through the adjustment of plot，the design of characterization and contradiction，and the corresponding change of theme.

---

①　王欣，台州学院副教授，主要研究方向为文学经典改编与跨媒介传播。

Key words：*An Enemy of the People*；Ibsen；Arthur Miller；drama；adapted film

与易卜生（Ibsen）的《社会支柱》《玩偶之家》《群鬼》《海上夫人》（以上剧均在 1911 年出现了最早的改编电影）等作品不同的是，他的《人民公敌》直到 1937 年才出现了来自德国导演汉斯·施泰因霍夫（Hans Steinhoff）的改编电影。接下来，在经历了来自四个国家至少六部并不成功的影视改编版本之后，《人民公敌》这部剧作终于迎来了最有特色的电影改编版本。1978 年美国拍摄的同名改编电影虽然强调故事来源于易卜生原著，实际上却在 1950 年美国剧作家阿瑟·米勒（Arthur Miller）的戏剧改编版本基础上进行重新演绎。这部由知名电视导演乔治·谢弗（George Schaefer）执导、亚历山大·雅各布斯（Alexander Jacobs）编剧的电影，不但忠实于阿瑟·米勒的改编剧本，而且还传承了来自易卜生和米勒的很多观点想法。遗憾的是，它在当时并没有获得任何形式的成功，主演好莱坞硬汉派影星史蒂夫·麦奎因（Steve McQueen）也没能证明自己作为一名演员的实力。时至今日，这部最具雄心的戏剧改编电影已被公认为是该剧最严肃、最重要的电影版本（Hoeveler 146），成为易卜生戏剧跨媒介传播和阿瑟·米勒"二次改编"后更具"活力"的范例。

一

在剧作《群鬼》引起"可怕的骚动"之后，易卜生在挪威成为不受欢迎的人。这种处境让易卜生能够从一个更为客观的视角去看待政治生活中的某些问题，"我有越来越多的证据可以表明，参与政治、参加政党是败坏人心的"（易卜生 202）。这种辛辣尖刻的态度，再加上对比昂松"多数派总是正确的"言论的反驳，1892 年出版并大获成功的《人民公敌》成为这一时期易卜生处境的真实写照，也被视为他最成功的政论剧，一个"特别的剧本——对于它我怀有一种特别的偏爱"（易卜生 203）。在这部五幕剧中，易卜生假借主人公——正直的医生斯多克芒一角写出了一位特立独行的人在社会中遭遇到的孤立。虽然这部舞台剧被誉为世界文学史上第一部涉足于污染问题的戏剧（海默尔 272）。斯多克芒医生重点考虑的是一个更大的污染——也就是科学的真理是否还是"真理"的问题。易卜生的主要使命在于把隐藏在社会成员浮夸的谈吐、豪言壮语背后的社会与"真理和自由"之间究竟是一种怎样的关系暴露于光天化日之下。显然，在《人民公敌》中有一个严肃的主题，不但揭露了利己主义思想以及民主政治的虚伪，也通过斯多克芒医生这个孤军奋战的人物形象，宣扬"精神反叛"的个人主义思想。易卜生这部戏剧一直是传道之作，当年剧作家以此来反击媒体和社会对他另一部戏《群鬼》的诽谤（米勒 312）。事实证明，这种诽谤不是偶然事件，而是我们社会生活的重要主题之一。其中既有客观真理不容亵渎的问题、保护政治少数派民主权利的问题，也有一个人对真理的认识与社会利益之间的关系问题。

　　美国戏剧家阿瑟·米勒于 1950 年改编易卜生的《人民公敌》，最初是受鲍比·刘易斯想法的影响。但实际上自《推销员之死》（*Death of a Salesman*，1949）获得成功之后，阿瑟·米勒就致力于通过勇敢地与权力对话和探索群体心理的剧作来解决当时的主要社会问题（Abbotson 47）。正当一股前法西斯风潮席卷美国之际，米勒确信自己能通过一种斗争形式抓住易卜生的精髓，当然，他也想通过这部作品来表达自己真正信仰的东西（311）。在改编过程中，阿瑟·米勒认为易卜生剧作在当代"有用"而不过时，同时，他把易卜生所构建的戏剧舞台看成是进行思想探讨、哲学探讨和最热烈地讨论人类命运的场所（12）。阿瑟·米勒的三幕剧改编本没有对原著框架进行过多改动，在剧本的前两幕里分别包含了两个场景，分别对应易卜生剧作中的前四幕。"我在保持剧本的原样的同时，力求使《人民公敌》对于美国人如同当时肯定会对挪威人一样充满活力"（米勒 12）。同时，阿瑟·米勒在创作过程中承载了来自多方的愿望，因此，简单地将《人民公敌》剧本归之为影射麦卡锡主义显然是不够的。为了实现"将语言转换成当代英语"的意图（Gottfried 165），以"生活化"和"活力"适应本土化改造的需要，米勒的改编剧本在细节处对易卜生原著的删节与修改随处可见。从第一幕开始，米勒就有意将人物出场次序作了一些微调，开场时毕凌是和基尔一起在餐厅用餐，而基尔很快吃完离开，彼得和霍夫斯达则来得晚一些，最后才是汤莫斯·斯多克芒医生和霍斯特船长。而在电影中，先出场的不是霍夫斯达和毕凌，而是基尔和彼得。从易卜生原著中斯多克芒医生家里一顿随意的晚餐到电影里精心准备的一场晚餐聚会,整个故事紧紧围绕着温泉浴场事件展开。作为与这次聚会无关的基尔,在电影中甚至都没有来到餐桌,在厨房就匆忙地吃完了牛排,然后就和米勒剧本中所描写的那样,通过拿苹果、塞烟叶,一个"邋遢"的、蹭吃蹭喝的老派商人形象让观众们大跌眼镜,接下来出场的彼得和基尔一样也是自家人形象,虽然两人见了面并不愉快,但彼得实际上和基尔一样,对这个家有一种亲近感,他的亲近感并不像基尔一样去占小便宜,米勒的改编剧本在他第一次出场时提到"他可能羡慕这所房子的家庭生活和温暖,但是当他来的时候,他从不想承认他来了,经常坐着穿着外套"①。当他怒气冲冲地离开时对凯德林说的那一句"嫁给你是他做过的最聪明的事"或许会让观众们产生另一种理解的可能。

在公民大会的那一幕里,米勒除了删去斯多克芒医生那一段有关某些人天生对真理有更高理解的言论(米勒 13—14),还有意渲染了彼得·斯多克芒这一角色作为地方行政长官的惯用伎俩,这在电影中被原封不动地保留了下来。彼得市长在公民大会上一出现,首先通过阿斯拉克森有效掌控了大会的话语权。相比易卜生的原著,彼得·斯多克芒在会上首先发表了一篇攻击斯多克芒医生的演讲,他不谈事实本身,直接定义他为"破坏者""以纠缠、嘲笑、消灭权贵为乐的人",同时大谈"如果我们不被诽谤和恶意攻击"的情况下小镇在未来的美好前景。当整个公民大会的基调已经基本确定之后,处于明显弱势地位的医生毫无还手之力,直到大会最后阶段才勉强获得发言的机会,而此时他的发言已经毫无意义,根本无力改变公众们的想法和愿望。

从结构上看,米勒剧作对易卜生原著改编最多的地方是在第三幕,也就

---

① 易卜生《人民公敌》剧本中文版参考潘家洵译本(易卜生:《易卜生文集:第五卷》,北京:人民文学出版社,1995 年),英文版参考罗尔夫·菲耶勒(Rolf Fjelde)和法夸尔森·夏普(R Farquharson Sharp)译本(Henrik Ibsen:The Complete Major Prose Plays. New York:Plume book. 1978. Henrik Ibsen:An Enemy of the People. Los Angeles:DODO PRESS. 2005.);阿瑟·米勒《人民公敌》参考以下版本:Miller, Arthur. *Arthur Miller's Adaptation of An Enemy of the People by Henrik Ibsen*. New York:Penguin Books,1977. Arthur Miller. The Penguin Arthur Miller:Collected Plays. New York:Market Road Films,LLC. 2015.

是易卜生原著中的第五幕。在原著中,真正的戏剧高潮出现在第三幕,也就是该剧的中段,当斯多克芒医生在《人民先锋报》报社失去那几位"坚定"的支持者之后,故事的结局已经不言而喻。电影则将重心更多放在了公民大会上,并且增加了很多原著中没有的内容,大会结束后斯多克芒医生一家离开与居民们的对视、返家后遭到的破坏性袭击,剧作中没有直接展示出来的很多内容在影片中被加以突出。

在易卜生看来,一个处在知识界前列的先锋战士是不大可能在身边聚集一大群人的(227)。因此,斯多克芒医生客厅里的人物在第一幕中聚集实际上是个假象,而在第三幕中,斯多克芒医生客厅里的人物又一次重新出现,则是另一种虚假的"聚集"。当然,这一次大家更加开诚布公、直言不讳:市长带来的是董事会关于解聘医生的决定,基尔拿着收购的股票来威胁汤莫斯,阿斯拉克森和霍夫斯达依然觉得在医生身上有利可图。这种安排与易卜生的原著保持了高度一致,也是剧作家明显具有倾向性的表述。除了公民大会一幕之外,米勒在改编剧本中直言不讳地批评了当代民主政治的弊病:来势汹汹的民众蜂拥而至斯多克芒医生家,其实绝大多数人都知道斯多克芒医生并没有错,但相信这一真理会损害几乎所有人的利益;因此只要坚持不相信真理,就会有合法的利益可图,在这种"真理"与利益发生抵触时,民众便要求医生屈从,否则,孤立、对抗,甚至抹黑他就是正确的选择。在易卜生看来,正是孤独才赋予人力量,孤独的人才是强有力的得势者。同样,米勒笔下的斯多克芒医生的理解则是:"你在为真理而战,这就是你孤独的原因。而且这让你变得更坚强。我们是世界上最有力量的人。"至此,米勒的改编剧本已经完成了将易卜生原著改造成一部具有"社会意义"的当代情节剧的过程(Gottfried 141—142)。

二

在《人民公敌》一剧中,作品中的主要人物在第一幕就早早出现,观众或读者们会惊讶于这部戏描写的实际上是两兄弟的相互争斗:斯多克芒医生代表了科学与正直,而他的哥哥彼得,这座城市的市长,出于经济收益的考虑想让产生污染的浴场继续开放,代表了官僚与利益集团。从最初的人物对话中可以知道,虽然汤莫斯·斯多克芒结束了自己"糊里糊涂混日子"的时光来到沿海小城,并在自己哥哥彼得市长的推荐下当上了温泉浴场医官,过上了朝气蓬勃、新芽怒发的生活,但多年来兄弟之间的不和始终在影响着他们的关系,即使是在浴场问题上,彼得也始终认为他的这位医生弟弟一直给他这个当政者带来许多麻烦。

斯多克芒医生是《人民公敌》中最耀眼的主角,但他不同于易卜生之前塑造的大多数人物形象。剧作家首先强调了他与自己的关系,"斯多克芒医生和我相处得非常融洽,我们在许多地方都那么契合一致。不过这位医生比我笨拙多啦,而且他还有一些奇特的脾性,这使得他很自然地就说出一些人们闻所未闻的话;要是由我自己来说,肯定达不到那种效果"(易卜生217)。因此,乔治·谢弗在电影《人民公敌》中让史蒂夫·奎因留着蓬松的长发和浓密的大胡子、戴着眼镜饰演的角色,与其说是斯多克芒医生,还不如说就是易卜生本人。在斯多克芒身上,观众们首先看到的是他身上严肃、高尚的一面。他信念坚定,一旦认准了是非曲直就坚持到底,绝不妥协,他这种行为和做法使他成为矛盾冲突中代表正义的一方,在浴场污染问题得到证实之后,他与身为市长的哥哥彼得商量;在改造问题得不到落实之时,他决意在报纸上披露事情的真相;在霍夫斯达他们拒绝登载他的文章的关头,他决定在公民大会上公布他的观点。在他心中,在真相和正义面前,没有丝毫的犹豫与情面可讲,问题是,这种积极、健康的想法和那个"根子已经中毒的"社会之间产生了矛盾,在核心故事中形成典型的戏剧冲突。斯多克芒这个人物身上所体现出来的信念和意志都使他极具吸引力,仿佛是这个时代先知的形象。只不过与他在思想和意志上展开较量的是有相当社会地位的大人物像市长彼得、印刷厂老板阿斯拉克森、制革厂老板基尔等,以及社会阶层中的所谓"精英",如报社的编辑霍夫斯达和毕凌等,到关键时刻就抛弃承诺,站到斯多克芒的对立面。应该说,《人民公敌》提供了一种机会来探索在社会政治生活中各种类型人在社会中的角色地位问题。

无论是易卜生、米勒的戏剧,还是后来的改编电影,从一开始医生就以纯洁善良、无私好客的形象出现,他和他的妻子凯德林都丝毫没有掩饰对美食、交际、美好生活的向往,但他身上也有短视与固执的一面,以至轻易受到哄骗。米勒改编本的开头增加了基尔在他家偷拿苹果和烟草的内容,在电影中尤其如此。这一细节增添的不仅是生活化场景,同时也是他们后来遭受攻击的象征化表现。斯多克芒医生长期以来对周围的事情视而不见,结果成了很容易上当的被"捉弄"者,利用他成了与他交往的人们的常态。霍夫斯塔德这类人身上就已经充分显示出这一问题,这位张口闭口都把"真理"和"自由"挂在嘴边的报社编辑,在现实中从不把这些话语当一回事。他因此成为易卜生笔下最善于见风使舵唯利是图而又充满"公众意识"的那一帮人的代表人物。因此,当这些人渐渐露出其真面目时,斯多克芒医生则完成了从正直正义到鲁莽冲动不顾一切行事的转变。逃出会场的斯多克芒医生,被"面目模糊"的众人继续追赶攻击。不知名的市民用石头砸他家的窗户;政府免除他作为浴场医官的职务;本地商民发了传单,不许人请他看病;房东在业主联合会的胁迫下,只好请他赶快搬走;他的女儿在当地中学教书,也被校长"无奈"辞退。小城中的这种社会状态用斯多克芒医师的话说:"咱们精神生活的根源全都中了毒,咱们整个社会机构都建立在害人的虚伪基础上。"

易卜生把他的主人公看作无畏的反叛者和傻瓜的综合体,但米勒忽略了这种矛盾的态度,他认为他本质上是前者,一个在困境中宣称自己不可侵犯的高尚的独立独行的人,并以他那毫不动摇的庄严的敬佩,使这出戏变成了对他心目中的英雄所坚持的一切的有力辩护。(Gottfried 165)虽然斯多克芒医生为获得对社会诉之真相的绝对权力而斗争令人钦佩,但同时他也在暗指存在着一个模糊的精英阶层,他们可以给人们开药方,告诉人们应该信仰什么(米勒 311)。一方面,斯多克芒医生是一位科学与民主的英雄,他想说出真理,在受阻的情况下提出了抗议并坚持到底,这位英雄不是政治家,也不是演说家,只是个有理想的、正直而真诚的人,每一位民主社会的公民都应该以他为楷模;而另一方面,他又是一个高傲孤僻且自行其道的学者。改编电影充分展示了这种矛盾,主人公斯多克芒在处理整个温泉事件的过程中坚持了正义和真理,但他作为医生的执拗,与他作为市长的兄弟之间的隔阂与不满也在这场冲突中暴露无遗。如果按照阿瑟·米勒"一部伟大的戏剧就是一部伟大的法学"的观点(194),在《人民公敌》中这种"审判"范式的存在意义被记录为一种净化运动,既构成了一种自相矛盾的绝望措施,也构成了身份的再生(Majumdar 178)。

斯多克芒医生在这场斗争中暴露出来的特立独行在公民大会上因为被孤立和排斥而变得异常狂躁。他在会上所说的言论已经无关科学与真理,而是以"精神贵族"自居,自以为是地认为只有自己才配拥有知识和真理,代表了"人民的声音",而所有的市民都是无知和盲从的代言人,需要由他来启蒙。他天真地以为科学与真理只掌握在以他为中心的少数几个人这里,而其他人,即使是市长大人,都是不足以为民请命的托付者。但他没有想到他的过激言语让他更加孤立无助且遭受围攻。显然,一旦多数派拥有了决定权,结果会导致所谓多数派的专制暴政。公民大会中把医生打上人民公敌的烙印的决议最终反而被毕凌称之为"人民的声音"。这时斯多克芒医生才意识到自己的问题所在,但他依然认为这只不过是那帮多数派实施专制暴政的明证,而且,这股力量极为强大。在影片中,真实地展现了在公民大会后斯多克芒医生家中所遭受的暴民行动。从米勒的改编剧本开始,《人民公敌》中易卜生所弘扬的一个话题慢慢就消失了,就是对于民众的教育问题,裴特拉说大概是学校和家里两者都出了毛病,社会发展的步伐反而使得真理在这些地方都处在尴尬的境地之中,因为它明显受到了充满谎言的教育、欺上瞒下和打击驱逐的影响。斯多克芒医生面对不满的听众的说教,实际上毫无意义,但却为他提供了人生的新的道路,通过教育,让社会逐渐消除虚伪、谎言和隐瞒真相,这才是易卜生原著的希望所在。在米勒的改编剧本中,斯多克芒医生在故事结尾处直接宣称:"我们将不再是纳税人和报纸订户,而是自由和独立的人们,我们渴望真理。"

三

显而易见的是,《人民公敌》在被改编的过程中,随着情节与人物的增删,作品的主题也发生了相应的变化。在易卜生看来,《人民公敌》"描写的是我们国家的现代生活的一些不同的方面"(214),其中他想要表达的重要观点之一就是对真理的坚持,在他看来,一个宣扬民主的现代社会应该把真理至上看成社会准则之一。作为社会问题剧,《人民公敌》是易卜生展现民众对不利消息的复杂反应的描绘。它提出的社会问题看起来很简单:当人们发现温泉有污染会影响到人们的健康,而承认事实就意味着利益的侵削时，人们是否还会依然坚持真理？

在剧中，为了回答这个问题，易卜生在塑造人物时集中了这个社会中有待检验的整个精英阶层。市长彼得不愿意披露事情真相，因为真相意味着市政当局的失职，而作为市长的他首当其冲；口口声声"真理比什么都重要"的报社编辑了解到文章登出来后"全城都要遭殃"时，马上决定不干这个了；商人们把持的市议会则反对提高税率和关闭浴场以此保证经济收益。而斯多克芒医生以为的主要支持者——普通民众——在公民大会上对斯多克芒医生报以反对与嘘声。实际上，任何一个挑战群体观点的人都将遭到放逐，并且不准继续发言。而对持相反价值观主张的证人，其论据的有效性和价值将会因为人们对他本人的否定而大大削弱（伯内斯 174）。很显然，乔治·谢弗的电影中还透露了来自阿瑟·米勒的某些观点，在真理受到利益冲突的影响时，精英阶层绝非值得相信的人，他们要么倒戈转向另一边，要么孤立无援遭到攻击。

当然，易卜生所刻画的人物并不是纯粹的邪恶形象，作品中所涉及的社会生活领域，如报馆编辑、医生、政客和商人都不是绝对的恶人，但他们心胸狭隘、唯利是图、见风使舵并且不惜牺牲他人，因此，要解决易卜生所关切的问题极其困难，而且易卜生戏剧中所揭示的复杂生态社会的污染同生态环境的污染一样需要漫长的时间、巨大的精力与资金去处理与应对。所以，米勒的改编剧本就将矛头指向了更带有普遍性的官僚主义和权力政治。导演大卫·萨克尔（David Thacker）认为《人民公敌》的改编就像是易卜生和米勒之间的一段奇妙的婚姻，两位伟大的剧作家在本世纪握手言和……这次合作的结果是一部两位剧作家都不可能单独创作完成的作品。它开始时很像一部易卜生的戏剧，然后通过中间的情节发展，阿瑟·米勒重写了那段公开演讲的大部分内容后，然后它就变得更像是米勒的作品。这就是阿瑟·米勒的基本思想："多数派是决不可能正确的，除非它确实是正确的。"（Gottfried 166）他将这部戏移植到美国，更多还是出于因时制宜的目的和一种抵制随波逐流的压力的需要，"这是假借易卜生的名义吗——嘘！——我终于说出了我一个人不敢说的话"（Gottfried 163）。米勒甚至企图让这部戏剧可以通过民众的口碑载道，以期能集体抵制当时那种高压氛围，因此被讥讽为塑造了"一个好莱坞英雄式的民主斗士"（Gottfried 141）。

　　欣赏过易卜生《人民公敌》的人们往往能在作品中找到某些不尽如人意的地方，毕竟这部作品是剧作家在暴怒之下完成的，而且用时极短，并非易卜生惯常的风格（米勒 311）。从易卜生最初的版本到米勒的改写本再到乔治·谢弗的电影，它们之间的相通之处首先在于对真实性的传递。易卜生在写给克里斯钦尼亚剧院的信里所给予的舞台指示说道："这个戏剧传递'自然的真实性，即给人以所有一切都是现实的感觉，使人觉得坐在那里看到的是生活中发生的真事'。"（海默尔 272）因此，他所提倡的在舞台表演时防止采取夸张动作的意见在阿瑟·米勒手中变得更加符合生活的原貌，而在电影里，斯多克芒这一角色已经不再具有滑稽幽默的特点，故事情节则渐渐脱离了通俗喜剧的特点，慢慢地滑向"正剧"的范畴。斯坦尼斯拉夫斯基提到，当演员体现这些剧本时，应该尽可能不去考虑社会和政治的问题，而只要十分真诚而忠实地生活在这些剧本中（241）。另一个相通之处在于作品的主题，即多数人的观念的形成与社会息息相关，群体中任何一个挑战这一观念的人都将遭到放逐。"他心怀邪恶念头""他是有阴谋的""他是一个说谎者""他在私下有自己的经济利益"，人们往往会这样否定他而不是实事求是地去对待真正的问题，这样做实际上侵犯的正是个人的自由。一般人并没有看清其中的奥秘，但斯多克芒医生因为他的执着反倒觉察到了夸夸其谈与豪言壮语背后的社会与"真理和自由"之间究竟是一种怎样的关系，意识到这是对社会中人的基本权利的损害，并且实际上造成人人不自由的结局。他在合理诉求得不到满足的情况下孤军奋战，为他自己同时也是为民众的权利而战。正因为易卜生的戏剧中蕴藏了这一普遍适用的道理，所以米勒及其后继者们才有可能让这部戏剧更具"活力"，适合同样充满危机的当代美国社会。

参考文献

Hoeveler, Diane. "Ibsen's *An Enemy of the People* in America: From Arthur Miller to Simon Levy." *One Hundred Year Commemoration of Henrik Ibsen*. Ed. G. O. Mazur. New York: Semenenko Foundation, 2007.

Martin Gottfried. *Arthur Miller: his life and work*. Cambridge: Da Capo Press, 2003.

Miller，Arthur. *The Theater Essays of Arthur Miller*. Ed. Robert A. Martin and Steven Centola. New York：DeCapo Press. 1996.

Rupendra Guha Majumdar. "Before the Empty Bench：The Equivocal Motif of 'Trial' in Arthur Miller's Works." *Arthur Miller for the Twenty-First Century：Contemporary Views of His Writings and Ideas*. Stephen Marino David Palmer. Cham：Palgrave Macmillan，2020.

Susan C. W. Abbotson. *Modern American Drama：Playwriting in the 1950s Voices，Documents，New Interpretations*. London：Bloomsbury Methuen Drama，an imprint of Bloomsbury Publishing Plc，2018.

阿瑟·米勒:《阿瑟·米勒自传》,上海:华东师范大学出版社,2016 年。

阿瑟·密勒:《易卜生〈人民公敌〉改编本序言》,载《阿瑟·密勒论戏剧》,北京:文化艺术出版社,1988 年,第 11-16 页。

爱德华·L·伯内斯:《舆论的结晶》,北京:中国传媒大学出版社,2014 年。

比约恩·海默尔:《易卜生——艺术家之路》,北京:商务印书馆,2007 年。

斯坦尼斯拉夫斯基:《谈〈人民公敌〉(1925)》,载《易卜生评论集》,高中甫,北京:外语教学与研究出版社,1982 年,第 237-241 页。

易卜生:《易卜生书信演讲集》,北京:人民文学出版社,2012 年。

露易丝·格吕克
《忠诚与善良之夜》的元诗歌艺术

倪小山①

内容提要：诺贝尔文学奖得主露易丝·格吕克的最新诗集《忠诚与善良之夜》对文本创作过程和诗歌语言进行了反思，具有突出的元诗歌特征。元诗歌对创作挣扎的如实记录反映了艺术家在迟暮之年与词穷抗争、寻找自我的经历。本文聚焦于元诗歌的对话性和游戏性，结合"夜"（night）与"骑士"（knight）的双重隐喻，探讨年老的艺术家如何化梦幻为现实，化回忆为力量，化沉默为声音，并重新获得语言表达的青睐。本文认为，元诗歌是叙述者探索回忆、言说、重生的"石中之剑"，再现了艺术家自我反思与自我发现的过程。

关键词：露易丝·格吕克 《忠诚与善良之夜》 元诗歌 自我

Title：The Metapoetic Art in Louise Glück's *Faithful and Virtuous Night*

Abstract：The Nobel Prize Winner in Literature Louise Glück's latest poetry collection *Faithful and Virtuous Night*, is typical for its metapoetic art, which displays the narrator's reflections on the creating process and the language in poetry. The authentic record of the elder poet's creation struggling reveals how he/she fights with the exhaustion of words and searches for the self. This paper analyzes the poetic art of metapoetry by focusing on three types of dialogic relationships and the game concept. By considering the metaphors of "night" and "knight", it discusses how the

---

① 倪小山，云南财经大学国际语言文化学院讲师，主要研究方向为英美诗歌。

elder artist shifts by turns from dreams to reality, memory to stimulation, silence to articulation and regains the power of language expression. Metapoetry is regarded as "the sword in the stone" for the narrator to explore memory, articulation and a new beginning, as it represents the process of self-examination and self-discovery of the artist.

Key words: Louise Glück; *Faithful and Virtuous Night*; metapoetry; self

露易丝·格吕克(Louise Glück,1942—)于 2020 年获得了诺贝尔文学奖,她是美国当代诗歌的杰出代表,曾当选为桂冠诗人(2003—2004),遍获各种诗歌奖项。格吕克已出版 13 部诗集和 2 部随笔集,《忠诚与善良之夜》(*Faithful and Virtuous Night*,2014,后文引用简称 *Night*)是迄今为止最新的诗集,一出版便获得美国国家图书奖。自第一部诗集《头生子》(*Firstborn*,1968)之后,格吕克逐步摆脱自白式的私密经验书写,采用人格面具(persona)叙述的手法,把个体的声音转化为普遍的声音。然而《忠诚与善良之夜》是一部半自传性的创作反思之作,抒写了梦幻般的散文诗和叙事诗,较以往作品风格迥异。格吕克追求每一部作品在技法和风格上都有新的变化,诺贝尔委员会主席奥尔森(Anders Olsson)称其拥有"把握抒情手法和结构的高超能力"(10)。学界对格吕克的研究多集中于成熟期的作品,《忠诚与善良之夜》作为晚期作品鲜有相关的研究成果,目前可查阅到几篇简短的书评和诗人访谈。评论家肯定了《忠诚与善良之夜》错综复杂的结构艺术,称作品"在天真与清醒、惊异与超然、沉醉与嘲讽之间万花筒般地切换"(Signorelli-Pappas 67—68)。本文聚焦于诗集《忠诚与善良之夜》的元诗歌艺术手法,分别从元诗歌的对话性和游戏性,分析元诗歌的特征、本质、功能,探讨元诗歌如何再现艺术家化梦幻为现实,化回忆为力量,化沉默为声音的经历,揭示了语言与自我之间的关系。

一、《忠诚与善良之夜》:关于诗歌的诗歌

元诗歌是《忠诚与善良之夜》的一大艺术特色,大量的诗歌篇目涉及叙

述者对诗歌本身的思考以及文本的创作过程。元诗歌(metapoetry)意为"关于诗歌的诗歌",《忠诚与善良之夜》中的元诗歌大致分为"用诗歌写诗歌本身"和"用诗歌记录写作过程"。第一种情况包括诗人的定义、诗歌的本质、诗歌的语言等话题,比如《石中之剑》("The Sword in the Stone")为诗人的角色下定义,《马与骑士》("The Horse and Rider")讨论作者和作品的关系,《康沃尔》("Cornwall")和《一天的故事》("The Story of a Day")探讨语言的游戏,《一部小说》("A Work of Fiction")辨析虚构与现实的关系。这些都是典型的元诗歌题材。"用诗歌写诗歌"最早可追溯到亚里士多德和贺拉斯开创的技艺诗(ars poetica),其创作题材包括诗歌类型、作家素质、文艺功能、艺术理想等问题,不过技艺诗侧重点在于论,本质上是诗论。事实上,在英语诗歌的发展历程中,每一位诗人出于艺术自觉都会或多或少地以诗论诗。然而,《忠诚与善良之夜》的元诗歌重点不在于论诗,即使在论诗的时候,元诗歌和传统技艺诗的内容也区别较大。

元诗歌和传统技艺诗的主要区别在于,元诗歌反映了一种解构的怀疑精神。在《忠诚与善良之夜》中,诗人被视为玩游戏的孩子,这一观念颠覆了传统的诗人形象。在英语诗歌的传统中,诗人是美与善的化身。诗人被喻为"夜莺""预言家"。锡德尼(Sir Philip Sidney)把诗人的地位置于历史学家之上;在雪莱(Percy Bysshe Shelley)的辩护里,诗人的地位上升到"世间未经公认的立法者"(356)。格吕克引入游戏的概念,把评论家看作游戏裁判,作品的意义"由批评家说了算"(Night 42),诗人的自主权消解在作品之中,这种反讽的观点和美国文学理论家勒内·韦勒克(René Wellek)对元诗歌的论述如出一辙。韦勒克认为:"元诗歌主要关注诗人的定义、诗人的使命、诗人的作用的问题,其中一定包含了元诗歌对诗人先知/牧师或圣人形象的现代质疑。"(261)诗歌创作被视为游戏般的语言探寻,这是对诗人的牧师或圣人形象的颠覆,体现了韦勒克所说的怀疑、否定、反讽的解构精神。

《忠诚与善良之夜》强调诗歌写作的过程属性,而不是成品属性,这是元诗歌的第二个特点。诗集的不同篇目反映了写作者的艺术反思过程,尤其是开端和结尾部分。开篇诗《寓言》("Parable")交代了写作目的,相当于诗集的序言,诗歌《后记》("Afterword")起到结语的作用。叙事学家阿伯特(H. Abbott)把章节标题、图表、前言、后记、题记、图释、印有书籍介绍的书壳封皮皆看作文本的组成部分,他指出法国文学批评家杰拉德·热奈特(Gérard Genette)以副文本(paratext)的概念指代这些起到解释、说明、补充写作意图作用的材料(Abbott 26－27)。在《忠诚与善良之夜》中,作为副文本的序言和后记记录了写作思路,并成为重要的主体文本,其目的在于凸显创作整首诗歌的思考过程,其中以创作挣扎为重点描述对象。《一次冒险》("An Adventure")、《忠诚与善良之夜》、《敞开的窗户》("The Open Window")、《午夜》("Midnight")、《缩短的旅程》("A Foreshortened Journey")等诗都涉及到创作焦虑,显露了创作的痕迹,是典型的元诗歌"露迹"手法。事实上,格吕克本人深受弗洛伊德精神分析的影响,对诗人创作心理过程尤为关注,元诗歌直观呈现了作家思考的文本建构和作品生成的过程。

值得一提的是,诗集的组诗形式对写作露迹的有序展开及前后照应起到锦上添花的作用。和格吕克成熟期作品《野鸢尾》(*The Wild Iris*,1992)、《草场》(*Meadowlands*,1996)、《新生》(*Vita Nova*,1999)、《阿弗尔诺》(*Averno*,2006)、《村居生活》(*A Village Life*,2009)一样,《忠诚与善良之夜》是一部组诗集,由24首诗歌组成,每首诗歌相对完整和独立,同时与其他诗歌之间保持了主题上的联系,产生了整体大于部分相加的艺术效果。这种艺术手法和元小说及元戏剧的美学效果有一定程度的交集。在元小说和元戏剧中,作者的创作露迹、反思、评论不止是整体的组成部分。正如加斯在《小说及其虚构的人物》中论述道,如果元小说只是在作品中讨论作品本身,那样会令人生厌,形式可以作为加强的材料(转引自韦华 5)。《忠诚与善良之夜》的组诗结构把分散的诗歌论述和写作过程记录串联为一个整体,参与到主题书写之中,形成动态的意义建构,共同揭示了诗歌的主题意义。

二、元诗歌的对话性

《忠诚与善良之夜》中的元诗歌体现了对话的艺术特色,尤其是记录创作过程的元诗歌,叙述者对写作过程的反思是基于不同的对话关系来完成的。诗歌中的对话关系具体表现为自我主体与对象主体的对话、文本之间的对话、作者与读者的对话。这和俄国思想家米哈伊尔·巴赫金(Mikhail

Bakhtin)的对话美学思想高度吻合。巴赫金把对话大致分为大型对话（macro-dialogue）和微型对话（micro-dialogue），前者关注人物之间的对话，后者关注人物自身与内心的对话。巴赫金的对话性美学同时表现为一种关系论，分别是客体与主体间的关系、客体间的关系、主体间的关系（转引自王永祥 291）。在西方文艺中，对话思想并不是巴赫金的首创，然而《忠诚与善良之夜》中元诗歌的对话性和巴赫金基于关系的对话美学较为贴合，并且共同指向了主体对自我的认识、主体与他人建立联系的最终目的。

自我主体与对象主体之间的对话是主体内部的对话。《忠诚与善良之夜》是一部半回忆录性的诗集，作家的创作反思建立在自我对话的基础之上。自我主体在时间轴上处于现在的时段，对象主体指叙述者审视的对象，是过去的我。在讲述回忆的文本中，叙述者以介入式的反思和过去的自我沟通对话，诗歌《忠诚与善良之夜》和《午夜》皆有此特征。以《忠诚与善良之夜》为例，此诗在结构上由 59 个诗节组成，开篇前 5 个诗节是写作前的心理描写，结尾 8 个诗节是写作结束的总结反思，诗歌在叙述回忆中穿插了"我"以现在的视角对过去做出的解释与评论。比如，第 14、15 节的单句诗分别写道："然后，突然之间，我感到孤独""或许一个小孩子的消遣活动/是观察和倾听"（10）。叙述者试图从一个成熟自我的角度，分析萦绕在自己心里多年的疑问，即自己为何在童年失语。第 17 节写道："不安，你坐立不安吗？/你是否等着白天过去，等着哥哥重拾书本？/等着夜晚重新来临，忠诚、善良的夜，/短暂地，修补你与父母/分离的裂痕？"（10）此处的反问显然无人回应，主体内部的时空对话，事实上也是现在与过去的对话。"我"在此处变成了"你"，一个与"我"相对的主体，人称的变化产生了时空变换的陌生感，叙述者以旁观者的立场，客观看待过去的自我，从而达到对话的目的。

主人公的回忆之旅经历了从现在出发、回到过去、再返回现在的过程，同时现在的我也和未来的我对话，形成了一个环形的循环过程。因此，主体内部的第二层对话是现在的我和未来的我之间的对话。首先，叙述者在审视过去之后做出总结："我"看到的，是"混乱"；"我"感觉到的，"是黑暗、沉默"。然后，叙述者分析了自己在现有阶段的处境："门关了。没有什么可以逃离，没有什么可以进入"（32），叙述者把自己描绘为困在围城里的人。接着，叙述者对未来进行了展望，他在《后记》中写道：前方是一片荒原

（"desert"），一个危机四伏的未来。叙述者如同艾略特笔下的 J. 阿尔弗雷德·普鲁弗洛克，陷入了过去与未来的囹圄之中，"未来不可期，过去不可得"（Glück, *Proofs & Theories* 83）。值得注意的是，叙述者具有画家和作家的双重身份，这位老年画家虽然身在喧闹的伦敦街区，周围的人挥舞着彩色的地图，他却依然无法绘画。"我的画笔僵住了——我无法绘画"（*Night* 30）。他和普鲁弗洛克式都处于静止不动的"真空"（"vacuum"）（84）里。叙述者对前景充满了怀疑，实际上，这种怀疑在《走向地平线》（"Approach of the Horizon"）一诗中再一次得到证实。对于这位年老的画家而言，未来意味着更接近死亡，与未来自我的对话并不能带给他更多关于生命的希望。然而不可否认的是，他从孩童自我的勇气中汲取力量。"我是曾经的那个人吗？一个孩子，同时也是/一个探险者，前方的路忽然明朗，/绿洲/以及远方，不再被遮蔽"（*Night* 31）。回忆被转化为了力量，过去孕育了未来的希望。

文本之间的对话主要指"夜"与"骑士"概念隐喻的对话。文本之间的对话交代了诗集标题的缘由。事实上，整部诗集建立在两个词语形成的语义对话之中，诗集以"夜"（night）与"骑士"（knight）两个概念为双重隐喻，探讨了写作者与词穷抗争、寻找自我的创作之旅。法国批评家克里斯蒂娃（Julia Kristeva）认为，"诗歌语言至少可以采用双声阅读"（37）。双轨道式不失为阅读诗集的一种理想方式，以此理解"夜"与"旅行"内涵的并行与相交。标题诗《忠诚与善良之夜》解释了这两个概念之间的关联。第 8 节写道："我现在正好说到，/我的哥哥当时在阅读一本书，他称之为/《忠诚与善良之夜》。"（9）该诗节的上下文皆以童年的口吻来讲述，此处换以元诗歌的方式来讲述，从现在的视角解释了诗集的命名缘由。诗集从开篇即提到"旅行""冒险""骑士""朝圣者""坐骑"等隶属于"旅行"范畴的词，却未直接分辨诗集名中"夜"和"旅行"之间的意义关联。该诗节第一次对"夜"和"骑士"两个概念的并置做出了明确的解释：年幼的我不识字，根据读音猜测哥哥在阅读《忠诚与善良之夜》的故事书，"night"（黑夜）和"knight"（骑士）是同音异形异义词（homophone），然而书名实为《忠诚与善良之骑士》。

文本之间的对话在比较与对照的互文对话中，生成了新的意义。《忠诚与善良之夜》是对传奇冒险故事《忠诚与善良之骑士》的现代改写。格吕克把孩童的误听挪用为诗集名,但"黑夜"和"骑士"不只具有读音上的能指勾连,其意义已经超越了原本的语义双关。诗集主人公在"夜"和"骑士"双重隐喻下,在"寓言和梦幻"(吉拉尔迪 81)的交融之中,继承了骑士所代表的勇往直前的冒险精神,同时也掺杂了几分老年人的犹疑、无助、无力。当然,暗含了黑暗与衰老的"夜"之隐喻在中世纪骑士美德的对照下,并非全部都是消极的情感体验。同是在诗歌《忠诚与善良之夜》里,主人公总结了回忆中的感受,"我发现黑暗带给我安慰"(14)。诗集中的回忆,几乎都是发生在夜里的故事:夜晚阅读、夜晚聚餐、夜晚出游、夜晚思念父母、夜晚与哥哥共眠。对于孩子而已,"夜"具有和"骑士"一样忠诚与善良的美德。童年的我期待夜晚的来临,是因为黑暗提供了思念父母的媒介,通过想象父母之爱来短暂地修补父母离世造成的创伤。文本之间的对话侧重于两个概念的意义相交,并强调主人公对"夜"所代表的黑暗与隐秘的探索与发现。

第三种对话关系是作者与读者的对话。这一类对话关系主要发生在创作的开端和结尾,叙述者是施话者,把创作挣扎与写作反思告知作为受话者的读者。诗歌《忠诚与善良之夜》的开篇便奠定了对话的基调,叙述者直接吐露自己的内心挣扎。他找不到写作的切入点,转而思考结尾,第二节写道:"如果开头那么难的话,想象一下怎么收尾吧——"(8),主人公想象到了儿童床单上呼唤着"冒险"("adventure")与"探险"("exploration")的彩色帆船,冒险的意象激发了主人公探索和发现自我的热情,从而确定了写作的起点。元诗歌的写作露迹既是因为讲述童年失语创伤的艰辛,也以坦诚的姿态邀请读者进入文本,倾听叙述者的声音。正如格吕克所说,自己喜欢那些"邀请听众参与的诗歌"(*Proofs* & *Theories* 9),在标题诗的结尾处,年老的艺术家结束了回忆之旅,实现了从沉默到发声的转化,他直接以第二人称"你"向读者发出邀请,表达了与读者直接对话的渴望。

叙述者在结尾处与读者的对话强化了文本的虚构性,以此拉开文本与读者的距离,督促读者再思考讲述的真实性。他在结束回忆时说道:"似乎没有完美的结局。嗯,的确是有无数的结局。"(*Night* 17)《后记》中写道:"读着刚写完的作品,我肯定地说,/我结束得太急促了,以至于我的故事似乎有点/歪曲事实了。"(30)这一总结使得前文的真实性大打折扣,打破了读者的阅读期待,把读者带入一个不确定的场域中。这并不是记忆不准确导致的,而是因为语言在反映事实的时候不可靠。因此,作者把文本看成一个开放的场域,邀请读者本着怀疑的精神,前后对照,重新思考文本的真实性,理性地参与到意义的建构中去。

三、元诗歌的游戏性

《忠诚与善良之夜》中的元诗歌在结构布局和语言意象上体现了游戏性的特点。诗集中一半以上的诗歌都是元诗歌,诗人对诗集的整体结构安排是精心规划过的。格吕克最初的打算是写一首长篇独白诗,然而,她认为按时间推进的结构毫无吸引力,故而打散了原有的叙述结构,把散文诗穿插进去。吉拉尔迪(William Giraldi)认为这些散文诗维持了前后框架的连贯性,相当于"将肌肉和骨头连在一起"的"叙述的筋腱"(82)。8首散文寓言诗看似和其余的诗歌关联不大,但在内容上是相互指涉的。比如4首元诗歌《马与骑士》《一次冒险》《敞开的窗户》和《忠诚与善良之夜》被放置在诗集中不同的位置,但它们在内容上彼此照应,只是因为隔得远而难以察觉其中的关联。

格吕克调整了元诗歌的整体框架,打破了常规的线性模式,拆解了既有的传统结构,体现出并置、分叉、拼贴的游戏性。叙事结构的有意规划呼应了主题意义。在《一天的故事》里,叙事者写道:"我在对立结构和叙事结构中,/摇摆不定。"(*Night* 62)对立结构指的是光与暗、生与死、沉默与言说、过去与现在等意义相对的概念,叙事者有意识地选择叙事结构来表达对立的概念。正如诗评家延瑟(Stephen Yenser)所言,这本书的结构与探寻或朝圣主题最终是两相一致的,每一个(既然它们互为彼此的喻体)都是"对立结构"和"叙事结构"(103)。诗集的主题是书写"不写"的过程,是艰难地寻找语言的过程,这和诗篇结构的分散相得益彰。格吕克曾对诗集的主题进行了概括:"这本书承担了一次宏大的冒险之旅,当然,这也是关乎衰退的冒险之旅。"(吉拉尔迪 90)衰退指的正是语言的衰退,是年岁渐长导致的言语能力下降。因此,重组结构营造出的戏谑感与年老艺术家的自嘲是相一致的。此外,格吕克化身为画家和女诗人分别讲述故事,二人的身份时有交叉,令人难以区分出到底是谁在讲述,双重叙述声音挑战了固有的叙述模式,传递出后现代的游戏意识。

当语言和诗人被当作诗歌的考察对象时,元诗歌展现出另外一个维度的游戏性。诗人把寻找语言的过程看作一场游戏,语言是游戏球,诗人是游戏孩童。寻找语言是诗人的写作初衷,年老的诗人在写作过程中克服了词不达意的语言困境。自《头生子》开始,语言便是格吕克诗歌中持续的关注点。诗人曾乐于为世间的事物命名,然而到了《忠诚与善良之夜》中,诗人无法再为事物命名,丧失了敏锐的语言感知力。在威廉·吉拉尔迪与格吕克的访谈中,格吕克说:"我跟我妹妹抱怨词语在流失,抱怨我的词汇量在退化。我对她说:'我的词语在流失,我还怎么写作呢?'她说:'你就写词语的流失。'我想:'哦,好吧,那我就写无语,写退化'。"(吉拉尔迪 83)诗人以游戏的方式找回退化的语言。寻找词语的游戏,体现了语言的隐蔽性和过程性。

元诗歌把抽象的语言概念具体化为物体,语言被看作实在体,是游戏中的游戏物。"一个词进入我的脑海中""它出现了,又迅速消失了"(*Night* 64)。"一个词坠入了薄雾/就像孩子的球掉入了高高的草丛"(*Night* 27)。这些诗句形象地描绘了语言作为游戏物的属性。在寻找语言的游戏中,词语不再作为抽象的概念,而是作为实在的意象出场,词语和世界中的任何实物一样,是具象化的物质。格吕克把词语看作"语言的最小单位"(*Proofs & Theories* 4),因此,语言是与物质世界平行而独立的系统。诗人和词语的关系是游戏者和游戏物的关系,诗人强调了语言的实体性,淡化了语言的表意功能,语言不只是意义的媒介,也创造了意义。

寻找词语的游戏具有隐秘性和遮蔽性,这加大了游戏的难度。《一天的故事》写道:"语言充盈在我的头脑中,狂热的兴奋/与深深的绝望交织在一起。"(*Night* 61)诗句描绘了语言难以捕捉的情形,尽管词语蜂拥而至,但是隐藏在头脑中,拒绝转换为文字。在游戏中,语言和人是平等的关系。语言不受人的强权所控制,游戏是一场叙述者与语言的博弈过程。遮蔽和隐秘是这场博弈游戏的基本特点。"词语/薄雾,词语/薄雾,都和我在一起"(*Night* 27)。词语和诗人之间的游戏关系,建立在薄雾的基础之上。词语隐藏起来,语言游戏在薄雾的屏障里方可继续。诗集中广泛存在的雾霭(mist)、浓雾(fog)、轻纱(veil)、幕帘(curtain)、屏帐(screen)、影子(shadow)等意象,它们共同表达了沉默、遮蔽、隐秘的概念。

语言的隐蔽性正是对语言退化的形象描绘。标题诗中的创作挣扎,本质上也是因为语言处于隐蔽的状态。诗歌开头写道:"我想说的故事其实很简单:我能说话,我快乐。/或:我能说话,所以我快乐。/或:我快乐,所以我能说话。"(Night 8)创作挣扎是写不出也不知如何写的彷徨心境。语言因为遮蔽和隐秘影响了写作者的认知和体验。写作者因为语言的不确定和非透明状态而感到"深深的无助感"(Glück, Proofs & Theories 4)。

元诗歌传递出的语言游戏似乎是一种悖论。一方面,诗人因为词语的不可得而感到绝望;另一方面,当诗人找到词语的时候,词语失去了活力,失去了意义。"有时候雾散了,啊,游戏也结束了。/游戏结束了,词语也已被/自然磨平了棱角/现在它既可见了,也没了用处"(Night 27)。诗人和语言始终是隐藏与寻觅的关系,叙述者处于既兴奋又绝望的情感体验之中。元文学理论家帕特里夏·沃芙(Patricia Waugh)持以类似的观点,沃芙认为,元文学的一种发展趋势是:我们永远无法摆脱语言的牢笼,对此我们要么深感绝望要么欣然从之(53)。显然,格吕克认为,游戏是对抗绝望的一种方式。语言的遮蔽与解蔽之间不是一堵墙,只是一层雾和纱。对语言的解蔽,需要专注地投入游戏过程中去。

诗人在追寻语言的游戏过程中感知语言,以此来更接近语言。格吕克曾说:"我在尽力构思一首诗或者一本书时,感觉自己是在森林里追寻一种香气,但只是一步一步追寻。……当然,我也不知道自己追寻的是什么,只是坚信我看到它的时候自然会认出来。"(吉拉尔迪 83)由于结果的不确定,过程经历尤为必要。《一次冒险》中写道,艺术家的知觉退化,热情消减,无法自如地使用语言。然而"艺术需要的,正是如何让未完成的发挥力量"(Glück, Proofs & Theories 73)。然而,他坦然接受了生命发展的自然规律,以冒险精神为信念,探寻语言,体验游戏的过程。这其实和当代语言学派诗人的观点不谋而合。查尔斯·伯恩斯坦认为,"诗歌意义存在于体验之中,过程即意义"(罗良功 98)。参与游戏过程本身便获得了意义。正如伽达默尔所认为的,"游戏是艺术作品本身的存在方式"(149),即艺术在游戏中产生,并且永远不会脱离游戏。语言存在的意义并不只为了言说与表达,艺术家需要像孩子般投入语言游戏过程中去,在过程中重新获得艺术的能量。

四、自我发现的旅行

《忠诚与善良之夜》讲述了叙述者的回忆之旅、语言之旅，同时也是一场自我探索之旅。语言的退化，伴随而来的是与自我的孤立及与世界的失联。描绘了艺术家创作挣扎的元诗歌，展示出艺术家寻找语言的回忆与冒险之旅。叙述者在回忆中与过去的自我对话，发现了童年失语之谜，也在回忆的复现中发现了真正的自我。叙述者通过主体内部的对话发现了语言与情感之间有着密切的关系。"我快乐，所以我能说。""我能说，所以我快乐。"这两句充满哲思的诗句归纳了自我与过去的对话，旨在发现言说和情感体验的关系。孩童的我因为失去父母而感到孤独、伤心，缺乏爱与亲密关系，从而暂时性失语。情感体验，尤其是亲密感的缺失影响了言语能力的表达。时至暮年的艺术家独自生活，鲜与他人沟通，缺乏与外界的联系，情感体验的匮乏影响了文字的顺畅表达，他几乎陷入了"无语"的状态之中，在写作时艰难地摸索文字表达。同时，语言的缺位导致焦虑的情感体验，孩童自我感受到姨妈为自己的短暂失语而担心，自己也因此感到愈加孤独。

叙述者在讲述创作与回忆的时候扮演了格吕克所说的"心理分析师"（*American Originality* 58）的角色，拨开了语言与自我之间的迷雾。情感本质上是一种自我体验，叙述者通过回忆发现的则是语言与自我的关系，回忆之旅、语言之旅、自我探索之旅，三者是一段旅行中的不同途径，终点却是同一个。德国哲学家尤尔根·哈贝马斯（Jürgen Habermas）将语言作为人与人之间理解的"普遍条件"（1），即语言影响了自我与他者的交往，加强语言交流将改善人与人之间的交往，进而促进个体积极的自我认知。诗人在回忆的写作刚结束之时对未来依然感到迷惘，而在诗集的后半部分，诗人融入了日常交往的世界。从诗歌《白色系列》中得知：叙述者的姨妈去世了，哥哥搬到了美国。当失去经济来源的时候，他到哥哥那里寻求支援，并在哥哥的帮助下解锁了生活的新技能。通过指导嫂子绘画，绘画世界再一次向他打开。在侄儿的陪伴下，他的绘画由最初的零成果发展为画作堆积成山。正如巴赫金所说："语言的对话关系实际上深深地潜藏于表述之中"（67），缺乏话语沟通的自我对话，并不足以形成良性的语言对话，而在爱与亲密之中，叙述者获得了快乐的情感体验,激发了艺术创造的潜力。

叙述者除了发现失语的症结外,也找到了词穷的解决之道。其实根据现代语言学家弗迪南·德·索绪尔(Ferdinand de Saussure)的观点,说出来的话和写下来的词是具体使用中的语言,它们同为"语言贮藏库"的组成部分(13)。元诗集同时涉及了对言语和写作的探讨,保证了语言与自我关系探讨的完整性。对于叙述者的创作挣扎和词不达意,叙述者最终在与自然独处中感知到了语言。在《康沃尔》中,叙述者记录了在英国乡下租赁农舍,找寻词语的写作经历。他白天沉浸到自然的世界里,晚上在烛光中写作,在草场的牛铃声中,"我感知到了消失的词语,和它们的同伴躺在一起"(*Night* 28)。其实,诗人和词语的游戏,游戏场所便是大自然。正如格吕克在诗集《阿弗尔诺》中写道:"别人在艺术中发现的,/我在自然中发现。别人/在人类之爱中发现的,我在自然中发现。/非常简单。但那儿没有声音。"(32)叙述者在大自然里,以参与游戏的方式,感知到了语言,重新建立起和语言的联系。

叙述者在自然世界中寻找到了语言,同时语言的感知丰富了内在的感觉。在标题诗开头的写作挣扎中,诗人沉浸在回忆之中,找不到合适的词语。知觉刺激了诗人的灵感,客观世界瞬间的自然现象,激发了诗人根植于记忆里的主观情感。"春天,窗帘飘拂,/微风吹进屋里,带来第一阵虫鸣,/嗡嗡声如同祈祷的声音"(*Night* 8)。春风拂面产生了被人轻拂的感觉,视觉、听觉、触觉共同刺激了艺术家的内在感知,把他迅速带入童年的情感世界中。年老的艺术家曾因热情消减、感觉迟钝而缺乏创作灵感,但是"诗人本身意味着渴望"(*Proofs & Theories* 1),渴望重新感知世界。艺术家秉承了骑士的冒险精神,足迹跨越了欧洲和美国,在康沃尔(Cornwall)、伦敦(London)、蒙塔纳(Montana)、西达赫斯特(Cedarhurst)等地留下了诗篇。他曾因文笔生涩而感到无助,写作点燃了生活的希望,他在感官的世界中寻找到了语言,同时也发现了自我。正如《感官的世界》("The Sensual World")中写道,诗人在感官的世界里"得到抚慰,然后深深地沉浸其中。/我最爱感觉世界里深邃的隐秘,/自我消失其中,或者说无法分离开来"(格吕克 316)。对世界的感知过程丰富了诗人的感受,同时,诗人在写作中加强了情感和感受力,他在经历了创作挣扎、创作反思、创作实践之后实现了从衰老到重生的涅槃。至此，元诗歌成为诗人以骑士之勇屹立于世的"石中之剑"，他虽然"仍为爱、欲、忠诚和热情而感到痛苦，也以自己的脉动体会世界不断涌现的美和恐惧"（阿克曼 xii）。在诗歌的结尾，叙述者的心境发生了巨大的变化，他从自我沉溺转向了外部的世界。诗歌写于春天，回忆于冬日完结，作品在夏天画上了句号。在倒数第二首诗歌《夏日花园》里，叙述者远远地看着但丁的精神女神比阿特丽斯（Beatrice）带着孩子在花园里玩耍，他最终在客观世界中找到了内心的平静和安宁，也感受到了自我的新生与艺术的希望。

元诗歌既是媒介，也是主题。元诗歌通过对话串起了"夜"与"旅行"的含义，突出叙述者在寻找语言的过程中发现自我的历程，实现人与自我、与他人、与世界的沟通。因此，格吕克借用年老艺术家的创作心路历程，证实了艺术在人对自然的感知中绵延，艺术家则在艺术、自然与人类之爱中焕发生命的光彩。元诗歌也因此受到美国当代诗人的广泛青睐，比如先锋实验诗人约翰·阿什贝利（John Ashbery）、弗兰克·奥哈拉（Frank O'Hara）等人用异质语境的语言涉入，实现文本的自我解构。元诗歌以自指性、反思性、对话性、游戏性实现了作者、读者、文本的多维建构。事实上，元诗歌正是一场打破真实和虚构疆界，反叛结构主义的确定性和中心化的后结构主义诗歌语言革命。

参考文献

Abbott，H. Porter. *The Cambridge Introduction to Narrative*. Cambridge：Cambridge University Press，2001.

Gass，Williams. *Fiction and the Figures of Life*. Boston：Nonpareil Books，1970.

Glück，Louise. *American Originality：Essays on Poetry*. New York：Farrar, Straus and Giroux，2017.

Glück，Louise. *Faithful and Virtuous Night*. New York：Farrar, Straus and Giroux，2015.

Glück, Louise. *Poems*：1962—2012. New York：Farrar, Straus and Giroux, 2012.

Glück, Louise. *Proofs & Theories*：*Essays on Poetry*. New Jersey：The Ecco Press, 1994.

Kristeva, Julia. "Word, Dialogue and Novel." *The Kristeva Reader*. Oxford：Basil Blackwell, 1986, p. 34-61.

Shelley, Percy Bysshe. "A Defence of Poetry." *The Critical Tradition*：*Classic Texts and Contemporary Trends*. Boston：Bedford Books, 1998, p. 339-356.

Saussure, Ferdinand de. *Course in General Linguistics*. Oxford：Oxford University Press, 1996.

Signorelli-Pappas, Rita. "Faithful and Virtuous Night by Louise Glück." *World Literature Today* 89. 2(2015)：67-69.

Waugh, Patricia. *Metafiction*：*The Theory and Practice of Self-conscious Fiction*. London：Methuen, 2011.

Wellek, Réne. *Discriminations*：*Further Concepts of Criticism*. New Haven：Yale University Press, 1970.

安德斯·奥尔森：《诺贝尔文学奖颁奖词》，傅燕晖译，载《世界文学》2021年第2期，第9-11页。

巴赫金：《巴赫金全集(第1卷)》，晓河等译，石家庄：河北教育出版社，1998年。

戴安娜·阿克曼：《感觉的自然史》，庄安琪译，北京：中信出版社，2017年。

汉斯-格奥尔格·伽达默尔：《诠释学I：真理与方法》，洪汉鼎译，北京：商务印书馆，2010年。

露易丝·格吕克：《直到世界反映了灵魂最深层的需要》，柳向阳译，上海：上海人民出版社，2016年。

罗良功：《查尔斯·伯恩斯坦诗学简论》，载《江西社会科学》2013年第5期，第93-98页。

斯蒂芬·延瑟：《"我从未失去对循环之旅的兴趣"——评格丽克诗集〈忠贞之夜〉》，傅燕晖译，载《世界文学》2021年第2期，第90-104页。

王永祥：《语言·符号·对话——求索真理之旅》，苏州：苏州大学出版社，2019年。

韦华，李丹：《威廉·加斯的元小说理论和实践》，载《齐齐哈尔大学学报》2012年第10期，第5-8页。

威廉·吉拉尔迪：《内在的经纬：与露易丝·格丽克的问答》，许诗焱译，《世界文学》2021年第2期，第80-90页。

尤尔根·哈贝马斯：《交往与社会进化》，重庆：重庆出版社，1989年。

论《都是我儿子》的空间叙事

赵永健　余　美①

内容提要：米勒成名剧《都是我儿子》中的"家"空间巧妙地将在场和不在场的人物勾连在一起，折射出主人公复杂微妙的心理世界，并参与到情节架构和主题升华中，呈现出墓地、监狱、法庭和失乐园等多重空间意象。多重空间意象的叠加，形象而又立体地凸显了"父与子"之间的矛盾冲突。父子之间充满张力的代际关系最终衍化为一种时空关系，构成了一种隐喻，真实地反映了过去与现在、个人与社会、罪责与责任之间的复杂关系，因此具有了形而上的普遍意义。

关键词：《都是我儿子》　空间叙事　父子关系　复合空间

Title：On the Space Narration of *All My Sons*

Abstract：The Home Space in Arthur Miller's *All My Sons* is successfully constructed，connecting the characters on the stage with absent ones，reflecting characters' psychology，building its narrative structure，presenting the combined space images of graveyard，prison，court and lost paradise. The compound space delicately highlights the contradiction and conflict between father and son. Ultimately transforming the tense intergenerational relationship between father and son into a spatiotemporal ralationship，constituting a metaphor，truthfully reflecting the complex relationship between the past and the present，individual and

①　赵永健，浙江工商大学外国语学院副教授，硕士生导师，主要从事当代英美戏剧研究。余美，浙江工商大学外国语学院讲师，主要从事当代英美戏剧研究。基金项目：浙江省哲学社会科学规划课题"英美后 9/11 戏剧的政治书写研究"（19NDJC195YB）。

society，guilt and responsibility，therefore assuming metaphysically universal significance.

Key words：*All My Sons*；space narration；father-son relationship；compound space

一、引言

美国戏剧巨擘阿瑟·米勒（Arthur Miller，1915—2005）的剧作大都以"家庭"为叙述起点，由此生发出家庭伦理、家内家外、历史现实等多方面的内容。在米勒的家庭剧中，父子关系无疑是核心人物关系。其笔下的父与子表现出一种相互依存又相互对立的权力关系，父子间的矛盾冲突常常构成戏剧情节发展的主动力源。而作为故事发生的物理空间背景——"家"，也自然成为这种矛盾冲突发生的中心场域，有效地参与到这一充满张力的伦理关系的建构中。

作为米勒的成名作和家庭剧的杰出代表，《都是我儿子》（*All My Sons*，1947）时至今日仍然不失魅力，在世界各地频频复演。这部剧作之所以艺术长青，不仅是因为主题内容具有划时代意义，而且与作者在剧中精心营造的叙事"空间"不无关系。中外学界对该剧的研究成果已经不少，但鲜有从"空间"的角度加以探究的。借助相关的空间理论，本文试图分析米勒是如何通过巧妙设置布景来建构丰富多重的空间意象，从而在人物塑造、情节架构和主题升华等方面发挥重要的叙事功能的。

二、墓地、监狱意象与人物心理的营造

戏剧伊始，米勒先是用写实的手法详细地描述了男主人公乔·凯勒（Joe Keller）的生活环境。凯勒一家身处风景优美的美国郊区，房子是在20世纪20年代建成的两层洋楼，整幢房子价格不菲，"约值一万五千美元"（*Collected Plays* 87）。豪宅内设七个房间，还配有后院和车道，房子外表面粉刷一新，看起来分外养眼。可是，在这优美的居住环境中却掺杂了一些

"不和谐"因素。首先,舞台左右密密麻麻地种着两排高大的白杨树,让院子带有"一种与世隔绝的气氛"(*Collected Plays* 83);而且,院子里"各处花木都过了时令"(*Collected Plays* 83),整个环境略显萧瑟,生气不足。院子里最不和谐、最突兀的景象出现在舞台中央,那儿有"一棵细长的苹果树,只剩下四英尺高的半截树桩,树干的上半截连枝带叶倒伏在树边,树枝上还结着苹果"(*Collected Plays* 83)。苹果树是凯勒夫妇特意为在二战中失踪的小儿子拉里所种,为的是祈祷儿子最终能平安归来。可偏偏事不凑巧,故事开始的头一天晚上,暴风雨无情地将果树拦腰折断。

传统上,布景被认为是一种无生命的实体,正如其英文表达"setting"所示,其主要功能是用来衬托(set off)人物,增强戏剧的假定性和逼真性的。然而,戏剧中的布景并非随意摆设,不仅仅只是为戏剧人物提供一个具体的活动场所,还常常是剧作家自觉而有意识的选择,发挥着重要的叙述功能,是一种结构性存在,具有深刻而又抽象的内涵。《都是我儿子》便是一个绝佳的例子。该剧虽被誉为"现实主义"杰作,却带有明显的"象征主义"特征,突出地表现在"苹果树"这一舞台布景上。对于布景和道具的象征意义,米勒本人有着较深刻的认识。在将戏剧与电影进行比较时,他曾写道:"倘若电话被拍成照片,独置于桌,只让摄影机不断运转,电话就变得越来越像它自己——各种细节一览无余……而戏剧舞台则迥然不同。将一部电话置于桌上,灯光洒在上面,帷幕拉开,剧场一片静谧,几分钟之后,某种东西就会依附其上。各种问题和期待由此产生,我们开始想象它独立存在的意义——言以蔽之,这个电话开始具有某种隐喻意义"(*Everybody Wins* v一vi)。可以说,《都是我儿子》中的苹果树布景生动地诠释了米勒这番戏剧符号学观点。果树象征性地指向儿子拉里,如同"在场人物"与所有剧中人产生了"积极"的互动:人物上场之后,目光几乎都会先投向果树,人物谈话也大都先围绕着果树展开。果树由此具有了某种形而上的象征意义,对舞台上的人物关系、情节发展和主题升华产生持续的影响,使凯勒家呈现出丰富多维的空间意象。

《都是我儿子》严格恪守西方古典戏剧"三一律"原则,人物的所有活动都限定在凯勒家后院里进行。发生在单一封闭空间的戏剧中,舞台前后、上下、左右等几组空间对位常常具有不同的语义关联,其中"前景"

(foreground)与"后景"(background)的空间关系尤为重要,常常包含了丰富的意味。戏剧叙事学家普菲斯特甚至认为:"由单一地点构成的戏剧其前台和后台区域的对比往往设计成中心语义的对立。"(333)米勒深谙此道。他巧妙地将形单影只的残树置于前景,隐喻了因坚守理想主义而选择自杀的儿子拉里,而将气派洋楼置于后景,影射了因奉行实用主义而发家致富的父亲凯勒。这两处布景构成一种空间对峙格局,昭示了该剧"父子矛盾"的主题。

在不同空间里,人物通常有着不同的体验,人物关系的形成和人物心理的发展也必然会受到所处空间的影响。舞台布景除了能够反映人物所处的家庭和社会环境之外,还与人物身份有着千丝万缕的联系,能对人物心理产生潜移默化的影响,折射出人物心理的某些特征。根据剧情不难发现,凯勒其实早已清楚拉里已经不在人世,为了掩盖自己的罪行,他自欺欺人地通过种树编造了拉里尚在人间的谎言。但从另一方面来说,种树也是为了纪念儿子,寻求心理慰藉,使后院空间成为一处可以供他凭吊的"墓地"。其实,"墓地"这一空间意象在母亲凯特第一幕的台词中就已有暗示:"咱们匆匆忙忙就种树。大家都这么来不及想埋葬他。"(Miller, *Collected Plays* 101)通过栽种和护养果树,凯勒表达了自己内心深处无法排遣、挥之不去的愧疚感。因此,果树不仅象征了拉里,隐喻了父子矛盾,还巧妙地指向了凯勒的内心世界。

凯勒的良心不安,因其家宅的"封闭式"空间结构而进一步凸显,整个舞台空间也因此具有了"监狱"的象征意义。家宅周围密不透风的白杨树如同一道高墙,将凯勒一家与外界隔绝。整出戏,凯勒未曾离开家中半步,如同被禁锢在"监狱"中的囚徒一般。此外,该戏第一幕中有两段小插曲颇值得玩味。邻家男孩波特两次找凯勒玩"警察抓坏蛋"的游戏,与波特的对话里,凯勒无意中多次将他豪宅的"地窖"(cellar)与"监狱"意象联系在一起。值得一提的是,凯勒(Keller)这个名字除了可以理解为"杀手"(killer)之意外,在发音和拼写上与"cellar"(地窖)还颇为相似,仿佛地窖里藏匿着他深藏在内心的秘密。母亲凯特也在剧中讲述了她当天在地窖里的经历:她差点被什么东西绊倒,"原来是拉里的棒球手套"(*Collected Plays* 100)。而在波特第二次出现的时候,凯特立即对凯勒进行呵斥,厉声痛骂丈夫口无遮拦,不许他再提"监狱"两字。凯勒无意识的思想流露和凯特内心的敏感脆弱进一步增强了家宅的"监狱"象征意味。法国哲人巴什拉曾说:"比起风景来,家宅更是一种'灵魂的状态'。即使它的外表被改造,它还是表达着内心空间。"(90)如他所言,《都是我儿子》的家宅空间巧妙地指向"墓地"和"监狱"这两个空间意象,折射出了父亲凯勒封闭而又隐秘的内心世界。

这部戏剧的"时空整一性"也更加凸显了凯勒遭受良心煎熬,仿佛因徒一般找不到出路的内心苦境。写实剧的"时空结构"主要通过戏剧空间表现出来,"时间"因素不是一种显性的存在,常常在人物对话、布景和道具等舞美手段中体现出来。身处封闭空间,人物很难感知时间的流淌,而某些布景和道具因为指向过去的人或事则可以帮助人物感知到时间的流逝。可以说,在《都是我儿子》中,象征了儿子拉里的果树不仅仅是空间的存在,还成为过去和现在的汇聚点。对于儿子的死亡,凯勒负有不可推卸的罪责,因此从某种意义上说,凯勒每次面对果树,就如同是面对过去那场灾难,面对内心另一个自责和愧疚的自我。

三、法庭意象与情节建构

残树布景不仅赋予戏剧空间以墓地和监狱的意象,象征性地指向凯勒的心理世界,塑造了一个心理复杂的父亲人物形象,还从某种意义上影响了整个叙事情节的架构,"使剧中人能够保持一种持久的张力关系,不断推动剧情向前发展"(赵永健 余美 62),使整出戏颇有几分"法庭剧"(courtroom drama)的意味。

该剧整个情节围绕着凯勒三年前的"罪恶"展开。他拥有一家工厂,家底十分殷实,可他的成功背后却藏有不可告人的秘密,表面风光平静的生活下隐藏着巨大的罪恶:他在"二战"中专为美国空军提供飞机零部件,在较短的时间内生产了一大批劣等汽缸。凯勒唯利是图,仍然将这些劣等品卖给军方,致使多位飞行员为此付出了生命的代价。事情败露,他耍诡计栽赃嫁祸于合作伙伴,成功逃脱法律的制裁。他将问题零部件卖给军方的劣迹已不是什么"秘密",街坊邻里虽然嘴上不说,但心里大都清楚,唯独大儿子克里斯还被蒙在鼓里。但随着剧情的进展,对凯勒进行道德审判的味道越来越浓,"法庭"的空间意象亦愈加明显。凯勒三年前出庭"受审"的经历不仅频频被场上人物提及,成为戏剧的核心话题之一。而且,伴随着老邻居迪弗尔(也曾是凯勒合伙人)的女儿安妮和儿子乔治的到来,人物之间主要矛盾开始激发,对凯勒的"最后审判"也终于拉开了帷幕。

乔治是安妮的弟弟,他的不期而至是一条导火索,直接促成第二幕小高潮的形成。乔治从身陷囹圄的父亲那里得知一切真相之后,火速赶往凯勒家,想要找凯勒算账,为父伸冤,替父报仇。尽管凯勒夫妇极力掩饰,但身为"律师"的乔治借助缜密的逻辑思维,还是抓住了凯勒言语上的漏洞,揭穿了他的谎言:在稳住乔治情绪后,凯勒放松了警惕,随口说出自己过去十几年一直很忙,"没工夫生病"(*Collected Plays* 141),随即意识到这与他曾经在法庭上给出的口供自相矛盾,便立马改口说自己在二战期间得过一次流感,工厂出事时自己在家里养病,想以证"清白"。乔治当场抓住这一漏洞,对他进行质疑,但最终还是因为心软最终没有与凯勒撕破脸皮。

这之后,戏剧的终极冲突最终在凯勒和儿子克里斯之间引爆。克里斯曾经参加过二战,有一颗赤子之心,是一个"具有无限深情、无限忠诚之人"(*Collected Plays* 93)。经受过"二战"的洗礼,他更加深刻地感到人与人之间联系和沟通的重要性,愈发具有理想主义的人文情怀。在没有发现父亲的罪责之前,克里斯将父亲视为自己的"精神导师",但随着秘密逐渐揭晓,他的"理想主义"与父亲的"拜物主义"产生了激烈冲突,迫使他最终醒悟过来,义无反顾地向父亲进行了严厉的谴责和控诉。进入第三幕,乔治离开后,母亲仍然极力阻挠克里斯与安妮的婚事,并吐露了真实原因:答应克里斯和安妮的婚事,就无异于说拉里已经不在人世;而拉里要是死了,就无异于承认凯勒就是凶手。这一下子让克里斯明白那21个飞行员和弟弟拉里都是父亲害死的。他随后步步紧逼,连珠炮似的向父亲发起了严厉控诉,最终怒道:"你连畜生都不如,畜生也不害同类,你是什么东西?"(*Collected Plays* 146—147)克里斯大义灭亲式的道德谴责和父亲的自我申辩活像法庭上控方和辩方针锋相对的场面。戏剧临近结尾,安妮想与克里斯结婚,却未料想会遇到如此大的阻挠。无奈之下,她如同证人般掏出了拉里的遗书,将拉里已死的证据摆在凯勒夫妇面前,夭折的"果树"也因此象征性地成为凯勒的"罪证"。最终,克里斯如同大法官一般,将信读给凯勒听,进一步揭穿了父亲的罪行,而父亲羞愧难当,嘴里喃喃"都是我儿子",最终饮弹自尽。

基于以上分析,不难发现该剧具有多处司法意象。若将该戏的叙事结构看作一场法庭审判,那么凯勒的身份如同"被告",妻子凯特扮演了他的"辩护律师",乔治和克里斯分别担当了"律师"和"法官"的角色,安妮和邻居们则充当了"目击者"。拉里的遗书成为整场审判中最重要的"物证"。换言之,儿子成为父亲命运的审判者,乔治和克里斯对父亲凯勒进行了有声的控诉,而象征拉里的残树则自始至终以物证的形式构成了某种无声的谴责。随着罪恶被揭穿,凯勒的人生也走向终点,一场法庭大戏的帷幕也最终拉上。

著名叙事学家米克·巴尔曾说过:"空间在故事中以两种方式起作用。一方面它只是一个结构,一个行动的地点……不过,在许多情况下,空间常被'主题化':自身就成了描述的对象本身。这样,空间就成为一个'行动着的地点'(acting place),而非'行为的地点'(the place of action)。"(108)凯勒的家宅就是这样一个"行动着的地点"。从某种意义上说,象征儿子拉里的果树布景以及舞台的空间布局为该剧提供了某种隐性的叙事动力,建构出一个"法庭"的空间意象,赋予故事以巨大的张力,使人物矛盾冲突渐次展开,使整出戏呈现出"控诉→辩护→出示证物→宣判决议"的叙事结构。

值得一提的是,"法庭"的空间意象在米勒其他家庭剧(如《推销员之死》和《代价》)中也频繁出现,而且也都是围绕"儿子审判父亲"的叙事模式展开,建构出"天真之子"与"负罪之父"之间二元对立的结构关系,通过表现代际矛盾表现出作者对道德、正义和自由等主题的关注和思考。

四、失乐园意象与主题升华

《都是我儿子》不仅具有墓地、监狱和法庭的空间意象,还因为舞台布景和父子矛盾的设置而染上了几分神话色彩,获得了主题上的升华,进而揭示了身为"犹太人"的米勒深层次的民族文化心理。众所周知,在犹太教里,亚当与夏娃在撒旦的蛊惑下违背上帝的吩咐偷吃了禁果,因此苹果常被看作人类"原罪"的象征,通过设置残破的苹果树,作者使凯勒的家宅呈现出"失乐园"的空间意象①。借助这一空间意象,米勒展现了一个荒芜的精神世界,奢华气派的"凯勒家宅"也因而象征了美国梦的"虚妄"。

剧中人物设置也颇有几分神话意蕴,较明显地体现在人物关系。米勒在人物对话中就巧妙地将凯勒一家与圣经人物联系在一起,如邻居苏女士在跟安妮聊天的时候表达了对凯勒一家的厌恶:"我不喜欢跟这个神圣家族做邻居。"(*Collected Plays* 124)这种联系还表现在人物名字的设置上。克里斯(Chris)这个名字可以看作"耶稣"(Christ)的变体,拉里(Larry)则是"拉撒路"(Lazarus)的变体。拉撒路乃圣经人物,是玛丽与马萨的弟弟,死后四天被耶稣救活。剧中,克里斯两次哀叹拉里人死不能复活,表达对父亲的极度失望。作者或有意或无意地用克里斯来比附耶稣,用拉里比附圣人拉撒路,隐喻了父亲如同拥有无上权力的上帝,强调他俩勇于反抗父权、自我牺牲、大义灭亲的伟大精神。这种反叛行为暗合了犹太文化中蕴含的"父与子"这一文化母题,反映了犹太文化对米勒的深刻影响。

米勒曾在其著名散文《众神的阴影》("The Shadows of the Gods")中表示,父子之间的冲突象征了权力斗争和权力更迭,儿子反抗父亲暴行是"所有人类发展的核心",因为儿子"争夺控制权——是为了获得人的自由,而不是摆脱孩童的屈从状态——这种争夺不仅是推翻权威,而且也是重建权威"(*Theater Essays* 185—193)。可以说,这种文化观念的形成与他小时候接受的正统犹太教育不无关系。他从小生活在犹太社区,经常跟随祖父参加犹太传统宗教仪式,长时间浸淫在犹太文化传统中。在犹太文化中,"父子关系"具有深刻的文化内涵。犹太社会学家诺曼·林泽(Norman Linzer)认为,在犹太传统中,父亲象征着上帝、传统和历史,"犹太孩子暴露在一个庞大的权力体系之中,这个体系包含了整个犹太过去,并在当下实现"(71)。在此文化语境之下,父子矛盾以及儿子反抗叙事也自然成为犹太文化一个核心的叙事范式。著名的犹太学者弗洛伊德的"弑父娶母"理论和哈罗德·布鲁姆的"影响的焦虑"理论无不间接地反映出犹太民族这种文化思维。另外,

---

① 美国学者特里·奥顿(Terry Otten)也有类似看法,参见其专著《阿瑟·米勒戏剧中天真的诱惑》(*The Temptation of Innocence in the Dramas of Arthur Miller*,Columbia:University of Missouri Press,2002:40)。

犹太民族也素有与上帝辩论和对抗的传统。生活在这种文化传统之中,米勒创作的许多经典父亲形象虽然族裔身份不明,但大都直接或间接地表现出犹太父亲的特征。在多次观赏《推销员之死》之后,著名犹太学者哈罗德·布鲁姆(Harold Bloom)认为这出戏的名字应该是"犹太父亲之死"(vii)。在分析了《都是我儿子》《推销员之死》和《萨勒姆女巫》之后,乔国强教授也颇有见地地指出,身为犹太人,米勒"写来写去,仍然无法彻底摆脱他本民族的思维方式"(197)。换言之,米勒有意或无意地借鉴了犹太父子之争的古老神话范式,来塑造人物和构建情节,有效地唤起了西方观众或读者的集体无意识。

在戏剧这种借助舞台叙事的艺术样式中,空间常常具有隐喻性内涵,人物在空间中的位置结构常常带有深刻的叙事意蕴。正如叙事学家巴尔所言,人物与空间之间具有两种结构关系,分别为"人物位于其中的空间,或正好不位于其中的空间"(107)。在米勒以《都是我儿子》为代表的家庭剧中,家并不是温馨的港湾,而常常在父亲人物的压迫下,充满了无助和苦闷。家内和家外构成二元对立空间结构,两者的对立赋予双方各自的意义:家的内部空间象征了父权的压制,而外部空间则象征了自由和平等。从另一方面来说,父子之间虽然充满了矛盾和对立,但血脉上的承继又使两者无法完全割裂相互的关联,从而呈现出一种张力关系。

从犹太文化的维度上来说,推翻父亲的权威地位,某种程度上就意味着割裂历史和摈弃传统。在《都是我儿子》中,父亲凯勒就是过去力量的象征,如同无时不在的阴影一般持续地影响着克里斯大半生的生活。克里斯虽然对父亲表现出强烈的反叛精神,但他深受传统家庭观影响,在反抗父权的过程中也流露出一些矛盾情绪,表现出他对父亲爱恨交织的复杂心理。换言之,克里斯在剧中面临着一个两难的伦理困境:他既想打破父亲的权威和控制,将他绳之以法,却又畏首畏尾,似乎不想真的改变这种局面,这让他有些不知如何是好。这也是剧终父亲凯勒自杀后,克里斯为何会扑进母亲怀里对自己的行为深感悔恨的原因。与之类似的是,在米勒另一部家庭剧《代价》中,在儿子维克多得知父亲经济大萧条期间并非一贫如洗的真相后,并没有彻底批判父亲的自私行为,与其撇清关系,而是仍然为父亲辩护,强调自己行为的正当性。这一系列的行为无不反映出了父子关系之间复杂微妙的张力关系。

此外,米勒在《都是我儿子》等剧中的空间叙事也暗合了美国戏剧学家乌娜·乔杜里(Una Chaudhuri)一个重要观点:美国现代戏剧中在家空间的建构上存在着两大原则——"地方的加害"(a victimage of location)和"离开的英雄主义"(heroism of departure)(xii)。米勒家庭剧中的空间可谓是这种空间叙事范式的"典范"。受父权话语的压迫,米勒笔下的儿子们都竭力想要逃离"家"的束缚,借此向父权势力表示反抗,例如克里斯在剧中两次提出离开家搬到外面居住;《推销员之死》中的比夫在发现父亲威利秘密之后也一直待在西部,不愿也不想回家,在威利死之前还提出了想要流浪一生的打算;同样,《代价》中的儿子沃尔特也多年没有回家,对父亲的不义之举怀有深深的鄙夷,并借此表示对父亲的反抗。由此而言,米勒有意或无意地将犹太民族的文化范式融入戏剧中,不仅赋予其主题以深刻的文化内涵,还有效地满足了美国观众的文化期待,具有了普适性意义和价值。

五、结语

空间是人类存在的基本维度,"组织了我们的社交关系,架构起我们各种权力关系……是包含并促成所有人类交互活动的物理、心理和社会的框架体系"(Solga 2)。凯勒家宅因为果树这一布景的设置而具有丰富的语义内涵,成为一个"复合空间",生动地表征了剧中人物的心理状态、互动过程和权力关系。"果树"有效地将所有人物(在场和不在场的)勾连在一起,使整个家宅具有墓地、监狱、法庭和失乐园等多重空间意象,这些空间意象的叠加,形象而又立体地表现了"罪恶"和"责任"等主题,凸显了"父子"之间的矛盾冲突。父子之间复杂的代际关系真实地反映了过去与现在、个人与社会、罪责与责任之间的张力关系。换言之,父子关系抑或说父子间的代际矛盾成为米勒家庭剧中核心的主题结构,衍化为一种时空关系,构成了一种隐喻,表达了作者对罪恶和权力的抗争,因此具有了形而上的普遍意义。

参考文献

Bloom，Harold. *Arthur Miller*. New York：Chelsea House，2007.

Chaudhuri，Una. *Staging Place*：*The Geography of Modern Drama*. Ann Arbor：The University of Michigan Press，1995.

Linzer，Norman. *The Jewish Family*：*Authority and Tradition in Modern Perspective*. New York：Human Sciences Press，1984.

Miller，Arthur. *Everybody Wins*. New York：Grove Press，1990.

Miller，Arthur. *The Theater Essays of Arthur Miller*. New York：Da Capo Press，1996.

Miller，Arthur. *Arthur Miller*：*Collected Plays* 1944—1961. New York：The Library of America，2006.

Solga，Kim. *Theory for Theatre Studies*：*Space*. London：Methuen Drama，2019.

加斯东·巴什拉：《空间的诗学》，张逸婧译，上海：上海译文出版社，2013 年。

曼弗雷德·普菲斯特：《戏剧理论与戏剧分析》，周靖波、李安定译，北京：北京广播学院出版社，2004 年。

米克·巴尔：《叙述学：叙事理论导论》，谭君强译，北京：中国社会科学出版社，1995 年。

乔国强：《美国犹太文学》，北京：商务印书馆，2008 年。

赵永健、余美：《阿瑟·米勒戏剧开场叙述范式研究》，载《戏剧艺术》2016 年第 2 期，第 58-65 页。

外国小说研究与其他

维多利亚小说中的福音派信徒

萧 莎[①]

内容提要：福音主义在 19 世纪英国建立了"统治公共生活的道德霸权"，维多利亚小说对此有多方面、多角度的反映。形形色色的福音派人物络绎登上小说舞台，便是一个重要标识。从维多利亚小说中福音派信徒的表现、作为，我们可以洞悉小说家们对时代风貌的观察、评判和讽喻，管窥他们与福音主义发生的正面交集。

关键词：福音主义 维多利亚小说 宗教意识形态 社会意识形态 道德

Title：The Evangelicals in Victorian Fiction

Abstract：The moral hegemony Evangelicalism imposed over public life in nineteenth-century England，is depicted in many ways in Victorian fiction. The prevalence and variety of evangelical figures present in the aforementioned works is an obvious as well as important symptom. From the manners and behavior of the evangelicals in Victorian fiction，we may gain insight into the novelists' observations and judgments of their times，with an understanding of their visions and perspectives about the dominant religious-social ideology of Victorian England.

Key words：Evangelicalism；Victorian fiction；Religious ideology；Social ideology；Social Morality

---

① 萧莎，中国社会科学院外国文学研究所研究员，研究兴趣为西方文论与 19 世纪英国文学。

福音主义是兴起于 18 世纪 30 年代、持续至 20 世纪初的福音运动的产物。18 世纪，英国国教教会深陷堕落和腐败，一批来自英国中下层的教士和信众从 16—17 世纪的清教前辈那里吸取思想资源，号召人们通过个人精神净化和自我道德完善实现社会革新，恢复教会权威。福音派深信人生来有罪，基督的牺牲为人类赢得赎罪的希望。世俗生活的一切内容只为得救，人们应该为了得到永生而不是为了现世的一时享乐而生活。福音主义在英国社会自下而上传播。18 世纪，它的影响范围主要还是中层偏下阶层。法国大革命爆发后，英国统治集团认为，大革命中的种种残暴和失控乱象是对波旁王朝上流社会恋权贪财、生活腐朽、信仰弛废的严厉惩罚，这向英国人昭示了重建宗教信仰、整肃道德风气的紧迫性。福音主义借此契机在中上阶层迅速扩散，终成为维多利亚时代前期到中期的主导思潮。

福音主义在 19 世纪英国建立了"统治公共生活的道德霸权"（Hilton 219），维多利亚小说对此有多方面、多角度的反映。形形色色的福音派人物络绎登上小说舞台，便是一个重要标识。从维多利亚小说中福音派信徒的表现、作为，我们可以洞悉小说家们对时代风貌的观察、评判和讽喻，管窥他们与福音主义发生的正面交集。

一、福音派反角

狄更斯小说《大卫·科波菲尔》中的摩德斯东先生与大卫的母亲结婚后，便以"教育"母子俩为己任。这种"教育"，既包含严厉阴郁的宗教信仰培育，又包含强硬的道德品格训导。从大卫母亲的视角看，这是一个"坚定、稳重、严肃"的男人对一个"软弱、柔顺、幼稚"的女子的帮助，但他的干预和控制处处显示出自以为是和专制。小说并没有描绘或暗示摩德斯东是个品质恶劣、行为不端的人。大卫母亲病逝后，摩德斯东的内疚和痛苦显示他对妻子的感情是深切和真挚的。但是，在主人公大卫看来，他有如恶魔一般，令人恐惧又厌恶。

《简·爱》里的布洛克尔赫斯特先生开办孤儿院收养父母双亡的贫困女孩。为训练孤儿们吃苦、忍耐、克己，寒冬早起，只给她们冰水盥洗。她们衣服单薄，饭食简陋且供应不足，原因是院长坚信躯壳挨饿受冻才能使她们灵魂不朽。为了扼杀女孩子们的虚荣心和七情六欲，布洛克尔赫斯特不许她们爱美，即使是天然卷发也要强制剪掉。

《荒凉山庄》里的恰德班德牧师身材魁梧，肤色发黄，肥胖的脸上老堆着笑。他擅长布道，喜好以自问自答的方式高谈阔论、言辞雄辩地兜售宗教和道德说教。路遇饥肠辘辘的流浪儿乔，他仍然滔滔不绝大谈特谈上帝的恩典和博爱，却一分钱也不愿施舍给他，好让他吃顿饱饭。

在《米德尔马契》里，一心在小镇上宣传救世教义的银行家布尔斯特罗德先生年轻时娶了一位有钱的寡妇，寡妇临终想找到出走的女儿，把财产留给她。然而，布尔斯特罗德隐瞒已找到她女儿和外孙的事实，待她去世便继承了她的钱财，以此为资本开始了自己的事业。

以上数例皆是维多利亚小说中的反面人物，有一个共同特征：他们是福音主义信徒，虚伪、利己、冷酷、荒谬。

福音主义作为维多利亚时代前期到中期的主导精神思潮，在涤荡教会腐败、革除社会弊病方面发挥出巨大能量，这一历史阶段因此既被誉为"进步年代"（the age of improvement）又被称作"赎罪年代"（the age of atonement）（Hilton 3）。但是，福音主义强调自我约束和禁欲的价值在体制化、权威化的过程中注定与自由意志、个人权利、个性伸张发生激烈冲突。此外，福音主义紧盯每个人身上赎不清的罪孽不放，给普通大众施加了重重束缚。福音主义以拯救灵魂为怀，重视细致、严苛的伦理训导，这一宗教—道德目的论貌似绝对正确、无懈可击，但它潜藏着一个危险：假如没有充分的理性和人情作为律人律己的参考，它可能无视人类的多元现实、忽略人性的多元需求滑向极端——无限提升道德标尺，无止境索求灵魂的洁净，从而假虔信之名行迫害之实。再者，福音主义的道德调门，往往是掌握了权势财富或居于某种支配地位的狂热者最乐意掌控的，他们也喜欢把调门起得高，因为有利可图。而"可敬"的言行规范越是具体、越是深入渗透到个人私域，那么，它距离生活的真实面目也就越远，越不切实际，也越可能蜕变成居上位者压迫、掠夺和操纵弱小者的趁手工具。布洛克尔赫斯特冷酷却满嘴圣经教义的形象以及千千万万和摩德斯东一样虔诚、严厉的福音派信徒，正是上述双重危险叠加产生的典型个案。

布洛克尔赫斯特对孤儿们的驯化，摩德斯东对妻子的教导，均刻意防范受助人的理智与思考的介入。他们是福音派神学家丹尼尔·威尔逊主教的同路人,深信充满思想的头脑是感受不到救赎的,"唯有孩童般单纯的心灵、驯服谦卑的脾性才能容纳和接受基督教真理",因此,理想的性格"如望远镜的物镜一般清澈、透明、没有杂质",和玻璃镜片一样要"一遍一遍接受痛苦的白热炙烤而熔化"(Hilton 19—20)。苦难通往悔悟和重生,一面净化灵魂,一面确证上帝的救赎恩典——他们把这奉为真理,却意识不到真理的宝剑也可能嗜血、也会杀人,或者意识到了并不以为意。信仰已经在他们心里板结硬化成一套冰冷刻板的法典。恰德班德牧师、布尔斯特罗德先生不虔诚吗?他们热衷于说教、传道,他们的心被神圣伟业占据,眼前孤儿的饥饿、妻子临终时的绝望悲伤,他们视若无睹,毫无慈悲,心安理得,因为每个人在他们眼里不过是在各自位置发挥不同作用的神圣工具。

维多利亚小说的人物画廊中,不招人喜欢的福音派角色很多,给读者留下的印象格外深刻。小说家们对灵魂改造这桩神圣工作显然有自己的观察和体会。人有智性、情感,有向上的潜能,不是无条件坠向罪恶的机械装置,暗无天日毫无乐趣的生活并不必能使人进步;相反,一味迷信痛苦的改造力倒可能诱使握有权势的狂热分子僭用神权,制造痛苦成瘾,又或者怂恿野心勃勃的平庸之辈把程式化的福音传道当作追名逐利的捷径,假借投机取巧的表演窃居高位。乔治·艾略特曾在《西敏寺评论》上发表匿名评论表达过类似的思考和忧虑:

> 如果一个人智力适中,道德修养不高于平均水平,却擅长夸夸其谈、口若悬河,那么,没有出身或金钱的帮助,他最容易在英国社会获得权力和声誉的职业是什么?……让这个人成为福音传道者吧!他马上会发现,能力虽小也能担当宏伟抱负,才疏学浅也能赢得博学的威望,德行平平也配得上圣洁的崇高声誉。让他躲开极端不同的现实事物,专门在理论立场上保持极端吧;让他在预定论上严厉冷酷,在斋戒持守上随心所欲;让他大无畏地坚持惩罚永无穷尽,但又怯于缩减有生之年的安逸享受;让他热情高涨肆意想象基督在千禧年前的降临,同时对任何改变现状的努力保持冷漠和谨慎……让他说不清罪恶是什么,却言之凿凿谁是罪人;让他竭力

克扣信仰的福报，夸大离经叛道所受的诅咒。（Eliot 1199）

艾略特在此历数德不配位的福音派布道者的荒诞言行，批判的剑锋直指福音主义价值绝对权威化和教条化带来的危害——为公众谋利益的口号最终演变成了为福音派投机分子谋私利的勾当。她呼吁智性和包容性回归，纠正非黑即白甚至正在趋向黑白颠倒的信仰生活，让福音运动宣扬的个人及社会拯救事业健康发展。

二、福音派天使

不过，逆向思考一下，高举福音主义旗帜的正面人物有没有呢？当然有。19 世纪的公益和改革事业涉及英国社会生活的方方面面，其冲锋号手和精神领袖大多是福音派中上层名流，如威廉·威尔伯福斯主教、沙夫茨伯里伯爵安东尼·阿什利·库珀、"英国公共卫生之父"埃德温·查德威克。"提灯女神"弗洛伦斯·南丁格尔的神学立场常常被归在不正统的"自由派"名下，但她为护理事业奉献终身体现的是不折不扣的福音主义精神。与现实相应，文学世界对于这一群体也有丰富再现。汉娜·摩尔，18 世纪晚期至 19 世纪早期文学精英团体"蓝袜子"的领头人，在她名噪一时的小说《卡莱布斯寻妻记》中塑造了两个来自英国中上阶层的福音派人物典范：主人公卡莱布斯和他最终寻觅的理想妻子露西拉。卡莱布斯的原型，依据女作家玛利亚·埃奇沃思的指认，是著名银行家兼慈善家约翰·斯坎德雷特·哈福德（87）。另一位女作家玛丽亚·玛莎·舍伍德的代表作《费尔柴尔德一家》，在 19 世纪是公认的英国家庭教育指南，其写作素材则是取自以富商、绅士为主体、实力雄厚、社会影响力巨大的福音派慈善集团"克拉彭派"成员及其家庭。

不过，19 世纪三四十年代以后，小说中越来越多的福音派好人来自社会中下层。这种变化，我们可以借助雷蒙·威廉斯的批评观念来理解：从 19 世纪初到世纪末，从简·奥斯丁到哈代，英国小说的一个显著变化是城乡劳工角色越来越多，主线聚焦于中下阶层变得越来越寻常，但中下层劳动者并不是刚出现的新事物，而是历史把他们推进了小说家的认知和思考领域。19

世纪英国小说家的成长环境和观察对象逐步"下沉",对于传统的受过良好教育的文学读者群来说,被纳入他们认知视野的社会群体自然也在"下沉"(Williams 255—268)。

此外,现代小说是历史上第一种商品化的文学形式,只要赢得大众的青睐,作家便可依赖创作为生。同时,小说天生大众化、娱乐化,适合拿来消遣解闷;小说在维多利亚时代的繁荣发达,与文化水平不高的老百姓涌入消费市场构成因果循环。自命为社会风气监察的福音派人士对小说讨好大众的天然倾向充满警惕,对只求放松取乐的大众阅读习惯也不放心,于是志愿组成协会或机构,逐篇审查小说的主旨、语言和道德观念,对出版商施加压力,迫使对方接受各种删改意见。在福音主义"统治公共生活的道德霸权"下,生活在社会中下层、为平民百姓和穷苦人充当楷模的福音派天使自然最符合福音派审查机构的宣教意图和审美趣味。因此,维多利亚小说中的福音派天使形象,是对现实的映照,也蕴含着福音主义文艺审查的烙印。

乔治·艾略特在《亚当·比德》中塑造的女性角色迪娜·莫里斯就是一个范例。迪娜原是一名女工,后投身于卫理公会的传道服务。卫理公会是约翰·卫斯理创建的非国教福音主义教派,不把传道视为神职人员的专利,倡导普通教友甚至一度包括女教友传道。迪娜就是一位女传道员,日常以布道为主职,同时教人识字,普及基础文化,给教众排忧解难,随需随到。她美丽、温柔、亲切,善于在布道过程中安抚人心,给人以精神支持和慰藉。亚当·比德的父亲醉酒跌入柳溪淹死,迪娜第一时间上门安慰亚当一家。赫蒂·索雷尔因弃婴罪被判绞刑,绝望恐惧的赫蒂拒不悔罪,迪娜晓之以情动之以理,用发自肺腑的宗教劝导感化赫蒂,使其幡然悔悟,祈求宽恕。迪娜的宗教虔信和社会责任感还体现在她对教会指令的绝对服从上。卫理公会起先对普通教友在公共场所宣教和布道活动不加限制,迪娜投入无限的工作热忱以示拥护。卫理公会联合会下令禁止妇女公开布道以后,她又二话不说以身作则,回归家庭安安心心当主妇。

从福音派的宗教-道德观来审视,乔治·艾略特笔下的迪娜·莫里斯几乎十全十美,称得上女性表率。而伊丽莎白·盖斯凯尔则写过一位虽有历史污点却凭着奉献精神拯救他人、救赎自我的福音主义天使,她就是小说《露丝》中的同名主人公。

露丝·希尔顿出身于良善之家，父亲是农场主，母亲是副牧师之女。未及 15 岁，她的父母先后病逝，监护人将她送往一家裁缝工场当学徒。其后，她遭到花花公子亨利·贝林汉诱骗遗弃，在绝境中以未婚之身生下一个男孩。心地善良的本森牧师为了救助她，将她带到自己家中安顿下来，谎称她是一名寡妇，介绍她到乡绅布莱德肖家中当家庭教师。可是，她的不检历史被发现，布莱德肖将她逐出家门。她找了份护士的差事才得以糊口。不久，瘟疫流行，露丝不顾个人安危志愿看护受疫病感染的穷苦民众。曾经对她始乱终弃的贝林汉也得到她的精心照料，恢复健康，而她却不幸染病身亡。

本森牧师救助露丝、帮助她重返社会的情节反映的是福音派信徒发起和领导的抹大拉运动（the magdalenist movement），历史上也称作维多利亚拯救运动（the Victorian rescue movement）：以福音派为首的基督教徒自发开办抹大拉避难所（magdalen asylum），收留那些出身良好、只因恋爱而轻信或受到坏人引诱陷入困境的失足女性，给予她们道德上和性格上的教化，为她们寻找体面的出路，帮助他们回归正常社会生活。根据《露丝》的前言，小说主人公的真实原型是一位名叫帕丝莉的女缝工，年仅 16 岁便因受骗失身而沦为妓女。1849—1850 年，盖斯凯尔曾多次致信狄更斯与他商讨拯救帕丝莉之事（盖斯凯尔夫人 2－3）。作为曼彻斯特拯救运动的参与者，盖斯凯尔将她的经验、体会和思考记录在了这部作品中。

从盖斯凯尔的小说，我们可以观察到福音主义拯救运动的传递式和连锁式影响：以本森牧师为首的福音派志愿者不遗余力挽救落入火坑的妇女，女性获得重生和自尊，也成为社会公益事业志愿者，通过救助他人和自我牺牲完成对自我以及对社会的拯救。露丝前后经历了两次救赎和再生。第一次救赎，是本森姐弟为未婚先孕、无路可走的露丝杜撰了一个"旦巴艾夫人"的寡妇身份，将其安顿在牧师府邸，使其在安宁、平等、温暖的家庭生活中受到感动和感召。露丝在新教名的保护下，展开自我救赎，身上由此发生了"奇特的变化"（201）。她向上帝归正，向她的新生儿悔罪——"我已经对你犯下了弥天大罪"（172），"喜欢发挥自己的聪明才智和无止境地接受自己不知道的知识"，并将这些知识应用于她作为母亲、作为家庭教师的职责上。她的种种进步和变化，也印证了现世的努力可以拯救灵魂的福音主义学说。

但小说同时揭示了福音主义信条中的悖论，对此流露出讥诮和反讽。

严守中产阶级道德律条的绅士布莱德肖先生口口声声把改造、拯救迷途的堕落者视为他的职责,却并不打算提供条件、创造机会让眼前这位"不守贞操""堕落风尘"的女性忘记自己的污点,重新做个值得敬重的好人回到体面阶层。他笃信忘记相当于瞒骗。而等到露丝死后,他又悲痛万分,忏悔不已。福音主义一方面鼓吹充满爱意的家庭环境能够疗救一个人的灵魂、使之获得新生回归社会;另一方面,它竭力维护的家庭圣洁性,不允许"不洁净"的女性进入一个真实的中产阶级家庭去接受拯救,因为中产阶级家庭是供奉和膜拜纯洁完美女性理想的私密场所,不洁净的女性进入这一神圣场所会制造"污染","玷污"她的名声。因此,露丝接受聘请教导布莱德肖女儿的一刻,就意味着她踏入了福音主义家庭意识形态的雷区,注定将遭受揭露、怀疑和惩罚。露丝的第一次救赎注定失败,她必须通过更深刻的悔罪和自我改造赢得体面社会的谅解。

露丝接下来先是做一名受雇佣的护理员,然后是当一名义务护工,直到染病去世。受雇护理病人是低贱、卑微的工作。在南丁格尔制定护理行业规范和创建护理专科学校以前,看护职业谈不上有什么专业水准或素质要求,只是需要体力好、听使唤、不怕脏、不怕累,因此公认适合麻木粗鄙、不识字没文化的壮妇来承担,一般也只有极为缺钱又没什么谋生本领的底层劳动妇女才会应聘。小说《简•爱》中,罗切斯特雇来照看疯妻、经常醉醺醺的格雷思•普尔便是一个典型的从业者,她无疑属于桑菲尔德府最下等的仆人。露丝的家庭出身、文化修养、风度气质与这一传统护工形象相差十万八千里。她跟本森学习的拉丁语在护理岗位上更是毫无用处。很明显,这是她有意自贬身份,通过自贬身份透支劳动以表达谦卑和赎罪的诚意。

露丝做起看护工作兢兢业业,赢得了卓著信誉,但她放弃了唾手可得的高额报酬,转而加入收容诊治斑疹伤寒病人的医院义务治病救人。福音主义所称许的公共服务精神在她身上绽放出来。借用一位学者的说法,"当她受到怀疑和否定、无法成为某个家庭内部的天使的时候,她成了社区这个公共领域的天使"(Hatano 634—641)。

在维多利亚时代,许多女性为了照顾年迈的双亲主动牺牲自己的幸福,终身不嫁。因此,家庭义务护理被看作"家中天使的一项自发能力和一项基本职能"(Bailin 11),其形象与体面女性不屑为之的收费护理有天壤之别。

既然义务护理被视为一种神圣的工作，那么女性走出家门、去无偿护理那些需要帮助却孤苦无依贫病交加的底层弱者，可以看作是"家中天使"职能的延伸。在福音主义性别意识形态里，女性从事公共护理工作和中产阶级男性投身公共服务和公益事业一样高尚。另外，中古时代以来，英国贵族乡绅阶层女眷向来有看顾其领地或教区贫病人家的习俗。19世纪福音派所称颂的"公共天使"形象一方面与这一英国文化传统相呼应，另一方面它还被新时代赋予了新使命：向社会提供家庭福利和温暖，在精神层面弥合贫富阶层之间的隔阂。因此，19世纪中产阶级妇女普遍热心于公共护理工作，既因其神圣，也因其体现了女性的社会责任意识。露丝加入公共护理的行列是在最严峻的公共卫生考验降临、疫情危及每个人的生命安全的时刻。这一抉择体现出的社会责任感超越了人们对她所属的卑贱阶层的要求和期待。

当"医院的护士们尽躲着，生怕被派到那个传播瘟疫的伤寒病房时——就在高工资已经失去了它的魅力，人们诚惶诚恐地想到的尽是死亡时"（445），露丝加入义务救治瘟疫病患的队伍，奋不顾身地工作，逐渐赢得了广大病人及其亲属的尊敬、爱戴和信任。人们被她的善举所感动，不再把她和罪过相提并论。一位病人家属说道："像她这样的人绝不会是个大罪人；她干这项工作也不是为了赎罪，而是看在上帝的面上，看在神圣耶稣的面上，就在你我躲得远远的时候，她却决意按上帝的旨意去办。"（450）来自教区大众的感恩和证词，是露丝旧时的"罪孽"得到社会宽恕的明证。至此，露丝通过自我牺牲完成了自我救赎，成为教区的救护天使以及福音主义道德理想的代言人。

三、反角与天使

我们看到，维多利亚小说中的福音派人物既有露丝、本森姐弟和迪娜——他们是体面的好人，是真诚、虔信和仁善的化身；又有摩德斯东和布洛克尔赫斯特——他们是阴郁的压迫者；还有恰德班德、布尔斯特罗德、布莱德肖——他们则显然属于言行不一的两面人。这些角色体现了维多利亚时代现实主义小说家们在社会观察上的兴趣分野，展示了漫画式速写、寓言式刻画及工笔写实等人物塑造手法上的分别。此外，还有一点不可忽视：他们组成了维多利亚社会的一个价值连续体,一个完整的宗教-道德观念光谱:19 世纪福音主义信仰在自由开明与保守严苛之间无限分化,当它们凝结在各阶层的男女老幼身上,便有了看似善恶分明、立场相反的小说人物。

福音主义保守派把圣经的字句和原意看得比一切重要,恪守教条使他们严苛,禁绝欲望和娱乐。世界末日、大审判以及基督重临之于他们是如此重要和紧迫,现世的苦难甚至生死在他们看来不过是一时的考验,值不得大惊小怪。与此同时,对于罪恶的敏感和焦虑,对于堕落的怀疑和忧惧简直无穷无尽,在他们心中占据了压倒性分量,使他们阴郁和不近人情。此外,他们的价值序列不可撼动,决定了他们的行为模式刻板、评判标准毫无弹性,拒绝妥协和包容。《简·爱》中劳渥德孤儿院院长布洛克尔赫斯特的原型是柯恩桥牧师女子学校的创始人兼校长威廉·卡鲁斯·威尔森牧师(Miles 1)。夏洛蒂 5 岁时母亲去世,8 岁那年,父亲将她和两个姐姐、一个妹妹送往位于兰开夏郡柯恩桥的女子学校学习。第二年,两个姐姐先后死于肺结核。她和妹妹因此退了学。夏洛蒂始终认为,两个姐姐早逝,柯恩桥学校难辞其咎。布洛克尔赫斯特的形象,凝聚着勃朗特对极端保守派打着拯救的旗号给弱小无辜者制造创伤的宗教慈善事业做出的批判。

与保守派相反,自由温和派笃信理性的力量,不墨守成规。他们不死抠字眼,欢迎神学新解。他们不相信苦难是忠贞信仰的唯一历练手段和见证,乐于将美好的事物纳入宗教生活。他们认为,把刻苦坚忍、远离人情温暖和世俗快乐看作得到救赎的不二法门,是肤浅粗陋、根本站不住脚的教义理解。他们乐观、友善,即使是对"罪人"也满怀包容和慈悲之心。他们相信正派的为人、仁爱的处世态度和行动具有协助上帝拯救人类的巨大力量,因而在保守派眼里,他们反而是"自大狂"。

迪娜·莫里斯对赫蒂、本森牧师对露丝的帮助和拯救,露丝对贝林汉的帮助以及自我救赎,与布洛克尔赫斯特、摩德斯东、恰德班德、布尔斯特罗德等人的宣教、拯救事业,在我们今天的普通读者看来如同天使与魔鬼之别,实际上,在维多利亚时代,他们是隶属于同一支队伍——"恢复基督教体面的突击队""神圣俱乐部"①的队友。

---

① 福音派基督徒的别称。

在英国历史舞台上,福音主义开明端的重要代表是"基督教社会主义"运动的发起人查尔斯·金斯利牧师和他的老师弗雷德里克·丹尼森·莫里斯牧师。莫里斯和金斯利牧师立志把工商业社会你死我活的竞争带来的冷漠、倾轧和恶性人际关系改造为教友之间的兄弟关系。他们组建工人协会,组织社会教育,旨在把工人阶级和被排除在高等教育和选举权之外的妇女群体纳入正常的社会生活。他们开展宣传,为底层劳工和妇女谋取公民地位和公民福利,启蒙他们的社会权利和责任意识,期待他们最终能够为自己发声。乔治·艾略特笔下的迪娜、盖斯凯尔笔下的本森姐弟与金斯利和莫里斯牧师是同路人,他们从事的工作、为之奋斗的目标和后者一样崇高。

而福音主义保守端,因其最严格遵守"正确标准",难免日益刻板狭隘而陷入阴郁和压抑。例如批评家罗斯金回忆他父母严守安息日,在这一天既不许工作也不许娱乐,全家宁可吃冷食也不让仆人劳作,甚至连墙上的画作也要全部反转面壁,以防明媚的画面、欢快的色彩扰乱庄重神圣的安息日气氛。有的保守分子更是走向了虚伪欺世的极端。福音派领袖之一威廉·格莱斯顿号称"维多利亚时代英国的塑造者和道德典范",其实是妓院的常客,他还堂而皇之把逛妓院的恶习冠以福音主义使命——"拯救堕落妇女"。(Crews)

教会史学家贝宾顿曾指出,"如果说虚伪是罪恶向美德表达的敬意,那么,虚伪之毋庸置疑的存在,恰是福音派成功确立全新行为标准的一个标志。"(Bebbington 149)虚伪是一种人性。它具有表演性和欺骗性,不是善,但它也不等于恶,它是恶向善做出的些许让步和妥协,也是恶向善的屈膝致敬。它的普遍存在表明即使是恶人也往往并不以恶为荣,心地阴暗者也希望拥有光明仁义的名声,自私自利者也期待被人看作慷慨公正的人,梦想拥有各种他不具备的美德。福音主义价值诞生于下层虔信群众的朴素信念,原本没有条件沾染私欲或野心。当福音运动因自身扩张的需求选择与新兴的工商业权势合作,向掌握财富的中产阶层授予"体面""可敬"的冠冕,使后者的精神地位一跃而上成为社会中流砥柱、得以与英国贵族阶层的精神号召力和文化影响力抗衡时,它就把自身变成了一种评估象征资产的认证权力。这为布莱德肖之流以道德洁癖掩护自私自利提供了借口,让利欲熏心又擅长自我粉饰和自我标榜的虚伪之辈——如狄更斯笔下的恰德班德牧

师、特罗洛普笔下的斯洛普牧师——有了大展拳脚的舞台。狄更斯、乔治·
艾略特、勃朗特姐妹写起体面人物一本正经的荒诞和一本正经的邪恶来驾
轻就熟,是因为假道学、说一套做一套在维多利亚时代体面人物当中蔚然成
风,虚伪在当时确实一本万利。

纵观英国福音运动发展史,福音主义在英国社会不受阻滞,成功传播,
客观上有赖于极端派与温和派的共生,甚至可以说得益于保守派与开明派
自觉或不自觉的协作。勃朗特坚决反对布洛克尔赫斯特的冻饿体罚教育,
将简·爱本能的反抗以及由此而生的苦恼、深思设为女主人公精神成长的
重要节点,但写到简·爱的成年时,勃朗特却假借女主人公之口劝诫愤世嫉
俗的罗切斯特,同时告诫小说读者:"我们活着就是为了含辛茹苦。"这一刻,
魔鬼院长施行的教诲、叛逆孤儿在成长过程中皈依的精神信条、小说家自己
的理念殊途同归,汇聚在了一起。简·爱安然接受"含辛茹苦"的人生,自觉
用福音主义价值观来驯化所爱的人,这为小说后半部另一位福音派信徒圣
约翰出场并将她卷入困境埋下了伏笔。简·爱与圣约翰的恩怨纠葛,既是
两人个性、情感的冲突,也包含着温和派与极端派之间斩不断理还乱的现实
因缘。简·爱怎样才能把道理捋清楚,从而说服自己和圣约翰:他们不是一
路人,她不能陪伴他在传教旅途中共度高尚艰辛的一生? 就连勃朗特也办
不到。因此,在小说结尾部分,勃朗特不得不搬来上帝的启示,强行助力
简·爱离开圣约翰回到罗切斯特身边,同时发自肺腑地赞颂圣约翰为传教
事业捐躯之神圣和伟大。勃朗特很清楚,维多利亚社会的信仰和文明,既离
不开最终如愿成为"家中天使"的简,也离不开狂热冷酷的圣约翰。

同样令人深思的还有《露丝》的结局。小说尾声,盖斯凯尔着重描述了
曾经误解露丝、给她制造冤屈的人们的痛苦和悔恨,为露丝献祭生命的自我
救赎画上圆满句号。福音主义天使献出生命,教诲世人,小说的笔法貌似在
挞伐维多利亚社会狭隘、保守和拒绝宽容的布莱德肖们,但作者在露丝之死
上倾注的荣耀完全压倒和遮蔽了死亡自带的黑影和不安。而丧事喜办终究
会令我们收住眼泪后起疑心:说到底,露丝不是降临的天使,只是走投无路、
被人唾弃的可怜女人,小说为她安排的高贵死亡是她自己想要的吗? 露丝
是不是必须在小说里死去? 假如不给她安排一场高贵的死亡,小说家是不
是会感到为难,无法引领读者报之以原谅和尊敬? 盖斯凯尔当然属于开明

温和的文学知识分子。她深知保守冷漠的布莱德肖们会用伪善杀人,但她自己似乎对露丝自杀式的自我救赎是默许的,没有表示不同或反对的意见。

不过,从宏观的历史角度看,福音主义作为一种由宗教意识形态转化而来的社会道德意识形态,第一次为英国这样一个存在严重封建等级残余的社会实体提供了一套统一的价值和行为标准,因此,它具有一种拉平各阶层人格尊严和自我意识的作用。正如历史学家格特鲁德·希默尔法布所说,"全体人民接受一套单一的道德法则——正是通过这种方式,将一国分成'两族'的重重障碍才第一次被冲开了缺口"(Himmelfarb 283)。维多利亚小说中丰富多样的福音派人物,不管是富人还是穷人,不管是谦卑利他还是自傲自私,均自诩为正确信仰的追随者。小说家们对笔下的福音派人物也似乎保持着一个默契:不管是表达同情和敬重,还是挥洒奚落和讽刺,从不抨击或动摇基督教信仰的基本信条。特罗洛普的巴切斯特系列小说尽情挖苦教会政治,嘲弄福音主义带来的教会时尚,但他和许多维多利亚小说家一样,认为一名合格的绅士应当信仰国教,信奉国教的绅士更加良善仁爱。狄更斯对宗教教义的条条框框语多讽刺,但一直强调:摈除了宗派意识和党同伐异斗争的基督教信仰对于社会凝聚力、社会道德、社会行动和希望至关重要。即便是持不可知论的乔治·艾略特,也从来不曾嘲笑她小说中那些好心眼但毫无用处的神职人员。她的《教区生活场景》生动描绘了乡村背景下各种宗教派别的竞争。盖斯凯尔则总是在宗教语境下呈现中产阶级道德与劳工阶级贫困之间的矛盾,思考解决问题的路径。

可以说,福音主义的信仰和话语覆盖了维多利亚时代的主流现实主义小说,脱离这个语境就无法正确理解维多利亚小说中的英国社会状况,也无法解释小说话语在批判现实方面体现出的复杂性和矛盾性。

参考文献

Bailin, Mariam. *The Sickroom in Victorian Fiction: The Art of Being Ill.* Cambridge: Cambridge University Press, 2009.

Bebbington, D. W. *Evangelicalism in Modern Britain: A History from the 1730s to the 1980s.* London and New York: Routledge, 2005.

Crews, Frederick C. "The Secret Life." *The New York Review of Books*, 1966.

Eliot, George. "Evangelical Teaching: Dr Cumming." *George Eliot: Selected Essays, Poems and Other Writings*. A. S. Byatt and Nicholas Warren eds. London: Penguin Books, 1990.

Hatano, Yoko. "Evangelicalism in *Ruth*." *The Modern Language Review*, 2000, 95(3): 634-641.

Hilton, Boyd. *The Age of Atonement: The Influence of Evangelicalism on Social and Economic Thought*, 1785—1865. Oxford: Clarendon Press, 1991.

Himmelfarb, Gertrude. *Victorian Minds: A Study of Intellectuals in Crisis and Ideologies in Transition*. Chicago: Elephant Paperbacks, 1995.

Miles, Robert. *Macmillan Master Guides: Jane Eyre by Charlotte Brontë*. London: The MacMillan Press, 1988.

Walsh, William Shepard. *Heroes and Heroines of Fiction*. London: Forgotten Books, 2015.

Williams, Raymond. "The Knowable Community in George Eliot's Novels." *Novel: A Forum on Fiction*, 1969(3): 255-268.

盖斯凯尔夫人:《露丝》,筱璋、董琳文、杨日颖译,云南:云南人民出版社,1986 年。

《莫失莫忘》与"新生命体"前景：
"人类克隆"的生命伦理原则

王一平 ①

内容提要：英国当代著名小说家石黑一雄的科幻小说《莫失莫忘》主要讲述了克隆人凯茜和友人在寄宿学校黑尔舍姆的成长经历。尽管克隆人显然跨越了（类人）生命体的"门槛"，应当拥有与人类相当的道德地位和平等权利，但小说中的克隆人却不仅尊严被贬损，其器官"捐献"直至死亡的遭遇，更严重地违背了基本的生命伦理：行善原则、自主原则、不伤害原则和公正原则。在"后人类"时代，基因工程、克隆技术等带来了新生命形态创生的可能性，但技术上的可能性并不意味着现实中的应然性。人类作为一个共同体，需要在现有生命伦理学的基础上，探索相关重大技术的伦理规范，在其萌芽期就尽力防范未来的风险，做出善的、符合长期利益的决定。

关键词：石黑一雄　《莫失莫忘》　克隆　生命伦理　科幻小说

Title： *Never Let Me Go* and the New Life Form：Human Clone and the Expectation of Bioethics

Abstract： *Never Let Me Go* , a science fiction written by the renowned British author Kazuo Ishiguro，tells the story of a group of clones，Kathy and her friends in a boarding school called Hailsham. Although the clones have crossed the threshold and deserve a moral status and equal rights as pseudo-human，their dignity are hurt and vital organs are "donated" till death. The donation violate the fundamental ethics such as the principle of

---

① 王一平，四川大学文学与新闻学院教授，博导，研究兴趣为当代英美文学与科幻文学。

beneficence, no-maleficence, autonomy, and justice. On the threshold of posthuman era, genetic engineering and cloning technology bring the possibility of new life form. However, the expectation of new technology does not necessarily mean it should be fulfilled. As a community with a shared future, human society should develop new bioethics based on current ethics to prevent the potential hazard for mankind as well as the possible new life form.

Key words: Kazuo Ishiguro; *Never Let Me Go*; clone; Bioethics; science fiction

人类创造的新生命体（人、动物、植物等）是现代社会人类创造力达到新高峰的经典标志。人造生命体中，最引人注目的当数"人造（类）人生命体"，而与之相关的"人造人"主题作品贯穿了科幻小说发展的历史。第一部公认的科幻小说、19 世纪初的《弗兰肯斯坦》（*Frankenstein*，1818）就是以此为主题的幻想小说，故事拥有二元对立的主人公：科学家维克多·弗兰肯斯坦和他用人类尸体拼装而成的怪物，小说展现了人造人生命体的生存历程，以及其与人类之间的矛盾和高度紧张的关系。而在 21 世纪，随着生物工程、基因技术的进步，以及一些非传统科幻作家们加入对"人造人"这一主题的"思想实验"的书写中，此类科幻小说开始呈现出不同的风貌。

而日裔英国小说家、诺贝尔文学奖获得者石黑一雄（Kazuo Ishiguro）的《莫失莫忘》（*Never Let Me Go*，亦译《别让我走》《千万别离开我》等）是其近年的力作。《莫失莫忘》的故事发生在 20 世纪末，由护理员凯茜·H 的回忆展开，小说采用了作者擅长的"创伤记忆"书写方式。孤儿凯茜童年时期生活在一个看似普通的封闭式寄宿学校"黑尔舍姆"，在凯茜的回忆中，小说展现了和她一起长大、个性各异的汤米、露丝等友人及其成长生活，在小说看似平淡的语言之下，却隐藏着令人痛苦的真相：小说逐步揭示了在黑尔舍姆生活的学生们其实都是克隆人，在成年之后他们都要"捐献"关键的身体器官，在数次捐献之后便自然走向"终结"/死亡。

在当代社会，由于生物医学的发展和先进技术的创造和应用，一个显著的后果出现了："人类干预了人的生老病死的自然规律，甚至有可能用人工安排代替自然规律"(马中良等 6)。这样的情况表明了一种关乎"生命创造"的根本性转变:生物医学技术的作用和位置,已经从局部或间接地影响人类的临时工具,如对伤病者进行必要的救治,转变为一种更为根本性的、总体而长期的调控过程。生殖技术、基因技术、克隆技术等的纵深发展,已经逐渐成为影响作为整体的"人"的未来路向的基本因素。在"后人类"时代,面对新生命形态创生的诸多可能性,人类从新的视角思考"人"的存在形态、道德地位、伦理规范等。而借由考察科幻小说中那些合乎情理又富有创造性的"思想实验",人们可以对生物医学技术进行严肃、审慎的观照。许多研究者都探讨了《莫失莫忘》展现的"后人类"时代创生的新生命形态与人类形成重大利益冲突、被人类所压抑剥削的黯淡前景,但从另一角度看,从小说所提示出的诸种可预见的问题入手,人们可以更加合理、精准地考察相关技术的理论问题和临床中的具体疑难,并以此为基础,探索一种有前景的、关于未来新生命体的伦理规范设计和应用方式。

一、"人类克隆"的技术萌芽与责任

人类的"克隆"(clone)技术是指"创造某一个 DNA 序列的遗传学副本,或整个有机体的全部基因组的遗传学副本"(李亚明 68)。从生物学角度看,它意味着生物的无性繁殖。在自然界,这是单细胞生物常见的自我繁殖方式,如被剪下插入土中的植物枝条,可能自己生长出新芽,许多非脊椎动物也有无性繁殖的现象(吴能表 44)。但自然世界中自生自发的现象,显然与人类创造的"克隆技术"有着重大区别。目前,人类掌握的克隆技术主要包括微生物克隆(细胞克隆)、植物克隆、动物克隆(胚胎细胞克隆、体细胞克隆)等(沈铭贤,《生》61—63)。从 20 世纪初开始,动物克隆技术的对象逐渐从较为简单的低等动物向高等动物发展,随着 1997 年英国克隆羊"多莉"的诞生以及相关论文发表在《自然》(Nature)杂志上,标志着体细胞克隆的新时代的到来。此外,2004 年,英国人类受精和胚胎管理局(HEFA)颁发了第一个人类胚胎克隆许可证;2005 年,研究人员默多克(Alison Murdoch)等人创造了英国第一个来自人类体细胞的克隆胚胎;2013 年,美国研究员米塔利波夫(Shoukhrat Mitalipov)利用克隆技术制造了人类胚胎干细胞,体细胞核移植开始应用到了人类身上，这一技术可能加速实现"人类克隆"所需的技术(李亚明 68—69)。所谓"人类克隆"，是指从女性输卵管中取出卵子，抽取细胞核，然后从其他人体内抽取干细胞的细胞核，再植入该卵细胞，该干细胞所含的信息就会输入卵细胞，卵细胞经过培育变成胚胎后再植入子宫，经子宫内孕育而成为与干细胞提供者相同的"人"，因此而完成了"人类克隆"(张乃根 7)。

在未来的前景中，最具争议的话题正是这类"人类克隆"。从目的或者动机来看，"人类克隆"可分为生殖性克隆、基础性研究和治疗性克隆——三者在技术上相通，只是在现有的设计中，基础性研究主要是在人和动物身上用体细胞核移植进行基础研究，以探讨科学问题，治疗性克隆则利用克隆技术产生出特定的细胞和组织(如皮肤、神经或肌肉)用于治疗疾病(马中良等 47—48)，这两者相对争议较小；而生殖性克隆则在世界范围内遭到了广泛的反对，人们认为"不应该试图通过体细胞核移植产生出一个现存的人的'拷贝'"(马中良等 47)。也有研究者认为区分治疗性克隆和生殖性克隆意义不大，治疗性克隆最终可能会滑向生殖性克隆(马中良等 45)。支持"人类克隆"的几个主要观点："科学无禁区"，这是科学的自由发展和进步，有利于人；人可以"定制自己"，成为有性生殖的补充；可以为器官移植提供来源等(沈铭贤，《生》68)。

当然，尽管"人类克隆"很可能带来巨大的益处，而且许多人认为总有科学家会对此加以实践，使该技术降临人间，但科学界却存在着更大的反对之声。如"多莉"的制造者，被称为"克隆之父"的威尔穆特(Ian Wilmut)就表示反对"人类克隆"(沈铭贤，《生》74)。有学者甚至提出"人类克隆"涉嫌"反人类罪"——克隆的"复制性"违背了"人类是由众多唯一的个体构成"的"独特/个性原则"，在此意义上它是"反人类"的(玛尔蒂 35)。这些反对意见还具体包括，从自然发展规律方面来看，生物依赖于自身的调节和适应机制与自然环境达成平衡——如有些寿命短的物种依赖于高频率的繁殖，一些物种则尽力减少消耗、减少对外在环境的依赖，某些物种则不断地扩大自身获取的外在能源与营养。而人类也在漫长的历史中逐渐懂得了如何合理获取、运用资源，有效地控制人口等，其生育繁衍遵循自然均衡率，但"人类克隆"则可能逆生物进化的自然规律而行，造成灾难性的后果(徐宗良 107)。

而就人类社会关系而言，人类在很长的时期中已经逐渐形成了由一夫一妻和子女共同组成的"核心家庭"模式，并以此作为"社会的基本细胞"，但"人类克隆"可能对其代际关系、家庭伦理造成毁灭性的破坏，如克隆人和被克隆者的年龄差带来了不确定性；而在家庭中，"生育"也不再需要两性共同参与，克隆人只具有家庭中单亲的遗传性状，其既像被克隆者的子女，又似其兄弟姐妹。凡此种种莫测的后果，让人们对"人类克隆"的前景充满争议和忧虑。(沈铭贤，《生》71)

从《莫失莫忘》对"人类克隆"的缘起的设想来看，这一重大变革发生在20世纪50年代。此时克隆技术已经成熟，更为关键的是，人们面对着世界大战结束后人类社会的重建。在这一特殊的时期，人们在"人类克隆"可能带来的立竿见影的利益面前，似乎

> 没有时间去判断、评估、理性地提出问题。突然之间各种可能性摆到了我们面前，有各种方法能治好许多从前认为无法医治的绝症。这就是世人最关注的问题，最想要的东西。于是很长时间里，人们宁可相信这些器官是凭空出现的，或者最多是在某种真空里种植出来的。没错，曾有过争论。但到了人们开始考虑你们（克隆人）是怎么培育出来的，你们是否应该被带来，存在于这个世界上，到那时已经太迟了。根本无法回头。世人已经开始相信癌症可以治愈，你怎么可能指望这样一个世界，去收回这种治疗方法，重回黑暗时代？已经没有回头路了。(石黑一雄 295)

这一情节所指出的现象，与《弗兰肯斯坦》中弗兰肯斯坦在最初面对自己创造的怪物时毫无准备、惊慌失措地逃走的情景相呼应。有学者在探讨《弗兰肯斯坦》时指出，作为科学家的弗兰肯斯坦"没有提供给他的创造物作为正常人/进入这个世界的角色与准备"(高亮华 132)，"他有所发现和创造，但却拒绝思考他发现的后果；他创造新的东西，但却试图倾注所有的力量去忘记。他的发明是强大的，代表了技术的巨大突破，但在把他的创造物送入世界之前，他并没有考虑应当怎样才能最好地让被造物进入这个世界"(高亮华 133)。可以说，弗兰肯斯坦既没有为其创造的高级生命提供合理的生

活规划、心灵家园和社会位置,也完全未能预计其自主性的发展(提出制造伙伴、远离人类等),最终,"只有灾难才使他意识到自己的责任。不幸的是,到了他需要去克服被动性的时候,他原有的行为所产生的后果已变得不可逆转了"(高亮华 134)。

因此,小说中的创造者们满腔热情,却缺乏准备——物质、价值和伦理标准均是如此,因此历经劫难,最终往往和人造人生命体同归于尽。这提示出一个关键问题:某些重大的创造性技术活动需要高度的责任意识,预先的影响预测、风险评估等,而这些意识和准备或许只有在其发展的初期才能真正有效地发挥作用,而等到(生命已然创造)失误已无法撤销,让人始料未及的广泛、深远影响已然造成,事态也就远离了良性轨道,没有补救措施能使社会重回正轨。或许正因为如此,科幻小说中才出现了诸多依赖于"时间旅行"这类虚幻的方法来从根本上改变过去、避免灾难的故事。可以理解,

> 我们发展技术,创造出大量创造物,但这些创造物也在不可预期地重新改造和配置我们的生活。我们参与到一个巨大的技术系统,而这个系统却可能超出了我们的理解与控制。我们可能放任技术系统自身的变化,导致人类的手段与目的之间的关系发生颠倒。最后我们可能突然发现,技术走向自主,技术失控了,一切都变得那么一发而不可收拾。所以这种技术失控的想象成为我们的文学与社会生活中一种挥之不去的困扰。(高亮华 134)

而在某些技术发展的萌芽阶段,当其尚存在诸多可能性的时期,对科技的理解与责任是最能发挥其功效,也最不应缺位的。

二、生命体的"门槛"和"尊严"

《莫失莫忘》中有一段情节,在凯茜的回忆中,露丝发现经常到学校来看望他们的神秘女士玛丽·克劳德,竟然非常害怕他们。为了对此加以验证,学生们悄悄地等待她的出现,突然围住她又走开,而玛丽·克劳德确实十分恐惧,只能拼命压抑住自己的颤抖:"夫人的确怕我们。但她害怕我们如同

有人害怕蜘蛛一样。"(Ishiguro 35)凯茜的这一比拟意义深远:昆虫虽然也是鲜活的生命,但此处的"蜘蛛"明显代表着一种在进化链条上远离人类、低等的、无法沟通而令人生惧的古怪生物,这似乎意味着在像玛丽·克劳德一样的人类眼中,克隆人未能迈过人类为确认同等的生命体所设置的"门槛"。

关于生物的特征与其道德地位之间关联的方式,通常有两种不同的看法,一种是"门槛式",另一种则是"层级式"。门槛式的道德地位概念(threshold conception of moral status)认为,道德地位是"门槛式"的,如果某种特征给某一等级的道德地位提供基础,只要某种生物具有这种特征,即达到了一个门槛,就可以具有此种道德地位(即使有些生物个体在较高/较低的程度上展示了这种特征,它们都享有同样的道德地位)。"层级式"的道德地位概念(scalar conception of moral status)则认为,道德地位是一个分为不同层次、程度的概念。"在多大程度上"具有哪些能够赋予道德地位的特性,决定了其生物有多高的道德地位(如高的认知能力决定生物具有高的道德地位),此种观念强调一个生物个体能够何等频繁地、更好地展示某一特征的重要性(李亚明 37)。

由此,如果认同一种"门槛式"的观念,那么我们提出的问题就会是:能否允许人造生命体跨过最基本的门槛,进入与人同样的位置,即成为人类伦理规范的主体? 福山(Francis Fukuyama)把一种不能被还原的、人之为人的基础称为"X 因子"。"X 因子"代表的是拥有道德选择、理性、语言、社交能力、感觉、情感、意识,或任何被提出当作人的尊严之基石的特质,而这些特质整体性地组合成了人类(福山 172)。福山还特别强调人类的"情感"的重要意义,他指出"尽管许多人将人类理性、人类的道德选择列为人类所独有的特质,它们使人产生尊严;但我认为,人所拥有的全部情感,如果不是更甚,至少也与其同等重要"(福山 169)。

与之相呼应,在诸多作品中,类人生命体几乎都拥有人的典型特征,即与人高度相似的心智能力和身体特性,具有明确的自我意识、强烈的情感特征等,也就是说,人造人也拥有人类的"X 因子",他们能够跨越"门槛"而成为与人相当的道德伦理和尊严的主体。在《莫失莫忘》中,代表智力和创造力的"艺术创作"及交换活动是凯茜最重要的童年记忆:学生们自由创作出油画、素描、陶器、雕塑等,通过导师评定,可以获得交换币,再用交换币在每季举行的大型展销会上选购他人的作品。黑尔舍姆的负责人艾米丽小姐曾说,这些诗歌、画作等"揭示你的内心""展现你的灵魂"(Ishiguro 175),是证明其内心世界的一种"凭据"。此外,传言中黑尔舍姆的学生如果能证明两个人真心相爱,学校就能设法帮助他们"延期捐献"。虽然这种传言最终被残酷地证明是虚假的,但凯茜和汤米以及其他情侣们,实际上展现了他们具有"相爱"的情感能力。这一流言在不同代际的克隆人中反复生长、始终存在,其原因无非是克隆人内心具有"希望"精神,而保有"预期""希望",这些精神也是人之为人的重要品质。当然,人造人在总体上与人相似,却又表现出种种微小的不同之处,但很少有作品以这些差异作为主题,以此证明其(相对人类)地位的高低、价值的大小,相反,多数作品有意忽略或刻意否认了这种不同,或者并不认为这种不同带来了不同的道德地位。在此意义上,或许诸多科幻作家们的态度都是"门槛式"而非"层级式"的。

那么,如果我们承认克隆人跨越了"门槛",应当拥有与人类相同的道德地位,拥有受到平等对待的权利,那从生命伦理学的角度来看,《莫失莫忘》中的克隆人群体被贬损之处何在呢?科幻小说的作者们以想象的方式展开文学书写,其中值得关注的论点主要有:克隆人(难免)被当作工具和手段,其人格和尊严被贬低。(人造)人是目的而非手段,然而进行"人类克隆"正是为了满足人的某些特定需要和愿望(无论是提供器官、充当劳动力或满足情感需求),克隆人被当作工具、被"物化"了,其人格和尊严就遭到贬损(马中良等 72)。《莫失莫忘》中,学生们都被严格要求注意保持身体健康,尤其是内脏的完全健康,因此吸烟等行为是被严厉禁止的,这正是其作为提供医疗器官的"工具人"身份的真实写照。黑尔舍姆的一位教师露西小姐非常同情克隆人,因此忍不住以宣泄的方式向学生们指出了如下情况:

> 你们会长大成人,然后不等你们衰老,甚至不到中年,就将开始捐献身体的各个器官。你们每个人被创造出来就是为了这个目的。你们跟录像里看到的那些演员都不一样,甚至跟我都不一样。你们是为了特定目的才被带到这个世界上来的,你们的将来,所有的一切,都已经安排好了。(石黑一雄 90)

无论如何,克隆者对克隆人将担负的任务和角色必定是有所具体设想和期待的,这种期待就可能使克隆人沦为完成该期望的工具。例如,曾有人提出大量克隆特定身体素质的人类,以供农业生产和军队所需,亦可复制在智商、创造力等等方面表现出天赋的个体,人们还可能希望克隆自己失去的亲友、制造自己想要的基因型的孩子等(该技术还可能被用于恐怖活动)(李亚明 78－79)。即是说,人类克隆的活动在完成研发后,一旦广泛地进入日常生产、生活领域,必定是目标导向性的。"人类克隆"是一种把克隆人工具化的行为,其具有难以克服的先天矛盾,也是现实中无法回避的巨大难题。

此外,克隆人的基因独特性被剥夺,也可能导致其丧失个体独特性,其自主性受到侵犯。克隆人可能毫无选择地被动成为成百上千的、同样的克隆人中的一员;而对于隔代的、不同年龄的孪生克隆人而言,较年轻的人觉得他的生活似乎已经被另一个人活过了、命运已经被决定了,其对于自我独立性的感受深受限制(马中良等 73)。在《莫失莫忘》中,"农舍"的克隆人罗德尼说在诺福克郡的一个"玻璃墙的高档办公室"看到了一名可能是露丝的"原型"的女性。"原型"所处的场景非常符合露丝对未来的梦想,但在前往当地后,他们发现其从正面看与露丝并不相像,这让露丝非常失望。然而,如果露丝真的找到了自己的"原型",她可能遇到更严重的负面效应——"无知权"被剥夺,即生活在"原型"的阴影下。人有不知道自己的未来的权利,因此才能自发、自由地构建自己的生活和自我;如果人生已经被他人活过了,前途已定,那么人就可能失去创造自己的生活的可能性,或者很难排除"原型"(或更年长的同源克隆人)对其建构未来的心态的影响(马中良等73)。

需要补充说明的是,本文认为,基因显然不能完全决定人生,尽管"原型"对克隆人的客观影响可能存在,人们的伦理规范必须对此加以考虑,但应该注意的是,原型和克隆人显然仍是不同的生命体,同一原型的多个克隆体之间也是不同的生命体。这数者之间虽然曾经共享同样的基因,先天禀赋、生理特征相同,但其记忆、意识和思维都一定在某个时刻出现了分叉,这一分叉说明不同的生命体因为历史的机遇和偶然,走向了不同的道路。因此,尽管其面貌、身体条件等高度相似,却不应被视为同样的人。"基因决定论"并不可靠,克隆人虽然具有与原型一样的潜能,然而这种潜能变为现实,却需要每个克隆体的自我意识产生之后，才真正获得了展开的机会。

三、生命伦理的基本原则

值得思考的问题在于，如果如许多支持"人类克隆"的科学家所言，该技术最终实现的可能性很高，那么如何可能避免其"坏"的一面，实现其"好的"一面，即设想合情合理的伦理规范，就是一个重大的前瞻性问题。而通过观察《莫失莫忘》等所想象的克隆人遭遇，我们可以思考未来的克隆人伦理道德与现阶段人类公认的基本生命伦理原则之间的关系——在与人类生命伦理对照的基础上，可以探索未来人造人伦理道德规范的可能性。在《生命伦理学的基础》(1979)中，贝奥切普和查德里斯提出了目前广受认同的生命伦理规则："行善、自主、不伤害和公正"原则。"行善原则"(the principle of beneficence)是有利或仁爱原则，即生命科技要造福于人，要"直接或间接地对生命或病人施以有利的德行，以促进他人必需而且重要之利益，并尽可能避免、减少伤害和风险"(沈铭贤，《生》12)。"不伤害原则"(the principle of no-maleficence)则意味着尽量避免对对象造成伤害，一旦造成伤害就要停止；要进行风险评估，努力防止和避免风险，特别是大的风险。(沈铭贤，《生》12)在《莫失莫忘》中，所有的克隆人，包括黑尔舍姆的学生，其人生都指向了唯一的一条道路：长大成人后为人类医疗"捐献"器官。在进入"捐献"期后，克隆人会被分次摘取重要器官，身体功能遭受或轻或重的损伤，虽然有护理员对其进行照看，勉强维持其生命至下一次"捐献"，但这无疑是对克隆人身体和心灵的持续性严重损害，并最终逐步导致其死亡，这显然就与人类对生命的基本仁爱、不伤害准则背道而驰。

"自主原则"(the principle of autonomy)则意味着尊重对象的人格和尊严，对在其身上施加的行为进行真实、全面的说明，尊重其自主选择权，维护其知情同意的权利，不能欺骗、强迫或利诱。(沈铭贤，《生》12)实际上，相对于小说中社会主流将"器官捐献与克隆人的死亡"藏入阴影之中，黑尔舍姆已经算是对克隆人最为爱护的机构。黑尔舍姆为年幼的克隆人学生们提供了良好的教育和成长环境，相比大多数人类，艾米丽小姐和诸多教师都更相信克隆人具有独特的自我，拥有真实性和价值。但即使如此，他们对克隆人的教育和说明与"尊重其自主选择或者同意的权利"相去甚远。年幼的学生们对自己真实的命运"又知情,又不知情"(Ishiguro 82),他们似是而非地感受到自己与外界的人不同,听说未来将进行"捐献"。露西小姐曾与十三四岁的汤米有过一次谈话,她对学生们的遭遇流露出了强烈的愤怒之情,汤米回忆,露西小姐"还说了其他话,我不太理解。……她说我们被教得很不够""关于我们。以后我们会怎么样。关于捐献之类的。""她只是认为教给我们的还不够。"(Ishiguro 29)此后某年,露西小姐又试图向学生们诉说"真相":"你们谁也去不了美国,谁也成不了电影明星。……你们的人生都已经安排好了。"(Ishiguro 81)露西小姐希望学生们能更清醒地知道自己的未来,但艾米丽小姐的意见却与之相左,她认为露西小姐"太理想主义",会让学生们丧失他们在黑尔舍姆之外根本无法拥有的"幸福感",和社会中的其他克隆人生活得一样糟糕。而黑尔舍姆为了维持虚幻的美好期盼,开除了露西小姐,汤米、凯茜和大多数学生在校期间始终都未能明白"捐献"与他们人生道路的确切关系、无法领悟其决定性的影响,并不真正"知情"(informed),更遑论"选择"的权力。

关于"公正原则"(the principle of justice),其强调的是遵循正义、公平的信念,在资源分配、利益分享和风险承担等层面都要努力实现公平公正,不向少数或特定利益集团倾斜,强调对弱势群体的保护(沈铭贤,《生》12—13)。《莫失莫忘》中,露丝在寻找自己的"原型"未果后推测,愿意提供基因充作克隆之用的人应该都来自社会底层,"吸毒的、卖淫的、酗酒的、流浪汉,或许还有罪犯"(Ishiguro 166)而如此大批地吸纳弱势群体出卖自身的特定权益(如基因独特性),很有可能是克隆机构利用其经济困窘、地位低下等境况,加以利诱的结果。与之相应,由"原型"生产出的克隆人更可谓是"弱者中的弱者",甚至连"安乐死""临终关怀"等也没有,几乎都在痛苦中悲惨扭曲地死去。黑尔舍姆的学生们也象征着人类社会中特殊、弱势的群体。在现实中,人们确实可能遭遇极度的不公,也和小说中的克隆人一样无力发起社会意义上的"抗争"。因此也有研究者认为,《莫失莫忘》中的克隆人也可以说是隐喻着当代福利社会中对社会系统充满信任的群体,这些群体正如黑尔舍姆的克隆人一样被"阶级"体系所"隔离",而陷入这一庞大的系统中无能为力(Robbins 292、294)。

可以看到,《莫失莫忘》虽然笔墨幽婉平淡,却抒发了幽愤之情,唤起了人类读者的高度同情——这些基本的生命伦理原则既符合当代人伦,也应该适用于人们对新的类人生命体的立场。小说将克隆人放置在与人(心智情感等)同等地位却又(在身份和道德上)边缘的位置,通过展示人是如何完全违背了自身所推崇的仁爱、自主原则,迫使人类直面人所创造的新生命体的命运。此外,特别值得注意的还有人们对"人类克隆"技术的"负外部性"的忽视,也就是行为给(未参与行动的)第三方造成的不利影响(福山 92)。如人类通过两性结合生育的子女与其有着天然的血缘关系纽带,父母具有养育的义务和责任,但"克隆人"的渊源多样,有着亲本的父亲或母亲、孕育的母亲、抚养的父亲或母亲等,这就可能造成"生育后代的选择权利在先,抚养的义务、责任在后,且没有直接承担生育的义务,因而生育与抚养的关系不紧密,甚至是分离的"(徐宗良 103),这可能给克隆人带来先天的不公。《莫失莫忘》中的集体抚养,显然就是生育与抚养完全分离的例子,克隆人缺乏人类天生的亲缘和依靠关系,因此生而成为世间永恒的"孤儿"。

四、"人类克隆"的伦理问题与前景

需要思考的问题是,由于纯粹的科学探索很难获得足够的财力和物力支持,目前人类创造新生命体的最大动力,或许仍是利用该技术为现实/潜在的利益服务(如生殖辅助、最佳基因保存等)。艾米丽小姐曾提到,"无论人们对你们(克隆人)的存在感到多么不安,他们强烈的关心之情仍然倾注于自己的子女、自己的配偶、自己的父母、自己的朋友,愿他们不死于癌症、运动神经元疾病、心脏病"(Ishiguro 263)。实际上,《莫失莫忘》所描写的通过"人类克隆"制造器官来供给人类医疗,并非小说家的凭空假想,而曾是人们的真实设想。因此,《莫失莫忘》中曾说明,"黑尔舍姆的存在"是"挑战了当时通行的整个捐献程序"(Ishiguro 261),但这样的挑战在短暂的试验期之后溃败了,人们不再认可黑尔舍姆这类机构的价值。福山认为,

> ……基因工程时代会出现三个强大的政治趋势。第一,普通人希望自己的行为可以尽可能地从医疗角度解释,以逃避自身行

为的责任。第二,强大的经济利益集团会不断地施加压力推动这
一进程。……第三,由于企图将一切都医疗化,人们会倾向于不断
扩展医疗的领域,使之囊括更大范围的病症。(福山 54)

可以设想,在基因工程和克隆技术普及化的时代,全社会都可能以一种
更单一的视角来审视人,以医学、医疗等相对专业而狭窄的名义来看待作为
"身体(基因)保有者"的生理性的人。一方面,人类知道克隆人拥有和自己
相同或类似的"X 因子",他们跨越了"门槛",应该拥有与人一样或相似的道
德地位、尊严和自主性,他们自己就是自己的目的;另一方面,克隆人的原初
存在就是为了满足人的生产、生活、医疗等需求,这一工具化的起点,又注定
了人类难以将克隆人视为值得同等对待的生命体。由此,克隆人就可能成
为一个既是(类人)生命体又不是生命体的"例外的"存在。

不仅如此,人们还担心优生学(Eugenics)的负面效应的显现。就在 20
世纪,在打着"科学"旗号的"优生学"之下,发生了诸多违背人道、毁灭人性
甚至灭绝种族的事件。从克隆角度来看,所谓"优生"就是划分基因的优劣,
并进行人为的干预、筛选、保存和再造等。许多时候,"克隆人可以……满足
某个人想要避免某些遗传缺陷,得到某些特定的生理特征,乃至某些特定的
性格品质(依赖于基因决定论)的愿望。许多人担心人类克隆可能会存在从
个体优生学滑向社会优生学的危险"(马中良等 75)。人们尤其担心相关技
术会再次沦为种族主义的工具:克隆技术中的基因筛选可能带来显著的歧
视,对人类社会的平等原则造成严重破坏。不仅如此,在排除特定基因的同
时,人工选择和克隆还带来了选取特定(优质)基因、制造"超级人类"的风
险。黑尔舍姆衰败的重要原因之一就是"茂宁代尔丑闻"。科学家詹姆斯·
茂宁代尔在苏格兰某地悄悄工作,让人生出了具有某些加强特质——超级
聪慧、超强体能等的小孩,被发现后引发了轩然大波,人们害怕出现远超人
类的新生命种群。整个社会的舆论环境大变,如黑尔舍姆一类的机构因此
失去了赞助人,最终被迫关闭。科幻小说的这类推想,确实非常符合人类社
会的普遍心态和可能采取的举措。而除了社会层面的问题外,从生物学角
度看,与克隆直接相关的"优生"还可能威胁人类的基因多样性。首先,人们
会把具有某些不想要的基因症状的胚胎排除掉,久而久之,这些基因就逐渐

从人类的基因库中消失了；其次，人类的自然有性生殖保证了后代都拥有遗传自父母双方的、新的基因组合，从而为基因库增加了新基因组，丰富了其多样性，克隆则无法增加新组合；而且自然选择的基因组合更有利于克服基因弱点。因此，"人类克隆"中高度的人工干预会损害人类基因的多样性（马中良等 75－76）。

而且，对基因工程和克隆技术的考察不能按照功利主义原则进行简单还原，正如福山在分析此类问题时所说，"权利之所以超越利益正是因为它被赋予了更高层面的道德意义。利益可以替代，并可以在市场上自由交换"，然而我们却不能以此方式来对权利赋予经济的价值，因为它"反映了它所运行的社会的道德基础"（福山 110）。对于创造新生命体的考量，首先应该是从道义论出发加以判定的，而非进行单纯的功利性权衡。

目前，在对生物和基因技术的不同态度中，不论是秉承"不应该也不能对新技术的发展施加限制"的科研人员、生物医学从业者等"自由派"，还是"有道德担忧"的宗教信徒、环保主义者、新技术的反对者等"反对派"，不论是放任自流，还是完全禁止，用福山的话说，都是"误导性""不现实"的，人们需要"超越这种极化的状态"：某些技术，如"人类克隆"，必须完全禁止；但对大多数生物技术来说，都需要一个更为细致的管理方式。（福山 183）在现实中，人类在不断努力为自身架设有影响力的宣言、规范乃至法律等，如"希波克拉底誓言"、《纽伦堡宣言》(1947)、《赫尔辛基宣言》(1964)、《贝尔蒙特报告》(1979)等。在《莫失莫忘》发表的同年即 2005 年，第 59 届联合国大会批准通过了《联合国关于人类克隆宣言》，敦促各国政府禁止一切形式的人类克隆，包括用于干细胞研究的人类胚胎克隆。共有 191 个国家参加投票。这项宣言以 84 票赞成、34 票反对、37 票弃权获得通过（由于国际社会对此的意见分歧较大，联合国法律委员会放弃签署条约，改为发表不具有法律效力的声明）。也是在此基础上，人们未来才可能根据历史经验、既定原则和对前景的设想，提出一种有现实性的"新生命体"的具体伦理规范。

本文认为，克隆人是一种推想中的人造新生命体，而如《莫失莫忘》这样的小说的确隐在地将克隆人的遭遇和当代社会的政治-经济系统、消费社会中的"浪费型文化"联系在了一起(Sim 86)，书写了作为一种社会系统对(类)人的压迫和钳制，但在科幻小说的科学想象中，我们仍应关注克隆人在人类世界中处境的特殊性：他们面对的不仅是一重物理意义上的自然环境和一种重人类社会的背景，更重要的是，克隆人还必须依据一种人类为其制定的生命伦理法则而生。这些生命伦理原则、规范可以说从根本上决定了克隆人的生死存亡和生存方式。他们同时生活在三重世界中，第三重就是一种全新的"人造世界规范"，所以我们很难将未来生命体的世界简单地与现存的人类生活形态加以并列比较。那么，如在《莫失莫忘》中的情境下，无论是压抑还是培育克隆人的"人性"，似乎都带来了违背人类基本价值观和伦理原则的恶果，导致其走向了一个死胡同，因此，人们还应该创造有智慧、有感情的克隆人吗？如果仅仅制造医疗所需的材料（如个别器官），而非集成的、完整的生命体，是否更合乎善的生命伦理原则？

显然，"技术至上命令"并非没有吸引力，但技术上能够做到的，并不意味着人类就应该去做（沈铭贤，《科》77）。人类确实在不断发展着"人"的概念，这种"人化"的过程在今天走向了"后人类"的讨论，带来了新的机遇和更大的挑战，人们也在随之构建着相关的伦理规范和法律。科学研究是自由的，有其自生自发的规律，但"科学转化为技术，其应用却不能不受社会的某种引导与制约"（徐宗良 120）。无论如何，对于新生命体的伦理规范意味着人类作为一个共同体，所作出的善的、符合道义的、长期利益的决定，人们探索着通过何种制度和机构能够对这些重大技术进行合理管控，针对不同的情况进行充分观察、有效协商。唯有如此，我们才能够在面对"后人类时代"的巨大新变时，在其萌芽期就尽力防范巨大的风险，避免制造出如《莫失莫忘》中一样深切的悲剧。

参考文献

Ishiguro, Kazuo. *Never Let Me Go*. New York: Vintage International, 2006.

Robbins, Bruce. "Cruelty Is Bad: Banality and Proximity in 'Never Let Me Go'." *NOVEL: A Forum on Fiction*, 2007, 40(3): 289-302.

Sim, Wai-chew. *Kazuo Ishiguro*. London: Routledge, 2010.

弗朗西斯·福山：《我们的后人类未来：生物技术革命的后果》，黄立志译，桂林：广西师范大学出版社，2016年。

高亮华:《技术失控与人的责任——论弗兰肯斯坦问题》,载《科学与社会》2016 年第 3 期,第 128-135 页。

李亚明:《生命伦理学中人的尊严问题研究》,北京:中国社会科学出版社,2019 年。

马中良、袁晓君、孙强玲:《当代生命伦理学——生命科技发展与伦理学的碰撞》,上海:上海大学出版社,2015 年。

米雷埃·德尔玛斯·玛尔蒂:《论法律的确定性与不确定性》,载《克隆人:法律与社会》,张乃根,米雷埃·德尔玛斯·玛尔蒂主编,上海:复旦大学出版社,2002 年,第 15-38 页。

沈铭贤:《科学技术上能够做到,不一定都应该做》,载《克隆人:法律与社会》,张乃根、米雷埃·德尔玛斯·玛尔蒂主编,上海:复旦大学出版社,2002 年,第 75-82 页。

沈铭贤:《生命伦理学》,北京:高等教育出版社,2003 年。

石黑一雄:《莫失莫忘》,张坤译,上海:上海译文出版社,2018 年。

吴能表:《生命伦理学》,重庆:西南师范大学出版社,2008 年。

徐宗良:《克隆人:可能产生的社会伦理问题》,载《克隆人:法律与社会》,张乃根、米雷埃·德尔玛斯·玛尔蒂主编,上海:复旦大学出版社,2002 年,第 100-120 页。

张乃根:《克隆人——法律与社会:导论》,载《克隆人:法律与社会》,张乃根、米雷埃·德尔玛斯·玛尔蒂主编,上海:复旦大学出版社,2002 年,第 1-14 页。

美国族裔文学中的
文化性别共同体思想刍议

石平萍①

内容提要：本文通过梳理美国非裔、亚裔、犹太裔、本土裔和西裔的相关文学创作，探究和比较其中的文化性别共同体思想，并以西方主流的文化性别共同体思想为参照，辨析其与各族裔文化性别共同体思想之间的异同。本文认为，由于影响不可避免，西方主流思想在美国族裔文学中有一定的体现，但后者对文化性别共同体的想象和建构大多基于性别、种族、阶级等多重维度的交叠，而非西方主流的单一性别维度，究其根源，在于白人男性中心主义宰制下美国族裔被多重边缘化的生存处境；而受其独特文化传统和历史经验的影响，不同族裔的文化性别共同体思想在共性之外，也呈现出独特的景观。

关键词：美国族裔文学　文化性别　共同体　白人男性中心主义

Title：A Tentative Research on the Gender Community in Ethnic American Literature

Abstract：The present essay, by combing through relevant literary creations of African Americans, Asian Americans, Jewish Americans, Native Americans, and Hispanic Americans, explores and compares their ideas of the gender community, and by using relevant mainstream Western ideas as a point of reference, examines their similarities and differences

---

①　石平萍，信息工程大学洛阳校区教授，研究兴趣为英国文学与文化、生态文学、翻译批评与实践。基金项目：国家社会科学基金一般项目"美国少数族裔乡村书写研究"（20BWW064）。

from ethnic ideas. It is pointed out that due to inevitable influences，mainstream Western ideas of the gender community are more or less reflected in ethnic American literature，but the latter's imagination and construction of the gender community is based mostly on the intersection of multiple dimensions such as gender，race，and class，rather than the single dimension of gender in the Western mainstream and the root cause lies in the multiple marginalization of American ethnicities under the dominance of White androcentrism. Owing to their unique cultural traditions and historical experiences，different ethnic groups have their unique ideas of the gender community although there is much in common.

Key words：ethnic American literature；gender；community；White androcentrism

通俗地讲，文化性别（gender）①指的是文化或社会赋予生理性别（sex）的特质，关涉人的行为、心理、社会角色、性格气质、价值取向等，是建构于性别生理特征之上的文化和社会属性。"文化性别"和"生理性别"这两个概念经由波伏娃（Simone de Beauvoir）等学者和理论家的研究和阐发，在 20 世纪 70 年代有了各自不同却又彼此相关的固定指涉，并被广泛运用于性别研究（gender studies）（刘岩等 11－14）。本文拟从文化性别的角度探究美国族裔文学中的共同体思想，在做全景式勾勒的同时援引美国族裔作家的相关作品加以说明，重点是女作家的文学文本。

一、共同体的文化性别维度：西方主流观点

（一）父权制文化与男性中心主义共同体

德里达（Jacques Derrida）等解构主义理论家认为，逻各斯中心主义和二

---

①　在本文的语境中，gender 译为"文化性别"，意在强调其文化属性，即 gender 乃文化建构这一属性。"社会性别"是更为常见的译法，另有"性属"等译法。

元对立的思维模式贯穿于西方哲学、宗教和语言,是西方文化的一个显著特征。受其启发,女性主义理论家指出,西方父权制文化是建立在男女二元对立基础之上的男性中心主义文化,在其等级秩序中,作为主体的男性不断排除、压抑作为他者的女性来肯定自己,稳固自己的中心地位。父系文明诉诸性别本质主义,强制划分男女两性的性别气质和社会角色,并将其规范化、合法化,令其仿佛成了一种先验的存在(伊格尔顿 217)。属于男性的特征被认定为正面的价值:精神的、理性的、勇猛的、富于攻击性的、独立的、理智型的、客观的、擅长抽象分析思辨的、属于公众领域的。反之便是属于女性的特征,代表负面的价值。这便是发生在历史长河中的文化性别建构过程。父权制文化建构文化性别,其出发点和最终目的均为助力男性支配和压迫女性。依据此种文化性别话语体系建构的共同体,无论是小到家庭或村落,还是大到行业或国家,其本质是男性中心主义的,是以性别不平等为根基、前提和旨归的。

(二)西方主流女性主义对文化性别共同体的想象与建构

克里斯蒂娃(Julia Kristeva)在《妇女的时间》("Women's Time")一文中,将女性主义建构性别平等共同体的斗争划分为三个阶段。三个阶段的斗争纲领和目标不尽相同,对文化性别共同体的阐释和建构也存在分歧(13—35)。

在第一阶段,妇女要求平等地进入父权制文化性别秩序,但所要求的平等权利,其实是男性已有的权利,所争取的解放也是以男性为标准,这等同于认可男性及男性特征的正面价值,否定女性及女性特征。此阶段的女性主义者提倡整合男女两性的共同体,但显然这是男性中心主义的共同体,甚至可说是只有男性特征的单一共同体。

第二阶段是 1968 年以后。新一代女性主义者为了瓦解第一阶段父权制貌似接纳妇女实则将其同化的策略,实施强调差异的反策略,推崇女性性别意识的独特性和重要性,以此为基础建构女性文化共同体。激进的同性恋女性主义者甚至试图建立"没有男人的地界"。这是一种分离主义(separatism)路线,没有跳脱二元对立和性别本质主义的父权文化思维窠臼,以女性为中心排斥男性,可能导致逆向的性别歧视。

第三阶段出现了克里斯蒂娃当时所看到的女性主义者,与前两个阶段的女性主义者共存甚或彼此混杂于同一历史时间内。新兴的女性主义者高屋建瓴地提出了反父权制二元对立和性别本质主义的主张。海尔布伦(Carolyn G. Heilbrun)和西苏(Hélène Cixous)等都提倡去中心和多元化,以一个弘扬差异性和流动性的文化性别体系取代男女对立的二元结构,最终建立一个没有等级、没有压迫、男女之间和谐共处的文化性别共同体(Heilbrun and Cixous 875－893)。艾斯勒(Riane Eisler)还提出以男女合作(gylany)取代以人类的一半支配另一半的等级制为基础的社会制度(145－146)。

总体说来,三个阶段的西方主流女性主义者殊途同归,最终目标是使性别丧失父权制文化赋予它的重要地位,使人类共同体的建构彻底摆脱文化性别的钳制,从而实现"在两性和谐共处的基础上争取人的最大限度的自由"这一遥远而宏大的理想(李小江)。应该说,西方主流女性主义对共同体的想象与建构大多只有性别这个单一的范畴。

二、白人男性中心主义与美国族裔文化性别共同体的多重维度

西方/美国主流女性主义聚焦性别歧视,代表白人中产阶级女性的立场。但对美国族裔作家而言,拆解或重构文化性别共同体必须考虑与性别话语交缠纠结的种族、阶级等相关话语。在以白人男性为中心的美国社会里,白人女性和族裔男性属于"他者",前者是单一维度的性别"他者",后者看似单一维度的种族"他者",但白人往往借助性别话语对其实施种族宰制;族裔女性受到的压迫同时来自白人男性、白人女性和本族裔男性,可说是"他者"中的"他者",对其实施宰制的意识形态工具包括来自白人主流文化的种族话语、性别话语和种族化了的性别话语,另有来自本族裔文化的性别话语。因其多重边缘化的弱势地位,美国族裔男女作家对于文化性别共同体的想象和建构必定不同于白人作家,无论他们是否为女性主义者。

那么,美国族裔文化性别共同体与主流文化性别共同体之间是何关系?族裔男女作家,抑或其笔下的男女人物,对共同体的想象和建构与上述主流策略有何相同和不同之处呢?

不妨作出如下假设:美国族裔男性和女性都致力于建构同时拆解了男

性中心主义和白人中心主义的共同体,因为他们把性别政治和种族政治视为不可分割的整体,反种族压迫和反性别歧视的斗争应在三个层面上同时展开,并行不悖。他们一则关注整个族裔的社会地位和福祉,为本族裔不再重复被"内部殖民"的历史命运而摇旗呐喊。再者,他们清楚地意识到,族裔内部仍然存在性别不平等,男性中心的文化民族主义也会以推动种族政治的名义中伤和压制族裔女性主义,反抗族裔内部的性别压迫自然成了他们义不容辞的责任。与此同时,面对女性主义内部的种族歧视,他们,尤其是族裔女性,试图通过文学创作与批评树立本族裔女性的主体地位,抵制西方主流女性主义的话语霸权。他们甚至走得更远,希冀建构一个人人平等自由的共同体,不仅摆脱了文化性别的钳制,种族、阶级、性倾向、物种等范畴也失去了制造区隔的功用。下文将对美国非裔、亚裔、犹太裔、本土裔和西裔的相关文学创作进行梳理和辨析,以检验上述假设。

三、美国非裔文学中的文化性别共同体思想

(一)种族与父权话语建构的非裔文化性别共同体

在白人种族话语体系里,黑肤是美国非裔低劣邪恶的能指。莫里森(Toni Morrison)的《宠儿》(*Beloved*,1987)和赖特(Richard Wright)的《土生子》(*Native Son*,1940)对此做了入木三分的刻画。这一种族话语更与性别话语共谋,将非裔男性"阉割",致其追逐白人女性以获取白人男性的雄风,却往往沦为"被弃官能症"患者(Fanon 76)。鲍德温(James Baldwin)《另一个国家》(*Another Country*,1962)再现了被扭曲的跨种族男女关系。非裔女性同样受制于种族化的性别话语,被炮制为各种刻板形象。白人强势文化不断复制此种权力话语,制约非裔男性和女性的主体建构,加固白人男性中心主义的共同体。皮特里(Ann Petry)在《大街》(*The Street*,1946)中塑造了美国文学中第一个城市黑人女性无产者形象,套在她身上的是种族、性别和阶级三重枷锁。在非裔内部,深受白人文化"阉割"之苦的男性对女性暴力相向,令饱受父权宗法规训与惩戒的女性处境更为不堪。早期非裔女性大多隐忍承受,但随着新一代非裔女性意识的觉醒,非裔男性中心主义共同体

受到撼动。沃克(Alice Walker)的《紫色》(*The Color Purple*,1982)等非裔女性文学作品对此多有反映。种族与父权话语建构的非裔文化性别共同体里,女性被置于多重边缘化的境地,苦觅突围之机。

(二)边缘中的反抗:非裔女性文化共同体

在美国非裔文学作品中,饱受种族、性别、阶级压迫的非裔女性人物往往能将被多重边缘化的家庭空间或聚居区,翻转为彰显女性主体位置、凝聚共同体意识并获得抵抗力量的场域。莫里森的《宠儿》、《天堂》(*Paradise*,1997)等作品常常聚焦于非裔女性如何在家庭或社区生活中通过烹饪、缝纫、讲故事、跳舞唱歌等活动,建构女性文化共同体,共同对抗父权、种族与阶级话语的宰制。耐勒(Gloria Naylor)的《布鲁斯特街的女人们》(*The Women of Brewster Place*,1982)再现了7位在阶级、种族和性别方面遭遇不同程度压迫的非裔女性,她们身处被白人种族话语贬斥为黑暗中心的非裔贫民区,却能创造性地把这块种族之地转化为团结一致的抵抗之地。多重边缘化的共同命运,使得非裔女性能够相知相遇,在边缘空间联盟,成为一个彰显异质多元的共同体。

(三)超越二元对立的文化性别共同体

沃克在《寻找母亲的花园》(*In Search of Our Mother's Gardens*:*Womanist Prose*,1983)一书中,挖掘出一个黑人文化的母系传统,并提出了"妇女主义"(Womanism):

> 妇女主义者指的是黑人女性主义者或有色人种女性主义者……通常指非比寻常、有冒险精神、大胆或不受拘束的行为……热爱其他女人(有性欲要求和/或无性欲要求)。欣赏和偏爱女人的文化、女人的情感变化……和女人的力量。也会热爱作为独立个体的男人(有性欲要求和/或无性欲要求)。以全人类(包括男人和女人)的生存和完整为己任。不是分离主义者,除非定期出于健康原因。传统意义上的大同主义者(universalist)……(认为)不同肤色的种族就像一个花园,各种颜色的花都会在这里开放……爱

努力奋斗。爱自己的民族。爱自己。义无反顾。妇女主义者与女
性主义者的关系就如同紫色与淡紫色的关系。（Walker xi—xii）

沃克提出妇女主义，与只注重性别歧视的西方主流女性主义区分开来，转而
倡导一个摈弃种族、性别、阶级和性向等二元对立、全人类团结一致的大同
社会，与前述第三阶段西方主流女性主义提倡的共同体思想有异曲同工之
妙。但沃克的大同思想和平等观念源自美国非裔的宗教信仰和传统神话，
具有深厚的非裔文化根基。莫里森的《天堂》中，康瑟雷塔通过地母一般的
奉献弥合鲁比小镇的种族、性别、阶级和宗教隔阂，勾勒出一幅人类命运共
同体的蓝图。

四、美国亚裔文学中的文化性别共同体思想

（一）种族与父权话语建构的亚裔文化性别共同体

在种族与父权话语建构的白人男性中心主义共同体和亚裔男性中心主
义共同体中，美国亚裔的多重边缘化处境类似于非裔，对此亚裔文学亦多有
再现。雷霆超（Louis Chu）的《吃一碗茶》（*Eat a Bowl of Tea*，1961）以唐人
街单身汉社会为场景，详述早期华人移民在美国遭受"阉割"的屈辱生活。
黄玉雪（Jade Snow Wong）的《华女阿五》（*The Fifth Chinese Daughter*，
1950）讲述华人少女融入美国主流社会的故事，她对华裔父权文化的保守教
育和威权规训批判有加，却几乎没有意识到白人男性中心主义的存在。穆
克吉（Bharati Mukherjee）借《詹思敏》（*Jasmine*，1989）表达了对封建家长
制、包办婚姻和性别歧视的痛恨；拉希莉（Jhumpa Lahiri）的《疾病解说者》
（*Interpreter of Maladies*，1999）中，女主人公承受着父权与种族话语双重宰
制下的身体和精神创伤。休斯顿（Velina Hasu Houston）在《茶》（*Tea*，
1987）中刻画了日裔战争新娘所遭受的家庭暴力及其在性别意识觉醒后对
丈夫的反抗。

（二）亚裔女性文化共同体

女性主义认为母女关系对女性的成长影响最大，激进女性主义者甚至寻求以此为基础建构女性文化共同体。自 20 世纪 60 年代以来，美国女性主义者致力于"母系文学"（the literature of matrilineage）和母系话语传统的挖掘、挽救和重建。华裔女作家的母女关系题材作品足以构成"美国华裔母系文学传统"（Shi iii，v）。最有代表性的当属谭恩美（Amy Tan）的《喜福会》（*The Joy Luck Club*，1989）、《灶神爷之妻》（*The Kitchen God's Wife*，1991）、《百种神秘感觉》（*The Hundred Secret Senses*，1995）、《接骨师的女儿》（*The Bonesetter's Daughter*，2001）和《拯救溺水鱼》（*Saving Fish from Drowning*，2005）等。在其笔下，母女关系的冲突和融合彰显的是中国传统文化性别话语和美国当代文化性别话语之间的冲突与融合，呈现的是一种双重的文化性别身份认同。露丝·尾关（Ruth L. Ozeki）则在《我的食肉之年》（*My Year of Meats*，1998）和《不存在的女孩》（*A Tale for the Time Being*，2013）中探讨了一种无关亲情的女性共同体：日本国内深受性别歧视的女性与身处美国的日裔女性生发出强烈的共同体情感和意识，跨越太平洋结盟，反抗男权文化。董宛梅（Duong Van Mai Elliott）的《神圣的柳树》（*The Sacred Willow*，1999）、张（Monique Truong）的《难言之隐》（*Bitter in the Mouth*，2010）以及高兰（Lan Gao）的《猴桥》（*Monkey Bridge*，1997）和《莲与暴》（*Lotus and Storm*，2014）等试图通过创立女性主义话语来建构越南裔女性的自我认同和文化认同。

（三）弥合亚裔种族创伤的文化性别共同体

对于很多亚裔女作家而言，反抗亚裔共同体内部的性别歧视、美国主流社会的种族歧视及其借以实施的话语体系，均可并行不悖，故而其不同作品或有侧重，但对于共同体的想象和建构始终兼顾性别和种族维度。最典型的例子便是接连创作"女书"《女勇士》（*The Woman Warrior*，1976）和"男书"《金山勇士》（*China Men*，1980）的汤亭亭（Maxine Hong Kingston）。前者以女性祖先为中心人物，志在建构女性文化共同体；后者的中心人物都是男性，意在颠覆美国主流文化强加于之的女性化刻板形象。在汤亭亭看来，华人男性在美国被非人化的遭遇代表着整个华裔共同体的种族创伤，也是华裔女性认同华裔共同体的历史基点。谭恩美的《接骨师之女》传达出对女性与自然及男性携手共创美好未来的憧憬。阮氏图兰（Nguyen Thi Thu-Lam）的《落叶》（*Fallen Leaves*，1989）试图通过颠覆西方种族话语和父权权威来重塑越南女性的民族身份。蒂娃卡鲁尼（Chitra Banerjee Divakaruni）、德赛（Kiran Desai）等关注印裔移民在美国社会所面临的困境。

五、美国犹太裔文学中的文化性别共同体思想

（一）父权话语建构的犹太裔文化性别共同体

犹太父权话语建构的文化性别共同体中，女人是"第二性"。犹太教传统文化对男女的社会角色和价值取向作了严苛的规定，性别不平等得以代代沿袭。不过修正或重构的努力也从未停息。现在犹太女性可以从事各种职业，性别角色和公私空间的区隔已开始弥合，但父权传统的至高权威仍难以撼动。一些当代犹太裔女作家的作品里出现了主张回归犹太传统的年轻女性人物。顾德曼（Allegra Goodman）的《马口维茨家族》（*The Family Markowitz*，1996）和克莱恩（Elizabeth Klein）的《和解》（*Reconciliations*，1982）中，孙女辈女性人物是虔诚的犹太教徒。男作家的作品则更多地表达一种对强大女性的揶揄和敌视，如罗斯（Philip Roth）小说中的犹太母亲对儿子的保护欲强到令其窒息，贝娄（Saul Bellow）笔下的妻子专横霸道。

（二）犹太裔女性文化共同体

从美国犹太裔文学史来看，不少女作家致力于批判父权文化，建构女性文化共同体，往往会从西方/美国主流女性主义话语中寻求思想资源。在犹太女性小说里，女儿可能对母亲唯父亲是从表示不满，如耶泽娅斯克（Anzia Yezierska）的《养家糊口的人》（*Bread Givers*，1925）和《我自己的族人》（"My Own People"，1920）。安廷（Mary Antin）的《应许之地》（*The Promised Land*，1912）颂扬移民家庭里的姐妹情谊及美国提供的再生机会。羌（Erica Jong）在《惧怕飞行》（*Fear of Flying*，1974）中让女小说家讲述创作困境。

欧芝克(Cynthia Ozick)在《男子气》("Virility")中辛辣讽刺了文学评论界的男权主义,在《大围巾》(*The Shawl*,1989)及其续篇《罗莎》(*Rosa*,1983)中论及母爱,刻画了新一代美国化了的犹太女性,在《信任》(*Trust*,1966)、《斯德哥尔摩的救世主》(*The Messiah of Stockholm*,1987)和《微光闪烁的世界的继承人》(*Heir to the Glimmering World*,2004)中,塑造了众多独立自强的犹太裔女性。

(三)两性和谐共处的文化性别共同体

欧芝克的《艺术与激情》(*Art and Ardor*,1983)收录了关于女性主义的论文《对跳舞的狗的死亡的预测》("Previsions of the Demise of the Dancing Dog")、《文学与性的政治:一种不同意见》("Literature and the Politics of Sex:A Dissent")和《弗吉尼亚·伍尔夫太太:一个疯女人和她的护士》("Mrs. Virginia Woolf:A Madwoman and Her Nurse")等。前两篇反对把男性特质作为普遍标准,并以此来衡量女性。第三篇是对伍尔夫的侄儿贝尔(Quentin Bell)所写传记的评论。欧芝克分析了伍尔夫与犹太丈夫伦纳德(Leonard)之间互相需要、彼此珍惜的关系,指出伍尔夫虽反对父权制,却并未把所有的男人视为敌人,她的家庭共同体中,主心骨是父亲和丈夫,他们给她提供了女性成才所需要的最好条件。欧芝克认为伍尔夫所争取的主要是女性受教育和获得文化资源的权利,属于古典女权主义。她赞同伍尔夫有关两性要和谐共处的观点,反对某些女性主义者的分离主义路线。

六、美国本土裔文学中的文化性别共同体思想

(一)本土裔文化性别共同体思想的族裔特征

美国本土裔传统文化提倡"一种超越个人的意识,包括一个群体、一个过去和一个地方……是部落性质的'存在',而不是个体性质的'存在'"(Bevis 585)。这样的自我是"部落"自我,即"人、地方、历史、动植物、幽灵和神灵之间相互应和的大家庭"(Lincoln 42)。这是本土裔文化中根深蒂固的共同体思想,代代传承,至今潜藏于本土裔作家的心灵深处,渗透于其文学

创作。本土裔文学中的文化性别思想，也是根植于此种文化传统和自我认知，并非受西方主流女性主义的促发，对于后者更多是借鉴与融合。因此，本土裔文学中的文化性别共同体思想不仅可以与其他族裔文学构成参照，更与主流文化形成对话，从而丰富美国文化共同体中的文化性别图景。

（二）本土裔文化性别共同体思想的代际传承

第一代本土裔女作家中，温妮穆卡（Sarah Winnemucca）的《派尤特人的生活》（*Life Among the Piutes*，1883）、德洛莉亚（Ella Cara Deloria）的《说起印第安人》（*Speaking of Indians*，1944）、奇特卡拉-萨（Zitkala-Sa）的《重述印第安古老传说》（*Old Indian Legends*，1901）和《北美印第安人故事集》（*American Indian Stories*，1921）以及昆塔斯科特（Christal Quintasket）的《郊狼故事集》（*Coyote Stories*，1927）等，都是重要的本土裔部落文化传统叙事，传承着本土裔共同体的文化表征。从卡拉汉（Sophia Alice Callahan）的《丛林之子维妮玛》（*Wynema*，*A Child of the Forest*，1891）和昆塔斯科特的《混血姑娘柯吉维娅》（*Cogewea：The Half-Blood*，1927）开始，女性主人公大量出现，涉及她们的性别、族裔、血统、社会、教育等多重困境。到了当代，西尔科（Leslie M. Silko）、厄德里克（Louis Erdrich）、哈乔（Joy Harjo）、格兰西（Diane Glancy）等女作家的创作从内容到形式都呈现出鲜明的文化性别特征，以弱化性别二元对立的流动性风格，与其他族裔及美国主流的文化性别共同体思想形成交汇、对话、互补和共存。

（三）本土裔文化性别共同体书写的美学特征

本土裔传统文化的生态整体主义思想决定，在族裔共同体内部，性别歧视从未成为一个与种族歧视一样关涉本族裔或部落生死存亡的重大问题。一些部落甚至拥有悠久的母系文化传统。西尔科的《拉古纳女人》（*Laguna Woman*，1974）、《仪典》（*Ceremony*，1977）和《黄女人与精神美人》（*Yellow Woman & A Beauty of the Spirit*，1996）对此多有再现。因此，北美本土裔的历史和文化，尤其是文学创作，也呈现出相应的文化性别特征。主要体现为：本土裔文学脱胎于口述传统，传承者中女性比例很高，本土裔文学发展进程中，女作家也是主要的创作力量；在大量的本土裔文学作品中，女性往往是主要人物,其中甚至包括"恶作剧者",既是故事情节的开启和推动者,也是作品主题思想的阐发人;叙事口吻和风格多具女性色彩,一些作家有意识地质疑、戏谑、颠覆、弃用西方逻各斯中心主义的小说叙事模式。

七、美国西裔文学中的文化性别共同体思想

(一)种族与父权话语建构的西裔文化性别共同体

种族与父权话语始终操控着美国西裔文化性别共同体的建构与重构。阿尔瓦雷斯(Julia Alvarez)的《加西亚家的姑娘们如何失去口音》(*How the García Girls Lost Their Accents*,1991)揭示了美国和多米尼加社会中的性别不平等、种族歧视和阶级鸿沟,与只关注性别歧视的白人女性主义者相比,她的视野更为广阔,思想也更有深度。西裔男作家对种族歧视的敏感程度似乎胜过性别歧视。以墨西哥裔为例,20世纪六七十年代的奇卡诺(Chicano)运动高举文化民族主义大旗,其共同体的建构浸透着男性中心主义意识形态。安纳亚(Rudolfo Anaya)在《保佑我,乌尔蒂玛》(*Bless Me, Ultima*,1972)中推崇生态整体论思想,但未惠及女性人物,男女二元对立和男性中心主义的思维模式对他仍有影响。

(二)西裔女性文化共同体

20世纪七八十年代,墨西哥裔女作家不满奇卡诺运动的男权意识形态,开始自称奇卡纳,继而出现"Chicana/o"或"Chicano/a"的统称。奇卡纳深入探究本族裔女性在文学作品中的沉默和再现,尤其注重清算和改写大墨西哥文化传统中的女性原型,向这些负面的女性原型注入正面的意义和内涵,以求彻底颠覆其承载的父权制意识形态。

除了墨西哥裔外,其他西裔也涌现了不少"拨乱反正"的女作家,建构女性文化共同体是她们共同的文学想象。西斯内罗斯(Sandra Cisneros)的《芒果街上的小屋》(*The House on Mango Street*,1983)、阿尔瓦雷斯的《加西亚家的姑娘们如何失去口音》和加西亚(Cristina García)的《古巴一梦》(*Dreaming in Cuban*,1992)标志着西裔女作家运动的正式启动,卡斯蒂略

(Ana Castillo)和查韦斯(Denise Chavez)也是中坚人物。阿尔瓦雷斯的三部历史小说很有代表性:《蝴蝶时代》(*In the Time of the Butterflies*,1994)是一部歌颂姐妹情谊的作品,主人公是多米尼加的民族英雄米拉贝尔姐妹;《以萨乐美的名义》(*In the Name of Salomé*,2000)的主人公是母女俩,小说贬斥殖民主义和帝国主义,也着力探讨了性别政治,如母亲作为女权主义先驱的奋斗和作为、母亲与父亲的关系、女儿失去母亲之后的孤苦无依和同性恋倾向等;《拯救世界》(*Saving the World*,2006)刻画了两个勇敢、博爱、坚忍的女性,同样关注女性情谊、女性传统等女性主义主题。

(三)反本质主义的新型文化性别共同体

西斯内罗斯以奇卡纳女性主义者自称。她的创作既批判种族与父权话语建构的西裔文化性别共同体,又试图从性别、种族、阶级等多重维度重构西裔文化共同体或建构西裔女性文化共同体,在部分作品里还表达了超越性别二元对立以建构新型文化共同体的诉求,与主流女性主义者的共同体思想有呼应,但更彰显其作为奇卡纳的主体性。

在《坏男孩》(*Bad Boys*,1980)中,西斯内罗斯抨击虐待女人的坏男人,到了《我恶劣的、恶劣的行为》(*My Wicked*,*Wicked Ways*,1987)、《荡妇》(*Loose Woman*,1994)和《喊女溪》(*Woman Hollering Creek and Other Stories*,1991)中,则重新诠释所谓的"坏女孩"和"荡妇",塑造了一系列独立坚强的墨西哥裔女性形象。《条纹大披巾》(*Caramelo*,2002)是一部挖掘本族裔文化和历史的寻根之作,女性主义意识并不突出。在成长小说《芒果街上的小屋》中,一个墨西哥裔女孩决意建构一个父权文化传统无法界定的女性自我,成为兼具独立意识和社会责任感的作家,担任本族裔的代言人和引路人。这部小说集中体现了西斯内罗斯作为奇卡纳女性主义者的共同体思想。

八、结语:共性与特性

综上所述,通过梳理美国非裔、亚裔、犹太裔、本土裔和西裔的相关文学创作,本文发现就文化性别共同体思想而言,族裔文学与西方/美国主流思想文化之间以及各族裔文学之间大体存在以下异同：

（一）美国族裔文学对于文化性别共同体的想象和建构大多基于性别、种族、阶级等多重维度的交叠，而非西方/美国主流文化性别共同体思想中的单一性别维度

这既是各族裔文学作为一个整体最突出的共性，也是其迥异于西方/美国主流思想的最明显的特性。究其根源，在于各族裔共同体均深受白人男性中心主义话语的宰制，大多处于性别、种族、阶级等多重边缘化的生存境地，性别问题与种族、阶级等问题交叠缠绕，无从分割；而在美国白人共同体内部，性别问题大多被作为一个压倒一切的独立范畴加以讨论。当然近些年也出现了一些新的发展动向。比如随着西方/美国主流生态批评思潮的兴起，生态女性主义应运而生，其中部分学者"以整体主义的、开放的视野关注一切遭受压迫和剥削的群体"，探究性别问题的同时兼顾生态问题，或者认为两者及其与种族、阶级、性倾向等问题"同源同构"，在此基础上建构和想象文化性别共同体（石平萍、蔡霞 187－240）。由此也可以看出族裔思想文化对美国主流文化性别共同体思想的影响。

（二）西方主流思想文化对族裔思想文化的影响不可避免，而且与反向的影响相比，西方主流思想界施加的影响可能更加广泛和深远

因此，西方主流文化性别共同体思想在美国族裔文学中有或多或少的体现，如父权制文化中的男性中心主义共同体以及西方主流女性主义三个阶段建构的三种共同体形态——男性中心主义共同体、女性文化共同体和去性别化或无性别的共同体——在非裔、亚裔、犹太裔和西裔文学中都能找到对应的表征。这也可以说是美国族裔文学展现出来的另一个总体特征。

（三）另外，各族裔文学对于文化性别共同体的想象和建构在上述共性之外，也显露出各自的独特之处

就种族和文化而言，犹太裔最贴近西方主流思想界，性别问题较少牵涉种族范畴，因而其文化性别共同体思想也较少考虑种族范畴；而本土裔传统文化有着悠久的整体主义思想，族裔共同体内部鲜少将性别作为制造区隔的范畴,因而男女作家都更关注种族压迫或部落生存等问题;非裔、亚裔和西裔却时时必须面对性别、种族、阶级等多重维度的交缠纠结,在各个阵线同时展开斗争,甚或出现此起彼伏或顾此失彼的状况。这些相异之处反映出各族裔在文化传统和历史经验等方面存在差异。

限于篇幅,也鉴于本文仅是全景式的勾勒和粗线条的描画,笔者将在今后的研究中进行更多的文本分析和理论思辨,立体呈现美国族裔文学中文化性别共同体思想的宏阔图景和局部细节。

参考文献

Bevis, William. "Native American Novels: Homing In." *Recovering the Word*. Eds. Brian Swann and Arnold Krupat. Berkeley: University of California Press, 1987: 580 -620.

Cixous, Hélène. "The Laugh of the Medusa." Trans. Keith Cohen and Paula Cohen. 1976, 1(4): 875-893.

Fanon, Frantz. *Black Skin, White Masks*. Trans. Richard Philcox. New York: Grove Press, 2008.

Heilbrun, Carolyn G. *Toward a Recognition of Androgyny: Aspects of Male and Female in Literature*. New York: Knopf, 1973.

Kristeva, Julia. "Women's Time." Trans. Alice Jardine and Harry Blake. 1981, 7 (1): 13-35.

Lincoln, Kenneth. *Native American Renaissance*. Berkeley: University of California Press, 1983.

Shi, Pingping. *The Mother-Daughter Relationship and the Politics of Gender and Race: A Study of Chinese American Women's Writings*. Kaifeng: Henan University Press, 2004.

Walker, Alice. *In Search of Our Mother's Gardens: Womanist Prose*. San Diego: Harcourt Brace Jovanovich, 1983.

理安·艾斯勒:《圣杯与剑——男女之间的战争》,程志民译,北京:社会科学出版社,1995年。

李小江:《改革与妇女解放》,载《光明日报》1988年3月10日第2版。

刘岩等:《性别》,北京:外语教学与研究出版社,2019年。

石平萍、蔡霞:《美国少数族裔文学中的生态思想研究》,北京:中国社会科学出版社,2019年。

特里·伊格尔顿:《当代西方文学理论》,王逢振译,北京:中国社会科学出版社,1989年。

英国少年儿童文学中的
游戏伦理与帝国梦想

张金凤①

内容提要：游戏是少年儿童文学常触及的现象，但也是文学研究中常被忽视的现象。本文选取英国 19 世纪中、后期和 20 世纪初期的三部经典少年儿童文学作品，考察其折射出的游戏伦理，并将游戏伦理的演变与帝国意识形态的发展进行并置研究，由此得出结论：对待游戏的不同态度，映照了 19 世纪末英国从自由帝国主义向新帝国主义过渡时期英国人帝国理想的嬗变。

关键词：《汤姆·布朗求学记》 《金银岛》 《彼得·潘》 游戏伦理 帝国理想

Title：Game Ethic and the Vision of Empire in Classic English Juvenile Literature

Abstract：Games are common phenomena in juvenile literature, yet they are often neglected in literary studies. The thesis studies the game ethic in three classic English juvenile books of 19th century and early 20th century, juxtaposes the evolution of game ethic and the development of imperialism ideology, and comes to the conclusion that the change of attitudes towards games reflects a shifting vision of empire as liberal imperialism evolved into new imperialism at the end of 19th century.

Key words：*Tom Brown's School Days*；*The Treasure Island*；*Peter Pan*；game ethic；vision of empire

---

① 张金凤，浙江工商大学外国语学院教授，研究兴趣为英国文学与文化。

引　言

据说,英国惠灵顿公爵曾指出,滑铁卢之战是在伊顿公学的操场上打赢的。无论是否属实,其无非在强调:获取战争胜利的诸多品质,是在学校操场上培养的。无独有偶,人类学家麦克法兰评论,林林总总的游戏在英国有着极其重要的地位和悠久的历史,"现代性的标志之一是重视竞争性游戏和运动。……在很大程度上,大英帝国这一'想象的帝国'是通过游戏而结为一体的"(麦克法兰 119)。两人均强调游戏对于大英帝国的重要性,此看法也得到其他论家的认同①。英国文学,尤其是少年儿童文学,对游戏的呈现并不少见,遗憾的是,诸多文学研究者却似乎忽视了游戏与帝国意识形态之间的可能联系。本文试图弥补这一缺憾,从 19 世纪中后期和 20 世纪初的三部经典少年儿童作品出发,探讨游戏伦理的演变与帝国梦想之间错综复杂的纠缠关系。

一、《汤姆·布朗求学记》中的游戏:规训野性

英国 19 世纪中叶的游戏伦理,扎根于 19 世纪 30 年代福音教运动对德育的重视,延伸至儿童教育对游戏的定位,即在游戏中提升孩子的道德,培养其健全的人格。19 世纪 50 年代的"强健派基督教"运动(Muscular Christianity)进一步强调游戏的道德教诲和身体素质锻造功能,推崇虔信基督教的英雄形象,即强健的男子汉气质与基督教虔敬的结合体。此运动的文学体现,最典型的便是修斯(Thomas Hughes)的公学小说。修斯对"强健派基督教"作了清晰阐述:"身体强健的基督徒至少应抱有古老的骑士精神与基督教信仰,上帝赋予一个人的身体是需要训练和制服的,然后可以保护弱者,支持正义事业,并征服上帝赋予的土地"(Mohanram 16)。这里,他将此运动与帝国殖民扩张政策联系起来。当时的许多教育者认为,规训的身

---

①　Matthew Kaiser, "The World in Play: A Portrait of a Victorian Concept", *New Literary History*. 2009,40(1):105－129.

体是道德品行的外在表达,因此,竞技性游戏是孩童成长的绝佳工具。让男孩参与竞技性游戏,强健体魄,战胜野性,内化规则,培养坚韧、勇敢、好胜、合作等品质,而这些,正是帝国建设者的理想品格。彼时,英国人多相信,其殖民政策旨在为未开化地区带去启蒙和文明,为此,英国需要改进教育体制,为帝国提供最合适的服务者:帝国疆域开拓者、殖民地管理人员、传播上帝福音的传教士。他们的品格,需在少年时期的教育中得以锻造。这一理念充分体现在修斯的《汤姆·布朗求学记》中。

《汤姆·布朗求学记》中汤姆的经历,基于作者早年在拉格比公学的生活,折射出当时英国公学的理念、校风和教育实践。作品中的校长,便是以大力进行教改的托马斯·阿诺德为原型而塑造的。此作品大获成功,推动了英国公学小说的流行,一直到20世纪初,公学小说几乎被视为诸多文化与教育问题的讨论阵地。校长教育理念的核心,是为英国培养帝国建构和治理的有用之才,他的教改便围绕这一理念而进行。一段选自《拉格比公学校刊》的文字充分揭示了这一理念:"一方面要永远记得我们是男孩,学龄男孩;另一方面也必须时刻牢记,我们构成了一个社会群体,一个小社会。我们不仅要学习,还要行动和生活,不仅是作为男孩,而是作为将要成长为男人的男孩"(Hughes xxxii)。可见,教育的重点是,帮助男孩成长为适应社会的男人,为英帝国在全球范围内的统治预备人才。校长深信,通过身体训练可以促进道德精神的养成,他鼓励学生走向操场,通过竞技性游戏,打造强健体格,通过比赛和游戏中的规则意识,灌输自律、忍耐、合作、守时等文明人所必需的品质。汤姆和同学们,作为教育改革的原材料,由调皮捣蛋、充满野性的顽童,被规训、被塑型,逐渐成长为帝国统治者眼中理想的男子汉。

汤姆刚入校时,是一个典型的淘气男孩,"没有什么特别之处,除了男孩气更多一些"。这种"男孩气"是自然本性的表达,是"动物般的生命力、美好天性和诚实的本能,憎恶不公,足以沉没大轮船的轻率鲁莽"(Hughes 143)。不过,他动物般的野性和没心没肺的淘气倾向,如果不加以正确引导,会成为恶行的源头。校长认为,男孩不可能自主抵达道德性,因此需要教育者的引导与灌输;言语和书本的教导不够有力,需要通过身体和行为的训练。运动场上的竞技游戏便发挥着不可小觑的作用。这些游戏起到了规训野性的作用,除了培养男性气质,让他们变得更勇猛、积极和自信之外,还可以固化、强化基督信仰，使之成长为道德、正直和精神性的人。

修斯笔下的学校高度重视竞技性游戏在男孩教育中的作用，对汤姆等男孩实行身体和精神两方面的规训与引导。在竞技性游戏中，孩子们学会如何竞争，表达异同，锻炼才智，协力追求，培养团队精神。英国人对待这类竞技运动的认真态度，从下述事实可一窥端倪：世界上很多竞争性团队游戏要么在英格兰发明，要么在英格兰完善并形成制度，如板球、网球、足球和橄榄球等。有论者认为，到 19 世纪后期，竞技性游戏几乎已成为一种团结英国人的宗教（麦克法兰 123）。小说结尾，调皮的汤姆成长为可靠负责的男子汉，足以肩负征服者的责任，随时准备为实现大英帝国的利益而出发、去奉献。他的好朋友，有的成为帝国驻印军官，有的远赴非洲传教。学校将鲁莽的狂野男孩逐步规训、培养成帝国事业的支柱。通过游戏规则，驯服男孩天生的野性，灌输给他们成年后履职所必需的素质和品格，这种功利主义的游戏观在 19 世纪中期的教育理念中占据牢牢的位置。《汤姆·布朗求学记》的流行，广泛传播了上述游戏伦理，散居在帝国各处的英国家长，纷纷把孩子送回英国，接受这样的教育，学会玩英国游戏，变成英国人这个品种（the Breed）的一份子。很多论者曾表示，能让学生为了帝国利益做出英雄之举的精神或品格，常常并非课堂上所得，而是在狩猎场或运动场上学到的。竞技性游戏为大英帝国的梦想实现做出巨大贡献（弗格森 222）。如此，惠灵顿公爵的那番言论并非惊人之论。

不少英国小说都触及学童在户外争斗游戏的话题，如狄更斯的《大卫·科波菲尔》提及小主人公初到寄宿学校时参与激烈游戏时的生疏与不适应；毛姆则在《人性的枷锁》中描写身患残疾的菲利普参加竞技性游戏时的自卑和尴尬，从侧面谴责学校一味追求培养学生的勇猛、强健和生存意识，忽略学生个体差异的僵化做法。不过，到 19 世纪后期，强调竞技性比赛的功利主义游戏观已悄然发生变化，这一变化最贴切、最典型的文学体现莫过于斯蒂文森的《金银岛》。

二、《金银岛》中的游戏：重申野性

《金银岛》和巴兰坦（R. M. Ballantyne）的《珊瑚岛》（*The Coral Island*,

1858)常被相提并论,因其同属少年儿童历险小说,均讲述机智少年靠计谋战胜强盗、获得财宝的故事,出版后都炙手可热,顿成经典。不过,如果以游戏伦理相观照,我们却体察到二者之间存在的微妙差别:游戏观及其对待海盗、帝国等态度的变迁。《珊瑚岛》与《汤姆·布朗求学记》同属世纪中期作品,展示了近似的游戏观;儿童和海盗形象明显呈现白与黑、善与恶的二元对立:海盗是体面的、符合基督教义的甚至英国性的对立面。这是当时通行的书写方式,比如,狄更斯与柯林斯(Wilkie Collins)合著的《英国犯人历险记》如此描写海盗,"国家的渣滓,从最恶劣人群中选出的最恶劣的人,……做着最残忍、最恐怖的事情,一群大呼小叫、恶狠狠、醉醺醺、疯狂、挥舞着黑旗的魔鬼"(234)。站在海盗对立面的英国人则是坚强勇敢、光明磊落的正人君子,即成年后的汤姆·布朗们。《珊瑚岛》结尾处,在海盗头子奄奄一息之际,主人公使其皈依基督教,正如传教士最终驯服、救赎了岛上的食人族成员。此举强调宗教善德征服人类野性的能力。男孩与海盗,作为道德的对立面,互为陪衬,互不相容。这一规训野性、文明化野蛮人的主题在《金银岛》却不再如此明晰。

《金银岛》依然关乎你死我活的财宝争夺,但作者对争夺过程的呈现却更像一场竞技游戏:将正反两派设计成争夺同一奖品的两支队伍。只不过这个游戏容许残忍恐怖行为,得分方式则是计数双方留在场上的队员。男孩吉姆轻松愉快地投入了与海盗之间的竞技,这不禁令人联想起儿童天性中对于野性和杀戮的亲近感。当吉姆有机会在游戏中得分时,他的行为丝毫没有体现出他内心曾有过道德顾虑,而小说也多次暗示孩子和海盗行为之间的内在贯通性,这样的游戏伦理明显颠覆了前文那种黑白二分的刻板模式和基督教式的道德教诲解读①。

小说开始,海盗比尔来到吉姆家的小旅店。无论从字面,还是比喻层面来看,作品都将海盗带回了英国国内。虽然父亲担心海盗的出现会吓退其他客人,吉姆却有他的小盘算:

---

① 需要指出的是,这里的游戏不再局限于竞技性比赛的概念,外延、内涵均更加宽泛(play,而非仅仅是 game)。

人们起初的确被他讲的那些故事吓坏了，但事后回想起来又
觉得非常喜欢，因为这给平静的乡村生活带来了一份刺激。有群
年轻人甚至假装对他崇拜得五体投地，称他"货真价实的老船长"
"真正的老水手"，还说英国之所以在海上称王称霸靠的就是这种
人。（史蒂文森 2）

这里，史蒂文森触及了英国的自我形象问题，他将英国"称王称霸"的海军力
量与无法无天的海盗行为相提并论。接下去，他继续重申这一联系，比如，
乡绅讲起史上臭名昭著的海盗船长如何令西班牙人闻风丧胆，"我有时都自
豪自己是个英国人呢"（31）。如此，英国性与海盗行为之间的界限不再清
晰，海盗不再是英国性所代言的一切体面与道德的邪恶对立面。吉姆随时
愿意像海盗那样行事，而海盗希尔弗则一直表现出中产阶级尊崇的传统操
守，如维持体面的外表、彬彬有礼的言谈举止等。小说中，在以往文化想象
中本来清晰的道德界限出现了模糊化的迹象，吉姆身上更多地表现出道德
性的缺失（amorality），这个地道的英国男孩，行为处世却流露出海盗身上的
一些特征。史蒂文森以此暗示海盗行为与男孩天性中不道德一面的深层联
系。男孩与海盗似乎都表征了男人的某种原始状态，野性、勇猛、无拘无束
等等，而这两个形象在此程度上的合二为一便提供了如下解读可能：海盗行
为几乎可以归为男孩本性的自然流露。

史蒂文森对待帝国的态度是复杂的，难以一言尽之，也非本文之论述重
点，不过，《金银岛》的流行所带来的文化影响力，却有助于将帝国前沿打造
成一个自足的、男孩般的游戏场，一个不受道德法则约束的真空，一个男性
可以暂时体验流血与争斗的法外之地。史蒂文森有关童年的一篇文章也验
证了这一点：他将童年视为没有道德感的（immoral）前道德阶段，将孩童
描述成"和花朵一样漂亮，和小狗一样天真"（*Virginibus Puerisque* 224）。这
个比喻脱离了之前强调孩童纯洁天性的童年观，"和小狗一样天真"隐含的
寓意其实是，和小动物一样不受道德问题的困惑，行为自有一套内在的规
则，不受外界道德准则的影响，而这恰恰符合游戏的特质。

《金银岛》对于游戏规则的关注代替了传统的道德信条。狂放不羁的海
盗，其实也在执行自己的规则。在海盗游戏里，令人印象最深的是黑券。追

杀比尔的海盗郑重其事地将警告性的黑券递给他,其仪式的严肃与黑券上工整的字体都言说着这一规则在海盗心目中的重要性。黑券背面写着比尔的死亡时间,虽然比尔是杀人不眨眼的海盗,但他没有一丝挑战规则的念头,没有杀死传递黑券的盲人,没有试图逃跑,而是安排后事,等待死亡的到来。希尔弗应对手下海盗哗变的手段,也同样是"规矩",靠对"规矩"的巧妙曲解,化解了权力危机。"规矩"一词多次从这些似乎无法无天的海盗嘴里出现,虽有点匪夷所思,但也反映了作者将战场比作游戏场的倾向。海盗行为的失德,甚至犯罪性,并没有减损史蒂文森对他们的规矩(游戏规则)的痴迷。这些规则的吸引力,在于它们使得游戏双方都能体验到令人兴奋的技能与想象力的比拼,而这也是儿童游戏的引力。因此,尽管吉姆了解西尔弗的残忍和毒辣,但他也不得不佩服对方"玩得一手好游戏"(史蒂文森 74)。

吉姆与受伤海盗汉兹遭遇的场景,也充分体现了他与海盗之间的内在联系。吉姆劝他忏悔,这里本可以像《珊瑚岛》中那样,双手沾满鲜血的海盗临死前忏悔,带着干净的灵魂投入基督的怀抱,但小说中接下来发生的事,却更像是对《珊瑚岛》的戏仿:

> "为什么?"他说,"我有什么好忏悔的?"
>
> "为什么?"我嚷了起来,"你刚才还问人死了以后会怎么样。你已经破坏了你的信仰,你一直生活在罪恶、谎言和血腥中,你杀死的那个人现在就躺在你的脚跟前,而你还问我为什么!求上帝饶恕你吧,汉兹先生,这就是为什么。"
>
> 想到他的怀里藏着一把沾着血迹的短剑,想到他心里装着邪念,要结果我的生命,我说话时不禁有些激动。而他也猛喝了一大口酒,用极不寻常的庄重口气说:
>
> "整整三十年,我一直在海上漂泊,好的、坏的、较好的、较坏的、风和日丽或大风大浪、断粮食、动刀子,我什么没见过!我可以告诉你,我还从来没有看到过好人有好报。我就喜欢先下手为强的那种人,反正死人不咬活人,这就是我的看法——阿门,就这样吧。"(史蒂文森 64)

这件事之前和之后,吉姆从来都没有为灵魂的事费过心思,为什么他会突然关心海盗的灵魂?不过是忌惮对方的那把剑而已,他其实希望能够劝说对方放弃杀死自己的打算。也就是说,吉姆其实和他的对手一样功利。当他终于拿到枪并对准汉兹时,他便停止道德说教,毫不犹像地用上对方对待自己的把戏:"'如果你再往上爬一步,'我说,'我就叫你脑袋开花! 你不是说过吗,死人是不咬人的。'我笑着又说"(史蒂文森 65)。

吉姆和汉兹的争斗是你死我活的,作者却将其描写成如同发生在两个顽童之间的游戏。这一点连吉姆本人也注意到了:

> 看到我准备躲避,他也停了下来。他作了一两次佯攻,我也相应躲闪了一两次。这多少有点像我在家乡黑山湾的岩石间常玩的那种游戏,但你可以肯定,我的心从来没有像现在这样怦怦直跳过。然而,我已经说过,这毕竟是孩子玩的游戏,我想我决不会输给一个上了年纪、大腿有伤的水手。(史蒂文森 65)

小说对冒险和争斗的描写时常呈现这种游戏般的对峙,为了胜出,需要智谋、勇气和运气,也需要诡计、花招和虚张声势,这些技能在很大程度上源自吉姆身上的男孩本性。史蒂文森没有区分游戏双方的道德性,而是强调他们在玩这个致命游戏时各自的装备和技能。海盗在玩这个男孩游戏,男孩则在玩海盗的游戏,游戏结果是吉姆开枪,他得分。

实际上,游戏与争斗之间的内在联系这一主题,在 19 世纪文学中绝非一个孤立或偶然现象,而是一个常见比喻。纽博特(Henry John Newbolt)的名诗《生命火炬》(*Vitae Lampada*)描写公学的一场板球比赛和苏丹战争的一次战役,每节都以"加油! 加油! 玩好游戏!"收尾(转引自麦克法兰 234—235)。将游戏与战役并置,在深化诗歌爱国主题的同时,强化了游戏伦理与战场规则的内在相通性。

在这样的游戏伦理中,没有道德评判,取胜是唯一的标准,因而吉姆得到了海盗希尔弗的由衷称赞:"这孩子有头脑、有志气、年轻英俊,简直就是我年轻时的翻版。""我喜欢这孩子,还从没见过哪个孩子比他更好。他比你们这帮鼠辈中任何两个加起来都更像个男子汉。"(史蒂文森 69—70)一个英国男孩,一个海盗头子,两者之间不再有以往道德意义上黑与白、是与非的天差地别,在夺宝游戏中,他们的界限模糊化了。

有理论家认为,游戏超越真假、善恶,尽管属于非物质性活动,但却没有任何道德功能。对于是与非的评判,并不适用于游戏(Huizinga 39)。这与史蒂文森在荒岛上创造的这个道德真空完全吻合。在寻宝游戏中,外界的评判标准失效了,其规则为一种新秩序所替代:保存生命并获得宝藏。远离了令人困惑的外部世界的道德纠缠与评判,这个小世界对游戏双方来说基于同样的规则,简单而整齐,为他们提供了解除习俗束缚的自由感。"在游戏场上有着绝对而独特的规则,游戏创造了秩序,游戏就是秩序。它为原本混乱的生活带来了一种暂时的、有限的完美"(Huizinga 10)。这样的游戏场,是竞争技能之地,也是展示性格的战场,每一个选手都既是演员,也是证人,要向彼此证明自己究竟是何种材料制成的。金银岛构成了这样的展示场和游戏场,而它成为后来英国文学中众多游戏场的典范,包括哈格德(Haggard)的非洲古国、吉卜林的印度旁遮普、柯南道尔(Conon Doyle)的枫白国(Maple-white Land),一直延续到巴里(J. M. Barrie)创造的永无岛(Neverland)。

《金银岛》描绘了通往充满异域风情的游戏场的地图,也促使一批批海盗成为小说的重要角色,他们的大胆与机敏似乎弱化了其嗜血的罪恶性,反而凭其毫不遮掩的、直截了当的动机多了一层可爱。虚构的海盗式人物不胜枚举,而 19 世纪后期的英国人也比以往更加愿意接受本民族的海盗遗产是其现代帝国身份的起源,甚至将伊丽莎白时期的海盗视为民族英雄,比如,德雷克(Francis Drake)越发受到追捧,成为流行传记的传主[①],浑身散发着顽童气的劫掠者。再如,格里菲斯(George Griffith)在《帝国缔造者》(*Men Who Have Made the Empire*,1897)中甚至将征服者威廉视为海盗式人物,并宣称在国际争斗中不存在什么是与非,因为所有欧洲国家都起始于某种海盗行为,最好的海盗其实是最好的帝国构建者。在他笔下,英国民族性格中的海盗成分仍旧没有消失殆尽,那些在道德约束之外的纯粹游戏场中保

---

① 比如 *Alfred Noyes Drake*,*An English Epic*(1908)和 *Louis Parker Drake*:*A Pageant Play*(1912)。

持了男孩气质的每一个个体,身上均保留了祖先的这种基因,因而,他们可以更好地为帝国出力。

因此,世纪末期的少年儿童文学中,海盗和男孩之间的界限,早已不再截然对立、泾渭分明,各自身上的一些特征融合渗透,形成一个新形象,一个身上带着永不改变的男孩气的历险者。这个长不大的帝国历险者,不过是维多利亚晚期人们对帝国命运万古长青所怀希望的一个隐秘象征。从19世纪中期到末期,改变的不仅仅是游戏伦理,更是帝国理想的演变,"自由帝国主义"演变为所谓的"新帝国主义"。随着大英帝国的势力升至顶峰,有关帝国未来命运的思虑日增,有悲观者以罗马帝国作比,忧虑帝国不可避免的衰落,但一些著名帝国主义者,如小说家柯南·道尔、南非巨人罗德斯(Cecil Rhodes)、童子军的创建者贝登堡(Robert Baden-Powell)等,对帝国命运却了如指掌。在他们身上,均或多或少体现了上述男孩气。

三、《彼得·潘》与帝国梦想

19世纪末,英国在全球的扩张达到顶峰,帝国建构需要众多无名人物的默默奉献,但帝国想象却呼唤魅力十足、拥有强大精神的个人英雄的出现,正如当时媒体所言,"英国人要有一个英雄来热爱,也要有一个敌人来憎恶"(弗格森221)。流行小说可以快速有效地生产偶像,创造英雄。此时出现的长不大的男孩形象迅速占领读者的想象。这个天真无邪的男孩形象,为冷酷的新帝国主义逻辑蒙上了一丝温情的面纱,但其内核依旧是帝国理想。在对男孩游戏的呈现中,我们能察觉下述倾向:孩童的游戏不再受到以往功利主义传统(被视为磨炼品格、锻炼心性的必要工具)的拘束,而更多地被视为孩童本性自由而健康的表达,游戏越来越因其自身价值而受到重视。于是,时至世纪末年,游戏伦理再次转向,"从受局限的、聚焦教育目的的游戏观变成纯粹享受游戏本身"(Nadel 32)。游戏的道德性和义务性约束放松,竞争性更受关注。斯宾塞(Herbert Spencer)宣称,"男孩的游戏,追赶、摔跤、抓俘虏,很明显部分满足了肉食者的本能。无论何种游戏,满足感都来自胜利,战胜对手"(631)。拉斯金(John Ruskin)更加直白地说,战争是男性气质自然而可取的表达,能够将男人天生的活力和竞争爱好转化为一场大型比赛,一场"美丽但很可能致命的游戏"(124)。这种重视其本身乐趣、而非其功能性的新游戏观,与世纪末出现的更加咄咄逼人、更加残酷的新帝国主义思想非常契合。在青少年文学中,对永久性帝国的追求便凝固为一个将帝国扩张行为视为一场游戏的、长不大的男孩形象,比如吉卜林笔下的吉姆,"因为游戏本身而喜爱这个游戏"(18),将英国在印度的殖民统治视为自己游戏的延伸。①

英国大众文化中也出现了男孩崇拜的端倪。人们崇尚长不大的男孩精神,如同崇拜大英帝国上空那轮不落的太阳。帝国英雄不仅推崇一种游戏化的、举重若轻的男孩气质,更宣扬自己身上的男孩气质,比如,将帝国未来寄托在童子军身上的贝登堡,宣称自己一直是个男孩;殖民高官米尔纳(Alfred Milner)、基钦纳(Horatio Kitchener)喜欢称呼追随者为"一群男孩子";罗德斯骄傲地宣布"我是一个男孩!当然永远不会老!"(Menpes 105)这一倾向的最极端表现,非巴里的《彼得·潘》(1904)莫属。永远长不大的男孩彼得在永无岛上的故事,表面是个轻松、单纯、充满玩闹氛围的男孩冒险故事,其实隐藏着一个危险、黑暗的殖民故事,延续了英国文学传统中由来已久的、带有殖民意味的男孩(性)海外冒险故事,编码了20世纪初英国的帝国意识形态话语。

这个故事诞生于维多利亚晚期孩童的竞争性游戏理念之中,角色扮演、乔装打扮、奔跑追捕等游戏轮番出现,残忍、无法无天而又蛊惑力十足的彼得便是时代的产物。他的永无岛作为一个大游戏场,生活其中的那些迷路的男孩,无休无止而又乐趣盎然地与海盗、红种印第安人进行着争斗,而为了与虎克船长一决高下,彼得不惜与这个海盗调换位置。他象征的男孩气,与对于法律和道德约束的忽视结合起来。他的游戏产生了严肃的政治意义。

和《金银岛》类似,《彼得·潘》中的游戏场也是一个冒险场,某个远离英国本土的热带岛屿,虽然叙事者并未点明永无岛的位置,但是,甘蔗林、印第安人的出现则明确提示,这很可能基于某个实实在在的加勒比海小岛,大英帝国版图的一部分。彼得聪明、勇敢,富于冒险精神,带领白人男孩,建造树

———————————

① 世纪末英俄之间在中亚的竞争与冲突便被称作"大游戏"(The Big Game)。

屋,自得其乐,如同游戏一般,却在永无岛上建立了绝对权威。解救了印第安公主后,彼得获得了印第安人的忠心与臣服。在描写孩子们的游乐和探险时,叙述者时刻提醒读者,这是一群英国白人孩子:虎克船长逼迫孩子们当海盗,一个孩子大呼"大英帝国长治久安"(Barrie 168);"英国绅士"一词屡次出现(Barrie 169),激发起孩子们的民族认同。在与海盗的周旋对决中,孩子们英勇无畏,最终铲除海盗,重振英国人作为征服者的权威与优势。

与将白人小孩英雄化的处理相反,土著则被黑化、矮化,他们野蛮、猥琐、卑劣,是"半开化民族"。叙述者把印第安人描绘成凶神恶煞,时刻提醒读者他们的动物性:

> 在黑魆魆的漫漫长夜里,印第安人的侦察兵在草丛里像蛇一样地匍匐潜行,连一根草叶都不拨动,就像鼹鼠钻进沙地后,沙土无声地合拢一样。一点声响也听不到,除了他们偶尔惟妙惟肖地学着草原狼,发出一声凄凉的嗥叫。(Barrie 144)

这种将土著居民动物化、妖魔化、他者化的做法,是种族主义者的惯常作风。白人孩子在岛上的所作所为,无非是成人做法的游戏化,是成人世界殖民模式的缩影,因此,不愿长大的彼得,成为众多"帝国男孩"中的一员(Brantlinger 124)。当印第安人开始对彼得毕恭毕敬,俯首称臣,彼得便不再是一个天真无辜的小男孩,而是一个彻头彻尾的帝国主义者。他征服了土著,建立起了对未开化的低劣"他者"的优势。通过强调土著对白人的忠心与感恩,英国人对有色人种的殖民统治得以合理化、合法化。

彼得只是当时英国流行文化中长不大男孩的终极体现,在这之前,在巴兰坦的《珊瑚岛》、金斯利的《向西去啊》、史蒂文森的《金银岛》、哈格德的《非洲探险故事》等,这种形象已初露端倪。在这些少年历险故事中,帝国前沿充斥着少年英雄或拥有一颗男孩心的男人。他们来到遥远的异乡,如同在家乡竞技场上一般,在游戏间便征服异己,克服险境。在刺激惊险的情节背后,此类小说宣扬大英帝国的荣光和英国人的大无畏精神,折射出强烈的民族认同和民族优越感,同时彰显了英国人帝国扩张的勃勃野心。作家们对创作目的和目标读者群,也是毫不讳言,比如,哈格德将《所罗门王的宝藏》

（1885）题献给"所有阅读此书的大男孩和小男孩们"（37），柯南·道尔则将《失落的世界》题献给"一半是男人的男孩和一半是男孩的男人"（ii）。

少年历险文学作品中的主人公，越发呈现出一种长不大的男孩形象，这其实体现了帝国达到高峰时期的一种隐秘的文化焦虑。有人把大英帝国与辉煌一时的罗马帝国相提并论。此说虽不无炫耀和得意的成分，但不可避免地让人联想到罗马帝国兴盛过后的衰亡。大英帝国的命运将会如何？一些迹象令英国人感到不安。第二次布尔战争开局不顺，原本期望的速决战被拖成了长久的损耗战，英国的帝国野心和军事势力遭遇阻碍和挑战，英国派出的军队人数超过布尔人的人口总数，花费 3 年时间，伤亡近 2.2 万人，耗资 20 多亿英镑，才获得胜利，这一惨痛事实震撼了英国人的心灵。舆论中出现有关帝国主义政策的道德与正义性的讨论，同时，德国和美国迅速崛起。这些都侵蚀着英国人对帝国未来的信心。长不大的男孩形象的流行，似乎折射出作家对大英帝国永远年轻的一种幻想。

《彼得·潘》面世四年后，贝登堡创办童子军。《童子军手册》（*Scouting for Boys*，1908）明确阐述建立童子军的目的："我们要保持强大、团结，这样我们的整个建筑，也就是我们的伟大帝国，将不用担心因墙上的砖块朽烂而垮塌，你们应将'国家第一，个人第二'作为自己的座右铭"（弗格森 224）。他力推竞争性的、模仿帝国前沿生活景象的男孩游戏。贝登堡希冀通过这些游戏塑造未来的帝国建设者。贝登堡本人喜欢以游戏语言谈论战争，他在布尔战争期间写给朋友的信中说："我们刚刚打完一局，仍然没有出局……我们玩得很开心。"（弗格森 236）。贝登堡不是唯一的，不少英国媒体将布尔战争中著名的包围战描述成一场大规模的帝国游戏，英国与布尔人之间一场为期 7 个月的锦标赛。游戏成为帝国战争的隐喻。

到 20 世纪初，在以军事主义和无休无尽的控制与竞争为特点的新帝国里，帝国主义者自然而然地在永恒的男孩身上找到了合适的代言人，一种反发展倾向的身份定位。停止追求理想主义目的的帝国，不再需要其英雄的动态成长；相互掣肘、近乎静止的全球政治态势，欢迎的是拒绝长大的男性和他们无穷无尽的游戏般的探险。日不落帝国的理想，更多地以男孩幻梦的形式呈现。由此，少年冒险故事、长不大的男孩与帝国梦想，日益紧密地结合在一起，互为支撑。

四、结语

对 19 世纪中期的英国人来说,男孩必须成长,才能最终履行帝国大叙事中的意识形态角色,而竞技性游戏,是促进他们成长的重要手段。《汤姆·布朗求学记》等公学小说便或多或少地蕴含了这一游戏理念。到《金银岛》,男孩热衷的游戏变了,其背后的伦理意义也相应改变。前者注重配合、规则、道德的体育比赛,鄙视投机取巧的花招,这样的游戏伦理对应了传统的军事规则,士兵们按队形整齐排列、枪炮齐发,双方正面相对、光明磊落;而在后者中,取胜则需要摒弃体育比赛式的规则,更加重视机巧、个人计谋,这与帝国主义的发展密切相关,19 世纪 70 年代之后,"瓜分非洲"愈来愈烈,英国在非洲的战略随之改变,尤其是在布尔战争中,英军所运用的各种卑劣手段遭遇广泛的诟病与责难,而英俄在中亚的竞争,本身便被冠以"大游戏"之称,游戏与战争之间的界线不再清晰。《金银岛》中的游戏已然出现道德界限模糊的迹象,其后的《彼得·潘》更是超越文化、超越历史、超越道德的游戏伦理的极致体现,塑造了长不大的经典帝国男孩形象。汉娜·阿伦特曾指出,吉姆、彼得等所代言的男孩气需要为他们"以游戏的精神所犯下的罪行,以其恐怖加笑声的结合"担负特定的历史责任(Arendt 190)。机灵而残忍的男童们玩的其实是帝国主义与帝国的大游戏。

参考文献

Arendt, Hanna. *The Origins of Totalitarianism*. San Diego: Harcourt, 1968.

Barrie, J. M. *Peter Pan*. London: Penguin Books Ltd, 2002.

Brantlinger, Patrick. *Rules of Darkness*: *British Literature and Imperialism*, 1830—1914. Ithaca: Cornell University Press, 1988.

Bristow, Joseph. *Empire Boys*: *Adventures in a Man's World*. London: Harper Collins, 1991.

Dickens, Charles and Wilkin Collins. *Perils of Certain English Prisoners*. *Electronic Classics Series*. Pennsylvania State University, 1999.

Doyle, Conon. *The Lost World*. New York: A. L. Burt, 1912.

Haggard. *King Solomon's Mines*. Peterborough: Broadview, 2002.

Hughes, Thomas. *Tom Brown's School Days*. Oxford: Oxford University Press, 1989.

Huizinga, Johan. *Homo Ludens: A Study of the Play Element in Culture*. Boston: Beacon, 1955.

Kipling, Rudyard. *Kim*. New York: Penguin, 1989.

Mohanram, Radhika. *Imperial White: Race, Diaspora and British Empire*. Minneapolis: University of Minnesota Press, 2007.

Menpes, *Mortimer and Dorothy Menpes. War Impressions*. London: Adam and Charles Black, 1901.

Nadel, Ira Bruce. "'The Mansion of Bliss', or the Place of Play in Victorian Life and Literature." *Children's Literature*, 1982(10): 18-56.

Ruskin, John. *The Crown of Wild Olive*. London: George Ellen, 1907.

Spencer, Herbert. *Principles of Psychology*. 2 vols. New York: Appleton, 1883.

Stevenson, Louis Robert. *Virginibus Puerisque*. New York: Current Literature, 1910.

艾伦·麦克法兰:《现代世界的诞生》,管可秾译,上海:上海人民出版社,2013年。

尼尔·弗格森:《帝国》,雨柯译,北京:中信出版社,2012年。

罗伯特·史蒂文森:《金银岛》,张友松译,北京:作家出版社,2015年。

卡夫卡《变形记》中的身份困境、
伦理悲剧与空间书写

方　英①

内容提要：卡夫卡的一生受到伦理（身份）困境的折磨，其代表作《变形记》以精妙的情节编织和空间书写展现了他对伦理问题的深刻思考。变形后的格里高尔由于身体外形的巨变、语言表达能力的丧失和理性思维的逐渐衰弱而陷入无法解决的身份困境，并导致了家庭内部的伦理混乱。面对此困境，格里高尔与家人做出了不同的伦理选择，这些选择既是对当时伦理语境的不同反应，也是出于格里高尔与家人之间完全冲突的伦理观念。这些无法调和的伦理冲突最终导致家人将格里高尔视为"非人"，排除出人的伦理范围。而"非人"并非格里高尔的身份认同，因而他只能选择死亡以解决变形带来的伦理混乱。小说以格里高尔的身份困境为伦理结，以他和家人的不同伦理选择为伦理线，展现了一场无法避免的伦理悲剧。同时，小说中的身份困境、伦理选择、伦理观念的对立、格里高尔与伦理语境的冲突等，都是在详细的空间书写（对空间知觉、空间对比、边界空间、边界跨越的书写）中展现的，从而揭示了人的伦理存在、社会中的伦理问题与空间的紧密关联。

关键词：《变形记》　身份困境　伦理选择　伦理语境　空间书写

Title：The Identity Dilemma, Ethical Tragedy and Spatial Writing in Kafka's *The Metamorphosis*

Abstract：Kafka has been tortured by his ethical （identity）

---

①　方英，文艺学博士，宁波大学教授，硕士生导师，研究兴趣为文学理论、英美文学批评、叙事学。基金项目：国家社科基金一般项目"文学空间批评研究"（17BZW057）。

predicaments for the major part of his life, and *The Metamorphosis* embodies his profound reflections on ethical issues through its exquisite plot knitting and spatial writing. Gregory, after his metamorphosis, with his dramatic corporeal transformation, loss of linguistic expression and ever-weakening reason, is confronted with an identity dilemma, which causes the ethical confusion in his family. Different ethical choices are made by Gregory and his family, which not only are their different reactions to their ethical context, but also originate from their contradictory ethical views. These irreconcilable ethical conflicts eventually lead to his family's choice of seeing him as "nonhuman" and excluding him of human ethic. But nonhuman is not Gregory's choice of identity, so he can only choose death to resolve the ethical confusion brought about by his metamorphosis. Thus, the novella discloses an inevitable ethical tragedy, employing Gregory's identity dilemma as the ethical knot, and his and his family's different ethical choices as the ethical lines. In the meanwhile, the identity dilemma, the ethical choices, the conflicts between different ethical views and those between Gregory and the ethical context, are represented in the detailed spatial writing, namely, the writing of spatial perceptions, spatial contrasts, the border space and border-crossing, thus revealing the close association between space and human ethical existence and social ethical issues.

Key words: *The Metamorphosis*; identity dilemma; ethical choice; ethical context; spatial writing

卡夫卡的一生受到伦理(身份)困境与空间焦虑的折磨。在身份认同上,他始终处于难以界定的尴尬境地。"他到底属于哪里呢? 作为一个犹太人,他不属于基督徒世界;作为一个不入帮会的犹太人⋯⋯他在犹太人当中不算自己人。作为一个说德语的捷克人,却不属于捷克人;作为一个说德语的犹太人,却不属于波希米亚德国人。作为一个波希米亚人,他不属于奥地利人⋯⋯"(Anders 18)他似乎属于各种身份,却又什么都不属于。像许多犹太人那样，他始终是个流浪者、外来者、他者，一个"无家可归的异乡人"（Brod 179－180）。尽管他是犹太裔，却"生于布拉格，葬于布拉格，一生中大部分时间生活在布拉格，……却不属于布拉格，更不属于捷克"（曾艳兵 40）。布拉格原先属于奥匈帝国，后来又由于帝国崩溃而被划归捷克斯洛伐克。和大多数在世界各地漂泊的犹太人一样，空间上的归属也是卡夫卡一生的困境。

身份问题是卡夫卡作品中最重要的主题（Golomb 273），伦理问题在其作品中具有首要地位（Golomb 281）。卡夫卡的作品为许多伦理问题提供了思考和洞见，如道德距离和伦理暴力（Huber），官僚主义、权力、权威、理性和异化（Warner）。其作品也表达了作者深刻的空间意识，为 20 世纪的空间理论研究提供了洞见和绝妙的解读文本，如其作品中关于异托邦和全景敞视空间的建构（Shah）、关于空间书写与身份的关系（Nicolae）。他的大多数作品表现了他的伦理困境和伦理反思，而且将伦理问题与空间书写紧密结合在一起，如《城堡》《诉讼》《美国》《在流刑营》《地洞》等。其代表作《变形记》则通过精妙的情节编织和空间书写，探讨了身份困境、伦理选择、伦理冲突、伦理悲剧等问题。

一、身份困境

《变形记》是一个关于伦理的故事（Rhodes 236）。故事的核心伦理问题产生于格里高尔变形后的身份困境——难以界定他的身份，他本人身份认同的两难处境，以及他与他人关于他身份的矛盾态度。

格里高尔的变形出现在故事的开端，他一觉醒来发现自己变成了一只巨大的甲虫，背是铠甲式的硬壳，肚子高高隆起，长着无数细小的腿。在身体外形上，他显然变成了"非人"的虫子。但他同时具有人的记忆、感知能力和思考能力。他能辨认自己的卧室和家具，能记得过去的经历，拥有人的各种思想和情感——厌恶工作，担忧迟到，以及对职业、早起、家庭责任等问题的理性思考。就思想和精神层面而言，他显然具有人的特征。约翰·洛克（John Locke）认为，人"是一种具有思维能力的思考着的存在，具有理智和思想，能在不同时间不同地点将自己看作同一个思维存在……正是意识使得每个人成为他所称的'自我',……只要这种意识能到达过去的任何行动和思想,该意识也就能到达此人的身份……"(448－449)由此可见,意识,尤其是对过去的意识,是界定人的自我和身份的关键。对过去的意识,即人的记忆。也就是说,一个人的记忆对于他/她的身份确认是关键因素。安东尼·奎因顿(Anthony Quinton)指出,洛克显然赞成笛卡尔的二元论,即自我有可能独立于最初的身体而存在(396－397)。格里高尔在变形之初,拥有人的记忆和各种思想情感。从洛克的理论来看,格里高尔此时具有人的身份,他的自我"寄居"在变形后的身体中。他本人也将自己看作原先的格里高尔,还思考着如何挣扎着起床去赶火车,如何行使作为公司职员和家庭成员的各种责任。

然而,他身体外形的变化的确导致了他的身份困境。伊丽莎白·格罗斯(Elizabeth Grosz)指出,身体作为一个物质性肉体整体,通过对其表面的心理书写和社会书写逐渐形成"人的身体"(human body),这既需要家庭所规范的性欲对身体的书写和编码,也需要社会的规范和长期管理,将一系列社会编码的意义刻写在身体上,使身体成为社会网络的一部分(104)。由此可见,身体的巨变必然影响人的存在方式乃至人在社会网络中的角色和身份。格里高尔身体变化中最关键的是,他的运动姿势从直立(行走)变成了平卧(爬行)。段义孚(Tuan Yi-Fu)指出,直立和平卧生产出两个相反的世界:直立意味着对抗重力和其他自然力量,创造并维持一个有序的人类世界;而平卧则意味着向自然力屈服并离开我们所创造的世界(36)。可见,直立是人的身体姿势的关键特征,对于人建构所处世界的秩序、维持人的身份至关重要。格里高尔从直立到平卧,是从人的姿势退化成动物的姿势,这意味着他难以再经历人类世界的秩序,难以再维持人的身份。

身体外形的变化还导致他空间知觉的变化,以及与此相关的身份危机。首先是肌肉运动知觉的变化。变形之始,他难以控制自己的身体,难以完成翻身、站立、开门等普通人日常生活中的简单动作。他始终无法照料自己的生活起居,更不必说劳动这样的复杂生产行为。这意味着他远离了人类社会秩序,不再属于人类社会空间,丧失了劳动者、家庭支柱乃至正常人的身份。其次,他的视知觉日益衰弱。他变形没过几天,"那些离他稍微远一点的东西,已一天比一天模糊了";他所见到的窗外,"一切都是灰蒙蒙的,天和地混成一团"(卡夫卡 19)。视力的变化改变了他所能感知到的世界,也改变了他与世界的关系。段义孚指出,肌肉运动知觉、视知觉和触觉是空间知觉中至关重要的知觉力,决定着个体对空间和空间特征的感知和体验,以及空间意识的建立(12)。这两种空间知觉的巨变必然导致他很大程度上丧失了原先作为人的空间体验,因而也一定程度上导致他的身份困境。

更重要的是,他的甲虫外形令他难以被家人接受,难以被其他社会成员认同为"人"。他与家人的身体差异令家人难以将他看作同类,其中最重要的差异是他没有人脸。列维纳斯(Levinas)认为,拥有人脸是伦理的核心。拥有人脸,是身份和同一性的来源(Rhodes 243)。而格里高尔变形后却失去了人脸,失去了与他人的同一性。当他出现在众人面前,立即引起一场混乱,母亲晕厥,协理大叫一声捂嘴后退,父亲握紧拳头满脸敌意。显然,他们难以将眼前的"怪物"当作一个"人"来看待。他的自我身份认同和家人对他的认同产生了矛盾。

此外,笛卡尔认为,有目的的行动和对语言的理性使用是理性意识的标志(Sweeney 25)。也就是说,"人"的身份取决于理性的行动和语言表达。格里高尔的困境恰恰在于很快丧失了人的语言能力——确切地说,用于交际的口头表达能力。他能用语言思考,但他所说出的只是虫子的声音,他人完全无法理解他的"语言"。"您二位听懂他哪怕一句话了吗?……这是动物的声音!"(8)公司协理指出他发出的不是人的语言。语言能力的丧失动摇了他人对于他"人的身份"的接受。

最重要的是,即便在思维方面,他也越来越远离人的特征。他的理性意识越来越弱,渐渐丧失记忆,逐渐难以真正理解自己的行为模式变化的意义。比如,在第二部分的开头,他向卧室的门爬去。但到了门旁他才发觉,把他吸引到那里去的究竟是什么了,那是某种吃的东西的味道(13)。他的这一行为,与其说是出于清醒的自我意识,不如说是出于本能。又如,当妹妹和母亲来搬走家具时,他一开始并不十分清楚这些意味着什么,自己应该如何反应,因为"两个月来他没有跟人直接交谈……他肯定被这种状况搞糊涂了……他现在真的快要把过去的一切忘光了"(22)。

人是一种斯芬克斯因子的存在(聂珍钊,《人性概念》14)。"斯芬克斯因子"由人性因子和兽性因子有机组合在一起。"人性因子即伦理意识","伦理意识最重要的特征就是分辨善恶的能力";"兽性因子是人在进化过程中的动物本能的残留,是人身上存在的非理性因素"(聂珍钊,《伦理选择》6)。其中人性因子是高级因子,兽性因子是低级因子,因此前者能够控制后者,从而使人成为有伦理意识的人(聂珍钊,《伦理选择》5)。也就是说,人的本质特征在于:理性能控制非理性,并因此具有伦理意识。而格里高尔的身份困境在于:他身上的理性因素越来越少,非理性因素越来越多,却依然具有一定的伦理意识,保持着对家人的爱和关怀;他自我认同为人,家人与其他人却难以接受他作为人的身份。

二、伦理选择

从文学伦理学批评的体系来看,格里高尔的身份困境构成了小说的伦理结,小说中的所有矛盾冲突都围绕这个伦理结展开,并构成小说的数条伦理线。伦理结是文学作品结构中矛盾与冲突的集中体现(聂珍钊,"导论"258)。伦理线是将伦理结串联起来的"文学文本的线形结构",是"贯穿在整个文学作品中的主导性伦理问题(leading ethical track)"(聂珍钊,"导论"265)。伦理结与伦理线结合在一起,共同构成作品的伦理结构。《变形记》的伦理结构由格里高尔的身份困境、他和家人的不同伦理选择以及由此引发的矛盾冲突编织而成,而其中的伦理主线则是格里高尔与家人的伦理选择过程。

格里高尔的变形,本身就是一次伦理选择。变形是一种逃避,逃避他所憎恨的工作。变形也是一种试探,试探众人的态度和伦理底线。当他挣扎着想要打开卧室的门,他"确实想让人看见并和协理说话,他好奇地想知道,那些现在想见他的人见到他时会说些什么"(8)。变形也是他内心愿望和欲望的表达。一方面,甲虫喻指他对妹妹的乱伦冲动(Ryan 148),或者说爱情的欲望。在小说中"卡夫卡正是把妹妹当成格里高尔的情人来加以描写和处理的"(李军 94)。另一方面,这喻指格里高尔想要放弃工作,像甲虫那样,在经济和生活上都由家人照料,从而追求自己喜欢的事情——艺术。格里高尔爱好艺术:他喜欢音乐,喜欢自己制作相框。文中三次提及墙上那个由他制作的美丽相框,而故事的高潮则是音乐对他的吸引。格里高尔的变形

是放弃之前的伦理身份,追求内心的欲望和爱好,选择与此相符的伦理
身份。

然而,格里高尔的变形,不仅导致其身份困境,而且导致整个家庭的伦
理混乱。原有的伦理秩序改变了:格里高尔无法再履行哥哥、儿子、家庭经
济支柱的伦理义务,反而在经济上与生活上变成了家人的拖累。这些问题
必然要求全家人做出新的伦理选择,以重构处于混乱状态的伦理秩序。然
而,对其身份界定的困境却决定了重构家庭伦理秩序的困境,也导致了一场
艰难的、充满矛盾冲突的伦理选择。

当格里高尔发现自己的变形令全家和公司协理都深感惊恐,尤其是发
现自己的新身份受到父亲手杖的驱赶和攻击,他意识到无法彻底做那个内
心欲求的"自我",也无法回避变形后的伦理与责任问题。于是,他试图选择
另一个伦理身份,试图重新建立与他人(主要是家人)的关系,重构自己作为
家庭和社会成员的身份。

起初,他的选择是消极地忍耐、躲避和等待,并一如既往地暴露真实的
(作为"虫子"的)潜意识:他钻到沙发底下,安静地躺着,告诉自己要"用耐心
和最大的体谅来减轻家人由于他目前的状况而引起的倒霉和难受心情"
(15);当妹妹开窗惊吓到他,他只是被动地"躲在沙发底下瑟瑟发抖"(19);
对于妹妹态度的变化,他无法做出理性的分析和思考,反而一厢情愿地认
为,"只要妹妹有可能,她一定⋯⋯乐于在关好窗门的情况下照料他的"
(19)——这种一厢情愿折射出他的乱伦欲望和物质上依赖家人的愿望;当
他发现他的样子仍然让妹妹受不了,他选择了"自我隔离"——把一块床单
驮到沙发上,"使它完全能够遮住自己"(20)。后来,当妹妹决定搬走他房间
的家具,而母亲表示搬走了家具就表明大家放弃他病情好转的希望,他突然
意识到必须令房间保持原样,以保持他对过去的记忆。但他却无法表达自
己的思想,也无法采取理性而有效的应对措施,只是做出本能的选择:他爬
到一幅女士画像上(相框是他自己制作的),"把身体紧贴在玻璃上,玻璃吸
附住他发热的肚皮,使他感到舒服"(性欲的暗示),甚至不惜与妹妹对峙,
"宁可跳到她的脸上也不让他的画被拿走"(23);当母亲昏厥,他又爬到隔壁
房间,"好像他还能一如往昔给妹妹出个什么主意似的"(24)。最后,妹妹的
琴声吸引他爬进客厅,他希望妹妹带着小提琴到他的房间,并且不愿让她离

开,"至少他活多久,就让她在这里待多久",而且准备守卫房间的各个房门,"对着入侵者们吼叫"(32)。这象征着他为本能驱使——既有对艺术的热爱,也有对妹妹的欲望——忘记了自己应该安守的被隔离的伦理身份,并准备彻底以非理性的欲望示人,以社会所无法接受的"本我"对抗当时的社会伦理秩序。

他的这些选择是自相矛盾的:他一方面坚持过去的记忆,继续将自己认同为人,尤其在情感上继续坚持家庭成员和经济支柱的身份;另一方面,他无法摆脱虫子的身份——内心对妹妹和艺术的欲望,以及摆脱推销工作的欲望——而且任凭这一欲望逐渐主宰自己,逐渐击退理性思维。因此,他不可能建立一个统一而连贯的新身份。此外,这些选择既无法建立交流和沟通,也无法承担责任和义务,反而加剧了他与家人之间的隔阂与误解。显然,他的选择注定无法得到家人的理解和认同。根据社会-建构主义的观点,自我由各种社会角色的联系所建构,由特定的社会交流形式产生,因此,个人身份是通过建构社会关系得以维持的,无法建构社会关系,即便具备心理或物理层面的连续性,个人身份也遭到破坏(Sweeney 29)。在社会环境中,没有得到他人——尤其是家人的承认,他的身份重构是失败的,他的伦理选择也无法得到认可。

格里高尔在矛盾与困境中做出伦理选择的同时,他的家人也在做出艰难的选择。起初,他们并没有马上将他认定为"异类",却也难以把他看作原先的那个身份。他们仍然把他看作格里高尔,一个严重病态、令他们厌恶和恐惧的格里高尔,并期待他康复,变成原来的"自我"。因此,家人将他驱赶并禁闭在他的卧室。此时,家人的选择是隔离、(暂时的)照料和等待。当妹妹发现他饮食习惯的变化,给他带来各种食物供他挑选,这实际上是让他选择身份。他对过期食物的选择让家人意识到他对虫子身份(本我)的坚持,因而日渐失望。当妹妹决定搬空他卧室的家具,实则是彻底否定他过去的身份。显然,家人的选择是一个动态变化的过程:由隔离和等待到失望和圈禁,再到放弃并否定他作为人的身份。

这一艰难而具悲剧色彩的伦理选择过程在小说的空间书写中得到了精彩而深刻的展示,尤其是对格里高尔卧室空间的书写。小说将这个卧室书写成一个圈禁、监控和异化的"他者"空间,在此空间展示格里高尔与家人的不同伦理选择。卧室本来是家的一部分,给人以温馨和庇护。在哺乳动物中,只有人类将家看作供病人和伤者在他人照料下康复的地方(Tuan 137)。在巴什拉看来,家宅是庇护所、藏身处,充满安定感、幸福感与儿时的梦幻(1—16);家宅既是回忆,又是展望,既是休息的地方,又是腾飞的地方(39—71)。然而,格里高尔变形后,卧室失去了家的一切美好意义,被家人变成囚禁动物的他者空间。家人不允许他随意进出卧室,常常用关门的方式实现对他的圈禁。家人经常在卧室门外听门内的动静,或者随意开门对其观察。后来,家人逐渐忽视对房间的打扫,任其变得肮脏凌乱;挪走卧室的所有家具和他的个人物品,将这彻底变成动物的巢穴;有了租客之后,又将这变成堆放杂物的储物间,将他等同于堆放于一室的杂物。家人将卧室逐步异化和他者化的过程,也是将格里高尔逐步物化、他者化、非人化的过程,也是他们的伦理选择变化的过程。

三、伦理冲突

格里高尔与家人做出了不同的伦理选择,他们的选择过程呈现出动态的矛盾对立性。这些对立植根于他们不同伦理观念的对立,并导致了小说中一系列伦理冲突。小说中的身份困境、伦理选择和伦理冲突都是处于特定伦理语境中的。因此,理解该语境是解析小说伦理冲突与伦理悲剧的关键。

伦理语境是"文学作品中人物的意识、思考、观念和语言交流的伦理环境"(聂珍钊,"导论"270)。当时的伦理语境,有两点与小说中的伦理冲突密切相关。其一,从人类文明之初,乱伦禁忌就被确立为最重要的两大伦理禁忌之一(聂珍钊,"导论"261—262),因而,当时的伦理语境绝对不容许兄妹之间的乱伦关系,也不允许兄长公开显露对妹妹的乱伦欲望。其二,在19世纪末、20世纪初的北欧,尤其是在卡夫卡所在的欧洲犹太人移民居住区,家庭责任和对父母的孝道是其社会文化的基础(Rhodes 241)。成年男性应当赚钱养家,孝顺父母,照顾弟妹,这是当时北欧犹太人族群的伦理语境。在解读当时伦理语境的基础上,我们发现,《变形记》中具有两种无法调和的伦理冲突。一是格里高尔的伦理身份、伦理选择与伦理语境之间的冲突;二是格里高尔与家人伦理观之间的冲突。

先看第一种伦理冲突。如前文所述,格里高尔变形后,丧失了劳动者、家庭支柱乃至正常人的身份。他的变形,在本质上,是选择完全依赖家人——尤其是依赖于妹妹的照顾,是显示自己对妹妹的情欲。在后来的选择中,他虽然坚持自己作为人的身份,但却不愿放弃内心的欲望,也无法承担应尽的家庭责任。因此,他的伦理选择和新的伦理身份不仅违背了乱伦禁忌,而且放弃了"建立在替父还债义务基础上的社会身份"(Preece 37),违背了欧洲犹太族群的伦理规范,是与当时伦理语境的根本性冲突。

再看第二种伦理冲突,即格里高尔与家人伦理观之间的冲突。格里高尔的"个人"伦理观基于身体-意识二分法和对个人意志、情感因素的强调。他的伦理选择表明:他认为伦理身份在于人的意识和情感可以独立于身体的物质状态,家庭伦理关系的核心是心中无条件的爱和包容——他自己对家人始终坚持这一原则,并期盼家人以这样的原则对待自己。而以家人、公司协理和租客为代表的社会伦理观(也是当时伦理语境的基础)则主张伦理关系的社会-建构性和犹太文化特征,即伦理处于人与人之间的互动关系中,每个人的伦理身份都对应着相应的义务,尤其是对家庭的责任和对父母的孝道。显然,这两种伦理观念是根本冲突的。

这些伦理冲突,被深深地镌刻在小说的空间书写中。小说中卧室内、外的空间对比,以及由边界异化、边界跨越引发的"空间性"冲突,揭示了两种伦理观念、两种伦理秩序的根本对立,以及由此导致的种种伦理冲突。

首先,卧室内与窗外的空间形成了鲜明的对比。如果说卧室是困境、圈禁、他者空间;窗外则是自由、希望、常规空间。卧室是私密的个人空间,代表着格里高尔个人的伦理观念;窗外是公开的社会空间,是公共伦理规范、伦理秩序与伦理体系所处的空间。变形后的格里高尔无法走出自己居住的公寓,无法再走进窗外这片广阔的空间。本来窗户是连接并沟通室内与窗外空间的通道,是"将外面的世界带到近处的途径"(Nicolae 146)。但格里高尔衰退的视力令他无法再看见窗外的景象。窗因此变成了"伪沟通"和"归属幻觉"的象征(Nicolae 146)。这些都象征着他无法再融入人类社会空间,无法再进入社会伦理秩序,无法在这个伦理体系中保持或获得一个伦理身份。两种空间的对比和窗户功能的失效,深刻地揭示了两种伦理观念、伦理秩序的对立,以及沟通、妥协的不可能性。

其次,是卧室与客厅之间的空间对比。客厅是家人活动的公共空间,是家庭内部的社交空间,比卧室具有更多的关系性和互动性。格里高尔作为家庭一员,本来也有权进入这个空间,享有这个空间里亲人间的相聚与交流,但变形后的他被排除在这个空间之外。客厅与卧室变成了相互对立的矛盾关系。如果说卧室属于怪物和他者的空间,是伦理关系的异化,那么,客厅才是正常人的空间,遵循人类社会的伦理秩序。这两个空间,代表着两种对立的伦理秩序,也象征着格里高尔与家人伦理观念的对立。两种空间的对立将格里高尔的伦理困境、他与家人之间的伦理冲突空间化、结构化、物质化。

再次,空间跨越引起的伦理冲突。客厅与卧室虽然是家庭空间中公共空间与私密空间的两级,但可以通过门互相跨越与沟通。门是这两个空间的边界,既分隔出两种空间功能,又为家人之间的空间跨越、身份转换与情感交流提供了通道。苏贾(Soja)通过讨论混血身份、混血艺术、对领土的穿越、对族裔的跨越等问题,将边界空间视为第三空间的一种,并援引纪勒莫·格梅兹帕、斯皮瓦克、霍米·巴巴等的思想,揭示出:边界既是边缘,又是重叠与混合;既是裂缝,又是中间和结合部;是穿越、变数、对立与共生,是超越与解方向性;边界作为第三化的他者而永远开放,永远具有无限可能(125—144)。然而,格里高尔变形后,门这个边界的功能与意义发生了巨变。变形之初,他卧室锁着的门是一个重要的空间象征。这道门,家人无法从外面打开,他也难以从里面打开。锁着的门造成了他与家人之间物理空间的分离,也是两个不同世界的分离,两种伦理观念和伦理秩序的对立。此后卧室的门,主要发挥着禁闭与隔离的功能,变成了维持秩序和禁止跨越的森严边界。门的开和关由家人和帮佣控制。即使门没有锁上,开门和出门对格里高尔而言也是困难的。而且,当家人有意开着门,门也已经失去了沟通和跨越的意义,"格里高尔依然是门外面的人,观察着门的另一边的生活"(Nicolae 148)。而且,他几乎每次进门或出门都会受伤,每次跨越边界都引起混乱,并遭到父亲的驱赶甚至攻击。他最后一次跨越边界直接导致妹妹消灭他的坚定决心。这一方面是家人已濒临绝望,而更重要的是他这次不仅跨越了家庭内部的空间边界,而且跨越了更具结构性、矛盾性和意识形态性的社会空间的边界——租客代表着更大范围的社会秩序和伦理语境。这次边界跨越跨过了社会伦理规范的极限，是对人类基本伦理秩序的威胁和破坏，因而直接导致家人否定了他在家庭中（也是人类社会中）的伦理身份和伦理地位。

总之，卧室内外之间的空间对立象征着不同伦理选择、伦理观念和伦理秩序的根本冲突。而门和窗的边界功能的异化，以及每次边界跨越必然导致混乱乃至暴力冲突，都表明这两种伦理观念无法共存和妥协。

四、伦理悲剧

格里高尔的伦理身份、伦理选择与当时伦理语境的根本冲突，他与家人不同伦理选择之间的冲突，是无法解决的两难困境。因而，伦理悲剧的发生是不可避免的。

在激烈的伦理冲突中，最不能为大家容忍的是格里高尔离开卧室的行为，这被看作对他自己伦理身份（疯子或怪物）的僭越。对此，家人选择了以暴力对待他的非理性、极度"非正常性"和"越界"行为。其中最典型的是他父亲对他的苹果攻击，而嵌入他背部并逐渐腐烂的苹果是导致他死亡的原因之一。最后，当他的出现引发房客的恐慌和愤怒，并威胁到家庭经济收入，家人则视他为敌人，并否定他作为人的身份。一直照顾他的妹妹在家人中做出了最坚定的决定："一定得把它弄走。……你只需设法摆脱这是格里高尔的念头就行了。……假如它是格里高尔，那它早就该明白，人和这样的动物是无法生活在一起的，早就自动跑掉了。……可你看这头怪物，它紧随我们不放，它在害我们……"（35）显然，在家人最终的伦理选择中，格里高尔已经被视为"非人"。而"非人身份"乃伦理的极限（Rhodes 243）。也就是说，他已经被排除出人的伦理范围，不再拥有以人的身份存在的资格。但"非人"并非他自己的身份认同和伦理选择。因而，最终他只能选择死亡，通过死亡摆脱自己无法确定伦理身份的困境，解决他的变形带给家人的伦理尴尬，以恢复家庭的也是整个社会的正常伦理秩序。

在现代社会中，无论是自己选择死亡（选择饿死、病死，或者放弃生的希望），还是家人对其"人"的身份的否定，或者家人的暴力攻击导致其死亡，都是令人震惊的伦理悲剧。悲剧的根源是无法解决的身份困境,是不同伦理观念的根本性冲突。

格里高尔变形之后的身份困境在于:在身体上,他既不具备人的外形特征,也无法从事人的活动,因而危及其作为人的身份;在社会关系上,他既无法建立与他人的有效交流,无法获得他人对自己伦理身份的认可,也无法再承担家庭伦理责任,因而最终无法维持与他人的伦理关系。因此,他必然被家人(以及所有人)他者化、非人化,最终被排斥于人的伦理之外。

格里高尔的伦理观念、伦理选择不仅与家人的观念和选择存在根本性冲突,而且是对当时伦理语境的背离,是对构成伦理语境的伦理规范的违背和破坏。然而,伦理毕竟是关于社会中人与人之间的关系,个人伦理观念必须服从社会伦理观念,必须符合社会伦理语境。格里高尔不愿放弃自己的伦理观念,在身份选择中也无法符合家人的期望和社会伦理规范的要求,就只能选择死亡,只能以悲剧解决这一伦理困境。而由于这一悲剧发生于亲人之间,在家这个亲密空间中上演,由许多空间书写的细节构成,其悲剧性则更为令人痛心,更为发人深省,也更具有普遍性意义。

格里高尔的伦理悲剧显然书写了卡夫卡本人的身份困境,也"不由得使读者想起几千年来犹太人的不幸遭遇和悲苦命运"(曾艳兵 190)。而从象征的层面看,这又折射出现代社会中人与人之间的隔阂,人之自我的分裂与异化,以及普遍存在的现代人的身份困境。而小说中的空间书写则深刻地揭示了这一伦理悲剧与空间的关联,伦理问题在空间中的投射,以及人的伦理存在如何为空间所形塑,如何依靠空间得以言说。正如存在不可能在空间之外,伦理问题也必然与空间相关。在本质上,现代人的伦理困境也是存在困境,是一种空间性焦虑,是"在世界中存在"(being-in-the-world)的必然焦虑。

参考文献

Anders, Günther. *Franz Kafka*. Trans. A. Steer and A. K. Thorlby. London: Bowes & Bowes, 1960.

Brod. "The Homeless Stranger." *The Kafka Problem*. Ed. Angel Flore. New York:

New Directions,1946:179-80.

Golomb, Jacob. "Kafka's Existential Metamorphosis: From Kierkegaard to Nietzsche and Beyond." *Clio*, 1985,14(3):271-286.

Grosz, Elizabeth A.. *Space*, *Time*, *and Perversion*: *Essays on the Politics and Bodies*. New York: Routledge,1995.

Huber, Christian & Iain Munro. "Moral Distance in Organizations: An Inquiry into Ethical Violence in the Works of Kafka." *J Bus Ethics* 2014(124):259-269.

Levinas, E.. *Totality and Infinity*. Pittsburgh: Duquesne University Press,1969.

Locke, John. "Of Identity and Diversity." *An Essay Concerning Human Understanding*. New York: Dover,1959:439-470.

Nicolae, Cristina. "Franz Kafka's Metamorphotic Prison: The Door and the window." *Philologia*, 2015,18(1):143-150.

Preece, Julian. *The Cambridge Companion to Kafka*. Cambridge: Cambridge University Press,2002.

Quinton, Anthony. "The Soul." *The Journey of Philosophy*,1962,59(15):393-403.

Rhodes, Carl, and Robert Westwood. "The Limits of Generosity: Lessons on Ethics, Economy, and Reciprocity in Kafka's *The Metamorphosis*." *J Bus Ethics*, 2016 (133):235-248.

Ryan, Michael P.. "Samsa and Samsara: Suffering, Death, And Rebirth in *The Metamorphosis*." *The German Quarterly*, 1999,72(2):133-152.

Shah, Raj. "Urban Panopticism and Heterotopic Space in Kafka's Der Process and Orwell's 1984." *Criticism*, 2014,56(4):701-723.

Soja, Edward W.. *Thirdspace*: *Journeys to Los Angeles and Other Real-and-Imagined Places*. Oxford: Blackwell,1996.

Sweeney, Kevin W.. "Competing Theories of Identity in Kafka's *The Metamorphosis*." *Mosaic*, 1990,23(4):23-35.

Tuan, Yi-Fu. *Place and Space*: *The Perspective of Experience*. Minneapolis: University of Minnesota Press,1977.

Warner, M. "Kafka, Weber and Organization Theory." *Human Relations*, 2007,60(7): 1019-1038.

巴什拉·加斯东:《空间的诗学》,张逸婧译,上海:上海译文出版社,2009 年。

卡夫卡·弗兰茨:《变形记:卡夫卡短篇小说集》,叶廷芳等译,昆明:云南人民出版社,

2010 年。

李军:《出生前的踌躇:卡夫卡新解》,北京:北京大学出版社,2011 年。

聂珍钊:《文学伦理学批评:伦理选择与斯芬克斯因子》,载《外国文学研究》2011 年第 6
　　期,第 1-13 页。

聂珍钊:《文学伦理学批评导论》,北京:北京大学出版社,2014 年。

聂珍钊:《文学伦理学批评:人性概念的阐释和考辨》,载《外国文学研究》2015 年第 6
　　期,第 11-19 页。

曾艳兵:《卡夫卡研究》,北京:商务印书馆,2009 年。

同质见证与异质记忆：
美国"9·11"小说的两次"言说"

王　薇①

内容提要：2001 年以降，以想象、再现"9·11"恐怖袭击事件为题材的美国"9·11"小说层出不穷。美国"9·11"小说以不断发展的虚构方式，对这一历史事件进行想象性"言说"：美国"9·11"小说的初次"言说"主要呈现出言说对象、言说内容、言说模式相对单一的同质化特征，再次"言说"则选取异视角观察言说对象、呈现差异化言说内容、注重言说模式多样性等异质化特征。就两次"言说"嬗变的效用来看，以见证为主要功能的初次"言说"呼应了记录创伤危机、谴责恐怖主义的现实主义叙事诉求，而以记忆为书写框架的再次"言说"重在思索"求同存异"的后"9·11"时代文学意义。

关键词：美国"9·11"小说　同质见证　异质记忆

Title：Homogeneous Witness and Heterogeneous Memory：The Two Narrative Discourses in American 9/11 Novels

Abstract：Since 2001，the American 9/11 novels that are focused on imagining and re-presenting the 9/11 terrorist attacks as the theme have appeared one after another. These novels seem to have delivered，in an ever-developing pattern，a sort of imaginary "narrative discourses" on this historical event. The first one mainly shows some relatively homogeneous features，such as the target，content，and mode of the discourse，but the

①　王薇，青岛大学外语学院副教授，研究兴趣为当代美国小说及文化研究。基金项目：国家社科基金后期资助项目"文化记忆语境中的美国'9·11'小说研究"（21FWWB018）。

second one dwells on some heterogeneous features，adopting a different perspective in observing the target，diversifying the content，and emphasizing the variation of the mode. Judging from the effect of the changes between the two "narrative discourses"，we may conclude that the initial "discourse"，which functions mostly as a way of witnessing，responds to the need for realistic narratives to document he traumatic crisis and condemn terrorism，whereas the second "discourse"，which relies on memory as the writing frame，puts extra emphasis on reflecting on the significance of "seeking common ground while shelving differences" in the post－9/11 literature.

Key words：American 9/11 novels；homogeneous witness；heterogeneous memory

自 2001 年在美国发生"9·11"恐怖袭击事件以来，这场"改变了一切"的事件①在不同领域得到多样再现：新闻媒体以现场直播方式，让全世界观众反复重温恐怖袭击即时的惨烈与震撼之感，使其成为人类历史上首次"全球见证"事件；诗歌、小说、戏剧等文学作品则以文字为媒介，形成表征创伤、反思恐怖、思索后"9·11"时代秩序的虚构文本。其中，美国"9·11"小说切入历史事件的内核，对这一人类历史上首次得到全球性见证的灾难事件进行文学想象。《零》《屈服》《特别响、非常近》《坠落的人》《拉合尔茶馆的陌生人》《转吧，这伟大的世界》等一系列作品成为美国"9·11"小说的代表文本。"9·11"文学具有"跨文化、跨文明、跨语言、跨宗教的文本内涵，为当代文学

---

① 2009 年出版的《那一天改变了一切》六卷本论文集，分别从政治、经济、法律、宗教与哲学、心理与教育、媒体与艺术等角度，全方位地展现了"9·11"事件对于美国后"9·11"时代所产生的广泛而深刻的影响。参见 Matthew J. Morgan, editor, *The Impact of 9/11 on the Media，Arts，and Entertainment：The Day That Changed Everything? The Impact of 9/11 on Psychology and Education；The Impact of 9/11 on Religion and Philosophy；The Impact of 911 on Business and Economics；The Impact of 911 on Politics and War；The Impact of 911 and the New Legal Landscape*，St. Martin's Press，2009。

与政治互生关系的写照"(杨金才 21),不仅反映和再现了"9·11"事件本身的现实性和残酷性,而且以文学特有的虚构性特征参与重构"9·11"事件的文化意义。近年来,国内外学界对美国"9·11"文学的研究主要经历了从"创伤—救赎"模式化读解,到政治化和伦理化阐释,再到兼顾文本内外双重要素的综合实践,旨在探讨美国"9·11"小说对当代文学的继承与创新书写路径;亦有学者对"9·11"小说提出批评意见,认为"9·11"小说存在情节设置相对单一、人物塑造扁平化、创伤情感表达过于类同等共性问题①。可以说,作为 21 世纪美国文学的新兴题材,"9·11"小说在主题特征、叙事方式、创作意图等方面尚未定型,在叙事功能上也体现出见证抑或记忆相互博弈的动态文本现象。本文概览多部美国"9·11"小说的代表作品,围绕"同质"和"异质"两个关键词探讨美国"9·11"小说的发展趋势,旨在突破学界对"9·11"小说同质界定的束缚,以发展的眼光重新估量美国"9·11"小说的文学价值。

一、同质见证:初次"言说"

2006 年前后,美国"9·11"小说开始大量涌现,让读者看到文学创作在克服危机事件之后语言无力感的过程中作出的叙事努力。然而,文学评论界对美国"9·11"小说这一新兴文类颇有微词,质疑其文学价值。众多小说中反复出现的、同质于家庭的、内化的、感伤的叙事模式,使诸多国内外学者对美国"9·11"小说持否定态度。其中,克里斯·克里夫(Chris Cleave)认为,真正以"9·11"事件为题材的"9·11"小说尚未出现:"今天,全世界见证着前'9·11'时代如世贸双塔的窗户玻璃般破碎。小说家的工作正是以新的视角描述这些碎片化的景象。但是,我们总在期盼着,小说家能否将这些碎片破镜重圆,带给我们意义、希望或是美好的结局。"(Cleave, "Too soon

---

① 国内外学界对"9·11"小说的研究综述,参见 Birgit Däwes, Ground Zero Fiction: History, Memory, and Representation in the American "9/11" Novel, Heidelberg: Universitätsverlag Winter, 2011, pp. 37—56;但汉松:《西方"9·11 文学"研究方法、争鸣与反思》,载《外国文学动态研究》2015 年第 50 卷第 4 期,第 30—38 页;王薇:《美国"9·11"小说中的记忆书写》,华中师范大学博士论文,2018 年,第 3—26 页。

to Write the Post－9/11 Novel?")伊恩·卡特勒(Ian Cutler)则认为,"我们当下无法判断这场灾难的'绝对性',只好期盼着看到未来在跨越了当下西方与穆斯林之间的这场战争后,历史会怎样重写这场事件"(110)。评论界对"9·11"小说的上述评价不足为奇。究其原因,在恐怖袭击事件发生初期,美国"9·11"小说急于以文学的声音实现悼念的目的,在内容和主题上并没有与对"9·11"事件进行新闻报道的主流媒体叙事和意识形态浓厚的官方叙事产生明显差异。从某种程度上说,这一时期多数美国"9·11"小说扮演了其他媒介的"传声筒"角色,形成幸存者叙述、爱国志士的英雄叙事、受害者家属的创伤叙事等具有同质化特质的小说。具体来看,美国"9·11"小说主要在言说对象、言说内容和言说模式三个层面体现出同质化特征,以此对"9·11"事件进行初次"言说"。

首先,美国"9·11"小说的同质化特征表现为以"9·11"恐怖袭击事件作为统一的言说对象。就"9·11"小说的定义而言,直接书写"9·11"事件成为"9·11"小说这一文类得以成立的前提条件:杰罗姆·威克斯(Jerome Weeks)将"9·11"小说定义为"小说家们围绕'那一天'进行虚构创作的作品"(Weeks,"9/11 as a Novel:Why?");汤姆·朱诺德(Tom Junod)定义其为"以这场创伤事件而展现文化的小说"(Junod,"The First Great 9/11 Novel")。上述"9·11"小说的定义虽不够全面,但都将"9·11"事件作为"9·11"小说不可取代的言说对象。具体而言,从时空维度的书写层面来看,美国"9·11"小说多以时间标尺(2001年9月11日)和空间标尺(世贸中心废墟"归零地")来限定小说"现在在场"的书写对象:多部小说的物理时间停滞在或围绕着2001年9月11日,"那一天的天空"成为悲剧时刻的权威见证,成为瞬间凝滞的言说对象。比如,厄普代克在小说《恐怖分子》中描述道:"那一天天空特别明亮,那个虚幻的蓝天已成为传说,一个天国般的讽刺,成为美国传奇的一部分,如同火焰的红色尾焰。"(280)在德里罗小说《坠落的人》伊始,"街道已不复存在,已然变成了一个世界、一个时空、散落的尘土遮天蔽日、近乎黑暗"(3)。可以说,大众在仰望"天空"的时刻,"晴朗的天空"与"漫天的灰尘"产生了戏剧性的撞击,同时刺激产生强烈对比的直观感知。2001年9月11日,曼哈顿的湛蓝天空瞬间被漫天尘埃覆盖,这一场景在多部"9·11"小说中被记录了下来,成为在时间上和空间上具有同质化特征的书写对象。

其次,美国"9·11"小说的同质化特征还体现在言说内容的趋同性。从叙事范畴来看,美国"9·11"小说归属创伤叙事,情节发展上基本秉承"展现创伤、寻求救赎"的叙事线索,人物塑造上多着墨于痛苦而单纯的受害者形象,情感基调多为抒发悲悼、恐惧等负面情绪。因此,格雷(Richard Gray)在《美国危机时期的文学创作》一文中犀利指责美国"9·11"小说"想象力匮乏"的弱点,并将其归咎于《坠落的人》《恐怖分子》等作品没有走出最初创伤叙事的阴影(128)。此外,美国"9·11"小说在书写内容上的趋同性还体现在对"9·11"事件所带来的个体创伤、集体创伤进行文学再现的常规路径:"多数创伤理论认为,只有当情感释放、复原、终结之后创伤才能愈合,也就是说,只有当个体重获创伤前身份之时,创伤才能得到疗治。"(Davis 139)美国"9·11"小说多以展现非常事件后的应激创伤反应和寻求心灵救赎为叙事旨归,深陷悲情释放的桎梏。

再次,美国"9·11"小说最饱受争议的同质化特征是其言说模式的相似性,尤其体现在"9·11"事件总是巧合性地嵌入小说情节发展、人物成长的过程之中,在许多叙事框架中出现在相似位置。小说主人公的生活往往乱作一团,危机重重,"9·11"事件的发生,成为人物选择的突破口、人物身份的更迭处、人物命运的转折点。具体来看,在小说《零》中,主人公消防员雷米深夜里站在世贸遗址的废墟上,体验着真实与虚幻、英雄与懦夫纠缠交织、自相矛盾的人生瞬间。又如,在小说《拉合尔茶馆的陌生人》中,"9·11"事件让迷失在美国梦中的巴基斯坦移民昌盖兹顿悟自己的人生。诸如此类的情节发展不一而足,"9·11"事件多出现在叙事高潮部分,从而形成多部小说相似性极高的叙事模式。

概言之,美国"9·11"小说主要在言说对象、言说内容和言说模式三个方面体现出同质化特征。可以说,这种对"9·11"事件相对同质的文学想象方式,展现出后"9·11"时代大众对恐怖袭击事件产生的震惊、恐惧、悲伤、愤怒等的直观感受,并在读者易于接受的认知范畴中选择了符合现实主义文学逻辑的表述方式。也就是说,美国"9·11"小说以其同质化书写,实现了对历史事件进行直接见证的初次"言说"。

就文学与历史的关系而言,德里罗认为,"正是失去了的历史才成为小说精巧细致的编织物,小说就是重温曾经发生的一切,也是我们的第二次机会"(60)。美国"9·11"小说在完成了见证任务的初次"言说"之时,如何获得"重温一切的第二次机会"? 这成为作家们进一步思索的问题。马修斯(Brander Matthews)在《历史小说》中曾言及历史书写的策略,"成功书写历史小说的小说家们总是能够将虚构置入舞台的中央,而将历史放入背景之中"(24)。许多美国"9·11"小说家意识到同质见证书写的利与弊,试图转变对恐怖袭击事件的直接见证书写,逐渐重视凸显虚构的"中央"地位。由此,在部分美国"9·11"小说中,多位作家选择以记忆书写为叙事框架,着力寻找"重温一切的第二次机会",言说内容从同质转向异质,言说目的从见证转向记忆,使得这些作品成为再次理解过去、再次理解历史的文学媒介。

二、异质记忆:再次"言说"

2001 年发生的"9·11"恐怖袭击事件以出人意料性和破坏稳定性成为21 世纪之初的全球性危机事件,美国"9·11"小说肩负起对这一事件进行见证性的历史表述和虚构性的文学阐释双重书写责任。朱丽叶·利特曼(Juliet Litman)曾对"9·11"小说中出现的典型人物形象转变进行概括:"'坠落的人'充满了提喻意味,象征了恐怖袭击之后人们心中挥之不去的残酷回忆;今天,这个'坠落的人'已经被麦凯恩笔下永远不会坠落的'走钢丝的人'和奥尼尔小说中'能够洞察一切的人'所替代"(10)。如果说美国"9·11"小说以前文所述的同质化言说方式将"坠落的人"加以凝固,那么,本已较为凝固的"9·11"典型形象如何在美国"9·11"小说中实现了转变? 纵观近年来美国"9·11"小说的新发展,麦凯恩、奥尼尔等作家转换创作思路,旨在扭转"坠落"的负面意象,实现"永远不会坠落"的美好期许。下文将从"9·11"小说家们选取异视角观察书写对象、呈现具有差异化的书写内容、注重书写模式的多样性等三个方面,详细论证美国"9·11"小说从同质向异质转变的再次"言说"。

首先,美国"9·11"小说转变同质于受害者的单一视角,以异质视角对"9·11"事件进行多角度回顾,形成与政治官方叙事、主流媒体叙事相异的言说样式。美国官方政治叙事以星条旗记忆为宣传主导,形成齐泽克所批判的"空洞爱国主义"(Zizek 6)意识形态;主流媒体叙事则在全球化传播领域中以闪光灯记忆的方式,反复传达着"坠落的人"的意象和"我们是受害者"的同质化声音。对照上述外部语境观照美国"9·11"小说,我们可以发现,文学作品更加关注观察视角的转变,尤以书写记忆的方式与政治叙事、媒体叙事产生显著差异。具言之,美国"9·11"小说呈现出宏观叙事与微观叙事、集体叙事与个人叙事之间或切换、或结合、或交叉的复杂关系,形成以异质记忆为书写框架的回顾性叙事:《坠落的人》中的事件局内人视角和事件局外人视角,《零》中的参与灾难救援者、亲历者视角、《转吧,这伟大的世界》中的旁观者视角,《特别响、非常近》中的儿童视角,《遗忘》中的男性视角,《屈服》中的女性视角等①,美国"9·11"记忆书写的多元异质视角可见一斑。作为言说对象的"9·11"事件,也在异质记忆主体的聚焦和观察中,呈现出叙事角度多元化、叙事层次多样化的异质记忆书写特征。

其次,从美国"9·11"小说的言说内容来看,作家着力突破传统创伤文学"渲染创伤、寻求救赎"的常见情节线索,借鉴记忆在时空方面特有的穿越优势,突破过去的经历与当下的反思之间的书写界限。在《特别响、非常近》《回声制造者》等小说中,作家将灾难事件的创伤感知注入主体的身体,并借由记忆唤起不同于创伤叙事的异质感受。具体来看,在弗尔的《特别响、非常近》中,九岁男孩奥斯卡在"9·11"事件中失去了父亲,他游走在纽约的大街小巷,辨别各种记忆与遗忘的谎言,并大量运用具有乌托邦特征的科学幻想,试图凭借记忆中的温暖在这个失去了秩序的危机异托邦中找寻重获快乐的希望。再如,在《回声制造者》中,失去日常记忆的马克成为鲍尔斯笔下经历记忆危机的受难者。然而,鲍尔斯一反多数"9·11"小说以陈述创伤为惯常的叙事策略,转而以失去记忆并寻回记忆的疾病隐喻,展现了"9·11"事件之后整个美国迷失方向后个体自我疏离的心理状况(王薇 20)。上述小说均涉及了"9·11"事件为记忆主体带来的危机创伤经验,性格各异的创伤

---

① 美国"9·11"小说中的男性视角、女性视角与记忆书写之间的互动关系,详见笔者拙文《美国"9·11"小说中的男性气质与遗忘叙事》,《当代外国文学》,第 42 卷第 4 期,2021 年 10 月,第 20—27 页;《美国"9·11"小说中的女性气质与难忘叙事》,《外国文学》,第 40 卷第 2 期,2020 年 3 月,第 25—34 页。

经历者也同时扮演着记忆者的角色。他们经历的创伤束缚着回忆,但那些记忆却不愿屈从于创伤后逐渐恢复常态的认知。有的记忆主体如《特别响、非常近》中的奥斯卡,主动切断了经验的连续性,跳回过往寻求记忆中的温存;有的如《回声制造者》中的马克,凭借失忆摧毁了统一完整的身份认同,在重获记忆的过程中重新认识这个世界,也重新认识自己。通过辨别虚假的谎言、荒诞的臆想等方式,小说人物当下经历的重重危机,在记忆的异质作用下发生了变化,人物逐渐走上发现温存、寻找希望之路。由此,美国"9·11"小说克服言说内容同质化的危机,形成异质化记忆书写的特征。

其三,从言说模式来看,美国"9·11"小说对历史事件的关注点突破了同质见证的叙事束缚,透过记忆书写在时间维度的迁移,实现了言说模式的多样化。具体来看,多部小说的记忆书写不再局限于 2001 年 9 月 11 日"那一天",而是以或回望过去,或展望未来等多样的形式在时间轴上进行多向迁移。在以"回望"为主要形式的记忆书写中,对"9·11"事件的指涉不再是时间、地点等要素上的见证式再现,而是在记忆的层层嵌套中,与其他相关记忆主题发生了内容上的交叉与综合,从而产生或变形、或重组、或面目全非的记忆面貌。其中,有的作家以主题各异、形式多样的"昨日重现"方式,使"9·11"事件成为记忆大潮中唤起无数往事回忆的事件,诸如在《特别响、非常近》中祖父母记忆中的德国德累斯顿空袭,在《屈服》中克莱尔记忆中越战纪念碑作者林璎的故事,在《遗忘》中托马斯回忆起的珍珠港事件,在《拉合尔茶馆的陌生人》中"我"对越战及美国 60 年代的记忆等等,不一而足。这些层层嵌套在记忆之中的事件,在小说文本中形成以过去为记忆起点的顺序记忆书写,将遥远的过去拉近到眼前,在情感上、心理上进行了再次面对、再次经历,在相似的创痛中寻找相同的苦痛,在相似的救赎中寻找相同的道路。正是由于过去的事件都以顺序发展而有始有终,现在的危机便有了一个可供参照的出路或希望。从这个意义上说,"立足当下、回望过去"的记忆书写实则是在沉渣泛起的记忆之河中,找寻断裂的现在是否能够愈合的可能性,以及现在如何能够延续的方法论。正是由于这样的期许,使得记忆或多或少对过去进行了改造、调遣或美化,以实现重构当下记忆的叙事任务。

除了采用顺序的时间叙事方式外,有的作家选择在记忆书写的框架中重构过往相似事件,呈现出倒序的时间叙事方式,即将记忆中事件的线性时间顺序进行逆转,记忆中的事件都从终点开始叙述,一步一步倒推至事件的起点,这成为美国"9·11"小说具有特殊性的时间叙事模式。比如在《特别响、非常近》中,弗尔便以"倒置"的叙事手法展现了这一时间叙事模式:在小说的结尾部分,弗尔运用翻转的叙事手法,将小说的时序进行了倒置:"我把那些纸张从本子(《发生在我身上的事》)里撕了下来。我把顺序倒了过来,这样最后一页成了第一页,第一页成了最后一页"(340),以"我们会平安无事"(341)作为文字叙事部分的终结。随后,弗尔附上以倒序排列的十五页"坠落的人"的图像,形成了坠落方向上的倒转,以"看起来那个人是在空中飘升"的意象结束了全书的图像叙事。文字叙事和图像叙事在内容与形式上两个层面实现了交汇,均体现了"倒置"的要素在全书记忆书写方面的显著作用。

简言之,在记忆书写的框架中,作家们进行再次"言说",展现了美国"9·11"小说异质化记忆书写的特征。德里达(Jacques Derrida)曾批评过"9·11"这个对恐怖事件的称谓:"如此简单的这个名称'9·11',并不是为了用词或修辞上的简约,而是因为这个转喻的名字——这个数字——代表了我们心中的不可估量性,这种不可估量性我们现在无法认识或认知,不知道如何去估量,甚至不知道我们该如何谈论它。"(Borradori 86)倘若德里达言及的"不可估量性"是导致伟大的"9·11"小说尚未产生的原因,那么如何冲破"估量"的困境? 如何重新"估量"这一历史事件? 如何重构"9·11"这个数字的文化意义? 美国"9·11"小说在言说异质记忆的道路上探寻着这些问题的答案,试图赋予这场危机事件以"求同存异"的文学价值。

三、"求同存异"的两次"言说"

无论是同质见证叙事,还是异质记忆书写,美国"9·11"小说的两次"言说"表明,小说创作者兼具时代责任感和文学敏感性,对"9·11"事件的现实意义做出深度反思,从而产生对"9·11"事件的多元阐释空间。如果说,政治话语重在"求同",把历史的整合功能置于最重要的位置,希望通过对历史意识的锐化重新获得并深化国家层面的整体认同;如果说,史学话语强调"存异",认为"人们只有通过历史意识才能获得历史认同,而这一历史意识所承认的是时代的差异性"(阿斯曼 168),那么,美国"9·11"小说所代表的文学话语则融两者的目标于一体,即"求同存异",着力于"利用真实事件和虚构中常规结构之间的隐喻式的类似性,使过去的事件产生象征意义"(怀特 171)。前文对美国"9·11"小说两次"言说"的概述旨在阐明,文学话语使"9·11"事件原本貌似单一、固定的事件意义变得愈加琐碎复杂。美国"9·11"小说力求打破对事件的同质化表征,体现文学话语的异质力量,而这恰是旨在实现"求同存异"的文学话语在后"9·11"时代作出的回应。

那么,如何"求同"与"存异"?美国"9·11"小说的两次"言说"在整体与个体、宏观与微观的层面兼顾实现"求同存异"的言说目的。就初次"言说"来看,美国"9·11"小说首先以同质见证的方式,在宏大叙事与微观叙事这两个相异叙事范围之间找寻共同之处,书写一个个微观个体在突发创伤事件影响下的相似经历与相似情感体验,使美国"9·11"小说在侧重现实主义的层面上体现出"9·11"事件对个体进而对社会、对文化等诸多方面产生的深远影响。就主题呈现和气氛渲染来说,美国"9·11"小说突破了创伤研究所谓"难以言说"的牵绊,为读者生动展现出"9·11"事件对个体产生的难以逃避的巨大冲击,并使个体创伤与集体创伤、社会创伤、文化创伤之间产生紧密联系。例如,在绘图小说(graphic novel)《在没有双塔的阴影中》(*In the Shadow of No Towers*)中,阿特斯·宾格曼(Art Spiegelman)在作者序中曾言,"'9·11'事件之前,我的所有创伤都或多或少是自我内心的感受,但当世贸中心北塔倒下的时刻,我内心的悲伤流淌出来,这一时刻将世界的历史与我个人的历史席卷到了一起"(1)。可见,"9·11"事件并非仅仅标志着"断裂"和"终结",还凭借"求同"式的书写展现个体与他者之间的联结点,成为突破个体创伤、全景展现时代焦虑的恰当书写对象。也就是说,美国"9·11"小说的初次"言说"落脚点在于"微观存异、宏观求同",即以微观个体的同质见证叙事凸显后"9·11"时代的整体风貌。

就再次"言说"而言,美国"9·11"小说则是通过异质记忆书写展现"现实存同、救赎求异"的叙事主题。如前文所述,多部美国"9·11"小说在整合记忆碎片的过程中寻找"曾经"应对不同焦虑、不同创伤的经验,并将其引入"此刻",甚至导向"未来"。由此,随着世贸双塔毁于瞬间,对饱受创伤焦虑困扰、失去整体意义感知能力的后"9·11"时代群体而言,美国"9·11"小说的异质记忆书写跨越的是时间界限,实现的是救赎路径的存异式探究。《遗忘》《转吧,这伟大的世界》《屈服》等美国"9·11"小说将文学叙事置于"9·11"事件前后的美国历史与社会文化的大语境之中,作家们有意识地选择以记忆书写的框架创作美国"9·11"小说。其中,异质记忆书写不仅包括有意识地回溯过往经历的欲望与动机,还具备遗忘、非连续性、损毁和重构等反向的时间因素。无论是个体记忆行为中的不可支配性和突然性,还是集体性回忆行为中的权力规约性,人们都希望在记忆的过程中找到解释消极当下、面对未知未来的意义和价值。换句话说,这种跨越时间界限的书写,表现出文学话语对意义和价值的不懈追求,以及对当下文化危机的弥补式重建。当个人的记忆成为个体对生命意义的一种信仰支撑,当集体记忆则成为族群文化意义的精神寄托,美国"9·11"小说以异质记忆之名,责无旁贷地肩负起当下探寻不同救赎之路的文学责任。

四、结语

综上所述,美国"9·11"小说以不断发展的虚构方式,对历史事件进行想象性"言说"。从叙事功能来看,以见证为主要功能的初次"言说"呼应了记录创伤危机、谴责恐怖主义的时代诉求,而以记忆为书写框架的再次"言说"则更注重以记忆书写所具有的包容性、穿越性的优势,找到跨越过去与现在、断裂与延续等界限的契机。经历了两次"言说"的发展,美国"9·11"小说反映出当代作家在文学实践中反思个体、反思族群、反思人性的文化自觉,进而丰富和深化了后"9·11"时代的文学意义。倘若把美国"9·11"小说置于文化记忆语境之中进行观照,不难发现,严肃作家在书写这场突发恐怖事件时,时常采取高度质疑和反思批判的态度。他们在书写事件的创作欲望驱使下,或揭示隐藏于表面现象之下的真相,或解构假象或谎言,抑或澄清被神化了的事件与个体。通过重新想象事件,重塑事件记忆,进而重新构建可以满足当下社会、政治和精神需要的文化记忆,力求使文化记忆成为可以促进社会理解与宽容、实现国族共同体团结的文化基础。因此,从重构文化记忆的角度来看,美国"9·11"小说不仅映照和再现"9·11"事件,而且赋予事件异质的文学意义。可以说,美国"9·11"小说以多样的方式阐释现实与虚构之间的关系，并着重使虚构文学创作超越现实呈现的层面，以打破同质、体现异质的文学化表达，体现出当下文学的时代特性和美学价值。

参考文献

Borradori, Giovanna. *Philosophy in a Time of Terror: Dialogues with Jurgen Habermas and Jacques Derrida*. Chicago: U of Chicago P, 2003.

Cleave, Chris. "Too Soon to Write the Post－9/11 Novel?" *The New York Times*, 12 Sept. 2005, www. nytimes. com/2005/09/12/opinion/too-soon-to-writethe-post911-novel. html.

Cohen, Samuel. *American Fiction in the* 1990s. Iowa: U of Iowa P, 2009.

Culter, Ian. *Cynicism from Diogenes to Dilbert*. North Carolina: McFarland, 2005.

Davis, Walter A. "Trauma and Tragic Transformation: Why We Learned Nothing from 9/11." *The Impact of 9/11 on Psychology and Education: The Day That Changed Everything*? Edited by Matthew J. Morgan, St. Martin's Press, 2009: 139-48.

DeLillo, Don. "The Power of History." *The New York Times Magazine*, Sept. 1997, pp. 60-63.

Gray, Richard. "Open Doors, Closed Minds: American Prose Writing at a Time of Crisis." *American Literary History*, 2009, 21(1): 128-48.

Junod, Tom. "*Let the Great World Spin*: The First Great 9/11 Novel." *Esquire*, 8 July 2009, www. esquire. com/entertainment/books/reviews/a6058/let-the-great-world-spin-book-review-0809/

Litman, Juliet. "Resanctifying the American Space: Narrative and Myth in the 9/11 Novel." *San Francisco Panorama*, 2009(11): 10-12.

Matthews, Brander. *The Historical Novel and Other Essays*. New York: Charles Scribner, 1901.

Spiegelman, Art. *In the Shadow of No Towers: A Graphic Novel*. New York: Pantheon, 2004.

Waldman, Amy. *The Submission*. New York: MacMillan, 2012.

Walter, Jess. *The Zero*. Los Angeles: Regan, 2006.

Ward, Just. *Forgetfulness*. Boston: Houghton Mifflin, 2006.

Weeks, Jerome. "9/11 as a Novel: Why?" *Arts Journal Weblog*, 10 May 2007, www.

artsjournal. com/bookdaddy/2007/05/911_as_a_novel_why. html

Zizek，Slavoj. *Welcome to the Desert of the Real：Five Essays on September* 11 *and Related Dates*. New York：Verso，2002.

阿莱达·阿斯曼：《记忆中的历史：从个人经历到公共演示》，袁斯乔译，南京：南京大学出版社，2017 年。

海登·怀特：《作为文学虚构的历史文本》，载《新历史主义与文学批评》，北京：北京大学出版社，1993 年，第 160-179 页。

科伦·麦凯恩：《转吧，这伟大的世界》，方柏林译，北京：人民文学出版社，2010 年。

理查德·鲍尔斯：《回声制造者》，严忠志、欧阳亚丽译，南京：译林出版社，2008 年。

莫欣·哈米德：《拉合尔茶馆的陌生人》，吴刚译，上海：上海译文出版社，2009 年。

乔纳森·弗尔：《特别响、非常近》，杜先菊译，北京：人民文学出版社，2010 年。

唐·德里罗：《坠落的人》，严忠志译，南京：译林出版社，2010 年。

王薇：《后"9·11"伦理与〈回声制造者〉的隐喻叙事》，载《东方论坛》2020 年第 32 卷第 4 期，第 13-20 页。

约翰·厄普代克：《恐怖分子》，刘子彦译，北京：人民文学出版社，2009 年。

杨金才等：《新世纪外国文学发展趋势研究》，载《战后世界进程与外国文学进程研究》（第四卷），南京：译林出版社，2019 年。

爱伦·坡文学批评的道德困境与美学出路

王二磊①

内容提要：自 19 世纪以来，爱伦·坡因其文学作品缺乏对社会道德伦理的显性观照而备受责难。爱伦·坡批判和抵制在美国 19 世纪主流文学中大行其道的道德主义说教，应和了现代艺术审美范式的演进。爱伦·坡坚守艺术自律的美学原则，以追寻艺术的和谐形式和理想之美为目标，让美与道德（善）在更高的层面上再次产生更为密切的关联，将审美精神提升到道德高度。同时，爱伦·坡褒扬文学作品中隐在的道德寓意和道德关怀，并在文学创作中躬身力行。重构爱伦·坡文学批评理念的道德内核，有助于昭示其文学思想的社会价值与伦理意义，从而为全面把握其文学作品中艺术的审美价值与道德教谕的关系提供一种新的认知。

关键词：爱伦·坡　文学批评　道德　善　和谐

Title：Moral Predicament and Aesthetic Solution of Allan Poe's Literary Criticism

Abstract：Since the 19th century, Edgar Allan Poe has been harshly admonished for the lack of explicit concern for social ethics in his literary works. Poe criticized and resisted the moralistic preaching that prevailed in the mainstream of the 19th century American literature, working in concert with the evolution of modern aesthetic paradigm. In adherence to the aesthetic principle of artistic autonomy, Poe set the pursuit of the congruous form and ideal beauty of art as his goal, generating, on a much higher level, a more intimate connection between beauty and morality

---

① 王二磊，浙江工商大学外国语学院副教授，研究兴趣为比较文学与世界文学研究。

(goodness) once again, and elevating the aesthetic spirit to a moral height. Meanwhile, Poe not only offered his endorsement for the implicit moral implications and concerns in literary works, but also practiced what he endorsed in his own literary writings. Reconstructing the moral core of Poe's literary criticism helps uncover the social value and ethical significance of his literary thought and, thereby, provides a new cognitive perspective on a comprehensive grasp of the relationship between the aesthetic value and the moral instruction from the art of his literary works.

Key words: Edgar Allan Poe; literary criticism; morality; goodness; harmony

美国文学家爱伦·坡（以下简称坡）离世不久,《纽约客杂志》(*Knickerbocker*)编辑克拉克(Lewis Clark)就指摘他"缺乏道德或宗教原则"(qtd. in Moss 123)。其作品指定代理人格里斯伍德(Rufus Wilmot Griswold)也发文宣称"他似乎没有什么道德上的敏感性"(152)。惠特曼(Walt Whitman)随后指出坡的文学作品"明亮耀眼,但没有热量"(117)。在20世纪之前,坡与其妻子弗吉尼亚的关系问题成了批评家"关于他的道德品质的激烈辩论的一部分"(Peeples 42)。20世纪伊始,克鲁奇(Joseph Krutch)的"异常(abnormity)"、赫胥黎(Aldous Huxley)的"庸俗(vulgar)"和温特斯(Yvor Winters)的"异端(heresy)"等道德主义评判给坡及其作品贴上了悖德的标签。这种以社会道德价值为标准的品评在20世纪后半叶继续上演:"坡的作品明显缺乏对道德主题的兴趣"(Cleman 623)、"坡不触及道德问题"(Buranelli 72)和"坡排除了一切道德和宗教方面的考虑"(Davidson 190)。到了21世纪,尽管坡的文学地位得到了相应认可,但对其道德的质疑之声仍不绝于耳,如坡"驳斥文学中的道德和爱国价值"(Tally 123),有的学者甚至认为"这种批评有力地促进了坡的作品声誉"(Cantalupo 1)。本文以坡的文学批评实践为理据,在重构其文学批评理念道德内核的基础上,昭示其文学思想的社会价值与伦理意义,从而为全面把握其文学作品中艺术的审美价值与道德教谕的关系提供一种新的认知。

一、"说教的异端"：艺术自律与审美现代性

美国"18世纪的诗歌是公共的、说教的艺术"（Gilmore 591），诗歌内容很少涉及个人情感，而是与媒体大众所关注的诸如战争、政治、著名人物的逝世等宏大叙事话语密切相关。就文学作品的功能性而言，美国19世纪上半叶的文艺观念沿袭了18世纪文以载道和经世致用为鹄的道德传统。在北美清教徒文化的影响之下，以北美诗人布莱恩特（William Cullen Bryant）和朗费罗（Henry Wadsworth Longfellow）为代表的美国主流诗人，视文学价值和道德教谕为一对不可分割的整体，过于看重文学外部的社会功能，贬抑语言艺术本身的审美价值。美国超验主义思想家爱默生把崇尚"道德美"的歌德视为楷模，自诩为"美国的歌德"。"在坡的时代，小说里的人物大多都是品行端正的道德典范"（Hayes 60），小说界的泰斗欧文（Washington Irving）和库珀（J. F. Cooper）均强调散文作品的道德意识。此外，美国19世纪的权威出版商哈珀斯（Harpers）"为了保证新出版物的得体与道德"（Whalen 10），雇用了一些读者，无论是本土的还是舶来的文学作品，如果不能通过他们的道德审查，就永远不可能问世。坡的《故事集》文稿在1836年就遭到了该出版商的无情拒绝。由此观之，坡以艺术自律、审美愉悦为根基的文艺理念在美国19世纪上半叶道德主义说教的大环境下陷入了挥之不去的道德困境。

在美国19世纪上半叶，欧洲社会宽松的道德规范一直是美国人抨击的对象，英国小说家利顿（Edward Bulwer-Lytton）因其作品中的低俗内容而招致严厉批评。当美国批评家把矛头指向利顿的道德问题之时，坡却以艺术技巧为判断标尺把鉴赏的目光转向了利顿小说的艺术价值，强调艺术自身的审美维度，维护艺术价值评判的公正性。坡认为利顿的小说《利希留》（*Rienzi*）中的构思技巧在一定程度上掩盖了其中悖德内容的瑕疵，高赞"他（利顿）是任何在世或去世的作家都无法超越的"（Poe 142）。这种鉴赏标尺与美国19世纪主流文学批评所倡导的社会道德价值背道而驰。

"坡是第一个勇敢地说出艺术是以审美为目的的美国批评家"（Jacobs 453）。在坡看来，如果艺术作品过分强调和宣扬道德说教就是一种"异端邪

说"(heresy)，因为它混淆了道德内容与艺术价值之间的区别。用韦勒克和沃伦的话来说，"艺术的用处不必在于强加给人们一种道德教训"（Wellek and Warren 20）。然而，在坡的时代，美国的政治派系林立，社会动荡不安，艺术和科学均被视为传授道德价值的工具"（Werner 52）。鉴于此，坡愤然指出："我所谓的这个异端就是'教海诗'……据说每首诗都应该向读者灌输一种道德真谛，而且评判这首诗的价值也要凭借这种道德真谛"（Poe 75）。可见，坡把诗歌艺术中的道德说教指向了"真"（truth）的范畴，并指出科学的目标是"真"，而诗歌的目标应该是审美愉悦，二者的关系犹如水火，很难和谐共处。早在 1831 年的《诗集》序言②中，坡就以审美趣味来区分科学作品与诗歌："与科学作品相对立的是，诗歌的直接目的是愉悦，而不是'真'。"（9）艾布拉姆斯指出，坡的"为诗而诗"的意思是艺术的目标应当"从外部原因和隐秘目的的负担中解脱出来"（Abrams 27）。与 19 世纪末欧洲唯美主义运动类似的是，坡对道德说教的抵制是避免审美判断堕入道德主义品评的滑坡，提醒人们不要被政治、商业、伦理道德等因素绑架先验的自由本性。

这种彰显自由意识的艺术理念乃为现代意义上的审美范式。现代艺术的审美观念，源自法国神父夏尔·巴图（Charles Bateux）于 1746 年"美的艺术/纯粹的艺术"（the Fine Arts）概念的提出。巴图把音乐、诗歌、绘画、雕塑和舞蹈五类艺术定性为"美的艺术"，并指出与以实用性为目的的其他艺术所不同的是，它们都以自身为目的。在欧洲，"艺术自律的观念在 19 世纪 30 年代绝非新颖事物"（Calinescu 44），康德在 18 世纪末就在《判断力批判》（1790）中提出了艺术作为一种自律活动的观点，肯定了艺术的无功利性。对于"现代艺术精神之父"波德莱尔来说，诗是自足的，诗除了自身并无其他目的。唯美主义运动的圭臬戈蒂耶（Théophile Gautier）及其追随者们"为艺术而艺术"的战斗口号则表达了他们对资产阶级商业主义和粗俗功利主义的憎恨，是审美现代性反抗资产阶级市侩现代性的首个美学战斗性口号。

波德莱尔把浪漫主义思潮等同于现代艺术。浪漫主义批评家号召作家抛弃新古典主义道德审美范式，以审美主体的创造性和艺术自律为目标，彰显出独特的主体性。在康德的"无目的合目的性"观念和席勒的"游戏说"的鼓舞之下，浪漫派作家批判以道德、理性和知识为中心的新古典主义他律美学原则束缚了艺术家的独创性天赋，破坏了作品的艺术价值和审美趣味。

坡的"为诗而诗"的艺术自律理念正是对这一现代美学思潮演进的应和。鉴于以清教徒文化为根基的新英格兰诗人大多把文学视为道德教谕的工具，坡在评论新英格兰著名诗人朗费罗的诗集《民谣及其他诗》(*Ballads and Other Poems*, 1841)时就指出朗费罗在诗歌目的上的理念是完全错误的，"他的说教完全不合时宜"(Poe 683)，是一种文学上的"异端邪说"。于坡而言，艺术的价值应该从艺术自身内部来判断，而不是以艺术的外部因素诸如道德、知识和教谕等为评判标准，这也正是坡在批判朗费罗的说教诗时所强调的"对创作原则的捍卫"(742)。

在 19 世纪，虽然法国著名艺术批评家丹纳在《艺术哲学》(1865—1869)中宣称"文学价值的等级每一级都相当于这个道德价值的等级"(410)，但对道德说教的抵制与批判，坡即使不是首位，也非孤例。波德莱尔不满于法国文人视艺术为宣教工具的做法："许多人认为诗的目的是某种教诲，或是应当增强道德心，或是应当改良风俗，或是应当证明某种有用的东西。埃德加·爱伦·坡说美国人特别支持这种异端的思想。"(波德莱尔 186)美国战后批评家亨利·詹姆斯在《小说的艺术》一文中就质疑皮赞特的道德主义论调说道："艺术的问题(就最广泛的意义而论)是创作实践的问题；道德问题则完全是另一码事，那么能否请你让我们见识一下，看看你是怎么会轻易地把这两者相提并论、混为一谈的呢?"(詹姆斯 28)尽管詹姆斯认为坡是美国最早的真正的文学评论家之一，不乏理智和辨别力，但责难坡的文学评价是"矫揉造作的、恶毒的和庸俗的"(James 189)，陷入了与赫胥黎等批评家类似的道德主义价值判定的泥潭。

二、"意义的潜流"：隐在的道德寓意与道德关怀

在《莫班小姐》的序言中，戈蒂耶声称只有毫无用处的东西才是美的。英国唯美主义代表人物王尔德在《道林·格雷的肖像》的序言中写道："没有合乎道德的或不道德的书这种东西。书本有写得好坏之分，仅此而已。"(王尔德 225)然而，坡的唯美理念并没有彻底摒弃道德意识，滑入王尔德式的美学极端主义。他在《诗律阐释》(*The Rationale of Verse*, 1850)中论述诗歌韵律的原理时就以"美与责任"(beauty with duty)和"美丽的与责任的"

(beautiful with dutiful)作为例证(Poe 37)，无意识地抑或有意识地透露出他对美与道德的双重关注。此外，坡在文学批评中用笛卡尔的二元论把诗歌中的意义分为上层和下层两个维度，即"意义的显流"(upper-current of meaning)和"意义的潜流"(undercurrent of meaning)。从哲学的角度来看，坡的这一二元划分，折射出"显"与"潜"的物质存在方式。坡在指摘朗费罗的道德灌输这一错误的诗学观念时指出："我们并不是说道德说教不能很好地成为诗歌主题的潜流；但是它永远不可能像他的大多数作品那样，被如此直白地表达出来。"(683)可见，坡并不拒斥文学作品中潜在的道德内涵，他所不能接受的是僭越艺术美感的说教"显流"。"坡作品中诸多'意义的潜流'"(Urakova xi)也是其作品的复杂性和争议性的原因。

于坡而言，艺术不必刻意表现道德说教，真正的艺术应该在彰显美的维度中对其进行潜藏和掩盖。诗歌只是审美趣味的"使女"(handmaiden)，但"这个使女没有被禁止用她自己的方式说教。她不是被禁止描绘美德，而是被禁止推论和灌输美德"(Poe 685)。从语言的角度来看，坡倡导艺术家采用"潜性语言"的修辞手法来暗示道德寓意和道德关怀，而艺术作品的"显性语言"则应致力于表现美。艺术作品中的道德教训只要不过于明显，"它们可以以各种方式，顺便辅助作品的一般目的"(78)，这种目的不是道德教化而是审美价值和审美趣味。坡在评价英国诗人霍恩(R. H. Horne)诗集《俄里翁》(*Orion: an Epic Poem in Three Books*)的文章中就指出，"俄里翁"一词有着类似寓言的上下两层含义，但是诗人的适度感让它显得相对柔和，"使其很好地服从于表层的叙述"(295)，从而没有破坏诗歌的美感和整体效果。用克罗齐的话来说，如果寓言处理得适当，它对于美的艺术而言"有时是绝无妨害的"(克罗齐 41)。

康德把人的心理功能划分为认知、情感和意愿三部分，集中讨论了人的审美判断功能，从而赋予艺术独立存在的合法性。在康德的基础上，坡把精神世界分为纯粹的智力、趣味(taste，又译为审美力或鉴赏力)和道德感三个维度，智力对应真理，趣味指向美，道德感对准责任。与康德不同的是，坡置趣味于三者的中心，让它同时关联着另外两种判断功能。对此，坡阐释道："我把趣味放在中间，因为它就是这个位置，在我的脑海里，它占据着这个位置。它与两个极端都有密切的联系"(Poe 76)。可见，坡对心智功能的划分并没有摒弃道德意识,只是把它的重要性置于了指向艺术美感的趣味之下。由是,尽管坡强烈反对文学作品中的道德主义说教,但这并不能作为指责其文艺理念排斥道德甚至违逆道德伦理的依据。

传奇文学在美国 19 世纪的批评家眼中违背了美国式的民主进程,因而遭到了美国批评界的冷遇,正如弗莱在论述传奇文学时所说,由于对英雄主义和纯洁忠贞的高度理想化,故就其社会关系而言与贵族存在着密切的关联,传奇作品的字里行间总会流露出"某些虚无主义或桀骜不驯的东西"(Frye 305)。坡却反其道而行之,竭力对被美国主流批评诋毁的、被视为非道德文类的传奇文学做出辩护。在《致 B. 的信》中,坡就以审美愉悦区分了传奇和诗歌,指出前者的目标是确定的愉悦,后者的愉悦性则是无限的。在评价德国作家福凯(Baron De La Motte Fouqué)的幻想小说《水神乌丁娜:一部微型传奇》(*Undine:A Miniature Romance*)一文中,坡尝试论证这篇传奇作品拥有功利性的道德价值,尤其是作为"意义的潜流"的寓言。然而,坡为传奇文学的辩护并不是仅仅为了揭示艺术作品中隐在的道德内涵,更是以揭露美国功利主义文化中审美趣味的普遍窳败现象来维护艺术作品的审美价值:"为了文学自身的利益和精神用途,每一个文学爱好者都有责任大声疾呼,大胆地反对那些长久以来让我们鬼迷心窍的、站不住脚的、根深蒂固的偏见"(Poe 252)。霍桑的小说创作同样遇到了这种偏见。他在小说《七个带尖角阁的房子》(*The House of the Seven Gables*,1851)的序言中写道:"且不说其他的反对意见,它把传奇暴露给了一种顽固的、极其危险的批评,因为它几乎把作者想象的画面与当时的现实进行了正面的接触。"(Hawthorne 188)

由于寓言有着表层"明流"和深层"暗流"的特质及其接近真理的趋向破坏了故事的虚构的逼真性和效果的统一(unity of effect),即小说的艺术审美性,坡反对寓言在小说中的过度和不恰当的使用。但这并不能视为坡因为"寓言是一种为道德'教化'服务的最明显的文学形式"(Moldenhauer 286)抑或"因为寓言充满着道德暗示"(Jacobs 225)而对寓言失去耐心的证据。在评价霍桑的《故事重述》(*Twice-Told Tales*,1842)和《古屋青苔》(*Mosses from an Old Manse*,1846)一文中,坡高赞霍桑的短篇故事在"意义的潜流"方面表现出的精湛技巧,同时又批判其中寓言的滥用。对坡来说,如果寓言能够建立一个事实,那就是通过推翻一个虚构的事实来达到目的。但是如果艺术家把寓言处理得当,适当地加以压制,"寓言就只能被看作是一个影子,或者是一种暗示的一瞥,从而使它既不突兀也不令人不快地接近真理"(Poe 583),暗示的意义也就不会以一种非常深刻的潜流贯穿于明显的意义之中。坡在散文作品中所倡导的"意义的暗流"的潜在叙事方式与短篇小说中的"隐性进程"(Covert Progressions)理论不谋而合,具有帮助读者发现"作品中隐在的伦理和审美层面"(Wolff 121)的功用。

坡不仅不排斥道德寓意,还赞赏作家在隐性叙事中的道德正义。他称赞狄更斯的小说《巴纳比·拉奇》(Barnaby Rudge,1841)在"潜流"主题设计上的美感应和了读者的想象力:"他所说的几乎每一个字,只要加以严格的注意,就会发现他的字里行间都有一种潜流意蕴,富有想象力的读者对这种潜流意蕴的兴趣就会无限增加。"(Poe 222)更为重要的是,在狄更斯的"隐性叙事"中,白痴巴纳比对流血的恐惧让其产生了谴责凶手的道德正义感,而他的这一恐惧就是凶手暴行的间接结果,因为正是这一暴行引起了怀孕母亲的想象。当这一恐惧促使儿子确信父亲犯下的罪行时,诗性的正义感就会得到圆满的实现。狄更斯的故事设计,就是"'诗性正义'(poetical justice)理念最好的体现之一"(220)。

坡的小说创作同样不乏隐在的道德寓意,因为"坡并不排斥道德关怀"(申丹 49),而且"他的小说本身恰恰就是寓言,且富含寓意"(于雷 64)。他的侦探故事和恐怖故事大多能够从道德的角度加以阐释,甚至可以"理解为严肃的道德规范:如果侦探不能破案,凶手就会自首、自杀,或者被悔恨吞噬"(Peeples 67)。此外,坡的诸多故事中都暗含着禁酒的意象,譬如《黑猫》(The Black Cat,1843)和《一桶白葡萄酒》(The Cask of Amontillado,1846)。特别是《黑猫》,它完全遵循了19世纪上半叶的禁酒传统,蕴含了社会改革的意象,"但明确的道德信息现在已经完全消失了"(Reynolds 70)。借此,坡更看重犯罪小说的艺术审美层面,倡导艺术家把道德寓意和道德关怀置于故事的潜流之中,从而避免读者把审美的目光转移到罪犯的道德问题之上。然而,坡明确指出这种潜在的意义"对浪漫主义者来说并不是最美(fairest)的领域,也不属于更高的理想范畴"(Poe 252)。

三、艺术的终极目标：美与善的融合

"道德"（morality）一词起源于拉丁语的"mores"，意为风俗。由于道德的概念具有丰富的内涵和广阔的外延，对其进行科学的定义一直是伦理学研究中含混不清的基础理论问题之一。吴瑾菁认为西方的"道德"一词具有社会风俗和个人品性的双重含义，"是社会人伦秩序和个体品德修养的统一"（40）。代表实体主义伦理观的黑格尔指出，"'道德'的发明者"苏格拉底教育我们"人类必须在本身内发现和认识什么是'是'和'善'"（黑格尔 251）。屈培恒则认为，"道德是一定社会（或阶级）指导人生、调节关系，以促进个人和社会和谐发展和不断完善的准则和活动……这些原则和规范一经产生，就作为善恶标准……体现着人们对理想的社会和理想的人格的憧憬与追求"（29）。由此观之，尽管道德概念界定在学界目前莫衷一是、尚无定见，但指向道德内涵的核心组件尚能管窥一斑。秩序、善恶标准和对理想世界的追寻乃是理论家在尝试界定道德概念时关注的重要因素。

艺术的完美离不开和谐，美的和谐品质在古希腊美学中因其与秩序和德性的关联指向了"善本身"。毕达哥拉斯学派认为美是数的和谐，赫拉克利特认为美是对立面的和谐，德谟克利特认为美是小宇宙和大宇宙的和谐。对于坡的文艺理念，学界过多关注了他在唯美艺术理论方面的贡献，忽略了其文学批评理念对秩序、善和理想（ideal）的追寻，这也是批评界从 19 世纪以来对坡及其作品进行道德主义诟病的根由所在。与坡同时代的爱默生把他的浪漫主义哲学建立在他对道德戒律的继承基础之上，顺应了美国 19 世纪道德主义文化的风向标。虽然爱默生认为趣味是对美的热爱，但他在《论艺术》（"Art"）一文中却指出："只要它还不是实用的和道德的……艺术就还没有至臻完善。"（Emerson 312）与爱默生所不同的是，坡在巴图和康德的影响下把道德和实用性与审美趣味分疆划界，摒弃了艺术的实用功利性，但并没有把道德从审美中完全剥离，而是在艺术追寻和谐的形式和理想之美中让美与道德产生更高层次的勾连。这种美德（virtue）在坡看来并不是所谓的世俗道德伦理，而是"与那些不适度（fitness）、不和谐（harmony）、不成比例（proportion）的邪恶（vice）进行斗争"（Poe 685）的善，一种"有助于构建作品

'和谐'的因素"(McGann 37)。

浪漫主义审美范式强调想象(imagination)的创造功能,坡则把古典美学的和谐(harmony)用于区分想象和幻想(fancy)并作为判断艺术价值的标尺,把想象力的创造性功能转向了审美判断。华兹华斯在 1815 年《诗集》的《序言》中指出,诗人所必备的想象力是一种"塑造和创造"(Wordsworth 611)的能力。在华兹华斯的基础上,柯勒律治区分了想象与幻想,强调了想象的"再造(recreate)"功能。坡批判了柯勒律治所说的想象具有创造性,而幻想只有组合功能的观点,并认为二者在创造力方面没有多大区别,都只是一种组合能力,都不能在真正意义上创造。"由于人的头脑想象不出任何从未真正存在过的东西"(Poe 334),想象与幻想一样都只是把经验和知识结合起来进行了重新组合,但是想象比幻想更具审美艺术性,因为只有想象从旧形式的新奇组合中选择那些和谐的形式,其结果自然是美本身。而幻想则由于忽略了组合的和谐性,产生了一种出乎意外之感(unexpectedness),满足了普通大众的好奇心。坡借此阐释了爱幻想的穆尔(Thomas Moore)比充满想象力的雪莱更受大众欢迎的缘由。因此,想象在坡的美学理念中转化为美的介质,其特质不在于创造,而是一种建构和谐组合的能力,这种和谐的新奇组合吸引着美感,走向了"善本身"。

古希腊已降,美被视为道德伦理的附庸,文艺作品被要求承担道德教化的使命。审美的功利性和非功利性因艺术与社会的关系成为西方美学理论演进中争论不休的焦点话题,而美与善(道德)的逻辑关联乃为尝试解决这一争端的关键所在。苏格拉底认为美与善是统一的,但是都以功用为标准;柏拉图则把美善视为理想人格的构型;亚里士多德坚信美是一种善,其所以引起快感正因为它是善本身。托马斯·阿奎那也声称"美与善是不可分割的,因为二者都以形式为基础"(北大哲学系美学教研室 66)。18 世纪以前,西方美学主流观点认为审美趣味与社会伦理道德有着密不可分的外在关联,美应该具有匡正善恶的道德品质,善即是美,美成了道德教谕的"使女"。然而,审美活动在现代美学中不再趋向于认识和改变现实生活,而是聚焦于对至善的彼岸世界的追寻和表现。康德指出"美是德性-善的象征"(康德 200),但并不提倡艺术刻意表现道德,而是把美和指向道德的善划分为不同的领域,以强调审美的无功利性来赋予艺术的自治领域。在康德看来,我们通常所谓的、代表着理性功利的善在世俗道德戒律的束缚下并不是最高级的道德形态。至善则让美与道德在自由和纯粹的形式中再次相遇,审美活动在康德的超验思想中连接着感性与理性。美在摆脱功利性的道德桎梏之下与至善相通,成为人类的最高价值,这种艺术的超验之美最终把审美主体引渡到善的境界。

坡的唯美理念所强调的正是一种理想之美。艺术家在他看来永远不能真正地开创,只能在旧的形式的基础上发明新的组合,但这种近似开创的"独创性(originality)就是最高的文学美德"(Poe 579)。对坡来说,艺术家应该通过想象力的作用来模仿宇宙结构的秩序和融真、善、美于一体的上帝的艺术之美,一种莱布尼茨的"前定和谐"和沃尔夫的"整体与部分和谐"。所有人类的创造物都是对理想世界的不完美模仿,艺术家的情感来源于一种由美丽的尘世形体所激发的对更为高级之美的向往。艺术家只能想象这种美,而不能创造它,但当他接近这种美之时,他的作品反映出一种宇宙的和谐,而"美的体验可以引导精神走向上帝"(Viladesau 104)。坡在其散文诗《我发现了》(*Eureka: A Prose Poem*, 1848)中就指出上帝是最完美的策划者,并以融合诗歌和散文的艺术方式来呈现美与善的统一,这种超验美学意识源自"西方人把至善看作道德追求的最终目标"(邓晓芒 225)的传统。于坡而言,诗的本源就是人类对超凡之美的渴望,而诗歌本身是一种不完美的努力,它通过形式之美的新颖组合来满足这种不朽的渴望,一种"飞蛾对星辰的向往"(Poe 77)。就故事的情节而言,坡认为完美的情节只有上帝能够做到,人类艺术家虽不能至,但要心向往之,把它作为一种有意识的理想。批评家也同样要意识到这种现实世界无法企及的完满,以理想的情节来衡量所有的现实情节。因此,艺术家在坡心中就是一位桥接现实世界和"理式"世界的天使,艺术的终极目标乃为美与善的融合和统一。美国诗人艾伦·塔特(Allan Tate)就为坡所遭到的不公正的道德主义评判打抱不平说道:"美国人反对他的理由都是基于他的道德冷漠或其有限的道德范围。"(Tate 185)塔特进而指出坡的美学理念是天使般的(angelic)而不是象征式的。

四、结语

坡的文学批评中的艺术自律理念受到了美国 19 世纪上半叶泛道德主义文化的冲击与钳制。他在批判道德说教的同时,倡导艺术家以"意义的潜流"来隐射道德寓意和道德关怀,并在追寻艺术的和谐秩序和终极目标中让美与指向道德的善最终走向了融合与统一。唯美主义把美视为真,坡则把美指向了善,但是这种善不能够用简单直白的道德说教来达到目的,而是通过潜移默化的审美判断来觉解宇宙的秩序与自然的和谐,从而对人类社会的道德伦理做出超验的感悟。因此,从 19 世纪的克拉克到 21 世纪的塔利等批评家对坡本人及其作品的道德问题所做出的负面评价,倘若不是偏见,就应是一种误解。

坡的美学理念在某种意义上类似于席勒的"审美教育"、康德的"无目的的合目的性"和老子的"无为而为"。这种理念为后世的现代主义作家提供了精神向导。现代主义作家把坡奉为"波德莱尔和所有现代性的灯塔"(Adorno 20),不再以直接教化大众为策略,甚至震惊、挑衅读者的思维习惯和审美趣味,"美与善的逻辑关联趋于瓦解……原先中庸、适度、和谐所构成的善,在艺术中被削弱"(蒋承勇、曾繁亭 67)。然而,这种对艺术中的和谐秩序与善的轻视再次导致了艺术的审美价值与道德教谕之争的上演。在 20 世纪末的美国文学批评界,波斯纳(Richard Posner)与布斯(Wayne Booth)和努斯鲍姆(Martha Nussbaum)"对'伦理'和'审美'定义的辩论"(杨革新 150),透露出坡在美国 19 世纪艺术鉴赏中所面临的道德困境之新形式回归。

参考文献

Abrams, M. H. *The Mirror and the Lamp: Romantic Theory and the Critical Tradition*. New York: Oxford University Press, 1971.

Adorno, Theodor W. *Aesthetic Theory*. Translated by Robert Hullot-Kentor, New York: Continuum, 2002.

Buranelli, Vincent. *Edgar Allan Poe*. New Haven: College and University Press, 1961.

Cantalupo, Barbara. "Introduction." *Poe's Pervasive Influence*, edited by Barbara Cantalupo. Bethlehem: Lehigh University Press, 2012:1-8.

Calinescu, Matei. *Five Faces of Modernity: Modernism, Avant-garde, Decadence, Kitsch, Postmodernism*. Durham: Duke University Press, 1987.

Cleman, John. "Irresistible Impulses: Edgar Allan Poe and the Insanity Defense." *American Literature*, 1991, 63(4):623-640.

Davidson, Edward H. *Poe: A Critical Study*. Cambridge: Harvard University Press, 1957.

Emerson, Ralph Waldo. "Art." *The Complete Essays and Other Writings of Ralph Waldo Emerson*, edited by Brooks Atkinson, New York: The Modern Library, 1950:305-315.

Frye, Northrop. *Anatomy of Criticism: Four Essays*. 15th printing, Oxford: Princeton University Press, 2000.

Gilmore, Michael T. "The Literature of the Revolutionary and Early National Periods." *The Cambridge History of American Literature*, edited by Sacvan Bercovitch, Cambridge: Cambridge University Press, 2006:541-693.

Griswold, Rufus Wilmot. "Memoir of the Author." *Poe in His Own Time: A Biographical Chronicle of His Life, Drawn from Recollections, Interviews, and Memoirs by Family, Friends, and Associates*, edited by Benjamin F. Fisher, Lowa City: Lowa University Press, 2010:100-153.

Hawthorne, Nathaniel. "Preface to *The House of the Seven Gables*." *Nathaniel Hawthorne: The Critical Heritage*, edited by J. Donald Crowley, New York: Routledge, 1970:187-189.

Hayes, Kevin J. *Poe and the Printed Word*. Cambridge: Cambridge University Press, 2004.

James, Henry. "Hawthorne." *Bloom's Classic Critical Views: Edgar Allan Poe*, edited by Harold Bloom, New York: Infobase Publishing, 2008:188-189.

Jacobs, Robert D. *Poe: Journalist & Critic*. New York: Lousiana State University Press, 1969.

McGann, Jerome. *The Poet Edgar Allan Poe: Alien Angel*. Cambridge: Harvard University Press, 2014.

Moldenhauer, Joseph J. "Murder as a Fine Art: Basic Connections between Aesthetics,

Psychology，and Moral Vision."*PMLA*，1968，83(2)：pp. 284-297.

Moss，Sidney P. *Poe's Literary Battles：The Critic in the Context of His Literary Milieu*. Durham：Duke University Press，1963.

Poe，Edgar Allan. *Edgar Allan Poe：Essays and Reviews*，edited by G. R. Thompson. New York：Library of America，1984.

Peeples，Scott. *The Afterlife of Edgar Allan Poe*. New York：Camden House，2004.

Reynolds，David S. *Beneath the American Renaissance：The Subversive Imagination in the Age of Emerson and Melville*. New York：Oxford University Press，2011.

Tally，Robert T. Jr. *Poe and the Subversion of American Literature：Satire，Fantasy，Critique*. New York：Bloomsbury，2014.

Tate，Allen. "Our Cousin，Mr. Poe." *Edgar Allan Poe：Critical Assessments*，edited by Graham Clarke，Mountfiled：Helm Information Ltd. ，1991：182-191.

Urakova，Alexandra. "Introduction." *Deciphering Poe：Subtexts，Contexts，Subversive Meanings*，edited by Alexandra Urakova. Bethlehem：Lehigh University Press，2013：xi-xix.

Viladesau，Richard. *Theological Aesthetics：God in Imagination，Beauty，and Art*. New York：Oxford University Press，1999.

Wellek，René and Austin Warren. *The Theory of Literature*. London：Lowe & Brydone Ltd. ，1954.

Werner，James V. *American Flaneur：The Cosmic Physiognomy of Edgar Allan Poe*. New York：Routledge，2004.

Whalen，Terence. *Edgar Allan Poe and the Masses：The Political Economy of Literature in Antebellum America*. Princeton：Princeton University Press，1999.

Whitman，Walt. "Edgar Poe's Significance." *Bloom's Classic Critical Views：Edgar Allan Poe*，2008：117-117.

Wolff，Mariam. "Review：Style and Rhetoric of Short Narrative Fiction：Covert Progressions Behind Overt Plots." *Style*，2017，51(1)：118-121.

Wordsworth，William. "The Preface to *Poems* (1815)." *William Wordsworth*，edited by Stephen Gill，New York：Oxford University Press，2010：607-615.

北大哲学系美学教研室编：《西方美学家论美和美感》，北京：商务印书馆，1981年。

波德莱尔：《波德莱尔美学论文选》，郭宏安译，北京：人民文学出版社，1987年。

丹纳：《艺术哲学》，傅雷译，北京：生活·读书·新知三联书店，2017年。

邓晓芒：《西方伦理中的善》，载《社会科学战线》2001 年第 5 期，第 219-227 页。

黑格尔：《历史哲学》，王造时译，上海：上海书店出版社，2006 年。

蒋承勇、曾繁亭：《震惊：西方现代文学审美机制的生成——以自然主义、现代主义为中心的考察》，载《文艺研究》2020 年第 2 期，第 62-73 页。

康德：《判断力批判》，邓晓芒译，北京：人民出版社，2004 年。

克罗齐：《美学原理》，朱光潜译，北京：商务印书馆，2018 年。

屈培恒：《道德定义浅论》，载《道德与文明》1987 年第 3 期，第 27-44 页。

申丹：《坡的短篇小说/道德观、不可靠叙述与〈泄密的心〉》，载《国外文学》2008 年第 1 期，第 48-62 页。

王尔德：《〈道林·格雷的肖像〉序》，载《十九世纪西方美学名著选》（英法美卷），蒋孔阳编，上海：复旦大学出版社，1990 年，第 225-226 页。

吴瑾菁：《论"道德"——道德概念与定义思路》，载《江西师范大学学报》（哲学社会科学版）2011 年第 1 期，第 36-42 页。

杨革新：《美国伦理批评研究》，武汉：华中师范大学出版社，2016 年。

于雷：《基于视觉寓言的爱伦·坡小说研究》，南京：南京大学出版社，2015 年。

詹姆斯：《小说的艺术：亨利·詹姆斯文论选》，朱雯等译，上海：上海译文出版社，2001 年。

《嘉莉妹妹》与"颠倒"的美国梦

杨 奇[①]

内容提要：美国梦是美国文学的传统题材，所以，美国作家的创作大都会涉及此命题。面对世纪之交的风云变幻，年轻的德莱塞也以自己的耳闻目见为素材，在《嘉莉妹妹》中书写了自己所理解的美国梦。不过，他的见解未落入传统认知的窠臼，"颠倒"倾向明显。当然，这里的"颠倒"含义不再是通俗意义上的"倒置""错乱"，而是蕴含了反传统的写实意味。在《嘉莉妹妹》中，德莱塞通过书写性别、诉求和途径三个维度的"颠倒"，试图重新厘正传统美国梦内涵中实践方面的偏差。同时，"颠倒"的举措还体现出他对"大转折的年代"里女性权益的维护，对消费时代下欲望主义的肯定和对资本垄断时期"公平道义"的倡导。

关键词：颠倒 美国梦 性别 诉求 途径

Title：Sister Carrie and the "Reversed" American dream

Abstract：The American dream is a traditional theme in American literature, therefore, the works of American writers tend to represent this proposition. Facing the changes at the turn of the century, from what he heard and saw, young Dreiser also wrote about the American dream based on his own understanding in *Sister Carrie*. However, his opinion did not fall into the traditional cognitive pattern. Instead, the tendency of "reverse" in his opinion was very obvious. Of course, the meaning of "reverse" here is no longer "inversion" or "disorder" in the literal sense, but contains the realistic meaning of anti-traditionalism. In *Sister Carrie*,

---

① 杨奇，浙江师范大学人文学院博士研究生，研究兴趣为欧美文学研究。

by "reversing" the three dimensions of gender, appeal and approach, Dreiser redefined the practical deviation in the connotation of the traditional American dream. At the same time, the "reversed" action also reflects his protection of women's rights and interests in the "great turning era", his affirmation of desire in the era of consumption and his advocacy of "fairness and morality" in the era of capital monopoly.

Key words: reverse; The American dream; gender; appeal; approach

西奥多·德莱塞（Theodore Dreiser）被公认为是 20 世纪美国现实主义文学的代表作家,《嘉莉妹妹》(*Sister Carrie*)是他的处女作。在这部作品中,他不像同时期的其他作家那样责难堕落的女性,而是让嘉莉爬到了社会的上层。这表明,他的现实观照还未臻于极致,客观写实中还涌动出浪漫的激情。然而,在对美国梦的解读上,德莱塞却比之前的本杰明·富兰克林(Benjamin Franklin)、霍雷肖·阿尔杰(Horatio Alger Jr.)更为贴近自己所处的时代。两者都曾著书立说,现身说法,告诉人们:"一个人只要努力工作,遵守规则,就能取得成功,为子女创造更好的生活。"(Barlett and Steele 10—11)这是传统的美国梦教程,普通民众对此深信不疑。可是,19 世纪中后期发生的社会转型及其引发的错动,致使这种以新教伦理为根基的美国梦模式难以支撑。近乎十年的记者生涯无疑使德莱塞更能明晰社会发展的必然趋势,因此,他在《嘉莉妹妹》中有意识地"颠倒"了美国梦。

在哲学上,"颠倒"现象通常表现为思维与存在的反置关系,是思维歪曲事物本质属性的情态。例如,英国学者乔治·拉雷恩(Jorge Larrain)在早期著作《马克思主义与意识形态:马克思主义意识形态论研究》中认为,"当马克思谈及意识形态时,他总是用它来指代某种对现实的歪曲和精神的颠倒,而这又是与现实本身的颠倒相一致的"(13)。在逻辑学上,"颠倒"意识常常作用于逻辑推演过程。譬如,苏珊·哈克(Susan Haack)的《逻辑哲学》(*Philosophy of Logics*)借以指正新型逻辑对经典逻辑的离变。哈克站在"择代逻辑时代"(the age of alternative logics)的背景下,论证了经典逻辑潜在的多元性、包容性和修正性,以此维护传统逻辑的权威。在修辞学上,"颠倒"技巧是构成矛盾冲突的主要手段。它通过改换人物关系或易位本末、先后、大小、尊卑等次序以创造出具有浓郁幽默情趣的喜剧性场面。本文的"颠倒"释义,更接近哈克的思路。它指称的不是表层意义上的"主次倒置""逻辑错乱",而是隐含了"增添""扩展""改进"等富有修正底色的引申义。也就是说,对于美国梦的"宏大叙事"(grand narrative),德莱塞自有思量。"历史的叙述"由一系列的愿望清单堆积起来,本身自有其魅惑的成分。既然他没有一味屈从流俗,"颠倒"就成了"反智主义"①(anti-intellectualism)的逆向结论。但是,德莱塞的这一举动不是对美国梦内核的解构或推翻。它是德莱塞对基于前代文学作品、意识形态、社会团体等构建起来的文化经典的重新审视、评估和调整。

19 世纪后期的美国文坛,豪威尔斯(Howells)式的"美国例外论"(American Exceptionalism)和亨利·詹姆斯式的"温和现实主义派"大行其道(詹姆斯 7)。对于豪威尔斯而言,任何超出中产阶级标准的乐趣和限制都可能被认为是混乱。他无法忍受那时流行的女扮男装的滑稽表演,斥之为"恐怖的美丽"(horrible prettiness)(Howells 84)。因为舞台上女性反串的身影,其实暗含的是女性走出家庭,参与原本以男性角色为中心的社会公共空间活动。这是美国男性接受的教育中极力拒斥的。同时,豪威尔斯对美的定位也成为一时的标杆。"美学感觉是社会差别的一个标志,在差别模式中强调一种公民关系的明确秩序"(伯科维奇 102)。换言之,豪威尔斯式的文学追求是温和的、保守的、带有规则性、阶级性、纯洁性和道德感的。绞尽脑汁、削尖脑袋向上爬的欲望正是他强烈反对的,美国梦者都应积极效仿《塞拉斯·拉帕姆的发迹》(The Rise of Silas Lapham)中的主人公,遭受挫折而未失体面,终能所成。因此,几年后,"豪威尔斯在哈珀的办公室里见到德莱塞时,这位老人对他说,'我不喜欢《嘉莉妹妹》',说完就匆匆离开了"(蒋道超 149)。其中缘由,显而易见。德莱塞不加修饰地还原生活的本来面目,把握住了新旧交替下的时代变化,并且毫不避讳地将其书写出来。这种

---

① 反智主义与反理性主义是同义词。它最早出现在理查德·霍夫施塔曼的《美国生活中的反智主义》一书中。该书旨在抨击美国历史上反复出现的反知识、反科学、反文化、反进化和原教旨主义,呼吁观察、思考。也可参见苏珊·雅各比:《反智时代》,曹聿非译,北京:新星出版社,2018 年,第 1—29 页。

超前的意识和大胆的举动使得同时期受维多利亚文化风气影响的作家无法接受,因而,他遭到了痛斥。更让豪威尔斯恼怒的是,初出茅庐的德莱塞甚至还想以"粗俗文笔"从性别、诉求和途径等多个维度对美国梦进行"颠倒"。这完全触碰到了他的禁忌。不过,事实胜于雄辩,豪威尔斯后期的创作也不可避免地开始直面社会现实问题。"斯文的年代"一去不复返,德莱塞的文学时代随后因势来临。

一、性别"颠倒"与女权意识

小说中美国梦的性别主体由单一男性增添至男女两性,突显出女权色彩。德莱塞创作《嘉莉妹妹》的缘由,据说与美国作家亚瑟·亨利(Arthur Henry)有关。"亨利计划写一部小说,劝说德莱塞也可以尝试一二。于是,他为了取悦好友,在稿纸上胡乱写了个题目——《嘉莉妹妹》"(Lingeman 133)。实际上,他当时并没有明确的计划,只是不由自主地想到了他的姐姐们——男女关系混乱、放荡,使得整个家庭蒙羞。特别是爱玛,迷恋上比自己大20多岁的小职员霍普金斯。两人先是通奸被抓,后又由于盗窃,从芝加哥坐火车连夜逃到了纽约。德莱塞明显是把爱玛的经历当作素材编写入小说,进而为嘉莉的故事走向确定了大致的方向。然而,爱玛的经历不足以支撑起整个情节发展。他还需要综合更多的女性形象以塑造一个广泛意义上的时代典型。

小说的故事时间是1899年8月。从叙事学角度看,这个时间既是人物推动故事演进的内在行为开端,也是作家面向读者述说情节思想的外在年代背景。19世纪末,随着工业革命的深化,女性逐渐走出家庭进入社会从事工作。数据显示,"到1900年,全美国女工人数已占总工业劳动力的17%"(布林克利730)。经济地位的提高重新建构了她们的性别概念。广大女性的自我意识觉醒。她们认识到自身"美丽的缺陷"(沃斯通克拉夫特61),拒绝盲从"家中天使"(angel in the house)和"道德天使"(郑新蓉 杜芳琴

124)的论调,主动接受高等教育和"理性思维"①。美国"大约超过 25％的女性是不容忽视的少数派,她们没有结婚,全身心投入工作中……女性接受高等教育的增长明显使女性们获得了解放,使她明白自己除了扮演妻子和母亲的角色外,还能在社会实践中发挥其他方面的重要作用"(布林克利784)。此外,女性消费群体崛起,"通过把自己定位为消费者,许多中产阶级的妇女能够确定立场积极参与公共活动"(布林克利 767)。简言之,美国社会发生了翻天覆地的变化。工业变革、城市发展和商业繁荣,促使女性快速脱离家庭的羁绊,步入相对自由的待界定状态。芝加哥大学的社会学教授托马斯(W. I. Thomas)将此概括为"女性的不定角色"(the adventitious character of woman)。他指出:"过往女性稳定的性情,现在逐渐被丢弃在某种与社会进程相关联的不定的网络关系中。"(Wald 177－237)女性的身份与家庭关系的疏离,本能地要求她们以多种形式参与社会生活,要求她们同男性一样有平等的晋升机会。女性"追求美国梦成为时尚"(杨敬仁 225)。

嘉莉形象正是这一流行趋势的概括性展示。在小说的开头,她匆匆惜别父母,告别哀愁,踏上前往芝加哥的征程。她就像个"装备得还未齐全的骑士,准备到那个神秘的城市里去探险,做着朦朦胧胧的一步登天的迷梦"(德莱塞 2)。理想美好,现实残酷。生活的压力、劳作的辛苦不久就将她从姐姐敏妮的简陋公寓推向了推销员杜洛埃的怀抱与经理赫斯特渥特的世界。这期间,因一次偶然的舞台业余演出,大获成功,她敏锐地意识到自己的艺术天赋,私下里总是学习、模仿、体会。"戏演得逼真,而她把台词背诵给自己听。哦,要是她能扮演这样一个角色……她也能演得激动人心的啊。"(德莱塞 304)杜洛埃的离开,让她下定决心要去寻求合情合理得到的东西,而不是男人的恩赐。"她要诚实地生活"(德莱塞 238)。后来,当赫斯特渥特在纽约的事业江河日下时,她凭借之前演出所积攒的自信外出谋到职位,迅速成为演员,并能抓住机会,勤学苦练,最终声名鹊起,"叫这个城市臣服于她的舞鞋之下"(德莱塞 2)。毫无疑问,嘉莉是城市新女性个人奋斗者

---

① 玛丽·沃斯通克拉夫特认为,女人的理性被男权社会剥夺,男人永远被安置在女性与理性之间。可参见玛丽·沃斯通克拉夫特:《女权辩护——关于政治和道德问题的批评》,王瑛译,北京:中央编译出版社,2006 年版,第 59 页。

的代表。

　　不过,这样的"女性奋斗者"面世后,却遭到贬斥。1900 年前后的美国男性,还无法接受新型职业女性的成功。富兰克林所言说的"人人都能成功"实质上仅限于白人男性族群的话语范围。"人人"的性别属性是"男性",而不是"两性"。人们的潜意识深处对于女性的定格仍旧停留在家庭里。"在某些社区中,对妇女外出工作感到反感,一些家庭宁可靠微薄的收入勉强生活也不愿让女子工作"(布林克利 730)。何况,德莱塞还将"伤风败俗"的前女工嘉莉塑造成胜利者,而把意气风发的前经理赫斯特渥特贬低为失败者。细数以往美国文学史中涉及美国梦的作品,类似的人物二元设定与结局导向鲜人为之。因为但凡成功者,皆为男性英雄(如"阿尔杰英雄"),女性仅是陪衬,是附庸。德莱塞分明是冒天下之大不韪,肯定了女性的自身能力,颠覆了男性的主导地位,打破了美国梦中的男性话语霸权神话。如斯贝尔·薇娥(Sybil B. Weir)在题为《1900—1925 年德莱塞小说中的女性形象》(*The Image of Women in Dreiser's Fiction*,1900—1925)的文章中感慨的,"不像其他美国小说家,德莱塞能宽容地接纳他的女主角的抱负,引导她们成为女版的霍雷肖·阿尔杰"(65－71)。女性也可以实现美国梦。德莱塞的论断,既反映了现实中城市新女性的进取之心,也在一定程度上冲破了男权垄断,编织了男女两性共有的美国梦。同时,德莱塞此举,亦是呼应了当时社会中正在开展的"反垄断""反权力集中"的"进步主义运动"(Progressive Movement)。由此来看,他"颠倒"性别的意图本质上抨击的是文化层面上传统美国梦中男权话语的个别人的"垄断"行为。他的目的就是要关注女性在促进和推动进步改革方面的作用,以消解传统美国梦的性别障碍。总而言之,"人人都能成功"应该是"男女都能成功",应当囊括不同性别的多元话语。

二、诉求"颠倒"与欲望主题

　　小说中美国梦的目的由宣扬"为神劳动而致富"扩展到个人娱乐性消费,彰显出欲望色彩。作为集体夙愿,美国梦的原像成形先于美利坚国家的诞生。1931 年,这个术语由詹姆斯·亚当斯(James Adams)在《美利坚史诗》(*The Epic of America*)一书中首次提出。它的源头,最早可以追溯到 1620 年签订的

《"五月花号"公约》。但是，从《五月花号公约》到《嘉莉妹妹》，德莱塞明显"颠倒"了美国梦的最初感观。他洞察到现实中"物质主义"(materialism)的兴起。故而，小说富有前瞻性地叙写了"放量上涨"的个体欲求，方兴未艾的"炫耀性消费"(conspicuous consumption)和蠢蠢欲动的阶级"肖想"。

早期，公约以契约的形式潜在地表征了早期欧洲移民建立自治国家的异域寄托。法兰克·伦琴西亚(Frank Lentricchia)则从另一个侧面描述了他们的微观愿望。他说，梦想的目标是那些朝圣者将成为的人。新的世界，新的自己。他们脱离熟悉的家园，为的是改善自己的处境。他们想避免挨饿受冻，远离迫害，规避阶级压迫。他们想耕种属于自己的土地。索取土地是他们的生活诉求。他们认为真正的财产、真正的保障、真正的身份地位几乎等同于真正的土地。美国革命爆发之后，《独立宣言》成了美国梦的根基。富兰克林是建国时期美国梦的原型代表。在他的身体力行之下，人们对新世界的梦想，已然摆脱灵性的世界，投向物质的怀抱。美国梦的物质化定性由此占据主导地位。内战结束后，国家统一。"发财梦成了人们的共同理想"(杨敬仁 141)。阿尔杰的小说即是这种普遍心理的再现。不过，自公约伊始，自私营利的心理驱动始终被主流文化鼓吹为"以神之名""荣耀上帝"，抑或美德至上、改造社会和帮助他人。

就文学与生产的关系而言，在西方社会的现代化进程中，作家会不自觉地通过文本书写的方式向慕资本主义物质生产。所以，他们热衷于描述人物的发迹历史。阿尔杰及其之前众多作家皆是如此。底层人物从穷小子变大富翁的神话可以看作是工厂环境里资本原始积累的艺术寓言。他们关注的方向永远都是如何发家致富，如何攀缘至美国梦的顶峰。以至于，人们得出了阿尔杰式的财富公式。然则，工业革命的持续推进，催生出行业垄断和标准化生产。大规模的生产需要大规模的消费。生产主义逐步演变为消费主义。根据库玛(Kumar)的观点，现代性的基本原则之一是经济主义。经济主义盛行,国家变成了"欲望的土地"(land of desire)①。因而,嘉莉来到芝加哥,神迷于都市的繁华。她想要"享受妇女最心爱的种种快乐"(德莱塞25)。"精致的拖鞋和袜子、雅致的皱边裙子和背心,花边,缎带,梳子皮夹子,全都叫她心里充满了占有这些东西的欲望"(德莱塞,20)。"财富,时髦,舒适——凡是女人喜爱的,什么都有,而她一心渴望的正是漂亮衣服和美啊"(德莱塞 21)。凡此种种,不一而足。女性自带的享乐天性赋予她在消费世界里俘获暂时安身立命的心理慰藉。不仅如此,消费主义在男性的意识形态中也占据强势地位。杜洛埃是兜售商品的推销员。工作提供给他与得意之人交游的机会。久而久之,他也希望自己能生活在逍遥宫里,整天消受彩衣、美女和美食。但他不是一个有钱人,只能处处模仿。他喜欢穿着流行的栗色方格花呢做的西服和白底粉色条子的笔挺衬衣;衣服的袖口上绣着扁平的金纽扣,上面镶嵌着猫眼儿黄玛瑙;手上戴着戒指,背心上挂着金质表链;脚上穿着厚底胶皮鞋,头上配上灰礼帽。比起杜洛埃的派头,赫斯特渥特显得更加阔绰。他是摩埃酒店的经理,资产雄厚,有自己的独栋别墅和四轮马车。在人生得意的大部分时间里,他总是穿着进口的料子做的、手工考究的上等服饰,领带上别着蓝色的金刚钻,金链子上挂着最时新的怀表;出入有人逢迎,通体富贵。另外,赫斯特渥特的太太、子女、嘉莉的邻居海尔太太和万斯夫妇等,他们的言行举止也都时刻关联着夸饰性欲望,远远超出了阶级的限制。总而言之,在充满金钱、购物、娱乐、豪宅的神仙苑囿里逍遥自在,这是他们的美国梦。

德莱塞公然将都市消费的感官愉悦等同于美国梦的诉求,"颠倒"的用心耐人寻味。传统美国梦标榜的是清教辞令:"如果为了履行天职而尽义务,那么追求财富不仅在道德上是许可的,而且是必须的"(韦伯 311);追求成功即视为灵魂蒙恩得救。服膺于理查德·巴克斯特(Richard Baxter)的忠告,理性的中产阶级借助劳动实现了财富与道德、禁欲与救赎的兼容。即便

---

① 威廉·利奇在《欲望的土地》中认为,到 19 世纪末期,新的消费文化形成,训练有素的商人刊物上的广告,怂恿民众走进商店,开始购物,目的就是要把国家变成"欲望的土地"。可参见史蒂文·瓦戈:《社会变迁》,王晓黎译,北京:北京大学出版社,2007 年版,第 135 页。

如此,市民财产"贵族化"的现象在历史上还是层出不穷。所以,德莱塞大胆地肯定消费欲望,无疑戳破了传统美国梦包装的冠冕堂皇的纯正目的,揭示美国梦本是欲望变体的实质和欲望本是人类本性的合理性,从而打开了"通往各种不同意识状态的潜在入口"(伯科维奇 154)。正如他在《城市的崛起》(*The Rise of The City*)中承认的,

> 欲望维度是人类长期回避的情感维度——日常生活的强烈体验和短暂感官的狂喜传递……在他看来,历史变革的动力引擎是人类的渴望——反常、不可预测,有时甚至是自欺欺人,但强大持久,而且从未比向城市现代性过渡时更为明显。(Lears 63—81)

由此可见,德莱塞"颠倒"美国梦的诉求不仅是出于城市聚集下消费时代来临的慎思,其深层次追问还涉及审美现代性问题和社会演进的本体论问题。而这些在后来的《天才》(*The "Genius"*)和"欲望三部曲"(*Trilogy of Desire*)中得到了更为充分的探讨。

三、途径"颠倒"与进化法则

小说中美国梦的实现方式由意想中的道德高洁、诚实劳动改进为适时投机、适者生存,略显出进化色彩。传统美国梦的基石,是个人的身份地位依托自己努力而非世代袭取。精英体制取代世袭罔替。它设计的道路表面上明朗,行为合式。这样的崇信状态保持到19世纪中后期美国现代化进程加速时,渐渐失去了效力。新的经济体系重塑了整个社会的阶级分层,公司、企业兼并联合,财富、资本集中统摄在少数人手中。集约化的精细管理貌似强化了个人晋升的可能,可事实却走向了它的背面。"如果一个产业中所有的经济活动仅仅由一个人或者一个小群体所控制,其他人还有什么机会可言?"(伯科维奇 727)"机会均等"的谎言不攻自破。绝大多数人被置于比以往任何时候都更加卑微的奴役地位。传统美国梦式微,"美国噩梦"(American Nightmare)萌生。男性假借本分的劳动所获益处都尚且有限,何况是初出茅庐的女性?正如嘉莉只挣得4.5美元周薪,那时美国女性的报酬

少得可怜。"每周工资 6—8 美元,远低于生存最低需求(也远低于同行业中男性所得工资)"(伯科维奇 730)。残酷的现实不断地提醒嘉莉和她的同侪,要想单纯地依靠高尚德行与勤勉工作通达美国梦几乎已是天方夜谭。德莱塞在《谈我自己》(*A Book about Myself*)中说:"大伙儿全都证实了我得出的结论——纽约是不好应付的……伤风败俗的行为十分猖獗……外来的人和初出道的人根本就没有什么机会,除非当一名仆人。"(532)嘉莉当不了仆人。鞋厂的遭遇表明:她的原生地位无法匹配她的精神气质。她有心锐意进取,尝试砥砺前行,妄图"在一派华美光辉的境界里行走"(德莱塞,491)。但是,阶级结构限定了"生活机会"①,恶意竞争阻塞了向上空间。除非她能跨越阶级鸿沟,否则嘉莉的美好愿望就是梦幻泡影。史实也印证了这一点,19 世纪末(几乎与嘉莉妹妹的故事处于同一时期),芝加哥就召开过有女工参加的听证会。听证会提出实行妇女最低工资法,因为"工资过低和极度贫困会导致妇女沦落风尘"(伯科维奇 730)。提案虽在当时引起了不小的轰动,但却被伊利诺伊州的立法机构强制否决。

当资本扩张逐渐介入生活的方方面面时,市场就会体现出其强大的腐蚀性"暴力"。迈克尔·桑德尔(Michael Sandel)认为"市场把它的手向非经济生活领域伸得越深,市场与道德问题就纠缠得越紧"(桑德尔 90)。"当市场逻辑被扩展运用到物质商品以外的领域时,它必然要'进行道德买卖',除非它想在不考虑它所满足的那些偏好的道德价值的情形下盲目地使社会功利最大化"(桑德尔 91)。换言之,一旦消费时代来临,传统社会的道德架构势必会遭到侵损。因为资本的根本目的在于"逐益",只要有利可图,所有的一切都可以拿来交易。玛丽·沃斯通克拉夫特认为,"女性天生脆弱——她们不需要劳动,就可以获得食物、衣服,这是她们牺牲容貌、理性、自由品德换来的"(62)。因此,嘉莉要想实现美国梦,只能改弦易辙,牺牲贞洁,投机取巧,依傍他人。"回去已无可能,她别无选择。孤独、渴望、寒冷及欲望的

---

① "生活机会"一词语出马克斯·韦伯,它包括这样的含义,一个人从儿童时代获得充分营养的机会到成年时期取得事业成功的前景的一系列经历,都由经济学意义上的阶级地位奠定了基础。可参考丹尼尔·吉尔伯特,约瑟夫·A·卡尔:《美国阶级结构》,彭华明,齐善鸿译,北京:中国社会科学出版社,1992 年版,第 133 页。

声音给出了答案"(Lingeman 136)。对此,詹姆斯·法瑞尔(James Thomas Farrell)总结说:"在嘉莉身上,我们看到的是一种美国人的现实命运模式。她心高才低,富于感情与欲望,走的是一条典型的道路。那个时期,城市对农村正在取得决定性的胜利。在这样的时期,她离开了农村,眼看自己被抛入芝加哥的混乱世界。她可以高升,可以得到豪华的衣饰与奢侈的享受,可以爱干什么就干什么,可以表达自己的情感。但这些只能通过一条罪恶的道路才能达到。"(詹法瑞尔 322)

嘉莉深知,"妇女的贞操是她们唯一值得宝贵的东西,堕落的报应是死"(法瑞尔 327)。可是,衡量行为本身是否"越轨",需要厘定相应的文化参考系。杰克逊·里尔斯(Jackson Lears)在《德莱塞和美国欲望史》(*Dreiser and The History of American Longing*)中说,"德莱塞认为,美国近代历史上的各种争斗,说到底是传统道德的保守势力与后代反叛者之间的矛盾。他们渴望动摇它"(63—81)。要言之,从南北战争到 19 世纪 90 年代,新教伦理日渐衰微,"身体伦理"跃跃欲试,"工作伦理"随之变化。贤哲训诫的崇高理念,逢遇煌煌的消费欲望,早已成了明日黄花。如同小说情节演绎的,若非杜洛埃和赫斯特渥特变相地帮助嘉莉完成了阶级进化,单凭她自己的艰苦奋斗注定无法实现美国梦。嘉莉自己坦言,他们在一定范围内的成功,影响了她,提升了她,为她的后续成长提供了各种便捷的可能。故此,嘉莉避免了被"名节杀害"(honor killing)。这样的安排其实也是德莱塞姐姐们现实范本的反向结果。玛丽、爱玛和西尔维娅都幻想着能踩着男人的肩膀一步登天。她们的丑闻也曾一度致使全家备受指责,流离失所。每每回忆,虽有忧伤,但理解居多。悲恸、同情也被"移位隐喻"(displacement metaphors)到《嘉莉妹妹》中,映射为辩解之词。最后,他写道:"如果诚实的劳作得不到报偿,难以煎熬……结果只能落得身心交困;如果对美的追求是那样的艰难,以致不能不抛弃正道,改走邪道,以求得梦想尽快实现;那么,人孰无过,谁能责人。"(德莱塞 490)相近的争辩也在他的《四十游子》(*A Traveler at Forty*)中出现。"马塞尔·伊坦渴望地位,我坚持认为,对她而言,通过可怜的收入积累财富是不公平的。世俗也许会为她喝彩,但每周给她的钱不会超过三四美元,在她挣到足够的钱购买她所看到的美丽和快乐之前,她享受的能力就会消失"(Riggio 30—46)。

从社会变迁的视角剖判,德莱塞"颠倒"美国梦的途径,一方面折射出当时经济领域倡导竞争机制与效率优先的自由主义动态,另一方面也说明了他对美国"个体主义"(individualism)推动社会变革的肯定。当然,德莱塞的智识和志向不会低微,不然会因失度而反噬己身。"新人"阿姆斯是嘉莉的朋友兼精神导师,是德莱塞的终极价值的隐匿化身。他曾反复劝说嘉莉应由参演喜剧转变为表演正剧,着力表现艺术的悲悯与人道,以此来唤醒世人的善行。毋庸置疑,阿姆斯象征着德莱塞力图根除美国文化中"艾克精神"(Ike Spirit)①的药剂。他的在场,无形中削弱了社会达尔文主义的绝对合法性,不至于使小说的意旨"重回野蛮状态"。嘉莉听从阿姆斯的指引,实质上就是德莱塞要将她的利己主义通过同情引向利他主义,实现两者统一,兼顾公平道义。毕竟,美国梦滋长的各种"疯狂流行病"会损害社会结构,侵蚀道德秩序。这样看来,德莱塞途径"颠倒"的程度是有限界的。一旦逾越,不择手段地索求、占有,其结局必然像天才尤金、巨人考珀伍德和罪犯克莱德那样,走向悲剧;反之,则像明星嘉莉一样,站在闪亮的舞台上。

四、结语

综上所述,《嘉莉妹妹》是德莱塞与时俱进地反思美国梦的产物。缘于个人的成长坎坷与新闻工作的反差见地,德莱塞意识到传统的美国梦的虚妄,并率先以自我认定的图式进行了修正。他通过书写"颠倒"重新厘正了传统美国梦内涵中的性别话语、目的诉求和途径手段等实践方面的偏差。这种前卫的做法超越了当时人们的思维惯性,故而饱受批评。事实上,作为美国梦的既得利益者,年轻的德莱塞以"颠倒"的方式艺术性地表达了自己所理解的美国梦及可再造的价值空间。关于这一点,以往的德莱塞研究略显以偏概全,时而忽略或进而误读。评论者们大多抓住了小说结尾处嘉莉坐在摇椅里孤独落寞的场景,推断"嘉莉妹妹的美国梦追逐过程表明:每一

---

① 人类学家科林·特恩布尔去乌干达考察,发现艾克人身上有一种普遍的精神状态,于是命名为艾克精神。它特指极端个人主义。可参见查尔斯·德伯:《疯狂的美国:贪婪、暴力、新的美国梦》,何江胜译,北京:北京科学文献出版社,2005年版,第9—15页。

次成功都反衬出了她的梦想一次次破灭"(黄开红 143—148),最终断定《嘉莉妹妹》是对美国梦的挽歌。这不符合德莱塞的意图。长久以来,美国梦曾告诉所有美国人"都有合理的机会通过努力实现其心中的成功——无论是物质的还是别的形式的——并通过成功来成就美德和自我实现"(Samuel 16)。然而德莱塞所处的时代,实现美国梦的现实基础发生了巨大变化。工业化进程不仅解放了女性,刺激了消费,而且还放任竞争。德莱塞"颠倒"美国梦,实则是顺势而为。出身穷苦而又有幸成功的他,非常清楚那些没有显赫家世背景、没有接受良好教育的青年男女们,想要在波谲云诡的资本竞争中出人头地,享受生活,简直是痴人说梦。他们需要树立一个目标为之奋斗,即便机会渺茫。

参考文献

Barlett, Donald L. and James B. Steele. *The Betrayal of the American Dream*. New York: Public Affairs, 2012.

Howells, William Dean. *The Complete Works of William Dean Howells*. New York: Delphi Classics, 2015.

Lears, Jackson. "Dreiser and the history of American longing." *The Cambridge Companion to Theodore Dreiser*. Cambridge University Press, 2004: 63-80.

Lingeman, Richard R. "Theodore Dreiser: An American Journey." New Jersey: John Wiley&Sons Inc, 1993.

Riggio, Thomas P. "Dreiser and the Uses of Biography." *The Cambridge Companion to Theodore Dreiser (Cambridge Companions to Literature)*, London: Cambridge University Press, 2004: 30-46.

Samuel, Lawrence R. *The American dream: A cultural history*. Syracuse University Press, 2012.

Wald, P. "Dreiser's Sociological vision." *The Cambridge Companion to Theodore Dreiser (Cambridge Companions to Literature)*, London: Cambridge University Press, 2004: 177-237.

Weir, Sybil B. "The Image of Women in Dreiser's Fiction, 1900—1925." *Pacific Coast Philology*, 1972: 65-71.

艾伦·布林克利:《美国史》,陈志杰、杨天旻、王辉等译,北京:北京大学出版社,2019年。

西奥多·德莱塞:《谈我自己》,主万译,上海:上海译文出版社,2003年。

亨利·詹姆斯:《詹姆斯短篇小说选》,戴茵、杨红波译,长沙:湖南文艺出版社,1998年。

黄开红:《社会转型期的"美国梦"——试论嘉莉妹妹的道德倾向》,载《外国文学研究》
    2006年第4期,第143-148页。

蒋道超:《德莱塞》,成都:四川人民出版社,2001年。

马克斯·韦伯:《新教伦理与资本主义精神》,阎克文译,上海:上海人民出版社,2018年。

玛丽·沃斯通克拉夫特:《女权辩护——关于政治和道德问题的批评》,王瑛译,北京:中
    央编译出版社,2006年。

迈克尔·桑德尔:《金钱不能买什么:金钱与公正的正面交锋》,邓正来译,北京:中信出版
    社,2012年。

乔治·拉雷恩:《马克思主义与意识形态:马克思主义意识形态论研究》,鲁克俭、张秀琴
    译,北京:北京师范大学出版社,2013年。

萨克文·伯科维奇:《剑桥美国文学史:第三卷》,史志康等译,北京:中央编译出版社,
    2008年。

西奥多·德莱塞:《嘉莉妹妹》,许汝祉译,上海:上海三联书店,2014年。

杨敬仁:《美国文学史》,上海:复旦大学出版社,2014年。

詹姆斯·法瑞尔:《德莱塞的〈嘉莉妹妹〉》,载《德莱塞评论集》,上海:上海译文出版社,
    1989年。

郑新蓉,杜芳琴:《社会性别与妇女发展》,西安:陕西人民教育出版社,2000年。

被规训和征用的赤裸生命

——《看不见的人》的生命政治学解读

方芷瑶①

内容提要：美国作家兼文学评论家拉尔夫·艾里森的作品《看不见的人》是一部以美国黑人为主人公的长篇小说，讲述了一个无名的叙述者"我"在白人占主导地位的美国社会所经历的各种磨难和痛苦。作品描绘了黑人个体与群体所遭遇的生存困境，体现了生命政治中的"赤裸生命""例外状态"等现象，隐藏着美国社会对黑人种族实施排斥性容纳的政治景观，蕴含着作者强烈的生命政治意识和批判抗争精神。本文试图在米歇尔·福柯和吉奥乔·阿甘本的生命政治理论观照下，从身体规训和身份征用两方面对小说中的赤裸生命进行解读。

关键词：《看不见的人》 拉尔夫·艾里森 生命政治 米歇尔·福柯 吉奥乔·阿甘本

Title：Disciplined and Expropriated Bare Life：A Biopolitical Interpretation of *Invisible Man*

Abstract：The American author and literary critic Ralph Allison's *Invisible Man* is a novel with a black American as its protagonist. It tells the story of all kinds of sufferings and pains that an unnamed narrator "I" experienced in the white-dominated American society. The work depicts the plight of black individuals and groups and reflects the imagination of "bare life" and "state of exception" in biopolitics. It conceals the political landscape of exclusionary inclusion of black races in American society，and

---

① 方芷瑶，浙江工商大学硕士研究生，研究兴趣为英美文学。

contains the author's strong biopolitical consciousness and critical resistance spirit. Therefore, under the perspective of Michel Foucault and Giorgio Agamben's biopolitics theory, this paper attempts to interpret the bare lives in the novel from two aspects: body discipline and identity expropriation.

Key words: *Invisible Man*, Ralph Allison, biopolitics, Michel Foucault, Giorgio Agamben

《看不见的人》(*Invisible Man*,1952)是美国黑人作家拉尔夫·艾里森(Ralph Allison)创作的长篇小说。作品自出版之日起,便在美国文学界和社会中引起巨大反响,于次年获得"美国国家图书"奖和"芝加哥保卫者"奖,《时代》(*Time*)杂志也将这部小说列为 1923 年至 2005 年间"100 部最佳英语小说"之一。在艾里森看来,"小说家应该对民主承担道德责任",因此他的作品大都致力于描绘美国黑人的社会生活,试图揭露经济繁荣和政治稳定遮蔽下美国社会的黑暗实质,同时也蕴含着作者为黑人同胞抗议的呼声。《看不见的人》这部小说充满生命政治意味,与米歇尔·福柯(Michel Foucault)和吉奥乔·阿甘本(Giorgio Agamben)所探讨的生命政治学说(biopolitics)相契合。

福柯认为,生命权力几乎必然是种族主义的,因为生命权力旨在调控整体人口的健康和安全,这一观点与 20 世纪猖獗的种族隔离及纳粹主义相为印证。阿甘本则是通过厘清已有概念的内涵外延,对"生命政治"这一学说进行了重新阐释,建立了自己的理论模型。他创新了"赤裸生命"(bare life)这一概念,即"以例外的形式被纳入在政治中,即作为完全经由排除而被纳入的东西"(11)。他也重新阐释了"例外状态"(state of exception)的内涵:"主权者通过声称要保卫生命,而在范围广泛的具体社会——政治生活领域宣布了永久性的介入与监察"(94)。福柯和阿甘本的生命政治学说都旨在揭示一个"令人不安的事实",而在此番事实中,"种族卫生"(racial hygiene)口号下的犹太人、吉卜赛人和有色人种皆是当代典型的"赤裸生命"或"神圣人",任何时刻对他们的残害甚至杀戮都可以得到解释并且免受任何处罚。《看不见的人》除了围绕主人公这位黑人男青年的挫折历程展开外,同时也以小见大地揭示了美国黑人共同体层面的生活状态,生动再现了美国黑人个体和群体作为"赤裸生命"在生命政治语境下面对生命权力时的悲惨境遇,是一部与生命政治学说一脉相承的文本性表征作品。

《看不见的人》自发表后不久,国内外学者们的研究热情只增不减,研究的角度也如雨后春笋般层出不穷。国外如罗伯特·奥米利(Robert O'Meally)的《〈看不见的人〉新论》收录了数篇从叙事视角、人物形象和社会现实等方面进行研究的论文,具有极高的参考价值。在探讨小说政治表征方面,约塞普·M·阿姆格尔(Josep M. Armengol)将赫尔曼·梅尔维尔(Herman Melville)的中篇小说《贝尼托·塞雷诺》(Benito Cereno)和《看不见的人》进行类比,得出"跨种族的盲视是互惠而非单向的"(29)。换言之,在约塞普看来,白人对黑人的这种无视不仅有利于白人,同时也有利于黑人自身,能够帮助他们更容易地实现出人头地的理想。在笔者看来,这一结论在一定程度上忽略了黑人由于被忽视而经历的长期自我规训。在被白人主导的社会话语和权力控制之下,大多数黑人个体便会如同作品中的主人公一样,以取悦白人、在白人世界站稳脚跟为目的。但这一目的在设立之初就是受白人文化裹挟的,并非诞生于一个平等、自由的社会氛围。因此,即便黑人真正在白人世界获得一定的地位,也只是作为一个不真实的傀儡,无法获得真正的满足感和成就感。国内学者对这部小说的研究角度也各有不同,主要探究小说主题、叙事手法、象征意义和社会文化。此外,虽有少数学者从权力和规训的角度对小说进行剖析,但均未能完成对白人主宰世界中黑人的身体和身份面临被生命权力双重剥削的分析,忽略了作者传达出的强烈的生命政治意识。因此,本文将借鉴米歇尔·福柯和吉奥乔·阿甘本的生命政治理论,对小说中黑人裸命的身体和身份困境进行分析,得以从更广袤的视野中挖掘作品中流露出的生命政治内涵。

一、身体任人摆布的黑人裸命

古典世界中,生命(life)有两种含义,分别是"zoe"和"bios"。蓝江将这两个含义进行了归纳综合:"前者指纯自然状态下的生命,动物性的生命;后者是生活在政治之中,被政治所架构的生命。"(2)随着学者们对生命权力研究的深入,福柯在其著作《性经验史》中也曾谈到管理生命的权力,他指出,"最高权力的典型特权之一就是生杀大权"(87)。然而,管理生命的权力自17世纪以来发展出不同的形式,一方面,"它以作为机器的肉体为中心"形成对肉体的矫正、能力的提高、力量的榨取,人的身体从而被主权者所规训;另一方面,"它以物种的肉体、渗透着生命力学并且作为生命过程的载体的肉体为中心"形成能够控制繁殖、出生和死亡、寿命与长寿相关的要素变化的条件,人口结构和数量受主权者调控(90)。阿甘本沿袭了福柯的观点,以多个实验为引入揭露了"人类豚鼠"(Versuchspersonen)这一臭名昭著的黑暗政权篇章。这些人类豚鼠的身份通常是被明确排除在政治共同体之外的人(例如集中营里的人或被判处死刑的人),虽然他们在生物学意义上仍旧活着,但他们已经沦落为可以被杀死的赤裸生命,与死亡只是一步之遥。在这一背景下,阿甘本认为"身体具有政治性,死亡带有巨大的无法确定性"(218)。

在20世纪50年代种族主义猖獗的这一特殊时期,美国主权者借口维护人口总体安全,利用流浪法(vagrancy law)将黑人这一不稳定政治因素结构性地纳入国家治理之中,同时又排除在国家主权人口之外,对黑人的态度仿佛是将例外状态永久悬置一般,剥夺美国黑人本该有的公民权。黑人因就如同"神圣人"一般,被排除在美国正常的人权制度之外,被"弃于暴力与失法状态"(183),生命得不到应有的保护,有的仅是动物性的而非政治性的生命,在社会民主生活中遭遇各种排除和不公。

《看不见的人》中对主人公"我"从大学起,到进入工厂工作,再到加入"兄弟会"的一连串经历描写中,就曾多次明确涉及美国社会对黑人身体和生命的暴力和规训。首先,年少的"我"曾在白人的凝视下,被要求蒙上眼睛进入一间格斗场地比赛,这一场景恰似福柯借喻的"圆形监狱":周围围满了抽着烟喝着酒的白人观众,"下面蹲伏着狂笑的人群"(78)。这一场所结构使得"我"和同行的黑人同胞的每一个"行为表演"都在观众的观赏之下。在接下来的"表演"过程中,初涉尘事的主人公被迫盲目地卷入这场黑人群体之间的混乱肉搏,在吃惊恐惧的状态下揍了同胞们一拳又一拳。"我的头遭到一下拳击,我满口鲜血,到处都挨了打,浑身湿乎乎的,究竟是血还是汗,我也说不上来"(70)。随后,这群黑人又被司仪命令趴在通电的地毯上争抢金币,"一股强烈的热流传遍了全身,震得我像只落水的老鼠"(79)。有权有势的白人们利用所谓的"演讲"和"金币"骗取黑人群体到来,威逼利诱使之展开激烈的搏斗并以此为乐。以主人公为首的黑人群体的身体则成为主宰者观赏和凝视、支配和施暴的对象,经由这样一场暴力和凝视之后,黑人群体从身体到精神都不得不被白人统治者所驯服,只得任由白人们发号施令,作出令其满意的反应,不知不觉中便在脑海深深烙印着自己身份的特殊性和服从性。

主人公被学校辞退后好不容易进入自由油漆厂工作,被分配到满是火炉、处处冒着滚烫蒸汽的地下锅炉房。在这样高温的工作环境中,只有一位年长的黑人卢修斯·布罗克韦与其做伴,而白人们则享受着安逸、舒适的办公环境。然而一次意外发生,主人公几乎就要丧生。他被送往工厂医院,"什么东西呼呼地转动起来,静电干扰发出噼啪噼啪的响声,突然间我好像被地板和天花板压碎了。两股力量猛烈地撕扯着我的腹部和脊背。一阵灼人的辐射热烤着我。我被电的毁灭性的压力接连不断地敲打着,在通电的两个电极之间,我被拨弄得像是演奏者手中的手风琴那样剧烈地喘着气。我的肺部被压缩得像是一只风箱"(480)。本该在医院得到紧急救治的主人公,不仅没有得到医生护士的关心,反而被当作了一回"人类豚鼠"。医生以治疗为借口,将主人公当作他新发明的医疗器械的试用品。不知情的"我"忍受了一次又一次的剧烈疼痛,丝毫无力反抗,甚至在头脑中也出现了幻觉,直到反复试验结束,"我"又再次像任人丢弃的垃圾一样被医院赶走。

作者除了突出主人公这一黑人个体在求学、工作一路所遭遇的身体阉割外,也触及了更广阔的黑人群体在美国社会中不可避免的排斥和虐待。主人公的大学校董诺顿是一个伪善的白人,他的任务就是为黑人学生的人生做安排。白人校董捐助了大学,就要以白人所期待的驯服者姿态来遵守白人世界的规则,成为他们心目中的理想黑人。因此,校长布莱索博士是一个黑人精英,经由前几十年的规训,他将学校当作他作为白人帮凶的场所,禁止校园内任何反对白人和反对国家权力的行为,要是有谁敢越过权力的雷池半步,他便会对其实施难以承受的惩戒,完全变成了一个对白人唯命是从的两面派。在校园这样一所自上而下的社会机构中,这样通过控制精神(头脑)来实现对肉体的摆布的这一行为必然波及无数黑人学生,在潜移默化中将黑人的反抗精神扼杀在生命早期,实现对他们的规训。

生命政治以维护人口总体安全为借口,将排斥在人权制度以外的"神圣人"进行监视、拘囿和规训。在种族主义格局下,警察这一承担着生命政治治理职能的角色,在无形中成为拥有白人特权身份的一方,被默许甚至被鼓励对黑人的财产甚至生命进行侵略和剥夺,这些丑陋行径甚至能够得到国家主权制度的庇护。在《看不见的人》中,白人警察的暴力执法多次出现。无论是严冬时节将两位八十多岁老人及其财产从房屋中驱赶出的警察,还是在大街上用枪把黑人兄弟托德·克利夫顿(Tod Clifton)击毙的警察,抑或是用长矛刺死黑人激进组织头目"规劝者"拉斯的警察,都是作为声称保卫社会为目标的"主权者"在社会层面行使生命权力,对黑人实施的不合理不合法的暴力实施者。

《看不见的人》中涉及对黑人物性生命的持续摆布的描写贯穿作品始终:在格斗场上,他们是被白人观众凝视和暴击的小丑;在工厂里,他们是任白人资本家摆布和利用的工具;在医院里,他们是医护工作者用来试验和研发新医疗技术的"小白鼠";甚至在家里,他们也时刻可能成为被国家权力拥有者所排斥、针对和羞辱的对象。正如福柯所总结的,学校、工厂、监狱、医院等场所都是规训权力大施拳脚的地方,这些权力通过监督和纪律的形式形成一种在监督者与被监督者之间的网络。在白人主导的世界里,对黑人裸命身体的规训和利用并不仅仅达到了试验、观赏、规训等既成目的,更是在黑人心目中深深烙印下了美国白人具有绝对权力和支配地位的形象。可以看出,主人公及其同种族的黑人群体的身体在社会中被各种各样的权力技术所操控、摆布,身体成为这些社会主宰者展现权力的场所和向至高权力屈服的载体,他们沦落为不受政治权力保护、丧失了政治身份的另类生命体的存在,即类似于"zoe"的赤裸生命。

二、身份任人征用的黑人裸命

在《看不见的人》中,"我"作为一个无名无姓的美国南方黑人青年,自小便无意识地接受着来自社会各方权力话语的控制,"我"渴望得到白人头面人物的认可和赏识,欣然且天真地接受了一次集会演讲邀请,准备就社会责任和民族团结发表演说。正当"我"使出浑身解数,努力将演讲做得尽善尽美,将自己的学识展现得淋漓尽致时,却得到白人们的羞辱:每当我使用一个多音节词时,他们就要求"我"重复一遍,似乎我这番表现令他们觉得出乎意料又滑稽可笑。此外,由于我过度紧张,将"社会责任"误说成"社会平等"时,他们瞬间凶相毕露,要求"我"立刻改正。这一片段正展现了福柯的权力话语理论是如何运作的。白人们通过羞辱主人公,纠正主人公的措辞,来规范他的话语,告诫他语言使用的度在哪。在白人看来,黑人青年的头脑和话语应思考的是社会责任而不是社会平等,因为社会平等是黑人思想中被绝对禁止思考的话题。经过此次话语的规训,小说主人公通过了白人头面人物的考核,成为他们认为可"栽培"的"模范种子黑人选手",并且被允许去州立黑人学院接受教育。然而,这却正是白人主权者为了征用主人公的黑人身份,培养主人公成为白人在黑人群体中的"代言人",对主人公开展的又一次漫长且艰辛的规训之旅的开端。

在一次街头流浪的过程中,年轻气盛的"我"看到警察正驱赶一对黑人夫妇房客,心生不满,立即上前做了一次义愤填膺的公开演讲。这一演讲既吸引了黑人同胞兄弟的簇拥,也在无意中获得了"兄弟会"头目杰克(Jack)的赏识,被邀请加入这一组织。"兄弟会"是一个声称要捍卫社会受压迫阶层权利的政治组织。因此,在主人公看来,加入这个组织正是他大展身手、实现抱负的大好机遇,"我赶紧自己置身于开创生命大业的环境里,仿佛一道帷幕已经掀开,使得我有机会看上一眼这个国家究竟是怎么运转的"(600)。"我"义不容辞地接受了这一邀请,全身心地投入这场"拯救"黑人同胞于水火之中的伟大事业。年轻稚嫩的主人公所拥有的阅历根本不足以使他辨别清"兄弟会"这一组织的真面目,他自以为是在为黑人民族工作和斗争,为群众的认可而暗自高兴,但实际上,"兄弟会"仍旧是一个由白人组建、受白人控制的组织,邀请主人公加入组织只是为了征用他的黑人身份,利用他的天真来实现"统一战线"的目的,方便白人利用微观权力塑造更多听话的黑人。因此,在主人公的影响力越来越大之时,组织头目杰克以"我"触及了"兄弟会"的利益,引起其他成员不满作为借口,将"我"调到南区做妇女工作的发言人,妇女工作发言人是一个没有影响力和号召力的工作岗位。更令人细思极恐的是,这一连串的利用行径在当时的主人公看来,没有任何不妥,被"兄弟会""安抚"过后的主人公欣然接受了这一工作调动,直到最后自己的黑人兄弟克利夫顿被打死，主人公才逐渐意识到组织的真实面目和事情的真相。

艾里森并没有仅仅停留在主人公的单一描写上，而是通过多个角色呈现了一幅种族主义盛行背景下的黑人生存全景图。例如小说中的另一个黑人青年克利夫顿，他和主人公一样也是"兄弟会"的青年领袖，为"兄弟会"工作，到各处开展宣讲演说。克利夫顿与主人公一起反抗极端的民族主义头目拉斯，努力争取非裔美国人的合法权利。在克利夫顿的慷慨帮助和宝贵建议下，主人公很快在哈莱姆区的黑人群体中确立了自己的领导地位，他们的革命友谊也变得愈加坚固。但在主人公从南区的阵地调回哈莱姆的前线地区后，他发现克利夫顿神秘失踪了，那里的整个革命工作也处于严重停滞状态，向其他同事询问这一切的原因也没能得到实质性的回复。一次，主人公偶然发现克利夫顿在街上出售桑博娃娃。"他是桑博，跳舞的娃娃……这个桑博不用喂，一倒就睡觉，还帮你解忧愁，帮你赶穷鬼。你大模大样笑一笑，他就高兴得不得了"（859）。桑博娃娃的这一形象起源于美国奴隶时期，象征着忠诚、懒惰、没有责任感的黑奴。克利夫顿之所以离开了"兄弟会"，在街上以口水歌的形式出售桑博娃娃，是因为他已经深刻意识到"兄弟会"的虚伪和自己的处境。他努力工作换来的结果反而是被白人头目牢牢掌控住，他失去了基本的发言权，只是在宣传白人想要他说的和做的。他就像这些"头脑空空"的桑博娃娃一样，被背后一根"看不见"的黑线——生命权力紧紧拉住，随意控制，无论怎么挣扎也无法逃脱。即使在"兄弟会"所谓的抗争演说过程中，他也只是一个必须服从于白人的娃娃，是一个被白人拿来利用和拉拢黑人的工具，从没有过真正的自我。因此，当克利夫顿顿悟一切之后，他不想按照白人强加给他的指定身份生活，而是想为自己生活。他变成了一个充满绝望和幻灭情绪的街头小贩，以一种自嘲的方式——售卖桑博娃娃来进行消极抵抗，挑战白人的权威。最终结果是，失去利用价值的克利夫顿，在大街上被白人警察开枪击毙。

与主人公这类愤慨的黑人青年不同，小说中呈现出的另一派黑人形象——麻木接受白人的规训，彻底沦为白人的奴隶的黑人学校校长布莱索和自由漆工厂工人卢修斯·布罗克韦则是这类对白人俯首帖耳、唯命是从的代表。他们就如同主人公的祖父临终前曾嘱咐的那般："俯首帖耳，直至他们死亡和毁灭"(1129)。作为一名大学校长,布莱索博士曾是主人公美国梦的典范。在布莱索的人生之初,他也曾是一个天真无邪、胸怀大志的黑人男孩,像主人公一样对未来充满无限遐想和希望。他由于在岗位上表现出色,获得了为学院创始人工作的机会。在旁观者的眼中,布莱索经过多年的辛勤工作晋升为校长已是极大的成功。然而,他却对自己已经取得的成就并不满意,而是继续追求更大的权力和利益,巩固自己在白人主宰的世界中的地位,因此他的奴隶血液愈发澎湃,一举一动都是以获得白人的满意和认可为目标。当他与白人交往时,他会自然地屈尊于白人,从不与白人一起吃饭,只敢在他们吃完饭后进入餐厅。当他对待自己的黑人同胞时,他的态度则发生一百八十度转变:把同胞当肮脏的人对待,把他们当小丑戏弄,甚至肆无忌惮地把他们当作自己利益的工具,一旦工具变得无用,就会无情地抛弃它。奴性顽固的他已然成为一个戴着白色面具的傀儡,黑人学校校长这一身份也只是白人用来拉拢和掌控黑人青年群体的一个工具。

以锅炉工布罗克韦为代表的社会下层黑人与布莱索校长既有相同又有不同。相同之处在于他们都是白人主宰世界中身份被征用、身体被规训的黑人裸命,不同的地方则是布罗克韦这类黑人因在白人主宰的世界中生活太久,已全然被灌输遵循白人规范,且因为没有接受过良好的教育,他们丝毫未意识到自己是被剥削的对象,因此并没有对生活处境感到不满,反而是乐此不疲、毫无怨言地享受于此,视围着危险的高温锅炉这一工作为白人老板赏赐给他的饭碗。他对他的白人老板保持着忠诚,并且吹嘘自己对油漆厂的贡献。更重要的一点是,他对工会怀恨在心。当他得知主人公不小心闯入了这个组织控制的地区时,他立刻发了脾气,怒吼道:"工会!那伙惹是生非的外地人!你这个不值钱的、专门捣乱的工会寄生虫!……滚出去!我要宰了你!我讨厌工会,我要继续尽我的可能把它从厂里撵出去。他们要抢我的饭碗,那些胆小鬼、狗杂种。"(442-450)工会的目标分明是争取黑人工人的合法权利,他们为平等而斗争的行为完全是合理的。然而,布罗克韦对此表现出的冲冲怒气表明他已叛离自己的黑人同胞,他的黑人身份已经发生了异化,由内而外地被白人奴化成为"驯顺的身体"。

可以看出,在掌握主导权力的白人面前,美国黑人仅仅只是身份可以被征用以获得黑人信任、控制更多黑人的工具,毫无自我意识可言。因此,黑人个体或群体不论是发起反抗还是接受驯服,其结果都是牺牲:轻则牺牲了自己作为"bios"的个体生命权利,严重则失去作为"zoe"的生存权利。艾里森通过描写国家权力意志或统治者的权力意志成为最强权力意志,征用和规训弱势个体或群体的方式,展现出主权权力意志对个体生命权力的绝对控制能力和操作策略,蕴含了生命政治理论的逻辑表征。

三、结语

《看不见的人》中的黑人角色虽然并未遭受种族灭绝般的赶尽杀绝,但也长期经受着来自各方权力的驯服和暴虐。白人的目的是占有黑人的身体和征用黑人的身份,让他们成为动物性的存在。至此,自然生命进入了政治领域,与政治生命一同变得难以分割,但从作品中我们不难看出,赤裸生命与至高权力或司法暴力之间存在的关联:主权者通过设置"例外状态"这一紧急状态便可对"神圣人"或"赤裸生命"进行结构性排斥和压迫。

福柯曾说过,"哪里有压迫,哪里就有反抗"(95)。但是即使有诸如主人公、克利夫顿和拉斯等黑人青年以不同方式做出的不同程度的曲线抵抗,美国黑人也无法改变逃无可逃的赤裸生命身份困境。在查阅文献时,笔者发现有些评论声称这种政治对生命的掌控和压迫是发展社会、保卫国家的必然选择,对这一点笔者不敢苟同。在政局不稳定的时代,每个个体都不可确保自身的绝对安全,不可否定自己同样是潜在的"赤裸生命"。在《看不见的人》中,作者便以敏锐直白的笔触和个性化的第一人称叙事手法说明了这一点,他所呈现出的不仅仅只是 20 世纪 50 年代黑人遭受的不公处境,更多的是暗示了几百年来黑人被奴役的历史,以及在更大层面上审视了生命政治框架下主权者对"赤裸生命"随意排斥和宰制的现象,传达出作者对生命内涵的体悟,使得作品具有了"深度观照历史并使历史与现实交融"的特点(杨金才 163)。

参考文献

Agamben，Giorgio. *Homo Sacer：Sovereign Power and Bare Life*. Trans. Wu Guanjun. Beijing：Central Compilation & Translation Press，2016.

Armengol，Josep M.．"Race Relations in Black and White：Visual Impairment as a Racialized and Gendered Metaphor in Ralph Ellison's Invisible Man and Herman Melville's Benito Cereno." *Atlantis*，2017，39(2)：29-46.

陈后亮：《被注视是一种危险：论〈看不见的人〉中的白人凝视与种族身份建构》，载《外国文学评论》2018 年第 4 期，第 119-134 页。

董雪飞、田静：《规训·惩罚·抵抗——论〈看不见的人〉中的权力关系》，载《重庆理工大学学报(社会科学)》2011 年第 25 卷第 4 期，第 102-106 页。

拉尔夫·艾里森：《看不见的人》，任绍曾、张德中、黄云鹤等译，南京：译林出版社，2008 年。

蓝江：《从赤裸生命到荣耀政治——浅论阿甘本 homo sacer 思想的发展谱系》，载《黑龙江社会科学》2014 年第 4 期，第 1-10 页。

米歇尔·福柯：《必须保卫社会》，钱翰译，上海：上海人民出版社，2010 年。

——：《规训与惩罚》，刘北成、杨远婴译，北京：三联书店，北京：三联书店，2012 年。

——：《性经验史》，佘碧平译，上海：上海世纪出版集团，2005 年。

吴冠军：《生命权力的两张面孔——透析阿甘本的生命政治论》，载《哲学研究》2014 年第 8 期，第 77-85 页。

杨金才：《关于 21 世纪外国文学发展趋势研究的几点认识》，载《当代外国文学》2013 年第 4 期，第 162-164 页。

张和龙、钱瑜：《权力压迫与"叙事"的反抗——〈别让我走〉的生命政治学解读》，载《当代外国文学》2018 年第 4 期，第 102-109 页。